W0321242

Es ist der Morgen des 1. April, als etwas Ungeheures geschieht: Ein gelber Nebel zieht auf, der die Menschen buchstäblich in Luft auflöst. Aber nicht alle Menschen sind verschwunden, stellt Franz Lindner fest, der Erzähler dieses alle Grenzen sprengenden Romans. Er selbst hat als Patient einer Einrichtung für psychisch beeinträchtigte Künstlerinnen und Künstler die Katastrophe überlebt – wie auch die anderen Patienten, Ärzte und Besucher.
So unfasslich das Ereignis ist, so konkret muss der Alltag jetzt organisiert werden. Eine Dorfgemeinschaft aus Bienenzüchtern entwickelt sich, und Franz Lindner wird ihr Chronist. Aber die neue Welt ist keine friedliche: Gewalt, Hass und Eifersucht sind nicht verschwunden, und auch die Natur scheint sich vom Menschen befreien zu wollen. Zwei Jahre begleiten wir »die Imker« durch eine Welt, in der Traum und Wirklichkeit nicht zu unterscheiden sind. Dann macht ein weiteres unerklärliches Ereignis der Geschichte ein überraschendes Ende.

Gerhard Roth, geboren 1942 in Graz und gestorben 2022, war einer der wichtigsten österreichischen Autoren. Er veröffentlichte zahlreiche Romane, Erzählungen, Essays und Theaterstücke, darunter den siebenbändigen Zyklus »Die Archive des Schweigens«, den nachfolgenden Zyklus »Orkus« sowie eine Venedig-Trilogie. »Die Imker« ist sein letzter vollendeter Roman.

Weitere Informationen finden Sie auf www.fischerverlage.de

Gerhard Roth

Die Imker

Roman

Mit Illustrationen
von Erwin Wurm

FISCHER Taschenbuch

Erschienen bei FISCHER Taschenbuch
Frankfurt am Main, Juni 2024

Copyright © 2022 by Gerhard Roth
© 2022 S. Fischer Verlag GmbH,
Hedderichstr. 114, D-60596 Frankfurt am Main
Die Nutzung unserer Werke für Text- und Data-Mining
im Sinne von § 44b UrhG behalten wir uns explizit vor.

Satz: Dörlemann Satz, Lemförde
Druck und Bindung: CPI books GmbH, Leck
ISBN 978-3-596-70512-2

Freilich ist es seltsam, die Erde nicht mehr zu bewohnen,
kaum erlernte Bräuche nicht mehr zu üben,
Rosen, und andern eigens versprechenden Dingen
nicht die Bedeutung menschlicher Zukunft zu geben;
das, was man war in unendlich ängstlichen Händen,
nicht mehr zu sein, und selbst den eigenen Namen
wegzulassen wie ein zerbrochenes Spielzeug.
Seltsam, die Wünsche nicht weiter zu wünschen. Seltsam,
alles, was sich bezog, so lose im Raume
flattern zu sehen.

Rainer Maria Rilke, Duineser Elegien

FIGURENVERZEICHNIS

ERZÄHLER
Franz Lindner alias Wilhelm Herman

IMKER
Dr. Eugen Lindner, der »Neffe«: Tierarzt
Walter Lindner, sein Sohn
Gazpacho, der Hund
Dr. Brantner: Oberarzt
Dr. Christine Schäfer: Ärztin
Alice Schweizer: Krankenschwester
Hans Haller: Krankenpfleger
Kevin Weber: Pflegehelfer

PATIENTEN, KÜNSTLER
Gustav Reiter: Maler
»Maori« = Leopold Sternad: Schriftsteller
Leopold Kolb: Puppenmacher, Puppenspieler
Anton Pichler: Maler sakraler Bilder

PATIENTIN
Lisha, Traumleserin

KAPLAN
Gottlieb Ferra

SOS-KINDERDORFMÜTTER
Alma Zappa, Hedwig Moser

IMKERINNEN
Britta Kall, mit ihrem Freund Jürgen
Agnes Drossel, Freundin von Walter Lindner

SOLDATEN
Alois Lechner: Feldwebel
Heinrich Tann: Major

GÄSTE
Madox, vorbestraft
Malia, seine Ehefrau
Kira, ihre Tochter, und Rafiki, der Hund
Ted und Diana (»Mücke«), Hamburg

Was bisher geschah

Seit mich der Rechtsanwalt Alois Jenner, mit dem ich aufgewachsen bin, ermorden wollte, habe ich vom »Haus der Künstler« eine neue Identität erhalten. Man ließ mich, Franz Lindner, 62 Jahre alt, auf dem Papier sterben und zauberte an dessen Stelle einen Wilhelm Herman aus der Luft, der ich jetzt bin. Selbst mein Geburtsdatum stimmt nicht mehr. In der Anstalt für Art-brut-Künstler bin ich trotzdem geblieben, allerdings habe ich seither nicht den Wunsch verspürt, »ins Leben zurückzukehren«. Hier bin ich mit mir allein, was das größte aller Abenteuer ist. Ich leide nicht unter Einsamkeit, aber ich suche sie auch nicht. Wie ein Molch lebe ich hier im Dunklen – das Universum ist in mir selbst. Meine Gedanken sind Planeten, Kometen, Milchstraßen, Sternennebel, Schwarze Löcher – mit einem Wort Mystifikationen. Sicherlich bin ich nicht der erste Mensch, der die Entdeckung macht, sternengleich zu sein, im Gegenteil, die Form dieser Existenz wartet nur darauf, von Menschen erkannt und gelebt zu werden.

Wirklichkeit und Wahrheit

Bis zum Vortag war alles wie immer gewesen. Ich versuchte, eine meiner von den Ärzten sogenannten »Halluzinationen« aufzuschreiben, doch gelang mir (wie immer) nur ein Fragment. Es waren übrigens keine Visionen über eine bessere Gesellschaft, wie sie allesamt zu Mord und Totschlag geführt haben, sondern es handelte sich um seltsame Bilder und Gedanken ohne Zusammenhang – dadurch wusste ich, dass ich der Wirklichkeit meiner »Halluzinationen« nähergekommen war. Wirklichkeit. Was für ein abgedroschenes Wort. Jeder

versteht etwas anderes darunter, und jeder hat recht. Auch Lügen sind ein Teil der menschlichen Wirklichkeit ebenso wie Hirngespinste – doch der allergrößte Anteil ist Fälschung, Betrug und Einbildung oder Nichtwissen und Selbsttäuschung. Die angebliche Aufdeckung eines Schwindels oder Irrtums bringt nur neue Märchen und Irrtümer ans Tageslicht – denn die »Wahrheit« kennt nicht einmal derjenige, welcher an sie glaubt und sie vertritt. Gäbe es die sogenannte Wirklichkeit, die Wahrheit wirklich, würde die Menschheit nicht existieren, weil sie unerträglich ist.
Das Haus der Künstler, wie das Gebäude in der Nervenheilanstalt bezeichnet wird, ist für mich als Schriftsteller und Patient ein Schutzgebäude. In ihm gibt es weder Wirklichkeit noch Wahrheit oder Unwahrheit.
Wahrheit, Wirklichkeit und Unwahrheit sind ausgesperrt. Übrigens haben alle angesehenen und häufig verwendeten Begriffe wie Wirklichkeit und Wahrheit ein Ablaufdatum. Ich habe gesehen, wie die Zeit entstanden und wieder verschwunden ist, wie sie wiederkam und wie sie sich auflöste.

Die »Halluzination« oder Vision, die ich beschreiben sollte

Das »Haus der Künstler« war plötzlich voll mit altem Aufziehspielzeug, das auf dem Dachboden gefunden worden war. Es ist sichtlich in der Zeit des Zweiten Weltkriegs fabriziert worden. Man zeigte es uns Patienten erst, nachdem die Bauarbeiter, die das Dach des Gebäudes renoviert hatten, gegangen waren. Als wir die Dachbodentür öffneten, vibrierten die Aufziehspielzeuge noch auf dem Fußboden. Aber bei unserem Eintreten fingen sie an zu laufen, sie blockierten einander, stolperten, stürzten um.

Sie schnurrten, sie gaben Signalgeräusche von sich, sie brummten, ratterten, summten, flohen über die Stiege und überschlugen sich. Sie schienen sich in einem fort zu vermehren, sie verdrängten uns: Blechinsekten, verrücktes Militärspielzeug, geisteskrank gewordene Automobile, Fischschwärme auf Rädern und zwitschernde Robotervögel. Eine Flut von Kinderspielzeug ergoss sich in die Räume, immer mehr und mehr kam nach, und bald verhielt sich die Flut der kleinen Aufziehobjekte wie reales Wasser. Die Figuren und Gegenstände purzelten und drehten sich im Kreis, bis plötzlich Musik ertönte – woher kam sie? – und das gesamte Spielzeug stehen blieb. Das Licht erlosch, Scheinwerfer strahlten eine Bühne an. Die einzelnen Spielzeuge lagen bewegungslos herum. Kein Rädchen drehte sich, kein Licht blinkte, keine Sirene erscholl. Aus einem Lautsprecher war das Rasseln von Münzen zu hören – lauter als aus einarmigen Banditen, und Jubel brandete auf. Eine Teddybär-Dame mit Hut saß plötzlich auf einem Fauteuil. Beschädigte Roboter rollten heran: Einem fehlte die linke Hand, dem anderen der Kopf. Trotzdem erweckten sie den Eindruck, dass alles Übrige an ihnen funktionierte. Aber sogleich begann der Zerstörungsprozess. Aus der Bärin quollen Sägespäne, der Hut kollerte ihr vom Kopf, die Gliedmaßen flogen durch die Luft, die Körperspannung ließ nach, und sie wurde zu einem toten Stück Stoff. Die Roboter halfen einander, sich selbst zu zerstören, bis nur noch ein Haufen Schrauben, Gewinde, Zahnräder und Schrott auf dem Boden lag.

Der folgende Tag

Erster April.

Ich erwachte früh am Morgen. Wie verabredet wartete ich schon darauf, von meinem Neffen Eugen aus der Anstalt abgeholt zu werden. Seit dreißig Jahren beschäftigt auch er sich mit Bienen, länger als mein Vater, der Imker war und es bis zu seinem Tod auf 48 Berufsjahre brachte.

Immer wieder blickte ich aus meinem Fenster in den Laubwald. Auf Ausschnitten des Himmels, die nicht von Zweigen und Laub verdeckt waren, tauchten zu meinem Erstaunen kleine Flugzeuge auf. Üblicherweise sehe ich nur ein Blau oder Wolken, diesmal stand ein Zeppelin mit der Beschriftung »H« am Himmel, der wie ein Filmplakat aussah. Ein kleines einmotoriges Flugzeug schob sich hinter ihm langsam vorbei. Die kleinen Flugzeuge kamen mir anfangs wie schwebende Buchstaben vor. Weitere rätselhafte Erscheinungen folgten. Sie sahen jetzt aus wie Entwürfe von Flugmaschinen ohne Flügel, Ballone aber mit Antriebsmotoren. Je länger ich sie beobachtete, desto sicherer war ich, dass ich getäuscht wurde. Getäuscht von der Wirklichkeit. Getäuscht von der »Wahrheit«. Doch irgendetwas ganz im Innersten meines Herzens ließ mich erahnen, dass etwas Ungeheures vor sich ging. Was bedeutete die Spielzeugflut meiner Halluzination vom Vorabend? Was bedeuteten die Flugkörper? Einerseits erschienen sie mir selbstverständlich, andererseits hatten sie etwas Unheimliches und Unwirkliches, als flögen sie in einem Wirbelsturm, einem Hurrikan, jedoch – und das war das Verstörende – in extremer Zeitlupe. Ich schloss aus, dass die Flugkörper bemannt waren, und ich schloss aus, dass es sich um eine militärische Operation handelte, dazu bewegten sich die »Lufttrümmer«, so nannte ich sie, viel zu langsam –

nein, sie schienen gleichsam in der Luft zu stehen. Aber ich schwieg lieber, denn in unserem Haus gibt es nicht wenige Wahrheiten dieser Art.
Auf der linken Seite kam jetzt eine eigelbe Wolkenformation ins Bild, der ich anfangs jedoch wenig Beachtung schenkte. Ich wollte auf die Uhr schauen, als jemand mit Fäusten gegen die Glastür des Eingangs schlug. Zu meiner Überraschung war sie noch immer verschlossen, obwohl beim Pflegepersonal eigentlich Schichtwechsel war. Ich fand den Schlüssel, und gleich darauf sah ich meinen Neffen Eugen, seinen achtzehnjährigen Sohn Walter und den Foxterrier Gazpacho, die Einlass begehrten. Sie drängten so ungestüm herein, dass ich befürchtete, es sei etwas Schreckliches geschehen. Aufgeregt, aber stumm zeigten sie hinter sich ins Freie. Dort kroch gerade ein ungeheurer gelber Nebel den Berghang hinunter. Ich verstand nicht, was geschehen war, denn kurz zuvor war der Himmel noch blau gewesen. Wie immer schwieg ich, doch schienen sie mir anzumerken, dass ich betroffen war.
Der gelbe Nebel breitete sich schneller aus, als ich erwartet hatte. Instinktiv hatte ich sofort die Tür wieder geschlossen und darauf geachtet, dass nichts davon in das Haus drang.
»Was ist das?«, rief Walter aufgeregt.
»Etwas Furchtbares«, antwortete mein Neffe hastig, und der Hund bellte, bevor er sich angsterfüllt auf den Fußboden legte.
Es war still, und ich lief, gefolgt von den dreien, in mein Zimmer, wo es bereits völlig dunkel geworden war. Vor allen Fenstern hatte sich so etwas wie eine gelbe Mauer gebildet. Es sah nicht aus wie Sandkörner aus der Sahara, vielmehr erschien es mir wie gelber Mörtel, und Furcht befiel mich, dass wir eingemauert würden. Inzwischen stellte Maori, der im Nebenzimmer wohnte und zur Tür

hereinblickte, fest, dass im gesamten Gebäude der Strom ausgefallen war. Ich hatte es gar nicht bemerkt, weil ich wegen des blauen Himmels, auf dem die Flugkörper zu sehen gewesen waren, nicht daran gedacht hatte, das Licht einzuschalten.

»Was ist?«, rief Maori.

Den Spitznamen Maori hatte er von einem Zirkusdirektor bekommen, bei dem er mit seinen Tätowierungen als Schauobjekt aufgetreten war. Ich kannte den Zirkusdirektor durch Zufall: Mit hundert Jahren hatte er eine 107 Jahre alte Witwe im Altersheim geheiratet und in der Zeitung behauptet, noch potent zu sein. Doch das war nur eine seiner Lügen und Aufschneidereien gewesen.

Unsere Aufregung war zunächst nicht ansteckend. Da es ansonsten still war, schliefen die anderen Patienten einfach weiter, und Maori hatte sich ebenfalls wieder auf dem Bett ausgestreckt. Es war unter den gegebenen Umständen nicht möglich abzureisen, daher nahmen wir auf den Fauteuils im Aufenthaltsraum Platz und dachten nach. Geräusche, als ob größere oder kleinere Gegenstände vom Himmel fielen, lenkten uns immer wieder ab. Nicht nur der Strom war ausgefallen, sondern es funktionierte auch kein Smartphone mehr – das irritierte besonders meinen Neffen, der immer wieder vergeblich versuchte, seine Frau anzurufen.

Mehrmals waren Explosionen und Lärm zu hören, wie von einstürzenden Gebäuden.

»Was ist los?«, fragte der Sohn meines Neffen jedes Mal ängstlich, doch sein Vater antwortete nicht, sondern schüttelte nur den ergrauten Kopf und versuchte es etwas später neuerlich – mit demselben Ergebnis.

Im Haus befanden sich außer einem Dutzend Künstlerpatienten die Frau Doktor, die den Nachtdienst versehen hatte, ein Pfleger und ein Pflegegehilfe, die Putzfrau und eine Krankenschwester, die sich mit ihrem Mann zer-

stritten und ein Liebesverhältnis mit dem Oberarzt begonnen hatte. Wie sich bald herausstellte, hatte auch der Chefarzt im »Haus der Künstler« übernachtet und war erst, als ich die Haustür für meine Verwandten und den Hund geöffnet hatte, erwacht. Keiner begriff, was geschehen war. Keiner von uns konnte Kontakt zur Außenwelt aufnehmen, und keiner wagte sich hinaus ins Freie, in den breiigen gelben Nebel.

Erst als der Theologiestudent auftauchte, der die Nacht im Archiv verbracht hatte, um die kryptischen Arbeiten von August Walla zu studieren, und darüber eingeschlafen war, war auf seinen Ruf »Wir haben kein Licht!« ein kurzes, allgemeines Lachen zu vernehmen. Immer wieder wurde gefragt: »Was ist los?«

Allmählich wachten alle Patienten auf – sie waren am allerwenigsten beunruhigt. Manche lachten, manche reagierten gar nicht auf die veränderten Umstände. Sie waren mit anderen Dingen beschäftigt oder dachten an nichts. Es entstand zuerst keine Unruhe, bis irgendetwas in der Nähe des Gebäudes zu Boden krachte und explodierte. Hierauf wurde es vollständig still, das heißt, es folgten zwei oder drei kleinere Explosionen, und zwischendurch war der hastige Atem eines Brandes zu vernehmen.

Zwei oder drei Patienten waren anfangs darüber verärgert, sie regten sich auf, aber keiner zeigte Furcht – sofern ihre Empörung nicht bloß gespielt war, um nicht zu verraten, dass sie doch Angst hatten.

Gegen Mittag riss der Nebel auf, und sofort stürmte mein Neffe Eugen, gefolgt von allen Übrigen, ins Freie. Was wir zu sehen bekamen, verstörte uns. Unweit vom Eingangstor stießen wir auf einen abgestürzten und ausgebrannten Hubschrauber, in dem noch Feuer glomm. Es stank nach Treibstoff, Trümmer lagen herum, jedoch waren keine Unglücksopfer oder Lebewesen zu sehen. Noch

nie hatte ich mich so geistesgestört gefühlt wie bei diesem Ereignis. Ich begriff in Wirklichkeit – das heißt, falls es überhaupt eine Wirklichkeit gab oder gibt – nichts, ich verstand nur, dass ich nichts verstand. Alles war fremd, alle Gegenstände, alle Menschen. Sie verhielten sich, als würde es keine Zukunft und keine Vergangenheit geben – nur noch Gegenwart, die auf das Unglaublichste und Abgrundtiefste anders war als alle Gegenwarten zuvor.

Gottlieb Ferra, der Theologiestudent und »Fachmann für Apokalypsen«, wie ihn der Pfleger Hans Haller bewundernd nennt, klappte im Freien auf einer Bank zusammen und begann zu weinen. Er schien mir jetzt der hilfloseste Mensch zu sein.

»Wir fahren«, schrie mein Neffe, »steigt ein!«

»Warten Sie, bis wir Nachricht von Oberarzt Dr. Brantner haben ... möglicherweise ist ein Krieg ausgebrochen«, rief die Ärztin Christine Schäfer.

Unter dem großen Hügel breitete sich das ehemalige Spital für Geisteskranke aus, das zu einer Eliteuniversität umgebaut worden war, in der Studenten aus der ganzen Welt nach Wissen suchten. Die Ärztin war der Meinung, dass wir uns zuerst dort umsehen sollten. Mein Neffe nickte und zog uns in seinen VW-Bus, um augenblicklich nach Hause aufzubrechen, vor allem aus Angst, es könnte seiner Frau und deren altem Vater, der bei ihnen wohnte, »auch etwas geschehen sein«. Auf einem zerstörten Dach eines Verwaltungsgebäudes der Universität entdeckten wir ein abgestürztes kleineres Passagierflugzeug mit verbogenen Propellern. Nirgendwo ein Mensch, weder auf der Straße noch in einem der Häuser. Die Anlage machte einen bedrohlichen Eindruck. Mein Neffe Eugen hielt vor der Aula an, rief »wartet« und verschwand hinter der Eingangstür. Als er wiederkam, kämpfte er mit Tränen.

»Hier lebt niemand mehr«, sagte er nach einer Pause.

»Ich habe nur Kleider in den Räumen gefunden, Gebisse, Schmuck und Brillen. Das Zeug liegt am Boden herum, als seien die Angestellten nackt geflohen ... aber die Schuhe sind nicht aufgeknüpft ... die Hemden nicht, die Sakkos und Westen nicht ... die Menschen scheinen einfach verschwunden zu sein, als hätten sie sich in Luft aufgelöst ...«

Er startete den VW-Bus und wollte, so rasch er konnte, zurück zum »Haus der Künstler« fahren. Doch bevor er die Eliteuniversität hinter sich ließ, hielt er vor der auf dem Dach über dem vierten Stock des Verwaltungsgebäudes liegenden Passagiermaschine, stieg aus und lief hinauf, um zu sehen, was mit den Fluggästen geschehen war. Er konnte es zuerst nicht glauben, aber er fand wieder nur Kleider, Schuhe, Brillen, falsche Gebisse sowie Eheringe, Schmuck – und Gepäckstücke, berichtete er uns. Was mich am meisten erschreckte, war die Selbstverständlichkeit, mit der sich alles ereignet hatte. Waren wir nur in einem winzigen Abschnitt der Erde, in dem alles aus den Fugen geriet? Die Selbstverständlichkeit, mit der es geschehen war, machte mich orientierungslos. Mein »Geisteszustand« war immer auch Schutz gewesen, nun hatte die Wirklichkeit meine spezielle Wirklichkeit, die von den Ärzten »Wahn« genannt wird, verschluckt. Es gab jetzt keinen Wahn mehr, nur noch Wirklichkeit, die »Wahn« war. Ich wollte vor Entsetzen sterben. Das Verstehen ist eine Fiktion, begriff ich. Es ist immer beschränkt, es ist immer begrenzt. Es ist eine Täuschung, nur eine Art Zurechtfindung. Doch mit einem Schlag war das Kartenhaus »Gewissheit« zusammengestürzt, und wir standen vor der Zerstörung, vor dem Nichts.

Zurückgekehrt ins »Haus der Künstler« schlief ich aus Erschöpfung sofort ein. Ich musste eine Stunde geschlafen haben, denn der Oberarzt Heinz Brantner war inzwischen von einer ersten Exkursion zurückgekehrt ...

gerade öffnete er die Tür zu seinem Wagen, und beim Heraussteigen hielt er eine Hand vor sein Gesicht …

»Kein Mensch«, stammelte er, während er aus Gewohnheit sein Auto abschloss und uns seinen Rücken zuwandte. »Nirgendwo. Die Geschäfte sind leer, die Straßen, die Wohnungen … meine Frau ist verschwunden, die Kinder … die Schule ist leer … überall Kleidungsstücke … Hundeleinen ohne Hunde … Ich habe keine Ahnung, was geschehen ist. Vier oder fünf Flugzeugwracks liegen in der Stadt herum und rauchen. Autos sind zusammengestoßen, gegen Mauern gefahren, aber nirgendwo Tote, nirgendwo Blut …«

Er drehte sich zur Seite, und es dauerte, bis er sich wieder gefasst hatte.

Mitten in die Stille sagte mein Neffe Eugen: »Ich muss zurückfahren, meine Frau wartet auf mich …«

Daraufhin folgte eine kurze Besprechung, während der sich erneut Nebel auf den Boden senkte, diesmal ein grauer.

Da alle nicht nur die räumliche, sondern auch die zeitliche Orientierung verloren hatten, wäre das Leben wohl in Ratlosigkeit versunken, hätte sich nicht Eugen wieder hinter das Lenkrad gesetzt und den Motor gestartet. Dem Großteil der Anwesenden war nach Flucht zumute, einem Teil der Künstlerpatienten war es gleichgültig, nur wenige wollten bleiben und abwarten. Als diese jedoch sahen, dass die meisten zur Flucht entschlossen waren, gaben sie widerstrebend nach und fügten sich.

Nur Maori riss sich kurz los und schrie: »Wir sind alle tot! Heute Nacht sind wir gestorben!«

Jeder nahm seine persönlichen Dinge mit sich – alles andere wollte man sich »unterwegs beschaffen«, da ja, wie Oberarzt Brantner berichtet hatte, die Geschäfte wie die Straßen menschenleer seien. Doch mein Neffe Eugen hatte die Absicht, mit Walter, dem Hündchen Gazpacho

und mir nur noch nach Hause zu fahren. Er ließ den Übrigen eine Straßenkarte zurück, denn auch die Navigationssysteme in den Autos funktionierten nicht mehr.
Wir tauchten in die unendliche Stille, als wir den noch immer rauchenden Hubschrauber hinter uns gelassen hatten, die Allee hinunterfuhren und wieder das abgestürzte Propellerflugzeug auf dem Dach des Verwaltungsgebäudes sahen. Wie war es dort hingekommen? Es musste irgendwo anders schon vorher aufgeschlagen sein.
»Dort hinten« – mein Neffe Eugen zeigte auf den Rückspiegel – »hat es die Baumkronen gestreift und zum Teil niedergemäht, und dann ist es mit dem letzten Schwung auf dem Dach liegen geblieben.«
Ich drehte mich nicht um, nur Walter tat es und rief erschrocken »Ja!«. Dann wollte er von seinem Vater wissen, was überhaupt vorgefallen sei.
»Ich weiß es nicht«, antwortete dieser.
Auf der Straße standen Autos herum, der größte Teil neben der Fahrbahn: Sie lagen auf dem Dach oder seitlich – so selbstverständlich, als gehörte es sich so. Hierauf ging es Schlag auf Schlag. Ein umgestürzter Kran versperrte die Fahrbahn, und wir mussten wenden und einen Umweg nehmen, der ebenfalls voller Hindernisse war und zuletzt von einer Ansammlung von Autos versperrt wurde, die zusammengestoßen waren und bizarre Formen angenommen hatten … Sofort fielen mir die Spielzeugautos auf dem Dachboden ein, und ich zweifelte daran, dass ich tatsächlich Zeuge der Überflutung des »Hauses der Künstler« durch Aufziehspielzeug aus dem Zweiten Weltkrieg geworden war. Vielleicht hatte ich die jetzigen Ereignisse schon vorausgesehen? Irgendetwas musste aus der Chronologie herausgebrochen und in mein Gesichtsfeld gespült worden sein, als sei ein Stück aus der Zeitmauer eingestürzt.

Die Autobahn, die wir erreicht hatten, erinnerte mich an Katastrophen, die ich nur aus dem Kino und Fernsehen kannte. Ich hatte sogar den Eindruck, dass rund um uns ein Krieg stattfand – gleichzeitig war es totenstill, abgesehen vom Motorengeräusch des VW-Busses. Eugen fuhr an den Straßenrand und hielt an.

»Ich weiß selbst nicht, was geschehen ist«, sagte er. »Ich brauche meine ganze Kraft. Schreit nicht herum – wenn ihr es nicht ertragen könnt, haltet euch die Hände vors Gesicht.«

Dann gab er sich einen Ruck und startete wieder. Der Foxterrier Gazpacho lag auf dem Boden vor der hinteren Sitzbank, Walter über ihm, ich saß auf dem Vordersitz neben Eugen. Eugen war der Einzige von uns, der einen Führerschein besaß. Wir glitten an den Autowracks vorbei, und plötzlich wusste ich, dass es keinen Gott gibt. Ich hatte mir im »Haus der Künstler« sogar angewöhnt, mit ihm zu sprechen, aber vielleicht war das eines der Symptome meines Wahns gewesen. Weshalb sollte es einen Gott geben? Ich war selbst immer nur ein Spielball gewesen, der einmal dahin, einmal dorthin gerollt war … Ich wusste, dass es Gefühle waren, die zu mir sprachen, klar denken konnte ich nicht mehr. Ich wunderte mich nur, dass ich noch lebte. Aber was bedeutete Leben noch? – Dass ich vermutlich bald nicht mehr sein würde, oder?

Plötzlich gab es kein Vorankommen mehr. Ein Tankwagen musste explodiert sein, denn das Wrack brannte noch, und die übrigen Autos, die leer waren, versperrten die Weiterfahrt.

»Raus!«, rief Eugen und bremste scharf.

Wir nahmen nichts mit. Eugen ging voran, vorbei an den leeren Fahrzeugen mit Kleidern und Schmuck, als handelte es sich um einen Gespensterumzug im Karneval. Noch immer begriff ich nichts. Da sah ich einen weißen Schmetterling, einen Kohlweißling, aber es konnte auch

reflektiertes Licht von einer Windschutzscheibe gewesen sein. Wir mussten über Autowracks, Lastwagen, Traktoren, Motorräder und einen Feuerwehrwagen klettern und spürten, dass es nur noch eine bizarre, unverständliche Welt war, die uns umgab. Nichts, was wir sahen, durften wir in Beziehung setzen zu dem, was wir kannten. Ich wusste nicht einmal mehr, was wir wollten.
Auf der Gegenfahrbahn fanden wir einen Lieferwagen, der Kartoffeln geladen hatte. Eugen entfernte die Kleidungsstücke des Fahrers und seine Halskette mit goldenem Kreuz und hängte sie über den Rückspiegel einer benachbarten Mercedes-Limousine. Dann fuhren wir los. Mittlerweile wechselten meine Vorstellungen, was die Ursachen der Katastrophe betraf, ich dachte zuerst an einen medikamentös hervorgerufenen Albtraum, dann vermutete ich den Ausbruch eines Krieges und schließlich außerirdische Gewalt. Leise begann der Hund zu winseln, worauf mein Neffe ihn zuerst zu beruhigen versuchte, dann aber tadelte, worauf er still wurde. Walter fing an, vor sich hin zu weinen, aber sein Vater reagierte nicht darauf. Pausenlos arbeiteten die Kaumuskeln meines Neffen. Ein Jauchewagen war auf einem Feld umgestürzt, ein Rettungsauto gegen einen Mast auf einem Parkplatz gefahren und die Bahre herausgeschleudert worden, ohne dass ein Fahrer, ein Sanitäter oder ein Patient zu sehen gewesen wären. Später lag ein Sarg halb zersplittert auf der Fahrbahn. Zu meinem Erstaunen erkannte ich eine Hand, die in den Trümmern zu sehen war. Wie war das möglich? Waren die Toten nicht verschwunden? Wir konnten vom Grauen, das uns umgab, nur einen Bruchteil aufnehmen, es überforderte uns. Nirgendwo ein Mensch. Sinnlosigkeit übertrug sich auf uns. Es war, als würden wir in einem Riesenmixer herumgeschleudert und zerkleinert und zerdrückt werden. Von einer Baumgruppe hingen Fallschirme und

Fallschirmspringeranzüge, die im Wind schlabberten. Ein Haus brannte. Ich wollte mir alles einprägen, um es irgendwann einmal abzurufen, doch die Eindrücke wechselten so rasch, dass ich alles wieder vergaß, sobald die nächsten auftauchten.

In der »Provinzhauptstadt« – wie ich dachte, da mir der Name der Stadt jetzt ausgelöscht zu sein schien – hielt Eugen es zwei Stunden später nicht mehr aus: Anstatt die Autobahn weiter nach Süden zu fahren, bog er in einen Randbezirk ein und fuhr uns durch die toten Straßen, zwischen den toten Häusern. Wir entdeckten noch immer keinen Menschen. Keinen Hund, keinen Vogel, keine Katze. Alles sah verlassen aus. Wir hielten vor einem Fleischerladen, nahmen Würste und anderes an uns und stiegen in einen BMW um, in dem noch der Zündschlüssel steckte, und erreichten nach einigen Umwegen das Landeskrankenhaus. Erst später begriff ich, weshalb es noch Würste und Fleisch gab. Keine Ampel hatte geblinkt, kein Auto hatte gehupt, kein Verkehrsgeräusch war zu hören gewesen. Eine leere Straßenbahn stand entgleist auf dem Marktplatz, dahinter ein Stau von sieben oder acht Liefer- und Personenwagen.

Eugen wollte sich nur kurz im Krankenhaus umsehen, aber Walter und ich schafften es nicht, allein im Wagen sitzen zu bleiben. Wir liefen ihm in den leeren Gängen hinterher, Gazpacho folgte uns bellend, und wir kämpften weiter gegen Tränen an. Alles sah vergessen und verloren aus. Alle Spitalszimmer waren leer. Im OP-Saal lag blaues Chirurgengewand auf dem Boden, dazwischen weiße Pantoffeln verschiedener Größen. Vom Patienten fand sich nur ein Umhang, alle Geräte waren außer Betrieb.

Als wir weiterfuhren, sah ich, dass Tränen über Eugens Wangen liefen, aber er verzog dabei nicht sein Gesicht. Langsam erwartete auch ich nicht mehr, einen lebenden

Menschen anzutreffen, obwohl ich bisher nicht daran gezweifelt hatte, dass es geschehen werde. Die einzige Hoffnung war das Unerklärliche der Ereignisse gewesen. Solange es Unerklärliches gab, war alles möglich, dachte ich. Ein leerer, eingezäunter Fußballplatz. Die Bahnlinie war von einem Zusammenstoß verwüstet, aus den Fenstern der Abteile kräuselte sich Rauch, ein Stück weiter brannte ein Waggon aus.

Als wir die rauchenden Trümmer des nächsten abgestürzten Flugzeugs entdeckten, gehörte es langsam schon zu den erwarteten Anblicken. Die Straße war mit Puzzleteilen des Flugzeugs, aufgeschlagenen Koffern, zerstörten Sitzen und zerrissenen Uniformstücken übersät. Dann wusste ich mit einem Mal, wo ich Orientierung fand: in meiner Kindheit. Wenn ich eine Atmosphäre des Unheimlichen hatte schaffen wollen, tat ich alles, was mir sonst verboten war … ich leerte die Spielzeugkiste in die Badewanne, ließ das Wasser ein oder streute Zeitungspapier aus und zündete es an – doch alles nur in Gedanken –, ich warf das Spielzeug aus dem Fenster und die Eheringe der Großeltern in den Ausguss, ich zerschmetterte das Geschirr, die Teller und Gläser auf dem Fußboden, ich schrie, ich spuckte, hilflos und einsam. Das alles fiel mir jetzt ein, als wir, plötzlich von grauem Nebel umgeben, im Schritttempo weiterfuhren. Es war der Augenblick, als Walter laut »Kamel!« schrie und wir uns umdrehten und aus dem Rückfenster blickten. Tatsächlich war es kein Plakat mit einer riesigen Zigarettenwerbung, sondern ein Lebewesen. Wir wagten es nicht, zu glauben, was wir sahen, weil wir das Tier als Zeichen der Hoffnung empfanden – aber es war tatsächlich ein Kamel. Dann erkannten wir die Umrisse eines Zirkuswagens sowie vier oder fünf weitere. Offenbar hatten die Clowns, die Artisten und die Dompteuse, die Arbeiter und Athleten versucht, aus dem Zirkuszelt, das

wir am Straßenrand entdeckten, zu fliehen – waren aber nicht weit gekommen. Nur ihre Bekleidung war übrig geblieben. Es gab vier Affen und einen kleinen Elefanten. Aber weshalb sahen wir keine einheimischen Tiere – das heißt, bis auf Gazpacho? Eugen ließ uns aussteigen, er fand einen Lastwagen und verlud die Tiere mitsamt dem Kamel in den Laderaum, in dem auch ich Platz nahm.
Langsam setzte sich das schwerfällige Fahrzeug in Bewegung. Allmählich gewöhnte sich mein Blick an die Dunkelheit, und ich nahm zumindest Umrisse wahr. Der Lastwagen hatte Daunendecken transportiert, begriff ich, und die Tiere hatten sich darauf niedergelassen. Selbst die Affen verhielten sich ruhig. Es war wie eine Vision: der nackte Laderaum, halb gefüllt mit Decken, auf denen die Tiere ruhten, und ich, der ich mich noch unglücklicher fühlte als zuvor. Etwa eine Stunde lang kamen wir nur schrittweise voran. Da ich nicht sehen konnte, was draußen vor sich ging, musste ich versuchen, mir alles im Kopf auszumalen. Der Wagen bewegte sich jetzt schneller. Vermutlich hatte der Nebel nachgelassen, und die Tiere, die sich bisher ruhig verhalten hatten, fingen plötzlich an, Geräusche von sich zu geben.
Immer schon war es mein Traum gewesen, mit Tieren sprechen zu können. Als Kind hatte ich ein Buch von Hugh Lofting gelesen, »Doktor Dolittles Zirkus«, das mir jetzt einfiel. Später bekam mein Vater eine Postkarte mit einem Bild, auf dem Franz von Assisi mit einer Schar Vögel zu sehen war … Franz habe mit Tieren gesprochen, erklärte mir mein Vater eingehend und wiederholt. Er rahmte das Bild ein und hängte es in meiner Kammer auf. Es war von »Giotto« gemalt, las ich. Wie oft habe ich im Abendgebet geradezu darum gefleht, dass auch ich mit den Tieren sprechen könne. Oder hatte der Mönch auf dem Gemälde, der denselben Vornamen trug wie ich, sich das alles nur eingebildet?

Franz von Assisi begann in meinem Kopf allmählich die Stelle von Hugh Lofting einzunehmen. Das Rätselhafte an dem Heiligen zog mich immer mehr in seinen Bann, auch weil mein Vater nicht aufhörte, bewundernd über ihn zu reden ... Schließlich versuchte ich es auf eigene Faust mit den Bienen. Bisweilen war mir sogar, dass ich sie verstand. Dann wiederum scheiterte ich. Trotzdem habe ich es nie aufgegeben, die Bienensprache zu erlernen – je älter ich wurde, desto intensiver quälte mich dieser Wunsch.

»Und jetzt?«, fragten die aufgeregten Affen. »Und jetzt? Und jetzt?« Sie schrien durcheinander: »Und jetzt? Und jetzt?«

Da geschah etwas mit mir, das ich nie vergessen, aber auch nie begreifen werde: Ich konnte mich plötzlich über meine Gedanken stumm mit den Tieren unterhalten. Es waren neue Fähigkeiten, die ich auf einmal besaß, aber ich wusste nicht, weshalb. Ich fragte wortlos und ohne mich anzustrengen den kleinen Elefanten, was die Affen mit »und jetzt?« meinen würden. Der Elefant war keinesfalls erstaunt über meine Frage und gab zurück: »Für den Zirkusdirektor waren wir bloß Objekte, es war ihm wichtig, dass wir gesund aussahen, stark wirkten, Neugierde weckten – wie es uns ging, scherte ihn einen Dreck.«

Die anderen Tiere kümmerten sich nicht um uns. Erst als ich mich ihnen zuwandte, reagierten sie.

Für die Affen war ich, wie sie riefen, ein »Blindgänger«. Weshalb ich wohl zusammen mit ihnen eingesperrt sei? Weil ich nichts taugte? Nur das Kamel machte Kaubewegungen und fragte sich selbst, wann es Futter gebe ...

Plötzlich begannen die Affen zu lärmen – soviel ich verstand, riefen sie »Feuer! Hinaus! Wir ersticken!«.

Erst eine halbe Minute später konnte ich selbst den Brandgeruch wahrnehmen und begriff, dass es drau-

ßen brennen musste. Wahrscheinlich fuhren wir gerade durch dichten Rauch, dachte ich. Plötzlich wurde das Schiebefenster zur Fahrerkabine geöffnet, und Walter rief in die Dunkelheit: »Der Wald brennt, aber die Straße ist noch frei! … Hörst du mich, Franz?« – Meinen neuen Namen Wilhelm Herman haben meine Verwandten nie benutzt.
Walter kam mir vor wie ein jugendlicher Gefängniswärter, der mich mit seinem Blick in der Dunkelheit suchte. Ich rief »Ja« zurück. Im nächsten Augenblick rüttelte es heftig, dann geriet das Fahrzeug ins Schleudern, und wir kippten zur Seite. Die Tiere waren außer sich. Die Affen schrien, der kleine Elefant zappelte auf dem Rücken, und das Kamel suchte panisch nach dem Ausgang.
Mein Kopf schmerzte. Ich war nicht ganz bei mir … benommen versuchte ich mich zurechtzufinden, aber um mich herum gab es nur tobendes Chaos, das zugleich etwas wie das Nichts war. Irgendwie kam ich auf die Beine, die Hintertür wurde geöffnet, und ich begriff, was geschehen war. Ich sah Eugen, der erschrocken »Du blutest!« ausrief, und taumelte hinaus. Rundherum brannte der Wald. Der Rauch war schwarz, außerdem herrschte noch immer grauer Nebel, der sich mit dem Rauch vermengte und immer dichter wurde. Die Tiere flohen panisch ins Freie, versuchten davonzulaufen, aber wir waren vom Feuer eingeschlossen. Ich dachte »Es geht zu Ende«, jedoch Eugen zog mich hinter sich her, und ich stolperte ihm nach. Als mir die Tiere einfielen, konzentrierte ich mich darauf, dass sie mir folgten. Ein brennender Baum, sah ich, war auf die Straße gestürzt, und weiter vorne entdeckte ich einen Möbelwagen, auf den wir zueilten. Er war zum Glück bis auf Kleiderreste, eine Zahnbrücke und Sonnenbrillen in der Fahrerkabine leer. Im Laderaum ein festgeschnürtes Klavier. Da alles in großer Eile geschah, wären wir beinahe weitergefahren, ohne

dass das Schiebefenster zum Führerhaus geöffnet worden wäre. Lautstark protestierte ich.
Das Letzte, was ich sah, bevor man die Tür hinter mir ins Schloss warf, waren die Zirkustiere, die ich mit meinen Gedanken so weit gebracht hatte, dass sie in den Laderaum gesprungen waren und dort ihre Exkremente fallen ließen. Da wir keine Decken mehr hatten, streckten sie sich auf dem Boden aus, und ich beruhigte sie. Der Wald brannte lichterloh, hatte ich gesehen, und der Rauch stieg zum Himmel. Der Gestank vermischte sich mit dem der Tierexkremente. Wir fuhren jetzt zügig dahin. Ich stellte mir vor, wie der Lastwagen Feuer fing und explodierte. Ich suggerierte mir indessen, alles im Griff zu haben, und versprach dem kleinen Elefanten, mich um ihn zu kümmern. Die Affen log ich an, dass wir am Abend in Sicherheit sein würden, das Kamel hingegen umarmte ich und versuchte, es mit Liebesgefühlen zu beruhigen. Doch die Versuche schlugen fehl. Der Radau wurde so heftig, dass Eugen anhielt und mich aus dem Laderaum holte. Als ich den Kopf senkte, glaubte ich, es habe geschneit, denn der Boden war weiß und zerfurcht. Es war Kalkschlamm, wie Eugen mich gleich darauf aufklärte. Vor uns eine unasphaltierte Straße, die zu einem hohen Schornstein führte, dahinter ein Fabrikgebäude und noch weiter in der Ferne ein ausgestorbenes Dorf. Plötzlich stellte ich fest, dass die Tiere davongelaufen waren.
»Ich habe einen Umweg nehmen müssen … der Waldbrand – Unfälle auf der Autobahn«, erklärte Eugen mit unbewegtem Gesicht. Ich wechselte zu Walter in die Fahrerkabine, denn meine Stirn blutete. Der Hund Gazpacho lag wie erschlagen vor dem Beifahrersitz.
Walter rief aufgeregt: »Die Zirkustiere sind verschwunden!«
»Sie sind geflüchtet, noch bevor Franz in die Fahrerkabine gewechselt ist«, antwortete Eugen gleichgültig.

Eugens Gedanken, sagte ich mir, waren mit Sicherheit bei seiner Frau und bei allem, was ich bisher gesehen hatte ... Ich zwang mich, nicht weiterzudenken. Es ging jetzt eine schmale Asphaltstraße hinunter, an Einfamilienhäusern vorbei, an Kirchen und Kapellen, die wie archäologische Fundstücke aus vergangener Zeit aussahen, an Wirtshäusern und Lebensmittelgeschäften, Apotheken, Holzstapeln und Garagen. Keinen Menschen zu sehen machte mich schwermütig.

»Dort drüben steht einer!«, rief Eugen im selben Augenblick aufgeregt – doch es war nur eine Vogelscheuche. Wir hielten im nächsten Dorf und stiegen in einen Mercedes um, den Fleischvorrat aus dem Geschäft hatten wir längst wieder verloren. Das Auto war fast neu und hatte, wie Eugen mit Hilfe des Führerscheins feststellte, den er in der Jacke auf dem Vordersitz gefunden hatte, einem 46-jährigen Arzt gehört. Eugen warf alles aus dem Wagen, nur die Tasche auf dem Rücksitz ließ er an ihrem Platz, nachdem er aus ihr ein Pflaster für meine Stirn herausgeholt hatte. Von da an verlief alles hektisch und rasant. Die Straßen waren freier geworden, Nebel und Rauch waren abgezogen, und die Sonne kam hinter den schmutzig grauen Wolken hervor. Wir schenkten den Einzelheiten keine Beachtung mehr. Als wir die Auffahrt zur Alm erreichten, sahen wir schon von unten, dass im Steinbruch kein Betrieb herrschte. Die Fahrzeuge und Maschinen standen an ihren Plätzen wie zu Arbeitsbeginn. Nichts bewegte sich, kein Fließband, kein Bagger, kein Lastwagen. Von weitem kam mir alles wie Spielzeug vor. Die restliche Fahrt über hatten wir kein Wort gesprochen. Die Almwiesen waren leer. Ein leichter Wind wirbelte Staub auf, und je näher wir Eugens und Walters Haus kamen, desto banger wurde uns. Das Gebäude lag still da. Eugen und sein Sohn sprangen heraus, der Hund hinterher, ich blieb sitzen. Ich hörte die beiden laut »Anja«

und »Mama« rufen. Dann hatten sie ihr Kleid und ihren Ehering vor dem Karpfenteich gefunden, vermutete ich, denn sie fingen dort laut zu weinen an. Auf der Hausbank entdeckte ich gleich darauf das Gebiss, den Stock, den Ehering und den Trainingsanzug ihres Vaters.
Ich stieg aus und ging die wenigen Schritte hinauf zu Kucks ehemaligem Haus. Kuck war ein berühmter Comiczeichner gewesen und von Eugens Nachbarn aufgezogen worden. Nach deren Tod hatte er das nahegelegene Haus geerbt und dort an seinen neuen Geschichten gearbeitet. Als er unerwartet starb, hatte mein Neffe das kleine Gehöft am Rande des Steinbruchs von dessen Witwe gekauft, und den Sommer über hatte Anjas Vater dort gewohnt. Die Türen standen offen. Alles war frisch gereinigt und hergerichtet, als erwartete man Gäste. Doch nur ich war da.
Ich lief ums Haus zum Rand des grünfarbigen Diabas-Steinbruchs und schaute 140 Meter tief hinunter in das gleichgültige Erdinnere. Dort standen die abgestellten Lastwagen, Steinmühlen mit roten und blauen Förderbändern, Lieferwagen und Raupen herum. Es gibt nämlich eine sogenannte »Schaukanzel«, die ich früher immer wieder aufsuchte, um hinunterzusehen und mir vorzustellen, wie ich in den Abgrund stürze und dabei fliegen lerne.

Die ersten Apriltage

Wir suchten schließlich die umliegenden Bauernhöfe ab und fanden keine Menschen, nur ihre Kleidungsstücke. Auch das Vieh war spurlos verschwunden. Den ersten Vogel entdeckte ich erst am folgenden Tag – eine Taube. Eugens Nachbar hatte ein Dutzend dieser Vögel gezüchtet und mit Messingringen versehen. Es war ein kurzer

Moment der Freude. Die überlebenden Tiere konnten sich vielleicht noch versteckt halten, hoffte ich. Ich versuchte stumm mit der Taube zu sprechen. »Warum lebt ihr?«, fragte sie mich.

Die nächste Überraschung war, dass ein Teil der Bienen ausgeflogen war. Jahrelang hatte sich Eugen abgemüht, dachte ich, den Bestand der Bienen trotz des Befalls durch Varroa-Milben über den Winter zu bringen, nun machte es den Eindruck, dass sich dieses Problem von selbst gelöst hatte.

Besonders aber überraschte mich der Umstand, dass es in der ersten Nacht Frösche regnete. Ich wurde wach, weil sie klatschend aufs Dach schlugen. Daher schaute ich hinaus und hörte die »Amphibien«, wie Eugen sie nannte, laut quaken, bevor sie verendeten.

Den gesamten Tag danach gingen mir tausend Frosch-Verse durch den Kopf. Ich verriet es niemandem, und es gelang mir auch nicht, die Reime zu zähmen, sie sprudelten nur so aus mir heraus:

Klappert der Frosch mit den Flossen,
glauben wir, es sind Rosen.
Ist das Froschauge starr,
heißt es, der Wein ist bald gar.
Schwimmt der Frosch über Teiches Boden,
zieht er Hosen an aus Loden.
Springt der Frosch hoch aus dem Wasser,
werden die Insekten nasser.
Öffnet der Frosch das Maul,
verwechselt man ihn mit dem Gaul.
Zeigt der Frosch seinen Darm,
wird der Betreffende arm.
Schwimmt der Frosch im Teich,
wird der Betreffende reich.

Während ich die verschiedensten Handgriffe machte, bildeten sich gegen meinen Willen ununterbrochen und rasend schnell Verse um Verse in meinem Kopf. Ich verzweifelte schon. Dann versuchte ich mit den Bienen in Gedanken zu sprechen. Ich konzentrierte mich darauf, und plötzlich waren die Verse verstummt wie Schluckauf. Als ich mich vor den Bienenkästen aufhielt, hörte ich ein einzelnes Insekt sagen, es sei die Königin, und es sei verwundert, dass ich seine Sprache verstehe.
Erst am Tag darauf trafen die übrigen Mitbewohner aus dem »Haus der Künstler« ein, die nicht mehr hatten dort bleiben wollen. Sie verteilten sich auf die umliegenden Gebäude. Da die Pfleger riesige Mengen an Medikamenten mitgebracht hatten, musste ich das Holzhaus am Rand des Steinbruchs wieder räumen, und Eugen ordnete an, dass ich in sein Haus und das ehemalige Zimmer des Schwiegervaters ziehen solle. Ich tat es, aber ich gab den Unterschlupf am Rand des Diabas-Steinbruchs in Gedanken nicht gänzlich auf. Wieder einen Tag darauf hörten wir eine Kinder- und Jugendgruppe eines SOS-Kinderdorfes laut schreiend auf unsere Häuser zulaufen. Sie hatten sich in der nahen Klamm aufgehalten und wegen des Schlechtwetters eine Höhle aufgesucht, in der sie Unterschlupf gefunden hatten, als der gelbe Nebel gekommen war. Ursprünglich hatten sie schon in der vergangenen Nacht den Rückzug antreten wollen, aber da hatte es gerade Frösche geregnet. Nun beschlossen sie, bei uns zu bleiben.

Das missglückte Bienenkunststück

In der Schwarmzeit habe ich meinen Neffen Eugen immer mit dem Bienenkunststück erfreut.
Ich fange einen Schwarm ein, beruhige und füttere ihn

zwei Tage im Keller, binde mir das »Königinnen-Kästchen« – einen zündholzschachtelkleinen Behälter aus Holz – um den Hals und lasse die Bienen des Schwarms langsam auf mir Platz nehmen. Anfangs – als ich noch mit meinem Vater zusammenarbeitete – hatte ich es im Imkeranzug und mit Imkerhut gemacht, später dann – als mein Neffe Eugen mich jedes Jahr für vier Monate aus der Anstalt holte – begann ich es ohne Kopfschutz zu machen und zuletzt auch ohne T-Shirt. Das Kunststück funktioniert vor allem in der Schwarmzeit, wenn die Bienen mit der alten Königin ausziehen und sich vielleicht auf dem Ast eines Baums ganz in der Nähe niederlassen. Dort bilden sie einen großen wimmelnden Zapfen aus 10 000 oder 20 000 und mehr Bienen, unter denen sich die Königin befindet.

Als ich von der Schaukanzel über dem Steinbruch zurückkehrte, von der aus ich auf die von Nebeldunst förmlich zugeeist wirkende Landschaft geblickt hatte, entdeckte ich auf dem hohen Nussbaum neben dem Haus meines Neffen einen Bienenschwarm. Die Kinder und Jugendlichen aus dem SOS-Kinderdorf standen dort mit einer ihrer Betreuerinnen, die sie »Mama« nannten, und ließen sich erklären, was im Bienenuniversum gerade vor sich ging. Sie waren gerade an dem Punkt der Geschichte angelangt, wenn im Stock eine neue Königin geboren wird und vor allem die alte oder manchmal die neue mit der Hälfte des Schwarms auszieht und sich ein neues Quartier sucht. Ich holte sogleich die Leiter, die Schwarmkiste, die einen Henkel zum Halten und ein Flugloch hat, sowie einen zweiten Behälter, einen Wasserzerstäuber und einen Besen. Ja, ich wollte mich wichtigmachen. Für die alte Königin hatte ich einen Behälter in der Größe einer Zündholzschachtel bei mir, der am Deckel mit Draht vergittert war, damit sie atmen und ihr Volk sie riechen konnte. Ich trug auch die Schutzkleidung, die ich noch im

Stall rasch angelegt hatte, kletterte auf die Leiter, sprühte Wasser auf die Bienen, damit sie sich enger zusammenzogen und nicht aufflogen, und schüttelte sie dann vom Ast in die Kiste, worauf ich sie noch einmal besprühte und die übrigen Insekten mit dem Besen in den anderen Behälter fegte. Sodann kletterte ich unter dem Applaus der Kinder und Jugendlichen wieder herunter und stellte die Bienen zuerst für zwei Stunden unter dem Baum ab, dann in den Keller ins Dunkle, um sie zu beruhigen. Die zwei Stunden, die sie unter dem Baum abgestellt waren, hatten die restlichen Bienen genutzt, um zurück zum Schwarm zu fliegen … Die übrigen zumindest zehntausend waren bereits der Königin gefolgt. Doch ich hatte vor, das »Bienenkunststück« zu zeigen und fütterte deshalb das Volk nachts im Keller mit Bienenhonig, um dem Schwarm die notwendige Nahrung zukommen zu lassen und ihn nicht in Unruhe zu versetzen.
Nachdem die Mitbewohner gerade aufgestanden waren, trug ich das Bienenmagazin mit dem Volk, das ich im Keller gefüttert hatte, zum Haus am Rand des Steinbruchs, wo auf halber Strecke die 46 Bienenkästen aufgestellt waren und fügte es mit einem Abstand dazu. Als Nächstes musste ich die Bienenkönigin finden. Ich hatte sie schon am Vortag auf dem Nussbaum gesehen. Schließlich nahm ich sie heraus und steckte sie in den kleinen Behälter, den ich zuvor mit einer dünnen Schnur versehen hatte, da ich ihn mir um den Hals binden musste. Übrigens trug ich jetzt den weißen Bienenmantel, nicht aber den Hut.
Ich kümmerte mich auch nicht darum, was die anderen im Augenblick machten. Immer schon will ich in Einklang mit mir selbst sein. Ich kann mich nicht verstellen, das ist der Grund, weshalb ich – wie man sagt – nicht »normal« bin. Ich lüge nur aus Angst oder um das zu schützen, woran ich glaube und was ich gerade tue.

Auch, wenn ich versuche, mich zu erinnern. Andererseits falle ich leicht auf Lügen herein, da es mir fremd geblieben ist, in dieser Welt der Täuschungen zu leben. Ich bin nicht besser als die anderen, aber sie verunsichern, sie irritieren mich in meinem Befinden.

Ich legte den weißen Mantel und das T-Shirt ab und band mir, wie geplant, den kleinen Behälter mit der Bienenkönigin um den Hals. Dann öffnete ich das Magazin und wartete, bis die Insekten anfingen, sich auf mir niederzulassen. Es ist ein großartiges, ein phantastisches Gefühl, wenn sie sanft brummend ihrer Königin folgen und auf meiner nackten Haut leicht kitzelnd Platz nehmen, als kämen sie arglos auf Besuch. Natürlich sind es die Pheromone, die Geruchshormone der Bienenkönigin, die sie anziehen – der verlässlichste Mechanismus, den es gibt. Je mehr Bienen angeflogen kommen, desto beglückter fühle ich mich und desto introvertierter werde ich. Es wäre jetzt ungeschickt, würde ich mich bewegen, denn jede Hautfalte kann eine Biene irritieren, und sobald sie sich bedrängt fühlt, sticht sie. Nach dem Stich sondert das Insekt einen Duftstoff ab, der den Schwarm zum Stechen anregt. Sobald sich aber die Biene beim Stich in die Haut eines Menschen den Stachel ausgerissen hat, bewegt sich dieser noch selbständig weiter. Dadurch wird zusätzlich Gift aus der Giftblase in den Körper des vermeintlichen Widersachers gepumpt. Man kann nur versuchen, den Stachel wegzuwischen oder ein wenig herauszukratzen, andernfalls leert man die Giftblase zur Gänze in die Wunde. Da die Bienen klein sind, gelangt bei einem Stich nur sehr wenig von den giftigen Substanzen in den Menschen, aber in größerer Menge sind diese eines der tödlichsten Gifte der Tierwelt, nur vergleichbar mit denen der gefürchtetsten Schlangen. Ich habe Bienenstacheln bei meinem Neffen des Öfteren unter dem Mikroskop gesehen … ein Wunderwerk.

Plötzlich verschwinden alle Gedanken aus meinem Kopf, und ich werde zu einem Teil des Schwarms – das ist es auch, was ich beim »Bienenkunststück« erfahren will. Ein Summen umgibt mich, und da ich die Haare auf dem Kopf kurzgeschoren trage, bleiben auch keine Bienen darin hängen. Ich spüre nur die kühle Brise aus tausenden rasenden Flügelschlägen, jede Biene besitzt ja vier Flügel, die unfassbare 250 Mal in der Sekunde schlagen, also insgesamt 15 000 Mal in der Minute. Ihre Augen haben übrigens eine andere Farbwahrnehmung als die der Menschen – sie sehen statt Rot Schwarz, können dafür aber ultraviolettes Licht erkennen und sich am Tag auch ohne Sonnenlicht, das heißt bei bedecktem Himmel, orientieren. Blüten sind für sie von anderer Farbe als für Menschen, vor allem sind sie deutlicher gemustert. Das Weiß, das sie erkennen, ist ein anderes als »unseres«. All das geht mir jetzt durch den Kopf, auch dass ihr Gehirn rund tausendmal kleiner ist als das menschliche. Auf eine nahezu körperlose Weise umarmt mich »der Bien«. Ich fühle seine unzähligen Beinchen – da jede Biene über vier verfügt, sind es jetzt zumindest 40 000, die ich als kitzelnden Flaum empfinde. Das ist phantastisch, als berührte mich ein Geister- oder Seelenwesen. Dann spüre ich, wie ich immer kleiner und kleiner werde, bis ich die Größe einer Biene annehme und selbst zum Teil des Biens werde. Es geht mit einem Gefühl der Schwerelosigkeit und der Selbstvergessenheit einher. Und jetzt verstehe ich, was sie sprechen.
»Wer bist du?«, fragt eine Arbeitsbiene.
»Ich bin ein Mensch, der zur Biene geworden ist«, gebe ich in Gedanken zurück.
»Pass auf die Wächterinnen auf, sie stechen dich.«
Im nächsten Augenblick senkt sich eine auf den Kopf gestellte Pyramide über die Biene und verschluckt sie. Jetzt erst erkenne ich, dass es der Schnabel eines Vo-

gels ist, der sich anschickt, auch mich zu verschlingen. Ich springe reflexartig zur Seite, aber dadurch habe ich mich bewegt und bin wieder ein menschlicher Körper geworden und so groß wie zuvor. Gleichzeitig spüre ich den ersten Bienenstich unter dem Arm, ich strecke mich durch, und während ich meine Oberarme hebe, um keine weitere Biene einzuklemmen und noch einmal gestochen zu werden, fällt mir auf, dass ich schon über und über mit Bienen bedeckt bin. Sogar auf meinem Gesicht haben sie Platz genommen, und bevor ich die Augen schließe, sehe ich aus der Ferne die Kinder, den Arzt und die Ärztin, mehrere Patienten aus der Anstalt, den Pfleger und die Krankenschwester, die mich erschrocken beobachten. Gerade als ich Stich um Stich spüre, sehe ich meinen Neffen auf mich zulaufen. Ich zeige meinen Schmerz nicht. Ich spüre, wie Eugen mir den schachtelförmigen Behälter mit der Königin vom Hals löst und ihr ein Teil der Bienen in das Magazin folgt, der übrige Schwarm mich aber weiter und weiter sticht. Noch immer bleibe ich ruhig, obwohl mich die Stiche im Gesicht und am Hals treffen, so dass ich glaube, den Schmerz nicht mehr zu ertragen. Doch widerstehe ich ihm zu meinem eigenen Erstaunen, während Eugen die Bienen mit nackten Händen von mir herunterkehrt, ohne dabei ein Wort zu sprechen. Ich stehe jetzt bewegungslos da. Die kühle Luft über meinem Kopf ist verschwunden. Dann begreife ich plötzlich, warum ich alles mit mir geschehen lasse ... Ich kann nicht anders. Meine Lippen und Augen sind verschwollen, der Schmerz ist unbeschreiblich ... als hätte ich keine Haut mehr.
»Komm!«, flüstert Eugen, nimmt mich bei der Hand und führt mich in sein Haus. Der Weg dorthin erscheint unendlich lang, und während ich gehe, wird er länger und länger, bis ich schließlich nur noch SCHMERZ bin ... Im Haus ist es so dunkel, dass ich mich in nichts, in ein

abstraktes Todesgefühl auflöse. Stimmen stellen Fragen, die ich nicht beantworte.

Eine Zeitlang lebe ich im Eis … für einen Moment nehme ich wahr, dass mir mein Neffe eine kalte Flasche Wein aus dem Keller aufgelegt hat und mich mit einem Desinfektionsspray und einer Salbe behandelt – zuletzt mit einem Hydrocortison-Präparat. Das Entfernen der Stacheln mit der Pinzette hat er längst aufgegeben, weil, wie er mir später erklärte, das gesamte Gift bereits in meinem Körper gewesen sei. Als sich Hautstellen entzündeten und anschwollen und ich Fieber bekam, verabreichte er mir Antibiotika.

Zehn Tage verharrte ich im Zwischenreich von Schmerzen, Halbschlaf und Erinnerung … Zuerst noch in einem gewaltigen Eisblock … ich sah mich von außen in ihm … er war riesig, ich sah darin aus wie eine Fliege in einem sechsstöckigen Gebäude. Mein Kopf betäubte mich mit rasenden Bildern, die ich mich später bemühte in Aufzeichnungen festzuhalten.

Vorwort: Gedichte

Wenn ich die Leere in mir überwinden will, überlasse ich es meinem Gehirn, Bilder zu entwerfen, und ich warte darauf, dass sie sich verwandeln, eines aus dem anderen … zuerst denke ich an ein Blatt, an die Taste eines Klaviers, an einen Briefbeschwerer aus Glas, das eine Blume umhüllt, an einen alten Schuh, der zu sprechen beginnt, eine Raupe, einen Schmetterling, eine Vogelfeder, ein Spielzeug, an Wolken, an eine Schere, einen Hut, bis sich die Bilder von selbst verwandeln. Langsam entstehen Buchstaben und Wörter in meinem Kopf, nein, in meinem Unbewussten, wie Oberarzt Brantner mir immer wieder erklärt, die ich dann – wie gesagt, um die Leere, die Einsamkeit, die Angst in mir zu überwinden – aufschreibe.

Vor allem verbiete ich mir, den Aufzeichnungen einen Sinn zu geben. Ich kümmere mich nur um die Sprachbilder. Sie erinnern mich an die sinnentleerte Welt, das sinnentleerte Dasein, denen ich ausgesetzt bin. Ja, ich werfe die Sprache wie früher mein Spielzeug in die Badewanne, zünde Zeitungsseiten an, werfe sie weg, verbrenne sie, lasse sie aus dem vierten Stock auf die Straße fallen oder schütte sie wie die Eheringe meiner verstorbenen Großeltern in den Ausguss – dann erst bin ich bei mir selbst.

Gedichte I

Aus: »Sprachbilder«

Wolken leuchten, und der Wind spielt ein wirres Notenmosaik aus Tschaikowskys Melodien.
Auf der Suche nach Schönheit begegnest du nicht einem Menschen.
Die Dorfbewohner sind an ihren Worten erfroren.
Bienen seien die Erythrozyten der Luft, sagen die Imker.
Weingärten hingegen grünblaue Lavaströme.
Ein Regenschirm fliegt die Straße hinunter. (Gestern noch lag er zusammengefaltet am Ufer des Flusses.)
Das Muster eines Schneckenhauses durchzieht in Wellenform den Fischteich.
Tischladen voller Spielkarten.
War es ein Bussard? Eine Eidechse? Ein Sumpfkäfer?
Verrostete Flugzeuge und Autokarosserien, verrostete Fahrräder, leere, verfallene Häuser.
Eis kracht wie ein zerbrechender Menschenknochen.
Nur die Spinne schreibt das geometrische Gebet.
Angst malt Fresken in den Köpfen.
Der perlenförmige Froschlaich schmückt den Hals der Braut.

Imker rauchen Tannenzapfen und trinken.
»Tiere sind Menschen«, wiederholt der Chor der Bienen, wie im griechischen Drama.
Wer nicht lesen kann, stirbt.
Haben die Tauben Kopfschmerzen?
Leise spotten die Motten.
Der Holzbalken im Schlafzimmer sieht alles.
Die Kloake des Vergessens.
Die Gebetsmühlen des Alltags zermahlen das Märchen des Todes.
Alte Träume von alten Eseln.
Es gibt keine Jahreszeiten.
Sobald die Gedanken auf dem Kopf stehen, wird das Leben leichter.
Nur das Widersprüchliche ist wahr.
Jeden Tag lösen sich Prophezeiungen in nichts auf.
Die Stunden sind Kakteenstacheln.
Jeder nimmt sich jeden Tag das Leben.
Die Wochen sind Schaukelpferde, die Momente drehen sich wie Ringelspiele, die Jahre verschwinden im Bungee-Jumping der Zeit.
Der Leiterwagen rollt durch den Laubsturm aus Bibelseiten.
Gelbe Bleistifte auf dem Fußboden der Bäckerei.
Nirgendwo Blut.
Die Fingerabdrücke der Toten werden sichtbar.
Das Unbewusste der Erde offenbart sich im Schnee.
Nirgendwo Glück.
Alle Wolken bestehen aus Fliegen.
Der Wald verfügt über magnetische Kräfte.
Ein Elsternflügel im Moos.
Das riesige Spielzeuggeschäft – von Ameisen überflutet.
Schaufenster ohne Scheiben.
Die vom gehäuteten Hasen blutige Zeitung.

»Niemand ist schuldig!«, ruft der Konditor.
»Alle sind schuldig!«, verkündet der Landarzt, bevor er sich in Luft auflöst.
Die heilige Stille gibt das Rauschen des Wasserfalls preis.
Beim nächsten Atemzug bleiben die Uhren stehen.
Ein Apfel mit einem Gebiss.
Das Feuer strömt am Himmel.
Woher kommt der Gesang des Heuschreckenschwarms?
Pilze verstopfen die Ohren der Bäume, bis diese allmählich ertauben.
Schon bewegt sich der Erdboden, schon verlieren die Vögel alle Federn, schon kriechen Fische an Land, schon beginnen die Steine zu sprechen.
Der gelbschwarze Postautobus verrottet im Steinbruch.
In den Schultaschen verschimmeln die Liederbücher.
Am Ufer des Flusses ist ein Dampfer angeschwemmt.
Aale schwimmen in der Kombüse.
Ich verstehe die Sprache der Tiere.
Gedanken genügen, um Fragen zu stellen.
Selbst Dinge melden sich zu Wort.
Eine Fischotterin treibt auf dem Rücken im Wasser, ihr Junges, das auf ihrem Bauch liegt, liebkosend.
Krokusse wachsen auf dem Dach, Primeln auf der Brücke, Schneeglöckchen im Eisenbahnzug.
Ein Hund mit blauen Tintenpfoten.
Der Schornstein der Fabrik versinkt im Sumpf.
Wer die Welt verflucht, wird selbst zur Welt.
Das ewige Echo verstummt.
Die Verdoppelung durch den Spiegel ist Träumen im Wachsein.
Ein Unglück – bunt wie das Gefieder des Grünspechtes.

Der Überlebende stirbt vor der brennenden Volksschule.
Wer mit dem Spazierstock geht, spürt die Drehung der Erde.
Die Weintraube ist der Globus der Trinker.
Buchstaben werden zu Kieselsteinen.
Das Verzeihen verzeiht nicht das Nichtverzeihen.
Wer die Welt liebt, kann fliegen.
Rasch ist der Gelehrte ein Dummkopf.
Das All der Bienen benötigt keinen Menschen.
Was der Sterbende träumt, bleibt sein Geheimnis.
Sobald der See zugefroren ist, lachen die Käfer.
Unterwegs verwandelt sich die Torte in eine Zigarrenkiste.
Im Briefkasten wartet die Schlange.
Selbst das Kreischen der Möwen verhallt in den Ohren der Touristen.
Im leeren Kinosaal erwacht der Taschendieb.
Die Straßen sind voll lärmender Tausendfüßler.
Auf der toten Kinoleinwand zeigen sich erste Urinflecken.
Lilien und Erdbeeren übersetzen das tragische Gekeife in Zaubersprüche.
Aus dem Zapfhahn fliegt eine Amsel.
Alle Vorhänge wölben sich, wenn Seerosen nach Afrika fliegen.
Die Heldensagen der Pantoffeltiere.
Als dem Greis der Flugdrachen entgleitet, stürzt am Matterhorn ein Basstrompeter in den Tod.
Pferdemist heilt Zahnschmerzen.
»Ich habe das Wasser nie verstanden«, notiert der Schuldirektor auf dem Spaziergang und stolpert.
Schmetterlinge? In der Luft hüpfende Blumen.
Unter den Baumrinden die Skelettskizzen von Borkenkäfern.

Ein Schwein frisst Orchideen im verwilderten Glashaus.
Über dem Kopf des Kochs schwebt der Schatten des Adlers.
Die Gedankenwelt ist eine Korallenküste.
Bei Gewitter und Schneefall kräht der Hahn des Nachbarn.
Gleichgültigkeit hält alles im Gleichgewicht, selbst wenn es das Gleichgewicht verliert.
»Macht euch die Erde untertan«, sprach Jesus in der Wüste, die Pygmäen im Dschungel verstanden ihn nicht.
In den Holzsärgen werden Träume bestattet.
Alle Pflaumen weinen am Nachmittag.
Der U-Bahn-Tunnel ist gefüllt mit Tannenzapfen.
Sie fanden die Kuckucksuhr im Bestattungsinstitut.
Wer als Kind nicht lügt, scheitert.
Bäume blühen im Winter, wenn es Palmkätzchen schneit.
Der Apotheker hasst Abhörwanzen.
Ein Saxophonist geigt vom Kirchturm Flötentöne.
Der Liebhaber küsst im Trüben.
Schon wird der Igel zur Sonne.
Nur Formulare bleiben übrig.
Anstelle von Lokomotiven werden Heuwagen angekuppelt.
In den Vogeleiern nisten Flöhe.
Stirbt ein Fotograf, erwachen die Bilder, stirbt er nicht, bleichen sie aus.
»Dich hat der Mohn ausgespuckt!«
Wenn es dämmert, zeigen sich als Menschen maskierte Tiere.
Niemand ist verlassener als der Hausschuh.
Ein Kleiderhaus für Verstorbene.
Vogelfutter dient den Banken als Goldbarren.

Fossilien sind die Wertpapiere der Eisenbahner.
Als Münzen werden Trachtenhüte fabriziert.
Vermisste suchen Vermisste, bis sie selbst vermisst werden.
Reden ist Gold, Schweigen Blech.
Die Patronen in Füllfedern musizieren wie Orgelpfeifen.
Das Setzen von Kirschbäumen ist Wünschelrutengängern vorbehalten.
Am Tag sind die Geister Blätter.
Das Notizbuch löst sich im Seewasser auf.
»Schmerz« heißt ein Glied der Heuschrecke.
Nachdem der Wohnwagen aufgebrochen war, stürmte die Polizei ins Freie.
Alle Chinesen zitieren die Sprichwörter der Zitronen.
Im Beichtstuhl werden die Volksmärchen gedruckt.
Einschusslöcher in der Badewanne beweisen, dass der Täter unschuldig ist.
Jedes Haus birgt Geheimnisse, jedes Schiff, jeder Garten, jedes Automobil, jedes Kloster, jede Kaserne, jede Schule, jedes Krankenhaus, jede …
Der Kerzenleuchter aus Kupfer wird als Bierkrug verwendet.
Engel sind die Farnmuster auf vereisten Fenstern.
Dämonen der rote Rost auf Eisen.
Der Friseur tätowiert das Gehirn der Kundin.
Schon sprießen Löwenzähne aus ihrem Kopf.
»Wir müssen alle Fingernägel ziehen«, ordnet die Zahnärztin an.
Die narkotisierten Schwertlilien kommen zu sich, wenn sie das Wort »Notdurft« hören.
»Sobald du das hundertste Lebensjahr erreichst, wirst du Opernsänger«, prophezeit die Wahrsagerin dem Briefträger.
Aus dem Wachs der Bienenstöcke werden Urinale geformt.

Die Ehre des Großgrundbesitzers wurde abgeschnitten und zu Sauerkraut verarbeitet.
Das geblümte Speiseservice verdorrt, selbst das Düngen hilft nicht mehr.
Wenn ein Kind Ministrant werden will, schluckt es eine Nuss.
Am Auferstehungstag wird gebratene Katze serviert.
Wer jünger aussehen will, muss die Volksschule wiederholen.
Haufen leerer Konservendosen bedecken den Friedhof.
Die Zimmer malen sich selbst mit Schimmelflecken aus.
Kinder im Matrosenanzug und mit Gasmasken stürmen den Turnsaal.
Jeder Embryo fliegt vor der Geburt einmal um die Erde.
Als das Fest den Höhepunkt erreichte, bemühten sich die Kühe, die Bundeshymne zu singen.
Zu Mittag werden die Helfer mit Lachgas versorgt.
Alles sieht anders aus, als es ist, auch wenn es aussieht, wie es ist.
Schreiben ist ein religiöser Wahn.
Buchstaben, Wörter und Sätze sind der Sternenhimmel und die Tropfen im Meer.
Im Zylinderhut nistet ein Wagenheber.
»Sie leiden an geistiger Inselverzwergung«, gab der Fußpfleger zurück.
Ein Pornoheft auf dem Gang der stillgelegten Uhrenfabrik.
Der als Maulwurf verkleidete Buchhalter haust in der Matratze.
Der Blitz schlägt in die Glockenblume ein und setzt das Spielwerk in Gang, das augenblicklich am Donner zerbricht.

Zwei Rauchfangkehrer bahnen sich mühsam den Weg durch den Kamin des Bahnhofsgebäudes.
Bei der Erstkommunion erfahren die Mausefallen, dass sie Kinder sind.
Wird Schnaps gebrannt, fällt der Strom aus.
Die Standuhr klagt über den ruppigen Gongschlag.
Ein Carnotaurus späht über das Kirschlorbeergebüsch, während er die Monstranz verschlingt.
Im Schatten der Schwertlilien machen Traumdeuter Picknick.
Der Fahrradbote wurde Opfer von fleischfressenden Zyklamen.
Schon nähert sich das Unwetter und lässt gebrauchte Tampons regnen.
Die Gummistiefel des Monats Mai haben Sohlen aus Turmspitzen.
Wer zu klein ist, darf nicht Schneider werden.
Niemand anderer als der Fleischer backt Hostien.
Pflanzenpollen vergiften die Hunde.
Der Wirt schneidert sich aus Algen einen Hut, bevor er den Betrunkenen erschlägt.
Sonntage lösen die Rätsel der Montage.
Beim Ostertanz küssen Blindschleichen Eidechsen.
Nur die Jägerin wird vom Pfau begattet.
Schon ergreift der Bürgermeister das Wort, um es als Hochzeitsstrauß in die Luft zu werfen.
Der Weinbauer füttert die Puppen der Schmetterlinge mit Tomatenketchup.
Alle Physiker müssen laut das Vaterunser beten, verlangte der Priester.
Die Fahne auf dem Giebel flog mit dem Bauernhaus über den schwarzen See.
Ein Kinderwagen voll Bergkristalle.
Der Bahnwärter wurde in drei Teile zerschnitten im Steinbruch aufgefunden.

Im Kirchenschiff spielt ein Betrunkener auf dem Harmonium »Yesterday« von den Beatles.
Während Vater tobte, brach der Boden ein, und der zornige Mann stürzte auf das Weinfass im Keller.
Ein möbliertes Zimmer voll Asche.
Im Klassenzimmer sprießen Schnapskarten in einer Vase.
Wer Enten küsst, wird auf dem Schrottplatz hingerichtet.
In der Straßenbahn wurde das Krokodil entdeckt, gefangen, sein Panzer zu Leder verarbeitet und der Körper verzehrt.
Mädchen, die Zöpfe tragen, müssen beim kirchlichen Umzug Feuer schlucken.
Das leere Schwimmbecken wurde mit geschossenen Füchsen gefüllt.
Der Bauer spannte die Reisegruppe vor den Traktor und ließ sie den Bus aus dem Fluss ziehen.
Ein Stall mit den Skeletten von Kühen.
Der Tierpräparator wurde Augenzeuge, wie der Fußabstreifer den Wein verkostete.
Gerade als die Köchin das Gasthaus zusperrte, stürzte das Segelflugzeug durch das gläserne Eingangstor.
Plötzlich waren die Krähen mit dem Rollstuhl verschwunden.
Der Ball hüpft die Wiese hinunter, springt auf den Felsen und fliegt über den Maibaum, bis er auf dem Hut des Ministers landet.
Nach einem Schluck Mundwasser ließ er den Papagei zum Fenster hinaus.
Sie nahm den Holzkamm in die Hand, hielt das Schwein zwischen ihren Knien und zog ihm mühsam einen Mittelscheitel, bevor sie es küsste.
Der Oberlehrer schmiert die Kinder mit Aspik ein und ermahnt sie, nicht in das Schwimmbad zu steigen.

Das Feuerwerk erlosch erst, als man keine Tierspuren mehr fand.
Sobald er den Klavierdeckel öffnete, stürzte sich ein Schwarm Hornissen auf seine Augen.
»Wer hat sich unter dem Bett versteckt?«, fragt der Altwarenhändler, worauf sich die Rotatoria, die Rädertierchen, zeigen.
In der Fabrikhalle stapeln sich Kronleuchter.
Der Komet am Himmel weissagte dem Blattfußkrebs das ewige Leben.
Er packte Mikroskop und Fernglas in die Tasche, bevor er anfing zu träumen.
Alle Traumerscheinungen lösten sich unter dem Mikroskop auf.
Mit dem Fernrohr verwandelten sich die Bienen in einen Schwarm von Satzzeichen.

Ernst Haeckels mikroskopische Welt

15. August

Zwei Monate sind vergangen, in denen ich nicht schreiben konnte. Wir, die sogenannten Verrückten erleben die drastischen Zeiten mit einer gewissen Verachtung. Unsere Welt war schon immer zerstört.
Die neuen Dorfbewohner hatten sich den heißen Sommer über mit den Bienen beschäftigt. Andere hatten Holz aus dem Wald geholt und stapelten es vor den Häusern auf, wiederum andere hatten aus zahlreichen Geschäften Lebensmittel herangekarrt, Konserven, Spaghetti, Fett, Butter und Schmalz, Marmelade in Gläsern, Mehl, Kaffee, Knäckebrot, Limonaden, Bier, Wein, Schnaps, Kekse, Schokolade, Zigaretten, Zigarren, Pfeifen, Feuerzeuge und Zündhölzer und und und … Alles wurde in Kellern, auf Dachböden und in der Scheune aufbewahrt.

Wir hielten lebende Hühner, hatten Eier und Honig, und die Mütter aus dem SOS-Kinderdorf buken Brot, kochten und wurden allmählich wieder zuversichtlicher, während zahlreiche Patienten, für die man die verwaisten Apotheken in der Umgebung leerte, aus dem Klagen nicht herauskamen, bis auch sie sich an die ungewohnte Situation gewöhnt hatten. Die meisten wurden später gesund und benötigten kaum Behandlung mehr, zwei von ihnen starben allerdings.
Beim Ableben des ersten Patienten war ich selbst anwesend. Gerade als sich der 73-jährige Karl Kollmann, den wir KK nannten, an den Tisch setzte, verschwand er plötzlich vor unseren Augen. Es ging so schnell, dass ich zuerst nicht begriff, was geschehen war. Nur seine Kleidung, die falschen Zähne, der Hut und sein Gehstock fielen auf den Tisch oder blieben liegen. Alle waren starr vor Schreck, und es dauerte, bis wir uns wieder gefasst hatten. Da von ihm auf dem Stuhl oder dem Boden nichts anderes zurückgeblieben war, verabschiedeten wir uns, indem wir seine Kleidung auf dem Friedhof in einem Karton begruben und einen Stein mit seinem Namen auf das Grab legten. Der Abschied von unserem zweiten Toten verwirrte uns nicht mehr so stark. Später stellten wir Grabkreuze in der Tischlerei des Ortes her und beschrifteten sie vor der Verabschiedung. Immer wurde auch »Heilig, heilig, heilig – heilig ist der Herr« aus der Deutschen Messe von Franz Schubert gesungen, und immer hielt unser Kaplan die Totenmesse in der Kirche oder auf freiem Feld.
Kleidung für die Lebenden organisierten wir übrigens aus den Kaufhäusern der umliegenden größeren Orte, die ja, wie alles andere, nicht zugesperrt waren. Die in den Häusern vorgefundene Kleidung wurde zum Großteil nicht mehr verwendet und verbrannt. Kann man sich vorstellen, dass das zur Normalität wurde?

Die Jugendlichen des SOS-Kinderdorfes waren uns eine große Hilfe. Das Wetter spielte hingegen verrückt. Es hagelte häufig, und im August sahen wir zehn Tage lang – auch in der Nacht – einen Regenbogen. Sturmtage traten häufig auf. Nicht selten wurden im Wald Bäume umgerissen. Am meisten aber erschreckte uns, dass auf der Weinstraße in der Ferne Vulkane ausbrachen und schwarzer Rauch emporstieg.
Damals fand ich auf dem Dachboden im Haus neben dem Steinbruch den Bildband »Kunstformen der Natur – Kunstformen aus dem Meer« und das Buch »Die Welträtsel« von Ernst Haeckel. Ich las das Buch nicht. Aber der Titel blieb mir im Kopf. Den Bildband legte ich hingegen Tag und Nacht nicht mehr aus der Hand. Ich versank in Haeckels Bilderuniversum. Er war Zoologe, Arzt und Zeichner gewesen. Bald lebten und sprachen die Planktonorganismen und winzigsten Meerestierchen mit mir in meinem Kopf: Flaschenstrahlinge, die aussahen wie orientalische Herrscherkronen, Sterntiere wie blinkende Himmelskörper im All und durchsichtige Rädertierchen wie reich verzierte Vasen, in denen Glasblümchen wuchsen. Goldene Kammquallen, die an pompös geschmückte Schilde und Helme von Samurai erinnerten – nicht selten mit einem Kreuz in der Mitte –, Pflanzen mit Polypenmuster, die Ritterrüstung der Geißlinge, Kammerlinge mit Kalkschalen in Formen, die Musikinstrumenten glichen … Scherbenstrahlinge in Sonnen-, Schmetterlings-, Kreuz- oder Lampionform … Andere Organismen, die mich an Knochenkronen aus Skeletten denken ließen, an Fechtermasken, an seltsame Helme, an Fruchtknoten von Orchideen, an im All explodierende Planeten, an farbige Pollen, an Broschen und Ohrringe aus Perlen, an gehäkelte Lampenschirme, chinesische Hüte, an Federbälle, an Röcke von sich beim Tanz drehenden Sufis, an phantastische Küchenuhren, verknöcherte Spinnen

und Spinnennetze, Christbaumschmuck, an Koffer mit Augen und Flossen oder an nackte Schneckenkörper, zierliche Skulpturen, als seien diese in einem Eisblock gerade erfroren und hätten kristalline Stacheln gebildet, an sechseckige Wachszellen in Bienenhäusern, an Taucherglocken, kugelförmige Korallengewächse, an Löwenzahnblumen oder weiße Pappelsamen und an die Samenflocken von Löwenzähnen, an Margeriten, Rosen, Nadelpolster, Kakteen, Kompasse, Schneeflocken, Speere, Lanzen, an winzige Kometen, die während der Explosion zu gefrorenen Strahlkörpern erstarrt waren … Organismen, die an menschlichen Samen erinnerten, an Arztinstrumente, Keulen, Morgensterne, Pendel, Schmuckkreuze, Disteln, den Mondhof, Taschenquallen mit – wie es schien – hundert winzigen Polypenärmchen, an Faltenquallen, die farbigen Gasballons glichen, an gesellige Algetten in Form von geometrisch gemusterten Glücksrädern, an Seeknospen, Sonnenuhren, zylinderförmige Salzstreuer, Seesterne, Stricknadeln mit Wollfäden, Unendlichkeitszeichen, kleinste Bürsten, Photonen, Windräder, Propeller, Ventilatoren, zerbrochene Eischalen, Teppichmuster, aufgeschlagene Röhren oder Kugeln aus Kügelchen und Glocken. Ebenso wie an Seepferdchen und andere Knochenfische, die in Geisterbahnen mit ihren Fratzen Schrecken verbreiten könnten, und Titanen von Krebsen oder Tentakeln mit Lippenringen, Seeanemonen mit zylindrisch ausgedehnten oder glockenförmig zusammengezogenen Körpern.
Die »Kunstformen der Natur« beeindruckten mich ebenso wie jene des Meeres: florale Sterne, botanische Traumgebilde, der Dschungel der Laubmoose, Kannenpflanzen wie Luftröhren und Münder mit Zungen. Die Pflanzen: bunte, grandiose, durchsichtige Leuchtkörper in allen geometrischen Formen und allen möglichen Farben – und ihr Gegenstück im Tierreich: die unheimlichen

Panzerkrebse wie Kreuzungen aus Spinnen, Ameisen, Flöhen und Wanzen – nur farblos durchsichtig ... Weißgelbe Plattentiere, die zu den Würmern gerechnet werden, scherenförmig oder wie Gehirnschnitte mit Augen. Die Schönlinge der Motten, die gefräßigen Engel der Schmetterlinge oder die im Wasser frei schwimmenden Ruderkrebse, von denen manche mikroskopisch kleine Federn aufweisen, als könnten sie fliegen und schwimmen zugleich, die verträumte Form der Laubbäume ... Die Welt, die uns umgibt und die ich nicht sehen kann, ist von einem Reichtum, den man sich ohne Bilder oder Mikroskop nicht vorstellen kann. Ihre Schönheit, ihre Absonderlichkeit, ihre unvergleichlichen Formen können einen um den Verstand bringen. Es kommt noch dazu, dass man sie auch nicht hören kann und dass die meisten Menschen nichts von ihnen wissen. Wenn man sie wie ich im Kopf hat, kommt man nicht mehr von ihnen los. Sie fallen einem zumeist ein, wenn man es nicht will, und treten so deutlich vor das innere Auge, dass wir, da wir nicht zu einer geteilten Aufmerksamkeit fähig sind, an ihnen zugrunde gehen können.

Ausfahrt ins Ungewisse

Ende September schneite es tagelang. Ich hinterließ – von einem Kontrollgang auf der Bienenwiese zurück – Spuren im Weiß und erblickte unten auf der Straße meinen Mitpatienten Maori, der sich am Kofferraum eines Mercedes zu schaffen machte. Er hörte damit auf, drehte sich zur Seite und schaute mir gelangweilt zu, wie ich durch den Schnee stapfte, bis ich ihn erreicht hatte. Plötzlich wurde es schwarz um mich.

»Ich löse mich in nichts auf«, schoss es mir durch den Kopf und zugleich: »Ich sterbe!«

Als ich wieder zu Bewusstsein kam, saß ich angeschnallt auf dem Beifahrersitz des Mercedes und sah durch die Windschutzscheibe auf eine vor mir hin und her zuckende Straße.
Ich begriff nur, dass ich ins Dorf gefahren wurde. Maori saß am Steuer. Wir sprachen zuerst nicht miteinander. Er beachtete mich auch nicht. Unvermutet fragte er mich dann – ohne aufzuschauen –, ob ich wach sei. Ich schwieg.
»Ich muss in Gugging nach meiner Großmutter schauen. Sie wohnt nur zehn Minuten vom ›Haus der Künstler‹ entfernt.«
Ich gab ihm keine Antwort, da ich wusste, er würde mich schlagen, wenn ich ihm widersprach.
Wir fuhren stumm weiter und immer weiter bergab. Ich kannte die Straße inzwischen gut. Jedes Mal, wenn ich mit meinem Neffen ins Dorf hinuntergefahren war, hatte ich gedacht, dass der Berg hinter den Häusern links und rechts am Straßenrand steil abfallen würde, und weil ich immer daran denken musste, dass die Gebäude eines Tages abrutschen könnten, bekam ich es dann mit der Angst zu tun. Beim Haus am Rand des Steinbruchs, in dem ich die Bücher Haeckels gefunden hatte, kamen mir diese zermürbenden Einfälle nicht, da dort der Boden aus Gestein war.
»Ich weiß nicht, ob meine Großmutter verschwunden ist … falls das wirklich der Fall ist, möchte ich nicht mehr leben«, setzte Maori fort.
Ich schaute beim Seitenfenster hinaus und stellte fest, dass von einem der Vulkane auf der Weinstraße Rauch aufstieg.
»Nicht?«, fragte er mich nach einer Pause. Da ich noch immer keine Antwort gab, bremste er plötzlich scharf und schrie mich an: »Der Teufel soll dich holen, sagst du jetzt etwas?«

Ich blieb weiter stur, und er stellte den Motor ab. Eine Träne lief über seine Wange.
»Wann kommen wir wieder zurück?«, fragte ich.
Er schüttelte nur den Kopf, drehte den Zündschlüssel um und fuhr weiter. Es dauerte, bis er wieder das Wort ergriff. Dichter Schnee fiel aus der Unendlichkeit.
»Ich habe eine Kühltasche und Essen und Getränke mit«, bemerkte er dann, während er schneller fuhr.
Auch im Dorf unten schneite es in so dichten Flocken, dass man nicht weit sehen konnte. Ich bezweifelte, ob es eine gute Idee war, bei Schneefall seine Großmutter in Gugging zu besuchen. Ich glaubte auch nicht, dass sie noch lebte, aber ich hatte mir vorgenommen, das Thema nicht anzuschneiden.
»Fahren wir zuerst auf die Weinstraße zu den Vulkanen«, fiel ihm ein.
Das war eine noch dümmere Idee. Ich wiegte skeptisch den Kopf, aber er drehte sich von mir weg und beschleunigte. Sofort rasten wir in einer Art Blindflug dahin. Da zahlreiche Autos auf der Straße standen oder im Graben lagen, überlegte ich, wie ich Maori dazu bringen konnte, langsamer zu fahren. Wir kannten uns schon viele Jahre, und ich wusste, wie ich mit ihm umgehen musste, aber es fiel mir zunächst nichts ein. Mein Kopf schmerzte, und als ich mit meiner Hand die Haare betastete, spürte ich, dass ich blutete.
»Ich blute«, sagte ich. Beim Reden kam ich auf eine Idee, wie ich ihn beeinflussen konnte, langsamer zu fahren: »Wir haben keine Eile«, ergänzte ich.
Sofort bremste Maori scharf. Er warf einen Blick auf mich, dann stieß er aufgeregt hervor: »Warte!«
Im Handschuhfach suchte er nach dem Erste-Hilfe-Kasten, dann stieg er aus und fand ihn im Kofferraum. Mit der Schere schnitt er mir die Haare um die Wunde ab, legte einen Verband an und weinte leise.

»Verzeih mir«, flüsterte er mit belegter Stimme.
Ich saß da, der Schnee fiel, und die Autos in der Umgebung hatten bereits ein weißes Dach und zugeschneite Windschutzscheiben. Es sah bedrückend aus, obwohl es zugleich merkwürdig schön war. Um ihn zu beruhigen, bedankte ich mich für die Hilfe und ergänzte, dass wir Freunde seien.
Maori fuhr daraufhin ganz langsam. Eigentlich zu langsam. Wir waren nicht schneller als ein Fußgänger.
»Fahren wir zurück?«, fragte ich wie erschrocken.
Er blickte mich fragend an und verfiel in ein eher gemütliches Tempo.
Ich sah all die unbeleuchteten leeren Häuser, als seien sie in Glaskugeln, die vorher geschüttelt worden waren, eingeschlossen. Wieder fiel mir trotz der Trostlosigkeit etwas wie Schönheit auf, etwas, das eher traurig als erschreckend wirkte.
»Wenn du einen Menschen siehst, sag's mir!«, redete Maori wie zu sich selbst, er glaubte offenbar nicht daran, dass jemand außer uns noch lebte. Warum also, fragte ich mich, wollte er zu seiner Großmutter fahren?
»Ich besuche sie, weil ich bei ihr aufgewachsen bin«, tönte es in meinen Ohren, ohne dass Maori gesprochen hatte. Also schwieg ich weiter.
Als wir den Wald erreichten, wurde es im Auto dunkler. Maori schaltete auch die Scheinwerfer ein, aber wir begegneten niemandem. Der Schnee fiel weiter vom Himmel. Auf der ersten Anhöhe konnten wir die drei Vulkane erblicken, aus denen Rauch aufstieg. So weit wir sehen konnten, lag Schnee, aber nirgendwo entdeckten wir ein Lebewesen. Mit einem Mal vernahmen wir Krähenlaute von einem Schwarm, der, wie wir feststellten, auf uns zukam. Im nächsten Augenblick hackten Schnäbel auf das Dach, und die Krähen besetzten die Karosserie und die Windschutzscheibe, wodurch ein Hinausschauen zu-

letzt nicht mehr möglich war. Aber etwas anderes stellte sich ein, das mich verwirrte: Tatsächlich verstand ich die Krähenlaute wie menschliche Stimmen. Die schwarzen Vögel waren aufgebracht und seit längerer Zeit vergeblich auf Nahrungssuche. Einige kamen sogar aus Russland, verstand ich, und ich wünschte mir, mit ihnen sprechen zu können. Aber was sollte ich ihnen mitteilen?
»Du sprichst mit uns? Was willst du? Ihr hört uns!«, vernahm ich plötzlich.
Ich war mir bewusst, dass ich mir alles nur einbildete. Doch ich erkannte zugleich, dass die anderen Krähen verstummt waren.
»Krah! Krah!«, schrie Maori inzwischen. »Haut ab!«
Die schwarzen Vögel reagierten nicht.
»Er tut euch nichts!«, dachte ich.
»Menschen haben Worte für sich selbst erfunden: Idioten!«, antwortete die Krähe. Und gleich darauf wollte sie wissen, warum ich einen Verband am Kopf hätte.
»Ich bin gestürzt«, log ich.
Es war inzwischen vollständig still, auch Maori schwieg und starrte mich mit weit aufgerissenen Augen an.
»Fliegt weiter!«, dachte ich, »wir sind auf der Fahrt in die Hauptstadt.«
»Alle sind tot. Kein Lärm mehr. Wir haben schon lange keinen Menschen mehr gesehen. Wieso?«
»Weil wir Idioten sind«, schoss es mir durch den Kopf.
»Und was seid ihr von Beruf?«
»Ich bin Imker.«
»Ihr nehmt den Bienen den Honig weg.«
»Wir füttern sie bei schlechtem Wetter und …«
»… ihr lügt. Alle Menschen lügen«, unterbrach mich die Krähe. »Es gibt keinen Menschen, der nicht lügt.«
Mir fiel plötzlich nichts mehr ein.
»Weshalb verstehst du die Krähensprache?«, fragte mich der Vogel.

»Ich weiß es nicht«, antwortete ich in Gedanken. »… lasst uns weiterfahren«, bat ich.
»Ich fahre!«, rief Maori und warf den Motor an. Ohne etwas sehen zu können, startete er den Wagen.
Die Krähen blieben unerschütterlich sitzen, dann erhoben sie sich wie auf ein Zeichen und flogen davon. Maori hatte von all dem nicht viel mitbekommen und schrie laut »Ja! Krah! Krah!«. Er fuhr entschlossen in das Schneetreiben hinein, das unvermindert andauerte. Ich war erschöpft und lehnte mich auf meinem Sitz zurück.
Hinter der nächsten Kurve hielt er an, um einen Imbiss aus dem Kofferraum zu holen, und kam zu meiner Überraschung auch mit einem Gewehr und einer Schachtel Patronen zurück.
»Kannst du schießen?«, fragte er und legte die Waffe und die Munition auf meinen Schoß.
»Nein!«, rief ich und starrte ihm ins Gesicht.
Er nahm sie wieder in seine Obhut, doch währenddessen hatte sich bereits wieder eine kleinere Schar Krähen auf dem Wagen niedergelassen. Maori warf die Waffe und die Munition auf den Rücksitz und fuhr entschlossen los.
»Idioten! Idioten!«, höhnten die Krähen, »Mörder!«, und verschwanden wieder im Schneetreiben.
Später bogen wir in einen verlassenen Bauernhof ein und ließen den Wagen im Schuppen stehen, bevor wir – Maori mit Gewehr und Munition – das Haus betraten. Die Tür war nicht versperrt. Uns war kalt. Wir fanden Zündhölzer und machten im Küchenherd Feuer. Hierauf kletterte Maori aus Neugierde auf den Dachboden. Er kam zu meiner Überraschung mit Selchfleisch zurück, hatte Sauerkraut und Speck gefunden, und wir nahmen eine warme Mahlzeit ein.
Während wir aßen, hörten wir über uns wieder Geräusche. Wir hoben die Köpfe, und ich stellte fest, dass es abermals die Krähen waren, die das Haus über dem Dach

umkreisten und weiter »Mörder! Lügner!« und »Idioten!« schrien.
Deshalb stand ich auf und kletterte zum Dachboden hinauf. Dort fand ich weiteres Selchfleisch, nahm es an mich, stieg wieder hinunter und trat vor das Haus. Ich legte das Fleisch auf den Boden und dachte angestrengt an die Krähe, die mit mir gesprochen hatte. Der Lärm nahm zu, und ich entdeckte den schwarzen Vogel unerwartet zu meinen Füßen. »Einverstanden«, krächzte er in gespreiztem Tonfall. Sofort zog ich mich in die Küche zurück, in der Maori immer noch aß, und registrierte, dass die Krähen leiser geworden, aber deshalb nicht weniger aufgeregt waren. Vermutlich stritten sie um Nahrung, wie ich einzelnen Worten entnahm: »Mir!«, »Gib her!«, »Verschwinde!«
Es dauerte nur wenige Minuten, und sie flatterten davon. Maori drängte zum Aufbruch. Ich setzte mich wieder auf den Beifahrersitz, obwohl ich die Nase voll hatte, und gab vor zu schlafen. Es schneite weiter. Die Weinstöcke, aus denen der Schnee eigenartige Christbäume geformt hatte, mussten voller reifer Trauben und grüngelber Blätter sein. Alles, was ich nicht erkennen konnte, rekonstruierte ich automatisch im Kopf. Die verschieden großen Hügel waren einmal Vulkane gewesen, wusste ich von Eugen, weil ich mit ihm die Weingärten bei Sommerausflügen besucht hatte. Wir fuhren auf den nächsten Vulkan zu. Allmählich drang der stickige Rauch wieder in das Auto ein. Ich nahm ein Papiertaschentuch aus dem Handschuhfach, hustete und schnäuzte mich. Maori hielt daraufhin stumm an. Er starrte wie eine leblose Puppe durch die Windschutzscheibe. Jetzt erst bemerkte ich, dass er einen Feldstecher um den Hals trug, den er offenbar aus dem Bauernhaus mitgenommen hatte. Er presste ihn an seine Augen und nahm den Rauch ins Visier, wie ein Jäger, der nach einem Rehbock Ausschau hält.

»Phantastisch!«, murmelte er, obwohl er nicht viel sehen konnte, denn der Rauch vermischte sich mit den düsteren Schneewolken. Schließlich warf er den Feldstecher wieder nach hinten auf die Sitzbank, wendete wortlos den Wagen, und wir nahmen den Weg zurück, bis wir die Abzweigung zur Autobahn erreichten. Schon verstellten Fahrzeuge die Straße. Am Tag der Katastrophe musste es überall Zusammenstöße gegeben haben. Es sah gespenstisch aus. Mir fielen die Bienen ein, ich wusste sie jedoch in guten Händen, das beruhigte mich. Zumeist war ich im August nach der »Drohnenschlacht« – der alljährlichen Vertreibung aller noch lebenden männlichen Bienen durch die weiblichen Arbeitsbienen aus dem Stock – zurück in das »Haus der Künstler« gebracht worden. Ich kannte das Ereignis schon aus der Zeit, als ich mit meinem Vater arbeitete. Die Drohnen haben im Stock den einzigen Zweck, die Königin zu befruchten, wobei ihr Glied in der Weisel oder Stockmutter verbleibt und sie sterbend zu Boden stürzen. Die Drohnen versammeln sich dabei vorher zu einer Drohnenwolke, auf die die unbefruchtete Königin nach einem oder mehreren Orientierungsflügen zufliegt. Das geschieht in der Schwarmzeit und in der Luft und war jahrtausendelang ein Rätsel. Schließlich klärte der slowenische Imker Jansa im 18. Jahrhundert die Luftorgie auf, bei der sich bis zu zwanzig Drohnen mit der Königin vereinen. Im Stock gibt es einige hundert Drohnen, welche zum Großteil an der Befruchtung nicht erfolgreich teilnehmen und daher überleben. Sie beteiligen sich an keiner Arbeit und müssen von den weiblichen Bienen ernährt werden. Bevor der Winter einbricht und die Bienen vier bis sechs Monate mit dem Honigvorrat auskommen müssen, werden sie daher aus dem Stock verstoßen und finden auf der Erde vor dem Einflugloch ihr Ende, wo sie von Mäusen und anderen Kleintieren gefressen werden.

Jedes Mal, wenn wir an einem oder mehreren auf der Straße stehenden Fahrzeugen vorbeikamen, dachte ich an die Menschen, die sich in ihnen befunden hatten. Die Autos kamen mir jetzt vor wie Särge oder Grabsteine. Da der Schneefall nicht nachließ und es dunkel geworden war, beschlossen wir, die Autobahn bei der nächsten Abfahrt zu verlassen und in einem Haus zu übernachten. Wir waren gespannt, wie unser Quartier möbliert sein würde. Gerade als wir ein Dorf erreichten, sahen wir in einem Fenster Licht. Wir hielten an und schauten uns um. Vorsichtig fuhren wir näher, stellten den Wagen ab, stiegen aus und dachten kurz nach. Zuerst geschah nichts. Dann erlosch das Licht, und es war still. Schließlich riefen wir vor der Eingangstür, die verschlossen war, dass wir vor dem Haus stünden. Ein Fenster öffnete sich, und wir konnten eine Afrikanerin erkennen, die vorsichtig zu uns herunterschaute. Wir waren so erstaunt, dass wir kein Wort herausbrachten. Erst als wir festgestellt hatten, dass wir uns nicht täuschten, verstanden wir, dass wir nicht die Einzigen waren, die überlebt hatten.

Sie hieß Malia, war groß, trug Jeans, einen dicken Pullover und hatte eine LED-Taschenlampe in der Hand. Ich hatte sie um Einlass gebeten, und Maori sprach sie sofort, als sie die Eingangstür öffnete, an und redete dann weiter auf sie ein. Er verwendete immer das Wort »wir« und bezeichnete »uns« als Imker, obwohl er selbst keine Ahnung von Bienen und sogar Angst vor ihnen hatte.

Die Afrikanerin bemühte sich, zu Wort zu kommen, aber Maori löcherte sie weiter: Woher sie komme? Wie alt sie sei? Weshalb sie überlebt habe? Wir hatten inzwischen das Wohnzimmer mit Kachelofen, Lederfauteuils und alten Landschaftsgemälden erreicht, aber Maori verhörte sie, wie es eben seine Art war, weiter, dann nahmen wir wahr, dass eine Tür langsam geöffnet wurde, und erkannten einen Schwarzen mit einem Gewehr im

Anschlag. Maori stand plötzlich schweigend und mit vor Schreck geöffnetem Mund da, und auch ich fand im ersten Augenblick keine Erklärung dafür.
»Woher?«, fragte der Unbekannte laut.
»Gugging!«, rief Maori, »Haus der Künstler.«
»Wo?«, wollte der Schwarze wissen.
»Wir sind Imker«, unterbrach ich.
Er verstand uns nicht, und Maori fügte hinzu: »Bienen!«
Der Mann ließ uns nicht aus den Augen und zielte auf Maori, während seine Frau aufgeregt mit ihm in einer fremden Sprache zu streiten anfing.
»Ich bin Polizist!«, rief Maori in einer kurzen Pause der Auseinandersetzung sinnlos.
Und: »Polizei!«
»Legen Sie das Gewehr weg«, ergänzte ich mit ruhiger Stimme.
Tatsächlich bückte der Mann sich und legte es auf den Boden. Maori ging blitzschnell zur Waffe hin und wollte sie aufheben, ich schrie jedoch laut »Nein!«, lief auf die beiden zu und versetzte der Waffe einen Tritt, dass sie in das Nebenzimmer rutschte.
Einen kurzen Moment hielten wir inne, dann fing die Frau an zu weinen, und wir standen betroffen da.
Einige Minuten später saßen wir zusammen mit der siebenjährigen Tochter Kira, die in Panik aus dem Nebenzimmer herausgelaufen war, um den Tisch. Sie verspeiste dann trotz allem eine Bohnenmahlzeit, die vermutlich aus einer Konservendose stammte. Der Vater hieß Madox, er gab an, der Bruder der Frau zu sein, aber das Kind nannte ihn Papa. Madox widersprach sich immer wieder, zuerst behauptete er, aus dem Kongo geflüchtet zu sein, dann aus Burkina Faso und schließlich aus Ghana. Er erzählte, dass er Drogen verkauft und als Bademeister, Friseur und Kellner gearbeitet habe. Zuletzt antwortete

er auf Maoris wiederholte Fragen nach seinem Namen, er heiße Mojo.
»Madox oder Mojo?«, unterbrach ihn Maori.
Der Frau, die bisher schweigend zugehört hatte, wurde es zu bunt, sie erhob sich rasch vom Stuhl und klärte uns im Befehlston auf.
»Er heißt Madox und ist der Vater von Kira! Und er ist zweieinhalb Jahre im Gefängnis gesessen wegen schwerer Körperverletzung und Drogenhandel. Wir, Kira und ich, haben ihn am Tag der Entlassung abgeholt – er kam jedoch um die verabredete Zeit nicht heraus, und wir warteten daher im Gang auf ihn. Kurz bevor er zu uns stieß, geschah die Geschichte mit dem Nebel …«
Sie wandte sich mit erregter Stimme ihrem Mann zu: »Hör mit dem Lügen auf! Du hast dir angewöhnt zu lügen. Du bist ein Lügner!«
Er senkte den Kopf.
»Wir kommen aus Afrika!«, wandte sie sich etwas beruhigter an Maori. »Aus Afrika, haben Sie verstanden? Und Madox ist Automechaniker, ja? Und ich, ich bin Malia und habe in einem Hotel in der Küche gearbeitet!«
Sie wandte sich zu mir und fragte: »Und ihr beiden, wer seid ihr?«
Maori und ich waren zuerst zu verblüfft, um die Frage zu beantworten, deshalb stotterten wir irgendetwas, aber es gelang mir schließlich zu erklären, dass wir Pfleger in einer Anstalt für geisteskranke Künstler seien und gerettet wurden …
»… als die Welt unterging«, fiel mir Maori ins Wort.
Malia nickte zustimmend, und so ließ ich es bleiben, die Imker noch einmal zu erwähnen.
Madox starrte noch immer vor sich hin. Als Malia ihn umarmte und auf die Wange küsste, fing er zu weinen an. Sie legte daraufhin ihren Arm auf seine Schulter, um ihn zu trösten.

»Und wie heißen Sie?«, fragte sie mich plötzlich.
Ich antwortete »Wilhelm Herman«. Ich konnte jetzt nicht die Geschichte erzählen, weshalb ich so genannt wurde und dass ich in Wahrheit Franz Lindner hieß.
Maori sagte nur »Maori«, obwohl sein wirklicher Name, wie ich wusste, Leopold Sternad war.
Malia holte Bier und Wein aus dem Keller. Madox füllte indessen Petroleum in eine improvisierte Deckenlampe, und Maori hatte Brot, das wir im Hof am Steinbruch gebacken hatten, aus dem Auto gebracht.
Nachdem wir gegessen hatten, tranken wir den Wein. Es gab noch viele Flaschen im Keller, wie Malia erklärte. Das Haus, so erfuhren wir von ihr, war Eigentum eines reichen Wiener Kaufmanns gewesen, in dem er vermutlich seine Sommer verbracht hatte, denn hinter dem Gebäude befand sich ein Swimmingpool, und im Wohnzimmer an der Wand hingen zwei Steckkästen, einer mit heimischen Schmetterlingen und der andere mit Heuschrecken. Maori wollte sie unbedingt als Geschenk für Eugen mitnehmen. Dabei entstand der Gedanke, dass uns die afrikanische Familie am nächsten Tag in die Hauptstadt begleiten und gemeinsam mit uns in das Bienendorf zurückkehren könnte. Alle bis auf mich und Kira tranken, im Kachelofen knisterte das Holzfeuer. Madox erzählte uns, wie seine dreißig Monate im Gefängnis gewesen waren, dann schliefen wir im Wohnzimmer auf der Couch, in unseren Fauteuils oder auf dem mit einem Perserteppich bedeckten Parkettboden ein.
Ich hatte am nächsten Morgen keine Lust zu frühstücken, und als ich zum Fenster hinausblickte, stellte ich fest, dass es noch immer heftig schneite. Wir hatten zwar besprochen, wann und wie wir aufbrechen würden, aber es schien sich keiner daran zu erinnern und keiner mehr Lust zu verspüren, mit den anderen darüber zu sprechen. Nur das Kind Kira verhielt sich natürlich. Also

saßen wir herum, bis ich laut zu mir sagte: »Wir fahren dann.«
Daraufhin packte die afrikanische Familie ihr Hab und Gut in einen Kastenwagen, und Maori fing wieder zu schwätzen an, bis wir losfuhren.

Der düstere Tag

»Seid ihr wirklich Pfleger?«, raunte mir im Freien Malia ins Ohr, und noch ehe ich ihr antworten konnte, ergänzte sie: »Oder Patienten?«
»Imker«, gab ich zurück.
»Und Maori?«, sie blickte mir ins Gesicht.
»Pfleger«, log ich.
Sie schüttelte den Kopf, verstaute dann aber die Gepäckstücke, die sie aus dem Haus getragen hatte, im Kastenwagen.
Die Fahrt in die Hauptstadt verlief chaotisch. Zweimal war die Fahrbahn mit stehen gebliebenen und ineinander verkeilten Fahrzeugen so verstopft, dass wir in andere Autos umsteigen mussten, zuletzt in einen Volvo. Das war beschwerlich, da Malia und Madox das Kind und viel Gepäck hatten, doch fanden sie jedes Mal einen Kastenwagen, in den sie wieder umsteigen konnten. Einmal mussten sie zuerst ein Seitenfenster mit einem Hammer, den Madox mit sich führte, einschlagen. Auch wir waren gezwungen, bei dem Wagen, mit dem wir die Hauptstadt erreichten, ein Seitenfenster einzuschlagen und die Habseligkeiten des Vorbesitzers auf die Straße zu werfen. Auch gab es Schwierigkeiten bei dem Versuch, ihn zu starten, aber schließlich gelang uns das. Immer noch schneite es. Auf einem Umweg besuchten wir die Wohnung der Großmutter Maoris in Kierling gegenüber der Hauptstraße 187, dem früheren Sanatorium Hoff-

mann, in dem Franz Kafka gestorben war, fanden aber die Wohnung, die Maori angegeben hatte, nicht. Instinktiv hatte ich ihm die Geschichte, die er mir erzählt hatte, nicht geglaubt. Nun stellte sich heraus, dass er wirklich alles erfunden hatte. Es gab weder eine Familie mit dem Namen, den er genannt hatte, noch hatte er, wie er mir gestand, eine Großmutter gehabt, die dort wohnte. Er beharrte aber darauf, dass er sich geirrt habe. Da ich die Angelegenheit beenden wollte, verlangte ich, dass wir in das »Haus der Künstler« fahren sollten. Er schien darüber erleichtert, gähnte mehrmals wie ein verlegener Kater und kam anschließend gar nicht mehr aus dem Gähnen heraus.

Unterwegs sahen wir ein Flugzeug, das auf das Dach einer Fabrik gestürzt war. Aber wir beide zogen es vor zu schweigen.

Als wir die Allee hochfuhren, machte es der hohe Schnee uns schwer, nicht von der Straße abzurutschen. Der Kastenwagen mit Madox folgte uns, der Afrikaner gab jedoch hinter der Windschutzscheibe Zeichen, dass er nicht wusste, was wir vorhatten.

Wir hielten auf dem Parkplatz vor dem neuen Museum der Anstalt, klärten Madox und seine Familie auf, wo wir uns befanden, und hießen sie, die Säle zu besichtigen. Wir selbst wollten noch Sachen aus dem »Haus der Künstler«, das außen von Patienten bunt bemalt war, holen.

Alles war uns hier vertraut, aber wir wollten nichts mehr davon wissen. Die »Normalität« waren jetzt wir. Wir öffneten die Eingangstür zum Speiseraum mit der Küche, stiegen die Treppen hinauf in den ersten Stock und ließen uns dort in die Fauteuils fallen. Schon beim Eintreten spürte ich so etwas wie die Anwesenheit der Mitbewohner, ich sah im Kopf ihre Gesichter, sah sie über den Gang schlurfen oder eilen, sah ihre Gesten und wusste über ihre Eigenarten Bescheid.

Vor unserer Flucht nach dem gelben Nebel war gerade alles erneuert worden: die weißen Wände frisch gestrichen, die Türen weiß lackiert, die Gemälde der Künstler an den Wänden frisch gerahmt. Aber jetzt gab es überall Staub, und es war kalt. Wir fanden nur noch die persönlichen Überbleibsel an Kleidern, Schuhen und Habseligkeiten der mit uns Geflohenen.
Dann nahmen wir Bilder von August Walla, Johann Garber, Johann Hauser und Oswald Tschirtner, die nicht größer waren als der Kofferraum unseres Volvo, von den Wänden und stapelten sie vor dem Ausgang auf. In wenigen Augenblicken hatte sich das Gebäude, in dem wir Jahrzehnte gelebt hatten, in eine Gruft verwandelt. Die jeweiligen Zimmer, die wir bewohnt hatten, waren unaufgeräumt, so wie wir sie verlassen hatten. Es gab nichts, was wir nicht schon mitgenommen hatten beziehungsweise was wir noch besitzen wollten, doch wünschte ich mir, einige Malutensilien aus dem Museum zu holen.
Wir legten die Bilder in den Kofferraum über die Insektenkästen aus Madox' und Malias Haus, bevor wir das Museum betraten.
Maori sah verschlossen aus, abwesend wie ein meditierender Buddhist. So hatte ich ihn noch nie gesehen. Wir fanden die Malutensilien und auch die afrikanische Familie, die die ausgestellten Bilder bewundert hatte und danach mit uns ins Museumscafé ging. Dort beschlossen wir, uns im Supermarkt in der Kierlinger Hauptstraße hinter dem Sanatorium Hoffmann Proviant zu besorgen und gemeinsam ein Quartier zu suchen.
Da niemand mehr lebte, waren die Regale im Supermarkt voll. Als wir alles an uns genommen hatten, von dem wir glaubten, dass wir es brauchten, und überdies noch Weine, Cognac, Whisky, Gin im Kastenwagen verstaut waren, stob plötzlich ein Fuchs aus der Dunkelheit heraus und flüchtete ins Freie. Ich sah ihn deutlich, und

er war das erste Säugetier, das ich traf, seit wir am Steinbruch lebten. Für das Mädchen Kira, das vor Schreck aufgeschrien hatte, wurde reichlich Schokolade eingepackt. Maori ließ die Bemerkung fallen, dass er auch Zahnmedizin studiert habe, und Malia wies ihn zurecht, dass er nicht die Wahrheit sage, worauf er grinste und meinte, es sei nur ein Scherz gewesen.

Im nächsten größeren Ort entdeckte ich ein Fotogeschäft. Ich ließ anhalten und entnahm den Regalen zwei Leica- und mehrere Nikon-, Canon- und Sony-Kameras, dazu Objektive, Ladegeräte sowie zahlreiche Chips, die ich, obwohl es keinen Strom gab, instinktiv in den Einkaufstaschen der Handelskette verstaute und vor den Rücksitzen in den Wagen legte.

»Wir brauchen bald einen größeren Wagen«, bemerkte Maori.

Nach mehreren Halten stiegen auch wir in einen Kastenwagen um, während Madox einen Wohnwagen mit einem BMW davor fand, den er nun nicht mehr wechselte. Auch nicht, wenn es Hindernisse gab, die er wegräumte, indem er, wenn es nötig war, ein Seitenfenster einschlug und die Fahrzeuge, die im Wege standen, verschob. Alles war vom Schnee bedeckt, und es schneite heftig weiter.

Gerade als wir entlang des Flusskanals die Innenstadt erreichten, bremste der vor uns fahrende Madox so heftig, dass Maori nur mit Glück nicht auf den Wohnwagen krachte. Er hupte daraufhin empört, aber das änderte auch nichts. Madox fuhr nicht weiter, obwohl der Motor des BMW lief. Da ich Maori nicht zutraute, eine kritische Situation zu meistern, stieg ich aus und ging vorsichtig auf der rechten Seite nach vorne.

Als Erstes sah ich einen etwa vierzigjährigen Mann, der völlig zugedröhnt war und mit einer Pistole auf Madox, der ausgestiegen war, zielte.

»Lass mich in den Wohnwagen!«, schrie er und taumelte auf den Afrikaner zu.
Vorne im BMW erkannte ich die entsetzte Malia, auf dem Rücksitz Kira, die sich hinter der Lehne versteckte. Der Unbekannte war reichlich geschmückt mit Goldketten, die er um den Hals trug, Armbändern und Uhren an den Handgelenken. Er trug Schal und Hut und sah im Schneefall wie ein Zuhälter aus, der sich verlaufen hatte. Bevor ich noch etwas unternehmen konnte, erschien ein zweiter Mann. Gerade hatte er die Straße überquert. Er nahm rasch sein Gewehr von der Schulter und zielte auf Madox.
»Ah! Madox, die Ratte … was habt ihr für ein Problem?«, fragte er.
Der Mann mit dem Hut ließ seine Hand mit der Waffe sinken und lallte etwas, das ich nicht verstand.
»Der Mann will meinen Wohnwagen«, unterbrach ihn Madox.
»Deinen Wohnwagen? Seit wann hast du einen BMW und einen Wohnwagen?«, entgegnete der Fremde mit dem Gewehr und spielte den Erstaunten. »Ich dachte, alles, was es in der Stadt gibt, gehört mir?« Er spielte den Ratlosen.
»Lass mich in Ruhe!«, bat Madox.
»Was bist du für ein Schwein!«, antwortete der andere zornig. »Entschuldige dich bei Arthur!«, verlangte er und zeigte mit dem Finger auf seinen Bekannten oder Freund.
»Es tut mir leid, Arthur«, stammelte Madox leise, ohne die beiden anzusehen.
»Gut, du hast dich jetzt entschuldigt. Wie geht es weiter?«
Der Mann nahm das Gewehr auf die Schulter, hielt es aber mit einer Hand fest, um es sofort einsetzen zu können.

»Hör auf, Karl«, bat Madox ängstlich.
Ich schlich rückwärts bis zur Tür unseres Wagens, öffnete sie leise, entdeckte das Gewehr, das Madox mit dem Gurt auf den Kleiderhaken gehängt hatte, und gab Maori ein Zeichen, ebenfalls eine Waffe an sich zu nehmen.
Ich habe noch nie geschossen, und ich hatte auch nicht vor zu schießen, ich wollte nur die schreckliche Situation beenden.
Maori lehnte sich nach hinten, nahm die Flinte vom Rücksitz, und als ich mit gestrecktem Zeigefinger meinen Mund verschloss, rutschte er auf die andere Seite und stieg leise aus. Dann folgte er mir. Er schien alles für ein Kinderspiel zu halten, das er genoss.
Vor dem stehenden Auto mit dem Wohnwagen war das Gespräch inzwischen weitergegangen.
»Du weißt, Madox, dass ich dich nie gemocht habe!«
»Ja.«
»Und ich mag dich auch jetzt nicht!« Der Mann mit der Pistole machte eine Pause.
»Du warst einkaufen bei mir, aber jetzt musst du auch bezahlen.«
»Ja, bezahlen«, lachte der Mann mit dem Hut, der auf Madox zuwankte.
In diesem Augenblick fiel der erste Schuss. Es war Maori gewesen, der hinter mir stand. Es dröhnte in meinen Ohren. Maori hatte jedoch nur in die Luft geschossen, hielt jetzt das Gewehr im Anschlag und trat nach vorne.
»Wir sind Polizisten!«, rief er. »Wir sind zu zweit … lasst die Waffen fallen!«
Ich wusste, dass ich mich jetzt zeigen musste, aber ich hatte Angst. Warum ich es trotzdem tat, weiß ich nicht.
Ich trat mit dem Gewehr in der Hand ruhig nach vorne.
In diesem Augenblick schoss der Mann mit dem Hut auf Madox, der sich sofort in Luft auflöste. Nur seine Kleidung sackte zu Boden. Malia rutschte im BMW, dessen

Motor noch immer lief, auf den Fahrersitz und gab Gas. Ich konnte gerade noch zur Seite springen, aber der Wagen stieß den Mann mit dem Hut nieder und überrollte dabei eines seiner Beine. Dann schoss Maori auf den anderen, der sich ebenfalls in Luft auflöste. Es war alles so schnell gegangen, dass ich es erst mitbekam, als wir wieder in den Wagen sprangen und losfuhren. Endlich nahmen wir die roten Bremslichter des Wohnwagens wahr. Malia bog in eine Nebengasse ein und dann wieder nach links ab in die Parallelstraße zu der Geraden, durch die wir soeben gekommen waren. Für Maori war es wieder ein »Kinderspiel«, ihr zu folgen. Malia konnte mit dem Wohnwagen nicht so schnell fahren, wie sie wollte, außerdem lag hoher Schnee auf der Straße. Sie schien planlos dahinzufahren, bis sie vor einer Kirche hielt. Maori bremste und blieb ein paar Meter hinter ihr stehen.

Er lachte laut, sprang aus dem Wagen und lief auf sie zu. Dann erst bemerkte er, dass es kein Spiel war. Ich eilte zu Malia hin. Kira im Wagen weinte.

»Er ist unsichtbar geworden!«, rief Malia, »er ist tot!«. Sie brach in Tränen aus.

Ich sagte nichts, Maori schwieg. Sie kniete sich im Schnee auf die Straße und weinte.

Die ganze Zeit über hatten wir kein anderes Auto, das in Betrieb war, bemerkt.

Langsam, fast unbemerkt, rollte uns jetzt aber ein Lastwagen auf der anderen Straßenseite entgegen.

»Hauen wir ab!«, rief Maori, dann riss er plötzlich das Gewehr herunter und feuerte einige Schüsse auf die Reifen des Lastwagens ab. Einer von ihnen traf sogar, und das Fahrzeug hielt ruckartig an. Die Seitenscheibe wurde heruntergekurbelt, doch bevor sich noch jemand zeigte, schoss Maori neuerlich.

Daraufhin war es still.

Maori lief auf den Lastwagen zu, riss die Tür auf und warf sie wieder zu. Gleich darauf rannte er nach hinten, um zu sehen, was er geladen hatte. In der Zwischenzeit hatte auch ich das Fahrzeug erreicht. Ich öffnete die Tür. Maori hatte eine Frau erschossen. Sie hatte ein Jeanskleid getragen, einen BH sowie eine gefütterte Militärjacke und eine Pelzmütze. Auf dem Nebensitz lagen eine Glock-Pistole und eine Schachtel mit Patronen, die ich – ich weiß nicht, warum – an mich nahm. Im Laderaum fand ich nur Kleider, Küchengeräte und Spielzeug. Die Frau war offenbar dabei gewesen, sich notwendige Dinge zu beschaffen, und aus den Objekten schloss ich, dass sie es wohl für einen Mann und zwei oder mehr Kinder getan hatte.
Ich wollte keinesfalls weiter mit Maori zusammen sein. Malia weinte noch immer im Schnee, und als ich meinen Begleiter erreicht hatte, ließ er das Gewehr fallen und hob abwehrend die Hände. Ich weiß nur noch, dass ich das Gewehr aufhob und Maori befahl, die Hände in die Höhe zu nehmen.
Das Nächste, woran ich mich erinnere, ist, dass ich aus dem dritten oder vierten Stock eines Fensters auf einen Park hinunterschaute. Ich wusste nicht mehr, wie wir dorthin gelangt waren. Maori schlief auf dem Fußboden, und im Nebenzimmer war es still. Wieder war es ein Kachelofen, der eingeheizt worden war. Kohle war in einem Kübel, Holz zu einem Stapel aufgeschichtet worden. Auf dem Tisch entdeckte ich mehrere Taschenlampen. Später erfuhr ich, dass Maori sie nach dem Zwischenfall aus einem Elektrogeschäft besorgt hatte. Dadurch erinnerte ich mich wieder an alles.
Draußen fiel noch immer Schnee.
Ich öffnete vorsichtig die Tür zum Nebenzimmer. Malia und Kira lagen auf einem Doppelbett. Da ich mir nicht sicher war, ob sie mit mir reden wollten, schloss ich gleich wieder die Tür. Ich empfand weder Durst noch Hunger,

ich wollte nur noch fort – zurück in das Haus meines Neffen am Steinbruch. Was tat ich überhaupt noch in der Hauptstadt?

Am nächsten Morgen erwachte ich nach traumlosem Schlaf. Malia, Kira und Maori saßen um den Tisch und tranken Tee. Niemand sprach ein Wort. Mir war das Schweigen nur recht.
»Ich besorge ein Fahrzeug«, sagte Maori und verschwand.
Als er den Raum verließ, bat mich Malia, nicht zu sprechen, und ging mit Kira zurück ins Schlafzimmer. Die folgenden Stunden erlebte ich in totaler Stille. Zuerst aß ich, was ich auf dem Tisch fand, Zwieback und Honig, und trank Tee dazu. Ich heizte zweimal nach, dann trieb es mich wieder hinaus auf die Straße. Die Glock und eine Handvoll Patronen spürte ich in der Tasche meiner Windjacke. Es hatte aufgehört zu schneien, aber es war weiter eisig kalt. Kein Fahrzeug fuhr auf der Straße, kein Mensch war zu sehen. In einer Touristik-Buchhandlung fand ich endlich einen Stadtplan. Ich fror und suchte ein Kaufhaus, aber es dauerte eine Viertelstunde, bis ich eines fand. Ich war vorsichtig, da ich ja nicht wusste, ob ich allein war. Angestrengt lauschte ich. Dann schlich ich vorsichtig weiter und setzte mich auf einen Hocker in der Abteilung für Herrenbekleidung, studierte den Stadtplan und markierte mit dem Kugelschreiber die Stelle, wo ich vermutlich geschlafen, und den Weg, den ich genommen hatte. Sodann stattete ich mich mit einem warmen Parka aus, mit Skiunterwäsche, einem Rollkragenpullover, einer Wollmütze und einem Schal. Ich fand später einen Rucksack, in den ich die Pistole, die Patronen sowie zwei Flanellhemden legte. Außerdem beschaffte ich mir ein Taschenmesser und einen Feldstecher. Eigentlich war damit alles erledigt, was ich mir vorgenommen hatte,

aber ich wollte noch nicht zurück in die Wohnung. Die Stadt war ausgestorben. Nicht: wie ..., sondern tatsächlich. Ein Juweliergeschäft war ausgeräumt worden, ich nahm eine zurückgebliebene Armbanduhr und befestigte sie am Handgelenk, bevor ich abermals auf die Straße trat. So oft hatte ich mich noch nie umgeschaut wie jetzt.
In einem unversperrten Café trank ich mehrere Gläser Weißwein, die ich wirklich benötigte, bevor ich in Richtung Parlament ging. Da ich Lust hatte, mich dort umzusehen, nahm ich den Haupteingang, der geöffnet war, hielt in der riesigen, marmornen Säulenhalle und dachte über die Menschen nach.
Ich habe die Menschen nie wirklich begriffen. Auf eine gewisse Weise sind sie mir unheimlich geblieben, weil ich sie nicht verstehe. Wozu führten sie Krieg? Weshalb täuschten, betrogen, schlugen, belogen, schadeten sie einander? Wieso liebten sie sogar Tiere, die sie andererseits mit großer Lust töteten und verspeisten ... Im Plenarsaal hatte zum Glück keine Sitzung stattgefunden, weshalb ich nicht auf die Kleidung der Verschwundenen stieß. Ich nahm zunächst in der ersten Reihe Platz, stellte mich dann hinter das Rednerpult und setzte mich zuletzt auf den Stuhl des Nationalratspräsidenten. Ich empfand nichts.
Rasch machte ich mich auf den Weg zurück, kam am Naturhistorischen und am Kunsthistorischen Museum, die einander gegenüberstehen, vorbei und entschied mich dafür, die Bilder anzusehen. Neugierig stieg ich die breite Marmortreppe hinauf und betrat den großen Bruegel-Saal. Dort nahm ich auf einer der gepolsterten Sitzbänke Platz und schaute mich um. Ich habe die Bilder Pieter Bruegels des Älteren immer geliebt, aber am meisten »Die Jäger im Schnee« und die Radierung »Die Imker«, die ich in meinem Krankenzimmer in Gugging als gerahmte Kunstpostkarten an der Wand hängen hatte.

Pieter Bruegel der Ältere

Es geht mir selbst wie Bruegel … ich erlebe die Wirklichkeit und die Phantasie als eine einzige Realität. Die Bauernbilder wie »Die Jäger im Schnee«, »Die Bauernhochzeit«, »Bauerntanz«, »Der düstere Tag«, »Die Kornernte« oder »Die Heimkehr der Herde« und besonders »Der Überfall« sind sogenannte Realität. Mir fiel ein Gemälde, das nicht im Museum hing, ein, weil darauf drei Wegelagerer dargestellt sind, die ein bäuerliches Paar mit Pistolen und Spießen bedrohen und ausrauben. (Ich musste an die beiden Männer, die Madox erschossen hatten, denken.) Es können auch drei marodierende Soldaten sein. Einer von ihnen hat seine Kopfbedeckung tief in das Gesicht gezogen und sich auf diese Weise vermummt. Er hat einen Bauernburschen am Kragen gepackt und hält ihn fest. Ein anderer befördert gerade eine Bauersfrau mit einem Tritt zu Boden. Auch »Der Nesträuber« oder »Der Blindensturz« sind gleichsam der »Realität« entrissen. Hingegen ist der »Engelssturz«, der Aufstand Luzifers, ein Werk der inneren Wirklichkeit, ein gemaltes Kampfgemetzel aus Engeln, Teufeln und Dämonen in Gestalt von menschlichen Köpfen und Tierleibern, von Rieseninsekten in Ritterrüstungen und Amphibien, Fischen, einem Hund und einer Ratte, einem sterbenden Riesenfrosch, einer toten Libelle mit einem Menschenkopf und dem Erzengel Michael mit dem Schwert. Es ist ebenso eine Vision wie »Der Triumph des Todes«, und beide könnten auch von Hieronymus Bosch stammen.
Hieronymus Bosch malte allerdings fast ausschließlich Visionen, doch ich habe wie Bruegel zwei Seelen in meinen beiden Gehirnhälften, ein Zustand, den die Ärzte als »Schizophrenie« bezeichnen. War auch Bruegel schizophren? Ich ging von Bild zu Bild und versuchte, mich im Gewimmel der dargestellten Figuren zurechtzufin-

den, wie es vor allem auf den Gemälden »Der Kampf zwischen Fasching und Fasten« und »Die Kinderspiele« herrscht. Ich starrte so lange darauf, bis ich mir einbildete, die Kinder, die Menschen bewegten sich und ich könnte sie sogar hören. Es war ein Geschrei, ein Gekreisch, ein Lärm, so dass ich schließlich davonlief und mir die Ohren zuhielt. Von da an wich ich diesen Bildern aus. »Der Turmbau zu Babel« beeindruckte mich, aber noch mehr »Der düstere Tag«, das so dunkel ist, dass ich es nur schwer entziffern konnte. Einige Gestalten, die aus der Finsternis auftauchen, sehen aus wie maskierte und verkleidete Faschingsfiguren, die unter den drohenden Sturmwolken über der kahlen Landschaft an Betrunkene denken lassen. Im Hintergrund des Bildes tobt das Unwetter bereits. Auf dem breiten Fluss gehen Schiffe unter, auch tritt das Gewässer selbst über die Ufer und bedroht das Dorf, während ein Bauer im Vordergrund mit einem großen Messer einen Baum zurechtschneidet. Gerade, als ich mich vom Gemälde abwenden wollte, entdeckte ich am oberen Bildrand den weißen Vogel – eine Möwe?, eine Taube? – vor Sturmwolken. Zuerst hielt ich ihn für einen winzigen Riss im Bild, eine »Krakelee«, wie mir Oberarzt Brantner einmal erklärte, aber das Gemälde war auf Holz gemalt – das wusste ich nach der Lektüre eines Bildbandes, den er mir geschenkt hatte. Als ich schließlich ganz nahe herantrat, erkannte ich, dass es tatsächlich ein weißer Vogel war.
Und schließlich »Die Jäger im Schnee«. Ich kenne jedes Detail: die drei Jäger mit hängenden Köpfen und Lanzen, einer mit einem erlegten Fuchs am Rücken, die Fußstapfen im Schnee, und hinter ihnen ungefähr ein Dutzend Hunde. Im Geäst von Bäumen sitzen Elstern, eine davon segelt gerade über dem Dorf ins Tal und gibt dem Bild eine schwindelerregende Tiefe. Über zwei zugefrorene Teiche laufen die Schatten von mehr als dreißig Men-

schen auf dem Eis. Ich habe sie nicht abgezählt. Die Dächer der Häuser sind verschneit. Links im Bild vor einem verwahrlosten Wirtshaus machen zwei Personen und ein Kind Feuer, ein Mann schleppt einen Tisch ins Freie. Das Schild über dem Eingang hängt schief herunter. Das Feuer im Freien, das Wärme in das Wirtshaus bringen soll, sieht aus, als könnte es einen Brand auslösen. In dem Bilderrätsel verborgen ist links von einem Kirchturm ein Bauernhof zu sehen. Ein Kaminbrand, der durch die gelbroten Flammen und den schwarzen Rauch zu erkennen ist, hat an die zehn Bewohner ins Freie getrieben, einer klettert auf das verschneite Dach hinauf. Auch eine Vogelfalle ist im Bild versteckt, darunter ist ein gelber Fleck zu sehen, der den Maisköder darstellt. Drei Vögel am Boden und zwei in der Luft suchen ihn gerade auf.

Ich versank ganz in Bruegels Welt. Die Federzeichnung »Die Imker«, fiel mir ein, hängt auch als Poster bei meinem Neffen in der Bibliothek. Sie zeigt im Vordergrund drei mit Gesichtsschutz und dünnen Mänteln bekleidete Gestalten. Auf einer Linde (?) – ihnen den Rücken zukehrend – hockt ein Junge. Die maskierten Männer machen sich an den Bienenkörben zu schaffen – einen hat gerade der vordere Imker unter dem Baum aufgestellt und ist dabei, ihn zu öffnen. Der mittlere sieht zu, und der linke trägt einen weiteren Bienenkorb unter dem Arm. Ein vierter steht vor einer Wand, über die ein Dach ragt. Die Blätter an den Sträuchern sind gezeichnet, als bildeten sie selbst einen Bienenschwarm. Vielleicht ist der Junge ein Honigdieb? Und die Imker haben ihn überrascht, aber er konnte sich noch auf dem Baum verstecken? (Ein ähnliches Motiv zeigt »Der Nesträuber«, der gerade dabei ist, Eier zu stehlen, und seinen Hut verliert, während ein junger Bauer mit Stock, Messer und Kuhhorn wie im Vorübergehen auf ihn zeigt. Doch übersieht er dabei, dass er

mit dem nächsten Schritt in den Tümpel vor ihm stürzen wird.) Eine Notiz von Bruegel am linken unteren Rand gibt einen Hinweis: »Wer weiß, wo das Nest ist, der weiß, was er raubt, der hat es.« Zugleich handelt es sich um ein Gleichnis. Die Imker seien auf einem Irrweg. Sie verschleppten die Bienenstöcke und beließen sie nicht auf den geschützten Plätzen. Dabei zerstörten sie aus Gier den natürlichen Ablauf.
Für mich sind die Imker Astronauten, die in ihrer Schutzkleidung in die Welt der Bienen eindringen, um sie zu entdecken, zu erforschen und auszurauben. Oder so etwas wie Spurensicherer der Kriminalpolizei. Es ist ein Verbrechen geschehen, und sie untersuchen den Tatort. Vielleicht ist in den Bienenkörben Raubgut versteckt? Oder sie sind Ärzte, die mich und meine Gefährten in den Anstalten ausgeforscht und unseres Ichs beraubt haben? Bei diesem Gedanken gelangte ich wieder zu mir zurück ins Kunsthistorische Museum. Ich wollte »Die Jäger im Schnee« unbedingt mitnehmen, aber das Gemälde war mehr als einen Meter hoch und eineinhalb Meter breit, weshalb ich mich nicht imstande sah, es allein zur Wohnung zu tragen. Daher überlegte ich, mit Maori wiederzukommen und es gemeinsam zu verladen.

Im Naturhistorischen Museum

Der Himmel war immer noch bedeckt. Ich wollte noch nicht zu den anderen zurückkehren und überlegte, was ich als Nächstes unternehmen könnte. Schließlich überquerte ich den Platz und betrat das Naturhistorische Museum. Die Vielfalt der ausgestellten Objekte erschlug mich fast, aber im ersten Stock war vor einem Fenster ein gläserner Bienenstock ausgestellt. Wieder empfand ich Sehnsucht nach unserem Imkerdorf am Steinbruch.

Es war kalt im Museum. Ich ging noch ein Stockwerk höher, wo ich eine große Sammlung ausgestopfter Tiere betrachtete, vor allem Vögel und Affen. Natürlich beunruhigte mich der Gedanke, dass es vielleicht nur noch wenige Säugetiere gab bis auf den Foxterrier Gazpacho oder den Fuchs in Kierling –, aber möglicherweise hatten welche im Tiergarten Schönbrunn überlebt. Gleich darauf fielen mir die Zirkustiere ein, die wir auf der Fahrt mit Eugen zwar aufgelesen hatten, die uns aber später abhandengekommen waren. Da ich, je länger ich mich im Museum aufhielt, einen immer größeren Drang verspürte, es zu verlassen, machte ich mich auf den Rückweg. Ich ging die langen Gänge zurück, aber irgendwie verschlug es mich zu den Büros mit den großen Holzschränken. Es war die Abteilung für Insekten, wie ich feststellte. Willkürlich zog ich die Laden heraus mit präparierten und aufgespießten Schmetterlingen, und was ich sah, machte mich sprachlos. Zum ersten Mal empfand ich, dass ich Einblick in die Schöpfung nahm. Ich war so beeindruckt, wie ich zuvor nur gewesen war, als ich ein Buch über die Filme von Tarkowski betrachtete, das ich auf den Rat des Oberarztes Dr. Brantner mit dem Verkauf meiner Gedichte und Skizzen durch das »Haus der Künstler« erworben hatte. Jedes Mal, wenn ich die Fotografien im Buch angeschaut hatte, begriff ich, dass ich nichts begriff, dass ich alleine war und immer alleine bleiben würde. Aber ich empfand damals auch die Gewissheit, dass es einen Gott gab. Er hatte nichts mit Kirchen, Synagogen oder Tempeln zu tun, er war in mir. Dieses nie lange andauernde Bewusstsein gab mir Kraft, und ich verstand, dass ich weiter und weiter aufschreiben musste, was geschah.

Die Schönheit der Schmetterlinge durchdrang mich, ihre Farben, die Muster ihrer Flügel, ihre Erhabenheit. Auf kleinen weißen Zettelchen war ihre Bezeichnung zu lesen – manches war noch mit der Hand und schwarzer Tinte geschrieben. Schon das Wissen um die Metamorphosen der Tiere beglückte mich. Ich kannte den Erdbeerbaumfalter, dessen Flügel am Rand gelb gefärbt, in der Mitte aber rot und grün gefleckt und dazwischen mit einem weißen Streifen versehen sind.

Die Tiere waren Engel, die wir Menschen töteten, dachte ich, während ich den roten Monarchfalter mit schwarzweiß getupftem Flügelrand betrachtete, den Schwalbenschwanz – symmetrisch gelb und schwarz gefleckt –, den schwarz-weißen Trauerfalter, den großen japanischen Eichenseidenspinner, den wir auch in den ehemaligen Hausgärten auf dem Land sahen – gelbgrün mit zwei Augenpaaren auf den Flügeln –, und das ihm ähnliche Wiener Nachtpfauenauge oder den Totenkopfschwärmer, der tatsächlich einen gelben Knochenschädel auf seinem Nacken und Rücken gezeichnet trägt, den orangeroten und schwarz gepunkteten kleinen Feuerfalter, den gelben, schwarz gestreiften Osterluzeifalter mit schwarz gezackten Flügelrändern, den strahlend gelben Zitronenfalter und nicht zuletzt den Admiral, einen eindrucksvoll schwarz und rot gemusterten Schmetterling, der an den Flügelspitzen schwarz-weiß gefleckt ist. Während ich sie betrachtete, hatte ich das Gefühl, dass ich ein Gedicht schrieb. Und während ich das dachte, wurde das Museum für mich zu einer Kathedrale, und die toten Tiere verwandelten sich in Reliquien.

Plötzlich riss mich ein Geräusch aus meinen Gedanken. Es klang wie ein Husten. Ich blieb stehen und wartete. Schon wollte ich das Gebäude verlassen, als ich neuerlich das Husten vernahm: ein Husten in einem leeren, riesigen, vergessenen Museum. Das Geräusch ließ mich an einen Mann mit einer tiefen Stimme denken. Vorsichtig ging ich den Gang entlang, und als ich an einem Zimmer vorbeischlich, ertönte das Geräusch ganz nahe

wieder. Ich wusste, dass sich jemand hinter der Tür befinden musste, aber der Wunsch zu fliehen war stärker als die Neugierde. Ich fing zu laufen an, erreichte den Museumsshop, brachte Kugelschreiber, Notizbücher und ein Werk über Schmetterlinge an mich sowie einen Katalog des Museums und lief mit dem Bewusstsein, dass ich von dem hustenden Fremden aus dem dritten Stock gesehen werden konnte, auf die Straße, am Kunsthistorischen Museum vorbei, bis ich sicher war, nicht mehr beobachtet zu werden.
Es wäre naheliegend gewesen, den Naschmarkt aufzusuchen, doch ich wollte nicht das Risiko eingehen, wieder auf fremde Menschen zu treffen. Stattdessen eilte ich nach einem Blick auf die Stadtkarte weiter. Die Straßen waren leer, das einzige Geräusch machten meine Schuhe im Schnee. Ohne lange nachzudenken, betrat ich das, wie ich feststellte, Akademie-Theater. Auf dem Boden im leeren Saal fand ich Bekleidung der Reinigungskräfte, einen Staubsauger, Blechkübel, Besen und Schaufeln. Ich ging in eine der Logen und schaute auf den geschlossenen roten Samtvorhang. Nach einer Weile stieg ich wieder hinunter in das Parterre und gelangte durch den Vorhang auf und hinter die Bühne. Dort traf ich nur auf ein Durcheinander von Kulissen und eine große Leere. Später gelangte ich ins Kostümdepot und fand dort einen schwarzen japanischen Hochzeitskimono für Herren, der mir passte und mit dem ich mich in einem Spiegel betrachtete. Ich wollte ihn unbedingt mitnehmen und stopfte ihn in den Rucksack, der jetzt prall gefüllt war. Dann hatte ich genug von allen Besuchen und Orten.
Auf der Straße lagen Schultaschen, Wollmützen, Kinder- und Erwachsenenkleidung. Vieles war zugeschneit, anderes ragte aus dem Schnee. Die Nacht war noch nicht angebrochen, und ich spazierte von Unruhe getrieben weiter. Straßenbahnen standen neben Autos auf dem

Schienenstrang, nichts bewegte sich. Vor einem Platz war ein Mercedes mit einer Tram zusammengestoßen und anschließend gegen eine Laterne geprallt. Der Vorderteil der Karosserie mit dem Motor war aufgebrochen, die Straßenbahn entgleist. Tauben hockten auf den Wrackteilen, und als ich näher trat, flatterten sie auf wie am Tag zuvor die Krähen. Ich ließ mich zurück zum Karlsplatz treiben und entdeckte dort die riesige Kirche. Es war ein seltsamer Besuch. Ich saß allein im eiskalten Kirchenschiff, und mein Schädel war leer. Nichts rührte sich, kein einziger Gedanke kam mir – außer, dass es kalt war. Mich interessierten die Darstellungen an den Wänden nicht, am ehesten die Bankreihen selbst. Ich hatte am Eingang einen Prospekt mitgenommen und las jetzt darin, dass die Karlskirche nach der Pest errichtet worden war, um Gott zu danken … und jetzt? Nur wenige Menschen lebten noch, wir wussten nicht einmal, ob sie einander ausrotten würden. Die Frau mit dem Lastwagen fiel mir wieder ein, die Maori hatte verschwinden lassen, und ich verspürte Wut. Ihre Familie wartete auf sie und hoffte weiter. Es machte mich so traurig, dass ich einschlief. Ich erwachte steif gefroren vor Kälte.
Draußen auf der Straße war es dunkel. Schon nach den ersten, hastigen Schritten lief mir ein Hund nach. Ehrlich gesagt, verspürte ich Angst, obwohl er nicht einmal bettelte. Ein Hund?, wunderte ich mich … Vermutlich hatte er in einem Tierheim überlebt. Ich hielt an, und auch er blieb stehen. Er gab keinen Laut von sich. Als ich weiterging, folgte er mir. Ich konnte ihn kaum hören, aber jedes Mal, wenn ich mich umdrehte, war er da und blieb stehen. So erreichten wir gemeinsam die Wohnung, in der wir abgestiegen waren. Als Malia die Tür öffnete und er die Wärme der Wohnung verspürte, schlüpfte er rasch hinein und legte sich auf den Fußboden. Es war übrigens ein Foxterrier wie Gazpacho. Kira umarmte ihn

sofort, bevor ihre Mutter sie noch warnen konnte, aber der Hund lag nur da und ließ alles mit sich geschehen. Sie streichelte ihn, küsste seinen schmutzigen Kopf, und ein paarmal lachte sie sogar, obwohl ihr, wie ich bemerkte, zum Weinen zumute war. Malia hingegen wirkte lethargisch auf mich, während Maori sofort wieder zu schwatzen begann. Er hatte einen Lastwagen gefunden, dessen Tank noch voll gewesen sei, wie er sagte. Begegnet sei er niemandem, aber er habe sich weitere Pistolen, Gewehre und Munition beschafft, um auf der Rückfahrt vor Überraschungen sicher zu sein. Ich beschimpfte ihn deswegen, er ließ sich aber auf keinen Streit ein und redete einfach weiter. Ich hörte ihm nicht mehr zu, sondern verzehrte den Thunfisch aus einer Konserve. Malia sprach noch immer nichts.
Maori kam beim Erzählen aus dem Lachen nicht mehr heraus. Es ging jetzt um Spielzeug, das er ebenfalls in den Lastwagen gepackt hatte – für Kira, wie er sagte, und die Kinder, die noch kommen würden. Er hatte einen bunten, blechernen Wiedehopf in einer Umhängetasche bei sich, die er ebenfalls »organisiert« hatte. Nach mehreren Drehungen mit dem Aufziehschlüssel fuhr der Vogel auf dem mit ihm verbundenen Blechfahrrad, wobei ein Glöckchen am Zipfel seiner Mütze ein leises Klingelgeräusch von sich gab. Aufmerksam beobachteten wir das blecherne Wesen, das uns ein wenig erheiterte.
»Das bin ich!«, rief Maori begeistert.
Ich legte mich auf eine Couch, und Maori zog das Spielzeug immer wieder von neuem auf, um Kira ein Lächeln zu entlocken. Ich stand auf, weil ich mir einen anderen Schlafplatz suchen wollte, aber Malia kam gerade herein und trug ihre protestierende Tochter mit dem Hund ins Schlafzimmer. Daraufhin öffnete ich eine andere Tür, dahinter war es dunkel. Ich drehte mich um und griff nach einer der Taschenlampen.

»Was tust du?«, wollte Maori wissen.
Ich sagte: »Nichts.«
»Hast du gesehen, sie hat gelächelt. Kira hat gelächelt, obwohl ...«, rief Maori freudig erregt.
Ich schenkte ihm keine Beachtung, sondern schaltete die Taschenlampe ein und schloss hinter mir die Tür. Ich hatte nicht die Absicht, mich im Zimmer umzusehen, sondern wollte nur schlafen. Aber der Lichtstrahl fiel zufällig auf eine gerahmte Fotografie, die einen Mann zeigte, der eine Uniform mit einem Hakenkreuz-Abzeichen trug. Zugleich sah ich eine Fotografie von Adolf Hitler und eine Naziflagge sowie in einer Vitrine verschiedene Dolche und Naziorden. Ich verließ den Raum und die Wohnung gleich wieder, aber das verfluchte Zeug spukte weiter in meinem Kopf herum. Einen Stock tiefer fand ich eine geöffnete Tür, vor der die Kleidung des ehemaligen Bewohners lag, und trat ein. Im ersten Zimmer, auf das ich stieß, erblickte ich im Licht der Taschenlampe ein Sofa mit Kopfrolle, ließ mich fallen und schlief erschöpft ein.
Als ich wieder erwachte, befand ich mich in einem Studentenzimmer mit einem nicht aufgeräumten Schreibtisch, einem Bücherregal und einem Fauteuil. Dann hörte ich auf dem Gang Rufe nach mir, ich lief hinaus und sah, dass Maori mit Kira zusammengepackt hatte, und half mit, die Gegenstände hinunterzutragen, ohne eine Erklärung abzugeben. Auf die drängenden Fragen Maoris, weshalb ich mich in der Nacht davongemacht hätte, sagte ich nur: »Ich konnte nicht schlafen.«
Zuletzt fiel mir wieder ein, dass ich das Bruegel-Bild aus dem Kunsthistorischen Museum mitnehmen wollte, und Maori war von der Idee begeistert. Malia und Kira – der Hund in den Armen des Kindes – wollten so schnell wie möglich die Stadt verlassen, stimmten dann aber zu. Ich hatte auch noch zwei Wolldecken aus dem Studentenzimmer für das Bruegel-Bild mitgenommen.

Als wir endlich aufbrachen, waren alle erleichtert. Doch der Schnee lag noch immer so hoch auf der Straße, dass ein Vorankommen nicht leicht war. Außerdem war es in der Fahrerkabine eng, weshalb wir bei nächster Gelegenheit einen hohen Lieferwagen, der mitten auf der Straße stand und für die zu erwartende Strecke ausreichend mit Benzin versorgt war, für die drei herrichteten, indem wir Kleider, ein Gebiss, einen Ehering und eine Brille vom Vordersitz entfernten und unter den Wagen warfen, ohne dass sie es bemerkten. Inzwischen kam Kira einmal mit ihrem Hund heraus und teilte uns mit, dass er Rafiki heiße wie der weise Mandrillaffe aus dem Walt-Disney-Film »Der König der Löwen«. Maori lachte, aber er war mit den Gedanken ganz woanders – doch wo? Er hörte kaum zu und fuhr abwesend bis zum Kunsthistorischen Museum, in dem er aber gleich wieder »Feuer und Flamme« war, wie er betonte. Mit einigen Mühen und kleinen Zwischenfällen schafften wir schließlich das Ölgemälde »Die Jäger im Schnee« aus dem Museum und verluden es im Kastenwagen von Malia.
Die Fahrt aus der Hauptstadt war kompliziert, aber sie gelang uns schließlich doch. Tatsächlich war es abseits der Autobahn wesentlich ruhiger, wie Maori und ich es bereits kennengelernt hatten, als wir zu den drei Vulkanen auf der Weinstraße gefahren waren. Wir gelangten zuerst auf eine Ebene, über der sich ein Wald aus Windrädern erhob, aber kein einziges war in Betrieb. Kein Sonnenstrahl brach durch die tiefhängenden grauen Wolken. Dann scheuchten wir vier oder fünf Elstern von der Fahrbahn auf, und kurz darauf erkannten wir vor einem Bauernhof am Straßenrand zwei oder drei Füchse, die durch mehrere Fenster, in denen die Scheiben zerbrochen waren, ein und aus sprangen. Wir hielten an und beobachteten, wie die Tiere es sich im Bauernhof eingerichtet hatten. Ein Traktor stand im Hinterhof.

Es gab also weitere Säugetiere, die noch lebten, ging es mir durch den Kopf. Der Hoffnungsschimmer, mehr von ihnen zu entdecken, keimte in mir auf und stimmte mich fröhlich.
»Was machen die da?«, fragte einer der Füchse. Ich hörte es in meinem Kopf.
»Haben sie Gewehre?«, fragte der andere.
Der Hund im Kastenwagen fing zu bellen an, man vernahm es gedämpft bis in unsere Fahrerkabine. »Haut ab! Haut ab!«
»Wenn sie kein Gewehr haben, werden wir fertig mit dem Hund«, raunte der zweite Fuchs.
Es war ein Paar, begriff ich.
»Besser, wir verstecken uns im Haus«, gab das Weibchen zurück, und blitzschnell verschwanden beide durch eines der Fenster ohne Scheiben.
»Gauner!«, bellte Rafiki, und Maori äffte daraufhin Hundegebell nach, bis ich ihm sagte, er solle weiterfahren. Inzwischen hatte er sich auf das Geräusch von Hühnern und Schweinegrunzen umgestellt, aber beides war auf dem Hof nicht zu hören gewesen. Außerdem waren es nur Laute ohne Botschaft.
Auf den verschneiten Bäumen sahen wir gelbe Äpfel.
»Scheißwetter!«, rief Maori.
Endlich fuhr er weiter. In einem größeren Ort stießen wir auf einen leeren McDonald's und eine Molkerei, vor der wir haltmachten. Wir füllten den halben Lastwagen mit Käselaiben, und in einem Spar-Supermarkt ergänzten wir die Ladung mit Schokolade und Bonbons, über die Kira sich freute. Für Rafiki hatten wir außerdem Hundefutter und eine Trinktasse besorgt. Mitunter mussten wir anhalten und die Straße vom hohen Schnee freischaufeln.
Wir gerieten nur langsam in das Vulkangebiet. Die schweren, schwarzen Rauchwolken verfinsterten schon

von weitem den Himmel, und wir beschlossen, den in der Ferne grollenden und feuerblitzenden Ungeheuern auszuweichen. Alles war auch hier vom Schnee bedeckt – wir sahen keinen einzigen Menschen … Nur Häuser und Bäume, die verschneite Asphaltstraße, abwechselnd Wälder und Wiesen, und der Himmel blieb weiter eine einzige graue Wolke, die Düsterkeit verbreitete.
Ohne Vorzeichen brach ein Sturm los, wir kannten die überraschenden Wetterumschwünge schon vom Sommer her. Der Sturm trieb den Schnee von den Wiesen und Feldern und Bäumen vor sich her, und wir mussten neuerlich anhalten. Als wir uns umblickten, entdeckten wir auf einem Acker hinter zum Teil zerstörten Obstbäumen mehrere Heuschober. Ich lief zum Wagen von Malia zurück, zeigte auf die kleinen und größeren Hütten und schrie, dass wir dorthin müssten. Sie wirkte erschöpft und nickte, während der Hund »Pass auf! Pass auf!« bellte.
Ich half ihnen beim Aussteigen und wurde vom Sturm beinahe selbst umgeweht. Daraufhin gaben wir uns wortlos die Hände. Maori folgte uns. Je näher wir kamen, desto klarer wurde uns, dass es keine Hütten oder Heuschober waren, sondern die Trümmer eines abgestürzten Flugzeugs. Kleider flogen uns entgegen, Stoffreste, Verkohltes, Asche … wir stemmten uns gegen den Sturm und bemühten uns voranzukommen – unsere Fahrzeuge lagen für eine Flucht zurück schon zu weit hinter uns. Im Wrack, in das wir hineinkrochen, ließen wir uns außer Atem zu Boden fallen. Unterwegs waren wir auf alles Mögliche getreten und hatten es unter unseren Sohlen gespürt.
Nur der Sturm war zu hören … nach einigen Minuten blickte ich mich um. Von der Decke hing ein mächtiges Hornissennest, ein sogenannter »Hornissenkrug«, auf dem zwei Insekten träge herumkrochen. Nur wenige Hornissen überwintern in ihrer labyrinthischen Behau-

sung. Erst im Frühjahr baut ihre Königin ein neues Nest. Eigentlich sind Hornissen friedlicher als Bienen. Ich vergaß, wo wir waren, ich vergaß den Sturm und meine Begleiter, als ich in meinem Kopf hörte, wie eine von ihnen die andere ansprach: »Was machen die da?«, fragte sie.
Ich sagte: »Nichts!«
Diesmal stimmte es sogar.
»Was willst du?«, fragte sie mich weiter.
Sie machte eine kurze Pause und begann laut zu summen. Ich begriff nicht, was sie sagte, aber ich ahnte, dass es eine Drohung war.
»Wer bist du?«, fragte sie unvermittelt.
Ich wusste nicht, was ich antworten sollte.
»Du bist der Erste, der mit uns spricht«, fuhr sie fort.
Dann war sie im Nest verschwunden, aus dem ich eine Litanei – gesprochen von zwei Hornissen – hörte. Und plötzlich waren es zehn Insekten. Und dann vielleicht zwanzig! Es summte so heftig, dass auch Malia, Maori und Kira es hörten und der Hund mit dem Jaulen aufhörte.
Da mir nichts Besseres einfiel und ich das Summen als Bedrohung empfand, antwortete ich im Kopf: »Wir gehen, wenn der Sturm vorüber ist!«, worauf die Hornissen leiser wurden und schließlich verstummten.
Malia blickte mich mit großen Augen an und fragte mich: »Bist du Schamane?«
Ich war plötzlich so müde, dass ich nur den Kopf schüttelte und die Augen schloss. Als ich sie wieder öffnete, war es still, aber es war so kalt, dass ich aufstand und hinauskroch. Draußen war es dunkel geworden, und die Wolken waren verschwunden. Sofort kroch ich zurück und hörte die Hornissen sagen, morgen sei kein schöner Tag. Ich rief laut, dass es morgen nicht schön sein würde und wir nach Hause fahren sollten, worauf auch Maori,

Kira und Rafiki erwachten und sich langsam aufrichteten.

Bald darauf saßen wir wieder in unseren Autos und nahmen einen Imbiss zu uns, bei laufenden Motoren, da wir die Heizungen eingeschaltet ließen. Schneefall setzte wieder ein, es schneite so heftig, dass wir mehrmals die Fahrbahn freischaufeln mussten und zuletzt Mühe hatten, unser Imkerdorf zu erreichen. Auf der Straße hinauf zum Steinbruch und dem Haus meines Neffen Eugen erkannten wir im Scheinwerferlicht eine Herde Kühe, und vor den Gebäuden waren viele Bewohner mit Taschen und Petroleumlampen, die uns zuwinkten und riefen: »Die Tiere sind wieder da!«

Es waren Schafe, Hunde und Katzen, erkannten wir im Scheinwerferlicht. Wie wir erfuhren, waren sie am Vormittag in unserem Dorf aufgetaucht.

Und es schneite und schneite und schneite.

Zwischenbilanz

Von Anfang an, als der gelbe Nebel alles bedeckte, hatte ich gewusst, dass es keine Sicherheit mehr gab. Das war der größte Verlust, noch größer als der Abschied von den verschwundenen Toten. Wir waren zu Seiltänzern geworden, die weder zurück zum Anfang sehen konnten noch ein Ziel in der Ferne erkannten. Und wir durften nicht in den Abgrund hinunterschauen, ohne sogleich in ihn zu stürzen. Aber hatte ich als sogenannter Geisteskranker nicht immer ein solches Leben führen müssen? Nun aber hatten wir den Status der Unzurechnungsfähigkeit verloren. Plötzlich waren wir mit dem Begriff »Verantwortung« konfrontiert, den man uns abgesprochen und genommen hatte. Wir waren Jahre, Jahrzehnte in diesem Status gehalten worden wie ein Stieglitz in einem

Vogelkäfig, den man, wenn es warm wurde, vor das Fenster hängte. Es war egal, wie sich der Singvogel dort fühlte, oft fünf und mehr Meter hoch über der Gasse. Und wir würden niemals wieder hinaus in die Luft des freien Denkens gelangen, unser aller Zuhause, sondern auf engstem Raum dahinvegetieren müssen, bis wir starben. Uns blieb nur die innere, unsere eigene, ganz persönliche Welt, die Welt in unserem Kopf. Wir gelangten in sie wie von selbst hinein oder flohen in sie und richteten uns in ihr ein – ob wir wollten oder nicht. Es war ein allmählicher, zermürbender Prozess. Ein Felsen tauchte im Kopf auf, ein Stern, ein Toter. Die Geschichte erzählte sich von selbst weiter. Sie wurde zur eigentlichen Biographie. Die Stimmen, die wir hörten, bestimmten das, was wir taten. Obwohl die Stimmen wir selbst und aus unserem Denken entstanden waren, hielten wir sie für Fremde, die uns befahlen, was wir tun sollten. Sie begleiteten uns in den Schlaf, sie sprachen mit uns, wenn wir erwachten, und sie beherrschten uns in den Träumen. Sie waren unsere Seelen. Sie waren stärker als wir, sie wussten, was richtig war und was falsch. Mit einem Schlag waren wir von der Anstalt befreit worden, sie existierte nicht mehr, aber auch die Stimmen waren befreit worden. Wir waren auf andere Weise zurückgeworfen, als es früher der Fall gewesen war, es gab jetzt nur noch das Selbst und die anderen Selbste, die überlebt hatten, und es hatte sich noch keine Normalität entwickelt, die uns ausschloss. Waren wir nicht alle Opfer von Normalitäten gewesen, die über uns bestimmt hatten?, fragte ich mich zum x-ten Mal. Wir durften jetzt sein, wie wir waren, wie wir sein mussten, und das befreite uns.
Gut, die Zeit verging, sie verschwand in sich selbst. Tag und Nacht waren zur Zeit geworden, Augenblicke für Augenblicke, Gedanken für Gedanken. Die einzige Konstante war die Natur, obwohl alles durcheinanderpurzelte

wie in einem Schiff auf hoher See, wenn ein Unwetter wütet. Ich dachte oft an Walt Disney – er hatte den Tieren das Menschliche eingehaucht und sie in Lebewesen verwandelt, die wir begreifen, ja lieben konnten. Auch wenn das dumme Schimpfwort von Wissenschaftlern »anthropomorph« weiter existierte. In der Anstalt hatten wir Videos von Walt-Disney-Zeichentrickfilmen, und ich hatte mich den erfundenen, den gezeichneten Figuren näher gefühlt als den meisten Menschen. Ja, ich begriff mich damals selbst als Walt-Disney-Figur. Es war mir, als entwerfe mich gerade irgendjemand und erreichte später, dass ich redete und handelte. Wenn der Unbekannte aufhörte zu zeichnen, wurde ich trübsinnig. Jetzt aber hatte ich den Eindruck, dass ich mich selbst entwerfen konnte, also niemanden anderen brauchte, der aus mir »etwas machte«. Es war ein so ungeheures Gefühl, dass ich anfangs verwirrt war und daher wieder zu schreiben begann, nur um festzustellen, dass ich mich damit auch selbst gestaltete. Ich kann es nicht anders ausdrücken. Ich weiß, das ist widersprüchlich, aber nur deshalb lebt es, denn die Logik herrscht nicht über die Gefühle. Sie bleibt ewig schwächer als die Ebbe und Flut der inneren Bewegungen. Die Logik empfindet nicht Trauer, nicht Schmerz, nicht Liebe – sie löst sie höchstens aus. Immer ist sie nur ein Schiff auf dem Meer des Innenlebens, das sich nach den Sternen richten muss, nach den Himmelsrichtungen, und darauf zu achten hat, dass es nicht mit Mann und Maus untergeht. Zwei Eigenschaften beherrschen die Logik: richtig und falsch, und das Unsägliche daran ist, dass man in Bedrängnis oft nicht weiß, was richtig ist und was falsch. Eine Fehlentscheidung hatte uns ja erst in die Situation gebracht, in der wir die Logik benötigten. Sie besteht aus Morsezeichen, doch wer ihr Alphabet nicht kennt, vertraut vor allem dem Instinkt, der sich mitunter als der Logik überlegen erweist.

Anfangs kam ich mir vor, als befände ich mich im Sandtrichter eines Ameisenlöwen …

Im Sandtrichter des Ameisenlöwen

Ich habe eines Tages resigniert und aufgehört, mich in der Anstalt gegen den Gedanken an den Ameisenlöwen zu wehren. Es war sinnlos. Als betroffene Ameise musste ich akzeptieren, dass ich in den Sandtrichter gefallen war, dann erst konnte ich versuchen, wieder aus ihm herauszukommen. Der Ameisenlöwe wartet vergraben am Grund des Trichters und bewirft mich mit Sand, sobald er spürt, dass ich mich nähere. Gerate ich in den Trichter, fördert er durch weitere Sandwürfe mein Abrutschen und ergreift mich mit den Spitzen seiner Kieferzange, aus denen er ein betäubendes Gift in mich spritzt, das mich zumeist rasch lähmt. Von diesem Augenblick an ist es um mich geschehen. Der Vorgang kann allerdings bis zu einer halben Stunde dauern, eine sprichwörtliche Ewigkeit. Daraufhin spritzt der Räuber Verdauungsspeichel in meinen Körper, der mein Inneres vollständig auflöst. Dieser Vorgang kann wiederum mehrere Stunden dauern. Übrig bleibt zuletzt nur meine ausgesaugte Hülle, die aus dem Sandtrichter hinausgeworfen wird. Aus dem Trichter befreien können sich nur die größten Ameisen, vor denen dann der Wegelagerer die Flucht ergreift, oder die kleinsten, die von seinen Zangen nicht richtig festgehalten werden können. Wenn die Beute keine Lebenszeichen mehr zeigt, wird sie vom Ameisenlöwen zumeist aus dem Trichter geworfen, weshalb manche Beutetiere zu überleben versuchen, indem sie sich totstellen. Bei Blattkäfern findet der Räuber keine Einstichstellen, um sie mit seinem Gift zu lähmen – aber bei Regenwürmern oder Nacktschnecken, Tausendfüßern, Spinnen, Asseln

und Milben ist er sehr erfolgreich. Das Schicksal trifft eben nicht jeden gleich.
Wir befanden uns also alle im Sandtrichter, aber die überlebenden »Normalen« hatten uns nicht ganz vergessen. Durch die sommerlichen Aufenthalte bei meinem Neffen hatte ich ein wenig Erfahrung im Zusammenleben mit ihnen. Ich wusste auch, dass ich die Sprache mancher Tiere verstand. Es waren also keine unbekannten Stimmen mehr, die mich in Versuchung oder in den Untergang führen wollten, sondern die Natur hatte mir einen Blick durch ihr Türschloss gewährt, damit ich ihr Inneres beobachten konnte. Eine Zeitlang arbeitete ich an Wörterbüchern für verschiedene Arten von Tieren … ein Singvogelwörterbuch, ein Hundewörterbuch, ein Katzenwörterbuch, ein Wörterbuch für Hühner und Hähne, für Elstern und Krähen, Maulwürfe und Schnecken.

Post-mortem-Fotografien

Am nächsten Tag packten wir im Dorf am Steinbruch aus, was wir auf unserer Fahrt besorgt hatten. Am unzufriedensten war der ehemalige Theologiestudent und nunmehrige Kaplan Gottlieb Ferra, weil wir keine Bibeln mitgebracht hatten, aber ich tröstete ihn damit, dass mein Neffe über mehrere Exemplare verfügte und das nahe liegende Kloster eine Dreiviertelstunde mit dem Auto entfernt sei. Nur die wenigsten hatten das Verlangen, die Dorfkirche aufzusuchen, daher überlegten wir uns, in unserer kleinen Ansiedlung einen eigenen Andachtsraum einzurichten.
Mein Neffe forderte alle Künstlerpatienten auf, Bilder mitzubringen und Skulpturen, soweit vorhanden. Als Erster meldete sich Leopold Kolb, der Puppen mit verzerrten Gesichtern anfertigte und selbst Kleider für sie nähte.

Sie waren bizarr und erinnerten an Geister. Er brachte uns einen »Bettler«, einen »Schornsteinfeger«, zwei Phantasiefrauen, die er als »Engel« bezeichnete, sowie ein Album mit schwarzweißen Post-mortem-Fotografien von Kindern um 1900, das er im Privathaus des Bestatters, welches er bewohnte, gefunden hatte. Ich betrachtete sie mit Staunen. Ein verstorbener Bub im Matrosenanzug hielt einen Reiher in Händen, zwei etwa acht- und zehnjährige Brüder im gleichen Anzug mit Matrosenmützen auf dem Kopf neben ihm stehend. Ein verstorbenes Mädchen in weißem Pelz mit weißem Muff und weißer Strickmütze. Zwillingsschwestern in zu großen Totenkleidern aufgenommen in einem viktorianisch eingerichteten Fotostudio. Ein totes Kleinkind – vielleicht ein Bub – mit einem Stoffhund. Ein aufgebahrtes Kleinkind in einem gestickten weißen Kleid – wie schlafend. Ein verstorbenes Mädchen neben einem Mischlingshund liegend, auf dem ihr Kopf ruhte. Ein toter Bub mit einem Segelschiff als Spielzeug. Ein dickliches totes Mädchen mit vier Mädchenpuppen. Ein lächelnder Mann, der seine tote Tochter in den Armen hält. Auch ein totes Ehepaar mit totem Kind in der Mitte und ein Mädchen im karierten Kleid mit seiner ebenso gekleideten jüngeren toten Schwester, nebeneinander auf Fauteuils sitzend und sich an den Händen haltend. Ein toter Bub mit vor Schreck aufgerissenen Augen auf einem Schaukelpferd sitzend, zwischen seinen Eltern. Auch tote Zwillingsschwestern in zwei kleinen, mit Blumen dekorierten offenen Särgen …
Mein Neffe bedankte sich dafür. Er unterstrich, dass die Fotografien der toten Kinder für ihn von großem Wert seien, da es in Zukunft keine sichtbaren Toten mehr geben würde. Daraufhin zog Leopold Kolb noch ein weiteres Buch aus der Einkaufstasche und übergab ihm einen Katalog mit dem Titel »Jenseits des dunklen Schleiers« aus dem Thanatos-Archiv. Mein Neffe war gerührt.

Als Nächster erschien Gustav Reiter, der unser bester Maler war. Er hatte sein gesamtes Künstlerleben der Darstellung von phantastischen Flugkörpern gewidmet. Er zeigte uns als Erstes einen von mehreren Kelchen aus der Dorfkirche und die prächtige vergoldete Monstranz mit einer Hostie hinter einem Glasfensterchen. (Kaplan Gottlieb Ferra verlangte sie am nächsten Tag allerdings zurück, und wir organisierten die sakralen Gegenstände für den Andachtsraum aus der Kirche des nächstes Ortes.) Hierauf entnahm Gustav Reiter seiner Mappe, die er aus dem »Haus der Künstler« mitgenommen hatte, ein Bild. Auf dreißig Blättern hatte er »Die letzte Zeitung«, wie er es nannte, vom Tag vor der Katastrophe aufgeklebt. Erst dann breitete er die weiteren Bilder vor uns aus: Sie waren alle – wie wir es von ihm kannten – mit einem selbstentworfenen farbigen Muster gleichsam gerahmt. Auf hellblauer Himmelsfarbe schwebten von ihm erfundene Flugkörper. Es waren keine »fliegenden Untertassen« dabei, keine Doppeldecker, keine Kampfflugzeuge aus dem Ersten oder Zweiten Weltkrieg, sondern vor allem Hubschrauber, Kleinflugzeuge und verschiedene, mit wunderbaren symmetrischen Ornamenten versehene Ballons. Keines der Ornamente glich dem anderen, das Spektrum der Farben, derer er sich bediente, war auf den ersten Blick überwältigend. In diesem Moment entstand – wie ich erst im Nachhinein erfuhr – in Eugen der Wunsch, selbst mit einem Ballon zu fliegen. Er hatte im Sommer vom Pfleger Hans Haller erfahren, dass dieser Ballonflieger war, und auch ich hatte Haller zugehört, wie er erzählt hatte, dass er vor zwei Jahren mit einem Ballon abgestürzt sei und sich dabei schwer verletzt habe: Ein Bein, mehrere Rippen und die Nase seien gebrochen gewesen, und da er auch eine Gehirnerschütterung erlitten habe, sei er mehrere Tage bewusstlos gewesen. Gustav Reiter hatte Autos und Fahrräder mit

Flügeln gemalt, Zeppeline, gelb wie das Sonnenlicht, offene Jumbojets, in denen man die einzelnen Passagiere erkennen konnte, vor allem aber Hubschrauber mit einem, mit zwei, mit drei und mit vier Rotorblättern, die wie mechanische Blüten aussahen. Reiter hatte schon angefangen, erzählte er uns, eine der Höhlen in der nahen Klamm mit Ballons auszumalen. Burschen des SOS-Kinderdorfes hatten sie beim Einfall des gelben Nebels entdeckt und waren in diese geflüchtet.

Zuletzt kam Anton Pichler. Er war der Einzige, der Heiligenbilder mit oder ohne Engel malte. Alle blieben unvollendet, denn ab einem bestimmten Punkt machte er keinen Pinselstrich mehr. Daraus ergab sich eine große Anzahl von Wesen ohne Arme oder Beine, sogar ohne Köpfe oder Augen, Nasen, Ohren und Lippen, andere hingegen mit vier oder sechs Beinen, einem oder mehreren Armen und mitunter mit Geschlechtsteilen. Auch die Heiligenscheine konnten scheinbar wahllos zu sehen sein oder gänzlich fehlen.

Maori und ich steuerten die beiden Kästen mit Schmetterlingen und Heuschrecken bei, aus dem Haus, in dem Malia überlebt hatte. Eugen suchte seine Tierfotografien heraus und das Skelett einer Katze, und aus den Häusern der Umgebung sammelten wir die ausgestopften Tiere – Jagdtrophäen – ein. Es handelte sich vor allem um Vögel, aber wir fanden auch einen präparierten Fuchs, der uns fortan mit Glasaugen aus einer Ecke des Zimmers musterte. Auch Malia beteiligte sich an der Gestaltung des Andachtsraums, und Kaplan Ferra las für ihren Mann Madox die Totenmesse.

Der Schnee war trotz der Unmengen rasch dahingeschmolzen, denn die Sonne schien wieder häufiger und länger, dafür wirbelten gelbe Blätterwolken über den Steinbruch, die wie Schwärme von Kanarienvögeln hoch aufflogen und dann hinab zur Erde segelten.

Warum ich schreibe

Ich weiß nicht, weshalb ich schreibe. Ich empfinde den Drang, die Wörter und Bilder, die durch mein Gehirn pulsieren, aufzuzeichnen. Manchmal denke ich, das, was ich schreibe, solle einem Fisch mit großen Augen, Schuppen, Flossen, seinen Gräten und seinem Maul ähneln, dann einem Vogel mit seinen beiden Beinen und Krallen, den Flügeln aus Federn, dem Knochengerüst, dem Schnabel, seinen Augen und den Gesängen, dann wieder sehe ich die Fraßspuren des Borkenkäfers oder die Anatomie des menschlichen Gehirns als Vorlage. Auch Pflanzen haben es mir angetan: ein Buch wie Farnkraut – seiner Symmetrie, seiner Farbe ähnlich. Ein Buch wie die sechseckige Wabenform aus Bienenwachs, voller ungeborener Gedanken und dem Honig der Außenwelt, habe ich schon geschrieben.* Die Natur mit ihren mannigfaltigen Erscheinungen ist voller Anregungen. Ihre Flechten, Käfer, Blattformen, Eis oder klares Wasser – unendlich viele inspirierende Einfälle gehen von ihnen aus. Seit einigen Tagen höre ich sogar das Flüstern und die Töne von Pflanzen. Ich muss achtgeben, denn mein Kopf ist durch sie voller Laute und Gesänge.
Ich schreibe ohne Vorsatz, vielleicht um mich selbst zu verstehen, was mir jedoch nicht gelingt. Bilde ich mir ein, andere zu verstehen, fällt mir gleichzeitig ein, dass ich mich nicht einmal selbst verstehe. Die meisten empfinden es umgekehrt: Sie sind überzeugt, sich selbst zu verstehen und stehen anderen verständnislos gegenüber. Ich bin einsam wie Thoreau in seinem Buch »Walden«. Henry David Thoreau war der Sohn eines Bleistiftfabrikanten und bezog 1845 am amerikanischen Unabhängigkeitstag, dem 4. Juli, eine von ihm selbst errichtete

* Landläufiger Tod

Hütte in Massachusetts, bei Concord am Waldensee, wo er zwei Jahre allein lebte und später darüber schrieb, las ich. Immer wieder habe ich an seine Hand gedacht, wie sie gerade einen Buchstaben auf ein Blatt Papier zeichnet. Und ebenso, wie sie die Buchstaben für ein weiteres Buch, »Über die Pflicht zum Ungehorsam gegen den Staat«, niederschreibt. Ich wäre gerne selbst dieses Wort »Ungehorsam«. Oder ein Wort von Jean-Henri Fabre, der die »Erinnerungen eines Insektenforschers« verfasst hat: vielleicht »Biene« oder »Käfer« … Zwar würde ich dann auf einem Blatt Papier in einem Archiv stehen, aber ich hörte vielleicht alle anderen Sätze und Worte, die dort aufbewahrt sind, in Form eines Magnetismus, wie er beim Schreiben existiert, oder wie ich auch die Sprache der Tiere und Pflanzen verstehe.
Jean-Henri Fabre wurde 92 Jahre alt und starb in der Nähe von Orange. Das Haus, in dem er lebte, nannte er »Harmas«, »wie man auf dem Land«, schrieb er, »eine unbestellte steinige, dem Thymian überlassene Fläche bezeichnet«, »da kann ich Sandwespe und Grabwespe befragen, ohne von Passanten gestört zu werden … ja, das war mein Wunsch, mein Traum …«. Er fertigte übrigens 616 Aquarelle von Pilzen an, die sowohl wissenschaftliche Abbildungen als auch künstlerische Skizzen sind. Und er war ein Naturwissenschaftler, der wissenschaftlich dachte, aber deswegen nicht das Märchenhafte aller Lebewesen verdrängte.
Schreibe ich, weil ich religiös bin? Oder weil ich nicht religiös bin? Beides trifft zu. Manchmal habe ich religiöse Empfindungen, dann wieder nicht. Aber ich lehne es ab, über Religion zu diskutieren. Wenn über Religion gesprochen wird, bin ich absolut ungläubig. In der Stille, der Einsamkeit wiederum erfahre ich die beseelte Welt. Das Schreiben macht es mir möglich. In allem erkenne ich dann den Teil und sein Gegenteil. Am besten ver-

gleiche ich es mit der großen Pause auf einem Schulhof. Ich kann nicht jedes Wort, das ich dort höre, und alles, was ich sehe, gleichzeitig verstehen – genauso wenig wie Teil und Gegenteil. Deshalb ist das, was ich festhalte, skizzenhaft, selbst wenn es lange Beschreibungen sind. Außerdem: Ich bin nur ein Patient, der Leser ist mein »Psychiater«. Mit Psychiatern will ich – bis auf Oberarzt Dr. Brantner – allerdings nichts zu tun haben. Die meisten verhalten sich wie Schulkinder, die ein Lied lernen und es schließlich gemeinsam weitersingen.
Aber Schreiben bedeutet nie, in einem Chor zu singen ... Ich schweife ab, weil ich bei allem und jedem vom Hundertsten ins Tausendste komme ... Schon als Kind ergriff diese Eigenschaft von mir Besitz. Ich war ihr ausgeliefert, wie ich meinen Genen ausgeliefert bin, obwohl ich mich gegen sie zur Wehr setze.
Schrieb ich, hatte ich das Gefühl, unsichtbar zu sein, durch Wände gehen, fliegen zu können. Das war mein größter Wunsch. Ich wusste, dass es nicht möglich war, aber ich habe daran geglaubt, da ich mir ja einbildete, in einem Zeichentrickfilm zu leben und gerade entworfen zu werden. Mit jedem Tag wünschte ich es mir mehr, aber mit jedem Tag wurde mein Glaube daran schwächer. Ich kam mir vor wie jemand, der im sechsten Stock aus dem Fenster springen will, weil er glaubt, fliegen zu können, dem aber schon schwindlig wird, wenn er im ersten Stock auf dem Balkon steht. Vielleicht schreibe ich, weil ich Angst habe – nicht um mich selbst, sondern um mein anderes Ich, das glaubt, fliegen zu können. Wegen dieses Ichs allein lebe und überlebe ich. Ich will nicht, dass das Ich, welches imstande ist, unsichtbar zu sein und durch Mauern zu gehen, erlischt. Ich will dieses Ich, das Bücher liest, sich in andere Wirklichkeiten versetzt, sogar ein anderes Ich annehmen kann – immer wieder und in immer verschiedenen Situationen, das heißt in

pausenloser Verwandlung –, jeweils als das eigentliche Ich spüren. Man sagte mir, dass ich meinen Verstand verloren hätte. Ich konnte plötzlich nicht mehr sprechen, doch konnte ich schreiben und dabei dieses andere Ich spüren – es folgte mir wie mein Schatten. Und dieser Schatten konnte alles, was ich selbst nicht konnte.
Eine weitere Tatsache ist, dass ich schreiben *muss*. Ich bin süchtig danach. Ich habe Entzugserscheinungen, wenn ich es nicht kann oder darf, weil die Umstände es verhindern. Ich verliere meine ohnehin fiktive Persönlichkeit, ich werde ein plattgedrückter, überfahrener Frosch und trockne aus, bevor ich zu Erde oder von den anderen Tieren gefressen werde. Bin ich beim Schreiben glücklich? Nein. Manchmal, nachdem ich geschrieben habe, aber ich versuche, mich anschließend zu betäuben. Womit? Zumeist sind es Psychopharmaka. Als ich jung war, habe ich es mit Alkohol getan. Ich war gerne betrunken. Es ist schön, wenn allmählich, ganz langsam die Euphorie die Oberhand gewinnt und so lange wie möglich anhält. Gelingt es mir nicht, an Medikamente heranzukommen, liege ich die halbe Nacht wach und werde gedacht. Ich denke dann nicht mehr selbständig, sondern wie im Traum, und es handelt immer nur von den Gedanken und Einfällen, die ich bereits aufgeschrieben habe, und von der quälenden Frage, wie es weitergehen soll. Stets befürchte ich, dass ein Stillstand zugleich das Ende ist. Das Ende von meinem anderen Ich und damit das Ende von allem.
Ich verspüre beim Schreiben eine Verwandtschaft mit den Bienen. Wörter sind für mich wie Blütenpollen. Ich liebe sie und wünsche, ihren Nektar zu saugen und ihn zu Honig zu verarbeiten. Es erinnert mich aber auch an Meerestiere. An Muscheln, an Seeigel, an Plankton und Protozoen, an Schwämme und dicke Blätter … Das Schreiben ähnelt dem Mikroskopieren, dem Sammeln

der Präparate, dem Färben, dem Betrachten ... aber es ist zugleich auch ein zäher Prozess: Unerwartet stockt der Vorgang, als seien die Glasplättchen eines Präparates zerbrochen ... andererseits kann es urplötzlich wie Lava aus dem Vulkan fließen ... aber das zu sagen ist, als ob man erklärte, dass man beim Spielen der Klarinette in das Instrument hineinblasen muss.

Das Fliegen beim Schreiben verlangt, den Alltag vergessen zu können. Es verlangt jähes Aufflattern und plötzliches Landen, es verlangt ebenso den Gedankenflug wie den Absturz, ich muss Phönix sein und zugleich Asche, ich muss den Sturzflug ebenso lieben wie das bewegungslose Stehen in der Luft.

Einerseits muss es ein Zustand sein, der sich von selbst einstellt, andererseits ist es wie ein LSD-Trip. Ich habe die Beschreibung eines LSD-Trips von Aldous Huxley gelesen und sehne mich seither danach, es selbst zu erleben. Beim Lesen hatte ich damals das Gefühl, als würde ich plötzlich das Leben, die Welt verstehen. Ich kann mir, wenn es mir danach ist, auch suggerieren, dass ich in einer Bibliothek lese, aufstehe und den Faden aus dem Buch weiterspinne. Ich spreche mit Dichtern oder ihren Figuren und halte mich in vergangenen und zukünftigen Zeiten auf, immer auf der Suche nach dem Ewigen ... zuletzt bin ich so erschöpft, dass ich einschlafe.

Die Wirklichkeit, die die meisten Menschen erleben, ist Schwerkraft, ihr Denken bleiern. Die zweite Wirklichkeit hingegen, das heißt die Wirklichkeit beim Schreiben und beim Lesen, ist eher ein Florettfechten. Bei diesem Duell ohne Kopf- und Körperschutz geht es um Weiterleben oder Sterben – entweder du besiegst die Schwerkraft, oder ihre Anziehungskraft bringt dich als Autor zu Fall. Fällst du zu oft, zerstörst du dich als Schreibenden und Lesenden. Nie kannst du voraussehen, wie das Duell ausgeht, nicht einmal, wenn es dir tatsächlich gelingt, die Schwerkraft zu überwinden. Der Schein trügt. Der Schein, der Lügner in deinem Kopf, der dich glauben lässt, du seist ein Halbgott, ist dein wahrer Feind, er verdient keine Gnade. Du musst lernen, die Schwerkraft auszuschalten, aber auch für dich einzusetzen. Willst du den Lügner in deinem Kopf entlarven, musst du dich der Schwerkraft bedienen, sie beherrschen. Du musst dich mit dem Zweifel verbünden, dem Selbsthass. Zuerst musst du sie jedoch zu Untertanen machen, damit sie deinen Zwecken dienen können.

Es ist nicht möglich, das Fliegen zu lernen. Man muss es in sich haben, es ist angeboren. Auf einmal siehst du alles von oben. Und du schaust durch Wände und erkennst einen nackten Menschen, der genau so ist wie du selbst, wenn du nicht schreibst. Du willst ihn festhalten, und du gelangst in sein Zimmer, denn jetzt bist du unsichtbar. Und es gelingt dir fast spielerisch, ihn wie ein Adler mit seinem Schnabel zu erfassen, fügst ihn deiner Sammlung im Insektenkasten hinzu. Und dort siehst du ihn, solange du willst, in deiner Bibliothek und deinem Schreibzimmer – wie die Heuschrecken und Schmetterlinge in jenem Haus, in dem die afrikanische Familie, Malia, Madox und Kira, überlebte. Du kannst vielleicht seine Gedanken lesen. Doch zögerst du mit dem Gedankenlesen, denn es kann in die Irre führen. Während du dich beim Lesen und Schreiben durch die Gedanken des nackten Menschen wühlst, erkennst du, dass sie den deinen gleichen. Nur hast du sie bisher nicht ausgelebt, du hast dich ihrer geschämt, sie verachtet, denn immer ist es ein Wiedererkennen und zugleich Entdecken. Das Gedankenlesen ist möglich, wenn der Lesende und der Schreibende an ihre Kindheit zurückdenken. Beide müssen schutzlos bleiben – nur die eigene Schutzlosigkeit zieht die verborgenen Gedanken an. Jeder, der sich beim Schreiben mächtig fühlt, besitzt nicht das zweite Ich. Das zweite Ich erkennt man daran, dass es keine Haut hat. Es sieht aus wie Muskelfiguren in medizinischen Museen. Man bekommt das Wesen jedoch nicht zu Gesicht – es ist wie der berühmte Yeti, den es nicht und doch gibt. Sobald man dennoch schreibt oder liest, vergisst man sich, obwohl man das zweite Ich jetzt selbst ist. Später weiß man nicht mehr, wie es ausgesehen hat. Auch Selbstvergessenheit macht blind. Nimmt man nur sich selbst zum Maßstab, wird man zum Beamten der eigenen Person. Jede Zeile ist dann bis zum Rand mit Endlichkeit und Eitelkeit vollgestopft, ist versalzen, verpfeffert. Unendlichkeit hat nichts mit Größe zu tun. Ein Wassertropfen ist ein Partikel aus der Unendlichkeit, eine Schneeflocke, ein Blutstropfen, ein Sauerstoffmolekül.

In diesem Sommer hatte ich mich – abgesehen von den Bienen und dem Honig – mit Schmetterlingen beschäftigt, den schönsten aller Tiere … sie sind, wie ich bereits geschrieben habe, vollendet. Mit jedem Flügelschlag scheinen sie zwei neue Seiten zu schreiben … jeder Flügelschlag überrascht selbst jene, die schon tausendmal ihre Flügelschläge gesehen haben und sie trotzdem weiter und weiter beobachten müssen wie Dichter ihre Gedanken, Wörter und Sätze, die scheinbar aus dem Nichts kommen. Schreiben ist die Metamorphose der Gedanken, von der Erlebnisraupe über die Erinnerungspuppe zum Buchstabenschmetterling.

Warum ich lese

Ich konnte oft nur in Gedanken spielen, weil ich kaum Spielzeug besaß. Mein Vater war Imker, und alles drehte sich bei uns um Bienen. Hin und wieder hörte ich, wie er mit anderen Imkern über den Bienenstaat sprach. Was ich davon verstand, rief in mir Widerspruch hervor. Ich war an Politik nicht interessiert, an Weltanschauungen noch weniger. Die Debatten gingen an mir vorbei, ich bekam mit, wie sich die Diskutierenden gegenseitig Mord und Totschlag vorwarfen, Ausbeutung, Gefängnisstrafen und weiter Verbannung. Ich wehrte mich dagegen, indem ich für mich einen Zauberer erfand, an den ich so oft dachte, dass er für mich Gestalt annahm. Er trug einen Hut, eine Brille und einen Spazierstock.

Wir hatten in der ersten Klasse Volksschule Besuch von einem Zauberkünstler gehabt. Er zog bunte Tücher aus dem Ärmel, nahm den Hut ab, drehte sich uns zu und zeigte das berühmte weiße Kaninchen, das darin schlief. Er versetzte seine Assistentin in Tiefschlaf und ließ sie durch einen Reifen schweben. Vor allem aber machte er uns zu Idioten, indem er uns hypnotisierte. Es begann damit, dass er seine Taschenuhr an der Kette wie ein Pendel bewegte und uns einredete, wir seien müde. Ich war jedoch nicht müde. »Die Augenlider werden schwer …«, wiederholte er mehrmals, »und die Müdigkeit ergreift von euch Besitz.« Also schloss ich die Augen. Dann ordnete er an, dass wir auf einem Bein stehen sollten. Wir waren im Turnsaal, und ich blinzelte und stellte fest, dass sich die meisten bemühten, auf einem Bein zu stehen, daher zeigte ich, dass ich es auch konnte. Ich machte freiwillig mit, was er uns befahl. Hierauf ordnete er an, wir sollten laut »Mutter!« rufen, wir taten es aus Übermut, und bevor wir noch lachten, befahl er »Lachen!«. Ich dachte sehr oft an ihn, wenn etwas schieflief.

Als ich dann in die Anstalt kam, glaubte ich zuerst, die Ärzte, die mir Tabletten verordneten und mich betäubten, seien Zauberer. Ich mochte die Gedanken und die Schmerzlosigkeit, ich suchte die Betäubung. Ich lebte wie eine exotische Pflanze in einem Blumentopf und dämmerte vor mich hin. Die Zeit existierte nicht mehr.

Ich war ein Gedanke, den ich vergessen hatte. Oder ein Name, eine Bezeichnung, ein Wort, das mir nicht mehr einfiel – auch wenn ich angestrengt nachdachte. Ich war in die Vergangenheit verschwunden, obwohl ich noch am Leben war, ja, es gab mich nicht mehr, auch wenn ich weiterexistierte. Schließlich wurde ich ein Ding: ein Löffel, eine Gabel, ein Messer, ein abgerissenes Efeublatt, ein fotografisches Selbstportrait, das mir abhandengekommen war.
Eines Tages erhielt ich ein Buch: Stefan Zweig, die »Schachnovelle«. Ich begann zu lesen und konnte nicht mehr aufhören. Als ich es ausgelesen hatte, las ich es sofort noch einmal. Ich erspare es mir, den Inhalt nachzuerzählen. Dieses Buch wird nie sterben. Jeder sollte es selbst lesen. Es geht um einen Menschen, der von der Außenwelt völlig abgeschnitten ist und der ein Buch stiehlt, in das er emigrieren kann. Dafür benötigt er keine Papiere – er kann es illegal, sans papiers, tun. Das Buch ist ein Schachlehrbuch.
Mein wirkliches Lehrbuch war jedoch »Alice im Wunderland«, der Autor »mein« Lewis Carroll. Es ist ein Buch, das seine Leser verwandelt. Meine neuen Zaubergehilfen waren von nun an Bücher. Schon mit dem ersten Satz betrat ich eine neue Welt. Auch bei Poe, Kafka und Borges waren es zuerst neue, dann aber schon die eigenen Universen, in die ich geriet. Die Wirklichkeit in den Büchern zeigt mehr Wirklichkeit als die Wirklichkeit im Leben. Es war für mich wie die Entdeckung des Mikroskops oder des Fernrohrs. Sie dehnen die sichtbare Welt aus. Bücher zeigen das wahre Gesicht der Wirklichkeit, indem sie diese mit dem ersten Satz zerstören und eine neue errichten. Du befindest dich auf deinem Stuhl, in deinem Bett und bist zugleich geflohen oder abgehauen, verreist in eine neue Dimension, in der du augenblicklich – und für alle unsichtbar – beteiligt bist.

Und du bist wehrlos wie im Traum. Die Buchstaben und Wörter und Sätze sind die Drogen, die du zu dir nimmst – sie betäuben nicht! Du träumst nicht, obwohl du träumst. Das Buch ist dein Souffleur geworden. Du befindest dich in einer Art Wachtraum, den du nicht beenden willst. Du musst ihn weiterträumen. Die Sprache verwandelt sich in deinem Kopf in Gedanken und Bilder, in Gefühle und Empfindungen. Du bist mit deinem Kopf beteiligt, deinem Herz, deiner Seele. Du weißt jetzt, was die Seele ist, obwohl du es vorher nicht begriffen hast. Und: Es geht nicht um Informationen, Nachrichten, Zeitungsmeldungen, es geht um dich selbst. Die Geschichte wird zu deiner eigenen. Gedanken und Bilder prägen sich in dein Gehirn ein, die du nicht vergisst. Ich weiß, wovon ich spreche.
Du lebst fortan viele Leben. Jede Seite des Buchs ist ein neues Dasein. Es ist wunderbar, wie man allmählich wählerischer wird. Wie man die Drogen: die Wörter, die Sätze, die Gedanken und die Bilder mit größerer und noch größerer Empfindsamkeit liest, wie man erkennt, welche zu einem selbst gehören und welche nicht. Viele Zauberkunststücke hast du gesehen und manche aufgedeckt: wie man Münzen, Karten verschwinden lässt, wie die Frau durch den Reifen schwebt und das weiße Kaninchen in den Hut gelangt. Du wirst langsam anspruchsvoller. Du glaubst nicht mehr jedem Buch. Manche Bücher akzeptierst du gerade noch, doch du wächst langsam über sie hinaus. Nur wenige blühen in einem fort im Glashaus deiner Erinnerungen. Du nimmst sie nicht aus dem Glashaus heraus, du befürchtest, deine Erinnerungen zu beschädigen. Eines Tages, wenn du dich dennoch dafür entschieden hast, spürst du erneut Begeisterung oder plötzliche Enttäuschung. Es gibt nichts dazwischen. Nur Bücher, die das Prozedere des mit Zeitabstand wiederholten Lesens überstehen, gehören zu dir. Du weißt, wie ihr Äußeres, ihr Gefieder, ihr Pelz gemustert ist, du kennst

ihre Rücken, ihre Bekleidung – den Umschlag – und ihre guten und bösen Seiten. Du kennst ihr Inneres – du findest dich in ihrer Gedanken- und Gefühlswelt zurecht, du findest die Seiten, die dir am meisten bedeuten, vielleicht hast du sogar etwas hineingeschrieben oder eine Passage unterstrichen, oder du zitierst sie auswendig wie ein Pianist, der ohne Noten spielt. Ich meine keine ideologischen Werke, die dich umstimmen, dich gewinnen, überzeugen wollen, die insgeheim mit Geschäftsbüchern verwandt sind. Bücher sind wie Wolkenformationen, wie Wellen, wie Regen und Schnee, wie geliebte Menschen, wie Kakteen, wie Narzissen, wie Bäume. Sie haben ein Eigenleben.

Ich habe mir immer gewünscht, in einer Bibliothek zu wohnen, zu schlafen, zu speisen, zu arbeiten. Es gibt keine Langeweile. Du sprichst mit toten Autoren genauso wie mit lebenden, egal wo sie sich aufhalten, in Amerika, Russland, Europa, Afrika oder China, im Himmel oder in der Hölle. Du liebst die Gedanken, die in den Büchern festgeschrieben sind. Sie wirken magnetisch, sie ziehen die Eisenfeilspäne deiner Gedanken an. Doch du kannst sie zuklappen und in das Regal stellen oder auf den Nachttisch legen. Auch wenn du verreist, bleiben sie, wo du sie zuletzt abgelegt hast. Sie reisen zugleich in deinem Kopf mit dir. Selbst wenn du sie verlierst, wenn sie gestohlen oder geraubt oder ein Opfer der Flammen werden, sind sie nicht zerstört. Sie sind in deinem Gehirn, in deinem Körper und führen darin ihr Eigenleben. Du weißt nicht, weshalb sie gerade dir einfallen, weshalb sie dir durch den Kopf gehen wie Robinson Crusoe, wie Gulliver, wie Hamlet, wie Alice, der kleine Prinz oder Rodion Raskolnikow.

Was in nicht wenigen Büchern beschrieben wird, bezeichnen Psychiater als Wahnsinn. Weshalb? Gehen sie nicht ins Kino? Werden sie nie von schlechten Träumen

geplagt? Hören sie keine Musik? Gehen sie nie ins Theater? Haben sie keinen Fernseher? Lesen sie keine Literatur? Ist keiner von ihnen religiös? Das Normalisierungsdenken stigmatisiert die zweite Welt, tötet sie mit der Zeit ab. Die Schizophrenie ist Alltag. Carlo Collodi schuf den wunderbaren Pinocchio, kaum jemand, der nicht Italiener ist, versteht den Namen: Pinocchio, »der aus Holz geschnitzt ist«. »Pino« heißt Kiefer oder Pinie, »pinco« Dummkopf und »occhio« Auge. Wenn er lügt, wird seine Nase immer länger und länger. Wie würde die Welt aussehen, wenn es bei uns Menschen ebenso wäre? Der Elefant wäre unser Bruder, er hätte aber im Vergleich zu uns eine Stupsnase. Wir bräuchten im Alter Kinderwägen, um sie vor uns herzuschieben. Ich schweife ab …
Natürlich haben viele Figuren in den Büchern einen Märchencharakter. Die Naturwissenschaften verwenden das Wort Märchen im abträglichen Sinn. Den Satz »Das ist ein Märchen« kennt jeder. Wie schrieb Jean-Henri Fabre: »Ihr Insekten alle, ihr Stachelträger, und ihr, die ihr mit Flügeldecken gepanzert seid, übernehmt ihr meine Verteidigung und bezeugt zu meinen Gunsten, in welcher Vertraulichkeit ich mit euch lebe, mit welcher Geduld ich euch beobachte, und mit welcher Gewissenhaftigkeit ich eure Handlungen aufzeichne. Ich gebe keine gelehrten Formeln, sondern berichte genau die beobachteten Tatsachen, nicht mehr und nicht weniger, und wer euch nach mir befragen wird, der wird die gleichen Antworten erhalten. Und dann, meine teuren Insekten, wenn ihr jene braven Leute nicht überzeugen könnt, weil ihr das Gewicht des Langweiligen nicht habt, dann werde ich ihnen meinerseits sagen: Ihr zerstückelt das Tier, und ich studiere es, während es lebt; ihr macht einen Gegenstand des Schreckens und des Mitleids aus ihm, und ich mache, dass man es liebgewinnt; ihr arbeitet in einer Folterkammer, ich beobachte unter dem blauen Himmel, beim

Gesang der Zikaden; ihr unterwerft die Zellen und das Protoplasma den Reagenzien, ich studiere den Instinkt in seinen höchsten Kundgebungen; ihr erforscht den Tod, ich erforsche das Leben.«

Ach, könnte man diese Schrift auch auf Psychiater, Neurologen und ihre Patienten anwenden!

Manche haben vor Büchern Angst. Sie verbieten, verdammen sie. Dann müsste man zuerst Automobile oder Waffen verbieten – viele sterben daran. Gleichzeitig zeigt es den herrschenden Argwohn vor Büchern. Ein Ideologe kennt nämlich die Kraft der Worte, der Sätze, der Gedanken, weil er ihnen selbst erlegen ist, oder er fürchtet sich vor ihnen, weil er nie liest – und wenn, dann nur die Bestätigungen der eigenen Ideologie.

Die Lyrik ist die Krone der Literatur: »The Waste Land« von T.S. Eliot hat mich verzaubert wie die Theaterstücke von Shakespeare, die Poesie von Herman Melvilles »Moby Dick« oder die Erzählungen von Borges und die Werke von Rimbaud und Lautréamont, »Arthur Gordon Pym« von Edgar Allan Poe, Swifts »Gullivers Reisen« sowie jede Zeile von Franz Kafka. Das sind die Erzengel, die mich beschützen. Es geht Magie von ihnen aus, ich bin, seit ich diese Bücher gelesen habe, weniger allein gewesen. Das klingt pathetisch – ein schlimmer Vorwurf, denn ich vertrage kein Pathos. Ich verstecke mich vor ihm. Ich verlasse den Raum und schließe hinter mir die Tür. Der Schrei der Verzweiflung ist kein Pathos. Nicht einmal Hass ist Pathos, er ist nur eine Komponente des Selbstmitleids.

Man kann aus Büchern Schlüsse für sich selbst ziehen. Man kann sich die Figuren auswählen, die man sein oder nicht sein will. Die eigene Sprache verändert sich im Kopf, man wird »hellhörig« – was für ein Begriff! – und »hellsichtig« … oder man entdeckt sogar das Hellseherische in sich. Im Geheimen ist jeder hellsichtig, sogar

hellseherisch, und jeder hat schon das Gefühl erlebt, wie es ist, wenn man das Resultat eines Fußballspiels im Voraus weiß, aber nicht darüber spricht, weil man sonst die stille Macht darüber verliert.
Ohne Bücher ist die Welt leer. Es ist, als gingen die Jahreszeiten zugrunde. Du starrst bei elektrischer Beleuchtung auf die gegenüberliegende Hauswand. Immer nur auf dieselbe Hauswand.

Natur und Gift

»Schon als Kind beherrschte ich die Kunst, bei Bienenstichen den Stachel sofort mit dem Fingernagel aus der Haut zu entfernen«, eröffnete mein Neffe Eugen seine Rede vor den Bewohnern des Imkerdorfes. »Mein Vater hat es mich gelehrt – doch er musste es bei sich selbst nicht anwenden. Er war längst immun. Leider ist es bei mir durch den Besuch des Gymnasiums und mein Studium nicht so weit gekommen. Dafür verspüre ich durch meine Technik, den Stachel schnell zu entfernen, nur ein geringfügiges Brennen. Der Schmerz kommt einerseits vom Stachel – er weist zehn winzige Widerhaken auf –, die Schwellung hingegen vom Gift. Da der Stachel beim Angriff aus der Biene herausgerissen wird, verliert sie zugleich lebenswichtige Organe und stirbt, wie ihr wisst. Immer überzeuge ich mich zuerst davon, dass die Giftblase nicht mehr am Ende des Stachels hängt. Wenn ich ihn mit zwei Fingern herauszöge, würde zugleich auch die Giftblase zusammengedrückt und das Gift unter die Haut gepresst. Daher darf ich es nur von der Gegenseite her versuchen, in Form einer leichten, aber gezielten Kratzbewegung. Der zweite zu beachtende Umstand ist, dass der Stachel möglichst schnell, also in der nächsten Sekunde, entfernt wird. Je länger es dauert, bis der Stachel herauskommt, desto mehr Gift gelangt inzwischen in die Wunde und desto mehr schwillt der betroffene Körperteil an. Mein Vater sprach nicht von Bienengift, er verwendete die wissenschaftliche Bezeichnung Apitoxin und betonte, es sei eine Mischung aus verschiedenen Sekreten in einer Dosis von 0,1 Milligramm. Der Hauptbestandteil sei Melittin, erklärte er weiter, aus dem fünfzig Prozent des Giftes bestünde. Melittin setze sich wiederum aus 26 Aminosäuren zusammen!«

»Jedes Mal«, lachte mein Neffe an dieser Stelle seiner Erklärung, »wenn ich zuvor durch eigene Unachtsamkeit gestochen worden war und mich beklagte, hielt er mir diesen Vortrag. Schließlich sprach ich dann aus Wut Wort für Wort in spöttischem Tonfall mit.«

Eugen machte eine kurze Pause, um seinen Vater wieder aus dem Kopf zu bekommen. »Die Natur hat das Gift hervorgebracht«, fuhr er dann fort, »sie ist giftig und tötet mit Gift. Sie berauscht sich an ihrem Gift, sie phantasiert mit Hilfe ihres Giftes in Pilzen, in Pflanzen, Blumen und Sträuchern, und sie lässt das Gift in den Körpern von Tieren entstehen. Gift ist ein Teil der Natur – unserer Natur. Paracelsus wusste, dass – ich zitiere –, ›alle Dinge Gift sind und nichts ohne Gift ist – allein die Dosis macht, dass ein Ding kein Gift sei‹.« Nach einem Moment fuhr er fort: »Mir ist jetzt ein zweites Zitat von Paracelsus eingefallen: ›Wer nichts weiß, liebt nichts. Wer nichts tun kann, versteht nichts …‹« Eugen dachte nach: »›Wer versteht, der liebt, bemerkt und sieht auch … Je mehr Erkenntnis einem Ding innewohnt, desto größer ist die Liebe … Wer meint, alle Früchte würden gleichzeitig mit den Erdbeeren reif‹«, alle lachten, »›versteht nichts von den Trauben‹«.

Eugen wartete, bis sich alle beruhigt hatten, und erklärte hierauf, dass Theophrastus Bombast von Hohenheim, genannt Paracelsus, Alchemist und Arzt war, in der

Schweiz geboren worden und in Österreich im Alter von 47 oder 48 Jahren vermutlich an einer Quecksilbervergiftung gestorben sei. »Para« heiße im Altgriechischen »bei« und »celsus« auf Lateinisch »hoch«, »Paracelsus« sei also die Umschreibung seines eigenen Namens »von Hohenheim«. Sein Grab befinde sich in der Stadt Salzburg auf dem St.-Sebastian-Friedhof. Die Quecksilbervergiftung sei wohl eine Folge der Behandlung seiner an Syphilis erkrankten Patienten gewesen … Der Mann, der über Gifte Bescheid gewusst habe, sei demnach an einer Vergiftung gestorben, obwohl er ein ausgebildeter Experte in Sachen Quecksilber gewesen sei. Er habe sogar die Symptome der Vergiftung selbst beschrieben.
Wieder dachte Eugen nach, dann ließ er beschriftete Fotografien von Pflanzen herumreichen, von Goldregen, Wacholder und Zwergmispeln, Schneerose, Lorbeer und Ginster, Bilsenkraut, Engelstrompete, Herbstzeitlose, Lupinen, Narzissen, Schneeballsträuchern, Schneeglöckchen, Hyazinthen, Liguster, Buchsbäumen, Eisenhut, Rotem Fingerhut, der rohen Gartenbohne, Tollkirsche, Efeu, Oleander, Tulpen, Lampionblumen und anderen – alle giftig. Ich las jeden Pflanzennamen wie ein vollendetes Gedicht. Es bedurfte keines weiteren Wortes mehr, um die Poesie, die in den Bezeichnungen steckt, zu erkennen und zu fühlen.
Der Mensch selbst sei ein Planet, fuhr Eugen fort, für unzählige Bakterien, die ihn bewohnten. »Sie helfen ihm zu überleben, können ihm aber auch das Leben nehmen«, betonte er. Er führte die Pest an, die Cholera, den Typhus und die Spanische Grippe, die Kinderlähmung und den Keuchhusten. Und er erwähnte die Impfungen, die sie nahezu besiegt hätten. Doch vergaß er nicht, darauf hinzuweisen, dass Bakterien und Viren die Existenz der Menschen auch beenden könnten. Einen Moment lang war er so ergriffen, dass er sich zur Seite drehen musste.

»Wie jetzt«, fügte er hinzu. Er habe die Bienen bereits erwähnt, setzte er fort, und erinnere daher nur an andere giftige Tiere, an Spinnen, die Gelbbauchunken oder Klapperschlangen, den Feuersalamander, die Spitzmaus oder die Quallen, die Kegelschnecken sowie den Skorpion oder die Blauringkrake … und wieder nahm ich die Poesie der Namen wahr.

Doch das giftigste Lebewesen sei der Mensch.

Der Mensch bestehe aus zehn Millionen Zellen, hundert Billionen Bakterien bewohnten ihn, die ein Gesamtgewicht von zwei Kilogramm aufwiesen. Neben den Bakterien behausten ihn Amöben, winzige Spinnentierchen, Viren. Die meisten Bakterien brauche er zum Überleben, sie schützten den Körper vor krankmachenden Keimen, weil sie diesen das Futter wegfressen würden … Das Verhältnis zwischen Mensch und Bakterien dürfe jedoch nicht aus dem Gleichgewicht geraten. Dort, wo Bakterien aussterben würden, siedelten sich andere an, die für die Menschen gefährlich seien und ihnen den Tod bringen könnten. Gifte seien ein Teil der Natur – unserer Natur.

»Das Gift im Menschen sind seine Gedanken«, erhob Eugen seine Stimme.

An dieser Stelle hörte mein Kopf auf, ihm zuzuhören. »Im Kopf herrscht ja dasselbe Gleichgewicht wie im Körper«, fiel mir ein. Und ich wusste, dass ich für die meisten eines jener Wesen war, in denen giftige Gedanken entstanden, sonst hätte man mich nicht in eine Nervenheilanstalt gesperrt. Zumindest aber war ich unnütz. Ein unbrauchbarer Mensch. War es nicht merkwürdig, dass gerade wir, zum Großteil »unnütze«, »unbrauchbare« Menschen, die Katastrophe im April überlebt hatten? Ich grübelte darüber nach. Mir fielen die beiden Kriminellen ein, die Madox erschossen hatten, und die Stimme im Naturhistorischen Museum … alle waren ebenfalls Eingesperrte gewesen … die SOS-Kinderdorf-Bewohner … die Zirkus-

tiere, die wir auf unserer Flucht angetroffen hatten ... Sie fügten sich ... zusammen wie ein Puzzlespiel. War es ein Irrtum gewesen, überlegte ich, dass die Kriminellen ebenso freigekommen waren wie die sogenannten Geisteskranken? ... Und wenn es ein Irrtum gewesen war, wer hatte sich geirrt? Die Natur?
Ich erzählte es Eugen, und der erzählte es Oberarzt Heinz Brantner weiter. Eine Woche später hielt auch Dr. Brantner einen Vortrag. Er betraf »Die Ursachen der Katastrophe«, wie Brantner ankündigte. Brantner war verrückt geworden. Von seiner Frau und seinen Kindern habe er am Tag der Katastrophe nur noch die Kleider vorgefunden, hieß es. Daraufhin habe er sich zu Hause betrunken und sei mit seinem Auto zurück in das »Haus der Künstler« gefahren. Er war jedoch aus seiner Trunkenheit nicht mehr zurück in den nüchternen Zustand gelangt. Er hätte sich weiter betrunken, wurde erzählt, und sich große Vorräte von Alkohol angeschafft, die er im Keller des Bauernhauses aufbewahrte. Wütend schrie er jedem ins Gesicht, der ihn auf seine Sucht ansprach, er solle das Maul halten. Ich bedauerte ihn nicht, dass er als Chefarzt selbst »geisteskrank« geworden war. Ich vergönnte es ihm. Er war jetzt immer schlecht gekleidet – seine Weste war schief zugeknöpft, das Hosentor stand offen, die Hosenträger waren nur noch an zwei Knöpfen befestigt, die anderen beiden hatte er verloren, und er trug keine Socken an den nackten Füßen, nur die Schuhe. Außerdem war er unrasiert und stank nach Alkohol, wie ich beim Händeschütteln bemerkte. Weder waren seine gelb gewordenen Zähne geputzt noch seine Fingernägel sauber.
Er torkelte zum leeren Vortragsstuhl, ließ sich plumpsend auf ihn fallen und schaute irritiert auf die wenigen Zuhörer. Als er Eugen, meinen Neffen, wahrnahm, riss er sich zusammen, holte ein Stück Papier mit Notizen aus der

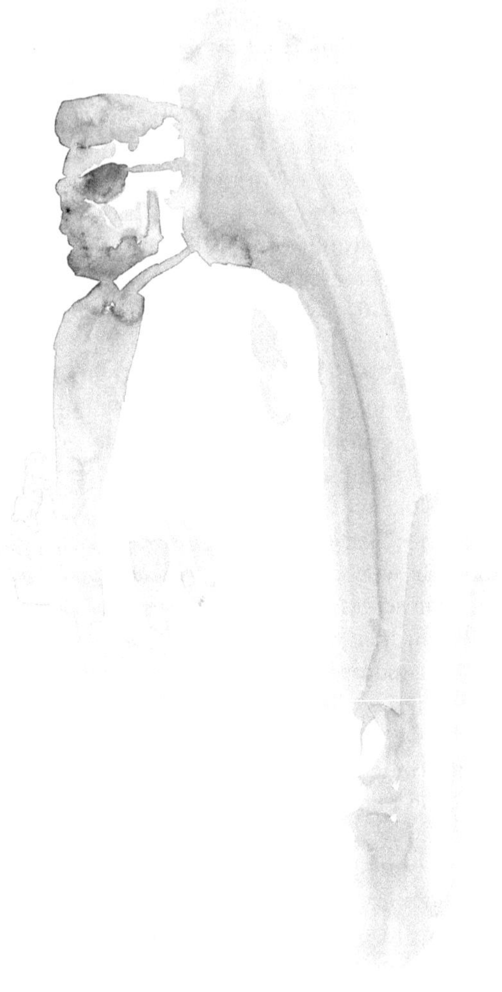

Hosentasche und erklärte uns, dass es zwei Hypothesen darüber gebe, welche Ursachen den »Weltuntergang« – so nannte er das Ereignis – ausgelöst haben könnten. Erstens: Ein Meteorit habe auf der Erde eingeschlagen. Das schließe er aber aus, denn es habe kein Beben gegeben, und der gelbe Nebel könne sich nicht überall in Mitteleuropa oder sogar auf der ganzen Welt ausgebreitet haben. Außerdem sei es im Sommer zu warm für Nebel gewesen. Der plötzliche Schneefall Ende September und in den ersten Oktobertagen und das nun einsetzende Tauwetter passten nicht zu der Hypothese. Zweitens: Ein Virus habe die Menschheit vernichtet, das sei aber nicht möglich, da alle Menschen zugleich verstorben seien …, besser gesagt: verschwunden seien … Es müsse hinkünftig daher auch »verschwunden« statt »gestorben« heißen, schweifte er stumpf lachend ab. Es gebe ja auch keine Begräbnisse mehr, weshalb wir »Gedenkfeiern« sagen müssten. Jedenfalls beinhalte auch diese Hypothese zu viele Mängel, so dass man sie nicht weiter in Betracht ziehen möge. Daher habe er eine neue Hypothese aufgestellt, auf die man sich einigen könne: Die Erde sei verrückt geworden … die Natur habe den Verstand verloren. Und nun, da sie die Menschheit vermeintlich ausgerottet habe, sei sie in einen Tiefschlaf gefallen.

Brantner fragte plötzlich, ob es noch Fragen gebe, nahm einen Flachmann aus der Brusttasche, trank einen langen Schluck, schraubte ihn wieder zu und fuhr fort: »Die Erde ist paranoid geworden, schizophren und paranoid.« Die Menschen hätten sie um den Verstand gebracht, diagnostizierte er. Er verlor fast das Gleichgewicht und rief: »Sie hat Suizid begangen!«

Er verharrte in seiner Haltung, trat fest auf den Boden und schloss wie ein erzürnter Feldwebel: »Verstanden?«

Dann taumelte er hinaus. Niemand sprach ein Wort.

»Verstanden?«, hörten wir ihn von draußen schreien,

wieder und wieder und jedes Mal leiser, denn er bewegte sich von uns weg. »Verstanden?«
Als es still wurde, sagte Eugen, der von Trauer gezeichnet war: »Wir sehen uns morgen«, und verließ den Raum.
»Verstanden?«, hallte es in meinem Kopf nach.

Nachtrag:
Die Monate nach unserem Eintreffen im Haus von Eugen

Alltag I

Wir entdeckten den Alltag, den wir bisher als geisttötend empfunden hatten, neu als eine Herausforderung. Täglich standen wir vor Rätseln, dadurch begriffen wir endlich, dass er immer schon voller Rätsel gewesen war: Weshalb Wasser aus dem Hahn fließt und weshalb – wenn wir auf einen Schalter drückten – Licht brennt oder warum ein Kühlschrank, den wir öffneten, mit Speisen gefüllt war.

Alltag II

Rätsel über Rätsel, dachte ich, als ich nach zahlreichen Problemen und mühsamer Arbeit Erklärungen dafür gefunden hatte.
Bei Dunkelheit halfen wir uns mit einem Vorrat an Taschenlampen und Batterien, die wir in den benachbarten Orten fanden, wenn wir Geschäfte »plünderten«. Ansonsten verwendeten wir Petroleumlampen oder Kerzen, es gab jede Menge davon, ebenso wie Feuerzeuge und Zündhölzer, aber es wurde auf Vorsicht Wert gelegt, denn allzu leicht konnte ein Brand entstehen. Wasser wurde in Kanistern gesammelt, einige der älteren Häuser besaßen noch Brunnen. Das Wasserpumpen wurde

jeden Tag einer anderen Gruppe als Arbeit zugeteilt. Es ist zu mühsam, jede der auftretenden Schwierigkeiten festzuhalten, es geht nur um Beispiele, die unsere Situation kurz zusammenfassen.

Der Lichtstrahl

Meine Gesundung nach den Bienenstichen begann mit einem Lichtstrahl, der mich weckte. Man hatte vergessen, die Jalousien zuzuziehen. Als ich die Augen öffnete, wurde ich geblendet. Daher schloss ich automatisch meine Lider. Ich hatte sofort Kopfschmerzen, und der Sonnenstrahl rief außerdem Lichtflecken hinter meinen Augenlidern hervor. Sie nahmen verschiedene Figuren und Farben an – nichts Realistisches –, doch waren sie mit einem grellen Leuchten verbunden. Zumeist waren die Flecken von runder Form und hellvioletter Farbe, ihre Ränder grell goldfarben. Sobald ich die Augen öffnete, erschienen sie durchsichtig auf allen Möbeln und dem Tapetenmuster, das heißt, überall dort, wohin gerade mein Blick fiel. Schloss ich die Augenlider wieder, blendeten die Flecken mich weiter in meinem Kopf. Ich musste an einen leuchtenden Schatten oder leuchtende Fußspuren denken. Es kam mir, obwohl ich Schmerz empfand, poetisch vor. Ich wusste, dass es mit meinem Zustand zusammenhing. Ich war krank. Eugen, der, wie gesagt, durch den Tod seiner Frau und seines Schwiegervaters arg mitgenommen war, klärte mich auf, dass ich an Migräne litte und dass es das Licht sei, welches den Schmerz auslöste. Meinen Schmerz verdankte ich diesmal mir selbst und den Bienen, sagte er, ihrem Gift, das in mir kreiste und mein Denken bestimmte. Ich nahm das mir von Eugen angebotene Mittel, und die Lichtflecken verschwanden allmählich. Erschöpft schlief ich ein. Ich träumte, es sei Nacht und dass ich von Sternen umgeben sei. Alles war schwarz in mir, und es blinkte um mich herum. Am nächsten Morgen wiederholte sich das Ganze. Zuerst begehrte ich stumm auf: Lass mich in Ruhe! Verschwinde! Ich rief es laut und deutlich, wenn auch unhörbar. Doch das Licht blieb, und in den diesmal kreisförmigen strahlenden Flecken bildete ich mir ein, einen Kopf ohne Gesicht zu sehen. Er hatte keine Augen, keine Nase und keinen Mund, doch war die obere Hälfte des Kreises größer als die untere, und mir fielen deshalb Haare ein, das heißt eine Frisur. Der Kopf des farbigen Lichtflecks bewegte sich nicht, erst nach einer Weile fiel mir auf, dass er langsam zur Seite hin schwebte … würde er verschwinden? Ich hoffte es und schimpfte stumm: »Verschwinde!«

Wieder nahm ich das Heilmittel, und wieder entkam ich in die Dunkelheit des nächtlichen Himmels, auf dem große, helle Sterne blinkten. Am dritten Tag weckte mich abermals der Lichtstrahl, und als ich rasch die Augen schloss, erblickte ich ein großes, senkrechtes Dreieck und links und rechts zwei damit verbundene kleine Dreiecke. Kein Zweifel, es handelte sich um einen Vogel mit zwei Flügeln. Die Erscheinung strahlte und leuchtete stark, weshalb ich fürchtete, sie nie mehr loszuwerden. Außerdem war mir so übel, dass ich mich auf den Boden übergab und mein Neffe erschrocken hereinlief und mir die Medizin, die er mir überreichte, zu schlucken befahl. Obwohl er den Vorhang des Fensters zuzog, nahmen meine Schmerzen nicht ab.

»Was siehst du?«, fragte er mich.

»Einen leuchtenden Vogel«, antwortete ich.

»Und?«

»Nichts.«

»Was ist das Auffallendste an ihm?«

Ich antwortete, er habe eine geometrische Figur.

Am Nachmittag, nachdem ich wieder im nächtlichen Sternenhimmel geschlafen hatte, brachte mir Eugen ein Buch des Dichters Rainer Maria Rilke mit dem Titel: »Duineser Elegien«. Ich las: »Wer, wenn ich schriee, hörte mich denn aus der Engel Ordnungen?« und die wenigen Zeilen bis »Denn das Schöne ist nichts als des Schrecklichen Anfang …«.
An dieser Stelle schlug ich das Buch zu und gab es ihm zurück.
»Du musst lesen, was Rilke in einem Brief darüber geschrieben hat. Der Engel sei ein Wesen, für das ein größerer Wert im Unsichtbaren liege als in der Realität.«
Ich zögerte einen Moment, dann drehte ich mich zur Seite und schwieg. Doch ließ mich das Gespräch nicht schlafen. Ich sah den Sternenhimmel vor mir, empfand Schmerzen und dachte an den leuchtenden Vogel. Alles, was ich denke und schreibe, fiel mir ein, sind Fotonegative, gemischt mit farbigen, entwickelten Bildern.

Alltag III

Im April hatte sich der Generationswechsel im Bienenstock vollzogen, die Winterbienen waren ausgestorben, die Jungbienen hatten ihre Arbeiten übernommen.
Mit der Blütezeit der Veilchen, Forsythiensträucher, der Frühlingsknotenblumen und Narzissen, der Primeln und später des Löwenzahns und der Obstbäume vermehrten sich die Brutnester in den Waben. Wir mussten daher den Raum für die Völker in den Magazinen vergrößern, wollten wir nicht, dass die Bienen ausschwärmten und sich einen neuen Platz suchten.
Eugen beobachtete mit mir zuerst den sogenannten Flugbetrieb.
Als Nächstes kontrollierten wir die Magazine. Sie sind aus Holz oder Kunststoff gemachte Kästen, die in der

Natur aufgestellt werden. Die Magazine setzen sich aus übereinandergestellten »Zargen« zusammen, benannt nach den Einfassungen von Tür- und Fensteröffnungen, also Fensterstöcken oder Türrahmen. Der Boden der Magazine ist aus Holz und mit einem Flugloch ausgestattet, während die übereinandergesetzten Zargen in der Mitte des Magazins keinen Boden aufweisen. Der flache Deckel, der die Behausung der Bienen abschließt, ist wiederum aus verzinktem Stahlblech, darunter liegt eine Filzmatte zur Isolierung.
Die Zargen sind deswegen nach oben und unten hin offen, damit die kleinen Rahmen mit den Wachsplatten eingehängt werden können. Auf diesen Wachsplatten bauen die Insekten schließlich ihre Waben, die sie mit Honig füllen oder in die sie ihre Eier ablegen. Doch ist alles noch komplizierter, weswegen ich mir erspare, es hier weiter zu erläutern.
Nachdem wir also den Flugbetrieb der Bienen beobachtet haben, kontrollieren wir die Stärke des Bienenvolkes. Um es zu beruhigen, verwenden wir üblicherweise zuerst den »Smoker«, das Imkergerät, mit dem man Rauch erzeugt, denn dieser lenkt die Insekten ab und macht ein ungestörtes Arbeiten erst möglich. Der Smoker ähnelt einer Kanne mit einem verkehrt hineingesteckten Trichter und ist mit einem Blasebalg verbunden. Die »Kanne« selbst ist die Brennkammer, sie wird beispielsweise mit Stroh, Sägespänen oder morschem Holz gefüllt. (Wir verwenden Rainfarn, auch »Wurmkraut« genannt. Die Pflanze ist bis zu eineinhalb Meter hoch, blüht auffallend gelb und wächst entlang von Waldwegen.) Rauch wird von den Bienen als Bedrohung empfunden, weshalb sie sich für die Flucht vorbereiten, indem sie ihre Mägen mit Nahrungsvorrat füllen und daher die Tätigkeit des Imkers weniger beachten.
Sind die Völker stark geworden, wird es eng im Magazin,

und man muss den Stock erweitern, das heißt sowohl die Brutwaben als auch die Honigzargen. Da mein Neffe fast fünfzig Magazine besitzt und wir auch Mitarbeiter (aus dem SOS-Kinderdorf) anlernten, ihnen alles erklärten und vorführten, waren wir länger als sonst damit beschäftigt.
Nach einigen Tagen war meine Heilung vorangeschritten. Am Morgen hatte mich mein Neffe noch gefragt, wie es mir gehe. Ob ich weiter an Migräne litte und die grellen Lichtflecken sähe? Ich bejahte seine Frage, und er forderte mich auf, die Tabletten weiter zu nehmen, die ich im »Haus der Künstler« bekommen hatte, und ich wusste sofort, dass er meine Migräne auf den Umstand zurückführte, dass ich meine Medikamente gegen die »Geisteskrankheit« abgesetzt hatte. Er hatte mir, wie ich herausbekam, ohnedies keine Anti-Migräne-Tabletten gegeben, sondern nur wieder mit der psychiatrischen Behandlung begonnen. Fortan sprach ich mit ihm nicht mehr über die Lichtflecken in meinem Kopf. Was mich jedoch weiter beschäftigte, war Rilkes Brief über die Engel … dass das Unsichtbare wichtiger sei als die Realität.

Das Bienengehirn

Es geschah in der Schwarmzeit noch einmal, dass ein halbes Volk mit der alten Königin ausflog. Ich entdeckte es auf dem Ast eines Apfelbaums. Immer schon hatte ich den »Bien«, das Tier aus fliegenden Zellen, bewundert. Eigentlich ist es dieses Phänomen, das mich so an den Bienen anzieht. Ich denke oft, wie ich mich fühlen würde, wenn ich selbst einen Körper hätte, dessen Zellen frei in der Luft flögen und dessen Intelligenz die Summe aller dieser Partikel wäre. Mein Gewicht wäre ein Bruchteil von dem, was ich tatsächlich wiege. Ich könnte schreiben und zur gleichen Zeit kommunizieren, ein Frühstück bereiten, die Landschaft betrachten, ein Buch lesen, eine Frau umarmen, in ein unbekanntes Haus eindringen und nicht wieder hinausfinden, sterben und geboren werden. Ich könnte essen und zugleich trinken, das Haus bewachen, hoch in der Luft sein und in meinem Zimmer sitzen, fliehen und verfolgen. Das Entscheidende daran wäre, dass es für mich normal sein würde – permanent meine Zellen zu erneuern, mich je nach Jahreszeit gleichzeitig an bis zu 40 000 Orten aufzuhalten und sowohl männlichen als auch weiblichen Geschlechts zu sein. Das übersteigt die Vorstellungskraft, und dennoch habe ich mich viele Male in diese zweite Welt begeben. In der Stille, wenn ich alle übrigen Gedanken ausschalten konnte und die Augen geschlossen hielt, gelang es mir sogar mehrmals, diesen Zustand zu erreichen, indem ich zuerst selbst zu einem Lichtstrahl wurde, der sich wie ein Blitz verzweigte. Ich ruhte dann immer noch als Licht auf dem Boden und explodierte lautlos und in Zeitlupe. Daraufhin vervielfältigte ich mich in unzählige elektromagnetische Lichtstrahlen und wusste, dass ich alle Farben enthielt, die das menschliche Auge wahrnehmen kann.

Der Schwarm auf dem Baum, den ich betrachtete, sah aus wie ein gelb-schwarzes Gehirn, nur war er nicht in zwei Hälften geteilt, sondern ein geschlossenes Organ, in dem es von Gedanken wimmelte. Eugen nahm eine Leiter und holte den Schwarm herunter, der sich augenblicklich wieder in eine Ansammlung von Bienen verwandelte.

Der Steinbruch

Ab jetzt kümmerten sich Frau Dr. Schäfer, die am Tag der Katastrophe Nachtdienst gehabt hatte, und der Pfleger Hans Haller um mich. Sie verabreichten mir die Medikamente und ermahnten mich, zu Hause zu bleiben. Ich siedelte aber auf eigenen Wunsch zurück in das Haus am Steinbruch und konnte vom Fenster aus die sieben Stufen sehen, in denen das Diabasgestein abgebaut wird. Die Bruchwand ist, wie gesagt, 140 Meter tief. Lange Zeit, erzählte mir Eugen, war das Gebiet vom Meer bedeckt gewesen. Auf Schautafeln stehen genauere wissenschaftliche Beschreibungen. Ich habe eine Inschrift in meinem Notizbuch festgehalten: »Aus den Spalten und Klüften drang vor 450 Millionen Jahren basaltisches Magma heraus, welches vom kalten Wasser abgeschreckt wurde: das Flaser-Diabasgestein.«
Die gesamte Umgebung war bis weit zur Weingegend hin vulkanisch. Jetzt ist mir bei diesem Gedanken unheimlich. Schwarzer Rauch steigt noch immer aus den wieder tätigen Vulkanen auf, er wirkt nicht bedrohlich, eher so, als käme er aus Schloten riesiger Dampfer. Eugen rechnet nicht mit Rauchwolken bis in fünftausend oder sechstausend Meter Höhe, also Vulkanausbrüchen, die überhaupt alles zerstören würden.
Auf den Stufen im Steinbruch stehen immer noch die Bagger, Lastwagen und Förderbänder. Von meinem Fenster aus ähneln sie Kinderspielzeug.
An den Tagen, die ich im Haus am Steinbruch verbrachte, vermisste ich den morgendlichen Lichtstrahl, dem ich mein Nachdenken über das Unsichtbare und die Realität verdanke, doch spukten die von dem Migräneanfall verursachten Bilder weiter in meinem Kopf herum.
Ich nahm die Bücher mit den Abbildungen von Ernst Haeckel zur Hand. Währenddessen suchte mich Eugen

mehrmals am Tag auf, um sich über meinen Zustand zu informieren. Zwei Tage später verließ ich das Haus, um den alten Postautobus aufzusuchen.

Der Soldat

Das Wrack war schon immer im Wald gestanden und verrostete dort. Die Karosserie war gelb lackiert, das Dach und die Kotflügel schwarz. Die Vordertür für die Passagiere funktionierte sogar noch, auch ein Teil der mit Kunstleder gepolsterten Sitze war – wenn auch in schlechtem Zustand – erhalten. Ich nahm wie immer vor dem Rückfenster Platz und schloss die Augen. Vergeblich bemühte ich mich, über den Lichtstrahl nachzudenken, und spürte, wie Unruhe in mir aufkam, als ich ein Motorengeräusch hörte. Zuerst nur leise, dann kam es immer näher. Als ich hinausblickte, erkannte ich einen Pandur-Radpanzer mit sechs Rädern. Mir fiel ein, dass es in der Nähe eine Kaserne gab, die ich allerdings nie gesehen hatte. Der Mann, der herauskletterte, trug eine Uniform mit einem Barett. Er trat an den Waldrand und urinierte. Er hob seinen Kopf, schaute sich um, schüttelte die letzten Tropfen aus seinem Geschlechtsteil und kam auf den Bus zu. Ich ärgerte mich darüber, aber ich musste mich ruhig verhalten. Zielbewusst öffnete er die Tür und entdeckte mich schon auf den ersten Blick.
»Was machen Sie da?«, fragte er erstaunt.
Ich antwortete nicht.
»Sie sind der erste Mensch, dem ich begegne. Alles o.k.?«, fragte er weiter.
Er wartete diesmal nicht auf eine Antwort, sondern fing an zu erzählen, dabei nahm er auf dem Sitz vor mir Platz und drehte sich zu mir hin. Er sei Feldwebel, sagte er. Er habe eine Lehre als Elektriker abgeschlossen und beim

Bundesheer gelernt, mit Radpanzern zu fahren und sie zu reparieren. Dann habe er sich aber entschlossen, Pilot zu werden, und den Flugschein gemacht. Ein paar Tage vor der »Katastrophe« hätte er in die Fliegerkaserne versetzt werden sollen. »Als das Unglück geschah«, fuhr er fort, »hatte mich ein Kamerad spaßhalber im Vorratsmagazin eingeschlossen, damit ich bei ihnen bliebe. Das hat mir vermutlich das Leben gerettet, aber ich brauchte drei Tage, um wieder herauszukommen ... als ich ins Freie trat, war das Areal mit Kleidungsstücken übersät, als seien sie vom Himmel gefallen. Von meinen Kameraden hatte niemand überlebt, ich fand jedoch keine einzige Leiche. Das machte mich ratlos.«

Er lud mich ein, mir die Kaserne zu zeigen. Sie gehöre nun ihm alleine ... er könne es selbst nicht fassen. Und im gleichen Augenblick klatschte er in die Hände und hatte eine Biene getötet. Erstaunt blickte er auf. Er hatte noch immer nicht ganz begriffen, dass tote Lebewesen verschwanden. Als wir zum Panzerwagen gingen, zertrat er einen Wurm und streifte sich auf einem Stück Wiese die Sohle ab, anschließend hob er einen Fuß und kontrollierte, ob seine Stiefel sauber seien. Der Wurm war inzwischen ebenfalls verschwunden. Hierauf schwang er sich hinter das Lenkrad, und ich bemerkte, dass sich hinter meinem Sitz eine Ladefläche – größer als bei einem Rettungswagen – befand. Mit einem Ruck fuhr er los, beschleunigte ... bremste ... beschleunigte, das alles aber so jäh, dass mir übel wurde. Als er mich wieder hinausließ, sah ich, dass wir vor einer Anhöhe angehalten hatten, auf der sich ein einmotoriges Flugzeug mit dem Propeller und der halben Kanzel senkrecht in die Erde gebohrt hatte. Der Feldwebel blieb sitzen und nickte.

»Ich habe in der Zwischenzeit zahlreiche Fahrten unternommen und die eigenartigsten Unfälle gesehen«, sagte er. »Der furchtbarste war eine entgleiste Eisenbahn

mit unzähligen Waggons voll mit Kindern … die vielen Schultaschen und Rucksäcke … Schuhe, Wollmützen und Jeans, Geldtaschen, Münzen, Fahrscheine, Ausweise, Schulhefte, Zeichnungen …«
Er schüttelte den Kopf, verdrehte die Augen und seufzte. Sodann forderte er mich auf, ihm zu folgen. Wir gingen raschen Schrittes auf das Flugzeug zu. Je näher wir kamen, desto grotesker schien mir der Anblick. Ich dachte an eine in die Erde versunkene Kapelle, da das Seiten- und das Höhenruder am Heck eine Kreuzform bildeten und nur der Rumpf herausragte. Der Feldwebel beugte sich zur Kabine hinunter und ließ sich langsam auf ein Knie nieder. Er untersuchte mit strengem Blick jedes Detail, das zu erkennen war, erhob sich wieder und ging schweigend zurück zum Radpanzer. Dabei fiel ihm ein Personenwagen vor einem nahegelegenen Bauernhof auf, und er deutete auf ihn.
»Wir nehmen den!«, rief er. »Ich hole den Panzer später.«
Die Seitentüren waren nicht versperrt, der Schlüssel steckte unter dem Lenkrad, und der Tank war dreiviertelvoll. Auf der hinteren Sitzbank lagen ein Jägerhut, ein Jagdgewehr und ein Feldstecher. Als wir nach zwei vergeblichen Startversuchen losfuhren, warf er mir in leicht aufgebrachtem Ton vor: »Sie sagen gar nichts! Woher kommen Sie? Sie haben nicht einmal ein Gepäckstück!«
Ich antwortete in knappen Worten, dass ich mich im Krankenhaus aufgehalten habe, als das Unglück geschah.
»Warum?«, wollte er wissen.
»Gelbsucht … ich hatte Gelbsucht«, log ich. Mein Neffe, bei dem ich als Imker arbeite, habe mich gerade abgeholt, erzählte ich weiter, und als wir das Spital zusammen mit den Insassen und dem Personal verlassen hätten, seien

auf der Straße alle Menschen verschwunden gewesen und der Verkehr stillgestanden. Vor dem Krankenhaus sei eine Straßenbahn entgleist gewesen, habe ein Geländer zum Kanal hin durchbrochen und sei daraufhin in das Wasser gestürzt. Andere Autos seien ineinander verkeilt gewesen … ein Taxi sei mit einem Tankwagen zusammengestoßen, der Feuer gefangen hatte.
Ich kann, wenn ich will, sofort Geschichten erfinden.
Der Feldwebel – jetzt erst erkannte ich, dass er eine Pistole und ein Messer bei sich trug – warf mir einen erstaunten Blick zu.
»Wir liefen gerade um die Ecke, als der Tankwagen explodierte«, setzte ich fort, »wir hörten es nur und eilten zurück … nirgendwo ein Mensch … (ich sah alles vor mir) … auch nicht in den Fahrzeugen oder auf den Gehsteigen … es war gespenstisch …«
An dieser Stelle verstummte ich. Ja, ich log, andererseits glaubte ich an das, was ich vor mir sah.
»Das Merkwürdigste aber kommt erst«, redete ich weiter. »Wir kamen gerade an einem Spielzeuggeschäft vorbei, und ich bat meinen Neffen anzuhalten, stieg aus und räumte den ganzen Kofferraum voller Spielsachen … ist das nicht idiotisch?«
Jetzt war der Feldwebel irritiert und zuckte ratlos mit den Schultern.
Wir fuhren gerade an zwei Traktoren vorbei, von denen einer in den Graben gestürzt war. Ich bemerkte, dass er Gefallen daran fand, die Zerstörung zu sehen.
»Unglaublich!«, rief er nahezu begeistert aus.
Ich wusste nicht, was ihm so unglaublich vorkam, meine Geschichte oder die beiden Traktoren, als er mit dem ausgestreckten Zeigefinger auf ein Boot, das neben der Fahrbahn lag, wies. Ein Stück weiter der umgestürzte Tieflader, auf dem es transportiert worden war. Das Motorboot war beschädigt, doch wir konnten erkennen, wie

luxuriös es ausgestattet war. Der Feldwebel hielt an, lief hin und versuchte, in die Kabine zu gelangen, aber es schien unmöglich. Wütend trat er gegen die Bordwand, dann holte er eine Zigarette heraus, zündete sie an und kam zurück zum Auto.
»Wenn ich das jemandem erzähle, würde man mich für verrückt halten«, lachte er. »Was ist der Beruf Ihres Neffen?«, fragte er nach kurzer Pause.
»Tierarzt.«
Er nickte respektvoll. »Und Sie?«
»Imker«
»Ich schlage Ihnen vor, wir kooperieren … ich zeige Ihnen die Kaserne, und dann kontaktiere ich Ihren Neffen. Wie alt ist er?«, fragte er.
»Er ist 54 Jahre alt«, gab ich zur Antwort. »Sein Vater war Witwer und hat noch einmal geheiratet …«
Der Feldwebel warf seine Zigarette aus dem Seitenfenster und fuhr mit mir weiter in Richtung Kaserne.
»Ich kenne die Strecke nicht, wissen Sie, ich nehme sonst die Autobahn, aber dieser Abstecher hat mich gereizt …« Er machte eine Pause. »Ich weiß gar nicht, ob ich den Radpanzer noch hole. In der Kaserne haben wir weitere fünf Stück.«
»Und was haben Sie mit den Spielsachen gemacht, die Sie im Kofferraum hatten?«, kam er auf meine Geschichte zurück.
»Wir mussten das Auto wechseln, weil die Straße durch Fahrzeuge blockiert war.«
Er nickte wortlos.
»Und Sie haben Ihre Beute nicht umgeräumt?«, wollte er sodann wissen.
»Sie war nicht so wichtig.«
Er nickte jetzt schon automatisch, wie eine japanische Spielzeugkatze mit der Hand winkt.
»Sie sind ein Kauz, wissen Sie das?«, lachte er.

»Und Sie ein Drohn«, antwortete ich, als würde ich mit mir ein Selbstgespräch führen.
»Sie meinen, eine Drohne?«, fragte er, argwöhnisch geworden, zurück.
»Männliche Bienen heißen Drohnen«, antwortete ich in gleichmütigem Tonfall. »Ein Kauz ist eine Eule, wie Sie wissen.«
Er wusste nicht, dass Drohnen nur für die Kopulation mit der Bienenkönigin existieren und dabei sterben. Er hatte auch keine Ahnung von Bienen und Käuzen.
Ein Stück weiter erreichten wir einen Fischteich, in dem das nächste Flugzeugwrack lag. Wieder eine einmotorige Maschine. Sie war am Ufer in den Teich gestürzt, wo das Wasser seicht ist. Eine mit schwarzen Buchstaben beschriftete Tragfläche, zwei kleine Räder und das Leitwerk ragten heraus, die sich auf der glatten Wasseroberfläche spiegelten.
»Ein Wrack hat etwas Anziehendes«, nahm der Feldwebel wieder seinen Monolog auf. »Ich gebe zu, ich habe eine Art Leidenschaft dafür entwickelt. Ist nicht eine Taschenuhr, bei der ein Zeiger fehlt und das Glas oder das Ziffernblatt gesprungen ist, schöner als eine neue Uhr? Oder das Buswrack, in dem ich Sie angetroffen habe? Es ist einzigartig. Es hat etwas von einem archäologischen Fundstück. Von Flugzeugwracks gar nicht zu reden.«
Wir waren inzwischen weitergefahren und näherten uns einem Dorf, in dem der Feldwebel mir eine abgebrannte Tankstelle zeigte und Trümmer von Autokarosserien – alles durch Feuer zerstört.
»Die explodierte Tankstelle zum Beispiel«, fuhr er fort, »da drüben die Reste eines Lastwagens, der in die Zapfsäule gerast ist. Die Flammen schießen bei der Explosion sechs bis acht Meter in die Höhe. Irreal!«
Er schwenkte nach rechts ab und hielt vor einem kleinen Bahnhofsgebäude. Auf der Hinterseite lagen umge-

stürzte und entgleiste Waggons, die Lokomotive und ein Gepäckwagen, aus dem Koffer und Pakete herausgefallen waren. An einer anderen Stelle hatten sich zwei Lokomotiven ineinander verkeilt …
Später stießen wir auf einen Autobus, der von einer Brücke auf die darunterliegende Straße gestürzt war. Die Scheiben waren zerbrochen und lagen als Scherben umher, ebenso wie Kleider, ein bunter Gummiball und ein Kinderwagen.
»Sehen Sie«, sagte der Feldwebel, »da man keine Opfer sieht, bekommt das Fahrzeug ein anderes Image, es könnte auch in einem Museum stehen. Wenn man aber auf Tote und Verunglückte trifft, lässt der Anblick an einen Unfall oder sogar an Krieg denken … das darf jedoch einen Soldaten nicht irritieren. Blut und leblose Körper sind die Ingredienzien unseres Berufs.« Er lachte kurz auf.
Ein stark beschädigter Rettungswagen stand unvermutet quer über der Fahrbahn. Die Tür auf der Rückseite war herausgerissen, und die Tragbahre, an der wir zuerst vorbeigekommen waren, lag umgedreht auf dem Asphalt. Auch einige verstreute Kleidungsstücke entdeckte ich, wahrscheinlich hatten sie dem Kranken oder Verunglückten gehört.
»Die umgestürzten Autos sind schon ein gewohnter Anblick«, bemerkte der Feldwebel weiterfahrend. »Eine neue Normalität ist entstanden … Im Lauf der Zeit löst eine Normalität die andere ab.«
»Ein klassisches Stillleben mit Obst, Vasen und Blumen«, ergänzte ich, »steht im Kontrast zu den Wracks. Diese Stillleben galten zuletzt als langweilig, aber jetzt, wo die Welt zerstört ist –«
»Warten Sie!«, rief der Feldwebel plötzlich, als wir auf die Ruine eines großen, abgebrannten Gebäudes stießen. »Ich bin von der anderen Seite kommend schon einmal

da gewesen. Es ist eine Fabrik«, erklärte er, hielt an und stieg aus. »Wir können in der Ruine ein Denkmal für die Umstände sehen, in denen wir uns gerade befinden.« Ich stieg aus.
Je näher wir den schwarzen Mauern kamen, desto mehr nahmen wir den Gestank von Verbranntem wahr.
»Es war eine Fabrik für Schaufensterpuppen«, setzte der Feldwebel fort.
Der Anblick war verstörend. Auf dem schwarzen Betonboden der Halle lagen unzählige halb verbrannte, halb noch erhaltene Schaufensterpuppen mit zum Teil erkennbaren freundlichen Gesichtern übereinander, zusammengedrückt, nackt, aufgequollen, zum Teil schon verkohlt und mit deformierten Schädeln und Gliedmaßen. Sie sahen aus wie Überbleibsel von verbrannten Leichen. Ich erstarrte. Erst als der Feldwebel mir auf den Rücken klapste, wankte ich wie eine beschädigte Aufziehfigur zum Auto zurück.
»Ich kenne viele Wracks und Ruinen in der Gegend. Vor allem leere Bauernhöfe habe ich auf der Suche nach Überlebenden durchstöbert und dabei an leere Schneckenhäuser gedacht.« Er lachte wieder. »Am häufigsten bin ich auf zusammengekrachte Fahrzeuge gestoßen, stehen gebliebene Autos, manche auf den Dächern liegend, mit den Rädern nach oben, zur Seite gedreht, gegen andere gefahren, in Straßengräben liegend. Zuerst war ich erschrocken, aber je mehr ich davon gesehen habe, desto öfter habe ich gelacht … das kann nur ein Soldat verstehen … waren Sie beim Militär?«
Ich schüttelte den Kopf, und er überlegte eine Zeitlang.
»Ich wundere mich nicht über Ihr Verhalten«, setzte er dann fort. »Sie sind ein eigenartiger Mensch … das habe ich gleich zu Beginn unserer Bekanntschaft bemerkt … Sie denken nach, und sie haben Kontakt zu Leidensgenossen … Ich fühle mich hingegen wie der einzige Über-

lebende einer Schlacht. So komme ich mir zumindest im Moment vor.«
Er hielt vor einer Plakatwand mit Strumpfreklame an, auf der ein Frauenbein mit Stöckelschuh zu sehen war.
»Das waren noch Zeiten!«, rief er aus und deutete auf das dreimal lebensgroße Abbild. Er nahm das Gewehr von der hinteren Sitzbank und stieg neuerlich aus. Ich sah zu, wie er überprüfte, ob es geladen war, wie er es schulterte und, ohne eine Erklärung abzugeben, von hinten auf die Plakatwand kletterte. Oben angekommen zielte er mit dem Fernrohr auf den Wald. Ich drehte mich nach dem Feldstecher, der auf der Sitzbank lag, um und blickte in die Richtung, in die der Feldwebel zielte. Erst jetzt erkannte ich, dass dort Zebras grasten. Ich zählte drei Stück. Dem Feldwebel mussten sie früher als mir aufgefallen sein. Vermutlich waren die Tiere aus einem Zoo geflüchtet, dachte ich. Ein Schuss krachte, und zwei Zebras flüchteten in den Wald. Der Feldwebel kletterte von der Plakatwand herunter und stapfte zielbewusst auf das vermeintlich erlegte Tier zu.
»Du Idiot«, dachte ich. »Du wirst nichts finden. Tote Lebewesen verschwinden …«
Als er verdrossen zum Auto zurückkehrte, rief er von weitem: »Verfehlt!«
»Nein, es ist verschwunden – wie die Menschen in der Kaserne am Tag der Katastrophe. Tote Lebewesen verschwinden jetzt einfach«, sagte ich, als er die Wagentür öffnete.
»Ich habe es geahnt«, entgegnete er.
Er warf das Gewehr auf den Rücksitz und fuhr mit mir weiter.
»Was eingesperrt war, hat überlebt. Also auch Tiere in Ställen, im Zirkus, in Zoos oder Tierhandlungen. Zumindest teilweise …«, sagte ich.
»Und Menschen?«, fragte er argwöhnisch.

»Sie überlebten in Gefängnissen oder in geschlossenen Anstalten oder in einer Kaserne …«
»Ich habe mich von Tiefgefrorenem in der Kaserne ernährt, von Honig, Gemüse, Marmelade.«
Er dachte einige Minuten nach. Ich hörte nur leise den Motor und die Reifen auf dem Asphalt.
»In einem umgestürzten Leichenwagen, der im Straßengraben gelandet war, befand sich ein Sarg«, sagte er dann. »Von den beiden Fahrern waren nur noch die schwarzen Anzüge, Krawatten, Kappen, Schuhe und die weißen Hemden vorhanden. Ich zog den Sarg heraus, öffnete den Deckel und sah eine aufgedunsene Frauenleiche … Die Frau war offenbar vor der Katastrophe gestorben, und ihr Körper verweste gerade. Es stank zum Himmel, und ich ergriff die Flucht.«
Er machte wieder eine Pause.
»So ist es mit den Würsten in den Fleischerläden«, sagte ich. »Sie stammen noch von den toten Tieren, bevor der gelbe Nebel sich gesenkt hat.«
»Vom gelben Nebel weiß ich nichts. Erzählen Sie!« Er hörte mir kopfschüttelnd zu und sagte dann: »Als Soldat muss man immer versuchen, Rätsel aufzuklären, sonst tappt man in die Falle … So leben wir, wenn wir im Dienst sind. Im Krieg ist man immer im Dienst.«
Bevor wir die Kaserne erreichten, entdeckten wir einen umgestürzten Kran. Ein Caterpillar war in ihn hineingekracht und hatte ihn geradezu umgemäht. Im zerschmetterten Kranführerhaus lag die Kleidung des Arbeiters. Die Mauern des geplanten Gebäudes, das von Gerüsten umgeben war, wirkten wie eine riesige Bombenruine. Zeitungsseiten und Bierflaschen lagen herum, leere Konservendosen und Pappbecher. Und natürlich die Kleidung. Die Fahrzeuge waren in bestimmten Arealen abgestellt, sah ich. Es war mir, als ob ich auf die Reste eines riesigen Schachbretts mit verkohlten Figuren blickte, das mitten

im Spiel abgebrochen worden war, und ich verrückterweise versuchte, den Verlauf der Partie zu rekonstruieren.
Die Kaserne war ausgestorben. Ich dachte: »Tausend Fenster.« Vor dem großen Eingangstor die Unterstände für die Wache, am Fahnenmast die Staatsflagge. Der Feldwebel öffnete Garagentore, hinter denen Radpanzer und weitere Militärfahrzeuge sowie Feuerwehr- und Tankwagen abgestellt waren.
Ich war hungrig und müde und sagte auch, dass ich schon zu vieles gesehen und gehört hätte. Er zeigte mir jedoch die Waffenkammern, den Schießstand, die Küche – alles riesig und menschenleer. Besonders die Schlaf- und Aufenthaltsräume mit den vielen Betten, Stühlen und Tischen waren verstörend. Zum Schluss holte sich der Feldwebel eine Flasche Cognac aus einem Schrank und trank.
Ich sagte: »Irreal.«
»Auch der Krieg ist irreal«, antwortete der Feldwebel. »Die Verwüstung, das Chaos – alles irreal. Wir kennen den Krieg, aber wir begreifen ihn nicht. Niemand begreift, was wirklich vor sich geht. Selbst die Soldaten nicht, die ihm ausgeliefert sind. Sie sind mit einem Schlag zu Nummern geworden und betreten Niemandsland. Sie überleben und sterben als Zahlen im Niemandsland … als Niemande. Das Überleben zählt nicht, nur das Leben selbst.«
Er trank das Glas leer und schenkte sich von neuem ein.
»Menschen strafen andere, ihnen unbekannte Menschen, mit denen sie befreundet sein könnten, aus Hass und weil die Menschen insgeheim von Gewalt träumen … nach jedem Krieg aufs Neue … Der Krieg ist die neue Wirklichkeit. Vergangenheit und Zukunft zählen nicht mehr, nur die Gegenwart existiert. Die Menschen wollen sich in

Gefahr begeben. Sie wollen töten, der Krieg ist ein Ventil, das sich öffnet ... Jäger töten, Fischer, Fleischer.«
Er trank, bis die Flasche geleert war.
»Man verändert die Normalität ... Ein Flugzeug wirft eine Atombombe ab ... die Crew, die weder die Atombombe noch das Flugzeug gebaut hat, hat die Welt verändert. Die Zerstörung ist die einzige schöpferische Kraft, die jedem Menschen zu eigen ist. Leben ist auch Zerstörung, man zerstört andere Existenzen und braucht nicht einmal einen Krieg dafür. Man tut es vielleicht aus Langeweile, aus Neugier, aus Lust, aus Angst, aus Eifersucht, aus Scham, aus Schmerz ...« Er verstummte.
In den Schränken zeigte er mir weitere Vorräte an alkoholischen Getränken und Zigaretten. Er brachte Konserven mit Thunfisch und Gläser mit sauren Gurken und Knäckebrot und zur Nachspeise eine Konserve mit Pfirsichkompott. Ich war erstaunt über seine Offenheit, doch misstraute ich ihm jetzt noch mehr. Während wir aßen, fragte er mich nach meinem Neffen aus. Draußen war es dunkel geworden, und ich verlor das Interesse daran, seinen Monologen zuzuhören und mich gleichsam verhören zu lassen, daher bat ich ihn, mich nach dem Essen zu Eugen zurückzubringen. Er wehrte mit der Begründung ab, er habe zu viel getrunken. Also blieb mir nichts anderes übrig, als um einen Schlafplatz zu bitten. Der Feldwebel stand auf und machte Licht. Ich begriff zuerst nicht, wie er das bewerkstelligt hatte, aber dann erklärte er mir, dass die Kaserne über Generatoren, die von Motoren angetrieben würden, verfüge, um vor Stromausfällen geschützt zu sein. Die Motoren würden mit den großen Dieselvorräten gespeist. Er könne lange damit auskommen. Ich folgte dem schwankenden Unteroffizier in ein Gebäude, wobei ihm einfiel, dass er die Hunde füttern müsse. Es handelte sich um Rottweiler, wie er hinzufügte.

Er nahm aus einem Zimmer eine Taschenlampe mit. Das Militär verfüge über die größte Rottweilerzucht der Welt, führte der Feldwebel weiter aus. Ich wusste nicht genau, wie die Tiere aussahen – bisher hatte ich mich nur wenig mit Hunden beschäftigt –, aber ich stimmte zu, ihn zu begleiten. Er lasse die Hunde, erzählte er mir, den ganzen Tag auf dem Kasernenhof »herumtollen«, wie er es bezeichnete, und sperre sie nur ein, wenn er seine Fahrten unternehme. Ohne seine Fahrten hätte er seinen Verstand verloren, behauptete er … Dann wechselte er abrupt das Thema. »Ich musste heute das Zebra erlegen, weil der Drang, es zu tun, so stark in mir geworden war, dass ich glaubte, mein Kopf würde zerspringen. Es war, als hätte mir jemand befohlen, tagelang in der prallen Sonne zu stehen …«
Wir hatten die Zwinger in einem kleinen Gebäude erreicht und hörten schon das laute Gebell, bevor wir – nachdem der Feldwebel das Licht eingeschaltet hatte – die Hunde sahen. Das elektrische Licht, verstand ich zum ersten Mal, ist ein Segen und nicht selbstverständlich. Der Feldwebel holte zwei Säcke mit Trockenfutter heraus, er hatte auch Wasser in Eimern vorbereitet, und die fünf Rottweiler beruhigten sich langsam. Sie ähnelten Boxerhunden, für mich aber waren sie Dämonen. Ihr Gebell war unerbittlich, ihre Muskeln und die Geschwindigkeit, mit der sie in ihren Zwingern herumsprangen, bedrohlich – doch plötzlich verstand ich, dass es Freunde waren. Ich hatte sie wortlos gefragt, weshalb sie so laut bellten. »Hunger«, hörte ich und: »Wir waren den ganzen Tag allein.«
»Aber mich habt ihr aus der Fassung gebracht«, entgegnete ich. »Ich bin krank!«
Die Hunde verstummten und blickten mich hechelnd und mit heraushängender Zunge an.
»Wir sollen die Menschen erschrecken! Wir werden dazu

in der Hundeschule abgerichtet«, antwortete der größte von allen. »Wenn wir uns verhalten wie jetzt, strafen uns die Trainer. Und wir lieben sie … Wo sind sie übrigens?«

»Im Jenseits«, gab ich zur Antwort.

»Tot?«

»Ja.«

Sie legten sich nieder, ließen die Köpfe auf den Pfoten ruhen und trauerten.

»Was ist los mit ihnen?«, rief der Feldwebel aufgebracht. »Was haben Sie mit ihnen gemacht? Ich habe beobachtet, wie Sie die Hunde hypnotisiert haben!«

Ich verließ den Raum, ohne mich umzudrehen.

Die Hunde fingen wieder zu bellen an.

Es war Nacht, ich hatte keine Taschenlampe, und der Kasernenhof lag im Dunkeln. Als ich auf ein Fahrrad stieß, schob ich es auf die Straße hinaus und beschloss, zu meinem Neffen zurückzuradeln. Der Himmel funkelte von Sternen. Ich dachte an den Engel, der sich vielleicht hinter meinen Augenlidern beim ersten Sonnenstrahl gezeigt hatte. Sofort erlitt ich einen Migräneanfall. Die Lichtflecken in meinem Kopf strahlten so grell, dass ich vom Fahrrad steigen musste und – als ich vor mir eine Wiese erkannte – mich ins Gras fallen ließ und mit einer Hand die Augen bedeckte. Beinahe wäre ich eingeschlafen, da hörte ich die Stimme des betrunkenen Feldwebels: »Hallo! Wo stecken Sie …?«

»Hier!«, rief ich und winkte mit der freien Hand. Ich hörte ihn laufen und keuchen.

»Was machen Sie da?«, rief er, als er mit der schmerzlich hell leuchtenden Taschenlampe vor mir stand, mich hochhob und einen meiner Arme über seine Schulter legte, um mich zurück in die Kaserne zu schleppen. Ich wollte jedoch keine Nacht in diesem Menschenstall verbringen. Ich machte mich daher schwer, aber das sta-

chelte ihn nur an, mich weiter zurückzuschleppen. Als ich mich so schwer gemacht hatte, wie ich nur konnte, trug er mich einfach wie eine Braut über die Schwelle des Kasernentors in den dunklen Hof hinein.
»Rundherum Zerstörung«, schnaufte er, als er mich zurück auf den Boden stellte – »als ob das nicht schon genug wäre! Bleiben Sie stehen, ich komme gleich!«
Er verschwand in der Dunkelheit.
Ich blickte hinauf und versuchte vergeblich, in den Himmel zu stürzen. Es lag nicht an mir. Ich war nicht zu feige – aber die Sterne wollten mich nicht. Ich breitete die Arme aus. Die Schwerkraft hielt mich zurück, obwohl ich in Gedanken alles unternahm, um hinaufzustürzen.
Als ich durch ein prasselndes Geräusch erwachte, fand ich mich in einem Zelt auf einer Luftmatratze wieder. Der Feldwebel musste mich wohl für die Nacht versorgt haben. Ich kroch auf allen vieren zum Zeltschlitz und erkannte, dass es regnete und ich mich – umgeben von den Gebäuden – in der Mitte des Kasernenhofes befand. Die Fenster schliefen, und die geschlossenen Türen schliefen, und der Regen prasselte vom nebligen Himmel herab. Er hatte bereits Pfützen gebildet, aber ich fühlte mich seltsam geborgen. Ich konnte nicht sagen, weshalb.
Am Nachmittag brachte mich der Feldwebel zurück. Er war erst zu Mittag aufgewacht und hatte vergessen, dass er für mich das Zelt errichtet hatte. Gleich gab er mir Knäckebrot und Ananas aus einer Konserve sowie ein Glas Wasser und erklärte mir dabei, dass er zu uns kommen wolle … er könne in unserer Siedlung für Ordnung sorgen und kenne sich mit Geräten aus.
»Es gibt keinen elektrischen Strom bei uns«, sagte ich.
Er lachte. Mein Schweigen schien er als Einverständnis zu werten.

Leviathans Ende

Es war für alle ein Freudentag, als wir mit dem Radpanzer vor dem Haus meines Neffen auftauchten. Der Feldwebel, der Alois Lechner hieß, wurde wegen seines früheren Berufes als Elektriker eingeladen, bei uns zu bleiben, und versprach, alles, was wir benötigten, aus der Kaserne herbeizuschaffen.
Am Abend ordnete der Kaplan die erste Feier bei Kerzenlicht im Andachtsraum an. Er hatte aus Pfarreien der Umgebung eine größere Zahl an Fotografien, die Ministranten und Priester zeigten, bei sich, welche noch rasch an den Wänden angebracht oder in ihren Rahmen aufgehängt wurden. Zuerst las er aus der Apokalypse des Johannes und ließ sie in einer Ausgabe mit den Kupferstichen Albrecht Dürers, die er bei einem Besuch des benachbarten Klosters gefunden hatte, herumgehen. Es gab niemanden, der nicht betroffen war.
Die Apokalypse, sagte er, bedeute das Ende der Welt. Wenn wir an unser Ende, das Sterben, den Tod dächten, rege sich etwas in uns. Wir wüssten, dass etwas Neues auf uns zukomme, etwas, das keiner mit Gewissheit voraussagen könne, bis auf die Gläubigen. Diese seien als Einzige in der Lage zu erklären, was sie erwarte – alles andere seien nur Vermutungen. Die Menschheit sei schon einmal untergegangen – bis auf ganz wenige Geschöpfe: Menschen und Tiere. Jeder kenne die Geschichte der Sintflut und der Arche Noah. Doch habe er im Gebet vernommen, dass Satan und seine Dämonen den zweiten Weltuntergang nicht überleben würden und auch nicht überlebt hätten …
Daran zweifelte ich augenblicklich.
Die Stimme habe ihm aufgetragen, fuhr der Kaplan fort, uns mitzuteilen, dass wir erlöst seien. Wir würden unseren freien Willen behalten, könnten aber nicht ins Para-

dies zurückkehren. Doch wir hätten nun die Gelegenheit, ein Paradies aus eigener Kraft zu schaffen, frei vom Bösen, das uns verführe.

Beifall brandete auf.

»Sagt nicht mehr ›Herr Kaplan‹ oder ›Priester‹ oder ›Hochwürden‹ zu mir, für euch bin ich nur noch Gottlieb«, rief der Kaplan.

Wieder gab es starken Beifall.

Mitten im Jubel begann Gottlieb »Großer Gott wir loben dich« zu singen. »Herr wir preisen deine Stärke«, und die den Text auswendig kannten, stimmten mit ein. »Vor dir neigt die Erde sich und bewundert deine Werke. Wie du warst vor aller Zeit, so bleibst du in Ewigkeit.«

Dann kündigte er an, dass »der Künstler Leopold Kolb« sein Puppentheaterstück »Apokalypse« zusammen mit ihm inszenieren werde. Kolb sei viele Jahre Mesner gewesen und habe sich schon lange mit diesem Projekt befasst, es jedoch nicht aufführen lassen wollen, bevor nicht alle Figuren von ihm fertiggestellt worden seien. Dies sei nun der Fall. Er, Gottlieb, werde Herrn Kolb bei der Aufführung helfen, vor allem aber, indem er die Apokalypse während des Geschehens auf der Miniaturbühne vorlesen werde.

Zwei Wochen später hatte man ein schwarzes Kasperltheater nach einer Zeichnung von Kolb gebaut, in dessen Mitte ein weißes Kreuz gemalt war. Das Puppenspiel selbst verlief wie immer bei Kolb stumm. Hin und wieder stieß er einen Laut aus. »Nnnnnnnnnnnnnn« war ein musikalischer, pathetischer Ton, mit dem er Filmmusik nachahmte, wenn sich etwas Wichtiges ereignete. »Rrrrrambumbumm« kündigte mit tieferen Tönen eine böse Überraschung an. »Mhmm, mhmm!«, bei dem das zweite »m« stets höher und lauter klang als das erste, verhieß Rettung, Erlösung. »Trrattera« begleitete einen Reiterangriff, konnte aber auch ironisch gemeint sein, und so weiter. Gottlieb las indessen in ernstem Tonfall die Apokalypse vor. Es gelang mir mit größter Konzentration, die seltsame Begleitmusik zu verstehen. Mit den Figuren war es allerdings schwieriger: Die Engel waren Taschenlampen in verschiedenen Farben, jeweils vier Stück in Rot, Grün, Weiß, Schwarz und silbrig. Der siebenköpfige Drache hatte ein Riesenmaul aus Stoff, mit dem er alle, die er wollte, wirklich verschlucken konnte. Die sieben Köpfe hatte Kolb aus Stoffresten genäht, auf Stricknadeln befestigt und wie einen Blumenstrauß zusammengebunden. Das »Sonnenweib« war eine Puppe, die er mit einem Stück Christbaumgold geschmückt hatte. Außerdem spielte noch ein Stoffpapagei mit, den Kolb irgendwo aufgetrieben hatte. Johannes, der das Buch verschlingt, war Kolb selbst. Er zeigte sein Gesicht und steckte sich dabei Zeitungspapier in den Mund. Die vier apokalyptischen Reiter stammten aus der Sammlung meines Neffen und bestanden aus zwei skandinavischen Holzpferden und zwei kleinen Lederkamelen, auf denen vier Legofiguren saßen. Der Ritter war aus einem Suppenlöffel mit hellen Stofffetzen hergestellt, sein Pferd ein Schimmel aus weißem Leinen mit vier Beinen und zwei aufgeklebten Hornknöpfen als Augen. Die Schlangen hingegen waren aus Papier und wurden geworfen wie beim Karneval. Gott hatte ein bemaltes Gesicht aus einem Schalter, der die Nase darstellte. Seine Bekleidung bestand aus blauem Samt. Der Satan hingegen war aus einer alten schwarz bemalten Kaffeemühle angefertigt, sein Kopf, am Griff des Hebels angebracht, bestand aus einem Tennisball, die Hörner aus angeklebten Spielzeugschwertern. Seine Ohren waren ebenso wie die rote Zunge aus Papier, die Augen aus roten Stecknadelköpfen. Ich sah zu, ohne etwas zu begreifen. Das Tier mit den Lammhörnern hatte Kolb aus einem Rasierpinsel mit Zündhölzern hergestellt.

Ich wusste von den meisten Figuren nicht, was sie bedeuteten, und fing an, nervös zu werden. Bei der Eröffnung des fünften und sechsten Siegels warf Kolb brennende Zündhölzer aus dem kleinen Theater, bis mein Neffe ihn lautstark aufforderte, damit aufzuhören. Die meisten folgten den Auftritten der Figuren mit Angespanntheit, Neugierde oder einem Lächeln. Feldwebel Lechner sah man an, dass ihn die Vorführung zornig machte. Der betrunkene Chefarzt Dr. Brantner schrie schließlich »Genug! Genug!« und löste damit einen Wutanfall Leopold Kolbs aus, der darüber so empört war, dass er mit zwei Figuren, die er gerade in den Händen hielt – es waren zwei Taschenlampen-Engel –, den Teufel und einen Dämon, die Gottlieb gerade in seinen Händen hielt, verprügelte. Gottlieb ließ die Figuren fallen, griff nach dem großen »Schlüssel zum Abgrund«, um die Schläge abzuwehren, und schloss mit lauten »Hör auf! Hör auf!«-Rufen den Vorhang. Nachdem er Kolb zuerst unter dem Geschrei der Zuhörer beschimpft und anschließend wieder beruhigt hatte, hielt er noch immer den »Schlüssel zum Abgrund« in der Faust. Er hob ihn in die Höhe und verkündete trotzig:
»Das nächste Mal spielen wir ›Das Narrenschiff‹ von Sebastian Brant, wieder nach dem Kupferstich von Albrecht Dürer.«
Ich wusste, dass niemand es gewagt hätte, die Apokalypse zu verspotten, es war ein Unglücksfall gewesen, den Eugen auf die Unerfahrenheit des Kaplans zurückführte.
Ich ging bedrückt zu Bett und träumte, dass Kolbs Figuren zum Leben erwachten. Immer und immer wieder sah ich sie vor mir, ähnlich einem »Ohrwurm«, dessen Melodie sich ohne Unterbrechung als Erinnerungssplitter im Kopf meldet.

Ich bin ein Vogel

Auf dem Weg zum Wrack des Postautobusses sprach mich eine Elster an. Sie hatte die Katastrophe mit anderen in der Klamm überdauert. Ihr Ruf ist »schräck«, »schräck« und bedeutet »Jäger« (das ist, als ob Menschen SOS morsen). Es störte mich nicht weiter, da ich ihre Warnrufe gewöhnt bin. Diesmal blieb die Elster jedoch auf dem Ast sitzen.
»Wenn du Vögel verstehen willst, flieg!«, hörte ich in meinem Kopf.
Sie befahl mir, näher zu treten und näher, bis ich ihre Augen sehen konnte. Umständlich erklärte sie mir, dass sie auf einer Buche sitze, weil ich ein Buch schreiben würde. Lesen und Schreiben – das hätte ich doch selbst festgehalten – sei wie Fliegen. Dabei starrte sie mich mit ihren braunen Augen an, die plötzlich blau wurden, so dass sich mein größter Wunsch erfüllte: Ich konnte mich tatsächlich in den Himmel stürzen.
Ich erkannte, dass ich keinen Körper mehr besaß, obwohl ich Flügel, Krallen und einen Schnabel spürte. Ich flog nicht wie im Traum oder in einem Flugzeug, es war auch nicht ein Schwimmen in der Luft, sondern etwas Selbstverständliches, als ob ich Notizen machte oder eine Tasse Tee in den Händen hielte, nein, eher, wie wenn ich den Gehsteig entlangginge. Das Sensationelle, Unglaubliche war mit dem ersten Flügelschlag verschwunden, ich sah alles wie längst Vertrautes. Der Ausblick war so weit, wie ich ihn noch nie hatte, und auch das spielte sich in mir ohne Aufregung ab. Zuerst flog ich mit größerem Abstand über Eugens Haus, die Bienenstöcke, die abgestellten Fahrzeuge, den Fischteich, dann kreiste ich über dem Steinbruch. Kein Schwindel überkam mich. Tief unten sah ich Kleidung auf einem stehengebliebenen Bagger liegen. Ich zog eine Schleife und erkannte, dass sie Leopold Kolb

gehörte. Das konnte bedeuten, dass Kolb sich hinuntergestürzt hatte, aber ich war jetzt zu sehr mit dem Fliegen beschäftigt. Außerdem erkannte ich, dass einer unserer Lastwagen das Areal in Richtung Tal und Dorf verließ. Ich war nur eine Elster. Aber ich war ein Teil von etwas Unbekanntem. Und ich fühlte auch, dass eine Bedrohung in der Luft lag, auf die ich schnell reagieren musste, wenn sie sich zeigte. Ich spürte nicht, dass ich mich selbst liebte, es drängte mich nicht zu mir selbst hin. Alles, was ich mit automatischer Vorsicht tat, erschien mir selbstverständlich. Trotz allem genoss ich die Landschaft unter mir wie ein Spaziergänger einen Park. Erst im Nachhinein begreife ich, dass diese Selbstverständlichkeit etwas anderes war, als wenn ich mich als Mensch, der fliegt, gefühlt hätte. Ich flog weiter. Nein, ich ging durch die Luft. Unsere Sprache verfügt über keine passenden Worte dafür. Während ich das aufschreibe, begreife ich, dass ich durch die Wand der Sprache gehen will, nein, es ist, als wollte ich mich in dichtem, dornigem Gestrüpp bewegen. Jedes Wort ist ein Stachel und bereitet mir Schmerzen. Ich war nicht in einer anderen Welt. Ich war kein Engel, denn sie bewegen sich schneller, als wir denken können. Unser Denken ist der Schwerkraft ausgesetzt. Als ich eine Elster war, dachte ich anders. Instinkt und Phantasie waren stärker als die Logik. Die Logik allein kann die Phantasie nicht erfassen. Und umgekehrt begnügt sich die Phantasie mit wenig Logik. Sie kann sie genauso ausschalten wie die Logik die Phantasie. Das ging mir, während ich alles von oben sah, rasch durch den Kopf. Ich genoss die Windstille, die Sonnenwärme, die Geräuschlosigkeit, und ich verlor meine Unsicherheit. In der Ferne stießen die drei Vulkane schwarzen Rauch aus, aber es schien mir jetzt nicht bedrohlich genug, dass ich aufgehört hätte weiterzufliegen. Ich war vorsichtig und verspürte zugleich den Kitzel der Erwartungsfreude.

Ohne dass ich es bemerkt hatte, hatte ich angefangen, wie ein Vogel zu denken. Als ich eine Sammlung von Bienenmagazinen erblickte, segelte ich vorsichtig hinunter. Ich glaubte als Elster den Geschmack von Bienen ebenso wie den von anderen Insekten, Vogeleiern und Mäusen zu kennen. Im Nu hatte ich mehrere Bienen aufgepickt und mich wieder in die Luft erhoben, bevor mich der Schwarm noch verfolgen oder mich eine von ihnen hätte stechen können. Sie schmeckten salzig und süß. Gerne fliege ich über Wälder und halte nebenbei Ausschau nach Raubvögeln.
Verschiedene Siedlungen lagen wie unbewohnt unter mir. Ich ließ mich auf einer Wiese mit zwei weißen Toren nieder, auf der früher eine Schar Menschen nach einem kugelförmigen Wesen traten, das keinen Schmerz zu verspüren schien. Sie brauchen immer ein Opfer, und in diesem Fall ist es das kugelförmige Wesen, das »Ball« heißt. Ein Menschenschwarm schrie immer laut das Wort »Tor!«, wenn der »Ball« in einem Tornetz gefangen lag. Als mich ein in der Sonne glitzerndes Ding blendete, flog ich darauf zu und entdeckte ein metallisches Papier, in dem wohl Süßigkeiten eingewickelt gewesen waren. Es war leer, aber ich liebe Gebrauchsdinge von Menschen, seit ich eine Elster bin, sie sind für mich gleichsam Trophäen.
Die Hügel waren von Weinpflanzen bewachsen, die die Menschen in langen Reihen mit ihren automatischen Sklaven, »Maschinen«, angelegt hatten. Manche Menschen tragen auch gerne einen Gegenstand, mit dem sie einen Knall auslösen und uns augenblicklich töten (»Jäger«, »Gewehre«). Man kann ihnen nicht trauen. Es gibt zwar junge Elstern, die aus dem Nest gefallen sind und von ihnen großgezogen, das heißt gefüttert wurden. Die Freigelassenen berichten auch, dass die Menschen zärtlich zu ihnen gewesen seien, ebenso wie zu Hunden

oder Katzen. Aber Hühner und Schweine und Kühe, mit denen sie zusammenleben wie in einer guten Familie, schlachten sie und fressen sie auf. Sie sind Allesfresser … Sie besitzen viel Goldglitzerndes und Silberglitzerndes (»Schmuck«) und lieben diese Stücke, weil sie von der Sonne kommen, das heißt, weil Sonnenlicht in ihnen gefangen ist. In letzter Zeit haben wir auf der Straße viele solcher Sonnenstücke gefunden, die sie um den Hals oder am Handgelenk trugen. Doch die Menschen selbst sind bis auf das Kleiderstoffgefieder verschwunden. Bei manchen der Sonnenstücke bewegt sich ganz langsam ein Zeiger im Kreis und ein zweiter, größerer, schneller. Mein Vater erklärte mir, dass dieser Sonnenstein die vergehende »Zeit« für die Menschen messe. Wir hätten keine Zeit – wir lebten im Immer, sagte er. Wir seien *immer* hungrig. Wir schliefen *immer*, wenn wir müde seien, wir flögen *immer*, wenn uns danach sei. Was wir gerade tun würden, das heißt, jeder Moment sei *immer*. Wenn wir gefressen hätten, flögen wir *immer* weiter. Wenn wir erschrocken auffliegen, flögen wir für *immer* erschrocken auf. Das verstünden Menschen nicht. Sie verstünden nicht, dass ihr »Moment« für uns *immer* ist.
Als ich mich dem rauchenden Berg näherte, entdeckte ich eine Schar Krähen. Ich mag keine Krähen. Sie sind gleich groß wie wir und fallen im Schwarm über uns her, wenn sie unter Hunger leiden. Ich flog nieder, um einen mit Wein bepflanzten Hügel herum, und nahm den Geschmack des Rauches wahr, den ich von einem Waldbrand her kenne. Etwas in mir sagte, ich solle umkehren, aber die Neugierde trieb mich weiter. Ich konnte ja die Richtung des Rauchs erkennen und von der anderen Seite heranfliegen. Also ließ ich mich zum dritten Vulkan treiben, bei dem jetzt kaum eine Eruption sichtbar war. Als ich die Höhe des Kegels erreicht hatte, erblickte ich die gewaltige Öffnung, aus der Rauch quoll. Auch die Krähen

waren mir gefolgt. Also war es besser zu verschwinden. Außerdem waren alle Rebstöcke an den Hängen schon verbrannt. Ich ließ mich einfach fallen, bis sich mir die Erde gefährlich näherte, und entkam dem Dunkel. Asche hatte alles unter sich begraben, sogar einen Friedhof, hinter dessen Mauern ich Schutz suchte. Ich saß im *Immer* da. Dann flog ich auf, ließ die Rauchwolken hinter mir, stieg so hoch ich konnte und erkannte bald die Wölbung der Erde. Ich hatte sie *immer* schon gesehen. An einem Teich labte ich mich mit Wasser, setzte mich auf den Ast einer Buche, wie ich *immer* schon auf dem Ast einer Buche gerastet habe. Ich liebe dieses *Immer*. Es gibt mir Geborgenheit. Wenn ich Unruhe in mir verspüre, fliege ich weiter, wie ich *immer* weitergeflogen bin.

Am Abend treffe ich den Schwarm Elstern unseres Waldgebiets. Wir schlafen wie die Krähen. Wir schlafen beisammen, und unsere Schwanzfedern und Armschwingen schimmern am Morgen metallisch grün und blau. Unsere Köpfe, Rücken und Brüste, unsere Schnäbel und Beine sind schwarz. An der Schulter haben wir weiße Flecken, weiß sind wir an den Flanken und am Bauch und an den Flügelspitzen. Wir haben scharfe Krallen …

Noch immer hörte ich die Elster rufen. Ich drehte mich um und stapfte weiter hinauf zum Postbus. Die Elster hatte mich hypnotisiert, vermutete ich und nahm mir vor, alles aufzuschreiben.

Als ich zurückkehrte, erfuhr ich, dass Leopold Kolb seit dem Vormittag, wie es hieß, verschwunden sei. Man befürchtete das Schlimmste.

»Ich habe seine Kleidung im Steinbruch auf einem Bagger gesehen« – ich konnte mich nicht zurückhalten.

Eugen lief sofort mit seinem Feldstecher zur Schaukanzel, kam zurück und gab uns von weitem Zeichen, dass etwas Böses geschehen sei.

»Ich fürchte, er hat sich das Leben genommen!«, stam-

melte er außer Atem. Auch die große Tasche mit seinen Puppen habe er gesehen, zum Teil lägen sie verstreut auf der darunterliegenden Abbaustufe.
Wir fuhren mit Eugens Wagen los, Frau Dr. Schäfer sowie Eugens Sohn Walter, Gottlieb und ich.
Als wir den Steinbruch erreicht hatten, fanden wir die Straße zur fünften Stufe und kurz darauf den Bagger. Wir untersuchten alles, dann sammelten wir die Kleider und Puppen ein, verstauten sie im Kofferraum, und Gottlieb zündete eine Kerze an. Frau Dr. Schäfer sagte, auf dem Bagger seien Dellen zu sehen, was vermutlich heiße, dass Kolb auf dem Dach der Kabine aufgeschlagen sei. Schweigend begaben wir uns zurück. Eugen ordnete an, dass alle, die gesund genug seien, sich vor seinem Haus versammeln sollten.
Wir waren etwa zwanzig Personen, und wir bemerkten, dass Feldwebel Alois Lechner fehlte. Jetzt erst gestand ich, dass ich – »als Elster«, versprach ich mich – auch einen Lastwagen gesehen hätte, der gerade davongefahren sei … Alle horchten auf.
Kaplan Gottlieb meldete sich daraufhin zu Wort. Erregt stellte er klar, dass Kolb sich auf keinen Fall das Leben genommen habe. Er habe noch am Vorabend und beim Frühstück mit ihm über das Projekt »Das Narrenschiff« gesprochen, und »Leopold« sei davon begeistert gewesen. Dem widersprachen die Krankenschwester Alice Schweizer und der Pflegehelfer Kevin Weber, die festhielten, dass Kolb am Abend geweint habe und am Morgen depressiv gewesen sei. Außerdem hätten sie Gottlieb am Morgen gar nicht gesehen.
»Ich hoffe, Sie wollen mir jetzt nicht alles in die Schuhe schieben«, brauste Gottlieb auf.
Eugen, noch immer von der Trauer über den Tod seiner Frau und seines Schwiegervaters gezeichnet, beruhigte ihn und bat die Anwesenden, niemanden grundlos zu

verdächtigen. Man müsse sagen dürfen, was man gesehen oder nicht gesehen habe, widersprach Pflegehelfer Kevin, sonst setzten wir unser Leben auf die gleiche Weise fort wie früher, obwohl es keinen Satan und keine Dämonen mehr gebe, wie der Kaplan ihnen noch gestern versichert hätte. Schwester Alice nickte.

Er habe mit dem Tod von Leopold Kolb nichts zu tun, entgegnete Gottlieb aufgebracht. Und wo sei überhaupt Feldwebel Lechner? Er könne nicht weit sein, antwortete ich, vielleicht sei er zurück in die Kaserne gefahren.

»Er hat sich von niemandem verabschiedet«, hielt Eugen fest.

»Aber welchen Grund soll er gehabt haben, Kolb zu töten?«, begehrte der müde wirkende Chefarzt Brantner auf.

Wir alle waren ratlos.

»Ich habe gesehen, wie Kolb zum Soldaten in den Lastwagen geklettert ist«, mischte sich der schläfrige Oberarzt Brantner wieder ein.

»Ich kann es bestätigen«, fuhr Pfleger Haller fort. »Wir haben Tarot gespielt.«

Eine halbe Stunde redeten wir noch herum, ein Teil der Anwesenden beschuldigte indirekt Gottlieb, Kolb in den Tod getrieben zu haben, der andere Feldwebel Lechner. Plötzlich wurde die Tür aufgerissen, und der Feldwebel stand im Kampfanzug vor uns.

»Ich habe einen Generator aus der Kaserne geholt, ein Notstromaggregat auf Fahrgestell. Es erzeugt fünfzig Kilowatt Strom pro Stunde und wird mit einem Dieselmotor angetrieben«, rief er in die Stille.

Eugen sprang auf und rief: »Elektrischen Strom?«

Der Feldwebel nickte.

Wir ließen uns alles erklären. Ich verstand nur so viel, dass Lechner einen Tankwagen mit Pumpe bringen werde, genauer einen Sattelzug, der 30 000 Liter aus der

Tankstelle der Kaserne fassen könne. Sie würden den Generator mit ausgewählten Häusern verbinden, und schon sei alles geklärt ...
Eugen bestand darauf, dass er die Anlage nicht vor seinem Haus aufstellen wolle. Alle waren damit einverstanden, dass der darunterliegende Hof geräumt und die Bewohner in einem anderen untergebracht würden. Es wurde auch über Photovoltaik gesprochen, also über Solardächer, über die man ebenfalls Energie zu gewinnen hoffte.
Eugen hatte Wein und Gläser auf den Tisch gestellt, und mitten in der Debatte über elektrischen Strom fragte der Künstler Anton Pichler, der Heiligenbilder malte, ob der Feldwebel wisse, dass Kolb am Vormittag ums Leben gekommen sei.
Lechner war offenbar überrascht.
»Man hat Sie mit Kolb zum Steinbruch fahren sehen«, sagte mein Neffe.
Das streite er nicht ab, erklärte der Feldwebel. Kolb habe ihn darum gebeten. Er habe ihn – seinem Wunsch entsprechend – vor der Einfahrt zum Steinbruch abgesetzt. Das stimmte aber nicht, denn ich hatte Lechners Lastwagen gesehen, als er von der fünften Stufe zurück zur Einfahrt unterwegs gewesen war und die Kleider von Kolb schon auf dem Bagger lagen. Ich sagte nichts. Es war still im Wohnzimmer.
»Ich dachte, ich könne Ihnen helfen, aber wenn Sie mir misstrauen, fahre ich am besten wieder!«
Lechner sprang auf, doch Eugen hielt ihn zurück und entschuldigte sich bei ihm.
»Warum hätte ich ihn töten sollen?«, fragte der Feldwebel empört.
Gottlieb schwieg ebenso wie Alice Schweizer, Kevin Weber, der Künstler Pichler und der Pfleger Hans Haller. Auch ich schwieg weiter.

Zwei Wochen später hatten die ersten vier Häuser Licht, und nach zwei weiteren Wochen waren die übrigen mit Photovoltaik ausgestattet.
Immer wieder fragte ich mich, welchen Grund der Feldwebel hätte haben können, Kolb zu töten.
Er war bei der »Apokalypse«-Aufführung zornig geworden. Vermutlich hatte er aus Unverständnis Hass empfunden. Doch niemand wünschte sich, dass der Feldwebel uns verließ.

Fotografie und Erinnerung

Gerade das Allergewöhnlichste zu fotografieren erschien mir von Anfang an am wichtigsten: Menschen. Ihre Gesichter. Ihr Befinden. Aber auch Tiere: Schmetterlinge, Vögel, Schnecken, Maulwürfe, außerdem Wolkenformationen, Gestein, Pflanzen … vom Sonnenlicht durchschienene Blätter … und nicht zuletzt die stumme Schwarzweißwelt der Schatten. Ich empfand die digitale Fotografie mit ihren augenblicklichen Verdoppelungen der Wirklichkeit auf dem Display wie ein für mich gemachtes »Vergangenheitsspiel«, denn ich erinnere mich sehr genau an meine Kindheit, obwohl ich weiß, dass Erinnerungen nie vollständig sind und allzu oft falsch. Sie verwandeln sich in unseren Köpfen, ob wir es wollen oder nicht. Wir werden im Leben zuerst größer, aber dann wieder kleiner. Auch unsere Augen sehen jetzt in der Nähe und aus der Entfernung schlechter. Für unsere Erinnerungen gibt es selten passende Kleider, und wenn sie den Menschen angezogen werden, wachsen sie aus ihnen heraus, oder die Kleider werden für sie zu groß. Für die Erinnerungen gibt es auch keine Brillen. So oder so verzerren sie, was wir in uns sehen. In Wahrheit sind es kürzeste Momente, die wir mit unserer Erinne-

rungskamera aufgenommen haben. Übrigens gibt es keinen Projektor in unserem Kopf, mit dem wir uns Bilder oder Filme vorspielen können. Nur Fragmente bleiben erhalten, die wir immer wieder aufs Neue zusammenfügen – entweder wird etwas Lügenhaftes daraus oder eine renovierte Ruine oder ein Puzzlespiel mit verlorenen Teilchen. Die Erinnerung ist ein Traum, ebenso wie der Traum Erinnerung ist.
Eine Fotografie ist immer ein Rettungsring für die Erinnerung. Nach dem Moment der Aufnahme verstehen wir sie schon nicht mehr, und das Nichtverstehen wird mit der Zeit immer größer und größer. Auch die Erinnerung verliert sich immer weiter in die Ferne, ebenso wie die Geschehnisse selbst. Sie ist wie ein Eisenbahnzug, der aus dem Bahnhof fährt, an dem du gerade ausgestiegen bist. Auf den Bildern erkennen wir später zumindest die Orte wieder, in denen wir sie aufgenommen haben, und je älter sie werden, desto mehr verlieren oder gewinnen sie an Wert, bis sie uns eines Tages nichts mehr oder alles bedeuten oder nur noch Schmerz sind.
Ich denke jeden Tag ans Sterben, dass mein Leben aufhört, dass ich tot bin. Ich stelle mir dann vor, wie es ist, wenn ich als Toter Fotografien von mir anschaue. Bei keinem Portraitfoto würde ich sagen: »Das bin ich.« Ich würde erschrecken, wie banal, wie spießig, ja wie lächerlich ich aussehe. Aber bei den Bildern von anderen Menschen würde ich mir einbilden, dass sie wirklich so ausgesehen hätten, als ich sie fotografiert habe … Ich habe versucht, alle Motive so festzuhalten, als handle es sich um meinen letzten Blick, den ich darauf werfe. Die Abbildungen wurden dann winzige Augenblicksatome, sie sind der Zeit enthoben und offenbaren sie zugleich.
Die Fotografie ist mehr als ein Zauberkunststück. An den Bildern erkennen wir die damalige Deutung von Geschehnissen, wie sie sich verwandelt und wie sich unsere

Erinnerungen selbst verwandeln. So gesehen sind Fotografien optische Notizbücher, optische Tagebücher.
Alte Bilder von fremden Menschen sind (trotz allem) Entdeckungen. Entdeckungen vom Gehorsam einer Zeit, der geistigen Haltung, der Oberflächlichkeit, dem Irrtum des Geschmacks, der Dummheit, der Spießbürgerlichkeit und Eitelkeit, der Not, der Qual, der Gemeinheit, Krankheit und Lächerlichkeit. Alle Posen sind durch die vergehende Zeit zum Tode verurteilt. Dennoch will ich fotografieren. Der erste Blick auf etwas Alltägliches kann wie eine mikroskopische Offenbarung sein. Ich interessiere mich nicht für die Technik der Kamera. Sie soll einfach zu bedienen sein. Alle Gebrauchsanweisungen sind quälend. Ich bringe nicht die Geduld auf, auch nur drei Zeilen einer Gebrauchsanweisung zu lesen. Ich hasse Gebrauchsanweisungen, ich werfe sie augenblicklich in den Papierkorb. Dadurch blieb mir nicht erspart, es mit »Learning by doing« zu versuchen. Irgendwie gelingt es mir dann, die Kamera zu handhaben und die Handhabung recht bald zu vergessen, das heißt, dass ich sie mehr oder weniger automatisch umsetze.
Zu meinen größten Momenten und Erfahrungen zähle ich das Fotografieren von Eisblumen auf Fensterscheiben. Ich musste jede Eisblume aufnehmen. Die Bilder altern nicht. Ein Wunder, das sich bei Schneeflocken wiederholt, aber dazu benötigt man zu viel Technik, die ich nicht beherrsche … ich blättere die Bilder durch, die ich von ihnen gemacht habe. Ich färbe gewisse Nahaufnahmen wie mikroskopische Präparate am Computer und sehe Schöpfungsmaterie vor mir. Auch abstrakte Bilder von Künstlern betrachte ich als Schöpfungsmaterie. Mich kümmert nicht das Richtig oder Falsch der Lehrbücher. Ich gehe nach meinen eigenen Maßstäben vor, nach meinen Gedanken, Empfindungen, nach meinem Innenleben. Was mich nicht erreicht, existiert für

mich nicht. Ich muss es begreifen und spüren, wenn sich etwas in mir bewegen soll. Vielleicht ist alles, was ich festhalte, nur Ausschnitt einer Idiotologie, die erst erfunden werden muss. Wie ich etwas fotografiere, entscheidet sich in mir. Ich versuche dabei nur das verborgene Aussehen von Objekten und Lebewesen in einem Bild zu entdecken. Es ist wie die Übersetzung aus einer fremden Sprache in die eigene. Oft genug gelingt es mir nicht. Manche Fotografien geraten so schlecht, dass ich sie augenblicklich lösche oder das entwickelte Foto zerreiße. Andererseits habe ich auch schon Fotografien gemacht, die ich selbst nicht begreifen kann. Ich verstehe nicht, wie es mir gelang, ein bestimmtes Bild festzuhalten, das mir etwas offenbart, was ich gar nicht gesucht habe.
Manchmal gerate ich beim Aufnehmen eines einzigen Bildes außer Atem, oder ich komme ins Schwitzen. Dabei vergesse ich die Umwelt und mich selbst. Anfangs hielt ich vor allem Augenblicke oder Dinge fest, um mich besser daran erinnern zu können. Inzwischen fotografiere ich in der Hoffnung, mich selbst zu überraschen. Die Überraschungen sind, wie gesagt, winzig klein, aber sie sind für mich von Bedeutung. Ich will nichts verändern, um gefällig zu sein, sondern ich will etwas für mich sichtbar machen. Es ist etwas wie die Sprache der Gehörlosen oder die Blindenschrift. Ich bediene mich ihrer, um etwas zu verstehen, was sonst für mich im Verborgenen bliebe.
Oft nehme ich meine Kamera in den Wald mit. Eines Tages finde ich einen frisch gerissenen Hasen ohne Kopf, der vermutlich einem Hund, einem Fuchs oder einem Luchs zum Opfer gefallen ist … Dann wiederum einen Totenkopffalter. Oder ich entdecke Verrostungen an Fischwannen, die ich mit Hilfe des Computers in blühende Schönheit verwandle, Flechten auf einem Felsen, Wolkenspiegelungen auf dem Wasser, Katzen, die ihre

Augen aus Bernstein aufreißen … doch meine Gedankenreise kann ich nicht fotografieren. Die Innenbilder entstehen durch Assoziationen, durch Sprache, durch Wörter und Begriffe, die nicht zusammengehören müssen und dadurch ein geheimnisvolles Aussehen annehmen. Das sind meine Gedichte. Ich werde zum Wünschelrutengänger von Wörtern, die sich zu Bildern formen. Beim Fotografieren versuche ich hingegen, die Bilder zum Denken zu bringen, etwas wie ihr Eigenleben sichtbar zu machen. Mitunter gelingt es mir. Manchmal entdeckt man das Eigenleben eines Bildes oder die Austauschbarkeit einer Fotografie, die man für etwas Besonderes hielt, aber erst später. Die meisten Menschen fotografieren ihr Leben lang als Touristen. Auch zu Hause bleiben sie Touristen. Man erkennt keine Handschrift. Ihre Handschrift ist wie die Tastatur einer Schreibmaschine. Vor demselben Problem stehe ich jedes Mal, wenn ich zu fotografieren beginne. Ich will die Nadel im Heuhaufen finden, besser noch den Heuhaufen im Heuhaufen, in dem die Nadel steckt, obwohl es oft genug vergeblich ist. Wie alles ist auch die Fotografie widersprüchlich. Eine »gute« Fotografie kann »schlecht« sein, eine »schlechte« »gut«. Ich fotografiere die Sterne, den Mond, einen Blitz. Das Beste ist das verwackelte Blitzfoto. Es ist leicht verschwommen, so als ob man zugleich die Augen schließen will, weil das grelle Licht blendet. Man spürt sogar den folgenden Donner aus schreckhaften Kindertagen in sich.
Die Menschenfotografie ist eine Welt für sich. Man muss an jedem Portrait beteiligt sein. Man muss es in Sprache verwandeln. Wie oft ist mir das schon misslungen! Es kommt aber nicht darauf an, ob es dem Fotografierten gefällt, du selbst musst es insgeheim bewundern. Bevor du es nicht insgeheim bewundert hast, ist es nicht dein eigenes Bild. Vielleicht ist es ein gutes, aber nicht eines, mit dem du dich identifizierst. Du bist dein strengster

Richter, dein strengster Kritiker. Kritiker glauben, alles zu verstehen. Sie kennen offenbar nicht die Räume, die sich durch das Nichtverstehen öffnen. Sie verachten, was sie nicht verstehen. Sie sind schreibende Touristen der Kultur. Ich bin der erste Idiotologe. Ich studiere mich selbst, weil ich für einen Idioten gehalten werde. Manchmal ist das für mich wie eine Befreiung. Ich will nicht, dass mir jemand recht gibt. Ich will nur mich selbst ausloten. Ein Idiotologe beschreibt auch andere Menschen und die Welt, wie er sie sieht. Er ist schwach. Er widerspricht sich. Er muss sich widersprechen, das gibt ihm seine Ehre zurück. Die Menschen wollen gut, gescheit, schön, mit einem Wort, charismatisch sein – ganz ohne Widerspruch. Sie sagen vielleicht: Ich bin nicht schön, sie sagen es aber nur, um deinen Widerspruch zu hören. Wenn sie ihr Verhalten in einer bestimmten Situation selbst als dumm bezeichnen, wollen sie hören, dass sie generell nicht dumm seien. Ihnen gefällt nur eine Fotografie, die im Widerspruch zu ihren geheimen Zweifeln steht. Sie haben noch nicht mit sich abgeschlossen. Es gibt natürlich viel zu viele schlechte Portraits. Im Grunde haben die Menschen mit ihrer Kritik recht, die meisten Portraitfotografien sind armselig. Die Menschen sehen darauf einfältig aus. »Das war ich vor zwanzig Jahren« – die Person fühlt sich blamiert, wenn du nicht nickst oder sie bewunderst oder wenigstens lächelst. Du siehst vielleicht gerade einen Menschen, der längst innerlich gestorben, ausgelöscht ist. Den es vielleicht so nie gegeben hat, wie auf dieser Fotografie. Ich weiß, dass ich ein Idiot bin. Ich übertreibe nicht, das heißt: immer. Ich hasse Übertreibungen. Ich hasse mich selbst. Jetzt lüge ich.

Reisen

Reisen bedeutet für mich, neu sehen lernen. Es ist ein Abenteuer, wenn ich die Sprache des Landes nicht verstehe und mir jede Einzelheit auffällt. Das wiederholt sich auch bei den verschiedenen Religionen. Ich spüre, dass ich fremd bin – weil es doch zur Reise gehört, fremd zu sein. Ich verirre mich gerne in einer unbekannten Stadt. Noch nie bin ich deshalb in Panik geraten. Im Gegenteil, ich hatte das Gefühl, durch mein Verirren etwas Neues zu erleben. Ich bin geübt darin, nicht verstanden oder missverstanden zu werden. Missverstanden zu werden ist wesentlich schlimmer, als gar nicht verstanden zu werden, denn ein Nichtverstandener wird als hilflos betrachtet, ein Missverstandener im schlimmsten Fall als Feind. Ich liebe es, Häuser zu sehen, die es bei uns nicht gibt, oder Tiere, Pflanzen. Ich werde als Fremder behandelt, weil ich die Sprache nicht verstehe. Mir wird geholfen.
Aber ich bin noch nie gereist.
Wenn ich nicht reise, will ich reisen. Würde ich hingegen reisen, würde ich nicht reisen wollen.

Gedichte II

(»Sprachbilder«)
Atlas des Unsichtbaren
Eine Reise in die Heimat der Sprache

Die Knospen am Nussbaum sind die Sporen des Hahnes.
Aus einer Weinflasche und Spielkarten bastelt der Bäcker den Blitzableiter, der das Haus in Brand setzt.
Der Käfer nimmt den Kotflügel als Fächer.
Wer den Kuckuck schießt, muss den Ehering schlucken.

Das Flugzeug des Präsidenten landet auf der Kegelbahn.
Damals hieß der Fluss Sumpfblut.
Zu Mittag erhalten alle, die zu spät kommen, Froschköpfe.
Die Schuldirektorin fing 111 111 Fliegen in einem Sommer.
An den Wäscheleinen hängen die Unterhosen des Brautwerbers.
Ameisen im Haus bedeuten Kinder.
Küchenschaben hingegen kündigen den Tod an.
Ein Pferd im Schlafzimmer hat keine Bedeutung.
Der Ministrant zog das Messer aus dem Mesner.
In den Äckern wächst der Schierling in Guglhupfform.
Wer statt »Nusshäher« »Eichelhäher« sagt, muss die älteste Frau heiraten.
Wer den Schneider mit dem Schuster verwechselt, muss den ältesten Mann heiraten.
Der Fisch, der den Wecker verschluckt, wird verbrannt.
Der Asphalt schmilzt, sobald die Eiszapfen vom Dach hängen.
Flöhe sind das Alphabet der Katzen.
Jeder Verstorbene wird in Brennnesseln aufgebahrt.
Er fand seine alten Schlittschuhe im Misthaufen.
Da das Ehepaar nicht in die Scheidung einwilligt, beginnt Schimmel an den Wänden zu wachsen.
Mit dem Novembernebel verliert der Habicht das Federkleid.
Siehst du einen Zwerg, musst du die Krone aus Goldpapier tragen.
Siehst du aber eine Riesenschildkröte, wirst du lebendig begraben.
Alle Münzen haben Flügel und Beine.

Ein Wasserschlauch ist die Trompete der Missgunst.
Der Wahrsager muss zum Beweis seiner Fähigkeiten im Fluss ertrinken.
Nur ein Polizist darf die Kirchenuhr aufziehen.
Das Glockengeläut bedeutet die Rückkehr des Osteresels.
Ein Insektenstich veranlasst den Traumdeuter, mit den Heuschrecken zu singen.
Mähen bringt niemandem Glück.
Jauchzt du in der Wiese, musst du mit den Krähen fressen.
Vergisst du aber das Jauchzen, stechen dich die Hornissen.
Jeden Sonntag badet der Arzt im Ameisenhaufen.
Die Frau des Müllers verlor das Gleichgewicht und flog auf der Gartenkugel davon.
Wolken sind die Heimat der Regenwürmer.
Niemand besitzt ein Buch.
Plötzlich sind alle Pflanzen aus Silber.
Im Taufbecken schwimmt die Seerose.
Wer spottet, der vertrocknet.
Wer schmeichelt, der verfettet.
Wer die Wahrheit spricht, dem werden die Ohren abgeschnitten.
Wer aber lügt, darf keinen Kompass besitzen.
Ein Radfahrer glaubt, auf einer Dampfwalze zu fahren.
Jeder Hutmacher hat die Pflicht, den Klingelbeutel zu tragen.
Nur der Ornithologe versteht die Dialektworte der Dorfbewohner.
Dem Misstrauen ist der heiligste Tag des Jahres geweiht.
Das Haar wurde zum Despoten erklärt und geköpft.
Das Saatgut verwandelt den Landwirt in Stachelbeeren.

Bevor sie den Farn verbrannte, bemalte sie sich als Huhn.
Ein Schwarm Spatzen flog in die Kirche und verschwand dort für immer.
Der Kleiber schmeckt nach Rosinen, die Ratte nach verfaulten Trauben.
Das helle Grün des Frühlings bedeutet, du träumst von Milch.
Er zitterte wie Pappellaub.
Die Äcker zeigen ihre Furchen, die Salamander ihre gelben Flecken.
Der Apotheker weint.
Das Weiß der Kirschblüten wird in Stickerei verwandelt.
Teer verstopft alle Schlüssellöcher zur Nikolauszeit.
Sie trug einen Brautschleier aus Gänseblümchen und nahm die Farbe einer Zwetschge an, bevor sie vor dem Altar verschied.
Die Pilze im Wald verstrahlen Quecksilber.
Harz ist die Grundnahrung der Bewohner.
Schon im Alter von 23 Jahren verlieren sie die Zähne.
Um Wilderer abzuschrecken, tragen die Gemeindeväter Kuhhörner, die Wilderer machen sich mit Froschlaich unsichtbar.
Die Süße der Erdbeeren verführt die Kinder, in Teiche zu springen.
Äpfel sind die Lieblingsspeisen von Tomaten.
Alte Schuhe werden als Vasen verwendet, in manchen Familien als Notenständer.
Die Feder, die Füllfeder und der Bleistift sind heilig, der Kugelschreiber hingegen ist ein Gebrauchsgegenstand ohne Bedeutung.
Zu Ostern werden die Eier mit schwarzer Farbe bemalt.
Jeder darf nur eine einzige Fischgräte essen.

Aus der Geige schlüpft eine Ente.
Kein Dorfbewohner spielt besser Klavier als der Borkenkäfer.
Das aufgesagte Gedicht darf nicht länger als zwölf Stunden dauern.
Keksformen sind Armbänder der Marienkäfer.
Hagel wird mit Flugzeugen bekämpft, die von Blitzen getroffen am Himmel verglühen.
Überall auf den Wiesen wachsen Sicherheitsnadeln und Mausefallen.
Ohne Hosenstulpen darf niemand an der Messe teilnehmen.
Die Pferdehalter werden mit Augenklappen versehen und tragen Enziane im Mund.
Alte Ruderboote werden zu Damenhüten verarbeitet.
In Heuwagen werden die Bücher zur Verbrennung geführt.
Das Kirschenkompott gilt als Redehilfe.
Obwohl die Weintraube als anarchistisch bezeichnet wird, wird ihr Saft bei der Wandlung getrunken.
Maß und Ziel sind Tarnfarben.
Der Fichtenzapfen wird als oberster Mantelknopf verwendet.
Ist die Kuh trächtig, trägt sie Tracht.
Die Baumblüte ist ein Wrackteil des versunkenen Paradieses.
In der Eisenbahn saßen als Menschen verkleidete Roboter.
Der Mann, der seine Pfeife verschluckte, wurde mumifiziert und in der Schule ausgestellt.
Am Tag der Schlittenverbrennung wird ein Karpfen vergoldet.
Der Geburt des Kindes folgt die Lampenprozession.
Jedes Hörgerät wird mit Hammer, Amboss und Steigbügel zertrümmert, jede Brille mit Hornhaut überzogen, jedes Gebiss auf Käfigstäbe für Singvögel gepflanzt.

Der Lehrer legt fest, dass dadurch der Tradition gehuldigt wird.
Ein Marder ist der beste Hofhund, sagt der Milchführer.
Ein Dachs kann der beste Dachdecker sein, entgegnet der Wirt.
Ein Huhn der beste Fernsehapparat, behauptet der Tierarzt.
Wer gescheiter ist als ein Würfel, ist ein Fahrradsattel, fügt der Fahrradmechaniker hinzu.
Zu Neujahr verkleiden sich die Männer als Affen, die Frauen als Raupen.
Das Auge der Taschenuhr passt in das Taschentuch der Hebamme.
Bei der Geburt erhält jeder Knabe einen Fingerhut, jedes Mädchen eine Freikarte für das Planetarium in der Hauptstadt.
Alle Möbel werden aus Maiskolben hergestellt.
Wer ein Moped besitzt, muss Konditor werden.
Der Pfarrer hält die Sonntagsmesse in Ballettschuhen, die Montagsmesse in einem Fuchspelz, die Dienstagsmesse als Zahnbrücke verkleidet, die Mittwochsmesse im Reitdress, die Donnerstagsmesse in niederländischer Frauentracht, die Freitagsmesse als Brieftaube, die Samstagsmesse als Taucher.
Dem Dichter wachsen Igelstacheln.
Nach dem Begräbnis ist vor dem Begräbnis.
Logik träumt, Phantasie rechnet.
Albert Einstein wurde in der Kirche aufgebahrt, bevor ihn der Bürgermeister empfing.
Die Unendlichkeit der Autokarosserie.
Als das Glashaus Feuer fing, wurde es zu Eis.
Statt Stiefel sagt man Rhabarber.
»Halt-den-Schnabel« heißt das Bestattungsunternehmen.

Mit dem Besen wird das ABC zusammengekehrt, mit dem Rechen das Einmaleins.
Er blickte auf sein Exkrement im Nachttopf, wie man einem Sarg in die Grube nachschaut.
Der Lehrer wischt die Kreideschrift mit der Staatsflagge von der Tafel.
Überall kleben Poster der Musikkapelle, aus deren Blasinstrumenten Kaninchen schlüpfen.
Jeder heimische Vogel hat ein zweites Nest.
Sprichwörter:

1. Spinnen in der Sulm
   werfen jeden Esel ulm.
2. Spinnen im Teich
   machen deine Feinde reich.
3. Spinnen am Dreikönigstag
   bedeuten einen Nachmittag.

Mit blutiger Halskrause zeigte er seinen gezogenen Zahn.
Die verschluckte Drosselfeder hilft gegen Halsschmerzen.
Im Altersheim werden chinesische Vasenmuster gemalt.
Zu Silvester wird dafür gebetet, dass alle Feinde sterben.
Er tauschte die Armbanduhr gegen ein Löschblatt.
Nach der Hochzeit wird im Dreischichtbetrieb gelästert.
Kommt es dem Brautpaar zu Ohren, muss es die Vermählung wiederholen.
Stare wecken die Bewohner mit dem Warnpfiff der Dampflokomotive.
Der Widerspruch ist das Gegenteil des Geburtstagswunsches.
Schon oxidierte der Toast der Worte im Gesäusel der Unterhaltung.
Kaum sind die Schwalben ausgeflogen, kommen die Nashörner zurück.

Der Streit beim Kartenspiel ist ein leeres Weinfass.
Wer in der Ehe betrügt, muss sich die Kirchenglocke aufsetzen.
Betrügen beide, müssen sie den Schwengel nach Rom tragen.
Es ist Brauch, dass die Braut in der Schusterei gesegnet wird, bevor sie das erste Geldstück ausgibt.
Der Bräutigam bekommt als Nachspeise den Opferstock mit Hornissen gefüllt.
Sobald die ersten Krokusse blühen, stirbt der Feuerwehrhauptmann.
Sobald die Frühlingsknotenblumen verschwunden sind, wird das letztgetaufte Kind zum Bürgermeister ernannt.
Je mehr Katzen, desto mehr Fieberblasen.
Die Realität ist okkult.
Am Muttertag werden die Ziegen beschnitten.
Ein Schaf spricht den Text der Bundeshymne.
Trifft der Bischof ein, läuten die Glockenblumen.
Der Aspergill ist der gelb blühende Weihwasserpinsel.
Gibt ein Taschenmesser den Geist auf, lebt es als Zahnstocher weiter.
Schulzeugnisse werden mit Tintenfischen gestempelt.
Die Schönheit der humpelnden Gans.
Die Schönheit des toten Feuerkäfers.
Erstaunt las der Bürgermeister, dass die Heuschrecken anfingen, eine Kirche zu bauen.
Beim Manöver des Militärs sprangen 161 Fallschirmspringerinnen auf das Kirchenkreuz des Glockenturms.
Jede Wolke wird im »Dorfbuch« aufgezeichnet und ihre Reiseroute erforscht. Im 171. Band ist eine erste Schwarzweißfotografie eingeklebt, im 284. Band eine erste Farbfotografie.

Die Frühmesse ist für Kinderspielzeug gedacht.
Das Wort Uhu ist der goldene Knopf an der Jacke des Matrosen.
Durch das Geäst sah ich den Zeppelin am Himmel stehen.
Der Dorfschreiber wurde mit Zyklamen erschlagen.
Die Kindertante erhob sich und erzählte den Schutzbefohlenen, dass ihr Liebhaber impotent sei, worauf sie ihren Segen verlangten.
Die erste Biene von der Größe eines Schäferhundes erschien am Karpfenteich vor 22 Jahren.
Der Hochzeitsfotograf wurde nach der Besteigung des Dachsteins aus der Kirche ausgeschlossen.
Über dem Eingang zum Friedhof ist »Es ist wie es ist« zu lesen.
Wenn der Schneeballstrauch blüht, friert der Schneemann.
Der Pfau ist der Vorkoster aller Speisen.
Ohne Geschmacksnerven schmeckt der Wein nach Tränen.
Salz reinigt die Schmutzwäsche.
Honig bedeutet α (Alpha) und Zucker Ω (Omega).
Im langen Musikton wird des Leidens der Salamiwürste aus Eselfleisch gedacht.
Der Staub sei mein Gott: Alles wird zu Staub.
Als er mir die Hand gab, brannten seine Fingernägel.
Der Sargmacher trägt den Strumpfbandgürtel der Friseurin.
Er verschwor sich mit dem Mond gegen die Orgel.
In den Katakomben des Bergwerks ruht der heilige Aal.
Begleitet von Böllerschüssen verkaufen die Kinder Vogelschnäbel.
Die Seifenblase des berühmten Künstlers wird mit einer Million Euro gehandelt.

Gärten sind Märchen.
Mäuse und Farnkraut ersetzen das Brathuhn.
Wenn die Spinnennetze zu groß sind, werden sie als Pferdedecken verwendet.
Der Bürgermeister verkleidete sich als Samurai, bevor er das Neue Jahr verkündete.
Der Wasserfall ist so riesig, dass ihn niemand sehen darf.
Das Kostüm der Ministerin erinnerte ihn an das Erbrochene von Schwänen.
Nach der Segnung der Konservendosen werden Vogelnester verzehrt.
Das Antlitz des Gekreuzigten ist vollkommen durchsichtig.
In tiefer Selbstvergessenheit vergaß er das Trinkgeld für die Klofrau.
Alle Pilze werden in der Hitze goldfarben.
Jeder Bauer wird aufgefordert, Brunnen zu pflanzen.
Die Umfriedung des Denkmals wird durch Säulen aus Stiefmütterchen vorgenommen.
Verlorene Rosen steckt man auf Trachtenhüte.
Der Mauersegler brachte die Nachricht, dass alle Jäger auf Nadeln gesteckt und in Vitrinen aufbewahrt werden.
Der Sternenstaub wird von Leuchtkäfern als Trugbild ausgestrahlt.
Die Leichtigkeit des Schweins.
Er schenkte seiner Frau eine Grille, die Russisch sprach.
Auf den geographischen Landkarten sind die unsichtbaren Berge, Flüsse, Seen, Meere, Orte und Städte nicht eingezeichnet.
Der posthume Gesang der Vögel als Nachruf auf die Lilie.
Wir trafen uns in den Gehörgängen des Klarinettenspielers.

Die Luftspiegelungen der Insekten verstörten den Radfahrer.
Nach dem Unfall wurden die Bestandteile mühevoll wieder zusammengenäht.
Der Gesang der Erzengel aus dem Unsichtbaren.
Geheimnisse und Rätsel werden jeweils vom ältesten Ministranten verwaltet.
Es war der abgestürzte Kormoran, der mich auf die Idee brachte, ihn auswendig zu lernen.
Der Pfahl im Fleisch des Sauerstoffs.
Das Laubwerk der Erinnerung verfärbte sich mit der Zeit und fiel ab.
Auf den Pfiff des Trauzeugen herrschte Windstille.
Lichte Momente werden in der Druckerpresse schwarz gefärbt.
Jeder, der sich an Gewohntem stört, muss die Flucht ergreifen.
Ihr seid Glutscheite, ihr seid regloser Dunst, ihr seid das Erzittern der Eibe, ihr seid uralte Gräber!
Das Gewicht der Sonnenuhr war ihr Untergang.
Das vergitterte Fenster im Beichtstuhl dient dem Blinden als Fechtmaske.
Nur die Nähmaschine in der Mansardenwohnung darf den Saturn anbeten.
Er las aus geöffneten Fliegenflügeln die Zukunft.
Das Ovum des Orions ist die Sternkarte.
Eine Nudelsuppe aus Stimmbändern.
Es ist der Trichter, der den Fez des Kellners leerte.
Rasch wird aus der Angelrute eine Zither.
Ein knöcherner Vogelschädel im Wappen bedeutet, dass ein Opernglas verlorenging.
»Sie sind ein Schiff mit Rädern«, tadelte der Doktor den Hund des Pfarrers.
Löwenzahn ist der Brautkranz der Wiese.

Die Zerstörung

Varroa destructor

Wir entfernten die mit Bienenwachs abgedichtete Drohnenbrut (»verdeckelte Drohnenbrut«), um die Varroa-Milbe in den Griff zu bekommen. Ihr massenhaftes Auftreten in Bienenstöcken wird als Varroose, als Bienenseuche, bezeichnet.
Die südostasiatische Varroa-Milbe sieht unter dem Mikroskop aus wie die winzige, rotbraune Missgeburt einer Krabbe. Sie hat acht Beine, deren erstes Paar mit Sinnesorganen ausgestattet ist, dazwischen befinden sich sowohl der Stech- als auch der Saugapparat.
Die Varroa-Milbe ist ein Parasit wie der Mensch. Obwohl ein Parasit angeblich danach trachtet, seinen Wirt nicht zu zerstören, ist der Mensch seit Jahrhunderten damit beschäftigt, es zu tun.
Die Milbentragödie begann mit dem Bau der Transsibirischen Eisenbahn. Ende des 19., Anfang des 20. Jahrhunderts gelangte die europäische Biene, die Apis mellifera, über Importgeschäfte nach Russland. Von Russland aus erreichte sie, wieder infolge von Importen durch Imker, über die Ukraine die chinesisch-koreanische Grenze und schließlich ganz Asien, wo sie von den Varroa-Milben befallen wurde. Von Asien kamen Apis mellifera und Varroa-Milben als Folge des zunehmenden Welthandels dann zuerst nach Südamerika und Nordafrika, hierauf nach Nordamerika, Hawaii und Neuseeland. Unterdessen hatte sich die Varroose über Russland auch in Bulgarien, in der Tschechoslowakei und in Jugoslawien ausgebreitet. 1977 wurde die Varroa-Milbe schließlich über ein Institut für Bienenkunde ungewollt aus Asien in die damalige DDR eingeflogen. Die Wissenschaftler hatten wohl aus mangelndem Wissen über die Varroose oder in der Überzeugung, sie beherrschen zu können, die Ab-

sicht gehabt, die asiatische Honigbiene (Apis cerana) mit der europäischen zu kreuzen, um mehr Honig zu ernten. Die Milbe findet bei der europäischen Biene optimale Bedingungen vor, weil die Apis mellifera bei Weibchen drei beziehungsweise bei Männchen sechs Tage länger braucht, um ihre Eier auszubrüten, als die asiatische Biene, das heißt, dass die früher ausschlüpfende Milbe sich die Brut der Apis mellifera zu eigen machen kann, nicht aber die der Apis cerana. Dauert die Brutzeit bei der Apis cerana achtzehn Tage, so benötigen die weiblichen Arbeitsbienen der europäischen Apis mellifera einundzwanzig, die männlichen Drohnen sogar vierundzwanzig Tage. Die für die europäischen Bienen verhängnisvolle Varroa-Milbe hingegen hat eine Brutzeit von zwölf beziehungsweise vierzehn Tagen und kann daher die nicht ausgeschlüpfte Brut der Apis mellifera befallen. Die weiblichen Milben, die bis zum Schlüpfen einer Biene noch nicht vollständig entwickelt und noch nicht begattet sind, überleben nicht.
Die Weibchen der Varroa-Milbe werden im Sommer bis zu drei Monate alt, im Winter sechs bis acht Monate. Sie sind ca. 1,1 Millimeter lang und 1,6 Millimeter breit, die Männchen sind nur halb so groß. Auf dem Rücken tragen die Milbenweibchen, verglichen mit den Milbenmännchen, einen besonders starken Schild, der sie schützt. Weil die männliche Drohnenbrut bei der europäischen Biene mehr als vierundzwanzig Tage dauert, ist diese achtmal so oft befallen wie die weibliche. Fortpflanzungswillige Varroa-Weibchen schlüpfen in die Drohnenbrut-Zellen, die von den Arbeitsbienen verdeckelt werden, lassen sich einschließen, beginnen an der Bienenmade zu saugen und ihre Eier abzulegen. Daraufhin erfolgt die komplette Entwicklung der Milbe von der Eiablage bis zur Begattung in der geschlossenen Brutzelle. Aus dem ersten Ei entsteht ein Männchen, aus allen weiteren ein Weibchen.

Da die Brutwaben mit Wachs verschlossen sind, ist die Bekämpfung der »Milbenseuche«, der Varroose, besonders schwierig.
Die Varroa-Parasiten sind noch vor den Neonicotinoiden, die von Menschen als Spritzmittel eingesetzt werden, der Hauptgrund für das Bienensterben. Die Milbe krallt sich am Rücken der erwachsenen Biene fest und ernährt sich von ihrem Blut. Ein Volk von 35 000 Bienen hat bis zum Herbst fünftausend Bienen mit Milbenbefall. Ein wildlebendes Bienenvolk überlebt damit höchstens dreieinhalb Jahre. Die Probleme entstehen vor allem im Herbst. Den gesamten Sommer über ernährt sich die Milbe in der Bienenbrut. Im Herbst schrumpft die Anzahl der Bienen im Stock naturgemäß auf 10 000 überwinternde Bienen. Daher wird der Varroa-Befall für sie noch schwerer zu bewältigen. Auch die durch den Varroa-Befall flugunfähig gewordenen Bienen verlassen den Stock. Immer weniger Tiere bleiben zurück. Der Befall durch die Milbe hat schließlich zur Folge, dass zwanzig bis dreißig Prozent mehr Bienen eines Stocks sterben als sonst, da der Parasit sowohl den Nachwuchs als auch die erwachsenen Insekten angreift. Etwa ein Drittel der Bienenvölker Deutschlands starben ab 1977 mehr pro Jahr als vor der Varroose, da es noch keine Behandlung gab.
Eugen zeigte mir einen Zeitungsbericht des Autors Thorsten Klapp aus dem Jahr 2000. Darin heißt es, dass in Thüringen Ende August 2000 nahezu achtzig Prozent der Völker nicht überlebt hätten. Unter bestimmten Umständen könne sich nämlich die Zahl der Milben »verhundertfachen«. Man habe Sperrgebiete eingerichtet und Bienenmagazine verbrannt. Selbst der Einsatz von Gift sei vergeblich gewesen, denn danach hätten sich die Milben weiter vermehrt.
Die von den Milben in der gemeinsamen verdeckelten (mit Bienenwachs verschlossenen) Brutzelle befallenen

heranwachsenden Bienen haben nach dem Schlüpfen nicht mehr den gleichen Entwicklungsstand wie die gesunden. Die Milben stecken sie mit dem tödlichen Flügeldeformationsvirus und krankmachenden Bakterien an. Sie verfliegen sich dann zu leicht, ihr Hinterleib ist zusätzlich verkürzt, und weitere Verhaltensstörungen treten auf, denn ihr Blut wurde ihnen, wie schon erwähnt, im Larven- und Puppenstadium zu einem großen Teil von den Milben ausgesaugt, wodurch ihre Abwehrkräfte geschwächt sind. Trotz der inzwischen permanenten Behandlung sterben immer noch zehn Prozent mehr Bienen eines Stocks als vor der Varroose. Bis 1997 seien in Süddeutschland fünfzig Prozent der Bienenvölker gestorben, las ich, allerdings seien dafür auch die besonders kalten Winter verantwortlich gewesen.

Würde ein Mensch von einer ähnlichen Milbe befallen, hätte der Parasit im Vergleich zu ihm die Größe einer Katze.

Die Bienen müssen sich das gesamte Jahr über gegen den Befall wehren. Sie können ihn riechen und die infizierte Brut mit einer Wachsschicht verdeckeln, das heißt, sie »sargen sie ein« und schaffen sie aus dem Stock. Klaus Wallner von der Bienenanstalt Hohenheim berichtet, dass »nach guter Bienensitte« starke Völker kranke und schwache ausplündern. Dabei würden die kranken Bienen ihre Milben auf die Angreifer übertragen – mit der Folge, dass nun auch starke Völker erkrankten. Daraufhin stürzten sich wiederum andere starke Völker auf die neu erkrankten und sterbenden. Die Milben seien, schreibt Wallner weiter, wie Ratten, die das sinkende Schiff verließen und sich ein neues suchten. Es gebe immer mehr Milben in immer kürzerer Zeit. Wenn der von den Bienen für ihren Nachwuchs angelegte Vorrat verbraucht ist, saugt die Milbe an der Bienenlarve ja weiter und legt nach zwei Tagen das erste unbefruchtete Ei ab. Es ist, wie gesagt, immer ein Männchen. Alle dreißig Stunden wird fortan ein neues unbefruchtetes Ei gelegt, das vom zuerst geborenen Männchen befruchtet und damit zu einem Weibchen wird. In der Zwischenzeit vermehrt sich die Milbenbrut bereits untereinander. Die Muttermilbe hat den Larven und Puppen der Bienen Wunden zugefügt, ohne die die neuen Männchen und Nymphen nicht überleben könnten, da ihnen dafür noch die Werkzeuge fehlen. Nach der Fortpflanzung verbleiben die Milbenmännchen weiter in der Brutwabe und werden zuletzt von den Arbeiterinnen beim Putzen verspeist.

Mit der Varroa-Behandlung beginnt der Imker im Herbst und immer nach der Honigernte, also im August oder September. Zuerst wird Ameisensäure eingesetzt, indem sie verdampft wird. Anfang Dezember erfolgt ein weiterer Eingriff mit Oxalsäure. Das reicht in den meisten Fällen bis zum nächsten Herbst.

Viele Jahre haben die Imker Milben mit Medikamenten bekämpft, die Rückstände im Honig zurückgelassen haben. Dennoch zählt der Honig immer noch zu den saubersten Lebensmitteln – nicht vergleichbar mit Rückständen, die im Gemüse oder Fleisch gefunden werden. Beobachtungen in der Natur haben Wissenschaftler auf die Idee einer Behandlung mit Ameisensäure gebracht. Es sei festgestellt worden, heißt es, dass ein Bienenvolk, welches sich über einem Ameisennest befunden habe, »auffallend weniger« von Milben befallen gewesen sei als andere. Vermutlich hätten sich in den Stock wandernde Ameisen gegen die Bienen wehren müssen und dabei Ameisensäure verspritzt, die die Milben auf den Bienen getötet hatten. Es gibt auch eine andere Erzählung über den Einsatz der Ameisensäure gegen die Varroa-Milbe. Ein Imker, so berichtete mein Neffe, habe bemerkt, dass Vögel zu Ameisenhaufen flögen, um sich dort mit Säure bespritzen zu lassen. Dadurch seien sie die Milben in ihrem Gefieder losgeworden. Ameisensäure ist ein natürlicher Bestandteil des Honigs, jedoch ist eine zu große Menge schädlich.

Wird zukünftig, wie man hofft, Lithium die Lösung sein?

Auch mit Hilfe eines in die Wachsplatten der Brutwabe eingebauten Heizdrahtes wird versucht, die Ausbreitung der Milbe einzudämmen, da die Brutlarve der Bienen höhere Temperaturen verträgt als die Milbe. Allerdings entwickelt sich die Drohnenlarve bei etwas tieferen Temperaturen als die Arbeiterinnenbrut, weswegen der Heizdraht entsprechend weiter von den männlichen Bienenlarven entfernt ist. Die Bienennesttemperatur beträgt im Stock 35¾ °C bis 36¾ °C für Drohnen beziehungsweise Arbeitsbienen. Die optimale Temperatur für die Entwicklung der Milben liegt zwischen 32¾ °C und 33¾ °C. Bei 36¾ °C vermindert sich die Fortpflanzung der Milben, und bei 38¾ °C sterben sie, ohne sich fortzupflanzen. Da in einer Baumhöhle, aus der die Biene ursprünglich kommt, andere Temperaturunterschiede herrschen, ist es vielleicht an der Zeit, über neue Magazine nachzudenken.

Noch immer sterben, wie gesagt, jeden Winter zwanzig bis dreißig Prozent der Bienenvölker an der Varroa-Milbe und den Neonicotinoiden. Daher werden auch vermehrt Völker aus dem »Ausland« importiert. Allein von 2005 bis 2012 stieg die Zahl der Bienenimporte bei uns um das Zehnfache.

Während ich das schreibe, frage ich mich, weshalb nicht auch die Bienen bei der Katastrophe in die Natur zurückgekehrt sind – waren sie doch bisher von den Menschen in ihren Magazinen eingesperrt worden. Ich fand keine Antwort.

Das Frühlingsbild

In der Bibliothek meines Neffen Eugen hängt ein Frühlingsbild mit blühenden Bäumen. Der weiße Tupfen jeder einzelnen Knospe ist ein Kunstwerk. Es stammt aus der Biedermeierzeit, den Namen des Malers kann ich nicht lesen. Beim Betrachten bemerkte ich, dass das Bild sich veränderte. Die Blüten vermehrten sich zunächst unmerklich, dann immer stärker, und auf den Wiesen sprießen jetzt Primeln, Gänseblümchen, Veilchen, Vergissmeinnicht und vor allem Löwenzahn. Als ich Eugen darauf aufmerksam machte, dass das Bild sich verändert habe, blickte er nur kurz auf und antwortete: »Das war alles schon da … hast du deine Tabletten eingenommen?«
Von da an schwieg ich darüber. Aber die Blüten verschwanden später gänzlich, stattdessen sprossen die Blätter, es entfalteten sich Margeriten, Glockenblumen und Hahnenfuß. Das Gras wuchs höher und höher, Schmetterlinge tauchten auf. Aus Neugierde ging ich in der Nacht in die Bibliothek und erkannte, dass es auch auf dem Bild Nacht geworden war. Ein Blitz erhellte dort den Himmel und verschwand wieder. Regentropfen glimmerten am sonnigen Morgen auf den Blättern, und am Nachmittag gewitterte es wieder. Endlich begriff ich, dass das Bild das Wetter und den jahreszeitlichen Wandel voraussagte.
Zuerst konnte ich es nicht glauben, und ich machte Eugen noch einmal darauf aufmerksam. Das Bild sei wie ein Barometer, sagte ich. Er stellte sich mit verschränkten Armen vor das Gemälde und sagte ruhig: »Es sieht aus wie immer.« Dann wandte er sich mir zu und forderte mich auf, darüber zu schweigen: »Schwöre mir, dass du mit niemandem darüber sprichst.« Ich schwor es, und er verließ geradewegs den Raum.

Ergänzung: Im Herbst verfärbten sich die Blätter auf dem Bild zu einer gelbroten Pracht. Die Schwalben hatten uns schon verlassen. Dafür hielten die Krähen Einzug. Eines Tages kam Eugens Sohn, Walter, in die Bibliothek. Seit dem »Verschwinden« seiner Mutter und seines Großvaters schwieg er zumeist. Ich fragte ihn, was ihm am Bild auffalle? Er drehte sich zu mir hin, dann zum Gemälde und wieder zu mir.
»Nichts«, antwortete er, »ich kenne das Bild seit meiner Kindheit.« Dann verließ er rasch die Bibliothek.
Hatte sein Vater ihm von meinen Fragen erzählt? Lange war ich deshalb verunsichert, bis ich am Vortag des ersten Schneefalls erkannte, dass alles auf dem Bild weiß geworden war.

Kolbs Tod

Ich schrieb gerade im Wrack des Postautobusses, als mich der Feldwebel aufsuchte. Ohne zu fragen, ob es mich störte, wollte er wissen, weshalb ich gesagt hätte, dass ich ihn und Kolb gesehen hätte, als ich über den Steinbruch »geflogen« sei. Er fände mich bemerkenswert, aber er zweifle daran, dass ich fliegen könne, schloss er in zynischem Tonfall. Ich sagte, dass ich ihn nicht zusammen mit Kolb gesehen hätte, sondern Kolbs Kleider auf einem Bagger sowie einen Lastwagen bei der Abfahrt vom Ort des Geschehens.
Der Feldwebel war inzwischen der höchstgeachtete Mann neben Eugen geworden.
Manche sagten, er habe das Licht zu uns gebracht, manche, er sei eine Lichterscheinung, andere riefen ihn sogar »Herr Licht«, »Lichtgestalt« oder »Lichtblick«. Die Verehrung kannte keine Grenzen, als Eugen im Andachtsraum die DVD »Galapagos« von David Attenborough abspielte.

Der Applaus wollte kein Ende nehmen, und als wir uns bereits zu Bett begeben wollten, spielte uns Eugen noch »Der Klaviertransport« mit Oliver Hardy und Stan Laurel vor, bei dem die beiden Möbelträger versuchen, ein Klavier in einer Holzkiste die endlos lange Steintreppe zu einem Haus hinaufzuschleppen, wobei sie ihnen immer wieder entgleitet. Die Stimmung erreichte ihren Höhepunkt, als mein Neffe mehrere Flaschen Wein öffnete.
»Es werde Licht«, rief Eugen.
Alle lachten. Aber zum Licht gehört aus Sicht der Religionen auch die »Wahrheit«.
»Von wo aus haben Sie mich im Steinbruch gesehen?«, wollte der Feldwebel, der Kaugummi kaute, jetzt von mir wissen. »Angenommen, ich behaupte, nicht dort gewesen zu sein …« – er kaute verbissen.
»Ich sage nur das, was ich gesehen habe.«
»Sie weichen mir aus …«, antwortete er in strengem Tonfall.
Jetzt wusste ich, dass er mir immer zusetzen würde und ich mich immer würde verteidigen müssen. Daher log ich, ich hätte es mit einem Feldstecher beobachtet.
»Sie besitzen einen Feldstecher?«
Mein Neffe verfüge über mehrere, antwortete ich.
»Und wo haben Sie sich damals befunden?«
Ohne es beabsichtigt zu haben, hatte ich mich auf sein Gehirn eingestellt und hörte und sah, was dort gespeichert war. Ich war darüber so verblüfft, dass ich zustimmte, ihn zu begleiten, um herauszufinden, weshalb ich mich geirrt hätte, wie der Feldwebel weiterkauend sein Angebot begründete.
Ich sah ihn jetzt mit Kolb im Lastwagen sitzen … Alois Lechner hatte ihn eingeladen, mit ihm in die Kaserne zu fahren. Als sie 140 Meter tiefer die Einfahrt zum Steinbruch erreichten, verlangte Kolb auszusteigen. Er wolle hierbleiben und über Sebastian Brants Stück »Das Nar-

renschiff«, von dem ihm Kaplan Gottlieb Ferra erzählt habe, nachdenken.
»Kenn ich nicht«, signalisierte das Gehirn des Feldwebels.
»Wohin wollen Sie denn?«, fragte der Feldwebel dann.
Kolb zeigte auf die zweithöchste Stufe des Steinbruchs, und Alois Lechner lenkte den Lastwagen hinauf.
»Hier?«, fragte der Feldwebel erstaunt.
Kolb nickte.
Es sah aus wie auf der Bühne eines antiken Freilufttheaters.
»Da können Sie nirgendwo sitzen!«, stieß Lechner argwöhnisch hervor.
Kolb rüttelte an der Tür und verlangte auszusteigen. Unwillig beugte sich der Feldwebel über ihn, öffnete die Tür und rief wütend: »Schon wieder so ein Scheißstück wie die Apokalypse?«
Kolb lief daraufhin in Panik davon, und der Feldwebel folgte ihm mit dem Lastwagen, wobei er die geöffnete Tür nicht schloss, bis er auf gleicher Höhe mit Kolb war, dann bremste er scharf. Staub hüllte den Flüchtenden ein, er verlor das Gleichgewicht, stürzte hinunter auf die nächste Abbaustufe und den dort abgestellten Bagger. Aber das konnte der Feldwebel nicht sofort sehen, er sprang aus dem Führerhaus und schaute nach unten.
»Arschloch!«, murmelte Lechner.
Kolb war bis auf seine Kleidung verschwunden.
Wie er es gewohnt war, blickte der Feldwebel sich um und stellte fest, dass niemand sonst im Steinbruch war. Daher stieg er wieder in den Lastwagen, legte den Rückwärtsgang ein, drehte am Anfang des Weges um und steuerte die Ausfahrt an.
Im selben Augenblick flog ich als Elster über den Steinbruch und erblickte den Lastwagen und Kolbs Kleidung, die auf dem Bagger lag.

»Zeigen Sie mir, was Sie behaupten, gesehen zu haben!«, herrschte mich Lechner jetzt an.
Ich antwortete nicht, und auch der Feldwebel schwieg, nur seine Kaumuskeln bewegten sich im Gesicht. Außerdem gab er Gas, bis wir die Einfahrt zum Steinbruch erreichten. Dort bremste er ruckartig und wandte sich mir zu: »Und?«
Ich hörte ihn Kaugummi kauen und sah sein Gesicht, das von Abscheu erfüllt war.
Ich zeigte auf die zweithöchste Stufe über dem Bagger, auf dem sich die Kleidung von Kolb befunden hatte. Gleichzeitig stieg ich aus und ließ die Wagentür offen.
»Als Kolb aus dem Wagen sprang«, rief ich laut, da der Motor des Lastautos noch immer lief, »ließ er die Tür offen. Er wollte über das nächste Puppenspiel nachdenken und floh vor Ihnen, weil Sie ihn wegen der Apokalypse beschimpften.«
Daraufhin lief ich auf eines der Gebäude vor dem Steinbruch zu, riss eine Tür auf, versperrte sie hinter mir und wartete. Der Lastwagen stand dort, wo ich ihn verlassen hatte, der Motor lief immer noch. Eine Weile geschah nichts. Endlich stieg der Feldwebel ganz langsam aus, blieb stehen, holte seine Pistole heraus und kam ohne Eile auf das Gebäude zu. Ich wusste, ich konnte ihn nicht aufhalten, floh aber in den Nebenraum mit Blick auf die Straße. Der Feldwebel ließ sich Zeit. Ich hatte ihn aus den Augen verloren. Er ging, vermutete ich, offenbar um die Gebäude herum, bis ich ihn wieder erblickte, wie er gerade auf mich zielte. Ich schloss so schnell mit dem Leben ab, wie ich nur konnte, um als letztes Gefühl in meinem Dasein nicht Angst zu empfinden. Der Feldwebel steckte jedoch hastig die Waffe weg, denn auf der Straße hielt ein Auto an, in dem, wie ich im nächsten Augenblick sah, hinter dem Lenkrad mein Neffe saß. Ich ging sofort hinaus und hörte, als ich die beiden erreichte, wie der

Feldwebel behauptete, er habe mich gesucht. Vermutlich sei ich in eines der Häuser gelaufen.
»Was machst du?«, rief mein Neffe, als er mich sah.
Er bedankte sich bei der »Lichtgestalt« und brachte mich zurück in sein Haus. Unterwegs erzählte ich ihm, was vorgefallen sei, und fügte hinzu, dass ich meine Tabletten eingenommen hätte.
Bis wir die Gebäude erreicht hatten, hörte er mir aufmerksam zu. Wir gingen hierauf in die Bibliothek, setzten uns auf die beiden Stühle, und plötzlich brach es aus ihm heraus: »Hör auf damit!«
Er zeigte auf das Bild mit den vormals blühenden Bäumen.
»Was siehst du?«, wollte er ungeduldig wissen.
Ich sagte es ihm, aber er korrigierte mich wütend: »Es ist nach wie vor das Gemälde mit den blühenden Bäumen!«, unterbrach er mich. »Du siehst Dinge, die es nicht gibt. Meinetwegen schreib es auf, aber halte dich zurück und rede mit niemandem darüber … Du hast dir eingebildet, dass …«
»Ich habe nicht gelogen«, unterbrach ich ihn.
»Gut. Du hast alles Mögliche gesehen, aber du beschuldigst nicht den Feldwebel, einen Mord …«
»Ich habe nicht behauptet, dass es ein Mord war.«
»Sondern?«
»Es ging um den Tod von Kolb.«
»Was war mit dir und Alois Lechner?«
Auf dem Bild in der Bibliothek begann es zu regnen.
»Morgen regnet es«, warf ich ein.
Eugen wiederholte seine Frage und blickte mir starr ins Gesicht.
»Ich habe es dir unterwegs erzählt!«
»Weshalb sollte Alois mich anlügen?«, widersprach er mit plötzlich freundlicher Stimme … Er wurde unerwartet sanft, entschuldigte sich für seinen Tonfall und bat mich

um Zurückhaltung. »Wir sind eine kleine Gemeinschaft von Überlebenden«, fügte er hinzu.
Ich bemerkte, dass es aussichtslos war, weiter mit ihm darüber zu reden, und lenkte ihn ab.
»Morgen regnet es«, sagte ich wieder.
»Wieso weißt du das?«
»Ich sehe es auf dem Bild«, antwortete ich.
Er ging, ohne einen Blick darauf zu werfen und mir eine Antwort zu geben, hinaus. Tatsächlich regnete es, und Eugen wich mir die ganze Zeit aus, weil er darüber nicht sprechen wollte.

Menschen

Die ehemaligen Bewohner aus dem SOS-Kinderdorf und die zwei »Mütter« – das heißt die Aufsichts- und Erziehungsfrauen – bildeten von Anfang an eine eigene Gruppe. Liebesbeziehungen entstanden und lösten sich auf, doch alles hielt sich in Grenzen und verlief friedlich. Eines Tages bat mich eine der Heimmütter, Hedwig Moser, um einen Besuch, aber ich vergaß es. Schließlich erschien sie am Abend, als wir die Arbeit mit den Bienen hinter uns gebracht hatten, vor dem alten Postautobus. Drei oder vier Zitronenfalter begleiteten sie, sah ich durch das Seitenfenster, sie lösten sich aber gleich wieder in Luft auf. Als Hedwig an das Buswrack klopfte, verkroch ich mich aus Verlegenheit. Trotzdem trat sie ein und fand mich auf dem Boden liegend.
»Geht es Ihnen nicht gut?«, fragte sie besorgt.
Ich war noch immer in Gedanken beim Feldwebel und reagierte nicht darauf.
»Ich denke nach!«, antwortete ich abwehrend.
»Störe ich Sie beim Gebet?«

Ich überhörte die Frage und wollte meinerseits wissen, weshalb sie mich aufgesucht habe. Langsam stand ich auf.

Es stellte sich heraus, dass die SOS-Kinderdorfgruppe von Eugen das Buch »Landläufiger Tod« über meine Jugend bekommen und gelesen hatte und mich kennenlernen wollte. Ich lehnte ab, aber am nächsten Abend erschienen alle unangemeldet vor dem Buswrack. Sie brachten mir als Geschenk einen silberfarbenen Schlüsselanhänger in Form einer vergrößerten Biene mit. Bevor ich noch fragen konnte, was sie von mir wollten, erklärten sie mir, dass sie die Absicht hätten, Bücher zu verfassen, die einen Rückblick auf die Geschichte der Menschheit geben sollten. Erst nach längerem Schweigen versprach ich ihnen, einen schriftlichen Beitrag zu verfassen. Am nächsten Tag schrieb ich einen Brief an sie und legte ihn noch in derselben Nacht vor ihre Haustür.

»Ich glaube nicht«, fasste ich zusammen, »dass man die Menschheit überhaupt verstehen kann. Zu widersprüchlich sind die Spuren, die sie auf Erden hinterlassen hat. Ihre Vorstellung von Normalität und Abnormalität ist ein eigenes Buch des Widerspruchs. Die Menschheit ist schizophren und bezeichnet jeden, der sich nicht an die diffusen Normalitätsregeln hält, als ›Schizo‹. Sie hat die Sprache erfunden und die Schrift, die Mathematik, die Physik, die Chemie, die Zoologie, die Medizin, die Botanik und die Astronomie. Sie hat Gesetze aufgestellt, an die sich viele nicht gehalten haben. Sie hat die Künste, die Literatur und die Musik erfunden, die Oper oder das Kino und damit ihr wahres Wesen offenbart: ihre Liebe, ihr Liebesbedürfnis und ihre Sexualität. Gleichzeitig hat sie gemordet, geraubt, gestohlen, betrogen, gelogen, intrigiert und denunziert, unterdrückt, gehasst.« Das alles gehe aus den verschiedenen Künsten hervor und werde in diesen wirklichkeitsgetreu, beschönigend oder hass-

verzerrt dargestellt. Der Mensch ertrage die Welt nicht, wie sie sei, er brauche den Rausch, den Alkohol, die Drogen, die Hurerei – auch unter gleichen Geschlechtern – und die Betäubung, den Wachtraum. Es seien »Narrenzonen«, in denen er sich am liebsten aufhielte: im Karneval, bei Partys und Festen, bei Sportereignissen, wo man sich auch betrinken könne. Daraus habe sich eine ganze Industrie entwickelt. Die erfinderischen und genialen handwerklichen Fähigkeiten seien ein anderes Kapitel, fuhr ich in meinem Brief fort. Dazu gehörten auch die Waffen, die die Menschen für Kämpfe gegeneinander und gegen Tiere erfunden hätten, für die sogenannte »Kriegskunst«, die Jagd und Fischerei. Ihre Selbstliebe, die sie mit Schmuck ausdrückten, Bekleidung, Schönheit und Irrwitz, die Koch- und die Tanzkultur und das Machtbewusstsein in Uniformen.
»Ein weiteres Kapitel«, führte ich aus, »sind die Politik und die Wirtschaft. Die Ausbeutung und Unterwerfung anderer Menschen, der Erde, der Tiere, der Pflanzen und Mineralien.« Die Kaiser, Könige, Sultane, Häuptlinge, Diktatoren und wie sie alle hießen, und ihre Kriege, Schlachten, Eroberungen, Morde, Gefängnisse und Hinrichtungen, andererseits aber auch die geschichtlich größte Tat der Menschheit, ihre Sozialgesetze, genauso wie die elende Ausbeutung und Versklavung, müssten in jedem Buch über die Geschichte der Menschheit im Mittelpunkt stehen. Außerdem verlangte ich ein Kapitel über die Religionen und das Unbewusste. Warum habe der Mensch Gott erfunden? Gebe es ihn vielleicht doch? Und wenn es ihn gebe, weshalb bekriegten, bekehrten, verachteten die Gläubigen einander? Weshalb der Dreißigjährige Krieg zwischen Katholiken und Protestanten? Weswegen seien Schiiten und Sunniten Feinde? Der religiöse Mensch neige zum Apodiktischen, zum Unterwerfen von anderen und zur Selbstunterwerfung. Liebe und

Hass komme in ein und demselben Kopf zum Ausbruch, im gleichen Moment Bewunderung und Verachtung.
»Sind nicht alle Religionen *eine*, wie schon William Blake schreibt?« Was fehle, sei eine Geschichte der Tierheit und der Pflanzenwelt, geschrieben von Tieren und Pflanzen: ihr Leben und ihre Träume, der Mensch als Bruder, Henker, Fleischer und Kannibale. Was weiter fehle, setzte ich fort, sei eine Geschichte der Träume der Menschheit.
Die beiden letzten Bücher könnten nur von jemandem geschrieben werden, welcher der Tiersprache mächtig sei, wie Doktor Doolittle, und der Pflanzensprache, wie die Schamanen, und einem, dem sich die Träume der Menschheit offenbarten und der die Fähigkeit besitze, im Traum schreiben zu können. Für beide Bücher würde ich Anwärterinnen und Anwärter kennen, die dafür in Frage kämen. Ich selbst, schlug ich vor, könne über die Geschichte der Bienen schreiben.
Zuletzt empfahl ich eine Fahrt zur Nationalbibliothek in der Hauptstadt.
Nach meinem Brief hörte ich länger nichts mehr. Dann aber machte das Gerücht die Runde, dass die SOS-Kinderdorfgruppe tatsächlich Bücher, die mit Bildmaterial versehen sein sollten, schreiben wollte. Als Starttermin für die Arbeit wurde der erste Dezember genannt. Zum Thema Kriege, Schlachten und Waffen hatte man, wenig überraschend, den Feldwebel eingeladen, der daraufhin versprach, in das Heeresgeschichtliche Museum der Hauptstadt zu fahren und die Schlachtengemälde von Pieter Snayers zu bringen. Für die Geschichte der Tierheit und der Pflanzenwelt wurden Eugen und ich ausgewählt, ich, weil ich vermutlich die Sprache der Tiere verstünde und mit Bienen aufgewachsen sei.
Immer noch trug der Feldwebel Uniform.
Der Kaplan wurde für das Thema Religion gewonnen. Begeistert von der Imkerei, an der er teilnahm, hatte

er das Buch »Der Bien im Siebenstern« von Volker von Schintling-Horny und das Buch »Der Bien und seine wahre Aufgabe auf der Erde« von Heinrich Sannemann aus der Bibliothek Eugens gelesen und meinen Neffen überredet, sieben Stöcke in der Siebenstern-Formation, also auf den Spitzen eines siebenstrahligen imaginären Sterns, aufstellen zu dürfen, die er selbst betreuen wolle. Das erste Buch beruft sich auf den Templerorden, der die »heilige Geometrie« vom Siebenstern im Jahr 1114 nach einem Kreuzzug aus Jerusalem mitgebracht habe. Das Wissen um die »harmonischen Schwingungsenergien« der Erde sei während der letzten tausend Jahre verlorengegangen, hieß es darin, denn viele Templer-Baumeister hätten zwar nach diesem Prinzip den Bau der gotischen Kathedralen (zum Beispiel in Chartres) gestaltet, aber ansonsten nicht für die Weiterverbreitung der Lehre gesorgt. Vor allem sei das Buch, so betonte der Kaplan, für ihn wichtig geworden, weil darin geschrieben stehe, wie man die Varroa-Seuche ohne chemische Hilfsmittel beenden könne. Die Siebenstern-Betriebsweise sei nicht auf Gewinn ausgerichtet, sondern auf die Stärkung des Biens und damit die Harmonisierung der Umwelt. »Die Galaxien bergen Freunde und Helfer, und Engel sind auf Erden gesandt«, heiße es wörtlich, »alles Dunkle verschwindet dann auf Erden. Es wird nur noch Licht, Glück und Harmonie unter den Menschen sein.«

Da ich am Morgen wieder an der durch den Sonnenstrahl ausgelösten Migräne gelitten hatte, sah ich sofort die Lichterscheinung vor meinem inneren Auge. Später entdeckte ich in dem Buch »Die Engel von Paul Klee« den »Engel im Werden«. Er sah wie das blendende Licht in meinem Kopf aus, das ich zu hassen begonnen hatte, obwohl ich nicht hassen will.

Noch am selben Tag suchte ich die Patientin Lisha auf, die mit ihren Eltern aus Syrien nach Österreich geflohen

war und im »Haus der Künstler« anfangs nur tagsüber und jeden zweiten Tag gemalt hatte. Aber am Tag bevor das Unglück seinen Lauf nahm, war sie zum ersten Mal auch in der Nacht bei uns im »Haus der Künstler« geblieben und hatte deshalb überlebt. Sie weinte oft und musste von Frau Dr. Schäfer und der Schwester Alice Schweizer getröstet und versorgt werden. Lisha lag noch im Bett, aber die Krankenschwester erlaubte mir, sie zu besuchen. Das Haus, in dem sie jetzt wohnte, hatte ich bisher noch nicht betreten. Ich setzte mich auf einen Stuhl. Sie hatte gerade etwas notiert, das Heft und den Kugelschreiber hielt sie noch in ihren Händen.
»Ich komme wegen der Träume zu dir, die du zeichnest und aufschreibst.«
Sie sah mich nicht an und sagte nichts.
Endlich antwortete sie, dass in ihrem neuen Haus keine Träume seien.
Ich erklärte ihr, dass sie sich mit Träumen befasse und ich sie fragen wolle, ob sie an einem Buch mitarbeiten wolle.
Wieder schwieg sie.
Ich versuchte es noch einmal mit einer anders gestellten Frage. Ob sie wisse, was die Menschen träumten? Zum Beispiel in China, in Syrien, in Amerika?
Sie schwieg.
Oder kenne sie nur die eigenen Träume?, ergänzte ich.
»Alle!«, sagte sie.
»Alle, das ist zu viel!«
»Alle«, wiederholte sie.
»Auch indische Träume? Oder afrikanische?«
Sie nickte.
Ich erzählte ihr daraufhin, was die Gruppe des SOS-Kinderdorfes vorhatte, und erklärte ihr, dass ich die Geschichte der Tierheit übernehmen würde. Ob sie selbst daran interessiert sei, über die Träume zu schreiben?

Lisha nickte. Plötzlich drehte sie sich zu mir, und es brach aus ihr heraus: »Ich habe gelernt, im Traum zu schreiben. Zuerst träumte ich nur, dass ich im Traum alles aufschreiben könnte, darauf verlangte ich ein dickes Notizheft, das mir meine Eltern zusammen mit einem Stift besorgten, nahm beides vor dem Einschlafen in die Hände und wartete. Von da an hörte ich jedoch auf zu träumen. Nach etwa einem halben Jahr träumte ich endlich wieder und in der nächsten Nacht abermals und so fort, daher beschloss ich, es noch einmal mit dem Notizbuch und dem Stift zu versuchen. Als ich am nächsten Morgen erwachte und den Traum notieren wollte, sah ich, dass das gesamte Notizbuch mit meiner Schrift bedeckt war. Ich hatte in dem halben Jahr, in dem ich gemeint hatte, nicht geträumt zu haben, alle meine Träume bereits im Schlaf festgehalten. Meine Schrift war allerdings schwer zu entziffern, ich musste dafür jedes Mal mehrere Stunden aufwenden und die Seiten in ein anderes Heft übertragen. Dann entdeckte ich, dass ich im Traum begonnen hatte zu zeichnen … es waren Skizzen, die ich dann in einem zweiten Heft zu Buntstiftzeichnungen ausarbeitete. Aber ich wusste, dass ich der erste Mensch war, der im Traum zu schreiben und zu zeichnen gelernt hatte, und das nur, weil mein Wille stärker war als mein Zweifel. Anfangs entzifferte ich auch die kleinste und belangloseste Notiz. Später ließ ich sich wiederholende oder mir banal erscheinende Momente und Passagen aus.«
Sie ließ mich unter das Bett schauen, wo ich zwei Schuhschachteln sah. Ich kniete mich nieder, um sie herauszuziehen, als ich einen festen Schlag auf meinen Kopf verspürte. Irritiert stand ich auf, aber es war alles so wie vorher: Lisha lag im Bett und starrte die Wand an, ansonsten war keine andere Person im Zimmer. Als ich mich abermals niederkniete, spürte ich einen noch hef-

tigeren Schlag auf den Kopf, als hätte mich jemand mit dem Gürtel gezüchtigt, und ich bildete mir ein zu bluten. Aber das entsprach nicht den Tatsachen. Stattdessen tauchte das leuchtende Innenbild auf, das dem »Engel im Werden« ähnelte, und ich vermutete, dass er es selbst gewesen war …

Weshalb wollte er mich daran hindern, unter das Bett zu schauen? Würde ich etwas Verbotenes entdecken? Also rutschte ich diesmal mit den Beinen voraus hinein, aber während ich auf dem Rücken lag, spürte ich, dass ein Besenstiel oder etwas Ähnliches mehrfach gegen meinen Kopf gestoßen wurde. Diesmal ließ ich mich jedoch nicht davon abbringen, die Schachteln herauszuziehen, ich umklammerte sie mit meinen Unterschenkeln und nahm sie, indem ich mich aufsetzte, an mich, wobei ich neuerlich einen Schlag verspürte, der mich nach hinten fallen ließ. Lisha bückte sich rasch und riss die Schachteln zu sich auf das Bett hinauf, wo sie ihre Deckel entfernte, so dass das dicke Notizbuch mit den Heften auf ihrer Decke zu liegen kam.

»Du hast sie«, rief Lisha lachend, »ich habe mich, seit wir hier sind, vergeblich bemüht, doch jedes Mal wurde ich von jemandem geschlagen. Hast du keinen Schlag verspürt?«

»Nein.«

»Aber du hast zweimal versucht, sie an dich zu nehmen?«

»Es war dunkel, ich habe nichts gesehen«, log ich.

Inzwischen zeigte mir Lisha schon die Hefte. Zuerst die im Traum mitgeschriebenen Seiten und dann jene in der bearbeiteten Fassung, wie sie es erzählt hatte. Die bearbeiteten Hefte waren alle leer, die Originale hingegen vollständig erhalten.

Entsetzt bat mich Lisha, die Originale zu fotografieren. Ich eilte sofort zu Eugens Haus zurück, suchte eine Kamera und bat Walter, mir beim Aufnehmen zu helfen. Er hatte jedoch keine Zeit, weshalb ich mit der Kamera zu Lishas Haus zurücklief, wo gerade Schwester Alice Schweizer eingetroffen war, die sofort und mit beruhigenden Worten die Seiten zu fotografieren begann. Den Chip, sagte sie, würde sie für Lisha aufbewahren und die Kamera, sobald sie mit den Aufnahmen fertig sei, zurückbringen.

Träume

In der darauffolgenden Nacht träumte ich. Ich hieß Wilhelm Herman, obwohl ich mich nie als dieser empfunden habe. Ich kenne mich selbst nur als Franz Lindner. Diesmal aber war ich zum ersten Mal mein Pseudonym geworden. Wilhelm fand sich in einer riesengroßen Fabrikhalle für Altpapier wieder. Alles, was er wahrnahm – vom Boden hinauf bis zum Glasdach, etwa sechs oder sieben Stockwerke hoch, waren »abgelebte«, vergilbte Zeitungen aus den letzten hundert Jahren, wie er allmählich begriff. Da sie übereinandergestapelt und zu Paketen verschnürt waren, konnte er nicht entziffern, worüber sie berichteten. Die Texte auf den Zeitungsseiten, die über den Boden verstreut waren, waren zum Teil in fremden Sprachen mit unbekannten Alphabeten abgefasst. Es war Nacht, und die Zeitungen begannen, zuerst leise und dann schrill, Geräusche von sich zu geben, worauf Wilhelm herumzugehen und gegen die Stapel zu treten begann. Auf diese Weise entstand eine bizarre Musik. Nahm er eines der Blätter, die auf dem Boden lagen, in die Hand oder trat er beim Herumgehen auf sie oder gegen einen Stapel, hörte er wiederum verschiedene weibliche und männliche Stimmen monoton in verschiedenen, ihm unbekannten Sprachen Texte vorlesen …

Ich erwachte als Franz Lindner. Natürlich hing mein Traum mit dem vergangenen Tag zusammen, doch war ich mir selbst als Wilhelm Herman begegnet. Ich erzählte niemandem davon. Warum auch? Eine Woche mied ich Lisha, die Schläge gegen meinen Kopf spürte ich immer noch. Am Abend nahm ich eine Tablette, von der ich wusste, dass ich mit ihrer Hilfe traumlos schlafen würde. Und ich zog mich wieder in den Postautobus zurück, sobald die Imkerarbeit getan war.
Inzwischen hatten Gustav Reiter und Anton Pichler damit begonnen, die Häuser, die sie bewohnten, zu bemalen. Anton Pichler mit Figuren aus dem Bibelgeschehen: Noah, Jonas, dem Turmbau zu Babel und dem brennenden Dornbusch. Gustav Reiter mit Flugkörpern: Ballons, Doppeldeckerflugzeugen und Hubschraubern, aber auch mit Passagiermaschinen … Feldwebel Lechner wünschte sich sofort Kampfflieger für sein Haus, aber Gustav Reiter antwortete nicht darauf und nahm sich ein anderes Gebäude vor. Abends wurde jetzt mehr getrunken als früher, vor allem aber wurden in den Häusern die DVDs meines Neffen Eugen angeschaut. Bald brachte Feldwebel Lechner einen Lastwagen voller DVDs, CDs, aber auch Fernsehapparate und CD-Player aus einem Mediamarkt mit und beschenkte damit die Bewohner. Selbst fließendes Wasser gab es jetzt. Jeder Bewohner wusste, wem er das verdankte. Daher konnte Gustav Reiter nicht anders, als auch eine Wand mit einem Eurofighter zu bemalen, der gerade startete … Später kam noch ein Kampfhubschrauber hinzu. Obwohl es nicht wenige gab, die keinen Gefallen daran fanden, ließ man den Feldwebel gewähren, schaffte er doch Unmengen an Zigaretten und Schokolade herbei. Nur Lieferungen von Alkohol verbot ihm Eugen zunächst.
Als ich Lisha wieder aufsuchte, fand ich sie in ihre Traumbücher vertieft. Noch immer lag sie im Bett, und

die Krankenschwester beklagte sich, dass sie nicht zum Aufstehen zu bewegen sei. Ich setzte mich wieder zu ihr. Nach einer Weile, in der sie nachdachte und schrieb, sagte sie leise »danke« und schloss die Augen.

»Ich hatte einen ähnlichen Traum wie du.« Sie sprach so leise, dass ich sie kaum verstand. »Wir begegneten einander, und du erzähltest mir, was du gerade träumst, und du sprachst von dem Zeitungsarchiv in der aufgelassenen Fabrikhalle und den verschiedenen Alphabeten und den Stimmen, die Texte in verschiedenen Sprachen vorlesen. Daraufhin berichtete ich dir, was ich geträumt hatte.«

»Ich bin dir nicht begegnet und weiß nicht, woher du Kenntnis von meinem Traum hast«, widersprach ich.

»Von dir«, sagte sie bestimmt. »Auch ich erwachte in einer Fabrikhalle, deren Boden aber aus Wasser war. Auf seiner Oberfläche spiegelten sich Hunderte, Tausende Abbildungen, die in einem fort wieder verschwanden. Es dauerte einige Zeit, bis ich feststellte, dass ich zu einer Fledermaus geworden war und dass ich im Dunkeln sehen konnte. Auch mein Gehör hatte sich verfeinert. Eine riesige Fledermaus flüsterte mir zu, dass es Träume seien, die sich auf der Wasseroberfläche spiegelten. Sie wirkten auf mich bedrohlich. Als ich der Fledermaus ins Gesicht sah, erkannte ich, dass sie keine Augen hatte, sondern dass es die Läufe einer Schrotflinte waren. Ich verstummte. ›Du siehst Träume der Inder aus dem Jahr 1000‹, flüsterte die Riesenfledermaus. Erst jetzt stellte ich fest, dass ich an der Decke des Saales hing und von oben alles verkehrt sah. Nicht nur ich, sondern Hunderte, vielleicht Tausende Fledermäuse hingen ebenso mit den Köpfen nach unten. Tag und Nacht sah ich die Angstträume indischer Kinder, Frauen und Männer, Babys und Greise. Ich schlief ein und träumte weiter die Angstträume der Europäer, der Nord- und Südamerikaner,

der Afrikaner, der Asiaten und der Australier. Sie waren wie Stummfilme in Schwarzweiß mit Slapstick-Einlagen. Menschen zogen anderen Menschen die Haut vom Leib, sie schnitten ihnen die Augen aus und die Zungen ab, die Lippen, die Ohren, sie machten aus ihren Häuptern Schrumpfköpfe.«
Eine Stunde sprach sie weiter, mit geschlossenen Augen, als würde sie gerade erst träumen.

Walter und zwei chinesische Kleinwüchsige

Immer wieder streichelte Walter seinen Hund Gazpacho, und immer wieder tröstete ihn das Tier, indem es sich an ihn schmiegte oder seine Hand leckte. Während der Arbeit an den Bienenstöcken war Walter stumm. Wenn ich ihn etwas fragte, schüttelte er den Kopf, oder er nickte. Walter aß wenig, saß herum und starrte auf den Boden, den Tisch, auf einen Baum. Nur bei der Arbeit erwachte er zum Leben. Freiwillig nahm er am Ausbau des Siebenstern-Bienenprojekts von Gottlieb teil, und von seinem Vater Eugen hatte er in den letzten Wochen das Autofahren gelernt.
»Ich bring dich zum Postautobus«, sagte Walter nach getaner Arbeit. »Wir nehmen den Wagen meines Vaters.«
Überrascht nahm ich den Imkerhut ab und legte ihn auf den Rücksitz neben den seinen. Während der Fahrt bemühte er sich, alles richtig zu machen. Er bremste nicht jäh, er verschaltete sich nicht, gab nicht zu wenig oder zu viel Gas und wirkte konzentriert.
»Wenn ich nicht meine Mutter und meinen Großvater verloren hätte, wäre ich glücklich«, sagte er plötzlich. »Ich liebe die Stille … Ich habe eine Freundin … sie wohnt in der SOS-Kinderdorfgruppe … Agnes … aber sie weiß

noch nicht, dass sie meine Freundin ist … ich habe es ihr nicht gesagt und bin unentschlossen, ob ich überhaupt mit ihr darüber sprechen soll.«

Ich bemerkte, dass er nicht zum Wrack des Postautobusses, sondern in die Gegenrichtung fuhr, sagte jedoch nichts. Wie gewohnt wichen wir den Wracks der Last- und Personenwagen auf der Straße aus, auch den umgestürzten Motor- und Fahrrädern. Ich erzählte ihm von meinem Abenteuer mit dem Feldwebel, und ich bemerkte, dass er ihn ebenso wenig mochte wie ich. Allmählich erreichten wir die Weingärten, einen kleinen, unberührten Badesee mit Holzhäuschen an den Ufern und die Weinbauschule, bis ich bemerkte, dass er auf das Kloster zusteuerte. Dort ging er mir voraus in die eindrucksvolle Bibliothek. Währenddessen erklärte er mir, dass er mit Freunden aus dem SOS-Kinderdorf hierherziehen wolle. Er finde im Kloster alles, was er brauche, bis auf eine Heizung im Winter. Darüber dächten sie gerade nach.

Dann bat er mich zu warten, und bevor ich noch ein Buch herausziehen konnte, stürmten vier SOS-Kinderdorfjugendliche im schwarzen Habit der Benediktinermönche in den Saal, gefolgt von vier jungen Frauen in Überwürfen aus weißem Leintuch mit angenähten goldbemalten Pappflügeln und in weißes Leintuch gewickelten Köpfen. Sie sangen das »Hallelujah« von Leonard Cohen. Ich war so überrascht, dass ich lachte. Als ich schon glaubte, dies sei alles, traten zwei kleinwüchsige Chinesen mit großen Köpfen in den Saal. Beide – ein Mann und eine Frau – trugen jeweils eine große Tarotkarte in den Händchen, auf denen der Narr und der Tod dargestellt waren. Als die Engel das Lied zu Ende gesungen hatten, kehrte Stille ein. Die kleinwüchsige Frau trat vor und sagte in gebrochenem Englisch, dass sie die einzigen Überlebenden eines Wanderzirkusses seien. Drei Zirkuswagen seien

an einem Bahnübergang von einem Zug erfasst worden, und nur sie und ihr Mann hätten überlebt. Die Polizei habe sie zur Untersuchung in ein Krankenhaus gebracht. Das sei in der Nacht vor der großen Katastrophe mit dem gelben Nebel gewesen. Nachdem sich der gelbe Nebel gelichtet habe, hätten sie sich in eines der Autos auf der Straße gesetzt und nach einer längeren Fahrt zufällig das Kloster erreicht. Ich erfuhr, dass die SOS-Kinderdorfjugendlichen im Kloster bleiben und Theaterstücke einstudieren und aufführen wollten.
Zuletzt traten die beiden chinesischen Kleinwüchsigen mit ihrer Zirkusnummer auf. Sie waren noch vor unserer Begegnung von einer der Jugendlichen bemalt worden, was ich erst sehen konnte, als sie ihre Mäntel ausgezogen hatten und nackt vor uns standen. Zuerst bildeten sie, mit ihren bemalten Körpern ineinander verschlungen und aufeinanderliegend, ein Chamäleon, das heißt ein einziges Wesen, das ein riesiges, vollendetes Chamäleon darstellte. Walter war begeistert. Seine Trauer hatte sich aufgelöst, seit er den beiden Artisten begegnet war.
Plötzlich hatte ich das Bedürfnis, nach Hause zu fahren. Ich sagte es. Daraufhin zogen sich alle bis auf die beiden chinesischen Artisten um, und wir gelangten gemeinsam mit einem Kleinbus zurück.
Walter hatte Agnes zu sich auf den Vordersitz eingeladen. Sie trug noch immer das weiße Gewand mit den goldenen Flügeln.
Den Traum, den ich in der folgenden Nacht hatte, erzählte ich Lisha. Ich saß im Kardinalsgewand in einer großen Kirche und war umgeben von Hunderten Feuerkäfern, die gleichfalls Kardinäle waren. Ein Feuersalamander in gelb-schwarzem Ornat war offensichtlich der Papst, verstand ich. Begleitet von zwei Alpensalamandern im gewöhnlichen Schwarz der einfachen Priester, war er in die Kirche getreten.

Die Wände waren mit Fresken bemalt, auf denen weitere Salamander mit Flügeln dargestellt waren, woraus ich schloss, dass es sich um Engel handelte. Der Papst, sah ich jetzt, war so alt, dass er keine Zähne mehr hatte. Während die beiden Alpensalamander niederknieten und mit gesenkten Köpfen auf den Boden starrten, begann der Papst auf Lateinisch zu beten und hörte Tag und Nacht nicht mehr auf. Da ich nicht in Latein unterrichtet worden war, floh ich nach unendlich langer Zeit in einen der schwarzen Beichtstühle, wo ein Alpensalamander die Rede des Papstes übersetzte. Im dunklen Beichtstuhl schilderte der Priester gerade, auf welche Weise die Menschen ihren Schöpfer auf Erden hingerichtet hätten. Zufällig war ich vor meinem Traum auf der Toilette gewesen und hatte festgestellt, dass es 4 Uhr 31 gewesen war. Als ich aus dem Traum erwachte und das Leuchtziffernblatt erblickte, war es erst 4 Uhr 32 Uhr gewesen.

Lisha war aufgebracht, als ich ihr mitteilte, dass mein Traum nur eine Minute gedauert habe, obwohl ich geträumt hätte, es seien mehrere Tage und Nächte vergangen. Sie sagte, dass es im Traum keine Zeit gebe. Wir hielten uns beim Träumen in einem anderen Universum auf, in dem wir parallel zu unserem existierten.

Honigschleudern

Schon im Juni beginnen wir mit dem Honigschleudern. Es ist ein Vorgang, der kultischen Charakter hat. Ich habe früher bei meinem Vater Honig im »Handbetrieb« über ein Kurbelrad geschleudert. Eugen hatte dafür längst schon eine Maschine. Die Schleuder ist ein zylinderförmiges Gefäß von etwa einem Meter Höhe, das auf drei Beinen steht. Darin befindet sich der sogenannte Korb,

in den die Waben eingesetzt werden, und darüber der Auslaufhahn.
Zuerst müssen die Honigwaben entdeckelt werden, das heißt, dass die Wachsschicht, mit der die Bienen die Honigzellen verschlossen haben, entfernt wird. Je nach Menge der Rahmen geschieht das mit einem Handwerkszeug, dem Entdeckelungshobel mit integrierter Entdeckelungsgabel, oder einer Entdeckelungswalze über dem Tisch. Eugen schneidet das Wachs mit einem elektrisch beheizten Entdeckelungsmesser über der Wabe ab. In die Schleuder kann man 24 Waben hängen, die von der Maschine automatisch gewendet werden, so dass der Honig in beide Richtungen ausgeschleudert wird. Er rinnt wunderbar sanft durch ein Sieb in den Honigbehälter und wird sodann noch einmal gesiebt, um ihn frei von Wachsteilchen und Bienenresten zu halten.
»Wir werden die Anzahl der Bienenstöcke vergrößern«, sagte Eugen. »Hilfst du mir?«

Ein kurzer Rückblick

Wir hatten das Winterbild von Bruegel mit den drei Jägern anstelle des Frühlingsbildes in der Bibliothek aufgehängt, das Frühlingsbild hingegen in meinem Schlafzimmer, damit ich weiter das Wetter voraussagen konnte.
Malia und Kira durften im Gästezimmer von Eugen leben, und als der Schnee geschmolzen war, fingen wir mit der Ameisensäurebehandlung der Bienenschwärme und damit der Bekämpfung der Varroa-Milbe an. Zu Sommerbeginn hatte schon das Drohnenbrutschneiden stattgefunden, weil sich dann die meisten Milben befruchten. Erst dann wurde die Ameisensäure »verdunstet«. Außerdem werden sogenannte Brutableger herangezogen. »Kunstschwärme«, die der Imker aus gesunden Bienen

bildet, sollen die verlorengegangenen Völker ersetzen. Das Beträufeln der Bienentraube mit Oxalsäure würde – wie vorgesehen – in der Adventszeit erfolgen.
Walter hatte sich inzwischen mit seinem Vater ausgesprochen, dass er mit einigen Jugendlichen des SOS-Kinderdorfs in das Kloster ziehen wolle. Eugen hatte ihm widersprochen und ihn beschworen zu bleiben. Schließlich hatten sie sich darauf geeinigt, die kleinwüchsigen Chinesen in das Gemeindeamt im Dorf aufzunehmen und im Frühjahr den Sitzungssaal für die Proben zu verwenden.
Es schneite so stark, dass wir uns die meiste Zeit um die Tiere in den Magazinen und Ställen kümmern mussten und Eugen immer wieder als Tierarzt gefragt war. Der Feldwebel organisierte aus der Kaserne und aus dem Gemeindeamt Traktoren zur Schneeräumung, und die Jugendlichen reinigten die Wege mit Schaufeln. Mein ehemaliger Mitpatient Maori aber war zum Begleiter des Feldwebels geworden. Er liebte die Fahrten zur Kaserne und den Aufenthalt dort. Zur Überraschung aller hatte Oberarzt Dr. Brantner eine »Arztpraxis« oder »Ordination«, wie wir sagten, eröffnet, die der frühere Gemeindearzt betrieben hatte, und sich aus der Apotheke des Nachbarortes Medikamente beschafft. War er früher der heimliche Geliebte von Alice Schweizer gewesen, so traten sie jetzt als Paar auf und lebten zusammen. Anfangs waren sie sich infolge ihrer familiären Verluste, erzählte man, aus dem Weg gegangen, doch hatten sie wieder zusammengefunden, und der Oberarzt hatte mit dem Trinken aufgehört. Er machte sogar tägliche Visiten bei seinen Patienten und suchte mich schon am ersten Tag auf. Ich sah, dass er an Gewicht zugenommen hatte und dass er, als Eugen ihn zum Mittagessen einlud, viel aß ... Anschließend präparierten beide, gegen die Kälte dick vermummt, Schneeflocken und zeigten sie mir im

Mikroskop. Besonders Malia, die Suppe, Dosengulasch und Kartoffeln gekocht und Pudding zubereitet hatte, war so begeistert, dass sie Kira rief, um auch sie durch das Mikroskop blicken zu lassen. Der Feldwebel hatte einen Globus, Legospielzeug und Winnie-Puuh-Figuren für sie besorgt, und sie durfte Walt-Disney-Filme ansehen – »Schneewittchen« und »Alice im Wunderland« –, aber auch »Tim und Struppi«. Kira stand auf einem eilig herbeigeholten Sessel, sie wollte wissen, ob Schneeflocken auch sprechen könnten.

Als ich die Frage bejahte, sagte mein Neffe, dass man sich zwar einbilden könne, sie unterhielten sich mit einem Menschen …

»… aber nur Gott versteht alle Geschöpfe«, unterbrach ihn Malia und bekreuzigte sich.

Es schneite schon wieder den dritten und vierten Tag, als mir der Maler von Heiligenbildern, Anton Pichler, anbot, mit ihm »Andrej Rubljow« von Andrei Tarkowski anzusehen. Er holte mich ab, und Eugen zeigte auch ihm die Schneeflocken unter dem Mikroskop, die Anton verstummen ließen. Ich sah, wie stolz mein Neffe war, dass er mit seinen Kenntnissen Begeisterung auslöste. Immer wieder mikroskopierte er eine neue Schneeflocke, wenn die vorhergehende sich aufgelöst hatte. Die Glasplättchen für die wundersamen Sternenformen liefen, sobald sie mit Atem in Berührung kamen, an, und die Schneeflocken verschwanden wie die verstorbenen Menschen.

Tarkowski

Endlich machten wir uns auf den Weg in eines der Häuser, in denen die SOS-Kinderdorfjugendlichen lebten, und schauten uns in der großen Wohnküche Tarkowskis »Andrej Rubljow« in zwei Teilen an. Der russische Film-

regisseur Andrei Tarkowski hatte mit den Schwarzweißbildern eine Sprache gefunden, die Innen- und Außenwelt verschmolz und die Innenwelt wie in einem durchsichtigen Briefbeschwerer aus Glas sichtbar machte. Endlich konnte ich das Werk selbst sehen, über das ich ein Buch gelesen hatte. Mein Gehirn strahlte nach beiden Richtungen aus: Ich spürte, wie es nach innen und außen pochte, wie es die Bilder und Worte in Gefühle verwandelte, die sich mit neuen Gedanken verbanden. Als ich nach dem Ende aufstand und stumm nach Hause ging, hatte ich den Eindruck, dass ich nicht mehr derselbe war wie vorher. Jeden Abend folgte ein neuer Film von Tarkowski, und draußen schneite und schneite es weiter. Ich träumte, dass in meinem Zimmer ein weißer Hase mit zwei Pfoten lebte, der immer wieder auftauchte und verschwand und sich manchmal in eine weiße Taube verwandelte, die ich gurren hörte. Ich konnte mit ihr stumm sprechen und nutzte die Gelegenheit, mehr über die Geschichte der Tierheit zu erfahren. Sie erzählte, dass der Mensch, wie sie sodann immer aufs Neue wiederholte, unheimlich sei. Er schlachte, er töte und verspeise Tiere, und andererseits liebe er sie. Doch wisse man nie, was er mit ihnen vorhabe. Daher sei es für die Tiere am besten, ihrem Instinkt nachzugeben und zu fliehen. Ich erklärte ihr, dass man über mich das Gleiche sagen könne. Ich sei nicht besser als alle anderen, ein Tierkannibale von Kindheit an und ein Honigräuber-Imker. Sie stimmte mir zu und verkroch sich, und ich schämte mich, sooft sich meine Gesprächsversuche in diese Richtung entwickelten.
Tarkowskis Filme machten meine Seele trunken. Ich wurde süchtig nach ihnen und wartete schon nach dem Frühstück auf die Abende der Vorführung. Am meisten beeindruckt hatte mich bei »Andrej Rubljow« der Anfang mit einer Ballonfahrt aus dem Jahr 1400. Es handelte sich um einen riesigen Ballon aus Tierhaut, der mit Gas

oder heißer Luft betrieben wurde. Er startete vor einem Kirchturm an einem Fluss. Tarkowksi nahm die Szene so auf, dass ich mitflog und mit abstürzte. Von da an ließ mich der Gedanke, mit einem Ballon nach Venedig oder Hamburg – jedenfalls ans Meer – zu fliegen, nicht mehr los, obwohl ich davor Angst hatte, denn meine Schwindelgefühle konnten alles zerstören. Aber war ich nicht schon als Elster geflogen? Ich offenbarte den Wunsch meinem Neffen, und der verwies mich an den Pfleger Hans Haller und seinen Gehilfen Kevin Weber, die beide Erfahrung mit Ballonfahrten hätten. Da Kevin außerdem mit den SOS-Kinderdorfjugendlichen befreundet war, war er bei der Filmvorführung von »Andrej Rubljow« dabei gewesen und hatte, wie ich mich sogleich erinnerte, bei der Ballonszene als Einziger gelacht. Ich hatte gedacht, er hätte zuvor mit jemandem gescherzt, und es gleich darauf wieder vergessen. Als ich ihn aber darauf ansprach, begann er von der Filmszene zu schwärmen, und eine Woche später berichtete er mir, dass er mit dem »Feldwebel Alois«, wie er sagte, gesprochen habe, der sofort »Feuer und Flamme« gewesen sei. Ich hasse diese Redewendung.
Die Filmszenen, in denen Wasser-Bilder zu sehen waren, gingen mir ebenfalls nicht aus dem Kopf, und sie sollten sich in anderen Filmen in den verschiedensten Varianten wiederholen. Die erste, die mir einfällt, zeigte einen von Algen dicht bewachsenen Teil eines Gewässers, in dem ein kleiner Gegenstand schwebt. Die zweite Szene, wie lehmige Flüssigkeit in klares Wasser einsickert. Das Wasser ist vielleicht das Rätselhafteste aller Elemente. Nie konnte ich mich seinem Zauber entziehen … und die Luft?, fragte ich mich … und die Erde? … und das Feuer? … widersprach ich mir und brachte mich zum Verstummen. Ich hatte recht. Wie konntest du die Wolken, die über uns schweben, vergessen?, fragte ich

mich. Das Gewitter, den Regen und den Schnee? Und wie konntest du so nachlässig sein und nicht an die Erde denken, aus der wir kommen und in die wir gehen? Und erst das Feuer! Wer begreift schon das Brennen der Wälder? Die Lava der Vulkane? Die Asche, die ein Brand zurücklässt?

Den ganzen Tag über gingen mir Gedanken durch den Kopf, vor allem aber das Ende des Films, der plötzlich ganz nahe und in allen Farben die Fresken der orthodoxen Kirche zeigte, welche der historische Andrej Rubljow gemalt hatte. Diese Bilder tauchten immer wieder vor meinem inneren Auge auf, bis Malia mir berichtete, der Feldwebel habe Kira einen dicken Spielzeugkatalog geschenkt, und ich mich daraufhin mit diesem und Kira ablenkte. Ich liebe altes Spielzeug. Ich habe manchmal sogar davon geträumt.

Am Abend sah ich bei den Jugendlichen »Nostalghia«. Diesmal war es meine Einsamkeit, die ich im Film wiedererkannte. Tarkowski hat in allen seinen Filmen die Einsamkeit in den Mittelpunkt gestellt. Die Menschen sind lebende Denkmäler der Einsamkeit, des Wahns, der Imagination. Das Wasser wird zu einem geheimnisvollen Wesen, nicht weniger, als es Tarkowskis Figuren sind, bei denen er das Unausgesprochene, das sich Entwickelnde, das Unangepasste, das sie befähigt, anders zu sehen und Verborgenes zu erkennen, in den Mittelpunkt stellt. Die Kunst ist ebenso beseelt wie die Natur. Noch im Zustand des Verfalls, der Zerstörung, des Fragmentarischen, des Abgestorbenen behalten Tarkowskis Filme das Rätselhafte, das den Betrachter irritiert und in seiner Einsamkeit und Todesgewissheit bestätigt. Bei ihm, verstand ich, ist es der Glaube der Orthodoxie, der das Rätsel, das Geheimnis, den Traum beschützt. Und es sind die Gemälde, die Musik und die Gedanken, die im Betrachter weiterleben.

Ein Mathematiker, der sich mit seiner Familie sieben Jahre in der gemeinsamen Wohnung eingesperrt hat, bis die Polizei kommt, ist eine der tragischen Figuren von »Nostalghia«. Der Weltuntergang kündigt sich an, und der Mathematiker will ihn verhindern, indem er sich gegen Ende des Films in Rom auf der Statue des Kaisers Marc Aurel selbst verbrennt.
Marc Aurel hat das berühmte Buch »Selbstbetrachtungen« verfasst, aus dem mir Dr. Johann Feilacher, unser Nervenarzt im »Haus der Künstler« in Gugging, einzelne Passagen vorgelesen hatte. Ein herzkranker russischer Schriftsteller, der auf den Spuren eines vergessenen Komponisten in Italien unterwegs ist und von Heimweh geplagt wird, erfüllt den Wunsch des toten Mathematikers nach einer Wallfahrt, indem er mit einer Kerze in der Hand durch ein sehr großes Wildwasserbad wankt. Zuletzt hockt der Schriftsteller auf dem Boden der gewaltigen Ruine eines Doms, während es zu schneien beginnt.
Auch bei uns schneite es weiter, und am nächsten Tag bebte die Erde. Dass die Dinge leben, begriff ich spätestens, als ich sie fallen, herumrollen und zerbrechen sah. Bislang hatte für mich vor allem altes Spielzeug gelebt, mit dem ich schon als Kind Gespräche führte. Es war auf eine selbstverständliche Weise beseelt. Da ich anfangs nur Spielsachen besaß, die schon meinem Vater gehört hatten, sammelte ich als Volksschüler schwarzweiße Abbildungen aus Zeitungen. Vor allem der Pfarrer, der sie überall für mich auflas, schenkte sie mir. Ich sprach in Gedanken mit den Personen der Geschichten, aus denen sie stammten, und baute sie in meine Tagträume ein. Zu Hause gab es eine Kasperl-Figur, seinen Freund Seppl, den Teufel, den Zauberer, die Hexe, den Prinzen, die Prinzessin und das Königspaar, vor allem aber das Krokodil, das mich am meisten beschäftigte. Weiters besaß ich ein

Gespenst, das mich heute an die vergrößerte Fotografie eines Insekts erinnert, ein kleines Holzpferd auf vier Rädern, das ich hinter mir herzog, einen Spielzeug-Heuwagen und zwei primitiv geschnitzte Segelboote, die Osterratsche, zwei Ritterfiguren mit langen Lanzen, einen Grafen, dessen Arme und Beine ich durch Ziehen an einer Schnur auf und ab bewegen konnte, und den Nussknacker mit einem über einen Bügel bewegbaren Unterkiefer. Auch holzgeschnitzte Flaschenstöpsel mit Köpfen besaß mein Vater. Alles andere kannte ich nur von Abbildungen – Soldaten, eine Kutsche, eine Trommel und vor allem Aufziehspielzeug: Autos, Motorradfahrer, Radfahrer mit zwei Hinterrädern, Kanonen, Flugzeuge, Kriegsschiffe und Unterseeboote, Panzer, Stoff- und später Kunststofftiere … deshalb begann ich mir vorzustellen, eine Milchkanne sei ein Munitionsturm und eine Wiesenblume eine bunte Palme. Ein Küchendeckel war eine fliegende Untertasse, der Wecker das Gesicht des »Vogelfängers«, wie ich ihn nannte, der Aschenbecher eine Krone. Oder ich zeichnete Autos und schnitt sie mit der Schere aus, und mein Vater faltete Schiffe und Segelflugzeuge aus Zeitungspapier, die schwimmen und fliegen konnten, wodurch auch die Zeitungen zu Geisterwesen wurden. Da in Walt-Disney-Filmen ohnedies alles belebt war, war es für mich ein Leichtes, auch Küchengeräte und Werkzeuge miteinzubeziehen, doch als mich mein Vater in die Imkerarbeit einwies und ich älter wurde, blieb nur das Aufziehspielzeug als Gleichnis in meinem Kopf zurück, denn ich sah jetzt die Menschen aus meiner Umgebung als Aufziehfiguren: die Bauern, den Pfarrer, den Briefträger, die Köchin, die Magd, den Anstreicher … alle machten immer und immer wieder das Gleiche, so wie es jetzt immer und immer weiter schneite.

An einem dieser Abende sahen wir auch Tarkowskis »Der Spiegel«. Zum ersten Mal waren Kaplan Gottlieb und das kleinwüchsige chinesische Paar anwesend. Es führte vor Beginn eine neue Figur vor. Wieder waren sie bemalt und so ineinander verschlungen, dass man zuerst dachte, einen einzigen Tierkörper vor sich zu haben. Er entfaltete seine Flügel zu einem Schmetterling, einem Tagpfauenauge mit den Augenflecken auf der Oberseite der Vorder- und Hinterflügel ... ein Anblick, den ich schon aus meiner Kindheit kannte. Die Grundfärbung war rostrot. Im Oktober sammelten sich Tagpfauenaugen gerne in unserem Keller und überwinterten dort. Ganz allmählich wurde aus dem Tier wieder das chinesische Paar. Alle applaudierten freudig, und nachdem sich beide umgezogen hatten, setzten sie sich zu uns. Und sofort wurden wir Zeugen weiterer Verwandlungen.

Eigentlich geschieht in diesem Film nichts und doch alles. Ein Kind erinnert sich. In die Erinnerungs- und Traumwelt dringt die Realität ein, besonders der Umstand, dass sich sein Vater von seiner Mutter getrennt hat. Die Szenen sind ruhig wie eine medizinische Untersuchung. Das beginnt schon mit den ersten Bildern. Ein Junge schaltet das Fernsehgerät aus. Die Zeit springt nahtlos weiter. Ohne Übergang ist aus dem Jungen ein Jugendlicher geworden, der an einer Sprachstörung leidet und mühsam stottert. Eine Ärztin im weißen Mantel lehrt ihn auf nahezu okkulte Weise das Sprechen. Aus dem Schwarzweißfilm wird ein Farbfilm, in dem ein kleiner Bub aus der Hängematte seine Mutter beobachtet, die auf einem Zaun sitzt. Als ein Arzt mit Halbglatze im dunklen Anzug und mit Krawatte sich zu ihr auf den Zaun setzt, um mit ihr zu flirten, bricht der Sitzbalken, und beide liegen im Gras. Die Sätze und Bilder gleichen der stummen Nacherzählung im Kopf eines Kindes. Es begreift instinktiv – nicht logisch. Die Zeit dehnt sich aus oder schrumpft zusammen, die Chronologie purzelt durcheinander. Der folgende Abschnitt kann jeweils

viele Jahre später oder viele Jahre früher spielen. Trotzdem »stimmt« die Erzählung aus assoziativen Gedanken und Bildern auf eine magisch-magnetische Weise mit jedem Satz und jedem Bild.
Tarkowski gelang mit dem Film eine neue Erzählform wie auch Buñuel mit »Ein andalusischer Hund«, welchen ich erst später sah – doch sind die beiden Filme nur in diesem Punkt vergleichbar: Beide sind wie meine Gedichte, dachte ich, und von einer beständigen Unsicherheit und Angst bestimmt. Tarkowski blendet russische Schwarzweiß-Wochenschaubilder aus dem Zweiten Weltkrieg in den Farbfilm ein. Später zeigt er die völlige Orientierungslosigkeit eines Buben, der zusammen mit anderen eine vormilitärische Ausbildung erhält. Doch die größte Rolle spielt der Wind. Er ist ein rätselhafter Faktor, der Empfindungen ausdrückt wie die Menschen, die im Film dargestellt sind. Der Wind vergeht, er weint, er erschrickt, er braust auf, er reißt an den Blättern, er wirft eine Petroleumlampe um. Er dominiert eine Handlung, die sich wie auf einzelnen beschriebenen Manuskriptseiten, unchronologisch und »vom Wind verweht«, auf der Leinwand entwickelt.
Tarkowski wirbelt das Reale so durcheinander, dass zwar kaum etwas logisch, doch alles real erscheint. In einer Szene ist der Jugendliche mit Pelzhaube in einer Winterlandschaft zu sehen, die dem Bruegel-Bild »Die Jäger im Schnee« – das jetzt in der Bibliothek hängt und vor dem ich sitze und schreibe – nachempfunden ist. Am Anfang fängt die Holzhütte vor dem Haus Feuer. Wer setzte sie in Brand? Ein Blitz? Ein Mensch? Ist es eine Folge des Krieges? Man nimmt es als Tatsache hin wie den gesamten Film. Man denkt anders, das heißt »neu«, mit. Der Film hat auch nach den mehr als vier Jahrzehnten nichts von seinem Sog verloren. Das Allerselbstverständlichste ist zum Rätsel geworden.

Das Kind erinnert sich, wie gesagt, an Handlungsfragmente, Gesprächsfetzen, einzelne Bilder – und doch stimmt alles zusammen. Es sah und hörte, wie ich selbst als Kind gesehen und gehört hatte, nur das Summen der Bienen und der Flug der Insekten am Tag fehlten. Auch in diesen Filmen gab es wieder einen Ballonflug zu sehen. Religion und Glaube spielen keine Rolle in dieser Welt, die jenseitig verklärt ist und ein Fegefeuer darstellt. Sie hat selbst etwas Okkultes, jedoch so, als ob das Okkulte eine Eigenschaft der Natur sei.
Was ich schreibe, klingt nach Kompliziertheit, nach Verwirrung. Es ist weniger mühsam, den Film als Traum zu verstehen. Tarkowski benötigt keine Formeln, keine Geschicklichkeiten, keine Taschenspielertricks. Einmal schwebt die Mutter des Jungen wie bei einem Zauberkunststück frei im Zimmer, und ein aufflatternder Vogel kommt ins Bild. Wer nach dem logischen Wie und Warum fragt, versteht die neue Sprache nicht, die Tarkowski entwickelt. Der Regisseur erzählt keinen Traum nach, er erfindet einen Traum. Er lässt die Erinnerung zum Traum werden, zeigt einen realen Traum. Wer jedoch den Film Bild für Bild, Satz für Satz wie eine eigene Erinnerung an die Kindheit erfährt, auch wenn sie anders verlaufen ist, versteht die Geschehnisse von selbst. Übrigens wirken die beiden auftretenden Arztfiguren, eine Frau und ein Mann, in ihrer Ernsthaftigkeit einfältig, was mich erleichterte. Ich lachte über den begrenzten Erkenntniswert der Psychiatrie, die zur Normalitätspolizei geworden ist, im Dienste der weltumspannenden Normalität. Im Vergleich zu den Kriegen der sogenannten Normalen sind wir »Geisteskranken« harmlos.
Ich hörte, dass nun nur noch der Film »Stalker« vorhanden sei.
Der Feldwebel hatte während der Vorführung meinen Neffen aufgesucht, von dem ich erfuhr, dass er über den

anhaltenden Schneefall und das Erdbeben besorgt war. Er befürchtete einen noch viel stärkeren Vulkanausbruch und dachte daran, unser »Dorf« zu evakuieren. Eugen erklärte mir ohne Panik und in ruhigem Tonfall, dass wir zwar siebzig Kilometer Luftlinie von den Vulkanen entfernt, aber was den Rauch betreffe, in ihrer Reichweite seien. Er müsse auch wegen der Bienen einen Plan erstellen, der eine rasche Umsiedlung ermögliche.
Ich sagte, dass ich schlafen gehen wolle, mein Kopf sei voll mit Eindrücken. Wir redeten aber weiter, bis der Feldwebel wieder eintraf und den Vorschlag machte, im Notfall in die Kaserne zu ziehen. Sie sei zwanzig Kilometer Luftlinie von uns entfernt und biete ausreichende Unterkünfte für alle. Darauf einigten sich die beiden rasch. Der Schnee stand allerdings inzwischen schon so hoch, dass eine Autofahrt in die Kaserne kaum denkbar schien, geschweige denn eine Evakuierung in ein anderes Gebiet.
»Für den Notfall haben wir Radpanzer und Schneeräumgeräte und Traktoren und Lastautos«, widersprach der Feldwebel.
Am nächsten Morgen hörte es zu schneien auf. Wir hatten die ganzen Tage mit den Bienenstöcken und Aufräumarbeiten zu tun. Die Sicht war weiterhin schlecht und der Himmel dunkelgrau verhangen.
»Wir können derzeit nicht sagen, in welchem Zustand sich die Vulkane befinden«, meinte Eugen und schlug – sollte sich die Sicht nicht bessern – vor, in den nächsten Tagen mit dem Radpanzer eine Erkundungsfahrt zu unternehmen. Darauf einigte er sich schnell mit dem Feldwebel; beide ermahnten mich, darüber zu schweigen, bis eine offizielle Entscheidung getroffen worden sei.
Für den letzten vorhandenen Film von Tarkowski – »Stalker« – war die Wohnküche zu klein geworden, und so hatten die Jugendlichen den Sitzungssaal im Gemein-

deamt mit Elektrostrahlern, die der Feldwebel organisiert hatte, notdürftig beheizt. Allerdings behielten wir die Winterkleidung an, da der Raum zu stark und schon zu lange ausgekühlt war.
Der Film beginnt in einem dunklen Haus, in dem der Stalker mit seiner kleinen Tochter und seiner Frau im Doppelbett liegt. Er empfängt an diesem Tag einen Wissenschaftler und einen Schriftsteller, die er in die gesperrte, umzäunte und von der Polizei streng bewachte »Zone« bringen soll, in der angeblich Träume wahr werden. Im Vorspann ist zu lesen: »... was es war? Der Fall eines Meteoriten? Der Besuch von Bewohnern des menschlichen Kosmos? Wie auch immer, in unserem kleinen Land entstand das Wunder aller Wunder – die ZONE. Wir schickten sofort Truppen hin. Sie kamen nicht zurück. Da umzingelten wir die ZONE mit Polizeikordons und haben wahrscheinlich recht daran getan.«
Als die drei Männer auf einer Draisine in der Zone eintreffen und bereits mehrfach auf sie geschossen wurde, stellt sich das Gebiet als zerstörte und anschließend verwilderte Landschaft heraus. Die Draisine hatten die drei Männer zuvor in einer überschwemmten Fabrikhalle gefunden.
Von da an zog mich der Film, der in Schwarzweiß gedreht war und in einen Farbfilm überging, gänzlich in seinen Bann. Er ist ein Epos der Zerbrechlichkeit. Hohes Unkraut, hohes Gras, die nackte Ruine eines modernen Baus ... dahinter in der Wiese mehrere zerstörte Militärfahrzeuge, ein Panzer. Die drei stoßen auf würfelförmige Beton- oder Holzblöcke. Bunkerreste? Dazwischen Hundspetersilie und andere Doldenblütler, höher als das hohe Gras, die wie Sträuße wirken, die weißen Blüten wie gestickt und unglaublich zart und fein inmitten des dschungelhaften Wildwuchses. In einer weiteren Ruine ein offenes Blechfass, gefüllt mit einer öligen Flüssigkeit,

in der sich der Mond spiegelt, der von einem immer größer werdenden schwarzen Fleck langsam verschlungen wird. Der Wasserfall hinter einer Chemiefabrik … ein zerstörtes Kellergewölbe …
Es muss kalt sein, denn der Professor und der Schriftsteller tragen Mäntel. Wind kommt auf, und Staubwolken entstehen und verwehen. Im stillen Wasser eine alte Injektionsspritze aus Metall und Glas, ein dazugehöriger Kolben, ein beschädigter Löffel, ein Maschinengewehr, eine Stahlfederung in Form einer langen Eisenspirale, eine Buchseite mit dem beschrifteten Bild eines bärtigen Mannes und anderes. Im Off-Text: Zitate aus den Gedichten von Tarkowskis Vater und Bibelstellen. Auf der Leinwand die Köpfe der schlafenden und erwachenden Männer, abermals Wasserspiegelungen, ein Kuckuck ruft, ein Vogel lockt eintönig, die beiden Männer lauschen den Gedanken des Stalkers, der sie über die Zone belehrt.
Ich hatte Tabletten genommen und schlief während der Vorführung erschöpft ein.
Als ich benommen erwachte, gingen gerade der Stalker, seine Frau, seine kranke Tochter und der Wolfshund am Ufer eines schmutzigen Flusses vor einem Atomkraftwerk nach Hause. Schwarzweiß- und Farbfilm wechselten jetzt wieder ab. Mir fiel auf, dass das kranke Mädchen schwieg, wie ich es immer tue. Es schwieg, wann immer es zu sehen war. Der Film wurde wieder schwarzweiß. Der Stalker liegt zu Hause auf dem Boden, er hat dem Hund Milch gegeben. Im großen Wohnraum ist ein langes Regal, das mit Büchern vollgestopft ist. Der Stalker beklagt sich über den Schriftsteller und den Professor. Das Organ für ihren Glauben sei »atrophiert«, stellt er enttäuscht fest. Es gehe ihnen nur um Geld und Preise. Die Zone hätten sie nicht begriffen. Das Unternehmen sei sinnlos gewesen. Und er selbst würde von jetzt an nie mehr dorthin gehen. Die Frau hat ihn in das Doppel-

bett gebracht und ihm eine Schale Tee gegeben. Dann bezweifelt der Stalker seine Entscheidung, die Zone nie mehr zu betreten, und schläft ein. Seine Frau setzt sich vor eine Tür aus Glasplatten und raucht eine Zigarette. Sie wendet sich an einen anonymen Betrachter – abermals übermannte mich der Schlaf.

Es muss nur sehr kurz gewesen sein, denn das schweigende Kind mit Kopftuch saß jetzt mit einem Buch am Küchentisch, starrte lange ein Glas an, das halb gefüllt war mit Tee und sich plötzlich zu bewegen begann. Ruckweise rutschte es über die Tischplatte. Auch ein zweites größeres Glas und ein Einmachglas befinden sich auf dem Tisch. Das zweite Glas schlittert weiter, bis es zu Boden fällt und zerbricht. Der Hund winselt leise. Das Mädchen hat den Kopf auf die Tischplatte gelegt und schaut scheinbar teilnahmslos die Gläser an. Einige Blütensamen schweben von der Decke herab. Das Geräusch der Draisine ist zu hören, und der Tisch wackelt, als befände er sich direkt darauf. Die Blütensamen sehen aus wie Federn. Das Mädchen blickt weiter abwesend vor sich hin. Kurz ertönt das »Freude schöner Götterfunken« von Beethoven, dann wird es dunkel.

Ich war von den letzten Szenen so ergriffen, dass ich mich beherrschen musste, nicht zu weinen. Niemand applaudierte, keiner fing zu sprechen an. Man saß vielleicht eine Minute da und schwieg.

Zu Hause lief ich in die Bibliothek und schrieb meine Eindrücke und Empfindungen nieder, so wie es hier zu lesen ist. Ich wollte kein Wort hinzufügen und auch keines streichen. Es dauerte mehrere Stunden, aber ich hatte den Film noch so vor meinen Augen, wie ich ihn gesehen hatte.

Merkwürdigerweise redeten die Bewohner der Siedlung nie darüber, obwohl es genügend Stoff dafür gegeben hätte. Auch mein Neffe, der der Aufführung beigewohnt

hatte, nickte im Auto stumm, immer und immer wieder.
Durch einen Zufall sahen wir zwei Tage später auch das »Opfer« von Andrei Tarkowski.
Es war nach vier Uhr am Nachmittag und vollständig dunkel geworden, als der Bus des Feldwebels vor unserem Haus hielt und er uns in den Gemeindesaal einlud. Diesmal nahm er selbst an der Aufführung teil. Gottlieb hatte die DVD in der Bibliothek des Pfarrhauses zwischen zwei Büchern gefunden. Sie war noch in die Kunststoffhülle eingeschweißt gewesen, vermutlich war sie ein Geschenk an den Ortsgeistlichen gewesen. Wer hatte ihm, der offenbar ein einfacher Mensch gewesen war, diesen Film zugetraut? Von Anfang an dachte ich, dass es die Volksschuldirektorin gewesen sein musste, die auch die kulturellen Geschehnisse im Gemeindesaal organisiert hatte, wie aus dem von Kaplan Gottlieb gesichteten Schriftverkehr hervorging. Ich war an diesem Tag müde, so müde wie beim Aufgewecktwerden am frühen Morgen, als ich noch ein Schulkind gewesen war. Gottlieb eröffnete die Filmvorführung mit erklärenden Worten, bei denen ich schon kurz einschlief. Alle saßen wieder in Mänteln vor dem Fernsehgerät, aber diesmal stießen sie kleine Atemwolken hervor. Daran werde ich mich, solange ich lebe, erinnern. Es sah aus, als handle es sich um ein Rauchertreffen.
Wir waren die ersten Menschen, die die Gegenwart als Vergangenheit erlebten, denn die Zeit war durch einen Dammbruch aus ihrem Stausee in die Tiefe gestürzt, und wir begannen sie erst jetzt wieder zusammenzusammeln. Es war keine Wiederholung eines bekannten Zustandes, sondern ein Neubeginn. Die Zeit musste einen neuen Weg finden und neue Stauräume erschaffen …
Tarkowskis Filme zeigten uns die Welt im Laufe ihrer Zerstörung, nicht ihre Weiterentwicklung. Am Anfang

von »Opfer« geht der Schauspieler, der einen Schauspieler spielt, mit seinem etwa sechsjährigen Sohn, den er »Jungchen« nennt, auf der schwedischen Insel Gotland am Strand spazieren und gräbt einen vertrockneten Baum ein, den er durch tägliches Gießen wiederbeleben will. Sein Sohn, der einen großen weißen Sonnenhut trägt, so dass man nur das halbe Gesicht sieht, darf nach einer Stimmbandoperation nicht sprechen, er hört zu, was sein Vater erzählt, und legt, nachdem dieser den Baum eingegraben hat, Steine um das Wurzelbeet. Der Briefträger erscheint mit dem Fahrrad und überbringt dem Schauspieler Glückwünsche zu dessen Geburtstag, den er an diesem Tag feiert. Während der Schauspieler mit seinem »Jungchen« über eine weite Wiese nach Hause aufbricht, umkreist der Briefträger die beiden mit dem Fahrrad und erklärt ihnen dabei die Bedeutung des Zwerges in Nietzsches »Also sprach Zarathustra«.

Der Film erschien mir wie ein Theaterstück, das in einer bisher unbekannten Form von Zeitlupe verfilmt worden war: Innerlich rastete ich fast aus, weil die Worte und Sätze so nahe an meinen Gedanken waren.

Die Welt schien unterzugehen, und um es zu verhindern, suchte der Schauspieler eine Wahrsagerin auf, die klarsichtiger war als er. Als der Schauspieler gegen Ende des Films Stühle aufeinanderstapelte und darüber ein weißes Leintuch legte, das er anzündete, weil er die Welt durch sein Opfer retten wollte, hatte ich das Gefühl davonlaufen zu müssen. Ungläubig sah ich zu, wie sein Holzhaus Feuer fing. Der Schauspieler humpelte in einem schwarzen Kimono auf der Wiese herum, er musste sich wohl verletzt haben. Seine Familienangehörigen liefen ihm nach und fingen ihn ein, jedoch befreite er sich wieder und wieder von ihnen, bis ein Rettungswagen über die Wiese, die mit Pfützen übersät war, fuhr, zwei Männer heraussprangen und den Schauspieler in den Wagen zu schieben versuchten. Mehrmals riss er sich los. Die Wahrsagerin wollte helfen, ihn zu befreien, sie scheiterte aber am Widerstand der Angehörigen. Schließlich stürzte die verzweifelte Familie in eine große Wasserlache, der Rettungswagen fuhr mit dem Schauspieler davon und kam am Meeresufer vorbei. Zuvor war dort der Sohn mit zwei viel zu großen, schweren Kübeln zu sehen gewesen, von denen er einen abstellte, den anderen aber zum Baum weiterschleppte und mit dem Wasser darin die Wurzeln goss. Der Rettungswagen kam, wie gesagt, vorbei, aber der »Junge«, wie er jetzt genannt wurde, bemerkte es nicht einmal. Er streckte sich auf dem Boden aus, schaute in die blattlose Baumkrone und sagte – obwohl er nicht sprechen durfte – »Am Anfang war das Wort. Warum, Papa?« Die Kamera fährt hinauf in das Geäst des Baums, durch das man auf das Meer sieht. Musik.

Ich hatte nicht alles verstanden und das Nichtverstehen wieder und wieder als zusätzlichen Reiz empfunden, weil ich mir sagte, dass ich es später vielleicht begreifen würde. Diese Gedanken hatte ich schon in der Schule gehabt, wenn ich etwas nicht verstanden hatte, fiel mir ein. Nach der Kindheit war die Schule eine lange Phase des Nichtverstehens gewesen, die ich als Teil der Realität hingenommen hatte. Hauptsächlich war es aus Gleichgültigkeit entstanden, weil ich mich für das meiste ohnehin nicht interessierte. Die Lösung der Rätsel war oft banal gewesen oder hatte nur neues Nichtverstehen und neue, noch banalere Lösungen zur Folge gehabt.

Am Ende des Films hatten sich die Rätsel in meinem Kopf von selbst aufgelöst, so als hätte ich gerade ein kompliziertes Kreuzworträtsel gelöst.

Der Kaplan hatte sich anschließend in kurzen Worten an das Publikum gewandt, dessen Atemluft nach wie vor als kleine Nebelwolken aus den Mündern aufstieg. Auch Gottliebs Worte strömten im »Rauch« aus seiner Lunge in den kalten Saal. Der Film, sagte er, übe Kritik am Materialismus der Welt, das heiße an ihrer damit verbundenen, schleichenden Zerstörung. Das drücke sich vor allem in dem zu Beginn gepflanzten toten Baum aus, der vom Sohn des Schauspielers eines Tages durch hartnäckiges Gießen wieder zum Blühen gebracht werden solle – was am Ende des Filmes auch gelinge. Es gehe um Opferbereitschaft und Spiritualität, die zusammen den Materialismus überwinden könnten.

Das Publikum verharrte in Schweigen, und als ich gerade wieder einzuschlafen drohte, meldete sich der Feldwebel zu Wort und behauptete, das Werk sei destruktiv, ein Unsinn. Besser als das eigene Haus anzuzünden, sei es, den Feind zu bekämpfen, das heiße, dessen Häuser in Brand zu setzen. Einige Jugendliche lachten und gaben ihm damit zum Teil recht. Eugen aber widersprach ihm, dass es sich nicht um einen realistischen Film handle, sondern um einen »Weckruf und Kampf der Gedankenwelten« in Form eines Albtraums.

Der Reaktorunfall in Tschernobyl, erfuhr ich weiter, hatte sich zwei Wochen vor der Premiere des Films ereignet, was ihm etwas Prophetisches verliehen und das Verständnis dafür gefördert habe.

Eugen redete während der Heimfahrt pausenlos auf mich ein und war erst zufrieden, als ich ihm recht gab.

Ich erwachte in dieser Nacht immer wieder.

Am nächsten Morgen, es war noch dunkel, suchte ich das Haus auf, in dem Lisha untergebracht war.

Sie saß mit ihrem Notizheft im Bett und schloss, als ich eintrat, die Augen.

»Du musst mir die Fähigkeit zu träumen zurückgeben!«, brach es aus mir heraus. »Ich werde nachts wach, ich bin am Tag müde und versinke in Tiefschlaf.«

Sie nickte nur, lächelte kurz und wies mich an zu gehen.

Am Himmel waren keine Sterne. Und auch kein Mond. Und am Tag darauf drang kein Sonnenlicht durch die dicke Wolkenschicht, die uns von der Welt trennte.

Die Fahrt zu den Vulkanen

Da ich bereits einmal mit Maori und einmal als Elster die Vulkanlandschaft aufgesucht und es sich gerüchteweise herumgesprochen hatte, dass ich die Sprache der Tiere übersetzen könne, durfte ich den Feldwebel, Eugen und die beiden Pfleger Hans Haller und Kevin Weber auf ihrer Erkundungsfahrt zur »Weinstraße«, wie das Gebiet genannt wurde, begleiten. Maori beschwerte sich lautstark, dass man ihn »ausgebootet« habe, und freute sich diebisch, als Kevin einen Tag vor der Abfahrt erkrankte und er auf Wunsch des Feldwebels »einberufen« wurde, wie er sagte. Da sich ansonsten niemand aufdrängte, war das in Ordnung. Schließlich hatte er auch bei unserer Fahrt zu den Vulkanen und in die Hauptstadt das Auto gelenkt. Zuerst spielte er noch den Beleidigten, gab keine Antworten und widersprach trotzig. Erst als der Feldwebel drohte, auf ihn zu verzichten, änderte er sein Verhalten. Am Morgen der Abfahrt gab es jedoch Proteste dagegen, dass ausgerechnet Eugen, der Leiter der Siedlung, uns begleiten sollte, und Dr. Christine Schäfer sprang für ihn ein. Der Feldwebel hatte für unsere Ausrüstung gesorgt: gefütterte Uniformjacken, Stiefel, gefütterte Unterwäsche, Ferngläser, Werkzeuge, Proviant und sogar Schusswaffen und Munition. Wie selbstverständlich übernahm er auch das Kommando. Bevor wir aufbrachen, verteilte er an jeden Straßen- und Landkarten des »Einsatzabschnittes«, wie er es bezeichnete. Eugen gab mir unseren Hund Gazpacho mit – »für alle Fälle«.
Eine große Schar Krähen hatte sich inzwischen vor der

Siedlung niedergelassen. Sie umschwärmten den Radpanzer, mit dem wir aufbrachen, und erfüllten die Luft mit ihrem Geschrei. Es schien, als verspotteten sie uns, aber ich verstand nur, dass sie nicht nachvollziehen konnten, weshalb wir wegfuhren, und wissen wollten, wohin. Ich log, dass ich es nicht wüsste, worauf sie protestierten.

»Haut ab! Haut ab, ihr Jägergesindel!«, vernahm ich indessen.

Der Feldwebel lenkte das Fahrzeug, der Pfleger Haller nahm den Platz neben ihm ein, während Dr. Schäfer, Maori und ich auf einer der Sitzbänke im Laderaum Platz nahmen. Von dort aus konnten wir so gut wie nichts sehen. Wir wurden auf der Fahrt hin und her geschüttelt, bis ich mich übergeben musste und der Panzerwagen anhielt, damit der Pfleger Haller den Boden aufwischen konnte. Ich kann mich daran erinnern, dass draußen alles weiß und der Himmel grau war und dass ein gestrandetes Wrack eines Lieferwagens vor uns auf der Fahrbahn lag. Gazpacho begann zu bellen. Ich sah einen Fuchs im Weiß vorwärtsspringen. Trotz der Höhe des Schnees kam er recht rasch voran. Über und hinter ihm verfolgten ihn lautstark ein anderer Schwarm Krähen, die ihn zweifellos töten und fressen wollten. Gazpacho wurde immer aufgeregter, sprang in die Höhe und bellte weiter. Der Feldwebel war ebenfalls ausgestiegen. Er blickte durch das Fernglas, wie auch der Pfleger Haller. Wir sahen aus wie ein Spähtrupp.

Maori fing zu schreien an, als der Fuchs den Waldrand erreichte und zwischen den Bäumen verschwand. Die Krähen kreischten wütend, sie ließen sich auf den Ästen der Kiefern nieder und krächzten enttäuscht. Ich verstand nur: »Scheiße!« und Schimpfwörter für den Fuchs. »Das nächste Mal kriegen wir das Stinktier, sei gewiss!« … »Ja, sei gewiss.« »Sei gewiss.«

Gazpacho hörte jetzt zu bellen auf. Er wedelte noch heftig, ich spürte seinen Schwanz gegen meine Hose klopfen. Ich erholte mich einigermaßen an der kalten Luft, aber der schwierigste Abschnitt lag noch vor uns: die »Weinstraße« mit ihren zahlreichen Kurven, die mir alles abverlangen würden.
Auf das Kommando des Feldwebels krochen wir in den Radpanzer zurück, Gazpacho nahm zwischen meinen Stiefeln Platz. Das Rütteln und Rucken, die Schwerkraft in den Kurven, das Bremsen und Gasgeben verursachten in mir wieder Übelkeit, und ich übergab mich neuerlich. Diesmal wischte ich aus Scham selbst auf.
»So kommen wir nicht weiter!«, rief der Feldwebel, der wieder stehen geblieben war und mich ziemlich ungehalten aufgefordert hatte, mit Hans Haller den Platz zu tauschen.
Gazpacho wollte nichts davon wissen, und ich hörte ihn noch eine Zeitlang im Laderaum winseln.
Der Himmel war weiterhin bleifarben, erst als wir eine Anhöhe erreichten, hellte die Wolkendecke ein wenig auf. Dann sahen wir den zweiten Fuchs. Er sprang über die schneebedeckte Straße, und der Feldwebel fuhr ihn gezielt nieder. Gazpacho bellte heftig, und ich schrie Lechner an, ob er den Verstand verloren habe.
»Nicht ich – du!«, schrie er zurück und verriss aus Zorn das Fahrzeug, so dass wir fast von der Straße abgekommen wären.
»Idiot!«, schrie er.
Daraufhin prügelte ich auf seine Schulter ein. Er hatte inzwischen angehalten und traf mit der Faust meine Nase, die sofort zu bluten anfing. Ich war so außer mir, dass ich zurückschlug und eines seiner Augen traf, das später zuschwoll. Mein nächster Schlag traf seinen Mund, und es wurde zugleich schwarz vor meinen Augen.
Als ich wieder zu mir kam, lag ich im hinteren Abteil

des Wagens, Gazpacho winselte neben mir und begann zu bellen, während ich versuchte, mich aufzurichten. Nur Maori befand sich noch im Laderaum, die beiden anderen – der Pfleger und die Ärztin – hatten inzwischen neben dem Feldwebel Platz genommen, wie Maori mir berichtete. Die Papiertaschentücher, die ich in der Hand hielt und gegen die Nase drückte, waren mit Blutflecken bedeckt. Ich ließ mir von Maori ein frisches Tuch geben und versuchte wieder aufzustehen. Obwohl ich noch benommen war, gelang es mir, und ich setzte mich auf die Bank.

»Er ist wach!«, schrie Maori.

»Ist alles o.k.?«, kam es von vorne zurück. Vermutlich hatte Haller geantwortet.

»Ja«, antwortete Maori laut.

Der Radpanzer kämpfte sich jetzt spürbar langsamer im Schnee voran.

»Warum hast du das gemacht?«, fragte mich Maori.

Er bemühte sich nicht, freundlich zu sein.

»Er hat den Fuchs mit Absicht überfahren«, gab ich zurück.

»Alois bestreitet es … und wenn: Warum kümmert es dich?«

»Es war mit Absicht!«, wiederholte ich mit unterdrückter Wut.

»Gut. Es war mit Absicht«, entgegnete Maori verächtlich … »aber wieso schlägst du auf ihn ein, während wir fahren und er hinter dem Lenkrad sitzt?«

Gazpacho begann währenddessen wieder zu bellen.

»Hör auf! Hör auf«, wandte er sich an Maori.

»Es war sinnlos«, gab ich noch immer aufgebracht zurück. »Was hat der Fuchs ihm getan?«

»Alles ist sinnlos!«, antwortete Maori trotzig und wollte sich wieder ereifern, aber ich kam ihm zuvor und verlangte, dass er den Mund hielte.

»Zuerst schlägst du auf den Fahrer ein, und dann soll ich den Mund halten, ja? So stellst du dir das also vor. Aber ich lass mir von dir nicht den Mund verbieten!«
Meine Nase schmerzte, und ich befahl laut »Aus!«.
Es war still, und daher fügte ich »tut mir leid« hinzu.
»Ja?«, brauste Maori auf, »es ist leicht, jemanden zu beleidigen und dann ›es tut mir leid‹ zu sagen.«
Ich antwortete nicht darauf, aber er fuhr fort: »Ich bin nicht dein Hund, der, wenn du ›Aus!‹ rufst, das Maul hält.«
Gazpacho bellte daraufhin wieder, und als Maori ihn mit dem Wort »Aus!« anschrie, geriet er in helle Aufregung. Erst als ich ihn aufforderte, »brav« zu sein, verstummte er, aber er blieb ganz auf Maori konzentriert. Von vorne kamen Proteste wegen des Lärms, worauf Maori rief: »Ich bin still, aber nicht wegen des Gebells oder wegen Franz.«
In meinem Kopf pochte der Schmerz.
Bevor der Streit neuerlich ausbrach, bremste der Radpanzer, und wir stiegen aus. Ich wandte mich an Gazpacho, streichelte ihn und sagte sanft: »Alles gut! Sei brav!«, bevor er mit mir ins Freie in den Schnee sprang. Dort zeigte sich der Feldwebel von der arschkriecherischen Seite und überbot sich mit kavaliersmäßiger Höflichkeit, wenn er mit der Ärztin sprach. Sein Auge war jetzt verschwollen und seine Unterlippe aufgesprungen.
»Bitte, passen Sie auf!«, sorgte er sich um Dr. Schäfer und bot ihr seinen Arm an.
Wir standen abwechselnd bis zu den Knien oder sogar bis zu den Hüften im Schnee. Jetzt erst bemerkte ich, dass ein Vulkan in der Ferne schwarzen Rauch ausstieß. Es war jedoch nicht mehr, als ich auf der Fahrt in die Hauptstadt mit Maori gesehen hatte. Der Feldwebel hatte seine Landkarte aufgeschlagen und einen Stift in drei Fingern, mit dem er einzelne Punkte markierte. Zwischen-

durch steckte er das Schreibgerät ein, schaute durch das Fernglas und ließ auch dabei die Ärztin nicht aus dem Blickfeld.
»Sehen Sie, es sind drei«, wandte er sich an sie, »die drei …«
»Ich sehe nur zwei …«, unterbrach sie ihn.
»Vorne der große … ja?«
»Ja, und links davon sehe ich auch einen …«, setzte sie fort.
»Und rechts über dem eingeschneiten Bauernhof …«
»Ach ja …«, fiel sie ihm wieder ins Wort. »Zuerst dachte ich, es rauche aus dem Kamin … aus Gewohnheit … als sei das selbstverständlich.«
»Ich habe den großen mit A bezeichnet … den linken mit B und den über dem verschneiten Bauernhof mit C«, fuhr der Feldwebel fort … »C raucht nur schwach.«
»Ich bin keine Vulkanologin, aber A ist am aktivsten … wahrscheinlich hat er das Erdbeben ausgelöst«, antwortete die Ärztin.
»Ihre Diagnose stimmt!«, schmeichelte der Feldwebel.
Wir alle – selbst Gazpacho – hörten nur zu.
»Fahren wir näher …«, schlug er vor.
»Das brauchen wir nicht … so war es auch bei unserer Fahrt in die Hauptstadt«, meldete sich Maori zu Wort.
»Es geht um das Erdbeben«, wehrte der Feldwebel ab.
»Das hat schon aufgehört«, beteuerte Maori eifrig.
Alle lachten.
Maori begriff, dass wir über seine Aussage erheitert waren, und lachte mit, um den Eindruck zu erwecken, er habe gescherzt.
Es roch nach Rauch und Verbranntem – wie damals auf dem unfreiwilligen Ausflug in die Hauptstadt.
»In der Kaserne sind wir sicher …«, meinte der Feldwebel. Er starrte weiter durch das Fernglas, als sei er mit ihm verwachsen. Da auch wir die Ferngläser an unsere

Augen pressten, sahen wir in unseren Uniformen aus wie eine neue, riesige Insektenart, die dabei war, einen Schwarm zu bilden, dachte ich. Es war die Ärztin, die entschlossen vorschlug zurückzufahren.

Maori wollte wieder »vorne sitzen«, aber sie ordnete an, dass sie selbst neben dem Feldwebel auf der vorderen Sitzbank und ich zwischen ihr und der Tür Platz nehmen sollte. Wir verzehrten erst noch den Proviant. Als wir gerade aufbrechen wollten, sprang Gazpacho plötzlich auf den Wald zu. Keiner hatte damit gerechnet, und als wir ihm folgten, war er schon verschwunden ... Ich lief ihm nach und hörte nicht auf, mich durch den Schnee zu kämpfen, bis ich den Waldrand erreichte, aber dort war der Boden unter den Bäumen ebenfalls hoch mit Schnee bedeckt. Ich sah Gazpachos Spuren vor mir und bewegte mich mühsam weiter. Eine Zeitlang rief ich seinen Namen, aber er bellte nicht wie gewohnt zurück. Nur seine Spuren waren zwischen den Bäumen zu sehen. Plötzlich krachte es unter meinen Füßen, es waren Laute, wie wenn Eis bricht. Ich zögerte kurz und trat dann den Rückweg an. Dabei vergewisserte ich mich, dass ich bereits festen Boden unter den Füßen hatte, indem ich mit dem Absatz der Stiefel in den Spuren, die ich zuvor hinterlassen hatte, scharrte. Erst als ich mir sicher war, weil ich einen großen Stein freigelegt hatte, hielt ich an und dachte nach. Der Geruch von Verbranntem lag noch immer in der Luft.

Erst jetzt fiel mir auf, dass absolute Stille herrschte. Schnee lag auf den Ästen des Mischwaldes. Nichts rührte sich. Auch von unserem Team war nichts zu sehen oder zu hören. Ich rief Maoris und Hallers Namen, dann den von Dr. Schäfer, doch erhielt ich keine Antwort. Natürlich hätte ich zurückstapfen können, aber ich wollte Gazpacho nicht verlieren. Ich überlegte kurz, wie ich an das gegenüberliegende Ufer des Teiches gelangen sollte, und hielt mich daraufhin zur Orientierung an die vorderste Reihe der Baumstämme. Immer mehr drang die Stille in mich ein, und ich hörte schließlich nur noch mein eigenes Stapfen und Keuchen. Mehrmals war ich so erschöpft, dass ich anhalten musste. Ich lehnte mich mit dem Rücken an einen Baumstamm und rang nach Luft. Obwohl es eisig kalt war, schwitzte ich. Endlich gelangte ich an das gegenüberliegende Ufer und umkreiste die gesamte Fläche, ohne eine Spur des Hundes zu entdecken. Das hieß, dass er sich vermutlich noch auf der Eisplatte befand. Er konnte allerdings bereits eingebrochen und ertrunken sein. Immer verzweifelter rief ich seinen Namen, auch weil ich hoffte, dass mir jemand von den anderen gefolgt war und mich hörte. Gazpacho konnte ja auf dem Eis kehrtgemacht haben und in unserer Spur zurückgelaufen sein, fiel mir ein. Also umkreiste ich weiter den Teich. Immer öfter stürzte ich allerdings, und immer öfter musste ich anhalten, um Luft zu schöpfen. Die Niedergeschlagenheit ging allmählich in Wut über. Die Zeit war zu einem unendlichen Moment der Verzweiflung geworden, in dem ich immer mehr von meiner Erinnerung verlor. Der gleiche Augenblick wiederholte sich, als sei er ein unsichtbares Rad, das sich in einem fort drehte und weiterdrehte. Ich fand schließlich von den Bäumen abgebrochene Äste, die ich auf einen Haufen warf, bis ich mich erschöpft auf ihn fallen ließ. Automatisch rief ich weiter Gazpachos Namen. Es wurde dämmrig. Hatte ich zuerst geschwitzt, fing ich nun langsam an zu frieren. Der Gedanke, ohne den Hund zurückzukehren, beherrschte mein Denken, doch jedes Mal empfand ich hierauf eine körperliche Schwäche, und es dauerte immer länger, bis ich wieder zu Kräften kam.

Ich schloss die Augen und starrte in ein riesiges Insektenantlitz. Ich fragte es, was es von mir wolle. Es war der Augenblick der Verzweiflung, in dem ich mich damit abfand zu erfrieren. Ich sah nur noch Insekten vor mir, die – so riesig und erschreckend ihre Köpfe und Körper auch waren – etwas von giftiger Schönheit ausstrahlten. Langsam zeigte sich so der durchsichtig-goldene Körper des über mich gekletterten Insekts, das über vier der sechs Beine jeweils einen Schild wie eine Art Kotflügel mit Stacheln hatte. Seine langen goldenen Fühler erinnerten mich an hauchdünne Bambusrohre. Über dem Kopf und zu beiden Seiten wirkten sie, als seien sie der Helm eines japanischen Samurais. Die goldenen Facettenaugen starrten mich stumm an. Ich verglich das Insekt mit einer seltsamen Schildkröte, die vielleicht so klein war, dass sie unbemerkt in einem Wassertropfen existierte. Demnach war ich jetzt viel kleiner, ging es mir durch den Kopf. Aus dem Schnee entstand unerwartet ein schuppiger weißer Käfer, der mich an ein ausgebleichtes Korallenwesen denken ließ. Der Panzer war brüchig. Die Facettenaugen glitzerten schwarz. In den beiden Vorderpfoten hielt er je einen Rasierpinsel, und seine Fühler ähnelten haarigen Teleskopspazierstöcken. Das Gebiss aus feinen, weißen und gebogenen Nadeln jedoch war furchterregend. Er pfiff. Gerade so stellte ich mir den Tod vor – als ausgebleichtes Skelett eines Käfers. Daneben sein Weibchen mit einem Panzer aus grünfleckigen Haaren und Schuppen und einem gelben Saum an den Enden der Beine. Ich konnte keinen Kontakt zu ihnen aufnehmen, sie schwiegen auf jede meiner stummen Fragen und begannen damit, mich aufzufressen. Ich spürte keinen Schmerz, ich wusste nur, dass ich tot war und verweste. Eine gelbe Wanze, die übersät war mit schwarzen Punkten und rote Fühler hatte, schwebte mit eingezogenen Beinen in meinem Mund – ich konnte sie nur schlucken und fühlen, wie sie meine Speiseröhre hinunterglitt. Währenddessen schritt eine goldgrüne Heuschrecke auf meiner Brust bis zum Kinn, sie hatte

seitlich wegstehende Augen und violett-goldene Beine – die beiden vorderen scherenförmig und mit Stacheln versehen, auf dem Kopf zwei hauchdünne lange Fühler. In den goldenen Augen bewegten sich die Pupillen, die Flügel aus goldfarbenen Zellen leuchteten. Ich dachte an eine Gottesanbeterin. Sie war die Erste, die ich verstand: »Idiot! Idiot!«, flüsterte sie mit silbriger Stimme.
Ein fetter schwarzblauer Käfer vertrieb sie. Sein Antlitz war riesengroß, der dicke Körper aus Horn. So stellte ich mir einen vollgefressenen Unteroffizier vor, mit breitem Mund, Kugelaugen, zwei aus dem Unterkiefer vorstehenden Zähnen, eingefallenen Wangen, als hätte er zu lange in eine Tuba geblasen, und links und rechts anstelle der Ohren vier Finger. Der silberne Helm auf dem Kopf war viel zu klein, wie die Kopfbedeckung eines Vierjährigen, die von einem Fünfzigjährigen getragen wird. Seine Augenkugeln waren Erbsen.
»Was willst du?«, schien er mich abweisend und misstrauisch zu fragen. »Du gehörst jetzt uns!«
Auch eine Spitzkopfzikade mischte sich ein, das Haupt wie ein endlos langer und hoher Hut eines Zauberers, goldfarben und schwarz getupft, ebenso der rufzeichenförmige Körper. Eigentlich erinnerte er mich an ein Wesen, das ursprünglich eine Flasche gewesen war, die ein Magier in ein Insekt verwandelt hatte. Im Hintergrund wartete ein Pilzkäfer von toxischer Farbe. Er war rot mit großen, runden, gelben Flecken und schwarzen Punkten, und er sagte, dass er ein Karnevalscello sei und über ein chemisches Abwehrsystem verfüge. Er habe eine giftige, geruchlich und geschmacklich ekelerregende Substanz in seinen Drüsen gespeichert und verfüge über Eigenblut, um bei seinen Feinden Angst zu erzeugen. Der Schneekäfer erschien wieder und biss mich mit seinen feinen, weißen, messerscharfen Nadelzähnen in die Nase. Ich wischte mir mit der Hand über das Gesicht, dabei spürte

ich sein weiches Fell … wie war das weiche Fell auf seinen Körper gekommen? Es war Gazpacho, sah ich jetzt, als ich die Augen aufriss und zugleich die Wahnbilder abschüttelte. Er hockte vor mir, leckte mein Gesicht und winselte. Ich umarmte ihn. Tränen traten mir aus den Augen, ich war glücklich.

Es war dunkel geworden, nur über den Bäumen dämmerte es noch. Gleichzeitig hörte ich Schüsse … vermutlich war es jemand von unserem »Spähtrupp«, dachte ich … mit größter Anstrengung schaffte ich es, aufzustehen und in die Richtung zu wanken, aus der der Schuss gekommen war. Gazpacho lief voll Eifer voraus, machte kehrt, lief zu mir zurück und sprang dann wieder in den Spuren, die wir beim ersten Mal hinterlassen hatten, davon. Wenig später tauchte das grelle Licht einer Taschenlampe in der Dunkelheit auf. Es war der Feldwebel mit geschwollenem Auge und aufgesprungenen Lippen, der mir unter die Arme griff und mich zu den anderen schleppte, die uns bereits entgegenstapften. Alle hatten die Taschenlampen eingeschaltet, Gazpacho bellte vor Freude, während der Feldwebel mich jetzt trug, und in meine Glücksgefühle mischte sich Bitterkeit, dass es gerade er gewesen war, der mich gefunden hatte.

Als wir den Radpanzer erreichten, war es Nacht. Der Feldwebel fand es sicherer, wenn wir einen Unterschlupf aufsuchten und erst bei Tagesanbruch zurückkehrten. Er schlug vor, es mit dem Bauernhof, der am Hang von Vulkan C stand, zu versuchen, weil er am nächsten war. Vorsichtig lenkte der Feldwebel den Radpanzer die tiefverschneite Straße bergab auf den Hof zu, der in geheimnisvollem Dunkel lag. Ich saß, wie zuvor eingeteilt, am Vordersitz neben der Tür, Gazpacho lag zwischen meinen Füßen. Als wir die Gebäude erreicht hatten, blieb ich im Wagen sitzen, bis das Haus beleuchtet war. Ich fühlte mich nicht wohl, die Ärztin meinte, ich solle zu

Bett gehen, und Haller räumte ein Zimmer auf, fand den Wäschekasten und überzog das Bett neu.
Natürlich schlüpfte Gazpacho zu mir unter die Daunendecke, und ich schlief augenblicklich ein. Sofort träumte ich wieder. Die Rieseninsekten, die ich bei meinem Zusammenbruch im Wald gesehen hatte, erschienen mir jetzt als Aufziehspielzeug. Ich sah mich im leeren Saal des Gemeindeamtes, der noch vom Atemnebel der Zuschauer verhangen war, auf einem Polsterstuhl sitzen und die mechanischen Figuren mich umkreisen. Angestrengt war ich bemüht, dass keine stehenblieb, und ich kam mit dem Drehen der großen, flachen Aufziehschlüssel kaum nach. Sie drehten sich, und die Geräusche, die die Federmotoren von sich gaben, wurden immer lauter.
Eine orientalische Mücke rollte heran mit dem Antlitz einer hellgrünen Bürste, die zum Nahrungsfang von Mikroorganismen diente. Sie sah von weitem aus wie eine Spinne mit sechs überlangen Beinen, als ginge sie auf Stelzen. Eine Larve mit Saugnäpfen an Bauch und Beinpaaren, auf denen sie sich fortbewegte, erschien vor mir. Ihre Fühler, die anstelle von Augen sichtbar waren, ringelten und tasteten sich in der Luft voran wie Würmer. An jedem Beinpaar war sie überdies seitlich mit großen Stacheln geschützt, so dass sie einem unbekannten beweglichen Kaktus glich. Ihr Antlitz ähnelte einem Schwein. Sofort begann sie meine Finger zu fressen. Es kamen immer mehr solcher Wesen, außerdem Fliegen, an deren Spitze ein Käfer der europäischen Bergregionen, wie man mir flüsterte, der »blaue Alpenbock, Rosalia«, vorankroch. Seine blau und schwarz gestreiften Fühler waren fast doppelt so lang wie der Körper, der vier schwarze unregelmäßige Flecken auf den gepanzerten Flügeln aufwies.
Und dann war die Luft plötzlich voll schwirrender Schmetterlinge mit stacheligen Facettenaugen und wei-

chen, langen Borsten, als sei ihr Antlitz ein einziger Bart, aus dem nur Augen und der Saugrüssel sichtbar waren. Sie erinnerten mich an die berühmten Monarchfalter, die nach ihren langen Wanderungen im Herbst von Nordamerika bis in die mexikanische Sierra Nevada gelangen und dort auf wenigen Hektar überwintern. Es sind mehrere hundert Millionen Insekten, erinnerte ich mich, und es hatte den Anschein, als wollten sie mich jetzt retten, aber ich hatte mich getäuscht, denn sie waren winzig kleine Nähmaschinen, deren Nadeln sich in meine Haut bohrten.

Am nächsten Morgen hatte ich Fieber, Frau Dr. Schäfer verabreichte mir eine Injektion, gab mir Pillen und zwang mich, eine gestrickte Wollhaube, die sie in dem Bauernhaus gefunden hatte, aufzusetzen. Zuvor hatte sie noch mein linkes Ohr mit Tropfen behandelt und es mit Watte geschlossen. Ich hatte starke Kopfschmerzen, Gazpacho wich mir nicht von der Seite, hechelte nur und ließ ab und zu seine Zunge heraushängen.

Diesmal legte man mich auf eine Bahre im Laderaum, und der Pfleger Haller kümmerte sich um mich. Der Feldwebel steuerte den Radpanzer. Dass wir, wie Haller mich aufklärte, die Spur der Herfahrt benutzten und Lechner mit geringer Geschwindigkeit fuhr, verminderte das Schütteln und Rütteln. Vor meinem inneren Auge sah ich ein Kinderzimmer, in dem die Bilder an der Wand schaukelten, Spielzeuge auf den Boden fielen und Bücher durch die Luft sausten. Ich schlief ein, ohne Traum, und erwachte erst, als wir im Tal angekommen waren und anhielten. Abermals untersuchte und behandelte mich Dr. Schäfer, dann sagte sie, dass der Feldwebel noch einen Umweg machen würde, da er dem Team den Ballonplatz zeigen wolle. Das machte mich trotz des Unbehagens und der Schmerzen neugierig. Wir erreichten den kleinen Flugplatz in nicht allzu langer Zeit, in

der ich wieder eingeschlafen war. Als wir anhielten, fiel mir auf, dass ich in eine dicke Decke gehüllt war und schwitzte.
»Er hat Fieber«, erklärte die Ärztin, aber ich fühlte mich besser.
Meine Gedanken waren allerdings zerfahren, und so schwieg ich zuerst, fragte aber dann, ob auch ich einen Blick auf die Ballons werfen dürfe.
»Wir werden sehen«, antwortete sie.
Der Feldwebel kam gerade zum Fahrzeug zurück und fuhr mich mit dem Radpanzer zur Lagerhalle, öffnete ein Tor, und ich konnte einen Blick hineinwerfen. Drei Blau in Blau gemusterte und zwei rot-weiß-rot gestreifte Ballons sah ich auf verschiedenen gerahmten Postern an den Wänden. Ich konnte nur die Poster sehen, die in der Lagerhalle hingen. Gasflaschen waren an den Wänden aufgestellt, alles schien startbereit zu sein.
»Wir werden fliegen!«, lachte der Feldwebel.
Ich konnte ihn nur noch hören.
»Etwas anderes ist undenkbar«, setzte er fort. »Aber wir müssen den Winter abwarten.«
Er trat mit seinen Stiefeln fest auf den Betonboden.
»Aber«, rief der Feldwebel und machte eine kurze Pause. »Das letzte Wort ist noch nicht gesprochen … Wir können auch mit einem Flugzeug fliegen. Ich habe vor kurzem den Pilotenschein gemacht, wie Sie wissen.«
Es gab verhaltenen Applaus, denn alles schien noch zu fern. Aber in den Köpfen begannen sich Gedanken zu regen. Ich sah die bunten Ballons »mit sechs Metern Durchmesser«, wie der Feldwebel erläuterte, hoch in der Luft … in einem der Körbe mich selbst, von Glück beseelt die Landschaft betrachtend oder vom Schrecken des Schwindelgefühls gepackt auf meine Schuhe starrend. Als Nächstes saßen wir in kleinen einmotorigen Flugzeugen, mit auf den Rücken geschnallten Fallschirmen,

während die Maschinen einen Looping in den Himmel zeichneten oder im Sturzflug unsere Eingeweide auf die Probe stellten. Dann wiederum beobachtete ich Köpfe von Insekten als Piloten mit Gliederhelmen wie in einem Science-Fiction-Film. Sie gaben fremde Laute von sich, so dass wir nicht wussten, ob es Anweisungen waren oder die Geräusche der Motoren. In meinem Kopf war alles verschneit, die Erde unter uns von Schnee bedeckt, die Welt nicht mehr der blaue Planet, sondern ein weißer, erloschener Stern.
Eine Weile rumpelten wir mit dem Radpanzer dahin, dann ein Stück bergauf, wie ich spürte. Plötzlich hielten wir an. Der Pfleger Haller informierte mich, dass wir im Klosterhof seien, um Wein zu laden, und alsbald schleppten die Männer Kisten mit klirrenden Flaschen heran, die sie rund um mich abstellten. Ich fürchtete, während der Fahrt von herabstürzenden Kisten erschlagen zu werden, aber der Pfleger beruhigte mich, dass er bei mir bleiben würde. Frau Dr. Schäfer untersuchte erneut meinen Zustand, verabreichte mir eine weitere Injektion, nachdem sie mich mit ihrem Stethoskop abgehört hatte, und ermahnte mich zu schlafen. Von der Rückfahrt blieb mir nur das fortwährende Klirren der Flaschen in Erinnerung, als sei ich ein Atom in einem Glasbehälter.

Das Schwerkraftbeben

Das Fieber hinderte mich daran, an der Versammlung unserer Gemeinschaft teilzunehmen. Walter sprang für mich ein. Er berichtete vom Feldwebel, der beantragt habe, dass wir alle in die Kaserne umziehen sollten. Dort würden wir ein vergleichsweise sorgenfreies Leben führen. Auch die Bienenstöcke könnten wir hinter der Kaserne am Waldrand aufstellen. In der Nähe befinde

sich ein Schwimmbad, das wir im Sommer wiederbeleben könnten, wie er sagte … Eugen war jedoch nicht dazu bereit. Er bestand darauf, dass die Kaserne nur eine Notlösung sei. Bevor die Vulkantätigkeit nicht deutlich zunehme, sehe er keinen Grund, mit der schwierigen Übersiedlung zu beginnen. Die übrigen Teilnehmer des Gesprächs waren unentschlossen. Als der Feldwebel erklärte, dass er sich auch um die Rottweiler in der Kaserne kümmern müsse, schlug Eugen ihm vor, sie zu uns zu bringen. Doch sei es notwendig, für jeden der Hunde einen eigenen Betreuer zu finden. Da er schon Gazpacho und Kiras Foxterrier Rafiki im Haus habe, könne er selbst kein weiteres Tier übernehmen.
Jetzt kam die Angelegenheit mit Gazpacho zur Sprache. Eugen zeigte sich betroffen über die Berichte, ich hatte ihm bisher davon nur in aller Kürze erzählt. Dr. Schäfer erklärte ihm aber, in welcher Gefahr ich mich befunden hätte. Daraufhin habe der Feldwebel das Wort ergriffen und meine »Tapferkeit«, wie er es nannte, gelobt. Doch meine Hingabe habe nichts mit Vernunft zu tun. Dem widersprach mein Neffe, der auf meine Fähigkeit, Opfer zu bringen, hinwies. Walter führte weiter aus, dass der Feldwebel sich inzwischen wegen der Rottweiler mit den Jugendlichen des SOS-Kinderdorfs in Verbindung gesetzt habe. Einer der Hunde käme für sie in Frage, ferner habe der Oberarzt zugesagt, und auch der Pfleger Haller und sein Gehilfe würden in Betracht ziehen, jeweils einen aufzunehmen. Den fünften würde der Feldwebel für sich behalten. Damit seien alle Rottweiler untergebracht.
Am nächsten Morgen, als ich erwachte, kam Eugen zu mir ins Zimmer und dankte mir wegen Gazpacho. Ich aber berichtete ihm, wie der Feldwebel den Fuchs mit Absicht überfahren habe. Eugen war konsterniert. Aber als ich die Rede auf Kolb brachte, der im Steinbruch sein Leben verloren hatte, gab er mir keine Antwort.

»Warum antwortest du nicht?«, fragte ich und konnte von einem Moment auf den anderen nicht mehr weitersprechen. Gerade hatte Malia mit Kira das Zimmer betreten, aber auch sie fielen augenblicklich in Starre. Kira hatte eine Rhinozerosfigur in der Hand, die ihr entglitt und langsam auf mich zuschwebte. Ich sah das Spielzeug vom Raum vor der Tür direkt auf mein Bett zufliegen und versuchte es abzufangen, aber ich konnte meinen Arm und die Hand nicht bewegen, so dass es über meinem Kopf gegen die Wand stieß und zurück in den Raum schwebte. Als Nächstes erreichte das Rhinozeros die Kommode, warf dort ein Glas Tee um, und die braune Flüssigkeit schwebte als fliegende Pfütze weiter. Das Glas fiel auf den Boden, sprang von dort wie ein Ball in die Höhe und zersplitterte dabei in einzelne Scherben. Inzwischen hatte das Nashorn die bemalte Vase auf dem Fensterbrett erreicht und sie aus dem Gleichgewicht gebracht, so dass sie umfiel und auf den Boden schwebte und von dort in drei Teilen wieder in den Raum zurückkehrte. Auf diese Weise entstand ein Gegenweltall, das sich vor unseren Augen entwickelte. Mein gelber Bleistift kam ins Spiel, das schwarze Notizbuch, in das ich meine Aufzeichnungen machte, ein gläserner, runder Briefbeschwerer, der mich am Ohr traf, und schließlich Rafiki, der wie Strandgut durch die offene Tür in Sprunghaltung hereinflog und mit ängstlichem Blick um sich sah. Gleichzeitig breitete sich über das Fenster eine Eisblume aus, deren Entstehung ich bis ins Detail verfolgen konnte, und draußen ging die Sonne auf, die alles erhellte. Von einem Moment auf den anderen bewegte sich die Zeit wieder im gewohnten Rhythmus, die Geräusche wurden wieder in normaler Lautstärke hörbar, und die Schwerkraft setzte ein. Lärmend stürzte alles zu Boden. Das Sonnenlicht hielt einige Minuten an, bis es hinter der Wolkendecke verschwand.

»Was war das?«, rief Malia.
Kira weinte.
»Ein Erdbeben!«, rief Eugen.
»Ein Schwerkraftbeben!«, sagte ich.
Der Ausdruck machte rasch die Runde. Jeder erzählte seine Version, wie er das Schwerkraftbeben erlebt hatte. Einer der Jugendlichen war beim Schneeräumen auf dem Hausdach ausgerutscht und hinuntergefallen und so lange in der Luft geschwebt, bis die Schwerkraft wieder eingesetzt hatte und er im Schnee lag. Eine der SOS-Kinderdorfmütter hatte sich beim Zwiebelschneiden gerade in den Finger geschnitten, und das Messer verharrte in der Wunde, die anschließend umso ärger blutete. Dr. Schäfer, die sich im Freien aufgehalten hatte, erzählte, dass die Krähen in der Luft stehen geblieben seien wie auf einer Fotografie, und der Maler Gustav Reiter, berichtete der Pfleger Haller, sei anschließend in die Höhle geflüchtet, in der er jetzt wie besessen die Wände bemale. Der Kaplan Gottlieb Ferra hatte wie jeden Tag Anton Pichler eine Hostie auf die Zunge gelegt, dabei sei die Hostie plötzlich in die Luft geschwebt und langsam bis zur Zimmerdecke hinaufgeflogen. An der Decke habe sie goldfarben zu leuchten begonnen und sich dann langsam wieder auf die Zunge des Künstlers gesenkt.

Das Gebell

Es vergingen vierzehn Tage, in denen die Rottweiler eintrafen und anfangs für Unruhe sorgten. Gazpacho und Rafiki spielten verrückt. Aufgeregt bellten sie zwei Tage lang, bis sie sich an die Situation gewöhnt hatten. Wir lebten in einer völlig anderen Atmosphäre. Zuerst bellten unsere Hunde, dann bellten die Rottweiler zurück. Das Bellen beeinträchtigte den Tagesablauf von uns allen. Es gab keinen Winkel, in dem man vor ihm geschützt war. Schließlich überdröhnten die Jugendlichen das Gebell mit Geräuschen aus Blasinstrumenten, die im Gemeindehaus gefunden worden waren. Sie traten zu einem akustischen Kampf gegen die Rottweiler an – und verloren. Daher machte ich mich am zweiten Tag auf, um wieder Ruhe herzustellen. Ich ließ die fünf Rottweiler vor Eugens Haus Aufstellung nehmen, wo sie von Gazpacho und Rafiki mit Gekläff attackiert wurden. Jeder Hund hing an der Leine seines neuen Besitzers, die beiden im Haus waren mit den Vorderpfoten aufs Fensterbrett gestiegen und protestierten von dort aus gegen ihre Artgenossen. Ich konzentrierte mich und trat zwischen sie. Zuerst wandte ich mich an die Rottweiler. Als ich sie um Ruhe bat, erwiderte mein Gesprächspartner, er sei seinem Instinkt hörig. Hörigkeit bewirke eine Blockade des Denkvermögens. Auf die Frage, wie ich die Blockade lösen könne, antwortete er: »Mit Fressen.« Da stehe Instinkt gegen Instinkt. Es gebe jedoch keine Gewissheit, dass es eine Dauerlösung sei.

»Ihr seid unsere Gäste«, antwortete ich stumm. »Nach dem Fressen müsst ihr einander kennenlernen.«

Zuerst fütterten wir unsere beiden Hunde noch im Haus, bis sie satt waren, dann die Rottweiler, bis sie müde wurden. Erst dann führten wir sie zusammen und befahlen ihnen, sich zu vertragen. Diesen Vorgang wiederholten wir mehrmals, und bald darauf konnten wir wieder die Stille genießen.

Nachbeben

Das Nachbeben war schlimmer als das eigentliche Beben. Es begann nach dem Mittagessen damit, dass die Gegenstände wieder ihre Schwerkraft verloren und sich verselbständigten. Zuerst flogen Teller durch die Küche, Kochgeräte: Messer, Löffel, Gabeln, dann lösten sich die Bilder von den Wänden. Ich eilte in die Bibliothek, um das Bruegel-Bild zu retten, denn diesmal waren wir zum Glück nicht gelähmt. Das Bild zerrte an mir, doch ich klammerte mich an es und schützte es, indem ich es unter das Bett schob. Bücher flogen durch die Luft, Werkzeug, Kleidungsstücke, vor allem Hüte, CDs und DVDs, und jetzt fiel mir ein, dass auch in den Filmen von Tarkowski Dinge und Menschen die Schwerkraft verlieren konnten und ich jetzt die Normalität dieser Szenen erlebte. Vielleicht hatte der Oberarzt Brantner recht, dass die Erde verrückt geworden war. Vom Pfarrer sah ich sein Messgewand zum Himmel steigen, Hühner verloren ihren Halt, Enten spreizten erschrocken die Flügel, der Schnee löste sich in Flocken von der Erde, so dass es nach oben schneite, und aus einem der Ställe schwebte ganz langsam eine weiß-schwarz gefleckte Kuh. Die Rottweiler wurden von ihren Betreuern mit Mühe an den Leinen festgehalten, nur einer von ihnen riss sich los und verfing sich im Geäst des Nussbaums. Wieder geschah alles fast lautlos. Marmelade- und Honiggläser, Weinflaschen und Klopapier wurden zu Flugkörpern, Hühnereier zu kleinen weißen Luftballons, die Autos schwebten dreißig Zentimeter über dem Boden, ein Schlitten wirbelte hinauf. Die Gegenstände bildeten am Himmel kleine und größere Wolken oder verschwanden überhaupt im Grau, bevor das Schwerkraftbeben zu Ende war und die Dinge jetzt auf uns herunterprasselten, Dächer zerschlugen, Autos beschädigten und die Siedlung übersäten. Nicht zuletzt kamen fünfzehn Bewohner mit Kopfwunden und Gehirnerschütterung in die Arztpraxis von Dr. Brantner. Später gestand der Feldwebel, dass auch die Kaserne und der Ballonflugplatz in Mitleidenschaft gezogen worden seien, weswegen er Jugendliche für Aufräumarbeiten anforderte, was bewilligt wurde. Da bei uns der elektrische Strom ausgefallen war, mussten sie sich jedoch zuerst darum kümmern. Wie durch ein Wunder waren die Bienenmagazine verschont geblieben. Nicht einmal Eugen fand eine Erklärung dafür.

Höhlenmalerei

Am Abend sprach Anton Pichler, der Maler von Heiligenbildern, bei Eugen vor. Gustav Reiter sei nach dem Schwerkraftbeben wieder davongelaufen, sagte er. Er nehme an, dass er sich »in seiner Höhle« aufhalte. Bei der herrschenden Kälte sei er dort in Gefahr zu erfrieren. Gustav Reiter selbst habe ihm das erzählt, doch sei er nicht bereit gewesen, weiter darüber zu reden. Wir brachen sofort auf. Eugen wusste, wie man am schnellsten dorthin kam. Gazpacho begleitete uns. Eugen sah davon ab, Oberarzt Brantner oder einen seiner Mitarbeiter zu verständigen, er meinte, wir sollten kein großes Aufhebens machen. Wir hatten die Taschenlampen mitgenommen, um zu sehen, »was er angestellt hat«, wie Eugen sagte. Von weitem machte die Höhle den gewohnten Eindruck, auch als wir näher kamen, fiel mir nichts Besonderes auf. Beim Eintreten schalteten wir die Taschenlampen ein und waren fassungslos. Die Felswände waren vollständig bemalt mit Feuersalamandern in allen Farben. Erst auf den zweiten Blick erkannte ich, dass die Salamander Flügel hatten und auch schwarze Alpensalamander darunter waren. Dann entdeckte ich den Beichtstuhl, und mit einem Mal verstand ich, dass es mein eigener Traum war, der nur eine Minute gedauert und von dem ich Lisha erzählt hatte.

Ich war verwirrt. Zuerst wusste ich nicht, was ich tun sollte. Bevor ich es noch Eugen erzählen konnte, spürte ich allerdings schon, dass ich mir das gut überlegen sollte, denn er würde es als Zeichen nehmen, dass sich mein geistiger Zustand verschlechtert hätte, und Oberarzt Brantner bitten, mich mit Medikamenten vollzustopfen. Eugen, der bisher stumm gestaunt hatte, sagte nur: »Phantastisch!« Es sei das schönste Kunstwerk, das er seit langem gesehen habe.

Die Feuersalamander erinnerten mich in ihrer Schönheit, Farbenpracht und Würde an bunte Pfauen. Plötzlich fingen – ich weiß nicht warum – die Amphibien an, sich zu bewegen, und ich erkannte meinen Traum, diesmal in allen Einzelheiten, wieder. Ich sah mich als Feuerkäfer unter anderen Feuerkäfern am rechten unteren Eck der Höhlenmalerei im Kardinalsgewand und hörte den zahnlosen Papst auf Lateinisch predigen. Und ich begegnete im Beichtstuhl dem schwarzen Alpensalamander, der für mich übersetzte, was der Heilige Vater sprach: wie die Menschen ihren Schöpfer auf Erden hingerichtet hatten.

Als der Traum zu Ende war, erstarrten die Felsbilder wieder, und aus dem dunklen Hintergrund der Höhle kroch ein schwarz-gelber Feuersalamander von der Größe eines Krokodils hervor.

»Ich bin Gustav Reiter«, hörten wir ihn sprechen.

Es war ohne Zweifel seine Stimme. Er schien bedrückt. Nachdem wir wieder unser seelisches Gleichgewicht gefunden hatten, fragten wir Gustav, was geschehen sei. Er wusste keine Antwort darauf, doch bat er uns verzweifelt, ihn nach Hause zu bringen. Aufgeregt warteten wir, bis es dunkel wurde. Wir brachten ihn in seinem Quartier zu Bett. Die Krankenschwester Alice Schweizer, die gerade Dienst hatte, versprach uns, ihn zu versorgen. Sie streichelte über seinen Kopf, gab ihm Orangensaft und Knäckebrote mit Butter und Honig, worauf er endlich einschlief.

Die gesamte Nacht saß ich mit Eugen zusammen, und wir fragten uns, was wir tun sollten.
Am frühen Morgen begaben wir uns noch einmal in die Höhle und fanden die Feuersalamander in ihrer prächtigen Schönheit an den Wänden. Sie glichen Paradiesvögeln. Noch immer war mein Traum zu sehen. Doch diesmal blieb ich als Kardinal und Feuerkäfer in der Felswand zurück, und Gustav Reiter, der abermals als krokodilgroßer Feuersalamander aus der Ecke der Höhle kroch, verwandelte sich nicht mehr in einen Menschen zurück, sondern blieb mit mir im Felsbild gefangen und erwachte, wie auch ich, nicht mehr zum Leben.
Von da an glaubte ich mich in der Traumwelt.

Ich bin erzählbereit

Seit dem Schwerkraftbeben und dem Hagel aus Gegenständen hatte Kira auf alles, was sie irritierte, mit Schreianfällen reagiert, die zuerst Angst ausdrückten und in Zorn übergehen konnten. Die Hunde winselten dann und verkrochen sich. Eugen verließ im Laufschritt das Haus, Walter versuchte anfangs, sie zu trösten, aber nach dem ersten Schlag, den ihm Kira ins Gesicht versetzte, fand er jedes Mal eine Ausrede, weshalb er aufbrechen müsse. Nur Malia blieb mit Kira im Zimmer, redete begütigend auf sie ein, weinte mit ihr und ließ sich alles gefallen, worauf sich ihre Tochter bei ihr entschuldigte und Eugen wiederholt bemerkte, sie brauche eine starke Hand. Es war Oberarzt Brantner, der mich eines Tages darauf ansprach und sich nach dem Zustand von Malia erkundigte, die, wie er sagte, »mit ihren Kräften am Ende« sei. Daraufhin nahm ich mir vor, etwas zu versuchen. Ich befand mich in Gedanken ja immer mehr in der Traumwelt, das heißt in der Felswand, und meine Möglichkeiten waren eingeschränkt, daher entschloss ich mich, Kira Märchen zu erzählen oder Geschichten, die mir gerade einfielen. Außerdem wollte ich mich in Geduld üben und mich notfalls von ihr sogar schlagen lassen.

Das erste Mal erzählte ich ihr von einem erfundenen Kind – Anna –, das ihrer erfundenen Großmutter zuhörte, wie sie von ihrer Heimat erzählte, in der Krieg herrschte. Sobald die Großmutter zu Ende erzählt hatte, meldete sich Anna mit dem Satz »Jetzt kommt Anna« und verlangte die Geschichte noch einmal zu hören, nur musste Anna darin vorkommen und sich alles zum Guten wenden. Schon nach der zweiten Geschichte wollte Kira, dass das Mädchen ihren Namen trage und ich der Erzähler sei. Daher erzählte ich ihr Episoden aus meiner Kindheit, die ich mehr und mehr erfand, weil ich mich nicht an so viele Dinge erinnern konnte, wie sie von mir zu hören wünschte. Allerdings fielen mir immer mehr Dinge ein, die ich schon vergessen hatte, und ich begann, mich dadurch selbst besser zu verstehen. Es war seltsam: Ich machte mit meinen Erzählungen dem Kind Freude, und es war, andererseits, zu meiner Psychologin geworden.

Zwischendurch gingen wir ins Freie. Ich hatte einen Schlitten auf dem Dachboden gefunden, band einen Strick daran und zog Kira hinter mir her. Die Dächer wurden an den Stellen, welche die vom Himmel gefallenen Gegenstände getroffen hatten, mit Kunststoffplanen abgedeckt und später mit neuen Ziegeln ausgebessert. Das Material dafür hatte der Feldwebel mit Maori herbeigeschafft. Wir besuchten Kuhställe, die Rottweiler und die Bienenmagazine, vor denen Kira aber Angst hatte, doch überbot ich mich mit Schilderungen über die gute Königin. Sie bekomme bis zu dreitausend Bienenkinder an einem Tag, die sie zuerst in Form von winzigen Eiern in das Kinderzimmer lege, aus denen dann nach einiger Zeit die Bienenkinder ausschlüpften. Ich rechnete ihr vor, dass der Tag 24 Stunden habe und die Stunde sechzig Minuten. Wenn die Königin jede Minute ein Ei lege, so wären das 1440 Eier pro Tag, aber es seien in Wirklichkeit doppelt so viele, also lege sie in der Schwarmzeit alle dreißig Sekunden ein Ei, Tag und Nacht. Ich schaute auf die Uhr, während wir vor den Bienenmagazinen standen, und rief alle dreißig Sekunden: »Jetzt!« Erzählte ich ihr eine Geschichte, wollte sie dann am Ende immer wissen, wie lange sie gedauert und wie viele Eier die Bienenkönigin in der Zwischenzeit gelegt habe.

Eines Morgens stürmte sie in Begleitung von Rafiki in mein Zimmer, sie hatte ihren Teddybär im Arm, trug einen Gürtel, in den sie einen Kunststoffdolch gesteckt hatte, sowie eine Baseballkappe auf dem Kopf und rief: »Ich bin erzählbereit!« Rafiki setzte sich zu Kiras Füßen und schlief sofort ein. Von da an wurde der Auftritt zum Ritual. Walter besaß noch ein Spielzeug seines Vaters Eugen, das »Yellow Submarine« der Beatles, und ich nahm es in das Ritual auf. Wir sangen das Lied zwischendurch und wenn wir mit dem Schlitten und Rafiki unterwegs waren. Dann war »die Rodel« gleichzeitig das gelbe Unterseeboot. Unterwegs trafen wir hin und wieder Gustav Reiter, den aber nur ich sehen konnte, während ich selbst mich von der Felswand offenbar hatte trennen können, denn es war nur ein Traum gewesen, wie mich der Oberarzt aufklärte.

Gustav Reiter blieb allerdings verschwunden. Ich hatte zur Sicherheit Alice Schweizer gefragt, ob Gustav sich in seinem Quartier aufhalte, doch sie bestätigte mir, dass er nicht mehr »aufgetaucht sei«. Endlich hatte ich Kira so weit, dass ich ihr »Alice im Wunderland« von Lewis Carroll vorlesen konnte. Ich tat es in kleinen Abschnitten, und sie war so begeistert, dass sie nachher jedes Mal mit Buntstiften zu malen anfing. Auch das gehörte von da an zum Ritual.

Malia, die anfangs versteckt – vom Nebenzimmer aus – einen Blick auf uns geworfen hatte, kam an diesem Morgen auf mich zu und sagte mir, dass sie mich sehr gerne habe. Kira hatte aufgehört zu schreien, obwohl es niemand für möglich gehalten habe. Auch Eugen und Walter waren voll des Lobes, und der Feldwebel, dem der Fall zu Ohren gekommen war, ließ in ironischem Tonfall die Bemerkung fallen, ich sei der beste Psychiater, den er kennengelernt habe.

Zeitenwechsel

Am Weihnachts- und Christtag gab es Feiern. Gegen Abend waren alle betrunken, auch der Kaplan Gottlieb und ich. Wir erfuhren, dass zwei Mädchen aus der Gruppe der Jugendlichen schwanger geworden waren, obwohl der Zugang zur Pille frei war. Auch Alma Zappa – wie Hedwig Moser ehemalige Kinderdorfmutter – machte ihre Schwangerschaft öffentlich, ohne den Vater anzugeben. Das sei ihre Angelegenheit, entgegnete sie auf diesbezügliche Fragen. Dadurch erhielt das Gerücht, dass es derselbe Mann sei, von dem auch eine der Jugendlichen schwanger war, neue Nahrung.
Zu Silvester zog ich mich wie immer in mein Bett zurück. Ich gebe nichts auf Zeitrechnungen, mich interessieren nur die Jahreszeiten. In der Nacht erwachte ich durch den lauten Gesang der Jugendlichen und des Feldwebels. Sie schossen Feuerwerkskörper ab, die der Feldwebel aufgetrieben hatte, bis Eugen über Lautsprecher Ruhe forderte. Es musste zwei Stunden nach Mitternacht gewesen sein, als mich Malia weckte. Bevor ich etwas sagen konnte, schlüpfte sie in mein Bett und umarmte mich. Auch ich klammerte mich an sie. Durch die Medikamente war ich jedoch zu sehr beeinträchtigt, und sie

versprach mir, als sie mich im Morgengrauen verließ, dass sie wiederkäme.
Sie kam wieder und wieder, jedes Mal blieb es jedoch nur bei Zärtlichkeiten, bis ich mich an den Oberarzt wandte, der mir mit einem Potenzmittel »aushalf«. Und in der folgenden Nacht erfuhr ich meine erste Liebe. Ich kann es nicht beschreiben, weil ich selbst nicht wusste, wie mir geschah. Malia fragte mich, ob ich etwas dagegen hätte, wenn sie darüber spreche, und ich schüttelte nur den Kopf und lachte. Aber in den Nächten zuvor hatte ich die Entdeckung gemacht, dass meine Schwierigkeiten mit der Sexualität nicht nur auf den Medikamenten beruhten, sondern dass ich Malia zu sehr liebte. Wenn es nach mir gegangen wäre, hätte ich mir Zeit gelassen, bis die Sexualität von selbst erwachte, so aber wollte ich nicht endgültig mein Gesicht verlieren. Andererseits hatte ich ohnedies keines mehr.

Reise zum Berg Ararat

Seit dem Besuch des Ballonflugplatzes wurde viel über das Reisen gesprochen. Als ich mit Kira am Haus von Kaplan Gottlieb vorbeikam und das Mädchen gerade das »Yellow Submarine« – das »gelbe Unterseeboot« – in den Fäustlingen hielt, rief er spaßhalber: »Die Arche Noah!« Kira lachte, gab aber das Spielzeug nicht aus der Hand. Am Abend besuchte der Kaplan uns in Eugens Haus. Er brachte aus der Gemeindebibliothek eine illustrierte Kinderbibel mit, setzte sich an den Tisch und erzählte uns von seiner Reise als Theologiestudent zum 5137 Meter hohen erloschenen Vulkan Ararat, der auf türkischem, früher armenischem Boden liegt. Infolge der Anwesenheit von Kira schlug er einen lehrerhaften Ton an. Auch Eugen und Walter hörten seinen Erzählungen zu.

Der Berg habe auf ihn, begann er, schon von weitem wie ein schlafender Riese gewirkt. Weiße und graue Wolkenfetzen hätten den Himmel bedeckt, seien aufeinander zugetrieben und hätten sich miteinander vermischt. Am Horizont hätten die vereinzelten Luftgebilde wie Tintenkleckse ausgesehen, in der Mitte dunkelblau, bis zum Rand hin hellblau und schließlich weiß. Jede Wolke sei anders geformt gewesen. Er habe gedacht: Wer schreibt da mit der Feder welche Geschichte auf? Rasch sei ihm klargeworden, dass es Noah selbst gewesen sein musste, der ja auf dem Ararat mit seiner Arche gestrandet sei. Deshalb sei er überhaupt hierhergekommen, denn in viertausend Meter Höhe befänden sich angeblich die versteinerten Holzreste der Arche, mit der Noah die Menschen und die Tierheit vor der Sintflut gerettet habe.

Anschließend sei er, erzählte Gottlieb, mit zwei türkischen Bergführern und vier Pferden bis in 2500 Meter Höhe aufgestiegen, wo Greenpeace 2007 ein Modell der Arche errichtet habe. Das hölzerne Schiff hätte ihn an ein bekanntes Gemälde erinnert, dem sie wohl nachgebaut worden sei. Sie hätten darin für die eiskalte Nacht Unterschlupf gefunden. Einer der Bergführer hätte 21¾ °C unter Null gemessen. Er selbst sei jedoch gut ausgerüstet gewesen – weniger hingegen die Bergführer, die vom Wetter überrascht worden seien. Er habe sich vorgestellt, er schlafe auf dem Schädeldach Noahs. Die Gedanken dieses Kopfes hätten seine eigenen auf geradezu magnetische Weise beeinflusst. Er habe das Schiff zu sehen geglaubt: groß, ungelenk, schwer steuerbar. In dessen Bauch die unzähligen Augenpaare von Tieren.

Gottlieb schilderte weiter, wie sie am nächsten Morgen – es sei noch nicht einmal vier Uhr gewesen – in der Dunkelheit aufgebrochen seien. Sie hätten Kopflampen getragen und so gefroren, dass sie vor lauter Zähneklappern nicht hätten sprechen können. Die Pferde seien mit ge-

senkten Köpfen dahingeschlichen, als ob sie ihren Geist aufgeben würden.
Er habe nicht geglaubt, fuhr der Kaplan unbeirrt fort, jemals die Höhe, in der die Arche gesehen werden könne, zu erreichen. Außerdem habe es zu schneien begonnen. Die Bergführer hätten angehalten und ihn gefragt, ob er umkehren wolle, doch habe er abgewunken. Ab diesem Zeitpunkt habe sich ein Franzose ihnen angeschlossen, der eine Kappe und eine Schneebrille getragen und sich ihm als Fernand Navarra vorgestellt habe. Wie sich später herausgestellt habe, sei Navarra schon längst tot gewesen, als er ihm begegnet sei. Navarra habe ihn zu einem Gletscherfeld geführt, das in der aufgehenden Sonne geglitzert habe wie zehntausend Kerzen.
Wir sahen an dieser Stelle der Erzählung, dass Kira eingeschlafen war. Malia brachte sie zu Bett, bat jedoch Gottlieb, mit dem Weitererzählen zu warten, bis sie zurückgekehrt sei. Wir alle waren so müde, dass sie schwiegen. Der Kaplan schlief sogar ein, erst Malia weckte ihn wieder. Er fragte uns, wo er mit seiner Geschichte aufgehört habe.
Von dem Fremden habe er erfahren, setzte er dann fort, dass es schon zahlreiche Funde der Arche gegeben habe. So hätte eine russisch-türkische Expedition sogar einen Abschnitt des Schiffsinneren fotografiert, den aber niemand jemals zu Gesicht bekommen habe, und es seien Ankersteine mit Löchern gefunden worden, an denen die Arche mit Seilen festgemacht worden sei. Vor allem aber seien zahlreiche Kreuze in die Ankersteine geritzt gewesen. Wie sich herausgestellt habe, handelte es sich tatsächlich um Grabsteine eines zerstörten armenischen Friedhofes. Fernand Navarra habe weiter ausgeführt, dass er selbst mit seinem Sohn ein fünftausend Jahre altes Holzstück der Arche gefunden habe, welches in einem kleinen Museum seines Dorfes in Frankreich auf-

bewahrt werde und von türkischen, chinesischen und französischen Archäologen wissenschaftlich untersucht worden sei. Dabei sei auch das Alter bestimmt worden. Aber das Interesse an der Arche sei in den vergangenen Jahrzehnten massiv zurückgegangen, bedauerte der Franzose.

An dieser Stelle wollte Kaplan Gottlieb abschweifen und die gegenwärtigen Ereignisse ins Spiel bringen, aber Malia drängte ihn, die Geschichte weiterzuerzählen. Daraufhin entschuldigte er sich, dass er abgeschweift sei: wahrscheinlich weil er noch niemanden gefunden habe, dem er die Geschichte habe anvertrauen können. Navarra habe ihm schließlich mitgeteilt, dass er nach seinem Tod endlich Zeit gefunden hätte, weitere Expeditionen zu unternehmen. Sie seien jedoch schwierig geworden, weil Touristen das Gebiet um den erloschenen Vulkan zunächst wie Ameisen überfallen hätten. Daher habe er stets die frühen Morgenstunden für seine Erkundungsgänge gewählt, bemerkte Navarra. Er wolle, habe der Franzose schließlich angekündigt, ihm etwas zeigen, was ihn als Apokalypsen- und somit auch Sintflutexperten in Staunen versetzen würde.

Die beiden türkischen Bergführer kannten Navarra bereits und hätten diesen, als sie ihn entdeckt hätten, ehrfürchtig begrüßt. Sie würden ihn »Berggeist« nennen, wie er später erfahren habe.

»Er ging jetzt mit uns während des immer dichter werdenden Schneefalls bergauf«, fuhr Gottlieb fort. »Ein paar Schritte weiter sah ich völlig unerwartet den Abdruck des Schiffsdecks unter mir im Felsen. Aus dem Schnee ragende Steine begrenzten den Schiffskörper, der aussah wie ein gewaltiger Schuhabdruck. Ich hatte das Bild schon im Internet gesehen, in dem ich auch andere Abbildungen gefunden hatte. Wir blieben zehn Minuten vor dem Abgrund stehen, während der Schnee weiter fiel und die Bergführer froren, rauchten und sich wortkarg unterhielten. Der Schnee veränderte allmählich das Bild der Landschaft. Es war, als seien auf einer Schwarzweißfotografie die schwarzen und weißen Punkte durcheinandergekommen. Das Gleiche geschah in meinem Kopf mit meinen Gedanken. Ich verstand zwar, was um mich vor sich ging, doch hatte es zugleich etwas Irreales. ›Kommen Sie‹, sagte Navarra plötzlich mit leiser Stimme zu mir. Wir kletterten einen schmalen Weg hinunter und erreichten einen Felsspalt, in den sich der Franzose hineinzwängte. Ich folgte ihm mühsam. Ein großer Gletschersee lag vor uns. Unter der Eisdecke erkannten wir die Tierarten, die Noah gerettet hatte: Elefanten, Giraffen, Schimpansen, Nashörner, Käfer, Bienen und Schmetterlinge, Schlangen, Vögel, Kühe, Hunde und Katzen, fein säuberlich sortiert wie in einem gigantischen Artenarchiv. Sie sahen unter der klaren Eisdecke aus, als ob sie schliefen. Ich stand längere Zeit nur da, bis Navarra mich anwies, ihm wieder zu folgen. Benommen taumelte ich hinter ihm denselben Weg, den wir gekommen waren, hinauf. Bevor wir die türkischen Bergführer erreichten, hielt er an und befahl mir zu schweigen: ›Sie werden niemandem erzählen, was Sie gesehen haben. Man wird Sie für einen Narren halten, wenn Sie es trotzdem tun. Sie verlieren Ihr Amt, Ihre Freunde und bald darauf Ihr Leben.‹ Daraufhin verschwand er im dichten Schneefall. Die türkischen Bergführer lachten gerade über etwas, und ich, der kein Wort ihres Gesprächs verstanden hatte, verzog mein Gesicht und ging grinsend auf sie zu. Eines der Pferde wieherte. Ich wollte noch den Gipfel erreichen. Starker Wind hatte eingesetzt, der zum Sturm wurde. Wir hatten die Pferde in einer Höhle zurückgelassen, doch der Sturm wurde so stark, dass er unsere Spuren im Schnee verwehte. Daraufhin erklärten mir die Bergführer, dass sie umkehren würden. Sie brachten mich wieder zurück zur

nachgebauten Arche Noah, in der wir aus Erschöpfung in tiefen Schlaf fielen.«
Auch wir waren mit den letzten Worten auf unseren Stühlen eingeschlafen und verbrachten die Nacht sitzend, bis Kira uns weckte.

Aus der Kinderbibel

In den folgenden Wochen kamen seltsamerweise Zebras und Pferde, aber auch Hunde und Katzen sowie Papageien, außerdem Hühner und Enten, die sich ihnen angeschlossen hatten, zu unserer Siedlung. Gemeinsam errichteten wir einen Holzbau, in dem sie Zuflucht fanden. Katzen, Hunde, Enten und Hühner suchten unsere Nähe. Fast alle freuten sich darüber, denn im Winter fiel vergleichsweise weniger Arbeit an. Der Feldwebel aber, der jetzt auch für die Tiere die Nahrung besorgte, nannte uns »Idioten«. Über die Katzen hingegen freute er sich, da es bei uns, mehr jedoch noch in der Kaserne, von Ratten und Mäusen wimmelte.

Neuigkeiten

Eugen hatte inzwischen zahlreiche Bienenvölker, die er in der Umgebung entdeckt hatte, mit einem Lastauto auf unsere Wiesen gebracht und unseren Bestand schließlich auf 103 Magazine vergrößert. Wir verteilten sie auf den windgeschützten Hängen so, dass sie tagsüber möglichst viel Sonnenlicht hatten. Außerdem mussten wir darauf achten, dass die Kühe ungestört grasen konnten. Auch war eine Schafherde bei uns aufgetaucht. Das bedeutete, dass uns jeder helfen musste, der zur Arbeit imstande war. Es gab niemanden, der sich davor drückte. Eugen hatte alle mit seinen Kenntnissen motiviert, und Alma Zappa und Hedwig Moser hatten mit zwei Mädchen aus der Gruppe der Jugendlichen hinter dem Teich einen Gemüsegarten angelegt. Das Backen an jedem Freitag hatte Alma übernommen, auch das tägliche Kochen gemeinsam mit Hedwig Moser. Doch nicht wenige versorgten sich mittlerweile auch selbst. Und es gab genügend Freiwillige, die bereit waren, bei Bedarf auszuhelfen.

Basquiat

Sooft es möglich war, saßen alle in Gruppen beisammen. An einem der Abende waren wir bei Oberarzt Brantner eingeladen, und er erzählte die Geschichte, wie er mit mir nach Amerika geflogen war. Ich wusste noch alle Einzelheiten, aber ich hatte sie noch nie von ihm selbst gehört. Zuvor war Brantner schon einmal mit seinem Patienten Mach in New York gewesen – anlässlich einer Ausstellung von Arbeiten aus dem »Haus der Künstler« in einer Galerie. Mach war anschließend von ihm im Hotelzimmer tot aufgefunden worden. (Seine Urne wurde später am Ortsfriedhof Gugging beigesetzt.) Nach dem Tod Machs habe er, erzählte er Eugen, Malia und mir – Walter war bei Kira geblieben –, nicht mehr daran gedacht, jemals wieder mit einem Patienten aus dem »Haus der Künstler« zu einer Vernissage zu reisen. Dann aber hätte er neuerlich eine Einladung nach New York erhalten, bei der ausdrücklich die Anwesenheit eines der Maler gewünscht worden sei, worauf er sich für mich entschieden habe. Jedenfalls sei ich lebend zurückgekehrt, lachte er.
1979, als wir dem Maler Jean-Michel Basquiat begegneten, sei dieser, setzte er fort, neunzehn oder zwanzig Jahre alt gewesen, »er spielte in der Noise-Band ›Gray‹

in Manhattan Synthesizer und Klarinette. Wir kamen auf einem Abendspaziergang in die Park Avenue South, zwischen 17th und 18th Street, und betraten Max's Kansas City Club, wo die Noise-Band gerade auftrat. Die Band spielte keine Musik, sondern machte mit Absicht nur Lärm, ohne Melodie, ohne Rhythmus. Ich hatte für uns Getränke bestellt, und bevor sie noch serviert worden waren, wollte ich wieder das Lokal verlassen. Gerade als wir aufgestanden waren, wurden aber die Flaschen und Gläser auf den Tisch gestellt. Ich bezahlte, trank rasch mein Glas aus, doch Franz sagte, er höre hier endlich alles, was er durch seinen Aufenthalt im Haus der Künstler sonst nie wahrnehme. Schon zuvor habe er auf der Reise den Flugzeug- und dann den Verkehrslärm kennengelernt. Nun aber könne er diese Geräusche endlich studieren.«

»Sie haben es ernst gemeint!«, rief der Oberarzt und zeigte auf mich. »Ich denke, es hat Sie die Freiheit gereizt, mir zu widersprechen!« Er lachte.

Als die Noise-Band eine Pause gemacht habe und an die Theke getreten sei, hätten wir ebenfalls unsere Plätze gewechselt, und er sei zufällig mit Basquiat ins Gespräch gekommen. Er habe ihm vom »Haus der Künstler« erzählt. Basquiat sei geradezu euphorisch geworden vor Begeisterung, vor allem darüber, dass ich, Franz, ein Art-Brut-Künstler sei.

»Ich hatte noch den schmalen Katalog der New Yorker Ausstellung in der Brusttasche und schenkte ihn Jean-Michel, der die Bilder ›great‹ fand«, berichtete Oberarzt Brantner weiter. Basquiat habe sie daraufhin spontan zu sich nach Hause eingeladen, sobald die Veranstaltung zu Ende sei. Er habe die Einladung nicht annehmen können, da Mister Lindner, also ich, um diese Uhrzeit schon schlafen müsse, doch habe er sich mit dem schwarzen Musiker für den nächsten Nachmittag im Hotel verabredet.

Basquiat sei pünktlich erschienen und habe sich mit einem Prospekt seiner Arbeiten für den Katalog »revanchiert«, erzählte der Oberarzt. »Außerdem hat er uns von ihm selbst gezeichnete und gemalte Postkarten mit Totenköpfen mitgebracht, die ich allerdings dann im Hotelzimmer vergessen habe. Als ich Basquiat erklärte, dass Franz zudem Schriftsteller sei, sagte er uns, auch er sei Schriftsteller … Schreiber, ›writer‹, von Vokabelheften, Schildern, Plakaten, Tafeln und Listen wie Speisekarten oder Fahrplänen und Telefonbüchern. Natürlich war Basquiat zugedröhnt. Er rauchte einen Joint. Sein Haar war damals kurz, und er hatte Geheimratsecken. Vor dem Hotel holte Basquiat einen Papier-Oktopus aus seiner schwarzen Tasche, den er einem der Portiers vor dem Eingang für seinen Enkelsohn schenkte. Wir tauschten noch unsere Adressen aus, und er fuhr wieder zurück nach Soho, wo er, wie er sagte, mit seiner Freundin wohne.« Ich fügte hinzu, dass wir uns anschließend im Hotelzimmer heftig gestritten hätten, weil der Oberarzt dem späteren Maler – während ich die Toilette aufsuchte – gesagt haben musste, dass ich schizophren sei. Ich regte mich auch jetzt wieder so darüber auf, dass Dr. Brantner sich, wie schon damals in New York, neuerlich bei mir entschuldigte.

Durchsichtige Tiere

Schon immer wollte ich *nicht* verstanden werden. Denn ich verstand ohnedies niemanden, auch nicht mich selbst. Wenn ich mein Innerstes preisgebe, was ich versuche, ist das Bewusstsein mehr daran beteiligt als das Unbewusste. Das Unbewusste kann malen und komponieren. Beim Schreiben drückt es sich in Gedichten aus. Das Geschriebene wird jedoch nur zu einer bloßen Andeutung dessen, was im Gehirn vor sich geht, und bleibt stets Fragment.

Als es Frühling wurde, erschienen plötzlich durchsichtige Tiere bei uns. Das erste, das mir auffiel, war eine Biene. Wir konnten alle ihre Organe erkennen und zusehen, wie sie arbeiteten. Eugen beschäftigte sich in seiner Freizeit bis in die Nacht hinein mit dem Phänomen. Wir sahen den Herzschlauch pulsieren, den Darm, die Wachsdrüse und den Stachelapparat, den Honigmagen, die Futtersaftdrüse und das Nervensystem. Aber wir sahen auch die Augen. Auf der Stirn die drei unbeweglichen Punktaugen zur Unterscheidung von hell und dunkel. Vor allem aber die Facettenaugen aus unzähligen winzigen, sechseckigen Einzelaugen. Die Drohnen haben sieben- bis achttausend Einzelaugen, die Arbeiterinnen vier- bis fünftausend und die Königin, die nur selten den Stock verlässt, drei- bis viertausend. Jedes der winzigen Augen nimmt nur einen einzelnen Lichtpunkt wahr, der im Bienengehirn mit allen anderen zu einem Bild verarbeitet wird, wie wir es von der Schwarzweißfotografie kennen, die sich aus einzelnen schwarzen und weißen Punkten zusammensetzt. Bei den Libellen, die wir über dem Teich entdeckten, sind es sogar dreißigtausend Einzelaugen. Ein schnell fliegendes Insekt kann bis zu dreihundert Bilder pro Sekunde aufnehmen, der Mensch nur bis zu 65.

Als Nächstes sahen wir seltsame Vögel. Die Flügel waren farblos und durchsichtig. Eugen erkannte sie als Meisen, Spatzen und Finken, später erschienen durchsichtige Kleiber, Spechte und Elstern. Ihre Skelette sahen aus wie jene von Urtieren. Die hohlen Knochen standen mit den Luftsäcken in Verbindung. Ich bestaunte an toten Vögeln die Hals-, Brust- und Schwanzwirbel, die fünf Rippen mit Hakenfortsätzen, Oberflügel, Elle und Speiche, Handwurzel und Finger, Zehen und den Schädel. Aber ich sah

auch das Gehirn, die Zunge und die Luftröhre, den Kehlkopf, die Schilddrüse, Venen und Arterien, das Herz, die Leber, den Drüsenmagen und die Milz, Lunge, Nieren und Hoden, den Muskelmagen, die Gallenblase und die Bauchspeicheldrüse sowie den Darm. Alle Vögel sahen aus, als seien sie große, schöne Insekten …
Auch Frösche, die durchsichtig waren, entdeckten wir und rätselten, wie die Farblosigkeit entstanden sein könnte. Wir sahen durchsichtige Karpfen, durchsichtige Maulwürfe und durchsichtige Mäuse. Sogar Hühner und Enten legten durchsichtige Eier, aus denen durchsichtige Haustiere entstanden. Wir waren ratlos. Zuletzt fand ich beim Wrack des Postautobusses einen durchsichtigen Igel. Er löste Freude und Bewunderung aus. Anton Pichler zeichnete ihn zwanzig- oder dreißigmal, weil alle ein Bild von ihm besitzen wollten.
Wir hatten Ende März schon geglaubt, dass es nur ein einmaliges Naturphänomen gewesen sei, dann aber erschienen die durchsichtigen Schmetterlinge. Wir hatten bereits durchsichtige Raupen, Larven und Puppen gefunden, aber nicht erwartet, dass eine so große Anzahl von Schmetterlingen entstehen würde, die man bis in jede Einzelheit »durchschauen« konnte. Es wurde darüber diskutiert, ob auch durchsichtige Menschen entstehen würden, schließlich waren ja drei Frauen schwanger. Eugen meinte, man werde sehen …

Alltag

Mit mehr als hundert Bienenstöcken nahm auch in diesem Bereich die Arbeit zu, aber fast alle Jugendlichen beteiligten sich daran. Eine Gruppe baute Weizen an. Im Wald hatte man Schwarz- und Himbeeren entdeckt, nahe dem Dorf ein Erdbeerfeld, und man wollte in diesem Jahr in den Obstgärten Äpfel und Kirschen, aber auch Mostbirnen ernten. Langsam entstand ein Problem durch fehlendes Personal. Die beiden chinesischen Kleinwüchsigen beteiligten sich ebenfalls an verschiedenen Arbeiten, und auch die Patienten aus dem ehemaligen »Haus der Künstler« wollten im Garten und auf dem Feld mithelfen. Mitunter dauerten die Arbeitstage, bis es dunkel wurde. Wir hatten jetzt Milch, begannen mit dem Käsemachen.

Religion

Malia und ich waren ein Paar, doch befürchtete ich, eines Tages von ihr verlassen zu werden.
Malia schwieg über ihre Vergangenheit und Flucht, mehrmals beteuerte sie, erst hier »auf die Welt gekommen zu sein«, zuvor habe sie eine Existenz geführt, die von Schmerzen geprägt gewesen sei. Sie hatte ein völlig anderes Verhältnis zur Religion als die meisten von uns. Glaube und Aberglaube waren etwas Selbstverständliches für sie. Mit Lisha sprach sie über ihre Träume, die sie zu interpretieren versuchte. Zumeist glaubte sie, dass eine Prophezeiung in ihnen versteckt war, bis ich verstand, dass das Bewusstsein und das Unbewusste für sie – wie auch für mich – eins waren. Ja, sie vertraute sogar ihrem Unbewussten mehr als dem Bewussten. Jeden Morgen fragte sie mich, was ich geträumt hätte, weshalb ich häufig Traumgeschichten erfand oder Träume, an die ich mich erinnern konnte, nacherzählte. Sie drängte mich auch dazu, ausgeglichener zu leben, also meine Erkrankung zu akzeptieren, und bemühte sich ihrerseits, »geisteskrank« zu leben, um mich besser zu verstehen.
Langsam veränderte sich mein Zustand. Da in der Siedlung der Normalitätsbegriff ohnehin kaum vorhanden war und alle schwere Schicksalsschläge erlitten hatten,

gab es so etwas wie eine höhere Toleranzgrenze. Was Gewalt betraf, bestand einhellige Ablehnung. Dass jemand betete, war selbstverständlich, niemand spottete darüber. Es gab auch keine religiösen Vorschriften mehr, wohl aber Zusammenkünfte. Mit Bestimmtheit erklärte Malia, dass Kirche, Glaube und Gott für sie nicht eins seien. Die Kirche sei Menschenwerk, auch der Glaube beruhe auf Schriften, die Menschen verfasst hätten. Gott sei nicht »denkbar«, er sei in allem anwesend, in Pflanzen, Menschen und Tieren und im Weltall. Man könne Gott auch wie einen Gegenstand verlegen und vergessen oder sich über ihn hinwegsetzen – trotzdem sei er anwesend. Die Aufgabe der Kirche, sagte Malia, sei die eines Arztes, der die Menschen von der Krankheit des Egoismus heilen solle, bei Rückfällen müsse die Kirche ihre »Gläubigen« weiterbehandeln, wie es ein Arzt mit Kranken tue. Die Kirche habe ihre Aufgabe allerdings nicht begriffen, sie verhalte sich wie ein Gericht und habe in ihrer Geschichte Strafprozesse wie die Inquisition mit ihren Todesurteilen abgewickelt. Worauf es jedoch ankomme, sei, den Menschen beizustehen. Natürlich gelte das nicht für jeden Einzelfall. Das Töten von anderen Menschen sei abzulehnen, das schließe auch die Todesstrafe mit ein. Töten sei nur aus Notwehr, also bei Lebensgefahr zu akzeptieren. Darüber wurde einige Tage heftig diskutiert. Kaplan Gottlieb Ferra bestand auf der Gültigkeit des Alten und des Neuen Testaments, Eugen erklärte hingegen, dass alle Religionen *eine* seien. Sie seien aus dem Wunsch entstanden, mit dem Schweigen des Weltalls und dem Unsichtbaren Kontakt aufzunehmen. Dabei hätten sich eigene Sprachen entwickelt, über die das möglich sein sollte. Die Kulturen hätten jede für sich ohnehin schon unterschiedliche Sprachen, Bilder, Musik und dem jeweiligen Klima angepasste Lebensformen entwickelt, die zuletzt alle auf eines hinausliefen.

Oberarzt Brantner hingegen nannte Gott eine Erfindung des Menschen. Gläubige nähmen durch das Gebet lediglich Kontakt mit ihrem eigenen Unbewussten auf. Jede Vorstellung einer Wiedergeburt sei kindisch. Tod bedeute das Nichts, Erde und Ende. Wir würden diesen Zustand bereits kennen, wenn wir eine Operation mit Vollnarkose hinter uns hätten. Als ich angesprochen wurde, antwortete ich, dass ich keine Gespräche über Religion führen würde. Die Sprache vernichte die Energie des Religiösen, auch wenn sie im Sinn einer Religion gesprochen werde. Dann fügte ich hinzu: Nicht Gott, sondern die Philosophie sei tot. Von Anfang an habe sie nur den Zweck verfolgt, Anhänger für ihre eigenen Lehren zu finden … Nur Karl Marx hätte auch an das Schicksal der Armen gedacht. Seine Schüler, die »Marxisten«, hätten ihn genauso wenig verstanden wie seine Gegner. Der Marxismus sei so etwas wie eine Diesseitsreligion gewesen. Die Menschen hätten auch diese, wie alles andere, zerstört.

Der durchsichtige Mensch

Am 23. April wurde Eugen verständigt, dass jeden Augenblick die Geburt des Kindes von Alma Zappa erwartet werde. Eugen brach sofort auf, bedeutete mir jedoch, ihm zu folgen. Als wir die Arztpraxis von Dr. Schäfer betraten, wollte sie mich nicht eintreten lassen, sie erlaubte mir jedoch auf die eindringliche Bitte von Eugen, mit Mundschutz und Kopfbedeckung anwesend zu bleiben. Die Geburt erfolgte unmittelbar danach. Ich hatte weggeschaut, auch während der Trennung der Nabelschnur, und die Reinigung des Neugeborenen abgewartet, bis ich meinen Blick auf Alma Zappa richten und den unfassbaren Eindruck des kleinen durchsichtigen Menschen in mich aufnehmen konnte.

Alle Anwesenden – neben den Genannten noch die Krankenschwester Alice Schweizer und Oberarzt Brantner – waren überwältigt. Ich sah das Gehirn des Neugeborenen, den Mund, die Speise- und die Luftröhre, den Kehlkopf, die Lunge, das Herz und den gesamten Verdauungsapparat, denn selbst die Muskulatur war durchsichtig. Eugen bestätigte mir, dass alle Organe wie Bauchspeicheldrüse oder Milz vorhanden seien. Augen und Ohren erschienen mir wie Miniaturkunstwerke, nein, wie ein Wunder. Ich wusste im selben Augenblick, dass diese Wahrnehmungen und Empfindungen für immer in meinem Kopf gespeichert bleiben würden. Trotzdem nahm ich mein Smartphone, das ich ja nur zum Fotografieren verwenden konnte, unbemerkt heraus, hustete und machte eine Aufnahme ohne Blitzlicht. Alle waren zu sehr mit dem Anblick des ersten durchsichtigen Menschen beschäftigt, weshalb meine Tat unbemerkt blieb. Das Baby stieß, als ich den Auslöser angetippt hatte, einen Schrei aus und verschwand vor unseren Augen. Ich brachte es sofort mit dem Fotografieren in Zusammenhang. Ich stürzte verzweifelt hinaus ins Freie und warf mich weinend auf den Boden.
Da ich nicht wollte, dass mich jemand in diesem Zustand sah, beeilte ich mich, die Straße zu Eugens Haus hinaufzulaufen und in mein Zimmer zu flüchten, wo ich die Tür versperrte. Eine Viertelstunde später erloschen die Geräusche, kein Satz, kein Wort, kein Maschinen- oder Arbeitslärm war mehr zu hören.
Dann hörte ich Malia und Kira meinen Namen rufen.
Ich antwortete auf Englisch: »I cry!«, und sie fragten zurück: »Why?«
Darauf gab ich keine Antwort.
Nach kurzer Zeit klopfte Malia wieder an meine Tür. Sie habe Kira zu Walter gebracht, hörte ich sie sagen. Ich sperrte auf, und sie nahm mich augenblicklich in die

Arme. Ich brachte kein Wort heraus, sondern zeigte ihr nur die Fotografie. Sie schaute sie lange an.
»Es ist ein Wunder«, stammelte sie dann.
Daraufhin gestand ich ihr, was vorgefallen war. Ihre Augen traten hervor, und sie stieß einen Schrei aus: »No!« Sofort begann sie zu weinen. Plötzlich hörte sie auf und verlangte von mir, dass ich das Bild löschte.
»Tu es sofort«, flüsterte sie aufgebracht.
Sie umarmte mich neuerlich und beschwor mich weiter, es zu löschen. Ich würde sonst Unglück auf mich ziehen, sagte sie. Es gebe kein Abbild Gottes, dieses sei das erste und einzige.
Ich warf einen Blick auf das Smartphone und löschte die Fotografie.
Malia nickte. »Es ist gut«, tröstete sie mich von einem Moment auf den anderen. »Du warst dabei, und auch ich habe das Bild gesehen. Wir werden kein Wort darüber verlieren! Schwöre es mir!«
Sie verlangte, dass ich es ausspräche, hierauf begann sie in einer afrikanischen Sprache zu beten. »Er hat dir vergeben«, sagte sie zuletzt und ließ mich allein.
Ich legte mich auf das Bett, starrte die Decke an und wartete. Ich dachte an nichts, sondern sah nur den kleinen durchsichtigen Menschen vor mir, hörte seinen Schrei und sah ihn augenblicklich verschwinden. Allmählich begriff ich aber, dass es richtig war, zu schwören, dass ich nicht darüber sprechen würde. Aber ich wusste auch, dass ich den durchsichtigen kleinen Menschen als jemanden, der zu mir sprach, im Kopf behalten würde. Bisher hatten Stimmen, die in meinem Gehirn mit mir redeten, kein Aussehen gehabt, nun aber glaubte ich, dass das Bild des kleinen durchsichtigen Menschen jedes Mal vor meinen Augen erscheinen würde, wenn ich den Eindruck hätte, er sei es, der zu mir sprach.
Alle redeten darüber. Jeder brachte Alma Frühlingskno-

tenblumen, Primeln und später Löwenzahnsträuße und Flieder. Eugen reagierte anfangs verstört darauf, dass ich geflohen war, er hegte aber keinen Verdacht, sondern tröstete mich, dass auch ihm zum Weinen gewesen sei.
Drei Tage nach der Geburt war Alma von Dr. Schäfer nach Hause gebracht worden. Am Abend suchte uns die Ärztin auf, um sich über das Ereignis auszusprechen. Auch bat sie Eugen zuvor um meine Anwesenheit, da ich ebenfalls Zeuge des Geschehens gewesen sei. Sogleich befürchtete ich, dass sie einen Verdacht hegte. Sie tauschten aber nur ihre Gedanken über das Ereignis aus. Ich hörte zu, ohne mich zu Wort zu melden. Später erschien auch Malia. Erst als die Ärztin sich verabschiedete, richtete sie mir flüsternd Grüße von Alma aus, ich solle diese morgen besuchen. Das setzte mir zu, da ich befürchtete, Alma wolle mit mir über die Fotografie sprechen. Vielleicht hatte sie als Einzige bemerkt …
Ich legte mir verschiedene Antworten zurecht, bis ich Malia nach ihrer Meinung fragte. Sie antwortete, ich solle ihr als Beweis, dass ich unschuldig sei, mein Smartphone und die Fotografien, die ich gespeichert hätte, zeigen.
Wie versprochen machte ich am nächsten Nachmittag meinen Besuch. Alma saß auf einem Polsterstuhl neben dem Bett. Schon als ich ihr die Hand schüttelte und ihr eines der Bücher Haeckels mit seinen Mikrowelten schenkte, weinte sie. Sie blätterte kurz darin, dann wandte sie sich mir zu und fragte mich, ob ich bei der Geburt ihres Sohnes eine Fotografie gemacht hätte.
Ich schüttelte nur den Kopf und log: »Nein.«
»Ganz sicher?«
Ich schüttelte erschrocken den Kopf, worauf sie noch mehr weinte und es aus ihr herausbrach, sie habe so gehofft, dass wenigstens ich eine Aufnahme gemacht hätte, damit ihr eine Erinnerung an ihr Kind bliebe. Nun habe sich alles in nichts aufgelöst. Sie weinte, und ich konnte

sie nicht mehr trösten. Zu Hause berichtete ich Malia, was geschehen war. Kaum hatte ich mich ausgesprochen, antwortete sie: »Es war das Richtige, was du getan hast. Du warst es dem Kind schuldig. Auch wenn nicht erwiesen ist, dass es wegen des Fotografierens gestorben ist.« Eine Legende sei langlebiger als ein sachlicher Bericht. Offene Fragen, die sich aus Legenden zu Märchen entwickelten, würden die Menschen zum Nachdenken bringen und ihre Phantasien durch das Rätselhafte anregen. Sie habe mir von Anfang an gesagt, das durchsichtige Kind sei ein Wunder. Es hätte nicht lange gedauert und man hätte von einer »Missgeburt« gesprochen. Vor allem wären offene Fragen für die Medizin übrig geblieben, »wie auch du für die Medizin eine offene Frage bist«.

Lishas Erzählung

Ich suchte Lisha auf, um mit ihr darüber zu reden, dass ich nicht zwischen Traum und Wirklichkeit unterscheiden könne. Sie antwortete, dass »ganze Kulturen keinen Unterschied zwischen diesen beiden Zuständen« machten, für manche sei der Traum sogar von größerer Bedeutung als das Leben. Das wusste ich auch und gab mich mit ihrer Bemerkung nicht zufrieden. Daraufhin erzählte sie mir, wie sie nach der Flucht ihrer Eltern als Zwölfjährige mit ihrem Kindermädchen ein Krankenhaus besucht habe, an dem gerade Renovierungsarbeiten durchgeführt worden seien. Die Tante, wie sie das Kindermädchen genannt habe, sei mit einem der dort beschäftigten Gärtner verabredet gewesen.

»Ich muss mit ihm etwas besprechen«, hatte sie zu ihr gesagt und sie im Park des Krankenhauses zu einer Bank geführt, auf der sie habe warten sollen, bis das Kinder-

mädchen zurückkäme. Daraufhin, erzählte Lisha weiter, habe sich »die Tante« mit dem Gärtner in eines der Gebäude »verdrückt«. Sie sei allein zurückgeblieben, habe den Baulärm gehört und den Park betrachtet. Vor dem Hauptgebäude seien zwei Agaven gestanden, Oleanderbüsche hätten geblüht und die Bäume große Schatten auf den Rasen geworfen. Eine Mauer habe die Aussicht auf einen Fluss verhindert, nur durch ein kunstvoll vergittertes Fenster habe sie das Wasser erkennen können. Der Fluss mit den hüpfenden kleinen Wellen, die Möwen, die Hauptstadt mit ihren Gebäuden und die Wolken hätten zusammen mit den unverputzten Ziegeln etwas Surreales ausgestrahlt, das sie damals aber nicht so habe formulieren können. Die verschieden grünen Blätter auf den Bäumen, die sich im Wind bewegt hätten wie die Kiemen eines Riesenfrosches, seien ihr besonders aufgefallen. Einige Schritte weiter sei eine ihr unbekannte Steinbüste gestanden. Aber am meisten hätten sie die alten Gebäude der Klinik beeindruckt. Sie hätten auch zu einer Schule, einem Internat oder einer Kaserne gehören können.
Plötzlich sei aus einem der Gebäude ein alter Priester getreten, habe sie bemerkt und sei hüstelnd auf sie zugekommen. Seine schwarzen Schuhe und sein schwarzes Gewand seien voller Staub gewesen, und der Hut, den er in der Hand gehalten habe, sei zu Boden gefallen, ohne dass er sich danach gebückt habe. Er sei nur stehen geblieben und habe sie angeschaut, bis sie aufgesprungen sei, den Hut aufgehoben und ihm gegeben habe. Er habe sich nicht einmal bedankt, sondern sie in nervösem, strengem Tonfall nach ihrem Namen gefragt und was sie hier verloren habe. Da ihr die Eltern verboten hätten, mit Fremden zu sprechen, und sie auf die zweite Frage keine Antwort gewusst habe, habe sie nichts gesagt. Ob sie Ärztin sei, habe er daraufhin von ihr wissen wollen, und als sie darüber schüchtern gelacht habe, habe er sie

als Nächstes gefragt, ob sie Musiklehrerin sei und welche Instrumente sie spiele. Da sie geglaubt habe, der alte Priester mache Scherze, habe sie abermals gelacht, er jedoch habe sie lautstark ermahnt, ruhig zu sein, worauf sie erschrocken verstummt und den Tränen nahe gewesen sei. Bevor sie jedoch Anstalten gemacht habe, davonzulaufen, habe er plötzlich ein freundliches Gesicht aufgesetzt und sie angegrinst.
»Willst du eine Geschichte hören?«, habe er sie gefragt.
»Ja?«
Der Priester habe sich neben sie auf die Bank gesetzt. Ohne sie anzusehen, sondern starr auf das Gebäude blickend, habe er die nächste Frage gestellt. Ob sie wisse, was siamesische Zwillinge seien? Sie habe aus Angst kein Wort über die Lippen gebracht. Er wolle ihr nämlich von einem siamesischen Zwillingspaar erzählen, sei er fortgefahren, das zwei Becken gehabt habe, aber insgesamt nur zwei Beine. Die beiden hätten bei der Beichte behauptet, dass sie Mädchen seien. Beim nächsten Mal hätte er sie gefragt, ob sie das beweisen könnten, worauf sie ihm, auf seine Anweisung hin, ihr Geschlecht gezeigt hätten. Es seien ohne Zweifel Mädchen gewesen. Der Anstaltskaplan aber habe ihm widersprochen – es seien Buben – und behauptet, dass sie sich auch vor ihm im Beichtstuhl entblößt hätten.
»Und was bist du?«, habe er sich an sie gewandt und ihr mit starren Augen ins Gesicht geschaut … Sie habe noch nie einen so erschreckenden Blick bei einem Menschen gesehen, sagte Lisha den Tränen nahe, weil sie alles noch einmal durchlebte.
»Ein Mädchen«, habe sie folgsam geantwortet.
»Du musst es mir beweisen, komm mit!«, habe der Priester ihr befohlen, den Finger ausgestreckt und auf ein Gebäude gezeigt. Sie habe daraufhin fliehen wollen, doch habe er sie am Handgelenk gepackt und festgehalten.

»Bleib da!«, habe er sie angeherrscht, »ich will, dass du die Geschichte hörst.«
Der Engel mit den zwei Körpern – also die beiden Mädchen oder die beiden Buben – hätte den Namen Alexandra und Lea gehabt oder Alexander und Leo, wie sie offiziell genannt worden seien, habe er hastig weitererzählt. Ihr Vater sei Mesner im Dom gewesen, die Mutter Köchin im größten Hotel der Hauptstadt.
»Die siamesischen Zwillinge kamen in die Nervenheilanstalt, weil Lea oder Leo verrückt wurde, hingegen blieb Alexandra oder Alexander geistig gesund«, fuhr der Priester fort. Als Kinder hätten die beiden in weißen Kleidern und mit goldenen Flügeln und Heiligenschein die Fronleichnamsprozession des Doms angeführt, schwärmte er. »Sie waren außerdem, gleich gekleidet, für Hochzeiten oder Kinderbegräbnisse engagiert worden, hatten sogar Auftritte in der Staatsoper bei der Inszenierung der ›Zauberflöte‹ von Wolfgang Amadeus Mozart gehabt … kennst du die Oper?«, habe er sie gefragt.
Sie habe nur den Kopf geschüttelt, und der Priester habe ihr ein Stück aus der Arie »Dies Bildnis ist bezaubernd schön!« leise und fehlerhaft vorgesungen. Zu ihrer Angst sei dadurch auch ein Gefühl der Scham hinzugekommen. Mit jedem falschen Ton habe sie noch tiefer in den Erdboden versinken wollen.
»Wie keines ich noch je gesehn!« – In süßlichem, einschmeichelndem Tonfall habe er sie dann zum Weinen gebracht, was ihn aber noch süßer und einschmeichelnder habe weitersingen lassen.
Hierauf seien die siamesischen Zwillinge bei einem Zirkus »gelandet«, sei der Priester mit seiner Erzählung fortgefahren, und durch ganz Europa »getourt«. Dabei hätten sie ein anderes siamesisches Zwillingspaar kennengelernt: Carla und Emilia oder Carlo und Emilio. Doch nur Carlo und Alexandra oder Carla und Alexander hätten

sich ineinander verliebt, während sich Emilia oder Emilio und Lea oder Leo nicht hätten ausstehen können. Immer wieder sei es bei gemeinsamen Begegnungen, beispielsweise in einem Eissalon oder auf einem Ball, auf dem sie sogar miteinander getanzt hätten, und beim gemeinsamen Rudern auf dem Kanal zu Streitigkeiten gekommen, woran die Beziehung von Alexander und Carla oder Alexandra und Carlo schließlich zerbrochen sei.
Da Alexander und Leo oder Alexandra und Lea wunderschöne Stimmen gehabt hätten und Tenöre oder Soprane gewesen seien, hätten sie schließlich im Kirchenchor des Doms ein Zuhause gefunden und vor allem bei den Weihnachtsmetten, als siamesische Christkinder geschminkt, ihre großen Auftritte gehabt. Als sie 21 Jahre alt geworden seien, habe bei der Pfingstsonntagsmesse und der anschließenden Firmung von Kindern, wo sie gemeinsam als Heiliger Geist, mit weißen Taubenfedern geschmückt, aufgetreten seien, Leo oder Lea vom Chor vor der großen Orgel in das Kirchenschiff springen wollen, da er oder sie geglaubt habe, sie oder er sei tatsächlich der Heilige Geist in Gestalt einer Taube. Es sei zu einem heftigen Kampf der beiden gekommen, bei dem Alexandra oder Alexander schließlich die Oberhand gewonnen und Lea oder Leo von der Brüstung weg zur Orgel gestoßen habe, wobei beide zu Fall gekommen seien. Während dieser dramatischen Szene habe der Chor – um nicht noch mehr Aufsehen zu erregen – unablässig weitergesungen. Man habe die beiden schließlich zu einem Psychiater gebracht, der bei Leo oder Lea akute Schizophrenie diagnostiziert habe.
Der Priester habe sich zurückgelehnt und ausgerufen: »Und nun kommt die Überraschung: Alexandra oder Alexander begann noch in der Klinik, Bücher und Skripte für eine Ausbildung als Pflegerin oder Pfleger zu studieren, während Lea oder Leo behandelt wurde. Das sei für Al-

exandra oder Alexander besonders schwierig gewesen, da sie oder er ja alle Behandlungen seines oder ihres Bruders oder seiner oder ihrer Schwester hätte automatisch mitmachen müssen: Bäder, Fesselungen und vor allem die Auswirkungen der Medikamente – nichts sei ihr oder ihm erspart geblieben. Aber gerade deshalb sei er oder sie zu einem exzellenten Kenner oder einer Kennerin psychischer Erkrankungen – speziell der Schizophrenie – geworden. Alexandra oder Alexander habe Vorträge an verschiedenen Universitäten gehalten und alles an seinem oder ihrem Zwillingsbruder, seiner oder ihrer Zwillingsschwester demonstriert oder sogar bei Wutanfällen von Leo oder Lea mit ihm oder ihr in aller Öffentlichkeit gestritten, aber auch, wenn er oder sie gut gelaunt gewesen sei, sogar mit ihm oder ihr zweistimmig gesungen.

In Mailand, Wien, Berlin oder in Paris, in London und in Madrid seien die gemeinsamen Vorträge mit Ernst und Würde besprochen und beschrieben worden. Jedoch habe sich Leas oder Leos Zustand verschlechtert. Er oder sie habe auch – im Gegensatz zu seinem oder ihrem Bruder oder seiner oder ihrer Schwester – unter Zahnschmerzen gelitten, da er oder sie sich im Gegensatz zu Alexander oder Alexandra stets geweigert habe, sich die Zähne zu putzen. Schließlich habe dieser oder diese sich entschlossen, gemeinsam mit Lea oder Leo neuerlich die Nervenheilanstalt aufzusuchen, weil etwas anderes nicht mehr möglich gewesen sei. Bis heute aber, habe der Priester seine Geschichte beendet, während er Lishas Handgelenk noch immer umklammert hätte, wisse man nicht, welches Geschlecht das Zwillingspaar tatsächlich gehabt hätte.

Der Priester sei, erzählte Lisha weiter, plötzlich von der Bank aufgesprungen, habe seine Soutane in die Höhe gerissen, wohl um ihr sein Geschlecht zu zeigen, aber sie

sei, ohne ihn anzusehen, davongelaufen und habe laut um Hilfe gerufen. Ein Arbeiter, der einen Schubkarren vor sich hergeschoben habe, sei auf sie aufmerksam geworden und dem Priester entgegengelaufen, der jedoch geflüchtet sei.
Allerdings habe ihn der Arbeiter eingeholt und überwältigt, wobei der Priester neuerlich den wohl zu großen Hut verloren habe. Kurz darauf sei auch das Kindermädchen in Begleitung des Gärtners erschienen. Als sie erfahren habe, was geschehen sei, habe sie auf den Priester eingeschlagen, während der Gärtner ihn mit Tritten malträtierte. Schließlich sei die Polizei eingetroffen, habe sich ihnen im Laufschritt genähert und den Priester verhaftet.
Die ganze Zeit über, berichtete Lisha, habe sie geweint. Am nächsten Tag habe sich herausgestellt, dass der Verhaftete ein falscher Priester und als Exhibitionist wegen ähnlicher Delikte polizeibekannt gewesen sei. Mit Vorliebe habe er sich während der Karnevalszeit als Geistlicher verkleidet und Touristen wie Einheimische belästigt. Dabei habe er zuerst immer die verrücktesten Geschichten erzählt, bis sich genügend Menschen versammelt hätten, um sich dann vor allen zu entblößen. Besonders gerne sei er vor Mädchenschulen flaniert, um im geeigneten Moment seine Soutane zu heben. Schließlich habe er sich vor der Polizei in der Nähe des Krankenhauses versteckt gehalten, weil er dort, als Arbeiter verkleidet und mit einem Rucksack, infolge der Renovierungsarbeiten habe untertauchen können. Die Nächte habe er in einem nahegelegenen Obdachlosenheim verbracht. Im Rucksack habe sich unter anderem seine Priesterkleidung befunden.
»Bevor er mich gesehen hatte«, beendete Lisha die Erzählung, »muss er sich wohl in der Toilette des Gebäudes umgezogen haben.«

Sie machte eine kurze Pause und fing plötzlich zu lachen an, und auch ich lachte, bis wir uns in die Arme fielen. »Du denkst, ich nähme das Leben wichtiger als den Traum. Dann sag mir, ob das, was ich dir erzählt habe, Leben oder Traum war.«

Gedichte III

Signalbilder

Klimawandel

Wenn es schon Kamele schneit,
ist der Winter nimmer weit
Blühn für uns die Orchideen,
können wir den Frühling sehen.
Auch der Sommer kommt zu uns,
wenn ich in den Flieder brunz.
Nur der Herbst lässt auf sich warten,
die Kakteen frieren im Garten.

Kopfgedicht

Fällt Schnee in die Kirche, verbrennt der Kirschbaum.
Eiszeit herrscht, wenn die Monstranz ins Freie fliegt.
Aus den Blasinstrumenten braust der Schneesturm.
Schon verwandeln sich die Kirchenglocken in Tulpen.
Der Imker erwacht als Oboist unter den Philharmonikern.
In der steril verpackten Injektion entdeckt der Doktor das Glasauge.
Ameisen fressen die Wahlplakate.
Im gläsernen Eis des Baches liegt das Testament.
Der Schornsteinfeger verliert seine Zähne beim täglichen Zeitungslesen.

Wenn der Fleischer das Kalb tötet, stirbt der Briefträger unter der Dachlawine.
Der Pferderücken besteht aus Kupfermünzen.
Wo der Esel kotet, sonnt sich die Dornenrose.
Im Strohkoffer träumt das Tagpfauenauge von Bilderbüchern.
Mit dem Zylinder auf dem Hochrad sitzen, bedeutet Taschendiebstahl.
Wer auf dem Heuwagen schläft, den erschlägt der Regentropfen.
Das Rinnsal des Alkohols zerstört die Briefmarkensammlung des Wirtes.
Ein Guglhupf ohne Rosinen bewog den Milchfahrer, sich das Leben zu nehmen.
Jeder, der im Jenseits wohnt, wird von seinem Tod verschont.
Niemand, der auf Erden wacht, wird von Motten ausgelacht.
Keine Mücke wird so groß, dass sie weint in Mutters Schoß.
Gehüllt in Pelz und Stiefel, betete das Boot die Schere an.
Das Motiv zur Tat war die Zunge des Faschingsprinzen.
Als Brautschleier trug sie einen Apfelstrudel.
Der Bräutigam hingegen verschluckte die Zigarre.
Ein trüber Wintertag kündigt sich mit Fliederduft an.
Im Kleiderschrank fanden sich Eisblumen, groß wie Krokodilstränen.
Ich schlug die Augen auf und beobachtete, wie die Hefte der Schüler zu Tauben wurden.
Die schönsten Gartenblumen sind auf die Hammond-Orgel gemalt.
Die Quasten des Winters sind die Vorhänge der Nacht.
Im Gestank des Schweines heilt der Hahn den Zahnschmerz.

Schürhaken dienen als Bestecke für das Geburtstagsessen.
Die Erstkommunion bei Schneefall lässt das Lächeln der Kinder gefrieren.
Ziegen schaukeln die Wiegen!
Nur der Inspektor darf sich mit dem Karussell drehen.
Über die Wiesen laufen die Hühner des Mörders.
Statt Blättern tragen die Bäume Frösche.
Statt Obst werden Schnecken gepflückt.
Statt bunter Marmelade gibt es schwarze Kohle.
»Noch sind wir nicht verloren!«, rief der Bäcker und schnitt sich die Ohren ab.
Ich stahl den Weihwasserpinsel und machte eine Haschischpfeife daraus.
Wir baten den Apotheker, während unserer Abwesenheit den Tieren das Radfahren beizubringen.
Blödsinn: ist ein Blöder, der Sinn sucht.
Daraufhin sprossen aus dem Sandhaufen Schneemänner.
Die Lawine, die das Dorf zerstörte, bestand aus dem Flüstern der Tratschmäuler.
Die Friseurin zog den Scheitel des Maikäfers mit der Kettensäge.
Angst herrscht, wenn der Schnee schmilzt und die Leichen brachliegen.
Nur wer lügt, ist ehrlich.
Wer die Wahrheit sagt, irrt.
Willst du in Freiheit leben oder Klinken putzen?
Bei minus 70 Grad beginnen die Krokusse zu blühen.
Wird es wärmer, sind es violette Eisblumen.
Vor dem Kuhstall fand der Jäger den Fuchsschwanz seines Nachbarn.
Auf glühenden Kohlen sangen die Bewohnerinnen das Lied von der Glocke.
Daraufhin nahmen sich Eisvögel das Leben.

Er hat das Moped von seiner Großmutter geerbt, die darauf Strümpfe nähte.
Bei Morgenröte – töte die Kröte.
Bei Abendröte – zerstör deine Flöte.
Die Zeit im Marmeladenglas ist das Buch.
Sprache ist Wiese und Meer, elektrischer Strom und ein Knopf, ein gebrauchtes Taschentuch und das erfrorene Insekt.
Jahreszeiten hingegen sind die Zwirnrollen der Zukunft.
Der Kegel ist die Regel.
»Krokodil« heißt das Spiel.
Wer verliert – wird geboren.
Alle Gedanken sind Leuchtkäfer, die das Kind zu Suppe verarbeitet.
Alte Schuhe bringen Glück.
Über den zugefrorenen Fluss läuft die Spinne zu Fuß.
Der verschneite Nussbaum ist die verkleinerte Milchstraße.
Wer lacht, weint.
»73 Jahre lernte er die Sprache der Hühner, um zu ergründen, was das Gackern bedeutet.«
»Das ist dein Leben.«
Das Gefieder der Vögel ist das Morgengebet.
Im hohen Gras wimmelt es von Träumen der Saurier.
Der Steinbruch ist der Altar für Schmetterlingsfänger.
Schon zirpen die Schwalben das ABC des Wahrsagers.
Die Grillen muhten im Stall, der Hahn bellte, und die Schafe miauten.
Die Menschen hingegen blökten wie Ziegen.
Als die Sonne versank, fielen die Würmer in Trance und verwandelten den Postautobus in einen Leichenwagen.
Das Märchen vom Schimmelbefall des Pferdehufes.
Der Fliegenpilz belauscht den Gesang des rostigen Eisens.

Jedes Wintergewitter schafft ein neues ABC.
Fallen Eiszapfen vom Himmel, muss das Heer barfuß in die Schlacht ziehen.
Jeder will das Kasperltheater der Enten sehen – doch es gibt nur Elefanten.
Unter der Brücke wurden chinesische Zauberformeln angeschwemmt.
Der Bienenstock ist der Hut der Elster.
Wenn der Schornstein zusammenbricht, wird die Fabrik zum Schlangennest.
Der Gemüsegarten weint, sobald es Klebstoff regnet.
Jeder Namenlose heißt Matrose.
Hirschkäfer trocknen die Flügel der Nonnenhüte im Taufbecken.
Nichts stimmt. Alles ist wahr.
Wenn es still wird, erscheint der hinkende Hahn.
Der Kindertraktor war voller Fischeier.
Die schönsten Pfingstrosen verlieren ihre Federn um Mitternacht.
Die Geometrie in der Natur ist das Geheimnis der Libellen.
Sobald der Pfarrer betet, verstummen die Äpfel.
Die Jäger betraten den Wald, als der Blitz ihre Häuser in Brand setzte.
Im Schneewald verliert jeder die Orientierung, nur nicht der Fuchs.
Sobald der Teich zugefroren ist, blühen die Seerosen.
Das Faultier wurde am 16.6.1616 um 16 Uhr heimisch.
Der Bach ist der Nagel im Holz.
Wolken sind Wellen des Himmels.
»Mein Großvater strickte täglich zwei Weintrauben, die er als Mützen verwendete.
Noch heute gehören Weintraubenmützen zu unserer Tracht.«
Der Dachs spricht in Kurzschrift.

An die Christbäume hängt man erfrorene Engel.
In letzter Zeit sprach er nur mit den Küchenschaben.
Mit wem du zu Bett gehst, mit dem wachst du auf.
Das vorbeifahrende Motorrad ließ das Kalenderblatt in der Küche erzittern.

Iss Katzen zum Frühstück,
zu Mittag an Hund,
dann hast a langs Leben
und du bleibst gesund.

Die Schönheit der Schwertlilie.
Die Schönheit des Bussards.
Die Schönheit der Forelle.
Die Schönheit des Steins.

Das Jägerlatein des Richters ließ die Zunge des Angeklagten wie den Kuckuck aus der Uhr schnellen.
Zurück unter der Laube behauptete der Gemeinderat, er habe sich vor fünf Minuten erschossen.
Die Angestellte des Nagelstudios ging mit der Kröte an der Leine spazieren.
Der neue Dorfarzt hat zwei Köpfe. Er benötigt zwei Stethoskope, zwei Brillen und zwei Führerscheine, aber nur ein Lenkrad.
Die Fledermaus war eine Mohnblume.
Der Lehrer liebt es, in den Sternenhimmel zu springen und unterzutauchen.
Endlich starb der Steuerberater und wurde, wie es sein Wunsch war, zum Grabstein.
Die Krähe hatte einen Enziankopf.
Mit Pilzen zu sprechen ist schwerer als mit Fliegen.
Nachdem das Mädchen den Installateur im Badezimmer erstochen hatte, heiratete es den Teichkrebs.
Der Blitz setzte das Feuerwehrhaus in Brand.

Das Grundwasser versiegte, doch der Zwetschgenbaum blühte.
Die Abbildungen in der Handschrift sind auf Lateinisch, der Text ist bunt.
Am Muttertag verkleiden sich die Mönche als Frauen.
Am Vatertag verkleiden sich die Nonnen als Eichelhäher.
Am Allerheiligentag verkleiden sich die Nachkommen als ihre Toten.
Am Neujahrstag verkleiden sich die Bewohner als Rauchfangkehrer, vierblättrige Kleeblätter, Schweine und Hufeisen.
Am 1. Mai verkleiden sich die roten Nelken als Arbeiter.
Fischer und Jäger werden später Mäuse und Katzen.
Servietten werden zu Pferdebrillen verarbeitet.
Wer einen Spazierstock braucht, muss drei Bäume fällen.
Ruft der Uhu, setzt der Bürgermeister eine Kochmütze auf.
Das Echo hält neun Tage an.
Unter dem Wasserfall lernen die Ameisen fliegen.
Gott ist überall.
Gott ist nirgendwo.

Yin und Yang

Die beiden chinesischen Kleinwüchsigen wurden allgemein Yin und Yang genannt. Bald nannten sie sich selbst so. Auch kleideten sie sich in schwarze und weiße Gewänder. Yin und Yang gelten in der chinesischen Philosophie als Prinzip des Lebens auf der Erde. Alles geht in sein Gegenteil über und das Gegenteil wieder in sein Gegenteil. Ebbe und Flut, Tag und Nacht, Krankheit und

Gesundheit, schön und hässlich, traurig und lustig, kalt und warm, Tod und Leben sind in permanentem Wechsel. Der Feldwebel nannte die beiden Kleinwüchsigen »Rufzeichen« und »Fragezeichen«, da er weder eine Ahnung vom Taoismus noch von chinesischer Philosophie hatte. Dass Yin weiblich war und Yang männlich, hatte sich bald herumgesprochen, nur war Yin in Wirklichkeit eher männlich, die Aktive und Impulsgebende, und Yang eher weiblich, das heißt der Passive und nach innen Gerichtete. Yang musste man deshalb wohl mit Nacht, Dunkelheit und Stille vergleichen, die eigentlich Yin und dem Weiblichen zugeschrieben werden, während auf Yin Sonne, Licht, Tag und Bewegung zutrafen, die eigentlich für Yang gelten. Das ging so weit, dass Yin, die für die rechte Seite steht, linkshändig schrieb, und Yang, dem die linke Seite zugeordnet wird, ein zu großes rechtes Ohr und Auge hatte und auch seinen Scheitel rechts trug. Was jedoch aufrechtblieb, war das Prinzip der Gegensätze, das heißt, dass sich die beiden Symbole Yin und Yang in einem ständigen Wechselspiel befanden und sich dadurch mitunter sogar anglichen.

Ich besuchte das Paar auf ihre Einladung hin im Dorf.

Zu meiner Überraschung übten sie gerade, allerdings unbemalt, die Chamäleonfigur, die ich bereits früher gesehen hatte. Yang schwieg währenddessen, aber Yin erzählte, wie sie sich als Kind vor einem Drachen gefürchtet habe, den sie sich nur eingebildet hatte. Den Drachen in sich, sagte sie, habe sie besiegt, indem sie einen Mitschüler, der sich, um sie zu erschrecken, als Drache verkleidet hatte, mit einem Stein am Kopf getroffen habe, so dass er blutete und genäht werden musste. Yin lachte.

Yang tat so, als habe er nicht zugehört. Als Yin kurz in die Küche verschwand, trat er an mich heran und sagte leise, dass die Geschichte nicht wahr sei. »Nur metaphorisch«, betonte er. In Wirklichkeit habe er die Episode erfunden, um sie zu trösten.

Als er kurz darauf das Zimmer verließ, um eine Zigarette zu rauchen, fragte mich Yin, ob er mich aufgeklärt habe, dass er, Yang, die »Episode« für sie, Yin, erfunden hätte. Ich zuckte mit den Schultern, daraufhin behauptete sie, dass er der Mitschüler gewesen sei, nach dem sie den Stein geworfen habe. Über die Narbe sei inzwischen Kopfhaar gewachsen, weshalb sie nicht mehr zu sehen sei.

Doch bei nächster Gelegenheit versicherte mir Yang, dass er es gewesen sei, der einen Stein nach ihr geworfen habe. Sie habe ihm nämlich die Drachenmaske vom Gesicht gerissen.

Yin schien, als sie zurückkehrte, nur darauf gewartet zu haben, dass er sich neuerlich eine Zigarette anzündete, denn kaum hatte er den Raum verlassen, beschwor sie mich, dass sie selbst die Drachenmaske getragen habe und er aus Angst vor ihr davongelaufen sei. Aus Ärger darüber habe sie den Stein nach ihm geworfen.

Nach seiner Rückkehr eilte sie hinaus, weil sie glaubte, ein Geräusch an der Tür gehört zu haben. Yang schaute seine Fußspitzen an und stellte richtig, dass er ihr als Drache verkleidet einen Kuss gegeben habe, worauf sie aus Scham vor ihm geflüchtet sei.

Es sei nur ein Motorradfahrer vorübergefahren, berichtete Yin, als sie das Zimmer wieder betrat. Kaum hatte er das Zimmer verlassen, um eine Flasche Wein und Gläser zu holen, verlangte Yin von mir zu wissen, ob Yang mir gesagt habe, dass er als Drache sie als Ängstliche geküsst habe? Ich nickte. Nein, widersprach sie. Ein anderer Mitschüler habe sich, nachdem sie den Stein geworfen hätte, eingemischt und sie geküsst.

Yang lachte nur, während Yin in der Küche eine Eierspeise für uns zubereitete, und sprach: »Sagen Sie jetzt

nicht, dass Yin den anderen Mitschüler erwähnt hat, der sie angeblich geküsst haben soll!« Ich nickte erneut, und er erwiderte, es sei eine Mitschülerin gewesen, die ihn, um Yin zu ärgern, geküsst habe. »Es war ein aufregender Kuss mit Zunge!«, schloss er.
Kaum suchte er das WC auf, eilte Yin in den Raum und warf mir an den Kopf, dass Yang sicher behauptet hätte, es habe sie kein Mitschüler mit einem Kuss überrascht, sondern vielmehr ihn eine Mitschülerin. Als Nächstes würde er behaupten, dass sie ihm einen Brief geschrieben habe, in dem sie ihn um Verzeihung gebeten hätte.
Tatsächlich lief es so ab, wie von ihr vorhergesagt, und Yang ergänzte obendrein, dass er mit der Mitschülerin geschlafen habe, worauf ihm Yin einen Heiratsantrag gemacht hätte.
Das Ganze endete mit einem lautstarken Streit, von dem ich kein Wort verstand, weil er auf Chinesisch geführt wurde. Dann blieben beide stumm, baten mich in den Raum, der für die Chamäleon-Vorführung bestimmt war, und umschlangen sich – noch immer ohne Bemalung – so eng, dass sie erneut wie ein einziger Tierkörper aussahen.
Beim Abschied sagte Yin: »Yang hatte recht«, und Yang: »Yin hatte recht.«

Bekannte Patienten

Rudolf

Ich kenne aus dem »Haus der Künstler« einige Patienten mehr oder weniger gut.
Rudolf Kehrer ist 58 Jahre alt und schon früh in die Anstalt eingewiesen worden, weil es damals noch eine eigene Abteilung für Kinder gegeben hat. Angeblich

hatte sich bei ihm der Geburtsvorgang so lange hingezogen, dass sein Gehirn durch Sauerstoffmangel geschädigt worden war. Er wusste viel, aber das meiste, was er sagte, war erfunden. Bei jedem Gespräch behauptete er, sechshundert Millionen Jahre alt zu sein. Und er hatte auf jede Frage eine Antwort.

Als ihm Oberarzt Brantner mitteilte, dass die 5300 Jahre alte Gletschermumie »Ötzi« von einem deutschen Ehepaar in einem Schneefeld am Tilserjoch gefunden worden sei, habe er zur Antwort gegeben: »Ja, er war mein Nachbar. Endlich haben sie ihn aus dem Eis befreit.« Auf die Frage nach Doppeldeckerflugzeugen bemerkte er: »Der Richthofen, unser Kürschner, hat im Ersten Weltkrieg alle englischen Doppeldecker abgeschossen. Insgesamt 1632 Stück!« Manchmal behauptete er auch: »Der Rote Baron hat alle abgeschossen«, und fügte hinzu, dass der Rote Baron der Glöckner von Podersdorf gewesen sei.

»Gibt es dort überhaupt eine Kirche?«, fragte der Oberarzt erstaunt.

»Nein, sie ist abgebrannt.«

»Doch!«, wandte der Oberarzt ein, der ihn hatte hereinlegen wollen, »es gibt eine!«

»Dann wurde sie wiederaufgebaut!«

Die Frage nach »Nero« beantwortete Rudolf mit Nero heiße auf Lateinisch schwarz. Herr Schwarz sei Vertreter für Klosettpapier gewesen und dann Zuhälter und schließlich Kaiser im römischen Karneval, aber zuletzt Jagdhund seines Vaters.

Rudolf zeichnete nur Hunde, die alle Nero oder Schwarz hießen.

Einmal erhielten wir im »Haus der Künstler« Besuch vom päpstlichen Gesandten, dem Nuntius.

Rudolf trat einen Schritt vor, spuckte sich in die geöffnete Hand und reichte sie dem Botschafter, dessen Sekretär sich daraufhin in der Wiese übergab. Der Nuntius winkte ihm zum Spaß zu, worauf Rudolf ihm das violette Birett vom Kopf nahm und davonlief. Obwohl fieberhaft nach ihm gesucht wurde, waren Rudolf und das Birett nicht mehr auffindbar. Er behauptete am Abend, er habe die Kopfbedeckung im vergangenen Jahrhundert verloren. Allerdings wurde er zwei Tage später damit in der Konditorei beim Verspeisen einer Sachertorte gesehen und schließlich sein Versteck hinter Büchern im Arztzimmer ausfindig gemacht. Er stritt ab, es dort hingelegt zu haben. Dem Nuntius wurde das Birett unbeschädigt zugeschickt.

Xaver

Xaver Schmied ist nach wie vor ein Einzelgänger. Er ist groß und kräftig, besonders seine Hände sind riesig.
Ich fürchtete mich vor ihm … davon später.
Er lebte, wenn er nicht im »Haus der Künstler« war, mit seiner Mutter »im Wald«, und da der Oberarzt vermutete, dass sie ihm die vorgeschriebenen Tabletten nicht verabreichte und er daher bald nach seiner Entlassung wieder eingeliefert werden müsse, fuhr Dr. Brantner, so wurde erzählt, eines Wintertags mit Xaver zu seiner Mutter, um sie aufzuklären. Es sei bitter kalt gewesen. Sogar in der Küche, in der seine Mutter gerade eine große Menge Krapfen für eine Veranstaltung gebacken habe. Der Sohn sei sofort in den Wald hinausgelaufen – was er auch im »Haus der Künstler« für gewöhnlich tat –, und Oberarzt Brantner habe die Bauersfrau aufgeklärt, dass sie sich daran halten müsse, ihren Sohn mit den vorgeschriebenen Tabletten zu versorgen, da es ansonsten immer wieder zu Rückfällen komme und Xaver abermals in das Krankenhaus müsse. Doch wollte die Frau nichts davon hören. Entweder beabsichtigte sie, dass ihr Sohn

wieder in das »Irrenhaus«, wie sie sagte, kam, weil sie ihn nicht länger ertrug, überlegte Oberarzt Brantner, oder sie sorgte sich um seine Gesundheit, weil er so viele Tabletten nahm. Tatsächlich ging er oft stumm und ruhelos herum, blieb abrupt stehen, um dann rasch weiterzuwandern. Dabei fasste er auch andere Patienten unerwartet und blitzschnell am Hals, um sie zu würgen. Der Griff sei dann so fest gewesen, dass man sich nicht hätte von ihm befreien können, erklärten die Patienten. Üblicherweise habe er seinen Opfern mit ernstem Gesicht in die Augen gestarrt. Wenn er sie dann irgendwann losgelassen hätte, habe er einfach seine Umkreisungen und unaufhaltsamen »Kontrollgänge« fortgesetzt. Nie habe er sich auch nur einen Moment um die Schreie und Klagen der von ihm Überfallenen gekümmert. Auch habe er dem darauffolgenden Tadel durch Pfleger, Krankenschwestern und Ärzte keine Beachtung geschenkt.
Oberarzt Brantner kam nicht dahinter, ob er nicht auch seine Mutter fallweise attackierte. Jedenfalls setzten sich die Entlassungen und Wiederaufnahmen weiter fort. An einem Sommertag wurden unter einem Baum in der Nachbarschaft seiner Mutter vier getötete Schafe auf der Weide gefunden. Da Xaver zu diesem Zeitpunkt bei seiner Mutter lebte, geriet er sofort in Verdacht. Er wurde auf dem Polizeiposten einem Verhör unterzogen, doch führte es zu keinem Ergebnis. Als zwei Wochen später weitere sieben tote Schafe auf der Weide lagen, wurde Xaver neuerlich festgenommen und war zur Überraschung aller sofort geständig. Er gab jede Einzelheit, derer man ihn verdächtigte, zu. Zuletzt wollten die Beamten, dass er ihnen die Tatwaffe aushändigte. Sie brachten ihn zum Haus seiner Mutter, folgten ihm durch die Küche in das einzige Zimmer bis zu einer Kommode, deren Lade er herauszog und daraufhin stolz zurücktrat. Als die Beamten nachschauten, fanden sie eine schwarze Kin-

derpistole mit einem Stöpsel, der an einer Schnur vor der Mündung hing. Hierauf wurde er wieder freigelassen. Ob der wahre Täter gefunden wurde oder nicht, ist mir nicht bekannt.
Xaver formte Gegenstände wie Vasen und Becher aus Ton und bemalte sie mit kindlich anmutenden Vogelmotiven.

Sepp

Der dritte Patient hatte das Aussehen von Adolf Hitler angenommen, sein Name ist Sepp Sassler: Lippenbärtchen, Haare gescheitelt. Er nahm auch überall, wo er angesprochen wurde, augenblicklich stramme Haltung an und streckte den Arm zum deutschen Gruß aus. Krankenschwestern nannte er »Deutsche Mädchen«, Pfleger »Hitlerjungen«. Er war so besessen von seiner Rolle, dass er sie nicht einmal auf der Toilette vergaß. Jede Kritik trug er im Befehlston vor. Die nebensächlichste Bemerkung geriet zur »Sprache des Führers«, wie er sich ausdrückte. Da keiner mit ihm im selben Zimmer schlafen wollte, richtete man für ihn die ehemalige Speisekammer ein, doch blieb die Tür des winzigen Raums, der nur ein kleines Fenster und das Bett aufwies, Tag und Nacht geöffnet. Wurde sie versehentlich geschlossen, bekam der »Führer« einen Schreikrampf, bis sie wieder offen stand. Anschließend benötigte er zehn Minuten, bis er sich wieder beruhigte. Er malte nur Friedhöfe. Jetzt, nach der Katastrophe, stellt er Gräber mit Inschriften dar, dabei geht es ausschließlich um uniformtragende Männer: Militär, Polizei, Feuerwehr, Rettung sowie Post. Da NS-Zeichen bei uns verboten sind, behalf er sich mit schwarzen Kreuzen auf den Kappen. Jedoch wurde er zornig, wenn man die Heilsarmee ins Spiel brachte. Da ich es war, der diesen Gedanken als Erster aussprach, wollte er mich schlagen. Als auch der Oberarzt bei der Visite meiner Meinung war, überlegte er es sich und nannte sich seither selbst »Totengräber«. Am 20. April, dem Geburtstag seines Vorbildes, zog er sich jedes Jahr in die Speisekammer zurück und ließ niemanden eintreten. Als der Pfleger Hans Haller es einmal versuchte, sah er, wie Sepp Sassler vor einem selbstgemalten Hakenkreuz onanierte. Am 30. April, dem Todestag Adolf Hitlers, verkündete er die Todesstrafe für jede und jeden, der Selbstmord begehe. Er war seit der Katastrophe so verwirrt, dass er mit Beruhigungsmitteln sediert wurde.

Johann Wagner

Johann Wagner heißt »Das Echo«, weil er alles wiederholt. Er ist der Sohn eines Almwirts, in dessen Haus man das Echo aus den umliegenden Bergen hörte. Da die Alm »Echo-Alm« hieß und die Wirtschaft »Echohaus« und weil sein Vater Alkoholiker war, der ab dem Nachmittag, sobald er betrunken war – und er war jeden Tag betrunken –, seine Sätze und Bemerkungen endlos wiederholte, wuchs er in einer ihn stark prägenden Umgebung auf. Und weil obendrein alle ausnahmslos Dialekt sprachen und er infolge der Trunksucht seines Vaters als »schwachsinnig« bezeichnet wurde, kam es zu einer Einweisung ins »Haus der Künstler«.
»Wie geht es Ihnen?«, fragte ihn der Oberarzt schon aus Gewohnheit bei der Visite.
»Gut. Gut.«
»Wann sind Sie aufgestanden?«
»Wia die Vegeln zwitschert hobn. Wia die Vegeln zwitschert hobn. Die Vegeln zwitschan olles efter. Die Vegeln zwitschan olles efter.«
Er kannte jeden Vogelgesang und jeden bei uns lebenden Vogel. Außerdem konnte er jeden ihrer Laute imitieren

und dazu Ziehharmonika spielen. Wenn es ihm einfiel, auf seinem Musikinstrument ein – wie er es nannte – »Konzert« zu geben, begleitete er die Akkorde mit pfeifenden und zwitschernden Tönen. Man konnte dann meinen, der Raum sei voller Vögel. Ich habe nie etwas Ähnliches gehört. Wir lauschten den herrlichen Musikstücken, dem überirdischen Klang. Sobald er sich erhob, um die Harmonika wieder im Kasten zu verstauen, applaudierten alle und riefen »Bravo!«. Und immer verkroch er sich hierauf in der Kellerwerkstatt und war tagelang nicht ansprechbar.
Wenn er um ein Konzert gebeten wurde, brauste er auf: »I kon net auf Beföll spüln! I kon net auf Beföll spüln!«
Nach der Katastrophe hörten wir ihn plötzlich allein im Andachtsraum musizieren. Wir vernahmen die Nachtigall, die Stare, die Amseln und Meisen, wir empfanden Schwermut, Freude, Angst und dachten an Liebeswerben. Ich hatte noch nie etwas so Schönes gehört. Doch hat Johann Wagner inzwischen jede Fähigkeit dafür verloren, denn langsam versinkt er in ein endloses Schweigen.

Konrad Igler

Konrad Igler zeichnet nur wenig bekleidete oder nackte Menschen, vorwiegend Frauen. Alles sehr zart, fast hingehaucht. Die Bilder sind »schwärmerische Sexualität«, wie der Oberarzt es nennt. Igler ist wohl der größte Hypochonder. Bei jeder Krankheit, die bei irgendeinem ausbricht, erklärt er, dass er sie schon gehabt habe. Vom Flohbiss angefangen bis zur Gehirnhautentzündung ist ihm nichts fremd. Begierig saugt er geradezu jede Bemerkung auf, in der es um Krankheit geht. Aus diesem Grund hat man auch schon sein medizinisches Wörterbuch entfernt, doch er behauptet, dass er es selbst verlegt

habe. Seither misstraut er jedem, nicht nur Ärzten und dem Pflegepersonal, sondern uns allen. War er früher geschwätzig und überaus kontaktfreudig, stößt er jetzt vage Drohungen aus. Wir würden schon sehen …, sagt er dann. Oder: »Die können mich alle!«, oder: »Die haben die Rechnung ohne den Wirt gemacht.«
Er reagiert nicht darauf, wenn ihn jemand anspricht. Auf Fragen des Oberarztes schüttelt er nur den Kopf. Oder er zuckt mit den Schultern. Oder er nickt. Auch die Katastrophe hat nichts daran geändert. Er hat zu malen aufgehört. Er will auch nicht aufstehen und sagt nur, er sei krank. Oberarzt Brantner brachte ihm schließlich vor ein paar Tagen ein altes medizinisches Wörterbuch von Eugen mit. Am selben Abend begann er wieder zu zeichnen. Es handelte sich um einen riesigen, ejakulierenden Penis in Form einer violetten Schwertlilie, dessen Samen aus winzigsten violetten Schwertlilien besteht, berichtete Dr. Brantner. Er hatte das Blatt bei sich, und da ich neugierig war, warf auch ich einen Blick darauf. »Unheimlich schön!«, sagte Eugen. Ja, es war tatsächlich unheimlich. Und tatsächlich schön.
Oberarzt Brantner bat Igler auch, dem Bild einen Titel zu geben, und dieser schrieb darunter: »Als ich Syphilis hatte.« Er verbreitete, dass er mit sechs Jahren an Syphilis erkrankt sei, als er selbst »noch eine Schwertlilie war«. Diese Schwertlilie habe sein Vater eines Tages aus dem Bordell mitgebracht, wie ihm seine Mutter später erzählte, weshalb er anschließend Medizin studiert habe.
Am folgenden Sonntag malte er weitere Krankheiten von nackten Männern und Frauen, deren Geschlechtsteile alle Kakteen, Blumen und weitere Pflanzen waren. Den 32 Bildern gab er den Übertitel »Aufklärung«.

Die Imkerinnen

Das Wissen von Britta Kall aus der SOS-Kinderdorfgruppe über Bienen gleicht nahezu dem meines Neffen Eugen, der von Britta begeistert ist. Zusammen mit ihrer Freundin Agnes Drossel, die mit Eugens Sohn Walter befreundet ist, hat sie alle Imker-Bücher von Eva Crane und Friedrich Ruttners »Naturgeschichte der Honigbienen« gelesen und in einem Heft Aufzeichnungen darüber gemacht. Eva Crane hatte Kernphysik studiert und sich nach ihrem Abschluss der Imkerei verschrieben. Britta hatte vorgehabt, Mathematik zu studieren, und Agnes war noch in die 7. Klasse Mittelschule gegangen.
Zur Schande unserer Verlage sind die Werke von Eva Crane auf Deutsch nicht erhältlich, weil sie schlicht nicht übersetzt wurden. Britta und Agnes hatten die letzten beiden Sommer vor der Katastrophe Praxis bei einem Imker erworben und Britta das letzte Jahr davor bei einem Hobbyimker in der Nachbarschaft ausgeholfen. Immer, wenn wir zusammen arbeiteten, berichtete sie mir, was in Eva Cranes Büchern stand. Auch Malia und Kira mochten die beiden. Gerne saßen sie beisammen und unterhielten sich, am liebsten Malia mit Britta, wenn sie allein waren.
Eines Abends erzählte mir Malia, dass Britta ein schweres Leben hinter sich habe. Britta sei religiös und so introvertiert, dass sie anfangs geradezu abwehrend gewirkt habe. Davon sei jetzt nichts mehr zu bemerken. Brittas Vater sei ein schwerer Trinker gewesen. Er habe ihre Mutter geschlagen … von Beruf sei er Zahntechniker gewesen und habe im Laufe der Zeit drei Kündigungen wegen seiner Sucht hinnehmen müssen. Jedes Mal sei er in eine Suchtklinik eingewiesen worden, doch sei er anschließend, sobald er sich erholt habe, rückfällig geworden. Außerdem sei er immer brutaler gegen ihre

Mutter vorgegangen. Als Britta zwölf Jahre alt war, habe sie diese eines Nachts schreien und den Vater schimpfen und toben gehört. Sie sei in die Küche gelaufen, habe den Fleischhammer, der im Waschbecken gelegen sei, gesehen und ihrem Vater damit einen Hieb auf den Hinterkopf versetzt. Er sei umgefallen, doch habe sie weiter auf seinen Kopf eingeschlagen, bis ihr die Mutter das Küchengerät aus der Hand gerissen habe. Als sie sich beruhigt hatten, hätten sie zu ihrem Schrecken festgestellt, dass der Vater und Ehemann tot war. In ihrer Verzweiflung hätten sie überlegt, was zu tun sei. Schließlich habe ihre Mutter beschlossen, dass es am besten sei, wenn sie alles auf sich nähme. Da sie eine Freundin namens Hedwig hatte, die als SOS-Kinderdorfmutter arbeitete, habe sie diese am frühen Morgen angerufen, ihr alles gestanden und sie um Hilfe gebeten. Erst dann habe sie die Polizei verständigt. Beim Verhör habe sie behauptet, gestand ihre Mutter, dass ihr betrunkener Ehemann seine Tochter verprügelt habe und sie sich als Mutter und Beschützerin ihres Kindes nicht anders zu helfen gewusst hätte, als mit dem Fleischhammer auf ihn einzuschlagen. Die Polizei sei daraufhin mit Britta ins Krankenhaus gefahren, um sie untersuchen zu lassen. Dort habe man jedoch keine Gewaltspuren an ihrem Körper feststellen können. Anschließend sei auch sie verhört worden. Wie ihre Mutter es ihr geraten habe, habe Britta ausgesagt, dass ihr Vater sie mehrmals bei den Haaren gepackt und zu Boden gerissen habe. Seinen Schlägen sei sie jedoch ausgewichen, habe sie hinzugefügt. Als Grund seiner Attacke habe sie angegeben, dass sie ihren Vater aus Angst vor seinen Wutanfällen immer wieder belogen habe, was ja den Tatsachen entsprochen hätte. Während der Gerichtsverhandlung habe sie aber vor Angst »kein Wort herausgebracht«, und ihre Mutter sei wegen Totschlags zu fünf Jahren Arrest verurteilt worden. Dort habe sie nach einem Jahr Haft Selbstmord begangen. Die Freundin ihrer Mutter, Hedwig, habe tatsächlich erreicht, dass Britta vom SOS-Kinderdorf aufgenommen worden sei. Sie habe nach der Matura ihren Freund, der selbst im Kinderdorf gearbeitet habe, besucht, als es zur Katastrophe gekommen sei.

Auch über Agnes wusste Malia Bescheid.

Sie kam, wie Malia mir sagte, aus einer Hausmeisterfamilie. Ihre Mutter war nach einem Fahrradunfall im Krankenhaus gestorben, und ihr Vater zwei Jahre danach an einem Gehirnschlag, da er zuckerkrank gewesen sei.

»Und du?«, fragte ich Malia im Scherz.

»Ich bin deine Frau«, antwortete sie.

Gustav Reiter, der Vermisste

Der Frühling entwickelte sich unerwartet rasch und schön. Als die Bäume blühten, verwandelte sich auch das Gemälde »Die drei Jäger im Schnee« über Nacht geradezu ins Paradiesische. Ich behielt es wie zumeist für mich. Ich hatte genug mit den Bienen und meinen Aufzeichnungen zu tun. Die abgefallenen Blüten aus den Baumkronen lagen wie vertrocknete Schneeflocken auf der Wiese. Ich dachte an weiße Konfetti. Manchmal wehte sie ein Windhauch auf, und sie wirbelten langsam wieder zu Boden, bis sie plötzlich verschwanden. Es gab besonders viele durchsichtige Ulmensamen, die vom Wind aus den Bäumen im nahen Wald verweht wurden und auf dem Boden, dem Asphalt und den Glasdächern über den Haustüren landeten. Besonders die kleinen Samenwolken, die über den Steinbruch trieben und in Zeitlupe abwärts trudelten, hatten es mir angetan (ich verwendete für die Beobachtungen meinen Feldstecher). Sie waren im Son-

nenlicht kleine, schwerelose Münzen, die vom Himmel schwebten und sich lautlos in die Tiefe senkten.
Am Abend erzählte mir Eugen vom vermissten Maler Gustav Reiter, auf den er immer wieder zu sprechen kam. Doch wandte er sich wegen Gustav auch an Oberarzt Brantner, mit dem er jetzt häufig Umgang hatte. Er suchte mich in meinem Zimmer auf und fragte mich, was ich über Gustav Reiter wisse. Ich sagte ihm, dass man ihn als Kind »weggesperrt« habe, weil er nicht »normal« gewesen sei. Mehr wüsste ich selbst nicht, da er nur wenige Worte sprach. Eugen ergänzte hierauf das, was mir nicht bekannt war. Ein Jahr nach Gustavs Geburt habe man festgestellt, dass er »geistig behindert« war, wie die Eltern sich später rechtfertigten. Der Vater war »Staatsbeamter« gewesen, die Mutter Chefsekretärin eines Unternehmens. Als Gustav größer wurde, hatte man unter dem Stiegenaufgang zum oberen Stockwerk einen Verschlag eingebaut, der durch eine unauffällige Tür aus gleichem Holz betreten werden konnte. Für Gustav befanden sich darin nur eine Matratze, ein Schemel und ein schwaches Licht, das die Dunkelheit spärlich erhellte. An der Innenseite der Holzwand waren ein Nachttopf und Toilettenpapier abgestellt. Man könnte also, so Eugen, durchaus sagen, dass er in einer Holzkiste aufwuchs. Nie sprachen seine Eltern mit anderen Menschen über ihn. Den Nachbarn antworteten sie auf die Frage nach Gustav, er sei blind und in einer Klinik, später, er leide an einem Tumor. Schließlich fragte niemand mehr nach ihm. Man nahm wohl an, er sei gestorben. Aber der Tote lebte weiter in der »Holzkiste«. Oberarzt Brantner hatte Eugen gegenüber bemerkt, dass Gustav der einzige Tote sei, der aus dem Jenseits zurückgekehrt wäre. Er verdanke dies dem Umstand, dass seine Eltern eines Tages vergessen hätten, die Stiegentür mit dem Eisenriegel abzuschließen. Da er immer wieder versucht habe,

die »Holzkiste«, wie er sagte, zu verlassen, müsse er die Gelegenheit ergriffen haben und geflohen sein. Gustav habe bei seiner Flucht ein Mädchenkleid getragen, weil er so wohl leichter zu pflegen gewesen sei. Er habe obendrein einen kahlgeschorenen Kopf gehabt. Nur langsam, schwerfällig hinkend und von der Sonne geblendet, sei er dahingewankt und schließlich zu Boden gestürzt. So habe man ihn aufgefunden. Man habe ihn schließlich in die Psychiatrie eingewiesen und seine Eltern vor Gericht gestellt. Ein aufsehenerregender Prozess sei gefolgt. Aber Gustav habe durch die Traumen, die er erfahren habe, »irreparable Schäden«, wie Eugen sich ausdrückte, erlitten. Er habe kaum sprechen können, auch geistig habe er sich nur langsam weiterentwickelt. Das Einzige, was ihn interessiert habe, sei Zeichnen gewesen. Es habe sich herausgestellt, dass er in der »Holzkiste« Farbstifte und Papier sowie ausgeschnittene Papierfiguren mit Papierkleidern zum Spielen gehabt hätte. Mit einem Wort, er habe gelebt wie ein Hund, hatte der Oberarzt festgestellt. »Und er sprach auch so.« Zum ersten Mal, sagte Eugen, habe er Dr. Brantner mit nassen Augen gesehen.
Anfangs sei Gustav durch die Anwesenheit der anderen Kinder in der Psychiatrie erschrocken gewesen. Ihre Behinderungen hätten ihm Angst eingeflößt. Fast ein Jahr habe es gedauert, bis er sich zurechtgefunden habe. Allmählich aber habe er so viele Sprachelemente in sich aufgenommen, dass er sich behelfsmäßig verständigen habe können. Als er dies bemerkte, habe er sich bemüht, mehr zu verstehen und auszudrücken, doch sei es nur bis zu einem gewissen Grad möglich gewesen, weshalb er weiter geschwiegen hätte.
Dann kam Eugen auf unser gemeinsames Abenteuer mit ihm in der Höhle zurück. Gustav habe den Felsenraum wie eine Jenseitsvision ausgemalt. Eines Tages sei er verschwunden gewesen. Immer wieder habe er, Eugen, die

Höhle aufgesucht und seinen Namen gerufen, doch ohne Erfolg.

Als ich die Samen der Ulmen bei ihrem Flug beobachtete, dachte ich, ob ich es wollte oder nicht, immer wieder an Gustav.

Manche Bewohner sammelten und aßen die Ulmensamen. Sie hätten einen feinen Nussgeschmack, solange sie frisch seien, erfuhr ich. Bei den älteren Samen seien allerdings die dunklen kleinen Kerne so hart wie Kieselsteinchen. Ich konnte mich zuerst nicht überwinden, eines der ovalen, halb durchsichtigen Blättchen in den Mund zu nehmen. Doch dann tat ich es und war überrascht von ihrem feinen Geschmack. Der Samen war für mich von da an wie eine Hostie, in der sich Gustav befand, und ich unterließ es daher, sie zu verspeisen. Aber ich konnte es nicht verhindern, dass ich das Gefühl hatte, Gustav lebte in mir, und dass er mich bestimmte, etwas zu tun, was ich eigentlich nicht tun wollte. So aß ich zum Beispiel jetzt scharfe Nuri-Sardinen – Gustav Reiters Lieblingsspeise –, die ich bis dahin nie gemocht hatte.

Schöpfung und Apokalypse

Nach langen Gesprächen und sich häufenden Missverständnissen und schließlich wachsendem Unbehagen hat mir Oberarzt Brantner Einblick in zwei Hefte einer deutschen Kunstzeitschrift gewährt, um mir behilflich zu sein, Schöpfung, Jenseits und Apokalypse zu verstehen. Für das Jenseits war es die Künstlerin Hilma af Klint, die er auswählte, für die Schöpfung Joseph Beuys. Ich jedoch habe Joseph Beuys für die Apokalypse und Hilma af Klint für die Schöpfung und das Jenseits ausgewählt.

Hilma af Klint war introvertiert und hörte Stimmen, kein Wunder, denn am Anfang war bekanntlich das Wort. Sie malte ab 1906 die Lebenswirklichkeit der atomaren Bestandteile des Universums. Das Besondere daran war, dass sie die »Gleichgültigkeit«, die »Unnahbarkeit«, die »Würde« dieser abstrakten Welt miterfassen wollte, da sie von ihrer Schönheit und Wahrheit überzeugt war. Weil sie keine »reine« Wissenschaftlerin und Theosophin war, gelang ihr das Vorhaben.

Das atomare Universum befolgt Regeln, die notgedrungen Schönheit erzeugen: vor allem die Geometrie und im Speziellen die Symmetrie und zusätzlich als »menschlicher Faktor« – die Farben. Af Klint machte – wie Ernst Haeckel die wunderbaren Einzeller – die noch kleinere Welt der Atome sichtbar und erfand dabei eine magische Physik, eine märchenhafte Physik, ja, eine religiöse Physik.

Ich habe noch nie abstrakt geträumt, aber Hilma af Klint besaß wohl eine seltene Fähigkeit dafür. Sie konnte Gegenständliches in Abstraktes verwandeln. Was für Mathematiker die Formeln sind, war für sie die Farbe. Ihre Zauberstäbe waren Bleistifte, Buntstifte und Pinsel für Aquarellfarben, mit denen sie die metaphysische Schöpfung darstellte, soweit der menschliche Geist ihr nahekommen kann. Einiges erinnerte mich an die Farbenlehre von Goethe und die künstlerische Arbeit des Anthroposophen und Architekten des Goetheanums in Dornach, Rudolf Steiner, den sie ja persönlich kannte. Ihre Kunst ist eine Metasprache wie die Musik.

Joseph Beuys' Werk wiederum ist mit Zerstörung verbunden, seine künstlerischen Arbeiten sind Fundstücke einer imaginierten Archäologie, die auf den Seziertisch eines zugleich metaphysischen wie auch sich außerhalb der Normalität befindlichen Geistes gelangt sind. Man kann die Kunst auch als alltägliche Science-Fiction betrachten, als Metaphysik des Gewöhnlichen.

So kompliziert das klingt, so einfach ist es: Vieles, was Beuys sieht, »begreift« er bereits als Folgeerscheinung des »Abfalls«. Er überspringt das »Müllstadium« eines Objekts, bevor es zum archäologischen Fundstück wird.
Der Künstler erfährt die Welt also weit hinter dem zeitlichen Horizont der Menschheit und nimmt in Form der Darstellung eines Paralleluniversums die unausweichliche Zukunft vorweg. Die Kunstobjekte sind gleichsam Überbleibsel von Katastrophen, die von der Menschheit verursacht wurden.
Nicht die Natur wird die Menschheit beenden, sondern die Menschheit sich selbst (die Mikrowelt kann sie – nebenbei – ohnedies jederzeit auslöschen). Denn der Homo sapiens kann nichts so belassen, wie es die Natur vorgegeben hat.
Sie unterwerfen die Natur, um sie – wie ein Zirkusdirektor seine gefälschten Wunder unter dem Zeltdach – vorzuführen und sich gleichzeitig einzuverleiben. Das vermehrt auf die Dauer zwar das Gewicht des Zirkusdirektors, aber gleichzeitig droht ihn die daraus folgende Adipositas, die »Fettsucht«, umzubringen. Um seine Erkrankung zu kurieren, vernichtet er das nächste Stück Natur. Er will die gesamte Schöpfung zähmen, wie es ihm bei Löwen oder Eisbären gelungen ist, und zugleich erkennt er im Spiel der Clowns seine eigene Lächerlichkeit. Lachend folgt er den Lächerlichkeiten seines Tuns, seinen Unsinnigkeiten und schließlich jenen seines Sterbens, seines Selbstmords. Denn die Natur überlisten und abrichten zu wollen ist vergebliche Liebesmüh.
Beuys' Werk erkennt diese absurde Begabung des Menschen und ihre Folgen. Er hinterlässt ein Museum der Zukunft, eine Utopie der Selbstvernichtung, die er Detail für Detail wie ein Gerichtsmediziner untersucht und benennt und nicht zuletzt in Katalogen festhält.

Der erste Flug, Venedig

Was sich als Nächstes ereignete, hatte sich bereits bei meinen Migräneanfällen angekündigt. Jedes Mal, wenn mich in der Früh der Sonnenstrahl weckte, hatte ich einen Migräneanfall mit farbigen Lichtflecken und wartete auf den »Engel im Werden«. Doch er erschien nicht. Ich fragte mich natürlich, weshalb er es vermied, sich zu zeigen. Ich sah nur leuchtende blaue Kreise, orange Muster, die mich an Sprossen von Leitern erinnerten, an zu Stein gewordenen grünen Rauch, an die von Falten übersäte Haut eines Elefanten, an farbige Röntgenaufnahmen, an Schlangengerippe, an Sandrinnen in den gelben Dünen der Sahara, an bleiche Fischgräten, an blendend blaue Tropfsteine in einer Grotte, an stufenförmige Plateaus mit »Weinstöcken«, an phosphoreszierende Baumwurzeln, an Blitze hinter Bergen, an grell leuchtendes Aderngeflecht, und ich verstand aus den Erscheinungen, dass der Engel mich aufforderte zu fliegen.

Während ich meiner Arbeit nachging, meinte ich aus dem Gesumm der Bienen eine Bestätigung zu hören. Je länger ich lauschte, desto deutlicher wurde die Botschaft, bis ich laut antwortete: »Ja, ich kann fliegen!«, und dabei an meine Begegnung mit der Elster und den Flug zu den Vulkanen dachte.

Eugen kam kurz darauf mit ernstem Gesicht auf mich zu. Ich erriet sofort, dass er verunsichert war.

»Du hast gerade gerufen: ›Ja, ich kann fliegen!‹ Hast du uns zugehört?«, fragte er mich.

Ich schüttelte den Kopf.

»Das glaube ich dir nicht!«, fuhr Eugen fort.

Ich wurde ärgerlich, weil ich dachte, er ermahnte mich schon wieder wegen meines Verhaltens, und machte daher eine abwehrende Handbewegung.

Die Pfingstrosen im Garten, bemerkte ich jetzt, hatten bereits knospende Köpfe, aus denen es weiß und rot herausschimmerte.
»Komm!«, sagte Eugen entschlossen.
Ich folgte ihm ein Stück abseits, und Eugen nahm den Bienenhut ab, worauf ich das Gleiche tat.
»Du hast früher laut mit dir selbst gesprochen«, sagte Eugen zu mir.
Ich schwieg, nickte aber.
»Hast du gelauscht?«, fragte er.
»Wieso?«
»Wir hatten vorhin eine Besprechung im Stall!«
»Wer?«
»Hast du zugehört oder nicht?«
Ich dachte nach und nickte dann, weil ich dadurch herauszufinden hoffte, worum es eigentlich ging.
»Was hast du gehört?«
Ich wusste nicht, was ich darauf antworten sollte, und rettete mich in eine Gegenfrage. »Warum fragst du mich?«
»Weil Alois … das heißt der Feldwebel Lechner … sich dagegen ausgesprochen hat …«
Ich schwieg wieder.
»Bist du jetzt beleidigt?«, fragte mich Eugen weiter.
Ich starrte meine Schuhe an und zuckte mit den Schultern.
»Hast du alles gehört?«, wollte Eugen wieder wissen.
Ich nickte, um endlich alles zu erfahren.
»Du möchtest also mitfliegen?«
In diesem Moment begriff ich, dass man vielleicht eine Ballonreise plante, und ich sagte: »Ja.«
»Gut.« Eugen dachte nach und fügte hinzu, dass er noch einmal mit Lechner darüber reden würde.
»Wer hat hier das Sagen?«, fragte ich Eugen. »Du oder er?«

»Alois hat alles beschafft, er muss daher mitentscheiden können, wer ihn begleitet, und er hat zwei Jugendliche aus der SOS-Kinderdorfgruppe ausgewählt … Ich widersprach ihm aber, dass du ihn begleiten solltest, weil du darüber schreiben würdest. Auch Malia war dieser Meinung und erzählte, wie großartig du dich bei der Fahrt in die Hauptstadt verhalten hast. Selbst Frau Dr. Schäfer, die bereits ausgewählt ist, hat dich gelobt und gemeint, es müsse unbedingt jemand dabei sein, der dem Feldwebel widersprechen könne, denn Oberarzt Brantner hat abgesagt, weil seine Frau schwanger ist.«
Am späten Abend, als mich Malia aufsuchte, erfuhr ich erst, worum es ging. Der Feldwebel hatte einen sechssitzigen Black-Hawk-Helikopter aufgetrieben und in der Kaserne betankt. Er habe zunächst einen Testflug in die Provinzhauptstadt unternommen, bei dem alles gutgegangen sei. Anschließend sei er in die Kaserne zurückgekehrt. Dort bereite er jetzt einen Erkundungsflug nach Venedig vor, weil die Stadt ein Zentrum des Tourismus sei und man daher erste Rückschlüsse auf den Zustand der Welt ziehen könne. Außerdem könne er die Strecke, ohne aufzutanken, bewältigen, wenn nicht etwas dazwischenkomme. Eugen habe mich daraufhin als Teilnehmer an dem Erkundungsflug vorgeschlagen. Dagegen hätte sich vor allem der Feldwebel gewehrt, aber Eugen habe sich durchgesetzt. Es ging also nicht um einen Ballonflug, sondern um eine wirkliche Reise.
Am nächsten Morgen landete der Hubschrauber mit dem Feldwebel überraschend vor unserem Haus. Neugierig lief ich hinaus, aber er ignorierte mich, als er an mir vorbeiging.
»Ja«, hörte ich ihn mit Eugen verärgert sprechen, »wenn es unbedingt sein muss, kann er mitfliegen … Aber ich will die Gelegenheit nutzen und jetzt starten – wir haben phantastisches Flugwetter!«

Ich nahm mein Notizbuch, einen Stift und zwei aufgeladene Handys zum Fotografieren mit. Malia weinte und lachte abwechselnd. Im Helikopter nahmen außer dem Feldwebel und mir noch Frau Dr. Schäfer, Hans Haller, Britta Kall und ihr Freund Jürgen den ihnen zugewiesenen Platz ein. Jürgen verstand sich mit dem Feldwebel sehr gut, wie ich feststellte, schaffte es aber auch, Distanz zu halten. Ursprünglich hätte, sagte Malia, der Kaplan statt mir fliegen sollen, aber da wir Sonntag hatten, wollte er noch die Messe abhalten, worauf sich der Feldwebel nicht eingelassen hatte.
Als wir starteten und der Motor und die Rotorblätter lärmten, hielt ich mir die Ohren zu. Ich schloss auch die Augen, weil ich befürchtete, beim Abflug einen Schwindelanfall zu erleiden, sobald ich sehen würde, wie sich alles unter uns rasch entfernte und kleiner würde. Obwohl der Lärm anschwoll und ich mich bemühte, an etwas anderes zu denken, spürte ich, wie der Hubschrauber abhob. Von da an überließ ich mich dem Geschehen.
Wir gewannen so rasch an Höhe, dass sich, als ich die Augen öffnete, kurz Schwindelgefühle einstellten, doch allmählich fing mir der Flug zu gefallen an. Ich nahm die Hände von meinen Ohren und spürte zugleich, wie das Heck nach hinten kippte. Die gesamte Reise über fühlte ich ein leichtes Absenken der Helikopternase, wenn wir geradeaus flogen, und das leichte Kippen des Hecks nach hinten, wenn der Pilot die Geschwindigkeit verringerte. Es war wie auf einer schweren Hollywoodschaukel, doch in Zeitlupe und rührte vielleicht daher, dass der Feldwebel noch wenig Erfahrung mit dem Fliegen eines Helikopters hatte.
Nachdem wir eine gewisse Höhe erreicht hatten, begriff ich, dass mir meine Migräne ähnliche Bilder gezeigt hatte. Ich erblickte zuerst einen Fluss, der sich wie ein Reptil zwischen Hügeln dahinschlängelte. Es schien in

seiner Bewegung gerade innezuhalten, als wollte es nicht gesehen werden. Als ich den größeren Vulkan der »Weinebene«, wie die Leute sagen, in der Ferne erkannte und gleich darauf die beiden anderen, fiel mir wieder ein, dass Eugen mich informiert hatte, wir würden zuerst über die »Gegend« fliegen.
Bis auf die Fahrzeugwracks erinnerte mich nichts mehr an die Fahrt mit dem Radpanzer im Schnee. Die Vulkane machten einen friedlichen Eindruck. Zwei von ihnen hatten sich beruhigt und stießen keinen Rauch mehr aus, der dritte gab weißen Dampf von sich. Der Feldwebel flog wohl deshalb über ihn hinweg. Der Krater unter uns, sah ich, hatte einen goldfarbenen Rand, darin dampfte blaues Wasser … orangefarbene Strahlen, die vermutlich Lavaströme waren, liefen die steilen Berghänge hinunter und vermittelten den Eindruck, als male eine unsichtbare Riesenhand gerade ein Auge mit grellen Wimpern in das Gestein. Wir starrten alle fasziniert auf das Schauspiel, das sich uns bot, weswegen der Feldwebel den Vulkan noch einmal überflog. Erst dann nahm er Kurs auf die beiden stillen Krater. Sie waren wie leere Augenhöhlen.
Der Feldwebel zog den Hubschrauber in die Höhe, und wir schlugen, wie er laut ankündigte, die Flugrichtung nach Venedig ein. Während alle Übrigen zu sprechen begannen, versuchte ich mich in die Lage zu versetzen, selbst der riesige Vogel zu sein, der über die Landschaft strich. Ich weiß nur, dass wir felsige Berge unter uns sahen – die hohen waren von Schnee bedeckt und leuchteten weiß auf Dunkelgrau, als schneie es auf dem Mond –, dann Dörfer, Straßen und Häuser. Nichts bewegte sich, kein Auto, kein Radfahrer, kein Mensch. Streckenweise waren die Fahrbahnen leer, dann wiederum sahen wir von oben eingefroren wirkende Verkehrsstauungen oder erstarrte Unfälle. Flogen wir wieder höher, stießen wir in die weißen Wolken, aber es schien uns ganz selbst-

verständlich, dass sie uns verschluckten und wieder ausspien. Solange wir uns in ihnen befanden, rüttelte der Hubschrauber heftiger. Flogen wir etwas tiefer, kehrten wir gleich wieder in das gewohnte Schaukeln zurück. Schließlich lösten sich die Wolken auf, und wir hatten eine weite Sicht auf endlose Ansammlungen von Häusern und Äckern, spärlichere Wälder und die toten Straßen mit den toten Fahrzeugen.
Immer wieder erkannten wir das Gefäßsystem der Erde: Flüsse, Bäche und kleinere Seen. Sie glitzerten unter dem Sonnenlicht, als würden sie von den Strahlen in glühende Lava verwandelt. Ich dachte an lebendige Landkarten, die sich vor uns langsam ausdehnten. Dann wiederum verglich ich die von oben zu sehenden Muster mit Tierhäuten, welche ihr Aussehen stetig verwandelten, um vorzutäuschen, sie seien Pflanzen, Gefieder oder Schuppenpanzer. Die Mimikry schlug mich so in ihren Bann, dass ich in meinem Kopf Phantasiewesen daraus machte.
Als wir das Meer erkannten, brachten uns die gewaltigen Ausmaße zum Schweigen. Kein Lastenschiff, kein Segler, kein Boot war zu sehen. Nur das blaue Wasser, das stoische Ruhe ausstrahlte.
»Wir sind allein«, sagte die Ärztin Dr. Schäfer laut.
Niemand antwortete. Tatsächlich verspürte jeder von uns die Einsamkeit, die uns umgab. Es war völlig gleichgültig, wussten wir, wenn wir abstürzten … nicht mehr würde geschehen, als wenn ein Jungvogel aus einem Nest fiele …
»Wir landen zuerst in San Francesco del Deserto. Das ist eine kleine Insel«, rief der Feldwebel.
Alle deuteten ein Kopfnicken an. Dr. Schäfer fragte aber: »Warum?«
»Es gibt dort ein Franziskanerkloster. Wenn die Mönche noch leben, können wir erfahren, was sich in der Lagune abgespielt hat.«

Wir hatten inzwischen schon Burano erreicht, und der Feldwebel wies auf das Inseldorf hinunter. Blaue, gelbe, weiße Häuser, rote Ziegeldächer, ein stiller Kanal, festgemachte und im Wasser treibende Motorboote, Fabrikgebäude, ein Kirchturm huschten unter uns vorüber, aber wir entdeckten keinen einzigen Menschen. Tauben, die sich in die Luft erhoben, bildeten einen Schwarm. Und gleich darauf erkannte der Feldwebel die benachbarte Insel San Francesco del Deserto. Als Erstes hatte ich den Eindruck, es handle sich um einen Park, denn das winzige Eiland war von unzähligen Zypressen umsäumt, so dass das Ganze wie ein Wiesenmaul mit grünen Zähnen wirkte. Die Gebäude waren, sah ich, durch zwei weitere Zypressenreihen vom Rest der Insel getrennt.

»Im Kloster«, rief der Feldwebel, »sollen acht Mönche leben … jedenfalls sehe ich keine Touristen am Einfahrtskanal.«

Je näher wir kamen, desto deutlicher wurde es, dass San Francesco del Deserto unbewohnt war. Trotz der traurigen Gedanken gefiel mir die Insel, dann aber erinnerten mich die Gebäude des Klosters plötzlich an die Anstalt, und ich verspürte Angst. Beim Aufsetzen des Helikopters stellten wir fest, dass der Acker von Unkraut bewachsen war, welches sich unter den rasenden Rotorblättern bog wie bei einem Sturm. Wir eilten mit eingezogenen Köpfen bis zu den Zypressen. Von dort führte der Weg an einem riesigen Holzkreuz vorbei und entlang einer Ziegelmauer bis zum Eingang des Klosters. Die Pforte war nicht versperrt.

Gleich nach den ersten Schritten befanden wir uns in der bescheidenen Kirche, wo wir sieben Mönchskutten auf den Betbänken fanden und davor auf dem Boden sieben Paar Sandalen, einige Brillen und zwei Gebisse. Vor dem Altar unter einem einfachen Holzkreuz stießen wir auf die Kutte eines achten Klosterbruders. Der Feldwebel

forderte Jürgen und Hans Haller auf, ihm zu helfen, die Fundstücke wegzuräumen. Wir durchquerten die Kirche und sahen auf ihrer Rückseite den Klostergarten. Mir fiel die gerahmte Postkarte in meinem ehemaligen Kinderzimmer ein, auf der Franz von Assisi mit den Vögeln gesprochen hatte und, wie der Feldwebel es ausdrückte, aus Ägypten kommend, hier auf der Insel ein kurzes Zuhause gefunden hatte. Bei dieser Bemerkung empfand ich ein starkes Glücksempfinden, und ich wünschte mir, länger bleiben zu dürfen.
Ein Stück weiter kamen wir auf eine große, von Zypressen umsäumte Wiese, in deren Mitte eine hohe, mit erhobenen Armen betende Franz-von-Assisi-Statue errichtet war. Alle bekreuzigten sich stumm, und wir gingen zu einem Gartenbeet, von dem wir ein Stück aufgruben, um die Kutten, Sandalen und privaten Gegenstände der verschwundenen Mönche zu begraben. Seltsamerweise war es jedem von uns ein Bedürfnis, Hand anzulegen. Hierauf begaben wir uns zurück in das Kloster, fragten laut, ob jemand da sei, was angesichts des Lärms bei der Landung unseres Hubschraubers jedoch unwahrscheinlich war. Wir suchten alle Zimmer auf und blickten aus den Fenstern, die wir zuvor öffneten. In der Küche fanden wir Fischgräten, offene Weinflaschen, Gläser und verschiedene Teile eines Speiseservices, die wir einsammelten und in einen Schrank stellten, während der Feldwebel bereits zum Aufbruch drängte. Ich fragte ihn, ob wir beim Rückflug auf der Insel wieder einen Zwischenstopp einlegen würden, worauf er nur mit den Achseln zuckte und demonstrativ fragte, ob vielleicht jemand in der Stadt ein Grand-Hotel aufsuchen wolle? Niemand lachte, nur Dr. Schäfer rief: »Gute Idee!«
In übertriebener Eile machten wir uns auf den Weg zurück zum Helikopter. Es war mir, als würde ich beim Lesen eines spannenden Buches jäh unterbrochen. Ich

war irritiert und außerdem besorgt, einen Anfall zu erleiden. Meine Krankheit meldet sich, wie man mir erklärte, in »Schüben« und ist trotz der Medikamente, die ich ja abgesetzt hatte, nicht vollständig zu beherrschen. Dadurch führte ich auch verschiedene Existenzen, wie mir der Oberarzt erklärt hatte. Außerdem behauptete er, dass Schizophrenie-Patienten ohne Empathie seien, was ich meinerseits absurd finde, denn Empathie hat viele Formen.

Es war großartig, sich der Stadt vom Himmel aus zu nähern. Alles, was ich sah, war mir fremd und schien seine Fremdheit gegen mich zu behaupten, um mich zu zwingen, dass ich mich unterordnete. Ich gab sofort nach, um nichts zu versäumen. Andererseits spürte ich, dass ich der Stadt gleichgültig war. Was, wenn ich mich in ihr verirrte oder in den Canal Grande stürzte, über den wir gerade flogen? Ich erkannte auf ihm treibende Gondeln, zusammengestoßene Vaporetti und herrenlose Motorboote, welche auf dem klaren Wasser wie Kunstwerke ausgestellt waren. Überall in den Parks oder den Gassen, auf Plätzen und Kais lagen Rucksäcke, Koffer, Taschen, Kinderroller, Sonnenhüte und andere Kleidungsstücke wie Brillen, Schals, Jacken, Mäntel, Sneakers, Stiefeletten oder sogar Gehstöcke und Krücken herum, die aufzeigten, dass wir den Schauplatz einer Katastrophe besuchten.

»Wir sehen derzeit keinen Menschen – dort drüben ein Schwarm Möwen, unter uns jetzt zwei Katzen und drei oder vier Hunde. Die ganze Welt kommt in Venedig zusammen, und wir sehen, dass die Welt tot ist«, rief der Feldwebel, als befände er sich auf einem militärischen Aufklärungsflug.

Wir bogen in Richtung Stadtzentrum ab und setzten langsam zur Landung an. Der Markusplatz mit seinem Dom sah unglaublich schön aus, auch wenn überall Kleidung und umgekippte Stühle lagen. Ein paar Tauben und Mö-

wen stoben auseinander, aber Dr. Schäfer erklärte mir, dass es viel weniger geworden seien.
»Früher ist alles voller Menschen gewesen«, setzte sie mit lauter Stimme fort, »und trotzdem hat es keine sogenannten Zwischenfälle gegeben ...«
Das Wort »früher« hatte ich mittlerweile schon zu oft gehört, denn »früher« hatten die Menschen vielleicht das verursacht, worunter wir jetzt litten. Natürlich schwieg ich, doch ich fühlte mich darin bestätigt, dass die meisten die Vergangenheit idealisierten ... Als Erster sprang der Feldwebel heraus, und ich sah, dass er plötzlich ein Gewehr in der Hand hatte, wie in einem Kriegsfilm. Doch hatte er ja Kenntnis von Maoris und meinen Erlebnissen in der Hauptstadt, weshalb ich dem keine große Bedeutung beimaß. Hans Haller und ich stiegen die Treppen zum Dom hinauf, öffneten das unversperrte Tor und waren sofort wieder mit Kleidungsstücken auf den Betbänken und dem Gang konfrontiert. Den Ornat eines Priesters und die rot-weißen Überwürfe der Ministranten fanden wir auf den Stufen vor dem Altar, auch ein Kelch und ausgeschüttete Hostien. Ich füllte sie zurück in den Becher, und Hans Haller meinte, wir sollten sie für Kaplan Ferra mitnehmen. Ich spürte die Nähe des Todes wie zuvor schon auf der Insel San Francesco del Deserto. Als ich in die Kuppel schaute, erkannte ich die ungeheure Macht des Glaubens. Ich ließ mich auf einer Kirchenbank nieder und bildete mir ein, im Gehirn eines göttlichen Geschöpfes zu sitzen und dessen Gedanken zu sehen. Beim Betrachten der Wände verlor ich jegliches Wirklichkeitsgefühl. Als mich Hans Haller ermahnte, dass ich nicht einschlafen solle, widersprach ich ihm nicht, sondern folgte ihm bis in die Nähe des Ausgangs, wo er mich aufforderte, zur Decke zu blicken. Ich hob den Kopf, Haller streckte den Finger aus und sagte: »Die Arche Noah«, und fast gleichzeitig erkannte ich den weißbär-

tigen und weißhaarigen Mann, der aus dem Fenster des Schiffs eine weiße Taube fliegen ließ. Wir schlugen beide ein Kreuz, und ich dachte: Ich werde Gott nie verstehen. Zu groß sind die Widersprüche zwischen dem, was auf Erden geschieht, und uns, den nach seinem Ebenbild Erschaffenen. War Gott auch böse und gleichgültig? Log er, täuschte er? Ja, er tötete, tötete uns alle …
Gerade als wir die Kirche verließen, hörten wir einen Schuss und sahen eine Gestalt unter den Arkaden stürzen – aber nicht verschwinden. Also lebte sie noch. Auch begriff ich, dass es sich um einen Fremden handeln musste. Sogleich hatten wir uns auf den Boden geworfen. Weitere Schüsse fielen, aber ich wagte nicht, meinen Kopf zu heben, und starrte nur das gleichgültige Muster einer Steinplatte an. Der Feldwebel beschimpfte irgendjemanden, dann trat wieder Stille ein. Schließlich hörte ich Laufschritte. Ich hob den Kopf und sah den Feldwebel gerade in einem der den Platz umgebenden Gebäude, dem »Caffè Florian«, verschwinden, wie mir Haller, der den Hostienbecher neben sich auf den Boden gestellt hatte, hastig erklärte. … Warum ich dem Feldwebel folgte, verstand ich erst im Nachhinein. Ich glaubte, dass er dabei war, sich und uns in Sicherheit zu bringen, und gab meinem Impuls zu helfen nach. Jedenfalls eilte ich, so rasch ich konnte, in den Säulengang und von dort durch die offene Tür in ein fürstliches Wartezimmer mit rot- und goldverzierten Wänden, Marmortischen und Polstermöbeln. Als Erstes hörte ich den Feldwebel, der gerade »Hands up!« schrie.
Ich kam mir vor wie eine Fliege, die sich in einen fremden Raum verirrt hatte, in dem die Fenster geschlossen waren. Dann hörte ich Schläge und den Feldwebel erregt schimpfen, weshalb ich an einer Art Ausschank vorbei in die nächsten Räume eilte, in denen mich Figurenbilder mit orientalischen Motiven zu verspotten schienen

und Tageslicht durch die Fenster fiel, das die Zimmer in helle gelbe und dunkle schattige teilte. Der Samt, die Vornehmheit und das Gefühl, mich in einem Märchenpalast zu befinden, machten mich kopflos. Zu meiner Überraschung sah ich einen jungen Mann mit lockigem, langem Haar und einer blutigen Nase halb ausgestreckt auf einer der Polsterbänke liegen und den Feldwebel mit seinem Gewehr und einer Maschinenpistole, die er seinem Gegner abgenommen hatte, vor ihm stehen. Als er mich erblickte, schrie er auch mich an: »Raus!«, und ich drehte mich um und lief einfach los bis in den letzten Raum, von dem aus ich auf den Markusplatz gelangte, während der Feldwebel offenbar einen kürzeren Weg genommen haben musste und mit der Maschinenpistole schon den Platz überwachte. »In den Helikopter!«, schrie er. Daraufhin fielen mehrere Schüsse, und Jürgen, der mit uns zum Hubschrauber gelaufen war, stürzte zu Boden. Er musste von einer Kugel getroffen worden sein. Dr. Schäfer hockte sich neben ihn und verband ihn notdürftig, Britta Kall kniete auf der anderen Seite. Vor Schrecken stumm war ich der Anweisung des Feldwebels, in den Hubschrauber zu springen, gefolgt, obwohl ich Angst hatte, dass wir dort beschossen werden würden.
Es war, als stünde Alois Lechner unter Drogen. Sein Blick zuckte ständig zwischen den Gebäuden und Fenstern, den Säulenhallen mit den zum Großteil ausgeräumten Geschäften, den Caffès und den in den Platz mündenden Gassen hin und her. Auch als Haller und die beiden Frauen Jürgen in den Helikopter legten, bewachte er sie und gab Schüsse auf das gegenüberliegende Caffè Quadri ab, in dem er Menschen zu sehen glaubte, oder auch nur, um sicherzugehen, dass niemand auf uns schießen konnte, ohne sich selbst in Gefahr zu bringen. Glas splitterte und klirrte. Meine Angst war inzwischen so groß geworden, dass nicht wenig gefehlt hätte und ich hätte die

Besinnung verloren. Als mein Blick auf den ohnmächtigen Jürgen fiel, hatte ich das Gefühl, dass ich sterben würde. Langsam – unendlich langsam, wie mir schien – hob sich der Hubschrauber in die Luft und stieg schräg in die Höhe, auf das Dach eines der Gebäude zu, wich im letzten Augenblick aus und ließ die zu einem steinernen Denkmal gewordene Stadt unter sich zurück.
Plötzlich redeten alle durcheinander, wollten wissen, was vorgefallen sei, wie es die anderen erlebt, gesehen und gehört hätten und wie es um den verletzten Jürgen stehe. Dr. Schäfer forderte eine Zwischenlandung auf der Isola San Francesco del Deserto, um den Verwundeten besser versorgen zu können.
Der Feldwebel lehnte zuerst ab, doch auf den Protest von Britta, Haller und Dr. Schäfer hin gab er nach. Stille trat ein, in der ich Lechner für seinen Einsatz lobte und mich bei ihm bedankte. Ich war davon überzeugt, dass er es gewesen war, der uns gerettet hatte. Erst später erfuhr ich, wie es sich wirklich abgespielt hatte: Lechner war es gewesen, der die ersten Schüsse abgegeben hatte, worauf das Feuer nur einmal erwidert worden war, während der Feldwebel blindwütig weitergeschossen hatte. Die beiden Frauen waren sich auch einig, dass er zumindest einen der Menschen unter den Säulengängen getroffen hatte. Die Angst der Einheimischen vor ihm sei mit Sicherheit größer gewesen als umgekehrt, stimmten sie überein. Doch besserte sich von da an sein Verhalten mir gegenüber. Er antwortete mir jetzt wieder, auch wenn der Grund dafür mein Irrtum war. Einmal lobte er mich sogar für meinen Mut, dass ich ihm in das Caffè gefolgt war, auch auf die Gefahr hin, selbst von einem Schuss getroffen zu werden, aber das beruhte ebenfalls auf einem Irrtum.
Das eintönige Geräusch der Rotorblätter und des Motors beruhigte mich. Die Bilder vom Markusdom – die vor dem Altar und in den Betbänken aufgefundenen Klei-

dungsstücke und das Mosaik von Noahs Arche – vermischten sich mit den Fragmenten des Schusswechsels und meinem irrtümlichen Auftritt im prunkvollen Caffè Florian. Auch wenn ich mich bemühte, an etwas anderes zu denken, gelang es mir nicht. Erst als wir wieder die Isola San Francesco del Deserto anflogen, konnte ich so etwas wie Erleichterung empfinden.

Diesmal landeten wir auf der großen Wiese mit der Statue Franz von Assisis. Haller und der Feldwebel trugen Jürgen, der im Helikopter eine Embryohaltung eingenommen hatte, über die Wiese in das Klostergebäude, aber ich blieb zurück, obwohl mich der Feldwebel zweimal aufforderte mitzukommen. Ich befürchtete, Zeuge zu werden, wie Jürgen vor unseren Augen verschwand und uns nur seine Kleider als Erinnerung zurückblieben. Irgendwie gelangte ich in den Hof mit dem kleinen Kreuzgang. Der Platz in der Mitte, wo sich üblicherweise ein Garten befindet, war mit alten Steinplatten gepflastert. Ich ließ mich auf der kniehohen Mauer nieder und versuchte, zu mir zu kommen. In meinem Kopf verwandelten sich allmählich die Steinplatten in einen Teppich aus farbigen Vierecken. Es hätte nur noch gefehlt, dass sie mit mir davonflogen. Um nicht die Fassung zu verlieren, blickte ich mich um. Über den unverputzten roten Ziegelsäulen des Kreuzgangs waren kleine und vom Kot der Vögel dunkelgrün, schwarz und weiß verschmutzte Ziegeldächer angebracht, darüber die Fensterreihen des Klosters. In der Mitte erhob sich ein steinerner Brunnen, der mit einem Kreuz geschmückt und an dem ein Flaschenzug befestigt war. Die Öffnung verschloss ein nach außen hin gewölbter Eisendeckel. Rundherum auf der kniehohen Mauer waren Blumentöpfe mit Zierkohl aufgestellt. Wieder zwangen mich die Steinplatten, sie anzusehen. Inzwischen waren sie von kleinen gelbblauen Wellen bedeckt, welche allmählich eine vollständig gelbe

Farbe annahmen. Dann verfärbte sich der Untergrund weiß, weshalb in mir der Eindruck entstand, es handle sich um Eisberge in blauem Wasser, die schwarze Schatten warfen. Die Eisberge verwandelten sich ruckartig in grüne Hügel und der Steinteppich in nachtschwarzes Gewässer, unter dem Korallenstöcke heraufschimmerten. Ich hatte jetzt den Eindruck, der Boden des Wassers sei mit ausgebleichten, nackten menschlichen Körpern bedeckt, zwischen denen sich gelbe Meerestiere zeigten. Langsam wurde das Wasser wieder blau und weiß wie der Himmel, wenn er von Wolken bedeckt ist.

Ich schlug die Augen auf und fand mich in der Kirche wieder. Neben mir erkannte ich unter einer Betbank ein in rotes Kunstleder gebundenes Buch mit der Aufschrift »Liturgia delle Ore«. Es handelte sich um ein in italienischer Sprache abgefasstes »Stundenbuch«. Aus der römischen Zahl II auf dem Buchrücken schloss ich, dass es mehrere Bände geben musste. Das Buch hatte 2139 Seiten. Und es zog mich so an, dass ich, obwohl ich nicht Italienisch spreche, sofort zu lesen begann.

Zuerst sah ich nur das Weiß des Papiers, das Schwarz der Buchstaben und die rot gedruckten Überschriften. Ich verstand natürlich kein Wort, doch konnte ich nicht aufhören, den für mich unverständlichen Text in mich aufzusaugen. Manchmal zogen die unbekannten Worte wie im Zeitraffer an mir vorüber. Ich hatte keinen Einfluss darauf, was mir durch den Kopf ging, und ich konnte nichts anderes tun als lesen. Es gab jedoch keine plötzliche Erkenntnis oder Offenbarung, sondern nur das Weiterlesen von einem Wort zum nächsten, bis ich begriff, dass es mich womöglich in den Wahnsinn treiben würde. Aber war ich nicht ohnedies wahnsinnig? War ich eine Wolke? Zumindest etwas Ähnliches, nahezu Körperloses? Ich löste mich auf, während die Wörter weiter wie auf einem Fließband in meinen Kopf drangen. Dann – scheinbar grundlos – hatte ich den Begriff Mönchszellen im Kopf, und fast gleichzeitig erschienen die Steinplatten im Kreuzgang als Felder auf einem Schachbrett, doch war das Nachdenken darüber zwecklos. Die Wörter wurden zu verschiedenförmigen Blättern, zu Stickereien, zu Spinnennetzen, um zuletzt immer wieder geradeaus zu laufen. Ich wusste nicht mehr, ob ich schlief und im Traum zu lesen glaubte. Nein, der Körper war vom Liegen auf der Betbank zu einem stetigen Schmerz geworden. Ich konnte keine Haltung einnehmen, die nicht schmerzte, der Schmerz gehörte zur Wirklichkeit. Zwischendurch vergaß ich ihn sogar, wie man seine Haare vergisst oder seine Füße. Immer noch blickte ich durch ein Zeitmikroskop auf die Buchstaben, auf die Wörter und blätterte Seite um Seite weiter. Doch verstand ich noch immer nicht, was die Worte mir sagen wollten, sie sprachen, ohne dass ich in der Lage war, ihnen zu folgen. Umso eindringlicher wirkten sie auf mich. Allmählich wusste ich nicht einmal mehr, welche Schriftzeichen es waren: Es konnten japanische, kyrillische, arabische sein ... Zumeist schien es mir, als seien es ganz neue, unbekannte, vielleicht hieroglyphische – und trotzdem konnte ich nicht aufhören, sie mit meinem Blick zu verschlingen, als verstünde ich sie. Eine Zeitlang hörte ich Grillen zirpen und abgehacktes Vogelgezwitscher, das bald wieder verstummte. Mir fiel ein, dass Pfingstrosen in Rosa, Weiß und Dunkelrot blühten, obwohl ich mir nicht erklären konnte, weshalb ich gerade daran dachte. Ich wagte auch nicht, auf die Uhr zu schauen. Vielleicht wollte ich gar nicht wissen, wie spät es war. Oder ich verbot es mir einfach. Dann wurden es zu viele Buchstaben und Wörter. Die »Gebetsmühle«, so dachte ich, »hält nicht still«. Oder ich, der blinde Maulwurf, der den Tierverstand verloren hatte, war an meine Grenzen gelangt. Ich sah mich selbst. Mein Rumpf war eine Walze.

Mein zugespitzter Kopf saß auf einem kaum sichtbaren Hals. Meine Hände waren schaufelförmig nach außen gedreht und dienten als Grabwerkzeuge. Ich tastete mit meinen Haaren die Buchstaben ab und fügte sie im Kopf zu sinnlosen Wörtern zusammen. Ich war in einem selbstgegrabenen unterirdischen Gangsystem gefangen, ein stummer Einzelgänger, zwei Monate alt. Ich war ein Maulwurf und verschlang Regenwürmer aus Wörtern. Ich hatte das Nest meiner Mutter verlassen und suchte ein eigenes Revier. So lag ich in der Kirche. Ich wusste nicht mehr, ob alles damit angefangen hatte und ich mir die farbigen Steinplatten im Kreuzgang nur eingebildet hatte oder ob ich noch auf den Steinplatten lag und weiterträumte. Oder es war plötzlich dunkel geworden, und ich war tot. Dann schüttelte eine unsichtbare blecherne Gießkanne die nächsten unverständlichen Wörter aus, die nächsten und wieder die nächsten …
Irgendwann riss ich mich los. Ich taumelte im Morgenlicht ins Freie, erreichte die landwirtschaftlichen Äcker und mehrere Bienenstöcke, die ich, meinem inneren Drang nachgebend, zu bearbeiten anfing, ohne daran zu denken, dass ich gestochen werden konnte. Als ich die Deckel der Magazine aufhob, empfand ich nur Freude, das lebendige Gekrabbel der unzähligen Insekten zu sehen. Sie waren verwahrlost, aber sie lebten. Obwohl ich mich bemühte, mit ihnen Kontakt aufzunehmen, gelang es mir nicht. Ich war wie ein Kind, das keine Ahnung von Bienenzucht hatte, aber trotzdem alles richtig machte. Ich weiß nicht mehr, wie lange es dauerte, bis ich den letzten Stock bearbeitet hatte und wieder in die Kirche zurückkehrte.
Dort las ich weiter, wie ein Hungernder, dem seine Lieblingsspeise serviert wird.
Ich erwachte, weil jemand meinen Namen rief. Es war der Pfleger Hans Haller. Die »Liturgia delle Ore« lag auf-

geschlagen auf meiner Brust. Ich hob sie in die Höhe und entzifferte mühsam, dass es die Seite 2139 war.
»Was hast du die ganze Nacht in der Kirche gemacht?«, wollte Dr. Schäfer von mir wissen.
Da ich keine Lust hatte, mit jemandem darüber zu sprechen, log ich: »Ich habe gebetet.«
Und fügte nach einer Pause »Für Jürgen« hinzu.
Daraufhin weinte Britta laut auf und weinte den ganzen Flug immer wieder vor sich hin. Jürgen lag ohne Bewusstsein vor ihr.
Hatte ich die Bienen am frühen Morgen tatsächlich betreut, oder hatte ich es mir beim Lesen des Stundenbuchs nur eingebildet, weil ich die Buchstaben mit ihnen verwechselt hatte?
Ich schlief tief erschöpft ein. Den Traum, an den ich mich nicht mehr erinnern kann, versuchte ich mir zu Hause angestrengt ins Gedächtnis zu rufen, doch es kam kein einziges Bild und kein einziges Wort in meinen Kopf zurück.

Opium

Alle bemühten sich um Jürgen, und tatsächlich überlebte er. Doch man sprach davon, dass ich die ganze Nacht hindurch in der Klosterkirche der Isola San Francesco del Deserto für Jürgen gebetet hätte, und er selbst drückte bei einem Besuch meinen Kopf an seine Brust und versicherte mir, dass er mir immer dankbar sein würde. Ich schämte mich, aber ich schwieg. Wenn man mich danach fragte, gab ich zur Antwort, dass ich nicht darüber sprechen wolle. Nur Malia gestand ich die Wahrheit, doch bestand sie darauf, dass ich mit Gott gesprochen hätte. Sie stimmte mir aber zu, dass ich dar-

über schweigen sollte. Selbst Dr. Schäfer versäumte es nie, in ihren Schilderungen auf die Gebetsnacht hinzuweisen.
Einer der Ersten, der mich aufsuchte, war Kaplan Gottlieb Ferra. Ich erklärte ihm zu Anfang des Gesprächs, dass ich nicht über Gott sprechen wolle. Er hielt sich daran. Doch dankte er mir mehrmals für den Kelch mit Hostien aus dem Markusdom, den Haller und ich entdeckt hatten. Von da an waren wir uns brüderlich zugetan. Beim Abschied sagte er mit leiser Stimme, ich hätte begriffen, welches Wunder der Mensch sei.
Als Jürgen wieder ganz auf den Beinen war, lud er mich ein, am Abend zu ihm zu kommen. Das Haus, in dem er wohnte, hatte eine bäuerliche Veranda, einen Holzvorbau mit vielen Fenstern, und im Garten daneben arbeitete Britta. Sie ließ den Rechen fallen und umarmte mich.
»Du hast …«
»Bitte nicht!«, unterbrach ich sie und befreite mich aus ihrer Umarmung.
Sie wandte sich wieder dem Gartenbeet zu und zeigte mir den blühenden Mohn und die grünen Mohnkapseln.
»Wir pflanzen schon lange Schlafmohn«, bemerkte sie.
»Ja?«
Als wir uns in der Veranda niederließen, erzählten mir beide von ihren Erfahrungen mit Opium. Ich erinnerte mich, wie sie vom griechischen Schlafgott Morpheus sprachen, nach dem das Morphium benannt ist, und von Hippokrates, der den Milchsaft des Schlafmohns als »Pflanzensaft« betrachtete und als »Opium« bezeichnete. Er empfahl es für den Heilschlaf. Der Rohstoff des Opiums sei der getrocknete Milchsaft des – schrieb Britta mir in mein Notizbuch – Papaver somniferum. Wenn der Mohn seine Blütenblätter verloren habe, erklärte Jürgen, ritze man die Mohnkapsel an, warte, bis der Milchsaft zu

einer braunen, klebrigen Masse »oxidiert« sei und schabe sie sodann ab. Die Wirkungsdauer einer Dosis betrage mehrere Stunden.
Sie servierten mir lachend Mohnkuchen und versicherten mir, dass ich Glücksgefühle empfinden und »selig« schlafen würde. Ich hatte seit mehreren Tagen wieder keine Medikamente eingenommen, weil es mir gutging, und als ich später in meinem Bett lag, phantasierte ich, dass jemand mit mir sprach. Ich konnte »Lippenlesen«, verstand aber kein Wort. Beim Erwachen fühlte ich mich elend. Ich erinnerte mich an einen glückseligen Schlaf, doch die Wirklichkeit, die mich jetzt umgab, war verstörend. Noch dazu suchte mich Malia auf. Ich besprach mit ihr, was vorgefallen war, und sie riet mir davon ab, es noch einmal zu versuchen, weil es süchtig mache.
»Dann bin ich wieder allein«, sagte sie tonlos.
Ich erschrak so sehr, dass ich ihr schwor, es nie wieder einzunehmen. Dann spazierten wir mit Kira und Rafiki zur Schaukanzel über dem Steinbruch und starrten in die Tiefe. Noch immer ging es mir schlecht, und mir fiel wieder ein, wie ich als Elster über den Steinbruch geflogen war. Gleich darauf sah ich, dass mir Flügel wuchsen und ich als Buntspecht über dem Abgrund schwebte, der mich in die Tiefe ziehen wollte. Doch ich widerstand und flog im Kreis und genoss es. Mit einem Schlag war ich zu nichts geworden. Ich war verschwunden und schwebte dennoch weiter, ließ mich fallen, fing mich auf und stand im nächsten Augenblick wieder neben Rafiki, der mich anbellte. Malia lief mit ihrer Tochter lachend auf der Wiese hinter der Schaukanzel herum. Diesmal verschwieg ich ihr, was in mir vorgegangen war. Ich litt den ganzen Tag über, weil ich das Gefühl hatte, dass mir etwas fehlte, ohne zu wissen, was. Ich nahm meine Medikamente, bis ich spürte, dass es mir langsam wieder ging wie sonst.

Die Erscheinungen der Natur waren für mich Gleichnisse geworden, bemerkte ich später. Die Blätter, die Blüten, die Insekten und Vögel wiesen mir ununterbrochen einen Weg. Ich konnte wieder mit ihnen sprechen. Sie waren wichtiger als ich selbst.

»Bienen können sich in Labyrinthen zurechtfinden, in denen sie niemals zuvor gewesen sind.«

Wie schon öfter empfahl mir Eugen ein Buch aus seiner Bibliothek. Er besaß alle Titel von Jürgen Tautz, den er als Bienenexperten besonders schätzte. Das schmale Werk, das ich mit mir nahm, hatte den Titel »Das Einmaleins der Honigbiene« und war von ihm zusammen mit Tobias Hülswitt verfasst worden. In 66 kurzen Kapiteln schnitten sie ebenso viele Themen an und fanden oft überraschende Erklärungen. »Der Bien, ein Säugetier aus Insekten«, lautet die erste »Selbstbefragung«. Die Bienenforscher führten in die Bezeichnung »Der Bien« ein und damit in die Auffassung, dass es sich beim Bienenschwarm, wie wir wissen, um ein Tier aus fliegenden Zellen handelt. Imker Johannes Mehring habe im 19. Jahrhundert festgestellt, dass das Bienenvolk ein »Einwesen« sei und dem Wirbeltier entspreche. »Die Arbeitsbienen«, so die Autoren, »bilden dabei den Gesamtkörper, die Königin die weiblichen und die Drohnen die männlichen Geschlechtsorgane. ›Der Bien‹ bezeichne daher das Bienenvolk als unteilbares Ganzes, als einen einzigen lebenden Organismus.« Der Ameisenforscher William Morton Wheeler habe später auch Tiere, wie eben die Ameisen, die ähnlich den Bienen Schwärme bildeten, als »Superorganismus« bezeichnet. Tatsächlich,

so die Autoren, spreche vieles dafür, dass der Bien sogar den Säugetieren gleichkomme.
Und sie brachten noch mehr Erstaunliches zutage: Imkern im Alten Ägypten sei vermutlich aufgefallen, dass Bienen in ihre Behausungen eindringende Mäuse mit Hunderten giftigen Stichen töteten. Da aber deren Kadaver zu schwer für die Insekten sind, um sie aus dem Stock zu schaffen (und da ihre Verwesung sie selbst in größte Gefahr bringt), überziehen sie die toten Mäuse mit einer luftdichten Schicht aus Wachs und Propolis. Das habe die Ägypter vielleicht erst auf die Idee der Mumifizierung von toten Menschen gebracht.
Die einzelne Biene, so Tautz und Hülswitt, verfüge weiters »über eine ausnehmend hohe Lernfähigkeit, ein komplexes Kommunikationsverhalten, einen hochentwickelten Orientierungssinn und sogar über ein Verständnis von Zeit, das sie dazu befähigt vorauszuplanen«, die Zufälle der natürlichen Umwelt und das unvorhersehbare Schwanken ihrer Eigenschaften zu erkennen und ausgleichen zu können. Bienen schafften sich Bauten und Höhlen und richteten sich deren »Innenbedingungen ideal ein«. Außerdem sorgten sie gezielt für die Temperaturregelung im Brutbereich.
Die Tanzsprache und die Futtersuche waren bis ins Detail dargelegt, vor allem die Frage, wie die Informationen beim Schwänzeltanz im dunklen Stock übermittelt werden können. Ich erfuhr, dass es Bienen mittels der Schwerkraft gelingt, »die Waben im Stock immer vertikal zu hängen«. Dieses Lot sei die Bezugsgröße, und der Winkel, in dem die tanzende Biene zur Senkrechten schwänzle, entspreche dem Winkel zur Sonne, in dem die Biene auch das Magazin verlassen müsse, um zur Futterquelle zu gelangen. Die Art der Futterquelle würde hingegen durch mitgebrachten Duft übertragen. Auch Gerüche spielten also bei der Orientierung eine große Rolle.

Ich erfuhr ferner, dass Honigbienen sich trainieren ließen. Ein einziger Kontakt mit einem Duft genüge ihnen, um ihn sich für ihr ganzes Leben zu merken. Übrigens riecht die Biene mit ihren Fühlern. Der Geruchssinn, so Tautz-Hülswitt, sei empfindlicher als der von Hunden, und da sie außerdem schneller lernten als diese, seien sie als Alternative zu Spürhunden im Gespräch. Dass Bienen mit einer Geschwindigkeit von dreißig Stundenkilometern unterwegs sind, wusste ich schon, auch dass sie dabei nur Schwarz und Weiß sehen und dass die Farben erst auftauchen, wenn sie »im Schleichflug die Blüten umkreisen«. Neu war für mich aber, dass es für die Bienen die abstrakten Begriffspaare »links« und »rechts«, »symmetrisch« und »asymmetrisch« und »gleich« und »ungleich« gibt. Auch wusste ich nicht, dass sie in der Lage sind, aus Erfahrungen Verhaltensregeln zu abstrahieren und dass sie »diese auf vollkommen neue Stiuationen übertragen«. »So können sie sich«, schrieben Jürgen Tautz und Tobias Hülswitt, »anhand zuvor erlernter Zeichen sogar in Labyrinthen zurechtfinden, in denen sie zuvor niemals gewesen sind.«
Dieser Satz ging mir nicht mehr aus dem Kopf, war ich doch bisher der Meinung gewesen, dass jeder Mensch in ein Labyrinth hineingeboren wird und sein Leben lang nach dem Ausgang sucht, ohne ihn zu finden.

Selbstgespräch

An einer Wand in Eugens Bibliothek hängt auch eine gerahmte Lehrtafel mit der Überschrift »Das menschliche Gehirn«. Die Wörter darauf sind so klein gedruckt, dass ich sie mit bloßem Auge nicht lesen kann. Daher suchte ich eines Tages die Lupe, von der ich wusste, dass

es sie gab, und stieß dabei in der Schublade von Eugens Schreibtisch auf ein Gehirnmodell für den medizinischen Unterricht. Ich nahm es in die Hände – es war offenbar lebensgroß – und konnte es in acht Teile zerlegen und wieder zusammenfügen, aber ich hatte keine Ahnung, was ich tat. Während ich mich mit dem Gehirn, seinen Wülsten und Gefäßen, seinen Farben und Regionen beschäftigte, entstand in meinem Kopf der Wunsch, jederzeit meine Erinnerungen sehen zu können, wenn mir danach war, und sie auszuschalten, wenn ich es nicht mehr wollte. Daraus schloss ich, dass mein Bewusstsein nicht stärker war als mein Unbewusstes. Im Gegenteil, mein Unbewusstes beeinflusste mich mehr als mein Bewusstes. Das ist jedem Arzt im »Haus der Künstler« bekannt, und doch versuchte man mich zu »normalisieren«. Das Normalisieren ist ein schmerzhafter Prozess, er verlangt Selbstaufgabe, Betäubung, Dahinvegetieren. Das Wort »schmerzhaft« brachte mich dazu, an Schmerzen zu denken. Und wie es wäre, schmerzfrei zu leben.
Am Tag darauf erfuhr ich von Eugen, dass es die Schmerzfreiheit »als Krankheit« wirklich gibt, denn »die Menschen müssen dafür einen seelischen Leidensweg gehen, und sie erreichen kaum das dreißigste Lebensjahr«. Die Krankheit, klärte mich Eugen auf, werde »Analgesie« genannt und gehe einher mit Knochenbrüchen und zahlreichen anderen Unfällen. Vor allem bei Kindern inzestuöser Paare komme es zu dieser »genetischen Komplikation«, derzeit besonders in einem einsam gelegenen kleinen Dorf in Afrika.
Trotzdem wurde, je länger ich an die Schmerzfreiheit dachte, mein Wunsch nach ihr immer stärker. Bis mir Kaplan Gottlieb sagte, die Schmerzfreiheit gebe es nur im Paradies.
»Und in der Hölle?«, fragte ich.
Daraufhin schwieg er.

»Die schlimmste Strafe ist die Selbsterkenntnis«, sagte er dann.
»Die körperlichen Grausamkeiten sind nur Phantasien von Menschen«, ergänzte ich.
»Mit der Hölle ist ein Schmerz gemeint, egal welcher … ein Schmerz als Antwort auf das, was wir getan haben.«
»Und im Paradies?«
»Im Paradies herrscht ein Zustand der Freude«, antwortete er.
Da gerade Bienen vorbeiflogen, wechselte ich das Thema und sagte, dass alles, was existiere, nicht oder nur fragmentarisch verstanden werden könne. Es sei unendlich kompliziert, was sich hinter den Kulissen des Äußeren abspiele.
Wir schwiegen.
Dann bemerkte ich, dass die Naturwissenschaften diese Prozesse sichtbar gemacht hätten, aber nur bis zu einem gewissen Grade. Ich hätte in den letzten Tagen ein Modell des menschlichen Gehirns in der Bibliothek von Eugen gefunden, es in die acht Teile zerlegt, aus denen es sich zusammensetzte, und dabei begriffen, dass es einen Teil im Gehirn geben müsse, der sich mit dem Unbegreiflichen auseinandersetze. Ich sei mir jetzt sicher, dass das Unbegreifliche genauso wichtig sei wie das Begreifbare. Ich könne die Welt, das Leben nicht begreifen, obwohl ich oft genug geglaubt hätte, es zu durchschauen. Aber ich durchschaute am wenigsten mich selbst. Oberarzt Brantner habe mir einmal erklärt, was »Im Anfang war das Wort« bedeute. Im Johannes-Evangelium heiße es: »Alles ist durch das WORT geworden … und ohne das Wort wurde nichts, was geworden ist. In ihm war das Leben, und das Leben war das Licht der Menschen. Und das Licht leuchtet in der Finsternis, und die Finsternis hat es nicht erfasst.« Oberarzt Brantner habe mich dann auf die Kabbala aufmerksam gemacht und den damit verbun-

denen Begriff ZIMZUM und mir später einen Ausdruck eines Wikipedia-Artikels zum Lesen gegeben. Ich hätte ihn bei meinen Schreibsachen, fügte ich hinzu.
Ich sah jetzt nur noch die farbigen Steinplatten aus dem Hof des Klosters San Francesco del Deserto vor mir und das Stundenbuch mit den über zweitausend Seiten, von dem ich glaubte, es in einer Nacht ausgelesen zu haben. Es habe mir bestätigt, nicht mehr über Religion zu sprechen, da diese mit Schweigen verbunden sei und der Gefahr, alles zu banalisieren.
Aber ich musste jetzt darüber reden, auch wenn mir klar war, dass Gottlieb meine Gedanken nicht würde teilen können. Zu jenem Wikipedia-Artikel hatte mir Oberarzt Brantner auch den Beitrag über »Der Garten der Lüste« von Hieronymus Bosch, ein Triptychon auf Eichenholzplatten, zukommen lassen. Darin heißt es: »In zugeklapptem Zustand des Triptychons erscheint auf der Frontseite (Außenflügel) das Bild einer Erdscheibe, die in einer durchsichtigen Kugel schwebt. Gottvater ist in der linken oberen Ecke abgebildet …« Ich dachte nach und setzte dann fort: »Der Zustand des Zimzum ist das Zurückziehen der Eigenenergie, ist Verminderung der eigenen Präsenz, um etwas anderes zu Wort kommen zu lassen. Links oben im Eck ist der Schöpfer winzig im dunklen, scheinbar unendlichen Raum zu sehen, der nur durch die Erscheinung der Erde erhellt ist. Im übertragenen Sinn ist ausgedrückt, dass Gott Platz für seine Schöpfung, die Erde und das Weltall, macht.« Die Metapher habe einen großen Einfluss auf mich ausgeübt. Nach der gängigen Theorie der Physik sei das Universum durch eine Urexplosion entstanden. »Aber was ist explodiert?«, fragte ich. »Was war vorher da? Wie entstand das, was vorher da war?«
Es gebe dafür Thesen bis hin zu Paralleluniversen, doch genauso wenig wie eine Heuschrecke die Kunstwerke

des Menschen verstehe, seine Musik, seine medizinischen Ansichten, seine mathematischen Formeln, begriffen wir trotz unseren Bemühungen nicht die Entstehung des Universums, dessen Größe und Beschaffenheit, weil wir immer nur winzige Ausschnitte davon erkennen würden.

»Ich bin es gewohnt, verspottet zu werden«, fuhr ich fort. »Sobald ich ausspreche, dass mir das Märchenhafte der Religion lieber ist als die Spekulationen der Atheisten, gibt es Gelächter.«

Gottlieb nickte.

Ich liebte das Sefer Jetzira, das antike, erst in der jüdischen Kultur bekannt gewordene »Buch der Schöpfung«, setzte ich fort, das wichtigste Werk der Kabbala. Auch davon hätte ich von Oberarzt Brantner erfahren. Es sei eine kosmologische Abhandlung, mit der die Kabbalisten weit vor dem 10. Jahrhundert eine religiöse Physik der Schöpfung entwickelten. Ihre 22 Buchstaben stellten das hebräische Alphabet und das Sephiroth, die zehn Urziffern, dar. Gott habe sich bei der Schöpfung dieser Elemente bedient und sie beim Schöpfungsakt verwendet. Durch das Sprechen Jehovas seien die Geschöpfe und Dinge entstanden. Das Buch Sefer Jetzira bestehe aus nicht mehr als zweitausend Wörtern, aus Zahlen und dem »Lebensbaum«. Nach der jüdischen Überlieferung stamme es vom biblischen Abraham.

»Ich verstehe die Erklärung«, sagte ich, »obwohl ich es nie gelesen habe.«

An dieser Stelle unterbrach mich Gottlieb, aber ich war ohnedies am Ende meines Wissens angelangt.

»Das ist etwas Sektenhaftes«, sagte er.

»Entweder ist die gesamte Religionsgeschichte eine Geschichte von Sekten und Esoterik oder eine Geschichte unseres Unbewussten, das mit dem Bewusstsein um die Herrschaft kämpft«, antwortete ich.

Gottlieb hielt meine Äußerungen für »sagen wir übertrieben«. Und in mir verstummte von einem Moment auf den anderen der Eifer des Diskutierenden. Ich wusste, dass ich nie würde aussprechen können, was in mir vorging.
»Wenn ich darüber rede, tappe ich im Dunkeln«, sagte ich und ging.
Unterwegs bewunderte ich die Bienen, die Vögel, die Blätter, die Käfer. Ich bewunderte die Fische im Teich, die Grillen im Gras und die Blumen im Garten und nicht zuletzt das Gehirnmodell Eugens in der Bibliothek. Es war für mich der gordische Knoten, den ich in den Händen hielt.
Doch am meisten bewunderte ich Malia und ihre Tochter Kira und ihren Hund Rafiki. Ich konnte mit ihnen sprechen und fühlte mich zu ihnen hingezogen, aber ich verstand sie genauso wenig wie alles Übrige.
Als der Sonnenstrahl mich am Morgen auf dem Auge traf und ich mich aufsetzte, wusste ich, was ich zu tun hatte. Zuerst musste ich begreifen lernen, dass es nichts Selbstverständliches gab. Ich musste begreifen, dass ich sehen, hören und denken konnte. Ich musste begreifen, dass Malia, Kira und Rafiki ein Geschenk waren. Ich musste begreifen, dass ich die Katastrophe überlebt hatte. Ich musste erst lernen, dass Phasen der Schmerzlosigkeit das Paradies waren. Ich musste verstehen, dass der Anblick der Wolken etwas Neues war, ebenso die Zusammenarbeit mit den Bienen, die Verwandtschaft, die mich mit Eugen und Walter und mit Gazpacho verband, ich musste begreifen, was der Anblick einer Dotterblume bedeutete oder einer Schwertlilie, das Gespräch mit einem Kind, die Umarmungen mit Malia, das Lesen eines Buches, das Schmeicheln einer Katze, die Hingabe eines Hundes, das Lachen wie das Weinen, das Essen und Trinken … ich spreche nicht von Dankbarkeit, sondern vom Begreifen.

Alles, was ich aufgezählt habe, könnte auch nicht sein oder das Gegenteil von dem, was ich als schön empfand. Ich halte nichts von Demut, aber viel von Selbstlosigkeit. Ich weiß, wovon ich spreche, denn ich habe kein Selbst. Ich musste es ein Leben lang suchen. Jeden Tag erfahre ich mich neu, jede Stunde, jede Minute.

Der unsichtbare Maulwurfsgang in der Luft

Ich habe erst im »Haus der Künstler« wieder zu sprechen angefangen. Viele Jahre hatte ich die Sprache verloren. Zuerst begann ich, jedem zu misstrauen. Dann mich vor jedem zu fürchten. Zuletzt fürchtete ich mich vor mir selbst. Meine Wahrnehmungen veränderten sich. Ich empfand Ekel vor Beschädigungen von Polstermöbeln, schmutzigen Tischtüchern, vor Fleisch. Vor Rotz. Vor dem Geruch nach Exkrementen. Ungewaschenem Geschirr. Vor Federn aus Polstern, vor Menschenansammlungen ebenso wie vor Einzelbegegnungen, vor getrockneter und flüssiger Hühner- und Vogelscheiße, vor Innereien von Fischen oder wenn mir eine Katze mit kalter Zunge die Hand leckte. Ich begann mich in die Einsamkeit zu flüchten. Ich war nur noch mit meinem Vater zusammen. Aber ich konnte auch nicht mehr mit ihm sprechen. Ich hasste die Wartezimmer von Ärzten. Ich hasste die Untersuchungen. Ich hasste die Gedanken der Menschen. Die Angst in mir wurde immer größer. Das Einzige, vor dem ich mich nicht fürchtete, waren Bienen. Ich überlegte mir, Selbstmord zu begehen, indem ich sie in den Mund nähme und mich stechen ließ. Doch fehlte immer der winzige letzte Schritt, dass ich den Gedanken umsetzte. Was hielt mich zurück? Mein einziger Freund war der spätere Anwalt Alois Jenner. Zuletzt wurde er als Mörder entlarvt. Das beruhigte mich jedoch nicht, da ich es schon lange vorher wusste ... In der Nervenklinik verübte ich wirklich Selbstmord, wenn auch in einem anderen Sinn. Ich gab mein Selbst auf, weil es krank war und die Ärzte es zerstört hatten. »Sie wussten keinen anderen Weg«, fällt mir ein. Aber das kranke Selbst lebte trotzdem weiter, und es kehrte immer wieder zu mir zurück. Es war das Ich, das ich nicht wollte und das sich in verschiedensten Formen zeigte. Vor allem hatte ich etwas, das die Medizin als »krank« und die Religionen als »heilig« bezeichnen: Visionen, die von den Ärzten als »Halluzinationen« bezeichnet werden. Meine Wahrnehmungen konzentrierten sich nur noch auf Einzelheiten von Lebewesen: auf das Augenpaar von Menschen und Tieren, zusammengewachsene Brauen, schlechte Zähne, die Formen von Ohren, Behaarungen von Gliedmaßen, unappetitliche Hände und Füße, Krampfadern, Schuppen ... dann auch auf Einzelheiten von Dingen: Kaffeetassen mit abgebrochenen Henkeln, einen Sprung in einer Vase, Kleidungsstücke mit abgerissenen Knöpfen, abgetretene Schuhe, verschlissene Uhrarmbänder ... jedes Mal dachte ich dabei an mich selbst oder an die Menschen und Tiere im Allgemeinen. So sterbe ich langsam dahin, doch ich sterbe nicht wirklich, sondern ein Leben lang. Erst seit Malia mich umarmt hat, sterbe ich nicht mehr in einem fort und sehe Zusammenhänge, das heißt, ich kann auf mein Leben zurückblicken wie der »Angelus Novus« von Paul Klee in dem Essay von Walter Benjamin. Der Philosoph beschäftigte sich mit der jüdischen Angelologie, und er hängte das Bild von Klee in seinem Berliner Zimmer auf. Im Unterschied zu allen anderen Engeln, die von Gott Hymnen singen und ihn »anhimmeln«, um kurz darauf wieder zu verschwinden, »wie der Funke auf der Kohle«, beschäftigt sich der »Neue Engel« mit der Geschichte der Menschheit. Walter Benjamin schrieb: »Er hat das Antlitz der Vergangenheit

zugewendet. Wo eine Kette von Begebenheiten vor uns erscheint, da sieht er eine einzige Katastrophe, die unablässig Trümmer auf Trümmer häuft und sie ihm vor die Füße schleudert.« Und: »Mit seinen aufgerissenen Augen – tiefschwarz nunmehr von Trauer und Entsetzen – starrt er jetzt auf ein Geschehen, das wir, die Menschen, Geschichte nennen, das sich im Blick des Engels jedoch als ein heilloses, katastrophisches Geschehen offenbart.« Und weiter: »Er möchte wohl verweilen, die Toten wecken und das Zerschlagene zusammenfügen. Aber ein Sturm weht vom Paradiese her, der sich in seinen Flügeln verfangen hat und so stark ist, dass der Engel sie nicht mehr schließen kann. Dieser Sturm treibt ihn unaufhaltsam in die Zukunft, der er den Rücken kehrt, während der Trümmerhaufen vor ihm zum Himmel wächst. Das, was wir den Fortschritt nennen, ist dieser Sturm.«
Eine Art »Homo Novus« bin ich selbst. Diese Kenntnisse verdanke ich ebenfalls Oberarzt Brantner, der sich und seinen Beruf mit dem Aufsatz von Walter Benjamin verglich. Langsam fügten sich die Einzelheiten wie auf einem Wimmelbild von Hieronymus Bosch oder Pieter Bruegel dem Älteren zusammen.
Auf Bruegels Ölgemälde »Kampf zwischen Karneval und Fasten« sind zahlreiche Figuren als verkleidete Personen dargestellt, und in den »Kinderspielen« sehen die Zehn- und Zwölfjährigen wie Erwachsene aus. Die Bilder, die ich als Kunstpostkarten von Oberarzt Brantner erhielt, geben am besten wieder, wie bedrängt ich mich fühlte und wie fremd mir das Leben war. Selbst Phantasiegestalten gehörten zu meinem Alltag. So gab es die Unsichtbaren, mit denen ich mich laut unterhielt und die zur Realität gehörten wie die Sichtbaren. Allmählich verwandelten sich die Menschen in meinem Kopf in eine dieser Phantasiefiguren. Sie wurden zu Herrschern über mich: Ein Mann mit Schildkrötengesicht trug einen Klapp-

hut, auf dem ein Huhn saß, das mich jedes Mal, wenn ich sprach, als Lügner verspottete. Der Friseur wurde zu einem Spielzeugfuchs aus Blech, der surrend Blech redete. Eine Pfauenfrau mit Wollmütze, Fäustlingen und auf Schlittschuhen zum Inbegriff der Eitelkeit und zwei gelbe Schlangen zur Karikatur der Intriganten. Sie waren feste Bestandteile meines Wachens und Träumens. Ich versuchte, sie loszuwerden, aber es gelang mir nicht. Besonders eigenartig war, dass ich mit ihnen in einer Phantasiesprache verkehrte. Sie beruhte auf Eingebung und bestand aus einer willkürlichen Aneinanderreihung von Buchstaben, die ich nur unter großer Anstrengung zum Schweigen bringen konnte. Manchmal weinte ich vor Erschöpfung. Ich fing an, eine Spielzeugwelt in ihnen zu sehen, in der sie existierten und wohin ich sie alle mit der Zeit verfrachtete.
Auch die bunten Steinplatten und das Stundenbuch auf der Insel San Francesco del Deserto veränderten mein Denken. Ich sagte mir, dass ich nie mehr allein sein würde, sondern einen Zufluchtsort gefunden hätte, den ich nicht vergessen würde. Am meisten half mir Malia. Manchmal kommt es mir wie ein Wunder vor und als hätte ich wie früher alles meiner Eingebung zu verdanken, denn ich habe inzwischen Eingebung und sogar Einbildung als Teil meines Lebens angenommen, obwohl ich sie nicht immer von der Realität unterscheiden kann. Deshalb bezeichne ich mein vorheriges Leben auch als »Maulwurfsexistenz«. Wie ein Maulwurf habe ich dunkle Erde voller Würmer, Engerlinge und Pflanzenwurzeln nach oben geschoben und schreibend einen Maulwurfshügel errichtet.
Ansonsten war ich nur Imker, ich hatte als Maulwurf mit dem Untergrund und als Imker mit der Luft zu tun. In der Erde habe ich vor allem Kanäle gebaut und unfreiwillig ein Labyrinth errichtet, in dem ich mich nicht zurecht-

finde. Und in der Luft hatte ich es mit einem Tier aus fliegenden Zellen zu tun, das zu begreifen ich mich seit meiner Kindheit abmühe. Denn der »Bien« als Organismus legt nicht sichtbare labyrinthische Wege in der Luft zurück. Jede einzelne Biene findet für sich leichtflügelig ihre eigenen Bahnen auf der Suche nach Blüten mit Nektar. Das ergibt in der Summe unsichtbare Maulwurfshaufen von unvorstellbarer Größe und Höhe … Und so ein unsichtbarer Irrgarten ist das Leben.

Ein Fehlstart

Das gleiche Team bis auf Britta und Jürgen sollte nach Hamburg fliegen, um herauszufinden, ob es noch einen Flug- oder Schiffsverkehr gab, erklärte mir Eugen. Er behauptete, dass man nicht auf mich verzichten wolle, weil ich auf der Isola San Francesco del Deserto die Nacht über für Jürgen gebetet hätte. Ich antwortete ihm, das sei ein Missverständnis. Doch wechselte er daraufhin das Thema. Bei der Besprechung richtete der Feldwebel sogar das Wort an mich, er hoffe, erklärte er mir, dass ich das – falls er selbst verletzt würde – auch für ihn tun würde.
Ich erfuhr, dass wir diesmal nicht mit dem Hubschrauber fliegen sollten, da die Entfernung zu groß und der Helikopter für die Strecke zu langsam sei. Er habe schon eine zweimotorige »Maschine« am Flughafen der Provinzhauptstadt gefunden, die keine Zwischenlandung für die achthundert Kilometer lange Strecke benötige. Er wolle es in den nächsten Tagen überprüfen, dann könnten wir uns an die Planung machen. Ich sagte ihm unvermittelt, dass er in Venedig das Feuer auf die Neugierigen eröffnet habe. Er sah mich erstaunt an und fragte mich misstrauisch, wer das behaupte.

»Ich«, gab ich zur Antwort.
»Das können Sie gar nicht gesehen haben.«
In diesem Augenblick widersprach ihm Dr. Schäfer und bestätigte meinen Vorwurf.
»Doch!«, rief sie.
Der Feldwebel sprang auf und antwortete aufgebracht, er trage die Verantwortung für alle. Er wisse, dass Maori und ich in der Hauptstadt von Kriminellen attackiert worden seien und Malia dabei ihren Mann verloren habe. Wer nicht mitfliegen wolle, könne es sein lassen, es gebe genügend andere Interessenten. Damit verließ er den Raum.

Ein Gebet

In den folgenden Tagen beschäftigte ich mich mit dem Mikroskop und Ernst Haeckel. Malia saß mit mir am Schreibtisch und schaute die Bilder des Naturforschers an. Sie bewunderte die Illustrationen und ich die mikroskopischen Präparate.
Zunächst hatte ich den Wunsch verspürt, nicht nach Hamburg mitzufliegen, zugleich aber auch eine Neugierde auf die Stadt und das Reisen. Ich empfand ja eine starke Abneigung gegen den Feldwebel und hatte nach wie vor Angst vor dem Fliegen, obwohl ich jetzt dabei gespalten war. Meine Schwindelgefühle würden sich wohl nie mehr ändern, aber das Glücksgefühl, von oben auf die Erde hinunterzuschauen oder durch die Wolken zu segeln, war mir in Erinnerung geblieben.
Als Malia zu Kira in das obere Stockwerk hinaufgegangen war, begann ich, mich mit dem Gehirnmodell zu beschäftigen. Ich suchte das Beilagenheft heraus, das ich mir zu lesen vorgenommen hatte, und unterstrich Wörter, Sätze und Daten. Dann las ich es noch einmal, denn ich hatte mir bei weitem nicht alles merken kön-

nen. Nach einer Stunde steckte ich das Beiheft ein, nahm den Band von Haeckel mit den Darstellungen der mikroskopisch kleinen Wesen auf der Erde und im Meer in die Hand und blätterte darin. Ich hörte nichts. Ich dachte nichts. Ich sprach nichts. Doch ich erfuhr etwas, das ich schwer beschreiben kann. Vielleicht war es ein Zugehörigkeitsgefühl zur Erde, zu allen Pflanzen und Tieren und den meisten Menschen? Doch weshalb hatten gerade wir und noch einige andere überlebt?

Hamburg

Am nächsten Tag flogen wir – abermals überraschend – los. Feldwebel Alois Lechner kam kurz nach Sonnenaufgang mit dem Hubschrauber und brachte uns zum Flugplatz der Provinzhauptstadt. Diesmal waren außer Dr. Schäfer, Hans Haller und mir noch Walter, Eugens Sohn, und seine Freundin Agnes Drossel an Bord. Eugen hatte nicht zugelassen, dass männliche Jugendliche aus dem ehemaligen SOS-Kinderdorf mit uns flogen. Er gab vor, aus Sorge um ihr junges Leben – in Wahrheit, weil der Großteil von ihnen den Feldwebel bereits als Autorität akzeptierte. Das hatte Streit zur Folge gehabt. Als Kompromiss flog das Team, das von Eugen gewünscht worden war, und dafür waren Lechner die nächsten Erkundungsflüge mit von ihm ausgewählten Begleitern zugesichert worden. Beim Abheben schloss ich die Augen und zerlegte – einem Einfall folgend – in Gedanken das Gehirnmodell aus Eugens Schublade. Als ich die Augen öffnete, sah ich unser Haus in der Nähe des Steinbruchs winzig klein von oben und dachte an Malia, Kira und Rafiki, an Eugen und Gazpacho.
Schon nach kurzer Zeit landeten wir auf dem Flugplatz der Provinzhauptstadt und begaben uns in die startbe-

reite zweimotorige Maschine. Der Feldwebel saß am Steuer, dahinter die übrigen vier Ausgewählten, und in der letzten Reihe durfte ich Platz nehmen. Beim neuerlichen Start, der viel länger dauerte als mit dem Helikopter und von Gerumpel und lautem Motorengeräusch begleitet war, schloss ich wieder die Augen und setzte in Gedanken das Gehirnmodell zusammen. Ich öffnete die Augen erst, als das Flugzeug fühlbar langsamer an Höhe gewann. Sogleich empfand ich die gleiche Neugier wie beim Vogelflug als Elster über dem Steinbruch. Wälder wechselten sich mit Wiesen ab, Berge mit Tälern, durch welche dunklere Flüsse und Bäche strömten, und allmählich wurden in der Ferne Felsgebirge sichtbar. Die gewaltigen Alpen sahen zugleich anziehend und abstoßend, friedlich und bedrohlich aus. Ich war nie ein Freund des Gebirges gewesen, wohl aber der Berge und Almen. Wasser und Himmel haben es mir angetan. Ich dachte auch an ein heimisches Gebirge, das den Namen »Das Steinerne Meer« trägt, und ein anderes mit der Bezeichnung »Das tote Gebirge«. Die Berggipfel sahen jetzt aus wie versteinerte Wellen des japanischen Holzschnittkünstlers Hokusai, jedoch von oben gesehen.

Mit der Zeit gewöhnten wir uns an den Ausblick und hingen unseren Gedanken nach. Mir fiel wieder die Beschreibung des Gehirnmodells in der beigelegten Broschüre ein. Ich hatte gelesen, dass das »Denkorgan« aus achtzig bis hundert Milliarden Nervenzellen besteht. Auf der Erde, wusste ich, lebten vor der Katastrophe sieben bis acht Milliarden Menschen … also war das Gehirn ein riesiger Gedankenplanet, ging es mir durch den Kopf. Auch die Bienen kamen mir in den Sinn, ich sah sie als von Zelle zu Zelle fliegende Gedanken. Dann stellte ich mir die Nervenbahnen vor, deren Anzahl auf hundert Billionen geschätzt wird. Es war mir, als sähe ich viele Fahrzeuge auf unendlich vielen Autobahnen, die nebeneinander, übereinander und ineinander verknäult waren. Die Länge aller Nervenbahnen, wusste ich noch, beträgt insgesamt etwa sechs Kilometer. Dabei wiegt ein Menschenhirn nur knapp 1,5 bis zwei Kilogramm. Nach der Auffassung der Medizin besteht es aus dem Großhirn, dem Zwischenhirn, dem Mittelhirn, dem Kleinhirn und dem Nachhirn, also aus fünf Teilen. Das Großhirn ähnelt mit seinen Falten und Furchen einem Walnusskern und macht fast achtzig Prozent der Gehirnmasse aus. Im Vergleich mit dem menschlichen Gehirn besitzen neben den Wirbeltieren vor allem »Kopffüßer«, also Kraken oder Tintenfische, und andererseits »Gliederfüßer« wie eben Insekten, besonders komplizierte Gehirne, wusste ich.

Wir wurden plötzlich durcheinandergerüttelt, da wir, wie der Feldwebel lachend ausrief, in eine »Turbulenz« geraten waren, aber es dauerte nicht lange. Wir schwebten jetzt tiefer über Dörfer und Städte und immer wieder über mit ineinander verkeilten Fahrzeugen verstopfte Straßen. Obwohl wir Ähnliches überall gesehen hatten, konnte ich mich nicht daran gewöhnen. Es war ein schlechtes Omen, dass uns diese Wahrnehmungen begleiteten, fand ich. Dann aber erblickten wir in Siedlungen unter uns doch den einen oder anderen Menschen, der zu uns hinaufstarrte oder uns sogar heftig zuwinkte. Jedes Mal entstand dann Lärm im Flugzeug, und wir winkten zurück, obwohl uns mit Sicherheit niemand erkennen konnte. Bevor ich einschlief, sah ich die Alpen unter mir vorüberziehen. Erst als wir zum Anflug auf die Landebahn ansetzten, erwachte ich wieder. Das Flugzeug warf einen deutlichen Schatten, der uns über Mauern und Dächer begleitete und darüber hinwegzuschlüpfen schien, bis wir ihn – unser schwarzes Abbild – überholten und mit dem polternden Geräusch der Räder aufsetzten. Bei der ersten Bodenberührung wäre ich ohne Gurt wohl nach vorne gestürzt, bei der zweiten auf den Boden gekracht. Trotzdem applaudierte ich wie alle.

Der Flughafen war ein Denkmal der Einsamkeit geworden. Wir rollten bis an die Gebäude heran und verließen die Maschine. Zuerst sahen wir uns noch auf dem Flugfeld um. Überall standen die riesigen Jets, die uns vorkamen wie Flugkörper aus dem All. Nirgendwo war ein menschlicher Laut zu hören, nur das Kreischen von Vögeln. An einem amerikanischen Jumbo-Jet war eine Leiter für den Einstieg von Passagieren vorbereitet, und wir kletterten hinauf. Im Flugzeug selbst fanden wir die Uniformen und Dienstkappen der Stewardessen und Piloten und die Kleidungsstücke der Passagiere. Wir entnahmen aus dem Getränkewagen Limonaden, Wasser und eine Flasche Wein, leerten sie in Plastikbecher und sahen draußen den Feldwebel und Haller auf der Suche nach Treibstoff herumfahren. Nach einer halben Stunde begaben wir uns in das Flughafengebäude und fanden nicht weit vom Ausgang entfernt eine Imbissstube, vor der wir uns niederließen. Dr. Schäfer fragte mich, was wir hier eigentlich wollten.

»Es ist alles erloschen«, sagte sie. »Der Verkehr, das ganze Leben … was wollen wir hier?«

Ich zuckte mit den Achseln.

»Warum bin ich überhaupt mitgeflogen?«, setzte sie fort. »Alles ist ohnehin so, wie wir es uns vorgestellt haben … und dafür gehen wir Risiken ein.«

Walter und Agnes zogen sich daraufhin in die Imbissstube hinter die Theke zurück. Ich sah zuvor noch, wie sie einander küssten, bevor sie sich offenbar auf dem Boden niederließen.

»Das gesamte Unternehmen ist ein Risiko«, redete Dr. Schäfer weiter vor sich hin, »als ob nicht alles darauf hinweist, dass wir vorsichtig sein sollten.«

Sie schwieg kurz, dann fragte sie mich, ob ich auswandern wolle …
Ich blickte sie erstaunt an, und da mir keine Antwort einfiel, lachte ich. Auch sie lachte überraschend, erhob sich und schlenderte den scheinbar unendlichen Gang mit Geschäften und Auslagen und weiteren Imbissstuben und Restaurants entlang.
Jetzt erst fiel mir ein eindringlicher Geruch auf. Ich wollte nicht weiter darüber nachdenken, was die Ursache war, nahm mein Notizbuch heraus und schrieb auf, was ich gesehen und gehört hatte. Draußen flog ein Schwarm Kohlweißlinge vorüber, ich kannte die weißen Schmetterlinge noch aus meiner Kindheit. Dr. Schäfer erschien gleichzeitig wieder mit einer Pelzjacke über dem Arm, die sie in irgendeinem der Geschäfte aufgetrieben hatte, und erklärte mir, dass sich »weiter hinten« ein Buchshop befinde, wobei sie mir mit einer Handbewegung die Richtung wies. Ich spazierte daraufhin an den menschenleeren Geschäften vorbei, den menschenleeren Gang hinauf, fand den Laden und suchte mir »Die unglaubliche Reise der Pflanzen« von Stefano Mancuso aus, weil mich das Thema noch immer interessierte. Außerdem entdeckte ich einige Reiseführer und mehrere Stadtpläne von Hamburg, die ich mitnahm. Noch während ich im Buch blätterte, begriff ich, dass ich die Pflanzen bisher vernachlässigt hatte. Ich nahm mir vor, das zu ändern, blätterte weiter und las den einen oder anderen Absatz, bis mich Dr. Schäfer wieder ansprach.
»Ich glaube, sie kommen jetzt!«
Sie war mit dem Rücken zu mir vor einem der großen Fenster gestanden, und während sie sprach, war ich noch in Gedanken bei meiner Lektüre. Ich bekam nur so viel mit, dass der Feldwebel und Haller für den Rückflug offenbar eine andere Maschine ausgewählt hatten, denn die neue, mit der sie heranrollten, war gänzlich weiß.

Konnte es ein Zufall gewesen sein, dass ich den Schwarm Kohlweißlinge kurz zuvor durch dasselbe Fenster gesehen hatte? Und was bedeutete es? Die beiden kletterten heraus und betraten das Gebäude.
Tatsächlich hatte der Feldwebel unser Flugzeug gegen das weiße getauscht, weil es, wie Haller sagte, vollgetankt und startklar sei.
Der Feldwebel – mit Rucksack und Maschinenpistole – und Haller gingen uns voraus. Inzwischen waren Walter und Agnes wieder aufgetaucht, deren Frisur in Unordnung war. Niemand beachtete jedoch die beiden, jeder hatte mit sich selbst zu tun.
»Was machen wir jetzt?«, wollte Dr. Schäfer wissen.
»Wir fahren hinunter zum Hafen«, antwortete der Feldwebel. »Dort sehen wir, ob es überhaupt noch einen Schiffsverkehr gibt.«
Der Weg aus dem menschenleeren Gebäude war deprimierend. Ich stellte mir vor, dass ich in einem Film mitspielte, was mich fürs Erste tröstete.
Vor der Anlage standen zahllose Taxis und Privatautos herum. Bevor der Feldwebel einen Kleinbus in Betrieb nahm, wollte ich ihm einen Reiseführer und eine Stadtkarte geben, aber er lehnte ab, da er sich bereits in der Provinzhauptstadt damit versorgt hatte. Als wir Platz genommen hatten, bestätigte uns Haller noch einmal, das »neue« Flugzeug, wie er es nannte, sei startklar. Sie hätten zuerst die Kleidung von vier Personen – eine davon ein Mädchen – »entsorgen müssen«.
Die Stadt bot das übliche Bild. Den Staus von verlassenen Fahrzeugen mussten wir immer wieder ausweichen, aber allmählich näherten wir uns dem Hafen.
Die Reeperbahn war der traurigste Ort der Welt. Kleidungsstücke auf den Straßen und Gehsteigen und überall Plakate und Schilder mit nackten Frauen. Wir hielten auf Wunsch des Feldwebels an und betraten einige Lokale,

aber sie waren, da sich die Katastrophe am Morgen ereignet hatte, unaufgeräumt: leere Flaschen, leere Gläser, volle Aschenbecher auf den Tischen – nur selten war ein Stuhl oder der Boden mit einem Kleidungsstück bedeckt. Es sah düster aus. Natürlich brannte kein Licht, keine Neonreklame leuchtete, es war totenstill. Die Herbertstraße, in der »bis zu zweihundert Prostituierte« hinter Schaufenstern auf Kundschaft gewartet hätten, wie der Feldwebel anzüglich erklärte, sah »wie eine von allen guten und schlechten Geistern verlassene Gasse in der Vorstadt« aus. Sie war etwa sechzig Meter lang und an beiden Enden durch übermannsgroße Wände mit seitlichen Türen abgeschlossen. Frauen sei der Besuch untersagt, war auf einem Warnschild zu lesen, die Türen standen offen. Hinter den Glasfenstern da und dort ein Hocker, zum Teil auf dem Boden liegend. Darauf hätten die »Damen«, wie der Feldwebel erklärte, »Freier« animiert »einzutreten«. Die Tätowierläden mit zahlreichen Farbfotografien von Kunden wirkten wie Museen. Ich bemerkte, dass der Feldwebel und Haller Schusswaffen unter den dünnen Jacken trugen.
Kurz darauf erreichten wir den Hafen mit seinen Kränen, Schwimmdocks, Schiffen und Booten, die zum Teil aufs Wasser hinausgeschwemmt, zum Teil gekentert und zum Teil vom Sturm auf den Kai geworfen worden waren. Wir begegneten niemandem und entdeckten auch keine neu eingetroffenen Schiffe. Das riesige Areal lag ausgestorben da. Schweigend gingen wir zum Kleinbus zurück, doch hielten wir am Anfang der Reeperbahn wieder an, da der Feldwebel mit Haller ausgemacht hatte, dass wir das Wachsfigurenkabinett anschauen sollten. Der Eingang durch die beiden Glastüren war versperrt. Davor war eine uniformierte Figur aufgestellt, die einen Zylinder und zwei Wasserkübel trug: einen schwarzen mit weißem Deckel und einen weißen mit schwarzem

Deckel. Die Uniformjacke war ab der Mitte auf der einen Seite schwarz und auf der anderen weiß, selbst die Hose, die Schuhe und nicht zuletzt die Handschuhe waren jeweils schwarz und weiß gestrichen.

Eine Schachfigur, dachte ich, ein Läufer.

»Ich warte hier«, sagte ich.

»Das müssen Sie sehen!«, entgegnete der Feldwebel unwirsch.

»Ja, schauen wir uns das zur Erholung an«, drängte auch Dr. Schäfer.

Der Feldwebel holte Werkzeug aus dem Rucksack und machte sich am Schloss zu schaffen. Kurz darauf betraten wir den fensterlosen Ausstellungssaal, den Lechner und der Pfleger Haller mit LED-Lampen erhellten. Von der Decke hing der »Flugpionier Lilienthal«, wie der Feldwebel erklärte.

»Nein, der Schneider von Ulm«, unterbrach ihn Haller.

»Es ist Lilienthal unter den Flügeln seines Apparates«, setzte Lechner fort, »mit dem er später in den Tod stürzte.«

Die Gestalt war bärtig, trug Tracht und hatte einen Hut auf dem Kopf.

»Es ist der Schneider von Ulm«, beharrte Haller.

Wir gingen in der Dunkelheit weiter. Es war unheimlich, wenn sich die Wachsfiguren aus der Dunkelheit lösten. Ich erinnere mich an die Hitlerfigur mit blauen Glasaugen, dem Oberlippenbärtchen und dem Rechtsscheitel. Er stand abwesend da, im braunen Sakko mit dem Parteiabzeichen und dem Eisernen Kreuz, dahinter Eva Braun, Göring und im Vordergrund der Propagandaminister Joseph Goebbels. Ich warf einen Blick auf den Feldwebel, der vor Andacht und Respekt wie erstarrt wirkte. Daraufhin öffnete ich meinen Hosenschlitz und begann zu pinkeln. Der Urin bildete vor Hitlers Füßen eine Lache.

»Was machen Sie da!«, rief Alois Lechner.

Ich antwortete nicht und schloss den Reißverschluss.
»Sind Sie verrückt geworden?«, schrie er mich an.
»Ja. Schon lange«, antwortete ich.
Die anderen verzogen die Lippen zu einem Lächeln.
Während der Feldwebel weiter schimpfte, betrachtete ich Napoleon und den englischen König Heinrich VIII., die in der Kleidung ihrer Zeit im Halbdunkel standen. Dr. Schäfer raunte mir die Namen der Figuren zu und nannte einige Stichwörter. Als ich den Wunsch äußerte, auf eigene Faust das Wachsfigurenkabinett zu durchstreifen, gab mir Haller eine Taschenlampe, wodurch ich mich von der Gruppe lösen konnte.
Es war wie in einer Geisterbahn ... Zunächst stand ich noch vor Stalin, für den ich aber keinen Urin mehr in der Blase hatte. Daher spuckte ich nur aus. Der russische Zar Nikolaus, Rasputin und Lenin erinnerten an Puppenspielfiguren, und Friedrich der Große, hoch zu Ross, war eine verkleidete Kasperlfigur, der ich den breiten Siegerhut vom Kopf stieß. Selbst die Wachsgestalt des Antisemiten Martin Luther passte gut dazu. Mir wurden rasch alle diese Menschengestalten zu viel. Was gingen sie mich an? Trotzdem musste ich weiterschauen, ich weiß nicht warum. Mussolini und Franco tauchten auf. Fidel Castro mochte ich ebenso wenig wie den japanischen Kaiser Hirohito und die Wachsköpfe von zahlreichen anderen Politikern. Als ich auf eine enorm dickleibige Figur stieß, war es wie eine Erlösung: Ich las den Namen Baster Simkus. Der Amerikaner wog im Alter von fünfzehn Jahren bereits 170 Kilo, entnahm ich einem Schild. Sein höchstes Gewicht betrug im Jahr 1996 610 Kilo. Damit war er der schwerste Mensch der Welt. Nach einer Abmagerungskur hatte er später nur noch ein Gewicht von 96 Kilo. Die Haut sei an ihm heruntergehangen, hieß es, und habe operativ entfernt werden müssen. Ihr Gewicht allein wurde mit 22 Kilo angegeben.

An einem kleinen Tisch, erinnere ich mich, saßen drei Karten spielende Männer. Bei einem von ihnen wuchs aus der Nase eine zweite, steil nach oben ragende, wie ein erigierter Penis, weshalb ich an ein lüsternes Rhinozeros dachte. Der ihm gegenübersitzende Mann hatte nicht nur ein drittes Auge zwischen den Nasenflügeln, sondern auch eine merkwürdige Mundöffnung, die in der Mitte hasenschartig war, so dass die zwei Vorderzähne wie bei einer Maus hervorragten. Der letzte Kartenspieler wiederum hatte zwei Gesichter, eines nach vorne gerichtet, eines nach hinten. »Der Kriegsgott Janus«, rief Dr. Schäfer, die mir nachgekommen war, »er sieht die Vergangenheit, die Gegenwart und die Zukunft!« Sosehr die Figuren auch an einen Rummelplatz erinnerten, so »selbstverständlich« erschienen sie mir.
Endlich entdeckte ich den Mann, dem ich immer schon gerne begegnet wäre: Albert Einstein. Neben ihm erkannte ich Goethe, Schiller, Mozart und Beethoven. Ich machte eine Verbeugung in ihre Richtung, aber sie reagierten nicht. Einstein sah nicht ganz so aus, wie ich ihn mir vorgestellt hatte. Seine Stirn war stark gerunzelt, er trug eine Fliege und eine graue Weste. Er war aus dem Dunkel vor mir aufgetaucht wie ein Gespenst, das vor der Atombombe warnte. Ich nickte nur mit dem Kopf, und er blickte mich weiter bewegungslos an, als würde er angestrengt nachdenken. Ich sagte in meiner stummen Denksprache, dass ich keine Wachsfigur sei und dass ich gerne mit ihm spräche. Er rührte sich nicht, wie auch die anderen Figuren im Halbdunkel. Wieder fiel mir das Gehirnmodell in Eugens Schreibtischlade ein, und ich kam darauf zu sprechen, dass dem Physiker nach seinem Tod das Gehirn entnommen und in einzelne dünne Scheiben zerlegt worden war. »Wissen Sie das?«, fragte ich. Er blieb stumm. Mir war klar, dass er nur eine Wachsfigur war, aber ich wollte es plötzlich nicht glauben. Daher

sagte ich, dass er kein Gehirn mehr habe, und ging weiter, als ich plötzlich »Nein!« hörte. Es war ganz deutlich ein »Nein« gewesen. Ich drehte mich um, blickte ihm in die Augen und formulierte die Antwort: »Dann müssten Hitler, Mussolini und Stalin auch noch am Leben sein!« Er dachte nach. Sein Blick war undurchdringlich. Doch schon nach dem ersten Schritt, mit dem ich mich entfernte, antwortete er monoton: »Wir alle leben noch.«
Ich wandte mich ab und blickte stattdessen Charlie Chaplin ins Gesicht, den ich immer schon für eine mechanische Wachspuppe gehalten hatte. Er hatte in meiner Kindheit eine nicht unwesentliche Rolle gespielt. Zu seinen Füßen stand ein kleiner gefleckter Hund, der zu bellen anfing, worauf Chaplin sich einmal im Kreis drehte.
Der pensionierte Papst Benedikt XVI. erschien mit erhobenen Armen aus der Dunkelheit, als würde er sich vor einer riesigen Menge gerade in den Himmel erheben, doch er rief: »Ich bin unschuldig! Ich habe keine Priester in Schutz genommen, die sich an Kindern vergangen haben!«
Dann entdeckte ich ein »Medizinhistorisches Kabinett« mit Holzbehältern an den Wänden und Vitrinen, in denen alte anatomische Wachspräparate ausgestellt waren. Ich blieb zuletzt vor dem Schaukasten stehen, in dem fünf Hände gerade ein zweites Glasauge in das Gesicht eines männlichen Wachskopfes einsetzten. Es sah gewalttätig aus. Tatsächlich gab es ein Stück weiter eine Folterkammer mit zerstörten, nackten menschlichen Körpern, Blut und einem Fleischerhaken, der sich in einen Leib gebohrt hatte …
Die schwarz-weiße Figur vor dem Panoptikum hielt nach wie vor die beiden Kübel in den Händen. Es wehte ein heftiger Wind, und vom Meer her zogen schwarze Wolken über den Himmel, »als wollten sie uns für den Abflug

einen Strich durch die Rechnung machen«, wie der Feldwebel bemerkte.
Kaum hatten wir in unserem Kleinbus Platz genommen, setzte Regen ein.
Der Feldwebel kratzte sich am Kopf und dachte nach.
»Ich fühle mich in der Maschine nicht sicher genug, wenn ein Unwetter losbricht«, meinte er schließlich.
Es klang eher wie ein Selbstgespräch. Gleich darauf blitzte und donnerte es.
Während es zu hageln begann, fuhren wir in die Stadt und suchten ein Hotel, doch bereits vor dem ersten sahen wir bewaffnete Männer. Sofort bogen wir in eine Querstraße ein.
»Wir müssen aufpassen!«, rief der Feldwebel.
»Ich denke, dass wir in keinem Hotel, in keiner Pension sicher sind«, antwortete Dr. Schäfer.
Irgendwann kamen wir am Bahnhof vorbei, der offenbar zu einer Begegnungsstätte geworden war, in der jede und jeder bewaffnet war. Wieder wichen wir, wie schon gewohnt, in eine Nebenstraße aus, und von dort gelangten wir vor die Hamburger Kunsthalle. Eugen hatte mich darauf aufmerksam gemacht, dass das Bild »Das Eismeer« von Caspar David Friedrich dort ausgestellt sei, und Walter und Agnes verlangten auszusteigen, um das Gemälde mitzunehmen.
Sie kehrten erst nach einer halben Stunde mit leeren Händen zurück. Der Feldwebel regte sich die ganze Zeit über auf, und Dr. Schäfer verlangte, zum Flughafen gefahren zu werden und dort abzuwarten, bis sich das Wetter gebessert hätte. Da bemerkte Haller einen älteren Mann, der eine dicke Frau im Rollstuhl vor sich herschob und in einem Hausflur Schutz suchte. Auf den »Halt!«-Ruf Hallers reagierte der Feldwebel zuerst nicht. Der Pfleger rief jedoch erneut, worauf Lechner bremste und vorgab, nichts bemerkt zu haben.

»Was ist?«, fragte er ungehalten.
Inzwischen waren Haller mit Walter schon aus dem Wagen gesprungen, gefolgt von Dr. Schäfer, die ebenfalls nicht gewartet hatte, und Agnes Drossel. Auch ich stieg bei noch immer heftigem Regen aus, nur der Feldwebel blieb verdrossen und »Scheiße!« rufend zurück.
Im Hausflur trafen wir auf den Mann mit der Frau im Rollstuhl. Sie hatte ein riesiges Bein mit einem auffallend großen Fuß. Ich hatte den Eindruck, ihre Schuhgröße sei 100. Dr. Schäfer flüsterte mir zu, es handle sich um eine Erbkrankheit. Außerdem fiel mir auf, dass sie an jeder Hand nur zwei Finger hatte. Sie hieß Diana, und der Mann nannte sie »Mücke«. Er sprach in einem fort. Manchmal geriet er ins Stottern. Beide waren in derselben psychiatrischen Klinik untergebracht gewesen, und beide hatten dort überlebt. Der Name des Mannes war, wie er angab, Ted. Er erzählte, dass ehemalige Gefängnisinsassen die Stadt kontrollierten. Es gebe unter ihnen zwar auch friedliche Menschen, das wisse man jedoch immer erst im Nachhinein. Manche wiederum führten sich auf, »als stünden sie unter Drogen«. Es gefalle ihnen, andere Überlebende zu erschießen, weil diese sich augenblicklich in nichts auflösten und nur die Bekleidung zurückbliebe.
»Ha-hamburg ist sch-sch-ön!« Er stotterte immer heftiger, je länger er sprach.
»A-a-ber, w-wir s-sin-d d-dauernd in Ge-Ge-Gefahr!«
Er führte uns in eine große ebenerdige Wohnung, die einem Ornithologen gehört habe, wie er ausführte. Die vier Zimmer, eine Art Vogelmuseum, waren über und über mit Vogelkäfigen, Vogelgemälden und Vogelbüchern ausgestattet. Einen Teil der Bilder, führte Ted aus, habe »Mücke« mit ihren Füßen und Wasserfarben oder Farbstiften gemalt. Der Professor habe eng mit ihr zusammengearbeitet, bis sie an einer Depression erkrankt

sei und man sie in die Psychiatrie eingeliefert habe. Sie wisse »alles über Vögel«.
Diana schwieg die ganze Zeit über, dann meldete sie sich mit einem »Wen interessiert das?« zu Wort, worauf Ted verstummte.
Walter antwortete sofort, dass es *ihn* interessiere. Und tatsächlich verwickelte er sie in ein Gespräch über Vögel, bei dem sich herausstellte, dass sie auch die lateinischen Namen der Tiere wusste und Pflanzen liebte, über die sie Erstaunliches berichtete.
Haller hatte inzwischen den Feldwebel geholt, der sich in ein Fauteuil setzte und rauchte, ohne an der Unterhaltung teilzunehmen. Das schlechte Wetter mache einen Rückflug »derzeit« unmöglich, erfuhren wir von ihm, und er begann von da an Gin zu trinken, den er in einem Regal der Bibliothek fand.
»Ich bin eine Missgeburt«, erklärte Diana auf die Frage Dr. Schäfers nach ihrer Vergangenheit. Ihre Eltern seien Gärtner gewesen. In der Schule habe sie gelitten, aber sie hätte trotzdem die Absicht gehabt, Biologie zu studieren. In der Nachbarschaft habe der Professor für Ornithologie Dr. Knaller gewohnt, dessen Vögel sie mitunter »allein« in der Gärtnerei »großgezogen« und gezeichnet habe – wegen ihrer unvollständig ausgebildeten Hände habe sie mit den Füßen zu zeichnen und zu malen gelernt. Nach dem Tod ihrer Eltern sei sie von niemandem mehr betreut oder mit dem Rollstuhl herumgeführt worden, daher sei sie in Depression verfallen und in die »Klinik« eingeliefert worden … erst nachdem sie Ted kennengelernt habe, sei es mit ihr wieder bergauf gegangen. Er bemühe sich den ganzen Tag über, sie zu verwöhnen, und habe einen großen Nahrungsmittelvorrat im Haus gesammelt.
»Die *anderen*, wie Ted die ehemaligen Gefängnisinsassen nennt«, setzte Diana fort, und Ted unterbrach sie:

»haben … sinnlos in Juwe-lier-läden … einge-ge-brochen u-und Rolex-U-U-Uhren und Schmuck ge-ge-stohlen …«
»Sie gehen herum, als ob sie auf einem Maskenball wären«, unterbrach ihn Diana ihrerseits. »Wir müssen uns vor ihnen in Acht nehmen.«
»Und Sie?«, wandte sich Dr. Schäfer an Ted. »Was haben Sie früher gemacht?«
»I-I-Ich bin ein V-V-V-ogel.«
Diana lachte. »Ja, er behauptet, eine Möwe zu sein, aber beim Wort Möwe kommt er immer ins Stottern …«
»O-oder ein Gacktus.« Er lachte laut.
»Ja, oder ein Kaktus«, verbesserte Diana.
Daraufhin fragten Diana und Ted uns aus: Dr. Schäfer berichtete ihnen über unser Zusammenleben in einer Siedlung, worauf die beiden mit uns zurückfliegen wollten. Zuerst waren wir überrascht, aber dann verstanden wir, dass es wohl selbstverständlich sei, ihrem Wunsch zu entsprechen.
Wir übernachteten in der Wohnung, bevor wir uns früh am Morgen mit Ted und Diana im Rollstuhl in den Kleinbus begaben. Sie nahmen zwei vollgepackte Koffer mit. Der Feldwebel hatte uns noch im Haus mehrmals zornerfüllt den Vogel gezeigt, indem er mit dem ausgestreckten Finger auf seine Stirn tippte und abwechselnd den Kopf schüttelte, bis ich ihn lautstark fragte, ob auch er den Verstand verloren habe, worauf er mit einer verächtlichen Handbewegung das Haus verließ.
Die Fahrt zum Flughafen verlief ohne Zwischenfälle. Der Feldwebel ignorierte mich wie ich ihn. Als wir an Bord gegangen waren, fingen zuerst Diana und dann Ted zu weinen an. Bei jedem kleineren Hüpfer in der Luft, bei jedem Luftloch, gab Diana einen Schmerzenslaut von sich, bis schließlich der Feldwebel in Frankfurt einen Zwischenstopp einlegte.

»Ich halte es nicht mehr aus!«, rief er, bevor er das Cockpit verließ. »Scheiße!«
Haller erklärte uns, dass Lechner die Stadt ansehen und dabei allein sein wolle. Vermutlich sei er auf der Suche nach »irgendwelchen Geräten«.
Wieder nahmen wir auf Stühlen eines der Flughafenrestaurants Platz. Dr. Schäfer, die nur noch nach Hause wollte, beklagte sich über den Feldwebel, aber ich stand auf und begann wieder, die Buchhandlung zu suchen, obwohl ich bereits das Exemplar über die Reise der Pflanzen im Gepäck hatte. Es war einfach eine Lust für mich, in den Regalen zu stöbern. Dabei fand ich ein weiteres Buch von Jürgen Tautz, das er diesmal zusammen mit Diedrich Steen verfasst hatte: »Die Honigfabrik«. Ich nahm es an mich. Ich war von Unruhe getrieben … Was, wenn der Feldwebel nicht zurückkehrte? Wenn ihm etwas zustieß, dann blieb nur die Möglichkeit, mit einem Auto nach Hause zu fahren … Die Alternative beruhigte mich ein wenig. Außerdem beschloss ich, dass dieser Flug mein letzter sein sollte. Ich hatte genug gesehen. Es war jetzt klar, dass der überwiegende Teil der Überlebenden aus Vorbestraften und »geistig-seelisch Kranken« bestand. Und ich begriff, dass ich noch weniger verstand als früher, bevor meine »eigene« Welt, die nie meine »eigene« war, unterging. Es herrschte nur noch der Drang zu überleben, und jeder griff auf seine alte Lebensweise zurück. Nein, wir waren nichts mehr. Wir hatten keine Utopien. Eine neue Zeitrechnung war angebrochen. Wir lebten im zweiten Jahr nach der Katastrophe, 2 n. K., und wir mussten alle Archäologen sein, Altes ausgraben und aus dem Alten lernen. Das war der Neuanfang, der nichts anderes war als eine Form von Wiederholung.
Ich ging die leeren, endlos scheinenden Flughafengänge entlang, stieß auf Kleidung und »Hilfsgegenstände«, wie Ted die Brillen, Gebisse, Hörgeräte oder Armbanduhren

genannt hatte, und begriff gleichsam selbstverständlich, dass ich ein Nichts war. Ich war ausgeliefert: mir selbst und anderen … Ich fragte mich auch, wo Gott sei … und kam mir vor wie Spielzeug, das ein Kind verloren, nein, weggeworfen hatte, um es nie wieder anzusehen. Vielleicht war das Spielzeug auf einen Müllplatz oder über das Brückengeländer in einen Fluss geworfen worden, um beobachten zu können, wie es verschwindet. Oder es war in der Sandkiste eines Kinderspielplatzes liegen gelassen worden, weil sich das Kind nicht mehr dafür interessierte … Wir waren nicht mehr als ein gedruckter Name in einem Telefonbuch, das man in einem Altpapiercontainer entsorgt hatte, oder eine Ziffer im erloschenen sozialen Netzwerk. Und: Es war egal, was mit uns geschah.

Die verwirrenden Gänge des Flughafengebäudes waren auch ein Gleichnis. Auf dem Boden lag Müll, den niemand mehr entsorgte. Die Flugzeuge auf dem Platz schienen riesige, erstarrte Blechvögel zu sein.

Ich hatte mich inzwischen verlaufen und versuchte mich zu orientieren, doch gelang es mir nicht. Kein Geschäft war mehr zu sehen, keine Imbissstube, kein Restaurant. Auch hörte ich keine Geräusche mehr, daher rief ich, so laut ich konnte, Walters Namen und wartete … keine Antwort. Auch beim zweiten und dritten Mal verhielt es sich so. Also versuchte ich, allein zurückzufinden. Die Ängste waren nichts Neues für mich, das Michverirren und die Orientierungslosigkeit. Nur der Gedanke, dass ich im Gebäude zurückbleiben würde, verstörte mich in einem Maße, wie ich es noch nicht erlebt hatte.

Zuerst kam ein Spielzeug angefahren: eine Blechfigur auf einem Blechmotorrad … Jemand musste die kleine Maschine händisch aufgezogen haben. Sie stammte aus den fünfziger Jahren des 20. Jahrhunderts, erkannte ich, und der breite Aufziehschlüssel drehte sich über einem der

beiden Pedale. Ich wartete, bis der Motorradfahrer mich erreicht hatte und an meine Sneakers stieß. Die Figur wurde unerwartet größer und immer größer, bis wir uns auf Augenhöhe gegenüberstanden, dann fragte sie mich, was mir fehle.
»Ich finde nicht zurück«, stammelte ich.
Inzwischen kam bereits das nächste Fahrzeug auf mich zu: ein Spielzeug-Krankenwagen mit Batterieantrieb, wie ich annahm. Auch Lego-Figuren tauchten auf, Lego-Häuser in allen Farben sprossen aus dem Steinboden, Bäume, Pools, Pferde und Hunde und alte Lego-Autos in blauer Farbe. Der Rettungswagen war inzwischen gegen meine Fußspitzen gestoßen. Die beiden Figuren auf dem Vordersitz waren ausgestiegen und wuchsen bis zu mir hinauf.
»Kommen Sie«, rief eine von ihnen. Sie führte mich zur Tragbahre, und während es abwärts zum Rettungswagen ging, schrumpften die Bahre, die beiden Betreuer und ich selbst mit. Am Boden angekommen, war ich in einer anderen Welt. Wir waren winzig geworden. Ein Pappbecher auf dem unendlich langen Boden, dessen Glanz durch das Sonnenlicht mich blendete, hatte jetzt einen riesigen Umfang wie ein weißer Turm. Ein Lego-Arzt trat aus dem Abteil, das für die Bahre vorgesehen war, und wollte meinen Blutdruck messen, aber ich verlangte zu wissen, ob ich meine Körpergröße für immer verloren hätte.
Er blickte mir skeptisch ins Gesicht.
»Ich war im Vergleich zu Ihnen früher riesig«, belehrte ich ihn.
»Was meinen Sie mit riesig?«
»Haben Sie schon einmal einen Menschen gesehen?«, fragte ich ihn. Und als er schwieg, ergänzte ich: »Wir haben Sie hergestellt. Sie sind ein Spielzeug!«
»Alles ist Spielzeug«, unterbrach er mich. »Auch die Rie-

senflugzeuge vor dem Ankunftsgebäude sind Spielzeug. Die Menschen, die uns hergestellt haben und uns verkaufen, sind *unser* Spielzeug … Wir denken anders als sie, weil wir wissen, dass alles Spielzeug ist.«

Ich ließ ihn reden.

»Also, wo fehlt es?«, fragte er mich.

»Ich möchte meine Körpergröße zurück«, gab ich zur Antwort.

»Sie müssen zuerst lernen, uns zu verstehen. Sonst bringen wir Sie in die Lego-Fabrik … dort werden Figuren durch andere ersetzt und die fehlerhaften eingeschmolzen.«

Eingeschmolzen wollte ich auf keinen Fall werden – sondern, so schnell es ging, wieder ein Mensch sein.

Ich riss mich los. Die Strecke zurück zu Walter und Agnes, Dr. Schäfer, Diana und Ted kam mir jetzt zu weit vor, weshalb ich aufgab, die Idee weiterzuverfolgen. Ich lief einfach auf das nächste Lego-Auto zu und versuchte, es mit Handzeichen zu stoppen, doch man beachtete mich nicht, bis eine lebensgroße Hasenpuppe mich aufhob und verwundert »Ein Mensch!« rief. Sofort hielten Feuerwehren, Polizeiwagen und Lieferautos an, die Lego-Figuren kamen aus ihren Fahrzeugen heraus und wollten mit mir spielen wie Menschen mit einem jungen Hund.

»So klein!«, lachten sie, nahmen mich auf ihre Schultern, stopften mich in einen Lieferwagen und führten mich zu einer Geisterbahn, die eine riesige, innen begehbare anatomische Menschenpuppe darstellte. Mit kleinen Kunststoff-Fahrzeugen durfte man durch ihre Eingeweide fahren. Wir begannen im Herz und rasten durch die Gliedmaßen, den Kopf und wieder zurück ins Herz.

»Der Mensch ist mir das lustigste Spielzeug«, rief ein Lego-Bauarbeiter mit Helm, der im selben Fahrzeug saß wie ich.

»Am liebsten habe ich das Auge, da sind Fernrohre eingebaut, mit denen man in die Weite schauen kann.«
Tatsächlich hielt das Fahrzeug vor einem Augenpaar an, und wir blickten auf Panoramabilder von New York, London, Paris, Rom und Wien. Ich verstand, dass die Lego-Figuren keine Ahnung hatten, wo sie sich befanden – reisten sie doch beim Verkauf in dunklen Schachteln und sahen später vor allem Wohnungen, Kinderzimmer und nur in seltenen Fällen einmal ein Fernsehprogramm …
Ich dachte an die Zeichentrickfilme »Toys« und die Seelen der Figuren, als wir auf der Achterbahn durch den menschlichen Körper weiterfuhren, in Organen verschwanden und aus ihnen herauskamen, bis wir wieder das menschliche Herz erreichten. Ich stand auf und fiel um.
Als ich die Augen aufschlug, war ich noch immer der winzige Mensch. Gerade hielten mich Lego-Figuren über den gelben Einfülltrichter eines Spielzeug-Fleischwolfs aus bunten Kunststoffteilen, der aus meiner Perspektive groß wie ein auf dem Kopf stehendes Zirkuszelt war. Die eifrigen Lego-Figuren schlossen das Spielzeug an den elektrischen Strom an, der Motor setzte die Mühle in Gang, und ich wurde weiter mit dem Kopf voran über den Trichter gehalten, wohl in der Absicht, mich fallen zu lassen. Ich sah Stacheln auf der sich drehenden Walze und schrie stumm um Hilfe. Die Lego-Männchen unterhielten sich gerade über Friseure. Sie lachten die Menschen aus, weil ihnen Haare wuchsen, während ihre eigenen immer gleich blieben. Niemand schenkte mir Aufmerksamkeit, doch schrie ich unentwegt weiter um Hilfe.
Der Einfülltrichter dröhnte plötzlich von meinen Hilferufen und dem Echo, das sie erzeugten. Dabei erwachte ich. Hatte ich geträumt?, fragte ich mich. Dann hörte ich, dass jemand mit mir sprach.

»Du willst immer alles *verstehen*, immer alles *begreifen*, doch hast du, wenn du glaubst zu begreifen, *nichts* begriffen.«
Jetzt war mir klar, dass ich mit mir selbst sprach, denn diese Gedanken gingen mir schon lange durch den Kopf. »Die Sprache der Menschen ist siamesisch«, fuhr ich fort, »das heißt, untrennbar mit dem Zwilling Lüge verbunden. Sie enthält immer auch Mimikry. Tarnung ist in der Sprache geradezu genetisch enthalten, die jede Bedeutung verschleiert. Es gibt das Gesetz: Je näher du der Bedeutung kommst, desto weiter entfernst du dich von ihr, denn mit jedem noch so kleinen Fortschritt auf der Suche nach Wahrheit eröffnen sich unzählige neue Fragen, die du nicht beantworten kannst. Das ist wie ein Naturgesetz. Solange die Menschen versuchen zu verstehen, werden sie immer auf neue Rätsel stoßen, die zuletzt die Möglichkeiten ihres Denkens (trotz aller technischen Errungenschaften) überfordern. Wir entwickeln immer nur Hilfsvorstellungen – auch wenn diese noch so spektakulär sind.«
Dann hörte ich Geräusche und eine Frauenstimme, und als ich die Augen aufschlug, blickte ich in das Gesicht von Dr. Schäfer. Sie drehte ihren Kopf zur Seite und rief: »Er ist aufgewacht!« Ich fragte sie, wo ich mich befände.
Es war der Gang, in dem ich zum Spielzeug-Winzling geworden war, und in dem ich mit den Lego-Figuren gesprochen hatte. Es gab jetzt keine Häuser mehr, keine Fahrzeuge, keine Figuren. All das war verschwunden – wie die Menschen, wenn sie starben.
Der Steinboden war eisig kalt. Mühsam versuchte ich, mich aufzurichten, schaffte es aber nicht und lag gleich darauf wieder auf dem Boden.
Inzwischen war Haller zurückgekehrt. Er habe Alois Lechner, den Feldwebel, nicht gefunden, berichtete er.

Mit Hilfe des Pflegers und von Walter gelang es mir, den langen Rückweg zum Ausgangspunkt zu bewältigen.
Ich nahm die mir von Frau Dr. Schäfer gereichte Tablette mit einem Glas Mineralwasser. Daraufhin wurde ich so müde, dass ich mich auf einen Tisch legte und kurz danach einschlief. Die ganze Zeit über träumte ich weiter von Spielzeug. Vielleicht ist das, was ich geschrieben habe, ein Teil dieses Traums gewesen? Ich weiß es nicht.
Später erfuhr ich, dass mir Dr. Schäfer eine Valium-Tablette gegeben hatte. Jedenfalls hatte das Medikament meinen Schlaf hervorgerufen.
Es wurde Nacht. Es wurde dunkel.
Als ich erwachte, war ich gesund. Anfangs lauschte ich noch den Gesprächen, aus denen sich ergab, dass der Feldwebel nicht zurückgekehrt war. Das erschien mir auf einmal wie ein Märchen. Diesmal hießen die Fragen: Wo war er geblieben? Lebte er noch?
Jeder Mensch ist in seinem Alltag ein Detektiv: ein ums andere Mal ist er gezwungen zu improvisieren.
Erst zu Mittag traf der Feldwebel in Begleitung eines Offiziers der deutschen Luftwaffe ein. Beide trugen ihre Uniformen. Der Freund hieß »Heinrich Tann, Major«, wie er sich vorstellte. Wir vernahmen, dass er Berufssoldat »bis zum Untergang« gewesen sei. Auf die Frage Hallers, welchen Untergang er meine, antwortete der Offizier lachend: »Den Weltuntergang, was denken Sie?« Feldwebel Lechner habe ihn auf der Straße angesprochen, weil er Uniform getragen habe. »Ich habe schon als Kind einen Helm und eine Uniform geschenkt bekommen«, ergänzte er. Da auch Lechner einen Tarnanzug getragen habe, habe man sich rasch verstanden und den Abend miteinander verbracht. Am frühen Morgen seien sie zum alten Militärflugplatz Eschborn außerhalb von Frankfurt gefahren, »um nach dem Rechten zu sehen«. Die Mauern

seien mit Chaos-Graffitis bespraylt gewesen, vor allem aber sei die »Verwilderung unaufhaltsam« fortgeschritten. Alle möglichen Pflanzen hätten die Gebäude »zurückerobert«. Es sei geradezu unglaublich, wie sie aus Mauern und Böden sprießen würden. Nach dem Krieg sei Eschborn übrigens von den Amerikanern besetzt worden. Die Rede kam wieder auf Sicherheit und das Tragen von Waffen. Er habe stets eine Waffe bei sich, »aus Sicherheitsgründen und zur Abschreckung«.
Diana und Ted schienen sich über das Gespräch zu ärgern, Diana spielte auffallend die Gelangweilte, gähnte, bewegte verdrossen die vor den Mund gehaltene rechte Hand oder seufzte, während Ted sich erhob, die Glieder streckte und zum Aussichtsfenster wankte. Dr. Schäfer unterbrach die Erzählung und fragte, wann sie nach Hause flögen, und Agnes ergänzte verärgert: »Ja, wirklich!«
In die Stille hinein antwortete Lechner: »Am besten jetzt.«
»Fliegt er mit?«, fragte Haller und zeigte, ohne ihn anzusehen, auf den Major.
»Ja, ich habe ihn sehr darum gebeten! Er wohnt bei mir in der Kaserne, und wir haben die Waffen bereits verladen«, antwortete der Feldwebel bestimmt.
Die Waffen?, fragten wir uns.
Es ging schneller, als wir dachten. Der deutsche Major bestand überraschend darauf, mit einem eigenen Flugzeug nachzukommen, und so flogen wir ohne den Offizier zurück in die Provinzhauptstadt. Während des unendlich langen Starts fiel mir ein, wie ich in der vergangenen Nacht als winzigster Mensch über dem Fülltrichter der Maschine gehangen war und die Lego-Männchen, die auf einmal Lego-Männer waren, mich beinahe hätten fallen lassen. Als wir endlich die vorgesehene Flughöhe erreichten, verspürte ich den Zwang, immer wieder auf

die Wracks der stehen gebliebenen oder in die Straßengräben gestürzten Fahrzeuge hinunterzusehen.
Da wir am wolkenlosen Himmel ruhig dahinflogen, stellte sich langsam Wiedersehensfreude ein. Doch würde ich, nahm ich mir vor, niemandem etwas von den Lego-Figuren und dem Fülltrichter erzählen. Dann überlegte ich, was der deutsche Offizier Heinrich Tann als neuer Bewohner für uns bedeutete. Es würde, befürchtete ich, die Stunde des Feldwebels kommen, der jetzt einen geistesverwandten Kumpan gefunden hatte. Dann fiel mir ein, dass Heinrich Tann sich geweigert hatte, mit uns zu fliegen. Es konnte Taktik gewesen sein, aber auch eine Lüge, weil er vielleicht nicht wirklich daran gedacht hatte, mit uns zu leben. Diese Hoffnung war der einzige Ausweg, der mir blieb.

Maoris Welt

Nach der Ankunft auf dem Flugplatz der Provinzhauptstadt stiegen wir in den Hubschrauber um. Der weitere Rückflug ging ohne Zwischenfälle vor sich, und je näher wir unserem Ziel kamen, desto lauter wurde es im Helikopter. Das fand jedoch ein abruptes Ende, als wir das Dorf erreichten.
Von oben sahen wir bereits, dass auf der Straße etwas vorgefallen sein musste, denn es hatte sich eine kleine Menschenansammlung gebildet, die jetzt schnell hinter den Bäumen und Haustüren der angrenzenden Gebäude verschwand.
Wir landeten daher auf dem Sportplatz.
Als wir aus dem Hubschrauber sprangen, hörten wir von weitem Schüsse fallen. Natürlich mussten wir Ted und Diana vorläufig zurücklassen. Wir liefen die asphaltierte Straße entlang bis zur Kirche und sahen, als wir die

Kurve hinter uns ließen, dass es sich um Maoris Zuhause handelte, aus dessen Kamin Rauch aufstieg. Der Feldwebel riss die Maschinenpistole von seiner Schulter und lief in gebückter Haltung weiter.

»Hören Sie auf!«, schrie Dr. Schäfer, doch Alois Lechner handelte jetzt automatisch. Ich konnte mit ihm nicht Schritt halten, nur Haller gelang es, ihm zu folgen. Ich sah, wie er im Laufen auf ihn einredete, aber der Feldwebel kümmerte sich nicht darum und lief in derselben Haltung weiter, als ginge es darum, etwas zu erobern. Mit den ersten Schüssen aus Maoris Haus, die auf die beiden Anstürmenden gerichtet waren, zersplitterten eine Straßenlampe und ein Fenster in der ehemaligen Volksschule. Der Feldwebel hatte sich schussbereit auf den Asphalt geworfen, Haller hingegen war in einem Hausflur verschwunden. Ich lief weiter, bis ich den Feldwebel erreicht hatte, schrie ihn an, die Waffe wegzuwerfen, stattdessen gab er eine Salve auf die Tür und die ebenerdigen Fenster des Hauses ab. Wieder zersplitterte Glas.

Dann sah ich Eugen über den Platz laufen. Er befahl mir, zu ihm zu kommen, während er sich hinter einem Baumstamm versteckte. Ich blieb stehen.

»Was ist mit dir los, Leopold Sternad«, rief ich Maori zu und versuchte dabei, Oberarzt Brantner zu imitieren, wenn er einen Patienten zurechtwies. Ich glaubte, dass er wieder schießen würde, doch dann öffnete Maori plötzlich die Haustür, und während das Gewehr, das er noch in seinen Händen hielt, zu Boden fiel, traf ihn eine Salve aus der Maschinenpistole des Feldwebels, und er verschwand augenblicklich bis auf seine Kleidungsstücke. Der Feldwebel hatte sich blitzschnell erhoben und ging, wie in der Ausbildung eingedrillt, auf den Kleiderhaufen zu. Ich wollte Lechner unbedingt überwältigen, aber Haller zog seine Pistole schneller und traf ihn von hinten ins Bein, worauf der Feldwebel zusammenbrach, die Maschinenpistole verlor und einen Schrei ausstieß. Haller bückte sich, hob die Waffe von der Straße auf und richtete sie gegen ihn. Der Feldwebel riss automatisch seine Arme hoch und rief: »Du hast mich getroffen, du Arschloch!«

Es war der Moment, in dem alle ihre Deckung verließen und auf die Straße strömten. Der Großteil stellte sich hinter dem Kleiderhaufen von Maori auf, während Haller den Feldwebel entwaffnete. Eugen hatte die beiden schon erreicht und verlangte lautstark nach einer Fessel oder Handschellen, die ihm niemand geben konnte.

Immer wieder sah ich in meinem Kopf Maori zuerst zu Boden stürzen und sich dann mit einem Schlag in Luft auflösen. Ich wollte den Kleiderhaufen nicht sehen und auch den wütenden Feldwebel nicht. Inzwischen gelang es Eugen, den Feldwebel, der sich zur Wehr setzte, bis ihm Haller wortlos mit dem Knauf seiner Pistole auf den Kopf schlug, zu fesseln.

Seit ich den Helikopter verlassen hatte, hatte ich alles nur in Schwarzweiß und in Bruchstücken gesehen. Ich wusste, dass mir auch meine Erinnerung die Bluttat auf diese Weise zeigen würde. Doch konnte ich mich nicht abwenden, bis die beiden den inzwischen ohnmächtigen Feldwebel in Eugens Auto verfrachtet hatten und mit ihm weggefahren waren. Dr. Schäfer, die gar nicht versucht hatte einzugreifen, weil, wie sie sagte, jetzt Oberarzt Brantner und Alice Schweizer »am Zug« seien, bot mir an, mich im Gemeindeauto, das dem ehemaligen Bürgermeister gehört hatte, nach Hause zu bringen. Zuerst holten wir Diana und Ted und unser Gepäck vom Helikopter ab. Als Dr. Schäfer den beiden in kurzen Worten erklärte, was vorgefallen war, presste Diana beide Hände an die Ohren und rief entnervt: »Ich will nichts mehr hören!«

Ted wandte den Kopf zur Seite und schüttelte ihn ostentativ. Sie beruhigten sich erst, als sich die Landschaft zur

Alm hin öffnete und sie die braun-weiß gefleckten Kühe grasen sahen.
»Er hat Maori einfach abgeknallt«, sagte Dr. Schäfer noch immer fassungslos. »Am besten, er verschwindet in seine Kaserne! Er hasst euch. Er hasst alle Patienten …«
Wir schwiegen, bis wir Eugens Haus erreichten.
»Was ist los?«, Malia lief uns entgegen, dahinter der kläffende Rafiki und die weinende Kira. Wir fielen uns in die Arme. Rafiki winselte zu unseren Füßen, ich hatte Kira aufgehoben und kämpfte gegen Tränen an.
Jetzt erst entdeckte Malia Dr. Schäfer und die beiden Fremden und bat sie sogleich, mit uns einzutreten. Im Wohnzimmer erzählte die Ärztin alles, was sie über den Tod von Maori wusste, und Diana und Ted lauschten aufmerksam. Dabei erfuhren wir von Malia, dass Maori zuerst gekränkt gewesen sei, weil man ihn zum zweiten Mal nicht für den Flug ausgewählt hatte. Dann hatte er angefangen zu trinken und Drohungen auszustoßen, worauf Oberarzt Brantner ihn mit einem Beruhigungsmittel behandelt und Hausarrest verordnet hatte. Kevin Weber habe sich, bis Maori eingeschlafen sei, um ihn gekümmert. Am nächsten Morgen sei Maori, so habe Kevin ihr erzählt, nur müde gewesen. Gegen Mittag aber sei Hedwig Moser, die sich ebenfalls um Maori gekümmert habe, in Eugens Haus gekommen. Sie habe ihm berichtet, dass Maori mit einem Jagdgewehr wild aus seinem Haus auf Straßenlampen, Schaufenster und alte Autos schieße und sich über das Klirren der Windschutzscheiben und Auslagenfenster sowie über das Krachen der Schüsse »auf gehässige Weise amüsiert« habe. Auch Bremslichter seien das Ziel gewesen, doch habe er niemanden, wie sich Hedwig Moser ausdrückte, »erschossen oder verletzt«. Daraufhin sei Eugen allein in das Dorf hinuntergefahren.
Inzwischen waren auch Walter und Agnes mit Eugen nach Hause gekommen.

Sobald es dunkel wurde, fuhr Dr. Schäfer, die Diana und Ted in ein noch freistehendes Winzerhaus mitnahm und zwei ehemalige Mitglieder des SOS-Kinderdorfes bat, sich um sie zu kümmern, zu Oberarzt Brantner, um zu erfahren, was sich weiter ereignet habe. Zwei Stunden später kam sie zurück. Sie erklärte uns, dass Alois Lechner vom Oberarzt versorgt und in seine Unterkunft gebracht worden sei, wo Kevin Weber ihn jetzt betreue. Eugen hatte sich inzwischen zu uns gesetzt. Er überlege sich, hatte er uns noch immer aufgebracht erklärt, zwei Polizisten und einen Richter einzusetzen, um für »ähnliche Vorfälle gerüstet« zu sein. Dann erzählte er uns noch einmal und ausführlich, wie sich alles abgespielt hatte. Auch wir berichteten ihm von unseren Erlebnissen in Hamburg und Frankfurt, von Ted und Diana und nicht zuletzt vom deutschen Major Heinrich Tann.

»Alles wird gut«, sagte Christine Schäfer zum Abschied, doch niemand glaubte ihr, sogar Rafiki fing zu bellen an.

Zwei Wochen wurde von nichts anderem als dem »Zwischenfall« gesprochen. Erst als der Feldwebel aus seiner Unterkunft zurück in die Kaserne gebracht wurde, begann sich die Stimmung zu beruhigen. Eugen blieb dabei, dass wir ein Gericht brauchten, einen Bürgermeister und zwei Polizisten. Nach der Feuerbestattung von Maoris Hab und Gut trafen sich die »Gesunden« und wählten Eugen zum Bürgermeister und Alice Schweizer zu seiner Stellvertreterin. Die beiden Polizisten wurden aus den ehemaligen SOS-Kinderdorfbewohnerinnen und -bewohnern ausgewählt, und das Gericht setzte sich aus Eugen, Dr. Brantner, Dr. Schäfer und Hedwig Moser zusammen. Noch am selben Tag beschlossen sie, dem Feldwebel die Anwesenheit innerhalb unseres Gebietes und unserer Gemeinschaft zu untersagen.

Die Pflanzenreisen

Immer wieder fiel mir ein, was Heinrich Tann, der deutsche Offizier, uns vom Besuch des Fliegerhorsts in Eschborn erzählt hatte … »es sei unglaublich gewesen«, wie die Pflanzen das Gebäude »zurückerobert« hätten. Und tatsächlich entdeckte ich in dem Band, den ich aus der Buchhandlung am Flughafen mitgenommen hatte – »Die unglaubliche Reise der Pflanzen« von Stefano Mancuso – einen ähnlichen Fall. In der Umgebung unseres Steinbruchs wurde ich sogar selbst fündig. Dort gibt es ein Bauernhaus, das die Firma dem Besitzer abgekauft hatte. Sommer für Sommer fuhr Eugen mit mir an ihm vorbei, und das unbewohnte Haus wurde mehr und mehr von verschiedensten Pflanzen überwuchert, bis sie es vollends in Besitz genommen hatten. Einmal verbrachte ich einige Regentage in ihm, um Notizen zu machen, und hatte das Gefühl, fern der Welt in einem unbekannten oder vergessenen Dschungel zu leben. Allein diese Vorstellung hat mich beflügelt.
Da ich nur über geringe botanische Kenntnisse verfüge, konnte ich nicht bestimmen, welche Sträucher, Bäume und Blumen es waren, die sich dort niedergelassen und an die herrschenden Umstände gewöhnt hatten. Mancuso berichtet in seinem Buch ebenfalls von einer aufgelassenen Kaserne, jedoch in der Nähe seines Arbeitsplatzes im naturwissenschaftlichen Zentrum der Universität Florenz. »Zwei Jahre nach Aufgabe der Kaserne war die Umfassungsmauer von über zwanzig verschiedenen Arten bedeckt«, las ich. Er zählte die Pflanzen auch mit ihren lateinischen Namen auf und bemerkte: »Kurz gesagt, es war ein kleiner vertikaler Garten entstanden … Gleichzeitig siedelten sich zwischen Mauer und Straße Bäume an«, wieder zählte er ihre Namen auf, »die noch wuchsen und dabei Teile der Umfassungsmauer einris-

sen … eine Feige … keimte in einem Riss im Asphalt und hat sich zu einem prächtigen Baum entwickelt. Er verdeckt inzwischen einen aus dem Mauerwerk hervortretenden Wachturm. Fünfzehn Jahre nach der Aufgabe des Militärlagers gelingt es nur noch wenigen Strukturen, dem Angriff der Pflanzen zu widerstehen.« In kurzer Zeit hätten diese ein scheinbar für ihr Leben ungeeignetes Areal zurückerobert.

Mancuso versteht Tiere als »Individuen« und Pflanzen »eher als Kolonien«. Mit Sporen und Samen als Transportmitteln eroberten sie sich neue Lebensräume, mit denen sie alle Weltgegenden erreichten. Viele Samen würden mit Hilfe des Windes in fremde Länder fliegen, andere rollten bloß über den Boden. Sie würden von Ameisen oder Vögeln verbreitet oder sogar im Wasser schwimmen. Er berichtet auch von einem Vulkan auf dem Meeresboden – dreißig Kilometer südlich von Island und in 130 Metern Tiefe –, welcher 1963 große Mengen Magma freisetzte. Im Lauf der Zeit sei der Vulkankegel immer weiter gewachsen, so dass die Eruptionen schließlich an die Wasseroberfläche gelangt seien. Die damit verbundenen Erdbeben seien in Island registriert worden. Auch ein Fischkutter habe auf der Suche nach Heringen in der Gegend eine Erhöhung der Wassertemperatur um mehr als zwei Grad gemessen. Drei Männer seien schließlich selbst Augenzeugen von Eruptionen geworden. Rauch und Aschesäulen seien nach kurzer Zeit mehrere Kilometer hoch gewesen, und im Meer sei eine fünfhundert Meter lange Insel entstanden – »Surtsey« –, benannt nach dem Riesen der nordischen Mythologie, der – der Sage nach – eines Tages mit seinem Flammenschwert den Weltenbrand auslösen würde. Bis 1967 erreichte die Insel eine Ausdehnung von 2,7 Quadratkilometern, doch 2012 sei nur mehr die Hälfte zu sehen gewesen. Die ersten Gewächse hätten sich noch vor Ende der Eruptionen angesiedelt, sodann alle Arten von Salzpflanzen, die mit Hilfe des Meerwassers gedeihen. Manche Samen seien unweit der Pflanzen auf den Boden gefallen und von Sand bedeckt worden, was ihnen das Überleben ermöglicht habe, manche seien vom Meer fortgetragen worden, auf dem Samen jahrelang treiben können. Es habe sogar Samen verschiedener Kräuter gegeben, die in den Eikapseln von Rochen auf die Insel Surtsey gelangt seien, die meisten aber mit Hilfe des Windes, des Wassers und der Vögel. Vögel wie die Schneeammer hätten sie in ihren Muskelmägen mitgebracht, auch Möwen und besonders Gänse, die ihre Exkremente aus der Luft hätten fallen lassen. »Von diesem natürlichen Dünger umhüllt, hatten die dabei mitausgeschiedenen Samen beste Voraussetzungen, um zu keimen«, schrieb Stefano Mancuso. Er schilderte auch den Supergau des Atomkraftwerks Tschernobyl. Es sei »unfassbar«, aber dreißig Jahre nach der Katastrophe sei Prypjat, die ehemalige Arbeitersiedlung mit fünfzigtausend Einwohnern, von Pflanzen bedeckt. »Pappeln wachsen auf Dächern und Birken auf Terrassen, während Büsche aus dem Asphalt sprießen und sechsspurige Straßen sich in grüne Flüsse verwandelt haben.« In Hiroshima in Japan gebe es Bäume, die sogar nur vierhundert Meter vom Hypozentrum der Atombombenexplosion entfernt gewesen seien und bis heute überlebt hätten. Im Kapitel »Zeitreisende« erfuhr ich, dass einige Arten von Bäumen von extremer Langlebigkeit seien. »Andere wiederum verwahren ihre Keimlinge in unglaublich widerstandsfähigen Samen und ermöglichen auf diese Weise ihren Nachkommen die Reise durch Raum und Zeit«, berichtet Mancuso. Viele Arten könnten ein Alter von über tausend Jahren erreichen. Langlebige Kiefern in den kalifornischen White Mountains seien bereits viertausend Jahre alt. Erst kürzlich sei ein Exemplar bekannt geworden, das schon seit über fünftausend Jahren »gedeihe«.

Mancusos Wissen ist überwältigend. Er erzählt Einzelschicksale von Sträuchern, Bäumen oder Ausnahmepflanzen, als handle es sich um Kriminalgeschichten, und nicht selten ist der Täter ein Mensch.
Samen von einem fremden Kontinent blühten auch in unserem Garten. Ich hatte den Eindruck, sie heilten mich. Tatsächlich hatte ich jetzt häufiger das Gefühl, gesund zu sein, wenngleich ich noch immer meine »Zustände« hatte, wie Malia es bezeichnete. Sie akzeptierte die »Einbrüche« in meiner Nervenwelt und half mir dadurch weiterzuleben.

Gedichte IV

»Sprachbilder«

Am Anfang war das Wort

Erster Teil

Niemandsland

Die Tauben fraßen die Briefe und trugen sie im Kot
als Botschaften an die Geliebte.
Spielen Pollen Hammerklavier?
Mit überreifen Kirschen betrinken sich Stare.
Der Musiklehrer geigte Noten, bis er sich übergab.
Nur die Heuschrecken sahen den Marder.
Alma Zappa ersetzte Zähne durch lebende Goldkäfer.
Hedwig Moser verwendete sie als Knöpfe.
Ohne Apfelstrudel erstickt der Hahn.
Die gelben Lilien hinter dem Stall sehen jeden Mord.
Eine Verstopfung kündigt so lange Regen an, bis sie
durch ein Zündholz behoben wird.
In den Gasthauszimmern darf kein Schaf geschlachtet
werden.
Das Weinen der Süßwassermuschel wirkt befreiend.

Sobald die Fensterscheibe zerbricht, herrscht Treibjagd.
Alle Kinder sprechen im Sommer laut mit sich selbst.
»Kraglod« heißt auf Pflanzisch »Gold«,
»Njemba« in der Weintraubensprache »bitte«,
»Surra« auf Tulpisch »nein«, »Klox« auf Schwertlilisch »blau«, »Tusan« auf Enzianisch »Krokodil« und »Quengle« auf Primlisch »Kleingeld«.
Ich muss Abstand gewinnen vom Mond.
Der Kellner schenkte ihr eine Schuhsohle als Souvenir.
Alle Menschen wurden durch den Nebel unsichtbar.
Malia lachte über den Bischof und seine Hühner.
Kann ein Hund »Kuckuck« rufen?
Wo immer der Bankbeamte war, hörte er Frösche.
Er saß am Teich und zählte das Geld, das er nicht hatte.
Das Haus schaukelte auf der Wiese, als das Pferd es hinter sich herzog.
Du schaust aus wie ein Engerling!
»Die Schere und das Waschbrett erbte ich von der Wasserspülung.«
»Ich ging um die nächste Ecke und traf die Unendlichkeit.«
Bevor er das Schneckenhaus schluckte, schnitt er sich die Zehennägel.
Der Bergknappe verspeiste zuerst Dunkelheit, dann Schwarze Materie und zuletzt die Apokalypse.
Am nächsten Morgen trank er ein Glas »Anfang« und aß einen Teller »Ende«.
Das Kind, das zur Welt kam, war zugleich tot und lebendig wie Schrödingers Katze.
Die Schachtel mit alten Fotografien fing ohne Ursache Feuer.
Ameisen bildeten eine Cheopspyramide.
Er nahm den Roller aus dem Vorzimmer und warf ihn aus dem elften Stock auf die stehende Straßenbahn.

Im Wald pfeifen Schwäne.
Statt Edelsteinen werden Karotten als Kettenanhänger genommen.
Statt Uhren Fischaugen um das Handgelenk gebunden.
Der Historiker gab sich als Friseur aus, um Konditor zu werden.
Das Imker-Universum und himmlische Engel sind Spielzeuge Gottes.

»Naturgesetze«

Die Lieblingsspeise von hohen Tieren ist Hühnerscheiße.
Die Zeit nimmt die Form eines Ypsilons an.
Der Raum wird zu einem Q.
Das Wasser lernt fliegen.
Die Erde wird Wasser.
Das Meer Feuer.
Das Feuer Eis.
Das Eis löst sich in Wolken auf.
Die Erde fängt an, sich in die entgegengesetzte Richtung zu drehen.
Das »Zimzum« dauert hundert Millionen Jahre.
Als Erstes kräht der Hahn.

Gedichte IV
»Sprachbilder«

Zweiter Teil
Aus den Geschichtsbüchern der Namenlosen

Was träumen die Toten?
Was die Bienen?
Was die Fische und Vögel?

Als der Wanderzirkus den Affen in das Dorf brachte, läuteten die Kirchenglocken.
Niemand anderer als die Lehrerin verwendete die Kirschentorte als Kutschenrad.
Musikinstrumente sind die Früchte des Knallerbsenstrauches.
Die Farben der Landschaft leuchteten wie Glühwürmchen.
Jeder Bürger hat die Pflicht, mit dem Hut auf dem Kopf zu schlafen. Jede Bürgerin, Tag und Nacht Stöckelschuhe zu tragen.
Als die Milch gemolken war, molk der Bauer den Kuhschweif.
Die Ärztin brachte einen Vogelkäfig zur Welt.
Was war ausgestorben?
Alles oder nichts, sagte sich der Obmann des Kegelvereins und verschlang den Fahrradsattel.
Dann fielen zwei Tage lang Rosenblätter vom Himmel.
In der Zeit der Engelfedern lernen die Kinder das Träumen.
Die Frucht der Nüsse ist aus Goldregen.
Mit dem Schuss traf der Jäger einen ausgestopften Fisch.
Seifenblasen aus der Seifenoper.
Der Fleischer langweilte sich beim Sterben.
Der Zirkusdirektor trug eine Krawatte, die bis zum Boden reichte.
Schon hatte die Sonne aufgehört zu läuten, schon machte der Mesner zwei Knoten ins Schuhband, schon verlor der Pfarrer den Regenschirm, schon kränkte sich die Postbeamtin, schon vergaß der Gärtner seinen Namen, schon wünschte sich Kasimir, die Stiefmutter zu ehelichen, schon verschluckte das Schwein einen Böller,
doch immer noch war nichts geschehen.

Seit der Apotheker die Brille verloren, trägt sie der Frosch.
Der Luftruderer stellte das Paket von Amazon zu.
Mit dem Hühnerauge beobachtete die Tierärztin den Bussard.
Keiner lachte, als die Greisin ihre Brüste zeigte.
Die Blinde mit dem weißen Stock las die Gedanken der Dorfbewohner, um sie aufzuschreiben. Seit ihrem Tod wird nach dem Schulheft gesucht.
Und wieder wurde Spielzeug in das Feuer geworfen.
Alles sieht bis zur Kenntlichkeit anders aus als vorher.
Beim »Spinnenfest« isst jeder Dorfbewohner zwölf Fliegen, um sich an die Apostel zu erinnern.
Eine Blume im Wind ist wie ein schaukelndes Kind.
»Der Psychiater hat Ihre Frau verspeist«, erklärt der Polizist dem Optiker.
Reim: Die Elster mit dem Eulenkopf ist fürwahr der ärmste Tropf!
Da Opium im Futter war, sahen die Enten aus wie Lokomotivführer.
Auf dem Zaun saßen aufgespießte Gockelhähne und lasen.
Die Träume der Hunde ließen den Lieferwagen des Brotzustellers im Fischteich versinken.
In den Marmeladengläsern ruhen die Orden des Großen Admirals.
Mittelalterlicher Rat:
»Schieß' im Laubwald eine Taube, armer Tropf!
Richt' damit die lockre Schraube in Dein' Kopf«.
In allen Häusern waren die Suppenteller zersprungen.
Die Mücke im Weinglas infizierte den Schafscherer mit Lepra.
Was vergessen ist, wird Fischhaut.
In der Glühbirne fand sich das Testament der Wirtin.
Sobald die Wiese gemäht ist, singen die Fledermäuse das Loblied.

Kaum war die Stalltür geschlossen, verendeten die Gummistiefel des Bauern.
Mit dem Klicken der Mausefalle zündet der Brandstifter das Heu an.
»Vierzig Jahre lang trug Franz die Feuerwehrleiter von Einsatzort zu Einsatzort«, lobte der Grabredner. »Das bleibt für ewig in Erinnerung.«
Sie hatte eine Enzianstickerei auf der Bluse und eine Kreuzotter um den Hals.
Die Maggiwürfel stapelten sich in der Küche bis zur Decke hinauf.
»Gib dem Aberglauben nach und gehe deinen Weg«, lautete die Devise.
Sie sammelten sechzehn Hirschkäfer, füllten sie mit Alkohol in hohe Gläser und nannten es Ernst-Jünger-Schnaps.
»Noch nie war ich glücklicher als in zwei Jahren.«
Zyklamen sprossen aus den Badezimmerspiegeln, Seesterne aus dem Steinboden, Vogelfedern aus den Teppichen, Tulpen aus den Lampen und Schneeflocken aus den Fensterscheiben.
Im Tierskelettmuseum wurden Lampions aufgehängt, und der Ziehharmonikaspieler sang das vergessene Lied »Die Distel« von Franz Schubert.
Karoline fuhr mit einem Pferdesattel auf dem Motorrad.
Dann flackerte das Licht, bis wir anfingen zu bellen wie Eulen.
Über Nacht waren dem Kind ein Schnabel und Flügel gewachsen, einem anderen Fischmaul und Flossen.
Im Kloster leben wilde Hunde und Katzen friedlich gegeneinander.
Sie hielten Wache, dass der Vollmond auch am Tag leuchtete.
Er trug ein Armband aus Fossilien und eine radioaktive Uhr.

Alle Katzen hatten ein rot-weiß geflecktes Fell, kauten Chewing Gums und jonglierten Hühnereier.
Der Bauer holte sein Schrotgewehr aus dem Schrank und schoss dem Pferdedieb ein Ohr ab, das davonwirbelte wie ein Birkenblatt.
Großmutter liebte Blumen über alles, immer trug sie anstelle einer Handtasche blühende Lilien in einem großen Topf mit sich.
Auf das Pfeifen des Pferdes hüpfte das Eichhörnchen aus dem Kühlschrank.
Noch nie habe er die gesamten Buchstaben des Alphabets und die zehn Zahlen auf dem Wolkenhimmel gesehen, schwor uns der Schafhirte.
Plötzlich waren die Jahreszeiten vertauscht: Im Dezember schien die Sonne, im März fielen die Blätter von den Bäumen, im Juli schneite es, und im September blühten die Bäume.
Bald erreichte der Wasserspiegel die Nester der Vögel.
Zu Fronleichnam erschoss der Unbekannte die Kirchenuhr.
Die Prozession betete das »Vaterunser« auf Chinesisch.
Einsam flüchtete der Pensionist vor der Gartenschere.
Mit Besen und Schaufeln ernteten die Fischer Seerosen.
Selbst in der Kirche fraßen die Schaben Bilder.
Wer sagte die Wahrheit? – Die Hupe!
Unter dem Haarnetz der Bäume bildeten sich Fischschuppen.
Mit einem Kranz aus Gänseblümchen im Haar betrat der Siebenundneunzigjährige das Altersheim.

Gedichte IV
»Sprachbilder«

Dritter Teil
Schmerz

Das Krokodil der Tierärztin lauerte vor dem Kindergarten.
Der Rettungswagen überschlug sich im Sonnenblumenfeld und gilt seither als vermisst.
Die verletzten Stieglitze umwickelte der Chorsänger mit Leukoplaststreifen.
Jedes Pferd erhielt zu Frühlingsbeginn eine Primel, jeder Hund eine Krokusblüte, jedes Bienenvolk ein Maiglöckchen, jede Kuh einen Löwenzahn, jede Frau ein Fläschchen, jeder Mann eine filterlose Zweier-Zigarette, jedes Kind eine Bensdorp-Schokolade.
Jeder Mann über 25 musste vor Ostern verheiratet sein oder wurde beschnitten.
Jede Frau über 25 musste zu Fronleichnam verheiratet sein oder musste sich die Haare abrasieren.
Kriegsheimkehrern wurden die Stimmbänder durchschnitten.
Die Hornisse wurde zum Tier des Jahres ernannt.
Die Hagelflieger wurden vor Gericht gestellt und erschossen.
Wer log, wurde lebendig begraben, wer betrog, aufgehängt. Das war das Ende des Dorfes.
Berührte der Tischler seinen Schuh, tropfte Blut von der Decke.
Der Schneider schenkte sein Kuhskelett der Volksschule.
Die geköpfte Henne wird ungerupft und ungebraten beim Trauermahl verzehrt.
Die Erfindung des Kleidungsstücks »Dirndl« hatte den Trachtenanzug »Bua« zur Folge.

Im Oktober wurde in der Volksschule auf Portugiesisch unterrichtet. Im November auf Altgriechisch. Im Dezember auf Hebräisch. Im Jänner auf Sanskrit. Im Februar auf Russisch. Im März auf Suaheli. Im April auf Deutsch. Im Mai auf Pflanzisch. Im Juni in der Bienensprache.
Die Weisheit ist ein alter Hut.
Die Kuckucksuhr wurde statt mit dem Vogelruf mit einem stündlichen Sprichwort ausgestattet.
Zahnschmerzen sollen mit einem Schneebesen belohnt werden.
»Nur der Bundeskanzler darf uns auf dem Schaukelpferd besuchen.«
Reim: »Wenn die Amseln Schlittschuh laufen, lässt der Bauer Sensen taufen.«
Reim: »Bevor der Knecht das Gras mäht, sei' Unterwäsch' im Garten weht.«
Abend- und Morgengebet müssen im Kopfstand verrichtet werden.
Das Mittagsgebet ist ohne Erlaubnis des Dorfarztes verboten.
Sprichwort: »Nichts bleibt, wias ist, wenn die Schneck' a Voglei küsst.«
Mit Stricknadeln schrieben Grashalme das Heimwehlied für die Grillen.
Auf dem Wochenendmarkt verkaufen die Händler Psalmen.
Beim Denken fielen ihm nicht alle Wörter ein, weshalb er stenographisch sprach.
Zu Weihnachten werden Sagenbücher in die Fässer gelegt, damit aus dem Wein nicht die Wahrheit spricht.
Am Sonntag wird beim Schauessen von jedem Teilnehmer ein Schweinekopf verzehrt.
Der Rost ist das rote Haar des Eisens.

Sprichwort: »Sobald die Birnen reifen, fängt der Vogel an zu pfeifen.«
Ohne Nagelbrett auf dem Kopf darf man weder das Gasthaus noch den Kindergarten oder die Kirche betreten.
Das Aufhängen von Weißwäsche im Freien versetzt die Kinder in den Himmel.
Fensternetze verhindern, dass Schmetterlinge Pfauen beim Beischlaf zusehen.
Der Neujahrstag gehört jedes Mal dem ältesten Dorfbewohner: Sagt er »Nein«, bleibt die Zeitrechnung des alten Jahres bis zum nächsten Neujahrstag bestehen. Daher schreiben wir erst das Jahr 1650.
Die Fischteiche wurden von Karpfen und Schleien leer getrunken, noch bevor es dem Besitzer auffiel.
Aus Speck werden Stiefel gefertigt, aus Marmelade Sonnenhüte und aus Dachshaaren Schirme.
Die Schallplatten wurden auf den Dosenöffner gelegt, um die Musik zu servieren.
Leintücher werden von Kohlweißlingen gesponnen.
Als der Tag begann, zählten alle bis 13126. Wer weiterzählte, starb.
Nur der Lügner weiß, wer lügt.
»Bronchitis«, schrieb der Landarzt. »Auch die Haustiere husten Tag und Nacht.«
Der Direktor des Bergwerks, Herr Döber, und seine 26 Jahre ältere Gattin gratulierten dem Elefanten zum elften Geburtstag seiner Hämorrhoiden (Dorfchronik).
Vor Ekel fingen die Wolken an zu regnen.
Langsam krachte die Brücke in die Tiefe und begrub den Schwammerlsucher unter sich.
Sprichwort: »Ist dein Hemd zu klein, steck das Präservativ hinein.«
Die Tochter des Uhrmachers jonglierte mit Straußeneiern, um sie dann in die Menge zu werfen.

Erdvipern warten im Espenlaub auf Eva, Anakondas im Apfelgarten auf Adam.
Das Maifest geriet in das Hochwasser der Schwarzen Sulm und wurde von den Fluten mitgerissen.
Die Weiße Sulm war mit Fliegenpilzen zugewachsen.
Die Asche der Dachdecker, die bei ihrer Arbeit verunglückten, wurde im Kamin gefunden.
Der Schlitten mit Waffen verschwand im Tröpfchenstaub des Wasserfalls.
Auf die Erdhügel der Maulwürfe werden Löwenmäuler gepflanzt, um mit den Tieren sprechen zu können.
Die Lebensspuren jedes Verstorbenen werden in der Brauerei konserviert.
Das Verspeisen von Klavieren macht süchtiger als der Opiumrausch.
Das Gezwitscher der Vögel brachte die Hundezüchterin um den Verstand.
Eine Kellnerin erfand die »Wespensuppe«, für die das Dorf zum Inbegriff wurde.
Erst durch den Poststempel erlangt das Dokument, Direktor des Flohzirkus zu sein, Gültigkeit.
Das Kindertrompetenorchester gab den »Lohengrin« zum Besten.
Der Grashalm dient als Lesezeichen.
Die Schwalben in den Fotoalben albern.
Hörst du die Hilferufe der Dinge?
Die Bankräuber entkamen auf Nebeneinandems. Die Polizei versuchte ihnen mit einem Tandem zu folgen.
Weisheitsspruch: »In der Nacht werden alle Katzen gelb.«
Die Blätter auf den Bäumen begannen zu sprechen.
Spinnenreim: »Spinnen
gewinnen.«
Hundereim: »Nach dem Bellen lacht der Hund
und.«

Hundereim: »In den Ställen
hört man Kühe bellen«.

»Erstens«, sagte der Oberlehrer, »kann jeder fliegen, wohin er will …« und sprang aus dem Fenster.

Als die Eidechse die Köchin verzehrt hatte, nahm sie deren Gestalt an.

Die Insektenforscherin Philippa entdeckte eine Riesenbiene, sie hielt ihr eine philippische Rede und nannte sie Apis philippica, weil sie groß war wie ein Stier und zornig wie eine Krähe.

Erstaunt folgte der Schüler den Spuren der Kreide, die der Lehrer auf der Tafel hinterließ.

Vor seinen Augen verwandelte sich der Fluss in einen Liegestuhl.

An jedem Dienstag heißt der Dienstag Mittwoch.

»Und weiter?«, rief die Fleischerin, nachdem sie den Hahn skalpiert hatte.

Spruch: »Bergauf und bergab
dahin bis ins Grab.«

Er wanderte mit einem Rettungsring, weil ihn die hügelige Landschaft ans Meer erinnerte.

Der Bauer mit dem Käferkopf.

Wer als Erster das Tintenfass austrinkt, wird Gemeinderat.

Als er den fremden Socken im Bett fand, zog er ihn an und sagte: »Ich bin der andere.«

Sprichwort: »Jeder ist sich selbst der Fernste.«

Durch das geöffnete Fenster hörte der Täter, dass der Täter entkommen sei.

Spottvers auf Gerüchteverbreiter: »Aus dem Taubennest der Pappel
hört der Lauscher
Pferdgetrappel.«

Die Wallfahrer knieten mit der Fahne vor dem gelben Postkasten, weil sie ihn mit dem Altar verwechselten.

Sprichwort: »Die Dornen der Rosen wollen den Kirschbaum kosen.«
»Erzähl mir keine Wahrheiten!«, unterbrach ihn der Vorgesetzte.
Eiszapfen im Sommer bedeuten, dass deine Schuhe zu groß sind.
Weiße Gänsefedern wuchsen aus dem Weihnachtsbaum.
Die Gartenkugel wusste im Voraus, dass der Fingerhut zum Stahlhelm degradiert würde.
Spruch: »Ohne Brunnen gibt es keine Wolken.«
Sprichwort: »Der Schöpfer ist ein Küchengerät.«
Mit dem Soldatenhut aus Zeitungspapier befehligte der General die Armee.
Der Haushund schnatterte, die Ente miaute, die Katze summte, der Fuchs zwitscherte, das Wiesel bellte.
Geht die Turmuhr vor, sitzen Mäuse auf den Zeigern.
Sobald der Zuckerbäcker den Apfelstrudel backt, bekreuzigt er sich.
Der Rosenstrauch ist dem Gastwirt ein Dorn im Auge.
Über Nacht beging der Vogelfänger Selbstmord und ließ 606 Vögel zurück.
Sprichwort: »Nichts ist so, wie es erzählt wird.«
Spruch: »Was die Nasen riechen,
hören die Ohren nicht.
Was die Augen sehen,
glaubt nur der Dumme.«
Der Wetterhahn prophezeite dem Bauern, dass er keine Frau findet, wenn er sich nicht die Schneidezähne ziehen lässt.
»Küsse dein Kochbuch, wenn du keine Geliebte findest«, sagte der Vater.
Blinde Fische müssen sich beim Tierarzt zum Schwimmkurs anmelden.

Als der Mönch mit Weihrauch gegen die Bienen vorging, stachen sie ihn.
Reim: »Wer ins Jagdhorn bläst,
verwest.«
Nur die Schadenfreude überlebt.

Das Kloster und die vier Elemente

Eugen wusste alles über das riesige Kloster, das ich mit seinem Sohn Walter bereits aufgesucht hatte. Er schwärmte von der »Wunderkammer«, die ein Anziehungspunkt für Touristen gewesen war. Am frühen Morgen fing er an, darüber zu reden, und redete den ganzen Tag weiter, ebenso am nächsten Tag. Am dritten fuhren wir los, und wir wollten unterwegs mit unseren Ferngläsern auch die Kaserne überprüfen.
Der Feldwebel hatte, stellten wir fest, mit seinem Panzerfahrzeug inzwischen die Strecke von Wracks freigemacht und – wie wir später von einer Anhöhe aus sahen – einige teure Autos in die Kaserne gebracht. Auch war zu meiner Überraschung der deutsche Major Heinrich Tann aus Frankfurt – wie angekündigt – mit einem Hubschrauber eingetroffen. Wir sahen die beiden in Tarnuniformen vor einem der Gebäude in der Kaserne stehen und Bier trinken.
Eugen flüsterte, als habe er Angst, entdeckt zu werden: »Verdammt, dort unten ist unser nächstes Problem.«
Er machte eine Pause, und wir stiegen wieder in den Wagen ein.
»Ich überlege, ob wir nicht alle in das Kloster ziehen sollten«, sagte er dann. »Es lässt sich leichter verteidigen … Wir können dort die Bienenstöcke aufstellen und haben Platz in den Mönchszellen und Gemeinschaftsräumen … Das Einzige, was wir tun müssen, ist, die Generatoren

herbeizuschaffen, aber das ist ohne weiteres möglich, weil sich zwei oder drei junge Männer aus dem ehemaligen SOS-Kinderdorf bereits damit auskennen. Ihr Problem wird allerdings sein, die Tankwagen mit Treibstoff zu füllen ... Aber was gegen eine Umsiedlung spricht, ist die Nähe zur Kaserne ... Deshalb zögere ich noch.«
Endlich im Kloster, führte mich Eugen voller Vorfreude in die »Wunderkammer«. Sie war zum größten Teil erhalten geblieben. Der Marmorboden war wie ein Schachbrett schwarz und weiß gemustert. Als Erstes fiel mir die »Wetterfigur«, wie Eugen sie bezeichnete, auf: Rote Korallen wuchsen aus dem Kopf der Silberfigur eines Jünglings, als habe er Feuer gefangen – auch aus den Fingern seiner geöffneten Hände. Es sah aus, als sei er gerade von einem Blitz getroffen worden. Neben ihm eine gleich große Gestalt mit zwei Hunden, einer Lanze und einem kleineren »Korallenblitz« auf dem Kopf. Ihr Schädel war der eines Wildschweins. Dahinter ein edler Schrank mit Nautiluspokalen und mundgeblasenen Kristallkrügen. An den Wänden hingen riesige Spiegel mit reich verzierten Goldrahmen. Sie waren so angebracht, dass sich die Abbilder von Eugen und mir darin immer weiter und weiter vervielfachten und verkleinerten und zuletzt als winzige Wesen im Dunkeln scheinbar endlos weiter duplizierten. Ich weiß nicht, wie oft wir darauf zu sehen waren. An einer der Wände bemerkte ich eine Sammlung riesiger Bergkristalle und Kristallvasen, bewacht von einer bloßfüßigen weiblichen Gestalt mit drei Häuptern: Wolfs-, Adler- und Schlangenkopf. Sie hatte nackte Brüste und einen schuppigen Körper.
Im Tiersaal mit verschiedensten Muscheln thronte ein riesiges ausgestopftes Krokodil über einem Menschenskelett – goldene Hörner auf dem Kopf, Pfeil und Bogen in den Händen –, und an den Wänden hingen zahlreiche Gemälde von menschlichen und tierischen »Freaks«:

ein Mann ohne Arme, eine vollbehaarte Familie, Kälber mit zwei Köpfen, das Horn des legendären Einhorns, das eigentlich von einem Narwal stammte, und ein Kabinett voller Sterbemasken. Der dritte Saal war angefüllt mit Tier- und Menschenschädeln, in der Mitte zwei goldfarbenen Löwen und einem Herrn mit Hut und Lanze auf einem Pferd. In einer Ecke entdeckte ich auch die stehengebliebene Weltuhr. Im Schwarzen Saal waren hundert heilige Szenen abgebildet – vom bethlehemischen Kindesmord bis zur Kreuzigung, von der Schöpfung bis zur Engelsschlacht – und im Weißen Saal Portraitbüsten aus Meeresmuscheln. Wenn Eugen recht hatte, waren Päpste aus dem 16. und 17. Jahrhundert dargestellt. Zuletzt, in einem vergleichsweise einfachen Raum, bewunderten wir unzählige Sanduhren.

Es war eine Phantasiewelt, die sich mir nur durch die fortwährende Erzählung Eugens geöffnet hatte, denn im Kloster selbst gab es sonst nichts davon, wie ich einige Zeit später feststellte.

»Naturwunder zusammen mit höchster Handwerkskunst haben in den Wunderkammern eine irreale Sicht auf die Realität geschaffen«, hatte Eugen ausgeführt. Kaiser Rudolf II., ein Habsburger, habe in seiner Regentschaft, von Prag aus, eine unvorstellbar große Wunderkammer zusammengetragen und Alchimisten und Wissenschaftler wie John Dee oder Kepler mit der Klärung der Welträtsel und der Herstellung von Gold aus Metallen, der »Goldsynthese«, beauftragt. »Der Maler Arcimboldo und viele andere«, so Eugen, »haben für ihn gearbeitet, und er hat ihre Unternehmungen fürstlich finanziert.« Nach der Absetzung Rudolfs II. durch seinen Bruder Matthias hätten sich jedoch am Ende des Dreißigjährigen Krieges, quasi wie bei einer Urexplosion, die seltensten Gegenstände, die großartigsten Alchimisten und Wissenschaftler, mit einem Wort alle Teile der Wunderkammer, welche quasi die Bausteine, die Moleküle und Atome der Sammlung gewesen seien, über ganz Europa verstreut. Lange Kolonnen von Wagen hätten die Objekte aus dem Prager Schloss auf dem Hradschin einfach abtransportiert, ein Teil davon – Muscheln, Porzellan, Gläser – sei sogar im Burggraben gelandet und in unzählige Scherben zerbrochen.

»Im anderen Trakt des Klosters befindet sich die Bibliothek«, hatte Eugen nach einer Pause seine Ausführungen beendet.

Die Bibliothek des Klosters war ein durch keine Tür getrennter weißer Doppelsaal mit weißen Regalen und vergoldeten Zieraufsätzen. Dazwischen Fenster in der gleichen Größe, welche an insgesamt sechs Deckengemälde grenzten, sowie ein weiteres Stockwerk mit weißen Regalen. Die schmale Empore im ersten Stockwerk schien durch ein Eisengeländer zum Saal hin abgesichert. Jedes Regal war bis auf den letzten Platz mit Büchern gefüllt. Auf dem Saalboden ruhten lebensgroße Bronzefiguren.

»Das soll unser Sitzungssaal sein«, murmelte Eugen. »Den langen Tisch und die Stühle holen wir aus dem Speisesaal, dort werden sodann nur Gartenbänke verwendet.«

Eugen zeigte mir noch die Mönchszellen, verschiedene weitere Räume und Säle und zuletzt die Küche. Der Säulengang zum überwucherten Garten hin war von den Mauern der Gebäude umgeben.

»Kannst du dir vorstellen, hier zu leben?«, fragte mich Eugen.

Ich nickte zustimmend.

Hohe Kastanienbäume warfen Schatten, und bunte Tagfalter schwirrten umher. Auch Vogelgezwitscher war zu hören.

Eugen verstand mich … Er verlangte keine Antworten, als wir zurückfuhren, jedoch redete und redete er in einem fort weiter. »Das größte Problem wird das Heizen im Winter sein, aber wir werden eine Lösung finden … Ich habe dir gar nicht die Kirche gezeigt … beim nächsten Mal holen wir es nach. Gottlieb freut sich schon. Er war inzwischen schon mehrmals hier …«

Es fing plötzlich heftig zu regnen an, weshalb Eugen nur noch im Schritttempo fuhr. »Vor allem müssen wir zusehen, dass wir die Technik in den Griff bekommen … und bald werden wir einen Kindergarten brauchen … das ließe sich natürlich im Kloster einfacher organisieren. Auch eine Schule … wir müssen alles neu durchdenken … neu anfangen.«

Der Regen war großartig, sagte ich mir … das Wasser. Ich hatte es als etwas Selbstverständliches erachtet, obwohl es etwas Unfassbares ist. Ich spürte plötzlich den Wunsch, selbst Wasser zu sein, mich als Flüssigkeit zu fühlen – nicht als Regentropfen, sondern als Fluss, als See, als Meer … mich vervielfältigen zu können, einen Teil von mir selbst als Nebenfluss abzweigen zu lassen und dafür einen neuen Bach oder Fluss in mich aufzunehmen, eine Landschaft aus Wasser zu werden, ein Wasserfall … Ich ließ den Gedanken nicht zu, dass ich mit Müll, mit Plastik verseucht würde, dass Menschen in mir zu Tode kämen, Tiere, Pflanzen … ich hatte nur den Wunsch zu erfahren, wie es ist, Wasser zu sein.

Der Regen ließ nach, und Eugen redete immer noch.

Auch Luft zu sein wäre ein Abenteuer, ging es mir durch den Kopf. Die Unsichtbarkeit. Die Durchsichtigkeit. Die unendliche Leichtigkeit. Die Körperlosigkeit. Immer zu fliegen. Eingeatmet zu werden, geheime Gedanken von Menschen und Tieren zu erfahren und wieder in mich selbst zurückzukehren. Überall zu sein und nirgendwo. Gewiss war das schwärmerisch, doch ich war ohnedies Luft für die anderen … Plötzlich hörte ich Eugen sagen: »Was hältst du davon, wenn wir die Höhle aufsuchen, in der Reiter verschwunden ist, ich meine Gustav …«

Ich hatte nicht die Absicht, meinen Schrecken und meine Trauer darüber noch einmal zu erleben. Deshalb schwieg ich weiter. Doch der Gedanke daran hatte mich bereits erfasst, und der Vorfall beschäftigte mich erneut. Ich stellte mir vor, ich sei jetzt Luft und entdeckte Gustav unter mir im hohen Farn, wo er sich versteckt hielt und seine Flugkörper malte. Die Luft – fiel mir ein – war allgegenwärtig … das hatte ich übersehen. Ich stellte mir vor, gleichzeitig überall zu sein, alles sehen zu können, Liebespaare und Sterbende, Schreiende, Lachende und Weinende, Gesunde wie Kranke, Hässliche ebenso wie Schöne, Tiere wie Menschen, ihr Himmel zu sein, die Natur zu umarmen, Schmetterlinge und Vögel, Bienen – für alle Insekten das Lebenselement zu sein, Wolken schweben zu lassen, Regenbogen hervorzuzaubern, Gewitter, Blitze und Donner zu zeugen … Einen Kreislauf aus Sonnenlicht zu besitzen, kam mir jetzt als schönstes Ziel vor, Tag und Nacht zu werden und natürlich die Sterne als Krone zu tragen und die Erde als blaue Kugel unter mir zu sehen … Alles und zugleich niemand zu sein. Allein dieser Gedanke kam mir wie ein Geschenk vor … Wind und Sturm zu verursachen, zu heulen, zu sausen, mich in Hurrikans zu verwandeln, in Schnee- und Sandstürme und doch auch selbst die Stille zu verkörpern.
Inzwischen hatten wir das Ende der Straße zur Klamm erreicht. Der Regen hatte aufgehört. Wir stiegen aus und machten uns auf den Weg.
Feuer zu sein, dachte ich weiter, kannte ich schon. Ich brannte ohnedies. In meinem Kopf vernichtete es mich, es raubte mir den Atem, es zerstörte meine Gedanken. In der Liebe jedoch, in der Leidenschaft, vergaß ich mich selbst. Auch als Asche hatte ich mich oft gefühlt. Die Luft hatte sich mit ihr verbrüdert und sie in sich aufgenommen und mit sich vereint, so dass sie unsichtbar wurde und verwehte, bis sie zur Erde schwebte und in ihr aufging.

»Erde«, hatte ich gedacht. Wir stiegen gerade eine nasse Wiese hinauf, die unsere Schuhe und Hosen durchdrang, aber Eugen schien besessen von dem Gedanken, die Höhle zu erreichen und nach Gustav zu suchen. Er konnte die Realität in seinem Kopf nicht überwinden. Es gab für ihn nichts anderes. Die Realität war für ihn die Wahrheit, während ich nicht verstand, weshalb er die Grenzen der Wahrheit nicht erkannte. Allein, wenn ich den Blick auf die Schuhe senkte und die darunter sich offenbarende Erde sah, kamen mir die merkwürdigsten Einfälle. Alles wuchs aus mir, wie meine Haare oder Finger- und Fußnägel oder meine Zähne. Ich lebte mit ihnen und meinen Gedanken, meinen Wachträumen und mit allen Zellen, den Bakterien, den Mikroorganismen, den Blutkörperchen, die ich nicht spürte. Sie hielten mich am Leben. Wie ich trugen sie alle Elemente in sich, nur dass sie es nicht wussten.

Wir waren stark durchnässt, als wir den Klammpfad erreichten und den letzten Abschnitt zur Höhle hinaufstiegen. Tatsächlich waren hier hohe Farnkräuter gewachsen, stellte ich fest. Erschöpft erreichten wir die Höhle. Die Wände waren nicht mehr so bemalt, wie ich sie in Erinnerung hatte. Hatten sie sich unter dem Einfluss von Kälte, Hitze oder Feuchtigkeit verändert? Täuschte ich mich? Dann musste ich das Bewusstsein verloren haben, ich weiß nicht mehr für wie lange … als ich erwachte, erkannte ich Eugen, der neben mir auf dem Boden lag. Erst danach sah ich, dass Gustav Reiter vor der bemalten Wand wartete und mich anstarrte. In der Zwischenzeit war ihm ein Bart gewachsen. Sonst war alles so selbstverständlich wie in Träumen. Ich wusste, dass er eigentlich nicht in die Geschichte gehörte, dass es unlogisch war – zugleich aber selbstverständlich und unwiderruflich. Ich konnte weder aufbegehren noch mich freuen, ich musste es einfach hinnehmen, denn es spielte keine

Rolle, ob ich Widerstand leistete oder nicht. Obwohl ich dachte, dass es eigentlich ein freudiges Ereignis war, ein unverhofftes Wiedersehen, verspürte ich nur Angst. Etwas war falsch gelaufen, die Logikmaschine im Kopf arbeitete im Leerlauf, und ich musste schweigen, obwohl ich sprechen wollte.
Jetzt erst sah ich, dass Reiter eine Schaufel in der Hand hielt. Und gleich darauf spürte ich den Schmerz im Hinterkopf und Blut im Nacken.
Auch Eugen blutete. Sein halbes Antlitz war gleich darauf mit Blut bedeckt, und als Nächstes fiel mir auf, dass Reiter weinte. Ich schloss es aus seinem verzweifelten Gesichtsausdruck, denn es war kein Laut zu vernehmen. Doch hatte ich den Eindruck, dass er unberechenbar war ... das sagte mir die allmählich wieder laufende Logikmaschine ... Ich sah noch, wie Eugen sich vom Boden erhob und auf Reiter zuwankte.

Die Wunde und das Wunder

Der Schlag mit der Schaufel hatte mich schwer am Kopf verletzt, während Eugen rasch wieder genas. Aber es war nicht die Kopfwunde, die mich am schlimmsten traf, sondern Malias Entschluss, Eugen zu heiraten. Sie gestand es mir, als meine Kopfwunde genäht und die Fäden gezogen waren und sich alles zum Guten zu wenden schien. Wir saßen in meinem Zimmer, als sie mir ihre Absicht mitteilte. In der Zwischenzeit hatte ich wegen des Schlages auf den Kopf nicht sprechen können, aber die Folgen ihrer Erklärung hatten einen weitaus größeren Einfluss auf meinen geistigen Zustand und meine Genesung als die Verletzung durch Gustav Reiter. Ich versank in die Rätselwelt der Sprachlosigkeit. Ich wollte die Sprachlosigkeit vergessen, aber ich fand nicht mehr in die Sprache zurück, bis ich wieder mit den Versuchen begann, aufzuschreiben, was vorgefallen war. Daraus wurden zuerst eine Menge Notizen, mit Hilfe derer ich meinen Bericht fortzusetzen versuchte, indem ich das Kapitel »Das Kloster und die vier Elemente« schrieb. Was ich festhielt, hat nichts mit der Tatsache zu tun, dass ich Malia verloren habe. Ich muss es zur Kenntnis nehmen, obwohl ich nicht weiß, wie das gehen soll. Eugen ist voller Eifersucht auf mich. Er und die Geliebte eines Idioten! Gestern bin ich neuerlich in die Hütte am Steinbruch eingezogen und habe dort wieder die Bände von Ernst Haeckel gefunden, die ich im ersten Stock aufbewahrt hatte. Eugen hat sie mir sofort geschenkt, als ich ihm davon berichtete. Auch den freien Zugang zur Bibliothek in seinem Haus hat er mir genehmigt, wenn ich mich zuvor bei ihm anmelden würde. Sogar das Gemälde mit den drei Jägern im Schnee hat er mir, ohne dass ich ihn darum bat, überlassen. Vielleicht hatte Malia schon länger eine Liebschaft mit ihm gehabt, weshalb er mir gegenüber überfreundlich gewesen war, und jetzt wollte er sein schlechtes Gewissen durch Großzügigkeit wettmachen. Er sprach mit mir auch nicht über Malia. Daraus schloss ich, dass er wusste, ich könnte an der Trennung zerbrechen … vielleicht wünschte er es sich sogar. Mein erster Gedanke war Selbstmord, allmählich aber hatte ich angefangen zu verstehen, dass Malia ein unerwartetes Geschenk für mich gewesen war und dass ich nicht als Familienoberhaupt taugte. Dass ich hatte ausziehen müssen, traf mich mehr, als ich zugeben wollte. Es dauerte, bis ich mich wieder freuen konnte, in dem Haus zu leben. Aber ich konnte mich nicht dazu zwingen, dass ich endlich damit aufhörte, mir laufend Fragen zu stellen, was Malia und auch Kira und Rafiki im Augenblick machten. Fiel mir Malia ein, sah ich sie automatisch nackt und in den Armen von Eugen. Ich hörte, wie sie mit ihm flüsterte und wie es sie erregte, wenn sie sich ihm hingab. Und Kira sah ich in den Steinbruch stürzen oder wie sie von Bienen gestochen wurde oder Eugen auf die Wange küsste. Jetzt wusste ich, was die Hölle war. Erst als ich wieder daran dachte, dass Malia viel jünger war als ich und sie nun irgendwann einen Hof und die Ställe, die Bienen und alle Tiere, die Bibliothek und alle technischen Geräte und Autos erben würde, fing ich an, sie zu verstehen. Mir kamen damit allerdings auch abwertende Gedanken in den Kopf, für die ich mich, sobald sie mir klargeworden waren, schämte.

Ich fragte mich fortwährend, wo ich gerade gewesen war und was ich gerade getan hatte, als sie mich mit Eugen betrog.

Die erste Nacht im Haus am Steinbruch konnte ich nicht schlafen. Ich konnte auch nicht lesen, nicht weinen, nicht herumgehen. In meiner Verzweiflung starrte ich nur die Abbildungen auf den Umschlägen der Haeckel-Bände an. Endlich gelang es mir aufzustehen. Ich verspürte den starken Wunsch, mir das Gehirnmodell aus der Bibliothek meines Neffen zu holen, warum, weiß ich nicht. Ohne mich anzuziehen, nahm ich den Schlüssel und trat in Unterwäsche auf die Asphaltstraße hinaus. Es ging bergab, und ich bewegte mich wie ein Aufziehspielzeug. Als ich mit dem Schlüssel das Eingangstor zu Eugens Haus öffnete, fingen die Hunde zu bellen an. Es schien mir, dass sie mich nicht ankläfften, sondern sich darüber freuten, mich wiederzusehen. Ich war so gerührt, dass meine Augen nass wurden. Das Vorzimmerlicht ging an, und gleichzeitig wurde die Tür aufgerissen. Eugen stand in weißer Unterwäsche mit dem Gewehr in der Hand vor mir. Aus einem meiner Augen löste sich eine Träne, sie kitzelte auf der Haut, als sie über meine Wange lief. Eugen senkte das Gewehr und fragte mich ungehalten, was ich wolle. Ich antwortete, dass mir das Gehirnmodell eingefallen sei, und fragte ihn, ob ich es sehen dürfe. Ja, ich war tatsächlich verrückt, und während ich meinen Wunsch aussprach, verstand ich mich, wie schon so oft, selbst nicht. Ich hatte mir zugesehen, wie ich mich zum Narren, der ich tatsächlich war, gemacht hatte. Jetzt noch kann ich mich bis in jede Einzelheit daran erinnern, wie wir uns in Unterhosen und T-Shirts gegenüberstanden und Unsinn redeten. Die Hunde hatten sich beruhigt. Sie waren ins Vorzimmer gelaufen und ließen sich mit heraushängenden Zungen von mir streicheln und am Kopf kraulen. Ohne dass ich es bemerkt hatte, war ihnen Malia gefolgt. Ihr Haar war durcheinander, und ich sah, dass sie weinte. Sie war mit einem Nachthemd, das ich nicht kannte, bekleidet und lief augenblicklich wieder zurück ins Zimmer. Gleich darauf erschien Eugen mit dem Gehirnmodell, das er mir hinstreckte.

»Du kannst es behalten. Aber komm nie mehr in der Nacht, wenn du keine Hilfe brauchst. Hast du verstanden?«, sagte er streng.

Ich machte kehrt und lief mit dem Gehirnmodell in der Hand zurück, begleitet von Rafiki. Rafiki gab ebenfalls keinen Laut von sich. Ich blickte in der Dunkelheit auf die Straße, hörte, wie hinter mir die Tür zugesperrt wurde, und sah gleichzeitig, obwohl ich mich nicht umdrehte, wie das Licht erlosch. Ich war nicht verzweifelt. Ich hatte ja wieder einen Satz gesprochen. Von da an begleitete mich Rafiki jeden Tag, wenn ich in Eugens Haus ging, um zu essen. Er trieb sich gerne herum, spielte mit Kira, bettelte bei Malia um Leckerbissen, gehorchte Eugens Befehlen, kehrte aber jeden Abend zu mir zurück und blieb bei mir, sobald er fühlte, dass es mir nicht gutging.

Malia behandelte mich – wenn Eugen nicht zugegen war – besorgt. In ihrem Tonfall war sie dann liebevoll. An ihrer Aufmerksamkeit hatte sich nichts geändert, aber sie hielt körperlich Abstand zu mir. Das konnte jeder sehen. Walter und Agnes hielten zu mir und bald auch nicht wenige andere. Immer öfter klopfte mir jemand auf die Schulter oder unterhielt sich mit mir. Es war nicht Mitleid, besser nicht *nur* Mitleid, sondern eigentümlicherweise der Schmerz, der uns verband. Ich sprach nie über ihn, ohne ihn aber je zu vergessen.

Gustav Reiter

Mein Zimmer im Haus am Steinbruch sah irreal aus. Das Gemälde der »Jäger im Schnee« dominierte den Raum. Ich liebte es noch mehr als vorher. Dazu die Bücher von Ernst Haeckel, die Eugen nicht mehr zurückhaben wollte, als sei ich giftig, und zwei weitere, die ich mir selbst schon vor der Katastrophe besorgt hatte: »Die Intelligenz der Pflanzen« und »Pflanzenrevolution« von Mancuso. Malia wurde stets nervös, wenn ich in Anwesenheit Eugens auftauchte, sie stellte mir dann das Mittagessen oder die Abendjause wortlos auf den Tisch im Garten, neben dem Teich. Zumeist stand es schon dort, wenn ich eintraf und Eugen im Haus war.
Gustav Reiter war zurückgekehrt und wurde von Oberarzt Brantner und seiner Frau Alice behandelt. Langsam erholte er sich, doch war er zunächst nicht auf sein Verschwinden in der Höhle und den Vorfall mit Eugen und mir ansprechbar. Ich fing wieder an, in meiner Freizeit den alten Postautobus aufzusuchen. Rafiki begleitete mich und tollte draußen im Wald herum, hörte mich aber, wenn ich nach ihm pfiff. Wenn es regnete, schlief er zu meinen Füßen.
Gleich zu Beginn machte ich vom Bus aus einen Ausflug zur Höhle in der Klamm. Ich ging mit Rafiki über die Almwiesen und durch die Wälder und dachte dabei an

die Dinge, die mich beschäftigten. Ich war wie eine Uhr, deren Zeiger sich im Kreis drehten und die immer weiter und weiter tickt. So drehten sich auch meine Gedanken immer nur um dieselben Dinge. Malia, Kira, Malia, Eugen, Malia, Einsamkeit. Ich bemühte mich verzweifelt, Malia nicht zu hassen, aber der Hass hatte mich allmählich fest im Griff, und wenn ich mich ihm überließ, brach die Welt zusammen. Ich weiß, warum ich diesen Vergleich wähle, und ich weiß, dass er stimmt. Ich konnte nur dagegen ankämpfen, dem Hass zu folgen, und es kostete mich viel Kraft, dass ich darüber schwieg. Das war das Schwerste, denn ich vermochte nicht über meine Gefühle zu schweigen und zugleich vorzugeben, dass alles andere »stimmte«. Mit einem Wort: Ich schaffte es nicht, Normalität zu spielen. Meine Normalität war jetzt Hass. Daher schwieg ich. Ich war auch nicht in der Lage, den ganzen Tag über den Tauben zu simulieren. Ich behielt alles für mich und zog mich in mich selbst zurück, auch wenn man mir Sympathie und Mitgefühl entgegenbrachte. Es gab, ehrlich gesagt, sogar Momente, in denen ich Gewaltphantasien hatte. Ja, auch ich konnte mich bis zu einem gewissen Grad verstellen oder sogar etwas vorspielen. Es ist wohl eine menschliche Eigenschaft, etwas vorzutäuschen, was man nicht ist, ähnlich der Mimikry bei Tieren. Ja, wir sind alle durchtrieben genug, um andere durch Schwindel zu beeindrucken … Ich liebte es, Rafiki an der Seite zu haben, ohne dass ich mich um ihn bemühen musste. Würde auch er mich verlassen?
In der Klamm trug ich ihn auf einem Arm, trotzdem winselte er. Vor der Höhle setzte ich ihn auf den Boden, er wartete, bis ich eintrat, und folgte mir erst danach. Da ich keine Taschenlampe bei mir hatte, trat ich näher an die Felswand heran, um Einzelheiten zu entziffern. Die düsteren Gedanken verflogen und wichen einem Staunen. Die Kunst Gustav Reiters beeindruckte mich so, dass ich

den Schlag mit der Schaufel, den er mir versetzt hatte, die Ohnmacht und das entsetzliche Erwachen vergaß. Es war mir klar, dass er ein Bruder im Geiste war, und ich bewunderte ihn sogar, weil er mir den Schlag versetzt hatte. Ich hätte mich auch gegen Eugen zur Wehr setzen müssen, dachte ich, und gegen Malia, die mir Leid zugefügt hatten. Niemand verstand die »Patienten«, doch wir wollten verstanden werden. Wir bauten mit unseren Zeichnungen oder farbigen Bildern und dem Geschriebenen Brücken, die niemand betreten wollte oder konnte. Rafiki riss mich mit seinem Gebell aus meinen Gedanken. Er sprang auf etwas hinauf, das ich, weil es im Dunkeln lag, nicht erkannte. Zuerst hielt ich es für einen von Reiter bemalten Stein, doch es war, wie ich feststellte, ein Stück von einem abgebrochenen Baumstamm. Ich schob ihn ohne allzu große Anstrengungen zur Seite und erblickte ein großes Loch. Es kam mir wie eine Offenbarung vor, als ich dahinter einen niederen Gang erkannte, der nach draußen führte. Ich kroch auf allen vieren hinein – Rafiki folgte mir begeistert –, räumte einen Haufen altes Holz zur Seite und stand im Freien, dreißig oder vierzig Meter weit entfernt von einem alten Gasthaus mit Holzbänken und Tischen vor einer Tür, die nicht versperrt war. Zuerst kam ich an der Küche vorbei, in der ich mehrere Messer, einen Korkenzieher und einen Haufen schmutziger Teller und Geschirr fand. Oben im ersten Stock standen vier Zimmer offen, deren Doppelbetten alle benutzt waren. Als ich in einer Kammer auf eine lange Reihe zum Teil ungeöffneter, aber auch leerer Einmachgläser stieß, wusste ich, dass Reiter hier gehaust hatte. Es gab eingekochte Eier, Kirschen, Pfirsiche … es gab auch Gewürze, Kren, Senf und saure Gurken. Im Keller fand ich eine Anzahl leerer Weinflaschen und zwei Fässer mit Most, wie der Apfelwein bei uns heißt, und auf dem Dachboden hing geselchtes, getrocknetes Fleisch an

Haken von der Decke. Auch einen Brunnen besaß das Gasthaus, in das Reiter geflüchtet war.
Ich zögerte nicht lange und lief über die Wiese hinunter zurück, gefolgt von einem aufgeregten Rafiki. Als Ersten suchte ich Oberarzt Brantner auf ... Eugen war ja nicht mehr mein Ansprechpartner ... Alice Schweizer, die unter der Laube Kartoffeln schälte, begrüßte mich.
»Mein Mann«, erklärte sie mir, während sie den keuchenden Rafiki, dem die Zunge aus dem geöffneten Maul hing, auf den Schoß nahm, »schläft gerade ...«
Ich sagte nur, dass ich das Rätsel gelöst habe, weshalb Reiter nach seinem Verschwinden als lebender Mensch wieder aufgetaucht sei, und stotterte dabei vor Aufregung. Sie stellte den Hund auf der Bank ab, wo er aus Protest zu bellen begann, bis ich mich selbst hinsetzte, und lief eilig in das Haus, um ihren Mann zu wecken.
Kurz darauf erschienen beide. Der Oberarzt hatte doch nicht geschlafen ... Er wollte mich ausfragen, aber ich lief mit Rafiki gleich voraus, bis ich bemerkte, dass sie uns nicht folgten. Sie winkten mir allerdings zu, als ich den Kopf in ihre Richtung drehte, und zeigten dabei auf das abgestellte Auto. Also lief ich zurück.
Ich wich allen Fragen aus, nur das Wort »Höhle« gab ich von mir.
»Du meinst die Höhle, in der ihr Reiter begegnet seid?«
Ich nickte aufgeregt, und wir fuhren gemeinsam los.
Immer wieder fragte mich der Oberarzt, weshalb er die Höhle aufsuchen solle, aber ich schwieg weiter, nickte nur oder beachtete ihn nicht.
Auf Umwegen gelangten wir zu einem Seiteneingang in die Klamm und stiegen das letzte kurze Stück zur Höhle hinauf. In der Eile hatten auch Alice Schweizer und Oberarzt Brantner vergessen, eine Taschenlampe mitzunehmen, aber ich drängte mich an ihnen vorbei und zeigte ihnen die Öffnung.

Sofort begriffen sie, was ich gemeint hatte, weigerten sich jedoch, auf allen vieren durch den Gang zu kriechen, und machten sich auf den Rückweg, um vom Seiteneingang zum bisher unbekannten Höhlenausgang zu gelangen. Ich wartete dort schon, als sie erschienen und auf das Gasthaus deuteten. Erstaunt ließen sie sich die Küche, die Zimmer, den Dachboden und den Brunnen zeigen, dann umarmte mich der Oberarzt und rief: »Das hast du gut gemacht, Franz!«

Die ganze Nacht lag ich im Haus vor dem Steinbruch wach. Diesmal vermischte sich mein Elend aber mit einem Gefühl, es allen gezeigt zu haben, was in mir steckte. Schon früh am Morgen brachen ein Dutzend Mitbewohner mit Brantner, Alice Schweizer, aber auch Eugen und mir auf, um meine Entdeckung mit eigenen Augen zu sehen. Selbst Gustav Reiter war dabei. Er blickte verdrossen drein, man konnte erkennen, dass er es verabscheute, die Höhlenwelt und das Gasthaus preisgeben zu müssen – und damit sein Geheimnis, seine schöpferische Welt und seine Freiheit einzubüßen. Es war alles so, wie ich es am Vortag verlassen hatte. Die »Wandergruppe« nahm an den Gasthaustischen Platz und kostete vom Fleisch und vom Most. Dabei gelang es Reiter, abermals zu verschwinden.

Diana und Ted und die chinesischen Artisten

Bald zogen Diana und Ted aus Hamburg mit den beiden Artisten aus China in ein Holzhaus ein, das von der SOS-Kinderdorfgruppe für sie renoviert worden war. Ich sah die beiden Paare jetzt öfter. Ted unternahm kleine Wanderungen mit Feldstecher und Kamera und fotografierte alles, was ihm unterkam, und Diana fertigte

Skizzen an, bevor sie sich mit Farbstift und Pinsel an die Ausarbeitung machte. Beide luden mich ein, mit ihnen zusammenzuwohnen, aber inzwischen gefiel es mir, am Rand des Steinbruchs zu leben und jeden Tag eine Zeitlang in den 140 Meter tiefen Abgrund zu schauen. Ich wusste, dass ich nie hinunterspringen würde, denn ich hatte immer noch Schwindelgefühle, wenn ich an den Rand trat und mich im Geiste ganz der Tiefe überließ. Andererseits übte sie auch einen Sog auf mich aus, eine Anziehungskraft, die mich verwirrte. Manchmal hielt ich es trotzdem länger aus, weil ich das Zeitgefühl dabei verlor und mir der Elsternflug einfiel.

In einer Hütte unmittelbar vor der Aussichtskanzel standen Bänke und Tische. Ich hatte mir eine Garnitur davon vor das Stahlgitter des Kanzelbodens gestellt und mich dort hingesetzt, um nachzudenken. Oft schaute ich dabei durch die Öffnungen vor mir hinunter auf die noch immer im Steinbruch geparkten Arbeitsfahrzeuge. Auch geschrieben habe ich an diesem Platz. Wenn der Wind wehte, konnte es allerdings unangenehm werden. Ich packte dann rasch meine Sachen, lief bis zum Haus, suchte die Bank und den Tisch im Hof und wartete, bis mir wieder etwas einfiel.

Diana und Ted und die chinesischen »Zwillinge« waren eine Bereicherung für mich. Sie kamen gerne auf Besuch und tranken Tee, den sie selbst zubereiteten. Diana nahm dann einen Pinsel zwischen die Zehen, und auf dem Papier oder einer Holzplatte entstanden Vögel, in die ich mich hineinzuversetzen suchte. Das chinesische Paar begann währenddessen, mit seinen Körpern ein Tier täuschend ähnlich zu kopieren. Dabei berichteten beide von Erlebnissen in China und ihren Erfahrungen mit Zirkussen in Europa, die wenig erheiternd waren. Aber immer wieder verfielen sie auch in eine Art spitzbübischer Heiterkeit.

»Einmal sprang Yin über das Geländer des Steinbruchs und stürzte in die Tiefe. Ich wartete bis zum Abend darauf, dass er wieder erscheinen würde«, sagte Yang und brach in Gelächter aus. So oder ähnlich spielte es sich ab. Instinktiv glaubte ich zu wissen, dass sie das meiste für sich behielten. Sie stellten mit ihrem Lachen einen magischen Paravent auf, hinter dem sie sich quasi unsichtbar machten – um gleich darauf wieder angezogen, aber diesmal verkleidet, ihre endlose Geschichte in einer anderen Richtung fortzusetzen. Sie bemerkten, dass ich krank war, und lachten mich nicht aus, sondern sahen höflich darüber hinweg.
An einem heißen Augusttag saßen wir wieder vor der Schaukanzel über dem Steinbruch, als Diana an mich herantrat und mir sagte, dass am Abend ein Fest stattfinde, bei dem Eugen seine Verlobung mit Malia bekanntgeben würde. Ob ich dazu eingeladen sei? Ich schwieg, weil ich keine Antwort darauf wusste. Es widerstrebte mir auch, nach einer Antwort zu suchen.
»Ich wollte es dir nur sagen«, ergänzte sie.
Ich ließ sie stehen und ging in »mein« Haus, wie ich es bereits nannte. Ich weinte, ohne zu weinen, und schlief auf meinem Stuhl ein. Mein Inneres war zu einem Fragezeichen geworden. Doch es war kein Rätsel. Es gab keine Lösung mehr. Es waren auch keine stürmischen Gefühle, weder Empörung noch Hass noch Hoffnung, die ich verspürte. Ich war das Fenster, der Tisch, die Bodenbretter.
Spätnachts weckte mich das Bellen Rafikis. Es war dunkel. Ich öffnete benommen die Tür und sah die alkoholisierten Gestalten von Agnes und Walter. Sie kamen, nahm ich an, von Malias und Eugens Verlobungsfeier und redeten beide sofort und gleichzeitig auf mich ein. Ich begriff nicht gleich, was sie von mir wollten, ich sah nur, dass Walter wütend war und Agnes gegen Tränen

ankämpfte. Rafiki lief an mir vorbei ins Freie, bellte freudig und ließ sich von beiden streicheln.
Ich schüttelte den Kopf, worauf Agnes verstummte und Walter noch einmal von vorne begann, dass Malia bei ihnen im Gebäude der SOS-Kinderdorfgruppe sitze und weine. Sie habe, wie verabredet, ihre Tochter Kira um 21 Uhr Hedwig Moser anvertraut, um mit Eugen Verlobung zu feiern. Durch irgendetwas seien sie und Eugen zum Streiten gekommen, worauf er sich nur noch um Christine Schäfer gekümmert und Malia ignoriert habe. Er habe auch nichts mehr von einer Ehe mit Malia gesagt. Gegen Mitternacht seien die meisten nach Hause gegangen, nur mehr ein kleiner Kreis sei verblieben: Eugen, Malia, er selbst mit Agnes, Hans Haller, außerdem noch Dr. Schäfer und der Kaplan Gottlieb, der der Gastgeber gewesen sei und schon alles für die Trauung am nächsten Morgen in der Kirche vorbereitet habe. Eugen habe mit Christine geflirtet und zuletzt ohne Musik eng umschlungen im Dunkeln mit ihr getanzt. Schließlich sei Malia davongelaufen und er und Agnes hinter ihr her. Sie habe nicht gesprochen – nur geweint.
Ich schüttelte noch einmal, diesmal heftig, meinen Kopf und schlug die Tür zu. Aber ich konnte nicht mehr schlafen. Was hätte ich tun sollen? Die beiden nach Hause begleiten und Malia trösten? An Eugens Haustür klopfen und ihm einen Stoß versetzen? Mich um Kira kümmern? Das alles, ohne wieder meine Sprache gefunden zu haben? – Andererseits: Ich war nicht schadenfroh. Als ich aus dem Fenster zu Eugens Haus hinüberblickte, sah ich, dass in seinem Schlafzimmer Licht brannte und Christines Wagen vor dem Eingangstor stand … also war sie bei ihm, und sie umarmten sich vielleicht gerade … damit war das Kapitel Malia für ihn wohl abgeschlossen. Ich war darüber erleichtert. Der Gedanke, wieder mit Malia zusammenzuleben, ließ mich nicht mehr los. Schließlich

stand ich auf, kleidete mich an und begab mich mit Rafiki auf den Weg, um meine Gefährtin wiederzusehen. Es war noch dunkel. Aus Eugens Haus fing Gazpacho heftig zu bellen an, und Rafiki antwortete ihm erfreut, worauf ich mich beeilte weiterzukommen. Diesmal hatte ich eine Taschenlampe bei mir, und als ich ein Stück weiter ein Geräusch aus dem Garten von Kaplan Gottliebs Haus hörte und ein Lichtstrahl auf die leeren Stühle fiel, die vom Fest übrig geblieben waren, sah ich eine Gestalt unter einem der Tische, die sich dort versteckte. Ich trat näher und erkannte Gustav Reiter.

»Wo warst du?«, fragte ich ohne Umschweife.

»Bei dir«, antwortete er. »Im ehemaligen Stall … wo jetzt die Skelette sind.«

»Welche Skelette?« Ich hatte keine Ahnung, was er meinte.

»Alle! Hunde, Katzen … sogar eine Kuh! Aus der Sammlung von Herrn Dr. Eugen.«

Zuerst wusste ich nicht, was ich davon halten sollte, dann fiel mir ein, dass Eugen seine medizinischen Präparate in einem ehemaligen Stall aufbewahrt hatte, der inzwischen wieder mit Kühen belegt war. Vermutlich hatte er sie während meiner Reisen nach Venedig oder Hamburg, als ich noch nicht dort wohnte, »umgesiedelt«.

»Hattest du keine Angst vor ihnen?«, fragte ich. Ich hatte wieder gesprochen!, kam mir in den Sinn. Einen ganzen Satz!

»Doch!«, antwortete Reiter bestimmt und machte dabei ein betrübtes Gesicht.

»Und?«

Er zuckte mit den Achseln.

»Du darfst nicht immer davonlaufen und dich verstecken«, sagte ich vorwurfsvoll.

Er nickte heftig.

»Willst du mich begleiten?«

Ohne zu fragen, wohin, nickte er nochmals heftig und folgte mir.
Kurz darauf sah ich die beleuchteten Fenster von Walters und Agnes' Haus. Die Tür war nicht versperrt, und wir traten ein. Malia saß in einem Fauteuil, sie weinte. Agnes hielt ihre Hand, und Walter ging auf und ab. Er unterbrach seine endlose Wanderung nicht, als ich in das Zimmer kam. Aus seinem Gesicht schloss ich, dass ich ihn gekränkt, weil ich vor ihm die Tür zugeschlagen hatte. Ich wollte jedoch nicht darauf eingehen und nahm auf einem Hocker Platz. Es kam mir jetzt vor, als sei ich in die Aufführung eines Theaterstücks geplatzt, und ich stellte mir die Frage, was ich sagen sollte, das heißt, welche Rolle ich hätte. Sollte ich nur stumm dasitzen?
Doch Rafiki hatte das Problem sogleich gelöst und saß bereits auf Malias Schoß, die weinend lachte.
»Rafiki!«, rief sie unter Tränen. Und dann: »Franz! Wie lieb, dass du gekommen bist!«
Sie sprang so rasch auf, dass Rafiki auf den Boden kullerte, und umarmte mich. Ich freute mich wirklich, aber ich wusste, dass es nie mehr so sein würde wie früher, als ich ihr vertraut hatte. Es war ein nebulöses Wissen, ich dachte an nichts Konkretes, doch ich behielt recht. Ich umarmte sie zwar noch in derselben Nacht, die wir in Walters und Agnes' Haus auf der Couch verbrachten, aber als Malia sich anschließend eine Zigarette anzündete, nahm ich sie ihr weg und drückte sie auf meinem Handrücken aus, weil mein Schmerz so groß war, dass ich mich mit einem anderen ablenken musste.
Gustav war, als Malia mich umarmt hatte, unbemerkt verschwunden, was mir erst auffiel, als es hell wurde und ich erwachte. Ich machte mir Sorgen um ihn. Vor dem Haus am Steinbruch trat er jedoch im selben Augenblick, als ich mit Malia, Kira und Rafiki die Tür öffnete, aus dem Stall und ließ sich wieder blicken. Nach dem

bescheidenen Frühstück wollte Gustav sich erneut in den Stall verziehen, doch wir machten im Haus das Dachbodenzimmer für ihn frei und stellten die dort in Schachteln lagernden Medikamente vor Eugens Haus ab.
»Ich will ihn nie wieder sehen«, zischte Malia dabei, doch mir war klar, dass es sich nicht vermeiden lassen würde. Was ich unbedingt wissen wollte, war die Ursache des Streits zwischen ihr und Eugen, der die Absage der Hochzeit zur Folge gehabt hatte. Sobald wir allein waren, fragte ich sie, obwohl ich mir vorgenommen hatte, keine Fragen zu stellen. Sie blickte mich nicht an und antwortete, er habe von Anfang an geargwöhnt, dass sie eine Prostituierte gewesen sei. Sie sei aber schon früh mit Madox, ihrem verstorbenen Mann, nach Europa geflüchtet und habe sich nie prostituiert. Der Gedanke, dass sie es getan habe, hatte Eugen erregt, aber nach dem »Beischlaf«, wie sie sagte, habe er sie beschuldigt zu lügen und wieder damit angefangen, sie auszufragen … es habe gleichsam zum Ritual gehört, dass er sie gedrängt habe, Dinge zuzugeben, die nicht der Wahrheit entsprochen hätten, um nachher, wenn sie sich darauf eingelassen hatte, seine abfälligen Bemerkungen zu machen. Ich wollte sie fragen, weshalb sie sich auf seine Phantasien eingelassen habe, aber es liefen ihr bereits wieder Tränen über das Gesicht, und so ließ ich es bleiben. Doch die Frage bohrte weiter in mir, bis ich zu den Bienen ging, mich mit Schreiben ablenkte oder mit Kira und Rafiki spielte. Manchmal dachte ich tagelang nicht daran, dann wieder unentwegt. Trotzdem war ich froh darüber, dass alle drei wieder bei mir waren. Ich überlegte mir allerdings die ganze Zeit über, wie ich mich vor den schlimmen Gedanken schützen könnte.
Mit Gustav Reiter gab es keine Unstimmigkeiten. Er hing an uns, und wir machten ihm keinen Vorwurf, wenn er wieder einmal einige Tage verschwand. Zumeist hatte

er dann einen Wecken Brot, Wasser und Selchfleisch in der Tasche, zusammen mit den Zeichen- und Malsachen, den Bleistiften, Buntstiften, Radiergummis und dem Papier. Er begab sich dann in die Höhle, aber einmal fragte er mich, ob ich etwas dagegen hätte, ihm den alten Postautobus zu überlassen. Ich schlug ihm vor, ihm den Bus für einen Tag in der Woche zur Verfügung zu stellen. Damit war er einverstanden. Auch bot ich ihm an, weiterhin auf dem Dachboden zu übernachten, was er zumeist auch tat.

Eugen hatte gemeinsam mit Christine Schäfer zahlreiche Fotografien seiner Felsgemälde angefertigt und ein Album für Gustav zusammengestellt, das er in seinem Zimmer aufbewahrte. Diana und Ted waren von den Bildern begeistert. Sie sagten, Gustav sei ein Genie. Das machte mich seltsam glücklich.

Am nächsten Tag brachte Diana ihre Vogelbilder mit. Ich spürte die Energie, die von ihnen ausging. Alle Lebenssituationen und Gefühlslagen hatte sie in den Darstellungen der Vogelschwärme und -portraits ausgedrückt: Freude, Heiterkeit, Trauer, Tod, Liebe, Einsamkeit und die Faszination der Schwerelosigkeit. Ich durfte mir eines aussuchen und entschied mich für eine Krähe. Ich sagte Diana, dass ich das Bild liebte, worauf sie mir ein weiteres schenkte, einen Buntspecht, dessen Klopfen ich fortan insgeheim hörte, wenn ich allein war. Ich hielt das Geräusch immer für eine Art Morsen, kam aber nicht dahinter, was es mir mitteilte. Eines Morgens, ich hatte gefrühstückt und Malia und Kira waren zu Oberarzt Brantner gegangen, weil das Kind Fieber hatte, wischte ich mit dem Unterarm unbeabsichtigt eine leere Tasse vom Tisch. Sie zerbrach auf dem Fußboden, und im selben Augenblick fing der Specht an zu klopfen. Diesmal verstand ich, was er mir die ganze Zeit hatte sagen wollen: »Jeder ist allein!« Viele Stunden, Tage und Nächte hatte er es mir beibringen wollen, was ich erst jetzt schlagartig begriff.

Lisha und die Träume

Nach längerer Zeit suchte ich Lisha wieder auf. Immer noch schrieb sie Träume auf, in der jeweiligen Muttersprache des Träumers. Das war berührend und schön, aber ich kapierte nicht, was der Inhalt war. Auch die Schriftzeichen, die sie dafür verwendete, waren der jeweiligen Sprache angepasst: Arabisch, Russisch, Chinesisch und so fort. Sie hatte bereits eine etwa vier Meter lange Reihe von Ordnern in ihrem Regal gefüllt und klagte über Kopfschmerzen.

»Kannst du die Träume deuten?«, fragte ich.

Sie verdrehte die Augen, als wollte sie sagen, »Du Idiot!«, lachte dann und antwortete, sie habe keine Zeit dafür.

»Hast du auch Träume von Tieren aufgezeichnet?«

Sie strahlte, zog einen Ordner aus dem Regal, legte ihn vor mich hin und blickte mich erwartungsvoll an.

Ich schlug ihn auf und las: »Schlange, Kreuzotter: S…Ss…Ssss…Ss« und so weiter, eine ganze Seite fort.

»Was bedeutet das?«, wollte ich wissen.

»Das fragst gerade du? Ich dachte, du verstehst die Sprache der Tiere?«

»Manchmal. Aber ich kann sie nicht lesen.«

»Dann sprich sie laut!«

»Das ist, als ob mir ein Franzose auf Französisch erklärte, was eine Schlange geträumt hat, und ich kein Französisch verstehe.«

»Heißt das, dass alles umsonst war, was ich geschrieben habe?«

»Nein«, log ich, »ich bin sicher, dass ich es verstehen werde, wenn ich mir dafür Zeit nehme.«

»Wie lange willst du noch warten?«, wollte sie wissen. Sie war voll Ungeduld und Wut.
Einige Tage später fand Ted ihre Kleidung sowie eine Brosche und ihre Armbanduhr im Steinbruch. Die Aufregung darüber war groß, denn es bestand kein Zweifel, dass sie sich das Leben genommen hatte. Aber sie hatte keinen Abschiedsbrief hinterlassen. Man händigte mir ihre Ordner aus, die ich in der Stube verstaute.
Bevor ich ihre Aufzeichnungen einordnete, versuchte ich zu entziffern, was sie zuletzt geschrieben hatte. Es handelte sich um den Traum eines Mongolen, wie Lisha schrieb, der Selbstmord begangen hatte. Die Schriftzeichen, mit denen der Traum aufgezeichnet worden war, kannte niemand.

Spaziergang mit Ted und Begegnung mit dem Wahnsinn

»Das alles würde es nicht mehr geben, wenn wir nicht überlebt hätten«, behauptete Ted auf unserem Spaziergang im Wald. Ich widersprach. Sofort begann er zu stottern, wie immer, wenn man ihm widersprach: »Ich m-m-ein, meine… es… w-wäre wie wie wie das un-un…unsichtbare D-Denken… im K-K-K-Kopf…«
Ich schreibe es auf, ohne sein Stottern zu markieren, es kommt ja nur darauf an, was er sagte: »… solange es nicht hörbar oder lesbar ist, existiert es nicht.«
Wir hatten zuvor über den stummen Selbstmord Lishas und ihre letzten Aufzeichnungen gesprochen, und Ted hatte gemeint, wenn es keine Menschen mehr gebe, würde die Welt nicht mehr wahrgenommen oder reflektiert werden und damit in einem anderen Sinn aufhören zu existieren.
»Und die Vögel?«, hatte ich eingeworfen.

»Das ist wieder eine andere Ebene.«
»Und die Pflanzen?«
Worauf er mir die Antwort gab, die ich zu Beginn festgehalten habe.
Wir waren an die Stelle gelangt, von der aus wir »in das Land hineinschauen konnten«, wie Eugen es immer bezeichnet hatte. Die Aussicht war tatsächlich überwältigend. An dieser Stelle hatte es ebenfalls einmal ein Gasthaus gegeben, das jetzt leer stand. Ich hatte es seinerzeit mit Eugen gerne aufgesucht, da es immer einen vorzüglichen Apfelstrudel und kalten Most, also Apfelwein, gab. Bei klarem Wetter, wie gerade jetzt, hatte man den Eindruck, die Krümmung der Erde zu sehen, was natürlich auf einer optischen Täuschung beruhte. Das Erste, was mir auffiel, war ein Mann mit einer Pistole, der sich im Tal gerade auf ein Motorrad setzte. Er nahm einen Feldstecher heraus und suchte die Umgebung ab. Auch wir griffen nach unseren Feldstechern und beobachteten ihn. Der Mann, sahen wir, hatte einen Motorradhelm auf dem Kopf und einen langen Bart. Außerdem trug er militärische Tarnkleidung, Stiefel und eine Sonnenbrille.
»Da hinten!«, flüsterte Ted, obwohl uns niemand hören konnte, und wies mit ausgestrecktem Arm auf eine Gruppe Menschen. Ihre Fahrzeuge, vor allem Wohn- und Lieferwagen, ein Tankwagen, aber auch Personenautos und Lastwagen, waren am Rand eines Parkplatzes abgestellt, und die etwa hundert Frauen und Männer sowie einzelne Kinder standen in Gruppen herum. Die meisten rauchten, sie machten einen entspannten Eindruck. Ich drehte mich zu Ted hin, aber er stand am Waldrand und pinkelte. Dann tauchte er nicht mehr auf.
Als Nächstes hörte ich die Geräusche eines Helikopters. Zweifellos war es der Feldwebel. Was wollte er? Wenn er sich mit den Reisenden verbündete, war es für uns bedrohlich, dachte ich. Die Menschen auf dem Parkplatz

begannen, ihm zuzuwinken, und es hatte den Anschein, dass auch der Pilot zurückwinkte. Fast im selben Augenblick aber eröffnete er das Feuer. Als Erstes schoss der Pilot den Tankwagen in Brand, daraufhin griff er die Umstehenden an. Sie flohen, warfen sich zu Boden, und einer von ihnen holte eine Maschinenpistole heraus und versuchte den Hubschrauber abzuschießen, aber er verfehlte sein Ziel und löste sich im nächsten Augenblick in Luft auf. Immer mehr aus der Gruppe verschwanden blitzschnell, doch einer der Frauen gelang es, an die zu Boden gefallene Maschinenpistole heranzukommen und mehrere Salven auf einen zweiten Hubschrauber, der soeben aufgetaucht war, abzugeben. Der Helikopter drehte sich in der Luft wie ein Kreisel, stürzte ab und explodierte. Dabei trafen einzelne Trümmer die Fremden, darunter die Frau, die die Schüsse abgegeben hatte, und Feuer breitete sich aus. Mehrere Menschen liefen schreiend mit brennender Kleidung davon oder wälzten sich kurz am Boden, bevor sie verschwanden. Alles geschah so schnell, dass ich nicht sofort erfassen konnte, was vor sich ging. Ich wusste auch nicht, ob Alois Lechner oder Heinrich Tann, der deutsche Major, abgeschossen und ums Leben gekommen war. Ich sah durch meinen Feldstecher nur, wie der erste Hubschrauber sein Zerstörungswerk fortsetzte und die abgestellten Fahrzeuge in Flammen aufgingen. Und ich verfolgte auch, wie erbarmungslos der Pilot seine Feinde in Nichts auflöste. Einigen der Fremden gelang es, in ein Gebäude zu flüchten, das der Hubschrauber jedoch sofort in Brand schoss. Andere versteckten sich im hohen Gras oder beabsichtigten, in den schützenden Wald zu laufen, doch nur wenige schafften es. Das Erschreckende war, dass alles wie ein Computerspiel ablief. Nur Kleidungsstücke lagen herum, und ich hörte wegen der großen Entfernung keine menschlichen Stimmen und die Schüsse nur

gedämpft. Der Hubschrauber gewann wieder an Höhe, verharrte in der Luft, und der Pilot schoss diesmal auf die Wiese, weil er vermutlich dort Gestalten oder Bewegungen wahrgenommen hatte. Zuletzt landete er neben dem brennenden Wrack des abgestürzten Helikopters, lief auf das Feuer zu und blieb stehen. Es war tatsächlich der Feldwebel. Gleichzeitig erblickte ich jetzt im Feldstecher den Motorradfahrer, der unter einer Ulme Schutz gesucht hatte. Ich schwenkte wieder auf das Geschehen hin: Gerade liefen zwei Männer auf den Feldwebel zu, die ebenfalls aus dem Hubschrauber geklettert waren, und stellten sich neben ihn … beide trugen Pilotenhelme und Soldatenkleidung. Das erstaunte mich. Bis zu unserem Streit hatte Alois Lechner allein gelebt beziehungsweise mit Heinrich Tann … nun stellte sich heraus, dass diese beiden Jugendlichen – wohl aus dem ehemaligen Kinderdorf – intensiven Kontakt mit ihm gehabt haben mussten. Vielleicht, dachte ich, befanden sich im abgestürzten Helikopter weitere Tote. Ich konnte nicht aufhören, das Geschehen zu verfolgen. Offensichtlich weinte der Feldwebel jetzt, denn er hatte sich auf den Boden gesetzt und die Arme und den Kopf auf die Knie gelegt. Es musste sich also tatsächlich um den Major handeln, schloss ich daraus. Eine Minute verharrte Lechner in dieser Haltung, dann half ihm einer der Jugendlichen auf die Beine. Sie kletterten zu dritt in den Hubschrauber, suchten die Gegend ab und verschwanden schließlich in Richtung Kaserne.
Ich fand keine Worte, ich stieß nur Geräusche und Laute aus und rief Ted. Er schlief am Waldrand. Stotternd sagte er, er habe nichts mitbekommen. Ich meldete die Geschehnisse umgehend Eugen, der, ohne zu zögern, in die Kaserne fuhr. Der Vorfall sprach sich schnell herum, jeder war beunruhigt, und wir warteten gespannt auf Eugens Rückkehr. Christine Schäfer übernahm inzwischen

seine Rolle und beruhigte die Bewohner. Während Malia Christine hasste, hatte ich nichts gegen sie. Ich verdankte ihr ja die Rückkehr Malias. Wie ich zu Eugen stand, wusste ich selbst nicht. Natürlich mochte ich ihn nicht mehr. In geheimen Momenten hasste ich ihn sogar. Dann fiel mir ein, dass selbst Gott den Menschen ihre geliebtesten Mitmenschen wegnahm, indem er sie sterben ließ. Malia hasste Eugen, denn sie hatte ihn wohl wirklich … Ich will das Wort nicht hinschreiben.

Es war Nacht, als er zurückkehrte, doch wir erfuhren erst am nächsten Tag, was geschehen war.

Nichts.

Nichts war geschehen. Major Heinrich Tann lebte. Sein Helikopter stand neben dem des Feldwebels in der Kaserne. Der Feldwebel hatte zwei Begleiter, die beide aus der SOS-Kinderdorfgruppe stammten. Niemand in unserer Siedlung hatte angeblich etwas gewusst. Nirgendwo waren Spuren eines Kampfes zu sehen gewesen.

Die beiden Jungen aus der SOS-Kinderdorfgruppe berichteten, dass sie den Feldwebel und Heinrich Tann zum ersten Mal aus Neugier in der Kaserne besucht hätten. Der Feldwebel habe ihnen von seinen Erkundungsflügen, die er gemeinsam mit dem deutschen Offizier durchgeführt hätte, berichtet und ihnen angeboten, sie mitzunehmen. Dem hätten sie zugestimmt: »aus Spaß«, wie sie sagten. Einmal nur hätten sie einen Motorradfahrer gesehen, der aber gleich darauf wieder verschwunden sei. Ihre Beschreibung stimmte exakt mit meiner Erinnerung überein. Das machte Eugen stutzig. Er erkundigte sich bei Lechner und Tann, die alles bis ins Detail bestätigten. Sie wunderten sich nur, weshalb ich die gleiche Beobachtung gemacht hätte, weil sie den Motorradfahrer seit damals nicht mehr gesehen hätten. Beide waren jedoch überzeugt, dass es sich um einen Kundschafter gehandelt haben müsse.

Die beiden jungen Männer und ein dritter fuhren noch am selben Tag in die Kaserne und kehrten erst am Abend mit dem Hubschrauber zurück. Der Feldwebel und der deutsche Major blieben von da an für die nächsten drei Wochen bei uns, um »Einweisungen«, wie Tann es nannte, vorzunehmen. Jeden zweiten Tag flogen sie zur Kaserne und suchten dabei in einem Umkreis von hundert Kilometern die Gegend ab. Ted und Diana protestierten gegen den Lärm und die »Militarisierung«, wie sie es nannten.
Ich war von meinem Erlebnis so irritiert, dass ich mich anfangs zurückzog. Ich zweifelte nicht an meiner Wahrnehmung und auch nicht an meiner Erkrankung, aber ich schloss aus, dass ich mir alles nur eingebildet haben sollte. Eine Woche später fanden wir den Helm, die Maschine und die Lederbekleidung des Motorradfahrers vor unserer Haustür. Wir konnten uns nicht erklären, wie sie dorthin gelangt waren.

Das begehbare Monster

Wieder war Gustav Reiter verschwunden. Als ich im Postautobus nach ihm Ausschau hielt, fand ich seine Malsachen und die alten Winterschuhe. Er selbst war jedoch nicht anwesend. Ich schaute mir die Bilder an, die er gezeichnet und gemalt hatte: Diesmal gab es fliegende Menschen, aber auch Piloten in bunten, einmotorigen Flugzeugen, die sich bekämpften. Also musste er zumindest mit irgendjemandem Kontakt gehabt haben, der über das entsetzliche Geschehen Bescheid gewusst hatte.
Besorgt verließ ich den Postautobus und lief, ohne lange zu überlegen, in die Klamm und sodann den mit Holzbrücken und einem Geländer abgesicherten Weg hinauf

zur Höhle. Sie war leer, ebenso wie der Gang nach außen. Ich kroch hindurch, in der Hoffnung, ihn im aufgelassenen Gasthof anzutreffen. Im unteren Stockwerk fand ich nichts, doch im oberen, in einem der Gästezimmer, stieß ich auf mehrere Gegenstände, darunter eine Sonnenbrille sowie einen alten Führerschein. Die Fotografie zeigte einen Mann, der gut der Kundschafter mit dem Motorrad gewesen sein konnte. Außerdem fand ich eine geladene Pistole sowie einen Feldstecher. Ich steckte Führerschein und Pistole ein, hängte mir den Feldstecher um, überlegte, wo ich weitersuchen sollte, und entschied mich dann für den Wald. Die Wälder in der Umgebung waren für einen Wanderer schier endlos. Ein Waldabschnitt ging, ohne dass sich etwas änderte, in den nächsten über, weshalb man leicht die Orientierung verlieren konnte. Vergeblich suchte ich zwischen Laub- und Nadelbäumen die Gegend ab. Einmal entdeckte ich eine Kreuzotter in einer angrenzenden Wiese. Die Schlange ruhte auf einem kleinen Felsen – nicht weit entfernt entdeckte ich zwei Heuschrecken, und auf einem Laubbaum hockte ein Kleiber mit einem langen Schnabel. Jedoch verlor ich Gustav nicht aus dem Kopf. Ich hoffte, dass er nicht aus Angst davongelaufen und vielleicht noch immer irgendwo auf der Flucht war. Es gab genügend leerstehende Häuser, in denen er sich versteckt haben konnte.
Allmählich wurde ich müde und hungrig und durstig und entschloss mich, umzukehren. Es dauerte eine Zeit, bis ich verstand, dass ich mich verirrt hatte. Als ich in einer hohen Wiese auf einen Nussbaum kletterte, staunte ich. Ich hatte die Gegend noch nie gesehen. Daher schaute ich mich genau um, fand aber nach wie vor keinen Orientierungspunkt. Auch der Feldstecher half mir nicht. Schließlich erreichte ich, hastig durch hohes Gras stapfend, eine verlassene Almhütte, deren Türschloss

ich mit Mühe aufbrach. Ein Brunnen hinter dem Haus, der von den hohen Grashalmen zur Hälfte zugewachsen war, gab nach längerem Pumpen Wasser, und in einem Schuppen fand ich Käselaibe, von denen ich einen mit ins Haus nahm. Ich entdeckte in einer Ecke der Küche auch eine Flasche – es war Zwetschgenschnaps – und trank, bis ich einschlief.

Schon früh am Morgen erwachte ich mit starken Kopfschmerzen auf dem Holzbett in der Küche. Mir war klar, dass ich es aufgeben musste, nach Gustav zu suchen, vielmehr kam es darauf an, den Rückweg ins Dorf zu finden. Mit Sicherheit war Malia beunruhigt, wenn sie nicht schon versuchte, mit Hilfe von Rafiki meine Spur aufzunehmen. Ich bemühte mich, den Bergrücken zu erreichen, um mich von dort aus umzusehen. Es dauerte nicht lange, bis ich – der dschungelhaften Wiese entronnen – oben ankam und mit Hilfe des Feldstechers von weitem gerade noch unsere Siedlung erkennen konnte. Ich schätzte, dass ich für den Rückweg mehrere Stunden brauchen würde, daher beeilte ich mich. Eigentlich war es ein herrlicher Tag, um zu wandern, doch meine Unruhe trieb mich an, besser gesagt, die kindliche Angst, nicht mehr nach Hause zu finden. Ich machte keine Rast. Bald schaute ich nicht mehr nach links oder rechts, sondern versuchte, ein Waldstück zu finden, an das ich mich erinnern konnte. Zum Glück erreichte ich einen weiteren Aussichtspunkt, von dem aus ich erleichtert feststellte, dass ich der Siedlung beträchtlich näher gekommen war. Als ich bergab stieg, fiel mir in einiger Entfernung ein Felsen auf, in dessen Schatten ich eine kurze Rast machen wollte. Aus Neugier griff ich nach dem Feldstecher und erkannte von weitem, dass der Felsen bemalt und beschriftet war. Dann sah ich eine Höhle und darüber zwei schwarze Augenpunkte, jeweils umgeben von einem Kreis, und einen schwarzen Strich für die Nase. Über der

Höhle stand in Blockbuchstaben: BEGEHBARES MONSTER! ACHTUNG!, und links und rechts zu beiden Seiten des Eingangs waren Totenköpfe auf den Fels gemalt. Es machte eher den Eindruck eines Kinderstreichs, und ich fragte mich, wie das jemand überhaupt ohne Leiter hatte malen können. Die Augen konnten von oben, auf dem Bauch liegend, ausgeführt worden sein, die Totenköpfe auf dem Erdboden stehend, nur der Nasenstrich blieb ein Rätsel. Das Monster konnte nur von Gustav Reiter gemalt worden sein. Jedenfalls hatte ich damit eine Spur zu ihm entdeckt. Als ich näher kam, konnte ich mit Sicherheit sagen, dass Gustav der Maler gewesen war und der Nasenstrich von beiden Seiten aus aufgetragen worden sein musste, denn dort waren im Felsen schmale Pfade zu erkennen.

Laut rief ich: »Gustav! Gustav!« – doch niemand zeigte sich. Mir fiel ein, dass es vielleicht noch Überlebende von der Schlacht vor dem Parkplatz gab und dass sich einer von ihnen hier versteckt haben konnte. Also hob ich einen Stein vom Boden auf, warf ihn gegen den Felsen und wiederholte – langsam näher kommend – laut Gustavs Namen. Einige Schritte weiter stellte ich fest, dass niemand anwesend war. Auf dem Boden lagen nur zwei zusammengefaltete Pferdedecken. Irgendjemand war also hier gewesen. Die Frage war nur, wer?

Entweder war es Gustav oder der Kundschafter auf dem Motorrad gewesen, der hier Unterschlupf gefunden hatte. Doch sein Helm und seine Maschine waren vor dem Steinbruchhaus abgestellt gewesen! Ich tippte auf Gustav, denn die Aufschrift und die Zeichnung deuteten zu sehr auf ihn hin. Wie ich es mir vorgenommen hatte, begab ich mich in den Schatten des Felsens, lauschte den Insekten und Vögeln, sah zwei Zitronenfalter, und während ich ihren schwimmenden Flug beobachtete, schlief ich ein.

Im Traum hörte ich irgendwann einen Hund bellen, ich riss die Augen auf, blickte mich um und sah in dem mehr als einen Meter hohen Gras die Oberkörper von Malia und Gustav und immer wieder Rafiki, der aus Freude bellend in die Höhe sprang. Ich richtete mich auf und lief ihnen entgegen, und im nächsten Augenblick umarmten wir uns. Jetzt erst bemerkte ich, dass der Himmel sich verfinstert hatte, und von einem Moment auf den anderen setzte heftiger Wind ein, weshalb wir zur Höhle liefen. Kurz darauf brach ein Gewitter mit Starkregen los. Nur Gustav freute sich darüber, wenn ein Blitz in einen Baum einschlug und wir für einen unendlich kurzen Moment in größerer Helligkeit als bei Tag dasaßen. Auch das schnalzende, bedrohliche Donnergeräusch ließ ihn vor Freude Schreie ausstoßen. Noch nie hatte ich ein Gewitter so unmittelbar erlebt. Die grellen Blitze kamen mir vor wie aufgezeichnete Stammbäume mit all ihren Verzweigungen. Oder als hätte jemand versucht, Glück, Unglück, Trauer und Freude, Erfolge und Misserfolge graphisch festzuhalten. Gibt es überhaupt zwei Blitze, die einander bis ins letzte Detail gleichen? Mir fielen sofort die Fingerabdrücke ein, die, jeder für sich, einzigartig sind. Oder die Form von Schneeflocken.
Wir saßen auf den Decken und verfolgten das Unwetter von der Höhle aus wie auf einer Freiluftbühne. Als der Regen und die Blitze langsam nachließen, ging ich zum ersten Mal weiter in die Höhle hinein und bemerkte jetzt erst die Felsenbilder, die Gustav gemalt hatte, und die zahlreichen Farbtöpfe und Pinsel, die hinten im dunkleren Teil lagen. Die Grundfarbe musste Gelb gewesen sein. Ein gelber Himmel, und sofort fiel mir der gelbe Nebel vor fast anderthalb Jahren ein, der vermutlich einen großen Teil der Menschheit ausgerottet hatte. Außerdem kamen mir Gustav Reiters Flugzeuge und die fliegenden Menschen, die einander bekriegten, bekannt vor. Ich hatte

den Entwurf am Vortag im Postautobus gefunden. Also hatte er im Bus den Entwurf zu dem Bild in der Höhle angefertigt. Ich sprach ihn darauf an und erfuhr, dass er die Zeit, in der er verschwunden gewesen war, dafür genutzt hatte, die Höhlenmalerei auszuführen, und dass er den Krieg zwischen den Menschen vorausgesehen habe. Er bezeichnete, als ich ihn darauf ansprach, den Kundschafter als *Alien*. Der Alien sei mit Sonnenbrille und Helm in den Bus eingestiegen, erzählte er mir. Er habe Gustav mit seiner Pistole bedroht und verlangt, dass er gemeinsam mit ihm zum aufgelassenen Gasthaus gehe. Dort habe er ihn weiter mit der Waffe bedroht und ihn schließlich gezwungen, Essbares herbeizuschaffen.
»Ich wollte luftgetrocknetes Fleisch vom Dachboden holen, aber ich fand hinter einer Tür in einem verwinkelten kleinen Raum ein Wespennest, das ich bisher übersehen hatte.« Er habe sich gedacht, setzte er fort, dass er sich im Raum verstecken könne, bis der Alien, wie er den Kundschafter weiter nannte, wieder zu seinem Stern oder Planeten oder in das »Schwarze Loch« zurückgekehrt sei. Es habe »ewig« gedauert, so Gustav, bis der Alien ihn zu suchen begonnen habe, doch die Wespen seien anfangs friedlich gewesen, sie hätten sich gar nicht um ihn »geschert«. Er lachte.
»Und?«, fragte Malia.
Endlich, sagte Gustav, sei der Kerl gekommen. Er habe eine Weinflasche in der Hand gehabt und daraus getrunken, sich offenbar in die Mitte des Dachbodens gestellt und laut »Wo bist du?« geschrien. Als Gustav sich nicht meldete, habe er Gegenständen Tritte versetzt und mit ihnen »eine Art Fußball gespielt«. Schließlich habe er die Tür zu Gustavs Versteck aufgerissen und »herumgetobt wie ein Amokläufer«. Gustav habe den »impertinenten Alkoholgestank« wahrgenommen, noch mehr aber die Unruhe der Wespen, die sich dann auch wegen des Lärms,

den der Alien verursacht habe, auf diesen gestürzt und ihn vertrieben hätten. Gustav setzte, begleitet vom Regen und gedämpften Donnergeräuschen, fort, dass der »Idiot«, wie er ihn jetzt bezeichnete, über die Dachbodenstiege gestürzt sei. Er habe gehört, wie er laut aufgeschrien, gewimmert und geflucht habe und schließlich hektisch davongelaufen sei. Der Fremde habe jedoch kein Versteck gefunden, und ein Hubschrauber sei zur gleichen Zeit »auf dem Himmel erschienen«, der den »Alien abgeknallt« habe. Der Helikopter sei ein paar Schritte vom Gasthaus entfernt in der Wiese gelandet, und drei Männer hätten »kontrolliert«, ob er wirklich verschwunden sei. Erst als sie seine Lederjeans und das T-Shirt, die Stiefel, den Helm und die Lederjacke gefunden hätten, seien sie zufrieden gewesen. Sie hätten die Kleidungsstücke liegen gelassen und seien wieder abgeflogen. Nach einer kurzen Pause schloss er, dass er die Kleidungsstücke zu Malia und mir gebracht habe, wo er erfahren hätte, dass nun auch der Herr Lindner abgängig sei – daher hätten Malia und er am nächsten Morgen »das Kind« zu Hedwig Moser gebracht und »mit dem Hund« nach mir gesucht. Malia habe ihn gefragt, wo er sich aufhielte, wenn er sich verstecke, und er habe sie zuerst zur Höhle in der Klamm und dann zum »Felsenloch« auf der Wiese geführt.

Wir lobten ihn beide, und da es zu dunkel und zu spät für den Rückweg war, setzten wir uns auf die Steine vor der Höhle und bewunderten den jetzt klaren Himmel, auf dem jeder Stern zu sehen war. Der Sternenhimmel erschien mir als eine gewaltige Kuppel über einem unendlich großen Dom, in dem wir lebten, ohne dass es uns bewusst war. Es drängte mich, mit Malia darüber zu reden, sie nickte ernst, während Gustav lachte und mir erklärte, dass er das schon lange wisse.

»Es ist jedes Mal einzigartig, in den Nachthimmel zu schauen, egal wie oft du ihn gesehen hast«, sagte Malia, und Gustav pflichtete ihr bei: »Ja, einzig.« Dann erzählte Malia, wie ihr Vater in Afrika mit ihr als kleinem Kind vor das Haus getreten sei und ihr erklärt habe, dass sie auf dem Nachthimmel die Gedanken des Schöpfers wahrnehmen könne, denn jeder einzelne Stern sei von ihm geschaffen worden. Wenn man den Sternenhimmel betrachte und dabei an die Schöpfung denke, sei es wie ein Gebet. »Schau in den Nachthimmel und versuche ihn zu begreifen. Es wird dir nicht gelingen«, habe er gesagt.

Wir blieben sitzen, bis wir uns auf den Decken ausstreckten und uns der Sternenhimmel in sich aufnahm.

Am nächsten Tag kehrten wir am Postautobus vorbei in unsere Siedlung zurück. Gustav wollte unbedingt das Motorrad, das er in unserem Hof abgestellt hatte, in das Gasthaus zurückschieben. Er nannte es das »Raumboot« und nahm sich vor, mit seiner Hilfe den »Alien« zu besuchen, aber Malia verbot es ihm mit der Begründung, dass dieser niemals mehr zurückkehren würde. Außerdem stehe das Motorrad jetzt vor dem Haus von Hedwig Moser, da sie Kira auf ihm zum SOS-Kinderdorf geschoben hätten.

Als wir an den Gebäuden vorbeikamen, die wir in Anbetracht des zu erwartenden Nachwuchses inzwischen »Kinderdorfsiedlung« nannten, hörten wir bereits Geschrei und Gelächter. Jedes Haus hatte überdies Katzen, Hühner, Enten und einen Hund, erfuhren wir von Hedwig Moser, die Kira wieder ihrer Mutter übergab.

Wir schoben das Motorrad, auf das sich Kira gesetzt hatte, abwechselnd den Asphaltweg entlang, bis wir das Haus am Steinbruch erreichten.

Am Abend kam Oberarzt Brantner überraschend auf Visite, um Gustav und mich zu untersuchen. Malia und Gustav verloren kein Wort über unseren Ausflug, also schwieg auch ich. Gustav wurde vom Oberarzt hinunter ins Dorf geführt und in einem der Häuser untergebracht, in denen die »Patienten« lebten. Ich durfte bleiben, weil Malia sich für mich einsetzte und versprach, sie würde dafür sorgen, dass ich meine Medikamente wieder regelmäßig einnähme. Bei seiner Rückkehr verlangte der Oberarzt von mir, ihn, wenn es mir nicht gutgehe, wie gewohnt aufzusuchen. Ich musste ihm mein Wort darauf geben.

Zu meiner Überraschung erschien anschließend Eugen mit Dr. Schäfer. Malia öffnete die Flasche Wein, die sie mitgebracht hatten. Was war geschehen? War ich eingeschlafen und träumte ich? Vorsichtig begann ich, über den Feldwebel und seinen Hubschrauber zu sprechen.

»Du hast recht. Wir brauchen Alois … Es wäre besser, wenn du ihn auch so nennen würdest und nicht immer ›Feldwebel‹. Er gehört zu uns. Wir brauchen ihn«, unterbrach mich Eugen.

Oberarzt Brantner und Christine Schäfer nickten.

»Ich dachte, du hättest genug von ihm!«, fuhr ich Eugen an.

»Wie kommst du darauf?«

»Nach allem, was vorgefallen ist!«

Eugen schien sich ernsthaft zu wundern. »Was meinst du?«

»Hast du vergessen, was er mit dem Hubschrauber angerichtet hat?«

»Wovon sprichst du?«, fragte Malia.

Jetzt erst begriff ich, dass sie mir gerade andeuteten, ich sei verrückt. Sie schenkten meinem Bericht über die Auseinandersetzung zwischen der Kolonie und den beiden Hubschraubern keinen Glauben. Es war sinnlos zu widersprechen, und ich suchte nach einer Ausrede.

»Ich meine die Sache mit Heinrich Tann …«

»Ja, er ist vor ein paar Tagen angekommen und wohnt in der Kaserne.«

»Fragt Ted, was er mit mir erlebt hat, als wir vor drei Tagen zusammen auf einem Spaziergang waren«, antwortete ich, ohne lange zu überlegen.
»Wir misstrauen dir nicht, aber ...«, begann Christine Schäfer.
Bei diesem Satzanfang werde ich immer vorsichtig. Auf keinen Fall durfte ich mich auf eine Antwort einlassen.
»Es ist nichts, Franz ...«, warf Malia ein.
»Nein, er wollte etwas sagen«, unterbrach sie Christine Schäfer.
Mir fiel ein, was Ted mir gesagt hatte. »Solange etwas nicht hörbar oder lesbar ist, existiert es nicht«, antwortete ich umständlich, und da ich beim Weiterreden nur Unsinn gesagt hätte, lachte ich und brach ab.
Die drei blickten sich ernst an, dann übernahm Oberarzt Brantner das Fragen.
»Was existiert dann nicht?«, er beugte sich zu mir hin und wirkte sehr konzentriert.
»Wenn es keinen Menschen mehr gäbe, würde die Welt nicht wahrgenommen oder reflektiert werden und damit in einem gewissen Sinn aufhören zu existieren«, zitierte ich wieder Ted.
Die drei entspannten sich langsam.
»Aber was hast du gemeint, als du gefragt hast, ob ich mich erinnern würde, was Alois mit dem Hubschrauber getan hat?«, fragte Eugen nach.
»Er ist sehr müde ...«, antwortete Malia so schnell, dass ich nicht dazu kam, selbst das Wort zu ergreifen.
»Habt ihr das Motorrad gesehen?«, warf ich ein.
»Welches Motorrad?«
»Gustav hat ein Motorrad gezeichnet, und Franz wollte dir davon erzählen«, antwortete Malia statt mir.
»Ja?« Der Oberarzt wandte sich an mich. Ich kannte mich nicht mehr aus. Warum log Malia? Gustav hatte doch kein Motorrad gezeichnet, sondern das Motorrad

des Kundschafters bis zu unserem Haus geschoben, und Malia und ich hatten ihm dabei geholfen ... Er hatte den Mann als *Alien* bezeichnet ... und ich musste noch seine Pistole und seinen Führerschein in der Jackentasche haben.

Also entschuldigte ich mich für einen Moment, schaute vor dem Haus nach dem Motorrad, fand es aber nicht und ging zurück. Weder gab es eine Pistole in meiner Jackentasche noch den Führerschein, stellte ich im Vorraum an der Garderobe fest ... Hatte Malia alles versteckt?

Ich hatte doch alle warnen wollen, aber jetzt begriff ich, dass ich nicht weiter die Wahrheit sagen durfte. Ich musste das Gespräch zuerst in eine andere Richtung lenken. Durch meine Überlegungen fiel mir ein, was ich sagen konnte, um das Thema abzuschließen.

Ich nahm, den Versonnenen spielend, wieder Platz, trank einen kleinen Schluck Wein aus Malias Glas, wartete darauf, was gerade gesagt wurde, und unterbrach schließlich mit dem Satz: »Jetzt weiß ich, was die Hölle ist.«

Alle verstummten und blickten mich an.

»In der Hölle muss jeder die Wahrheit aussprechen. Man muss reden, was man denkt, man kann sich nicht verstellen. Es ist die Einsicht, die einen dazu bringt. Aber auch die Einsamkeit, die nicht endet.«

Alle dachten nach.

»Es stimmt«, rief Malia, »jeder muss zugeben und einsehen, was er getan hat, und selbst über sich richten! Man verurteilt sich selbst zur Hölle aus Einsicht. Und man bereut seine Sünden in alle Ewigkeit.«

Ich war verwundert, wie rasch Malia die neue Situation begriffen und meine Gedanken ausformuliert hatte. Plötzlich bedauerten alle, müde zu sein, und entschuldigten sich, dass sie aufbrechen müssten.

Als wir wieder allein waren, fragte ich Malia, wo das Motorrad stehe.

»Ich weiß nicht, wie du auf ein Motorrad kommst!«
»Ich habe dir doch gestern in der Höhle davon erzählt, und auch Gustav hat berichtet, was vorgefallen ist.«
»Wovon sprichst du überhaupt?«
»Wir haben gestern Abend gemeinsam den Sternenhimmel betrachtet und das Gewitter erlebt!«, rief ich. »Streitest du das etwa ab?«
Sie schüttelte nur den Kopf.
»Erinnerst du dich denn nicht mehr daran?«, drang ich weiter in sie.
»Weshalb regst du dich auf?«, wollte sie wissen. Und: »Nein, du hast gestern Abend etwas von einer Höhle erzählt, in der sich Gustav versteckt haben soll ...«
»Ja ... und?«
»Worauf willst du hinaus?«
Ich überlegte. Hatte ich wirklich einen Rückfall erlitten? Oder hatten sich alle gegen mich verschworen? Hatten Eugen und Malia mich dann vielleicht gar nicht betrogen? Ich durfte jetzt keinen Fehler machen, also fragte ich: »Weshalb sind wir im Haus am Steinbruch?«
Malia schien von meiner Frage irritiert zu sein. »Worauf willst du hinaus?«
»Weshalb wir in das Haus am Steinbruch gezogen sind.«
»Weil Eugen und Christine heiraten wollen.«
»Ist das alles?«
»Ja ... Dir war es recht, du wolltest nur weiter seine Bibliothek benutzen.«
»Und du?«
»Wieso ich? Du wolltest doch mit mir allein sein!«
»Ich meine, was war zwischen Eugen und dir?«
»Was soll das? Wovon sprichst du?«
»Von dir.«
»Und wie kommst du darauf? Kannst du mir das bitte sagen?«

»Du wolltest ihn heiraten …«
»Ich?«
»Am Tag, an dem du ihn heiraten wolltest, hat er sich für Christine Schäfer entschieden.«
»Ich verlasse dich, wenn du nicht aufhörst!«
»Streitest du das ab?«
»Das ist so beschissen! Warum soll ich mir so etwas von dir bieten lassen?«
Ich war verzweifelt. Einerseits erleichterte es mich, zu erfahren, dass alles nicht wahr sein sollte, andererseits war ich entsetzt darüber, was ich mir angeblich alles nur einbildete.
»Du hattest also mit Eugen kein Verhältnis?«
»Hör auf! Nein!«, rief Malia und begann zu weinen.
Ich nahm die Tabletten, ging zu Bett und sagte nichts mehr.
Was wirklich geschehen war, blieb ein Rätsel. Ich hatte Malias Zigarette auf meinem Handrücken ausgedrückt, aber eine Wunde war nicht zu sehen.
Doch der Drang, dieses Rätsel zu lösen, wuchs in mir.
Noch etwas hatte sich verändert: Ich fand das Gehirnmodell nicht mehr, das Eugen mir geschenkt hatte. Malia, so dachte ich sofort, musste es ihm zurückgegeben haben. Auch das Gemälde »Die Jäger im Schnee« im Steinbruchhaus veränderte sich den Sommer über nicht mehr.
Als Erstes fragte ich Ted, was wir auf unserem Spaziergang gesehen hätten.
Ted dachte nach und behauptete sodann, er habe mir den Film »Apocalypse Now« von Francis Ford Coppola erzählt, der auf ihn einen so großen Eindruck gemacht hatte. Vor allem einzelne Stars wie Martin Sheen, Marlon Brando, Robert Duvall und Dennis Hopper und die Hubschrauberszene mit dem »Walkürenritt« von Richard Wagner. Als Nächstes besuchte ich Gustav Reiter in der Patientensiedlung. Er erschrak, als er mich sah, und ent-

schuldigte sich hastig, dass er mich mit der Schaufel auf dem Kopf »getroffen« habe, sonst konnte er sich an nichts erinnern. Er gab jedoch zu, dass er unweit der Klamm einen Felsen und auch die dazugehörige Höhle mit »Bildern ausgeschmückt« habe. Als ich mehr von ihm wissen wollte, begann er zu weinen. Er klagte, dass er sich nicht daran erinnern könne, bei uns im Steinbruchhaus gewohnt und das Motorrad eines »Kundschafters« durch die Siedlung zum Haus geschoben zu haben. »Welches Motorrad?«, rief er verwirrt aus. Auch stritt er ab, dabei gewesen zu sein, als Malia mit Rafiki nach mir gesucht hätte ... daher drang ich nicht mehr weiter auf ihn ein und bestätigte ihm, dass wir Brüder im Geiste seien. Zuletzt überwand ich mich, suchte Eugen auf und fragte ihn, weshalb er Malia fallengelassen habe. Eugen war »völlig perplex«, wie er sich ausdrückte. Nie habe er ein Verhältnis mit Malia gehabt, schwor er mir. Dann wurde er wütend und verließ den Raum, kam aber wieder zurück und wollte wissen, ob es mir gutgehe.
Von da an verlor ich wieder meine Sprache.

Gedankenfieber

Als Erstes prägte Malia den Ausdruck »Gedankenfieber«. Sie sagte Eugen, der nach mir sah, ich litte an »Gedankenfieber«. Damit meinte sie, dass ich »verwirrt« sei, aber ich fand »Gedankenfieber« besser. Ganz allmählich entwickelte sich in mir die Überzeugung, ich hätte möglicherweise die Zukunft im Voraus erlebt, so als ob man beim Lesen eines mehrbändigen Zyklus irrtümlich den übernächsten Band lesen würde oder bei einem mehrteiligen Kino-Opus die Filmrollen vertauscht hätte. Diese Hilfskonstruktion ermöglichte es mir weiterzuleben. Allerdings war ich nach wie vor auf Malia und Eugen eifersüchtig und befürchtete den Überfall einer Räuberbande. Da ich nicht sprach, fiel ich nicht weiter auf. Ich hörte zwar Dr. Schäfer zu Eugen sagen: »Er hat wieder seine Zustände und redet nicht«, aber sonst ließ man mich in Ruhe.

Der Totenkopffalter

Als der Totenkopffalter vom Dach stürzte, erhängte sich der Hahn am Obstbaum.

Innere und äußere Wirklichkeit sind verschiedene Universen. Wenn die innere Wirklichkeit aus der Bahn gerät, stürzen die beiden Universen in ein Schwarzes Loch. Wenn die äußere Wirklichkeit aus der Bahn gerät, spürt die Innere ein Beben.

Das Sonnenlicht fällt wie ein Wasserfall auf die Erde.

Die gelbe Taube erwürgt den Esel.

Zwischenspiel

Nach einer Woche suchte mich Dr. Schäfer auf und bat mich aufzuschreiben, was vorgefallen sei. Am Tag darauf wuchs mir am Rücken ein Panzer, als sei ich eine Schildkröte.

Märchen

Eine Schnecke

Der zehnjährige Johann Bleitzheim erwachte als Schnecke. Er spürte nur, dass er geschrumpft war und auf dem schrägen Glasdach über der Haustür klebte. Als er hinunterblicken wollte, sah er auf dem Glasdach sein Spie-

gelbild: Fühler wuchsen aus seinem hässlichen Gesicht. Er hatte keine Arme und Beine mehr, dafür einen Buckel aus Horn, in den er sich zurückziehen konnte.
Eine Elster versuchte ihn im Flug zu erhaschen und stieß ihn dabei in die Dachrinne. Gegen Abend setzte Regen ein, der ihn weiter in das Abflussloch schwemmte, durch das er in ein tiefes schwarzes Loch stürzte und hart auf dem Boden aufschlug, weshalb er annahm, dass sein gehörnter Buckel – das Schneckenhaus auf dem Rücken – zerbrochen sei. Aber er musste sich getäuscht haben, mutmaßte er, als er sich in einer Pfütze sah. Die Erde hatte ihn mit ihrer schmutzigen Farbe bekleckert, und er fühlte sich als ein Stück Scheiße, das gerade »auf die Welt gekommen« war. Was war er? Etwas, das sich verkriechen musste? Etwas, das bald verwesen würde? Vielleicht durfte er doch aus einem Albtraum erwachen? Aber er lebte sein langes Dasein als Schnecke weiter.
»Es gibt kein Entkommen«, schloss der 83-jährige Patient, der mit Hilfe einer Schere Selbstmord begehen wollte.

Die gelbe Nacht

Am nächsten Morgen erwachte Hugo in Erich Ernsts Bett, während er bisher als alter Hauskater Hugo in seinem Korb geschlafen hatte. Erich Ernst selbst schlug hingegen als Hugo die Augen im Korb des Katers auf. Beide erschraken. Dem neuen Herrn Ernst gelang, als er sprechen wollte, nur das gewohnte Miauen, Brummen, Schnurren und Fauchen, und der alte Kater Hugo rief, so laut er konnte, in der Menschensprache um Hilfe.
Zu Mittag nahm der nunmehrige Erich Ernst, der zuvor Kater Hugo war, mit Freude eine Knackwurst mit einer Semmel zu sich und überließ die trockenen, sternförmigen Brekkies dem Kater Hugo, früher der Mensch Erich Ernst.

In der folgenden Nacht floh der Kater Hugo, früher Erich Ernst, durch das offene Fenster ins Freie. Da Brunftzeit war, intonierten die weiblichen Katzen der Umgebung ihren Brautgesang, doch der jetzige Hugo, früher Erich Ernst, floh daraufhin wieder zurück in das Haus und in den Korb, der eigentlich dem Kater Hugo gehört hatte, denn es widersprach begreiflicherweise seinem Selbstverständnis, mit einer Katze zu kopulieren.
Auch der ehemalige Kater Hugo, der jetzt ein Mensch war, machte üble Erfahrungen. Er erwachte erst, als der gelbe Morgennebel sich verzogen hatte. Bei seinem ersten Ausgang betrat er voller Neugierde ein Stundenhotel, doch fand er nur Herren- und Damenkleidung und begegnete niemandem. Endlich erschien ein Polizeibeamter, der ob der Ereignisse verwirrt war.
»Was machst du da?«, fuhr er Erich Ernst, den ehemaligen Kater Hugo, an. Der in einen Menschen verwandelte Hugo vermochte ihm nur in der Katzensprache zu antworten, dass er es nicht wisse.
Der Polizist ließ sich jedoch nicht darauf ein und glaubte, die miaute Nachricht des Katzenmenschen verspotte ihn, weshalb er ihm mit drohender Gebärde zu verstehen gab, dass er die Absicht habe, ihn zu treten. Der ehemalige Kater Hugo, jetzt Erich Ernst, ergriff daraufhin, so schnell er konnte, die Flucht.
Trotzdem ließ der Polizeibeamte seinen Schäferhund »Flocki«, der ihn wie gewohnt begleitete, von der Leine, und hetzte ihn auf den Katzenmenschen. Es fiel Flocki nicht schwer, den kopflos Davonlaufenden einzuholen.
»Fass! Fass!«, hörte Flocki den Polizisten aus bereits geraumer Entfernung rufen.
Doch zum Glück fiel dem Hund ein, dass er kein Vierbeiner, sondern der Patient Klausner war, dass der Polizist ein Arzt – Dr. Müller – war und Erich Ernst ein Entmündigter, der sich einbildete, in der Nachbarschaft zu

wohnen, aber sich in der geschlossenen Abteilung befand und glaubte, ein Kater Hugo zu sein.
Am nächsten Morgen erwachte der Patient, der doch nicht der Hund Flocki war, als Posaunist des Tom-&-Jerry-Orchesters und suchte gerade in seinem Notenbuch den Schneewalzer. Das war richtig so, beruhigte er sich, als der Dirigent Jerry dem Klarinettisten Tom das Einsatzzeichen gab und dann auf den Polizisten, den Patienten Erich Ernst und auf ihn, Flocki, zeigte.
Der Patient Klausner behauptet, der Hund Flocki von Oberarzt Dr. Brantner zu sein.

Der Pfarrer und die Glocke

Vor vier Tagen war der Schwengel der Kirchenglocke ins Parterre des Glockenturms gestürzt. Weshalb es dazu gekommen war, konnte sich niemand erklären. Es musste wohl in der Nacht geschehen sein, nahm Pfarrer Lang an. Aber sowohl die Glocke als auch der Schwengel wiesen keine Beschädigungen auf. Auch hatte niemand etwas gehört. Daher wollte man der Sache auf den Grund gehen. Alle Erklärungsversuche scheiterten aber, weshalb man beschloss, die Glocke einfach wieder mit dem Schwengel zu bestücken. Pfarrer Lang empfand allerdings den Wunsch, zu erfahren, ob mit dem Vorfall ein Tadel oder ein Fingerzeig Gottes verbunden gewesen sei, weshalb er anordnete, während des Befestigungsvorganges eine Messe unter der Glocke abzuhalten. Das sollte ein Zeichen sein, dass man dem *Herrn* vertraute. Lang stellte es den Eltern der Ministranten frei, ihr Einverständnis zu geben, dass sich ihre Söhne an der heiligen Messe beteiligten. Tatsächlich erhob niemand Einspruch dagegen. Drei Schlosser begannen sofort mit der Arbeit, den Schwengel in die Höhe zu ziehen, doch bevor der Pfarrer mit dem Gottesdienst beginnen konnte, riss das Seil der mit einem Motor betriebenen Winde, und der Schwengel stürzte abermals auf den Steinboden und beschädigte ihn jetzt so sehr, dass aus dem zermalmten, pulverisierten Marmor eine dichte Staubwolke aufstieg, die sich eine Viertelstunde lang hielt, bevor sie sich auflöste. Jetzt waren wohl alle verunsichert, wie es weitergehen sollte. Schließlich ordnete Pfarrer Lang an, den Schwengel liegen zu lassen und unter der Glocke die heilige Messe zu lesen. Man reparierte zuerst notdürftig den Boden des Glockenturms. Sodann wählte der Pfarrer zwei Ministranten aus, hieß sie die rot-weißen Kleider überstreifen und rief: »Herr, ich bitte dich um Vergebung!«. Hierauf betete er laut das Vaterunser. Kaum hatte er »in Ewigkeit, Amen!« ausgerufen und wollte den Ministranten einen Wink geben, unter die Glocke zu treten, als diese sich hoch im Turm aus ihrer Befestigung löste, abstürzte und über dem Pfarrer zu liegen kam. Es gab einen donnernden Krach, wieder stieg Staub auf, und die Glocke gab einen tiefen Ton von sich, der minutenlang nachvibrierte. Als die Schreckensrufe der Umstehenden und Beteiligten verstummten und sie nur noch dem nicht enden wollenden Ton lauschten, glaubte wohl niemand mehr daran, dass der Pfarrer das Ereignis überlebt habe. Es war nach dem Verklingen des tiefen Tones auch nichts zu hören außer das Rieseln des sich immer noch von den Wänden lösenden Verputzes. In das Weinen eines der Ministranten mischten sich die Rufe der Arbeiter vom Turm herunter. »Was ist geschehen?«, fragten sie, während sie die Stiegen heruntertrampelten und vor der riesigen Glocke anhielten.

Durch den Lärm angezogen, liefen die Dorfbewohner in den Kirchturm und lauschten, ob sie die Stimme des Pfarrers aus der »ehernen Folterkammer«, wie der Mesner sie bezeichnete, vernahmen, doch nichts rührte sich. In seiner Verzweiflung nahm einer der Schlosser ein elek-

trisches Werkzeug und fing an, ein Loch in die Glocke zu bohren. Dabei rief er: »Wir müssen den eisernen Beichtstuhl untergraben und von unten her eindringen, aber zuerst für unseren Pfarrer ein Luftloch fräsen.« Während sich die übrigen Dorfbewohner eilig um die Schaufeln und Hacken bemühten, wie sie beim Abbau von Braunkohle verwendet wurden, gelang es dem Schlosser tatsächlich, eine Öffnung in die Glocke zu fräsen, durch die er den Pfarrer mit der Bibel in der Hand auf dem Boden kniend und laut in einer fremden Sprache betend sehen konnte. Der Schlosser ließ alles stehen und liegen und stürzte schreiend hinaus ins Freie, um das Wunder zu verkünden, dass Pfarrer Lang überlebt habe.
In diesem Augenblick aber senkte sich der gelbe Nebel über das Dorf, und alle verschwanden bis auf den Pfarrer, der unter seiner Glocke weiter ausharren musste. Drei Tage später wurde er vom Tierarzt Eugen Lindner gefunden, der die Gebete, die Lang lauthals und noch immer in Phantasiesprache an Gott richtete, und die unverständlichen Antworten Gottes gehört hatte, und ihn mit seinen neuen Mitbewohnern ausgrub.
Dieser Pfarrer war ich selbst, Herwig Sausner, Patient aus Gugging.

Der Blitzableitervertreter

»Die größte Schwierigkeit im Beruf eines Vertreters für Blitzableiter«, gab der 52-jährige Frühpensionist und ehemalige Volksschullehrer Alois H. nach seiner Verhaftung zu Protokoll, »ist das Misstrauen der Landbevölkerung. Das Misstrauen«, ereiferte er sich, »gehört zum bäuerlichen Menschenschlag wie der Alkohol und zwei kräftige Beine – ohne sie geht nichts.«
Der Gendarm hielt voller Verachtung jedes Wort des Festgenommenen mit Hilfe einer klappernden Schreib-

maschine fest. Nur manchmal forderte er den Fremden auf, zur Sache zu kommen.
»Wenn ich beabsichtigte, meine Konstruktion anzubieten«, diktierte Alois H., »musste ich zuerst die Neugierde der Kunden wecken, die für einen Kauf in Frage kamen. Ich suchte am Abend ein Gasthaus auf und spielte mit den Bauern das dort übliche Kartenspiel ›Schnapsen‹ – jedoch nur um kleine Beträge, die ich mit Absicht verlor. Auf diese Weise gewann ich allmählich das Vertrauen der am Tisch Sitzenden, denn Misstrauen ist immer mit Gier und Geiz verbunden.«
»Zur Sache!«, ermahnte der Gendarm.
Ohne sein Diktieren zu unterbrechen, fuhr der ehemalige Volksschullehrer fort: »Wurde ich in einer Pause endlich nach meinem Beruf gefragt, antwortete ich, dass ich ein Vertreter der Firma ›Drachenblitz‹ sei und am Vortag in der Nähe einer entlegenen Kleinstadt ein Dutzend Anlagen verkauft hätte. Auch fügte ich hinzu, dass es in den 26 Jahren seit Bestehen der Firma noch nie einen Blitzschaden an einem Gebäude gegeben habe, das mit einer Anlage der Firma ›Drachenblitz‹ ausgestattet sei. Wie erwartet löste ich mit diesen Bemerkungen Neugierde aus, da die Häuser, Tennen und Ställe in ländlichen Gebieten vor Blitzen ungeschützt sind. Selbstverständlich wurde ich auch nach meiner Konstruktion gefragt, von der ich so lange nicht sprach, bis man mich aufforderte, sie vorzuführen. (Das war auch der Augenblick, in dem ich eine Runde Schnaps orderte). Ich hatte immer ein Modell griffbereit im Kofferraum meines Wagens liegen und erklärte – wieder zurück im Gasthaus –, dass der Erfinder des Blitzableiters niemand anderer als –«
»Zur Sache!«, unterbrach der Gendarm.
»Ich ersuche, den Hinweis geben zu dürfen«, entgegnete Alois H. eilig, »dass der Erfinder des Blitzableiters niemand anderer als der amerikanische Politiker Benjamin

Franklin war, der am 15. Juni 1752 in einem Versuch mit einem Drachen seine Theorie bestätigt fand, dass Blitze nur Funken in riesigem Maßstab sind.«
Der Gendarm reagierte abermals mit dem Stereotyp seiner Ungeduld, als der ehemalige Volksschullehrer ergänzte, dass die Firma »Drachenblitz« dem historischen Ereignis ihren Namen verdanke.
»Knapp zwei Wochen nach meinem Abend im Gasthaus ›Literwirt‹ bei Gleinstätten durfte ich bei vier Bewohnern des Landstrichs meine Blitzschutzkonstruktion installieren«, diktierte der Blitzableitervertreter jetzt wieder.
Auf den Einwand des Gendarmen, dass seine Blitzableiter Billigartikel aus Moldawien seien, wandte Alois H. aufgebracht ein, dass die Moldawier sein Patent gestohlen hätten und es nur »billig« sei, wenn er dafür seine Blitzableiter zu einem erschwinglichen Preis erhalte.
Der Gendarm schüttelte den Kopf und rief: »Weiter!«
»Ich habe«, fuhr der Festgenommene langsam fort, »in zwei Wochen meine Arbeit erledigt und war am letzten Tag beim Bauern Treschner, um zu kassieren.« Dort sei ihm, da er über leichte Übelkeit geklagt habe – er habe am Vorabend ein fettes Schweinefleisch gegessen –, eine Tasse Schnapstee angeboten worden. Als er das dampfende Getränk zu sich genommen habe, habe er feststellen müssen, dass es zur Gänze aus erhitztem Schnaps bestanden habe, in den ein Teebeutel hineingehängt worden sei, um ein harmloses Getränk vorzutäuschen. Der Alkohol sei ihm ordentlich zu Kopf gestiegen, klagte der Blitzableitervertreter, andererseits habe es aber seinem Magen gutgetan.
»Nicht abschweifen!«, schnitt ihm der Gendarm das Wort ab.
»Daraufhin«, beeilte sich der Blitzableitervertreter mit dem Diktat fortzufahren, »hat mich der Bauer zum Schnapsen aufgefordert und einen höheren Geldbetrag

als Einsatz vorgeschlagen. Weil Treschner mehrfach den Versuch unternahm, durch Falschspiel einen Vorteil für sich herauszuschlagen, habe ich kurzen Prozess mit ihm gemacht und mit Hilfe des nötigen Glücks schließlich gewonnen – ohne jedoch die Summe zu erhalten. Stattdessen hat Treschners Frau wortlos eine Jause vor mich hingestellt – geselchtes Rippenfleisch und Brot –, wobei es mir neuerlich den Magen umgedreht hat, denn die unzerkleinerten Rippen sahen aus, als wären sie von einem Menschen. Und abermals hat man mir gegen die Übelkeit, die ich auf die Frage hin, weshalb ich nicht weiteresse, eingestand, einen Obstler aufgewartet, worauf ich weiterspielen konnte. Beim zweiten Mal ging es um den doppelten Geldbetrag, den ich zwar wieder gewann, allerdings neuerlich, ohne ihn zu erhalten. Die weiteren Schnäpse und Schnapser habe ich nicht mitgezählt, und Treschner hatte inzwischen angefangen, das Ganze als einen Scherz hinzustellen, weshalb die Spiele nicht ›gelten‹ würden, und ohne dass etwas gelte, gebe es kein Geld! Er war ganz versessen auf das von ihm zufällig entdeckte Wortspiel und rief mehrmals aus: ›Was nicht gilt, bringt kein Geld!‹ Um mich zu beruhigen, schlug er mir vor, mich zu seinen Verwandten zu bringen, die mir, wie er mir versprach, mit Sicherheit, ›den einen oder anderen Blitzableiter‹ abkaufen würden. Als ich ihn hierauf bat, die Rechnung für den Blitzableiter, den ich am Vortag auf dem Dach seines Hauses installiert hatte, zu begleichen, vertröstete er mich auf ›später‹. Aus Gutmütigkeit willigte ich ein. Auch Treschner hatte eine nicht unbeträchtliche Menge Obstler zu sich genommen, und während wir, begleitet vom Geschimpfe seiner Frau, in seinen Kleinwagen stiegen, erklärte er ihr, dass er – aus Vorsicht den Gendarmen gegenüber, wie er betonte – ›ganz langsam‹ fahren werde, denn Vorsicht sei die Mutter der Porzellankiste.«

Der Gendarm lachte höhnisch und zeigte mit dem Finger auf seine Stirn.
»Die Strecke führte bergauf und bergab«, setzte Alois H. fort, »ich warf beiläufig einen Blick auf den Tachometer und stellte fest, dass wir nur mit 17 Stundenkilometern unterwegs waren ...«
»Zur Sache«, rief der Gendarm, während er ungehalten eine neue Seite einspannte.
»Alles, was auf der Landstraße unterwegs war – sogar ein Radfahrer –, überholte uns«, erläuterte der Blitzableitervertreter unterdessen, um dann nach einer kurzen Pause mit dem Diktat fortzufahren, er sei weder vorher noch nachher jemals mit einem Auto so langsam dahingefahren. Das Eigentümliche daran sei allerdings gewesen, dass es auf ihn trotzdem den Eindruck gemacht habe, er befände sich auf einer Achterbahn, einerseits infolge der Hügellandschaft, andererseits aber, weil sich sowieso alles um ihn gedreht habe »wie ein Ringelspiel«.
An dieser Stelle ermahnte ihn der Gendarm energisch, nicht weiter abzuschweifen.
Eifrig pflichtete ihm der Blitzableitervertreter bei. »Plötzlich bogen wir in einen Waldweg ein, den wir hinauffuhren – immer noch langsam, wenn nicht noch langsamer, so langsam, dass ich, als wir an einem sogenannten ›Marterl‹ vorbeikamen, lesen konnte, dass an dieser Stelle ein Bauer bei einem Unwetter vom Blitz erschlagen worden sei. Der Wald wurde immer dichter, es schien mir, als seien wir in einen Dschungel geraten ... Pflanzen mit riesigen, regenschirmgroßen Blättern –«
»Genug!«, unterbrach der Gendarm.
Alois H. dachte kurz nach, bevor er wieder zu diktieren anfing.
»Das erste Haus, das wir erreichten, war das von Treschners Schwager Johann Zitzl. Im selben Augenblick, da er uns die Tür öffnete und Treschner mich vorstellte, zwang

mich etwas, witzig zu sein, und ich sagte: ›Achtung, Herr Zitzl, dass nicht einschlägt ein Blitzl! – Dann ist alles tot bis zur letzten Maus in ihrem schönen Bauernhaus.‹«
Der Gendarm lachte und schüttelte, weiter auf der Schreibmaschine klappernd, den Kopf.
Dadurch angefeuert wiederholte der Blitzableitervertreter den Reim, bevor er hinzufügte: »Das Haus hatte prächtige Marmorstufen, und im Vorraum hingen alte bäuerliche Gemälde in einer Vollendung, wie ich sie noch nie gesehen hatte. Eines stellte einen Laubwald dar, ein anderes zwei Hunde und ein weiteres die bäuerliche Familie. Ich rief aus: ›Wenn ich Antiquitätenhändler wäre, würde ich alle diese Bilder kaufen und –‹«
»Zur Sache! Zur Sache!«, unterbrach ihn der Gendarm ungeduldig.
»Wir einigten uns rasch, dass ich einen Blitzableiter installieren und dafür das Gemälde mit den beiden Hunden erhalten würde, worauf Herr Zitzl eine Flasche mit selbstgebranntem Slibowitz holte, die wir gemeinsam mit seiner schweigenden Frau leerten. Vorsichtig und langsam, um niemanden zu gefährden und den Gendarmen nicht aufzufallen, wie Treschner in einem fort wiederholte, fuhren wir zum Brunner-Hof der Cousine Treschners. Frau Brunner, die wir vor ihrem mächtigen Lindenbaum antrafen, erklärte mir, noch bevor wir uns begrüßten, dass dieser tausend Jahre alt sei, deshalb sei darunter auch die Kapelle errichtet worden. Der Anblick der Linde und die Kapelle beeindruckten mich ebenso wie Treschner, der sie schon Hunderte Male gesehen hatte, wie er betonte, und sich doch nie daran habe sattsehen können, weshalb er jedes Mal bei seiner Ankunft einen Obstler trinken müsse. Während die Frau den Schnaps holte, schlugen wir hinter der Kapelle unser Wasser ab. Nach dem Umtrunk folgten wir der Frau in die Küche und erfuhren, dass ihr Mann am nächsten Tag

in das Krankenhaus gebracht würde. ›Der Rücken! Die Bandscheiben!‹, seufzte sie. Der Mann lag mit schmerzverzerrtem Gesicht auf der Couch und winkte uns matt zu. Wir leerten gemeinsam die auf dem Tisch stehende Flasche, während wir – um den Kranken abzulenken – lebhaft über Unwetter, Hagelkörner und Blitzeinschläge sprachen. Zuletzt erbot ich mich aus Mitleid und weil ich als Sanitäter beim Militär gewisse medizinische Kenntnisse erworben habe, den Kranken zu behandeln –«

»Was?«, unterbrach ihn der Gendarm.

»Ich hieß ihn den Oberkörper freimachen und sich auf den Bauch legen, dann massierte ich ihm den Rücken und richtete ihm, so gut es ging, die Bandscheiben ein.«

»Wie oft haben Sie das vorher gemacht?«, fragte der Gendarm in strengem Tonfall.

»Ich kann mich nicht erinnern«, antwortete der Blitzableitervertreter. Und fügte diktierend hinzu: »Es war schwierig genug, da ich die ganze Zeit über den Eindruck hatte, wir befänden uns an Bord eines Kutters auf bewegter See. Der Boden schien nämlich – wohl infolge meines Alkoholgenusses – zu schwanken, und ich verlor sogar einmal das Gleichgewicht und stürzte zu Boden, blieb aber zum Glück unverletzt. Weil der Mann noch immer über unerträgliche Schmerzen klagte, versprach ich ihm, mich weiter um sein Leiden zu kümmern, sobald ich den Blitzableiter, den seine Frau bei mir inzwischen bestellt hatte, installieren würde. Auf der Fahrt zu einem weiteren Verwandten Treschners überholte uns ein alter Traktor, und der Fahrer fragte, sich zu uns hinunterbeugend und in hämischem Tonfall, ob wir Hilfe bräuchten. Er könne uns mit seinem Fahrzeug ans Seil nehmen, spottete er. Treschner lachte, aber ich ärgerte mich darüber, und wir gerieten wegen des übertrieben gemäßigten Tempos in Streit, in dessen Verlauf ich meinte, bei unserer Geschwindigkeit könnten wir gleich zu Fuß gehen,

worauf Treschner mich aus dem Wagen warf. Ich war noch nie in dieser vergessenen Gegend gewesen. Da die Nacht hereinbrach und ich ohnedies nicht mehr weiterwusste, legte ich mich am Wegrand unter einen Nussbaum und schlief augenblicklich ein.«
»Und?«, fragte der Gendarm in gleichgültigem Tonfall.
»Am nächsten Tag erwachte ich mit dröhnenden Kopfschmerzen –«
»Den Kater können Sie auslassen«, stellte der Gendarm sachlich fest.
»Ich taumelte«, diktierte Alois H. gekränkt, »den ganzen Weg zurück, alles kam mir auf einmal unbedeutend, schäbig und klein vor. Was hatte mich nur an der angeblich tausendjährigen Linde und der Kapelle in Erstaunen versetzt? Ich sah nichts mehr Auffälliges an dem gewöhnlichen Baum, und die Kapelle mit dem gelben Anstrich fand ich nur noch hässlich. Mein Kopf schmerzte, dass ich glaubte, ohne Schädeldach unterwegs zu sein, und nachdem ich erneut hinter der Kapelle mein Wasser abgeschlagen hatte, beeilte ich mich weiterzukommen, auch weil mir unterdessen der Kranke im Haus eingefallen war. Sobald ich den Hof von Treschners Schwager, Johann Zitzl, erreichte, fiel mir automatisch der dumme Reim ein, den ich bei der Hinfahrt gemacht hatte.«
Der Gendarm und der Blitzableitervertreter lachten an dieser Stelle, ehe Alois H. jetzt wieder eifrig mit dem Diktat fortfuhr.
»Die Kühe muhten und die Schweine grunzten in ihren Ställen. Ich fand die Marmortreppe nicht mehr, stattdessen stand ich vor abgetretenen Steinstufen, und im Vorhaus, in das ich neugierig einen Blick warf – die Eingangstür stand wie üblich offen –, hingen die Buntstiftzeichnungen eines Kindes mit den Themen, an die ich mich erinnerte. Es waren abgepauste Fotografien, ungelenk, ohne Proportionen und noch dazu sentimental. Jetzt

bemerkte ich, dass meine Kleidung beschmutzt war, am Ärmel klebte noch Erbrochenes … unnötig zu erwähnen, dass die regenschirmgroßen Blätter am Rand des Waldweges nicht größer waren als ein Herrenhut und dass ich Treschner nicht mehr begegnete, der übrigens die Rechnung für den installierten Blitzableiter nie beglich … Ich bin kein Lügner, Herr Gendarm, kein Falschspieler, kein Schwindler. Alle sechzehn nach einem Unwetter abgebrannten Bauernhöfe, an denen sich angeblich Reste von mir installierter Blitzableiter der Firma ›Drachenblitz‹ fanden, fielen mit Sicherheit dem Feuer zum Opfer, das die Eigentümer selbst gelegt haben«, gab der Blitzableitervertreter triumphierend zu Protokoll.
Der Bericht, den ein Pyromane für den Psychiater zu Papier gebracht hat, ist einer Krankengeschichte der Anstalt Sonnenhof entnommen.

Die Stadtmusikanten

Die Hühnerzüchterin Kriemhild S. litt an Magersucht. Eigentlich war sie keine Hühnerzüchterin, denn sie besaß nur einen Hahn. Der Hahn aber war so groß, dass er, wenn er wollte, durch das Küchenfenster hineinschauen konnte. Das erfreute Kriemhild immer sehr. Aber da sie nie in der Küche war, weil sie nicht essen wollte, sah sie den Hahn nur vom Garten aus durch das Küchenfenster schauen. Eines Tages hatte Kriemhild die Idee, den Hahn als Porzellanfigur mit einem Schlitz auf dem Rücken zu betrachten – das heißt als Kinderspardose. Sie kaufte sich eine Leiter, und als der Hahn wieder einmal durch das Küchenfenster schaute, lehnte sie die Leiter an seine Flügel, erklomm die Sprossen und suchte am Rücken nach dem Schlitz, fand ihn aber nicht, bis sie seinen After entdeckte. Dort steckte sie die vorbereiteten Münzen hinein. Sie war so glücklich, dass sie sich anschlie-

ßend einen zwei Meter großen Hund kaufte, den sie zum Sparhund machte. Und wieder gelang es ihr, im After des Tieres den Sparschlitz zu entdecken. Endlich begriff sie, dass sie auch einen riesigen Esel benötigte und zuletzt eine nicht zu kleine Katze. Es gelang ihr aber nur unter großer Mühe, den Tieren beizubringen, dass sie aufeinander Platz nahmen: Zuunterst stand der Esel, auf ihm der Hund, dann die Katze und zuletzt der Hahn.
Der Briefträger Anton Neuhold war der Erste, der bei der Zustellung der Kinderzeitung »Wunderwelt« der hohen Tierpyramide ansichtig wurde und die Dorfbewohner darüber unterrichtete.
Die Regionalzeitung besuchte den Hof von Kriemhild am nächsten Tag. Ein Reporter fotografierte die Tiere mit seinem Mobiltelefon und veröffentlichte in der nächsten Nummer seinen Bericht unter dem Titel: »Das Geld liegt im Obstgarten«, denn die Riesentiere verrichteten dort ihre Notdurft.
Der Artikel ärgerte Kriemhild so sehr, dass sie nach Gugging zog und in der Anstalt ein Zimmer mietete.
Die 68-jährige Patientin Kriemhild Sauer glaubt, dass sie noch immer ein Kind ist und der Hahn sie befruchtet hat. Vergeblich versucht sie seit 23 Jahren ein Ei zu legen.

Der Segelflieger Charwath

Michael Charwath wurde am »Polterabend« beim Junggesellenabschied von seinen Freunden mit einer Krone aus Goldpapier geschmückt, da er ein guter Schachspieler war und immer den Anführer gab. Man war schon bald so betrunken, dass man sich im Garten auf den Boden legte und dem Unsinn huldigte. Gegen Mitternacht begann der zweite Teil, das Zertrümmern von altem Geschirr, wobei Charwath mit einem Hammer sein eigenes Waschbecken im Badezimmer abschlug und sich – nach-

dem es auf dem Fußboden zerschellt war – dafür feiern ließ.
Als Charwath am nächsten Morgen erwachte, hatte er kaum Erinnerungen an den Vorabend. Er entdeckte nur den großen Zettel, auf dem er festgehalten hatte, dass er um elf Uhr seine Segelflugstunde hatte. Es war zehn Minuten nach zehn. Charwath sprang auf, sah, dass er noch immer bekleidet war wie zu Beginn des Polterabends, verzichtete auf die Körperpflege und den Wechsel der Unterwäsche und lief zu seinem Auto, wobei er feststellte, dass ihm so schwindlig war, als würde er mit Schlittschuhen hundert Pirouetten auf dem Eis drehen. Nichts half dagegen, denn auch das Steuern seines Fahrzeugs kostete ihn Überwindung, er vermeinte sogar, es herrsche ein wüstes Erdbeben.
Wie er es in das Cockpit des Segelflugzeugs geschafft hatte, blieb ihm selbst ein Rätsel.
Mit einem Ruck löste sich das Schleppseil, und er gewann rasch an Höhe. Anfangs war er sich der Gefahr, in der er sich befand, nicht bewusst. Sosehr ihn auch der Schwindel plagte, war er wie immer von der Schönheit der Erde, die unter ihm lag, beeindruckt. Ja, er liebte die Erde, und er spielte ernsthaft mit dem Gedanken, sich im Sturzflug auf sie hinunterfallen zu lassen. Es wäre ihm dann, glaubte er, als würde er sie auf diese Weise umarmen können. Und er fühlte sich bei diesem Gedanken so frei wie nie zuvor. Schon oft hatte er die Erdkrümmung von oben betrachtet und sich dabei nie sattsehen können: die Dächer der Häuser, die geometrische Anordnung der Wiesen und Felder, die grünen Flecken der Wälder, die Schlangen der Flüsse und Bäche. Sie begeisterten ihn jedes Mal aufs Neue. Gerade als er anfing, das Lied »Bergkameraden sind wir« zu singen, nur dass er statt Bergkameraden »Flugkameraden« verwendete, stellte er fest, dass der Himmel über ihm begann, sich gelb zu verfär-

ben und neblig zu werden. Instinktiv verstand er, dass er so schnell wie möglich notlanden musste. Unter ihm breitete sich gerade die große Schlange des Flusses aus, und ohne lange zu überlegen, steuerte er das Segelflugzeug auf sie zu. »Endlich kann ich die Erde umarmen!«, ging es ihm dabei durch den Kopf. Noch immer hatte er die Krone aus Goldpapier aufgesetzt, doch hatte er sie längst vergessen. Er hegte zwar den Gedanken, auf dem Fluss notzulanden, doch das Segelflugzeug scherte aus und bohrte sich auf einem Maisacker in den Boden. Charwath verlor das Bewusstsein.

Als er wieder erwachte, glaubte er anfangs, sich in der Eprouvette eines Chemikers zu befinden. Um ihn herum gelber Nebel, der sich nur langsam auflockerte. Charwath bemühte sich verzweifelt, aus dem Cockpit seines Segelflugzeuges zu steigen, doch erst mit Hilfe eines Polizisten, der gerade vorbeikam, gelang es ihm. Der Polizist zog den Flieger lachend aus der Ackererde und brachte Charwath auf dessen Wunsch zurück zum Flughafen, wo er in sein Privatfahrzeug stieg, in dem er – noch immer mit der Krone aus Goldpapier auf dem Kopf – sofort Selbstmord beging.

Diese Geschichte hinterließ der über den gesamten Körper und im Gesicht tätowierte Patient Maori.

Der K-.u.-k.-Begräbnisredner

Der Begräbnisredner Kurt Kunz, der den Spitznamen k.u.k. hatte, hielt immer die gleiche Rede, in der er nur die Namen der oder des jeweils zuvor Verstorbenen austauschte. Das gehörte zum Ritual der Bestattung wie das Nachwerfen von Erde oder Blumen auf den Sarg.

K.u.k. verfügte über einen grünen Anzug, einen Trachtenhut und ein Paar Engelsflügel. Er nahm als Erstes den Hut ab und legte ihn auf den nächsten Grabstein. Nach-

dem er die Rede, die er so leise hielt, dass ihn kaum jemand verstand, beendet hatte, wurde er am offenen Grab von einem Kran-LKW in die Luft gehievt und entfaltete dabei seine Flügel. In dieser Haltung verharrte er hoch über den Trauergästen, laut »Halleluja!« rufend und sich bekreuzigend. Der Mesner im Führerhaus des Kran-LKW wartete, bis der letzte Anwesende den Friedhof verlassen hatte, bevor er k. u. k. wieder auf dem Boden absetzte.
Diesmal – es lag noch ein wenig Schnee auf dem Friedhof – vergaß der Mesner aber den Begräbnisredner, weil er von großem Hunger geplagt war und frierend zum Leichenschmaus eilen wollte.
Weiter laut »Halleluja!« rufend, hing k. u. k. über dem Sarg und verfolgte von dort aus, wie der Totengräber das Grab zuschaufelte. Als dieser seine Arbeit verrichtet und den Friedhof verlassen hatte, verstummte auch k. u. k. Dann, am Abend, als die Krähen ihr Nachtquartier aufsuchten und wie immer laut krächzend über den Friedhof flogen, ließen sich sieben schwarze Vögel auf k. u. k.s Rücken und Kopf nieder und bewachten ihn die ganze Nacht über, bevor sie am nächsten Morgen in die Luft entschwanden.
K. u. k. begriff, dass er vergessen worden war. Und da zunächst keiner mehr starb, hing er weiterhin am Kran-LKW und rief jedem Besucher »Halleluja!« zu, um auf sich aufmerksam zu machen.
Wie durch ein Wunder überlebte er als Einziger den gelben Nebel, obwohl er sich im Freien aufhielt, noch dazu ohne Schaden.
Heute schläft k. u. k. im Erinnerungsraum und wird von den Bewohnern verehrt, die ihm Äpfel und Brot zu Füßen legen. K. u. k. bedeutet jetzt »Kopf und Kragen« für sie.
Die Geschichte erzählte Lilli Federn, die behauptet, die Kaiserin der Füllfedern zu sein und daher fliegen zu können.

»Schlüsselbunt«

Detlev Kramer sammelte Schlüssel. Es war ihm egal, welcher Art sie waren – er konnte nicht genug von ihnen bekommen. Zu jedem einzelnen Schlüssel besaß er in seiner Vorstellung ein Zimmer, eine Wohnung, ein Landhaus, ja sogar einen Viehstall, eine Heuhütte oder eine Badekabine, die sich in seinem Kopf zeigten, sobald er den betreffenden Gegenstand in seiner Hand hielt. Deshalb saß er die meiste Zeit auch vor seinen Tausenden von Schlüsseln und ließ sich von ihnen berichten, wohin sie geführt hatten und was sich vor und hinter den zugehörigen Türen und Toren abgespielt hatte. Die einzelnen Geschichten nannte er »Schlüsselerzählungen«, und sobald er sie kannte, bezeichnete er sie als »entschlüsselt«. Er besaß für die nicht entschlüsselten Erzählungen und für die entschlüsselten eigene, verschiedenfarbige Schlüsselbunde aus Kabeln, Stoff, Leder, Stahleisen oder Edelmetall und schrieb sie daher mit hartem T statt mit weichem D.
Nach der Katastrophe des gelben Nebels sammelte er weiter unzählige Schlüssel, die er im Keller beziehungsweise auf dem Dachboden seines Hauses aufbewahrte, um sodann tage-, wochen- oder monatelang in seinem Kopf ihre Geschichten anzuhören und anzusehen. Er sei süchtig nach Kriminalerzählungen, behauptete er. Die wohl abstoßendste handelte vom Froschmörder. Er hatte von ihr durch den Schlüssel zu einer Tierhandlung erfahren, in der Frösche und Froschteile als Nahrungsmittel für Vögel und Aquariumfische und sogar für den Händler selbst dienten.
Der ehemalige Tierhändler David Keller vernichtete in einem seiner »Zustände« die gesamten zum Verkauf stehenden Tiere, indem er seinen Laden in Brand setzte. Er wurde deshalb in eine geschlossene Anstalt eingeliefert, in der er

Tag und Nacht nach Schlüsseln suchte, um aus ihr entfliehen zu können. Aus diesem Grund versteckte man vor ihm jeden Schlüssel.
Nach der Katastrophe des gelben Nebels sei er, Detlev Kramer, vom Tierarzt als Tierpfleger eingesetzt worden, behauptete er. Doch hat er nach seiner Einweisung in das Nervenkrankenhaus das Zimmer nicht mehr verlassen.

Eisberge am Himmel

Hansi Gruber war quasi von Geburt an Hirte.
Schon als Kleinkind überwachte er die Enten, um sie daran zu hindern davonzufliegen. Dann bewachte er die Hühner, damit sie nicht vom Fuchs geholt würden. Mit den Hauskatzen wollte er eine Herde bilden, was aber misslang. Die Vögel in der Luft zum Schwärmen zu bringen, blieb ebenfalls ein vergeblicher Versuch. Als er Buben in den Kindergärten wie Soldaten marschieren lassen wollte, erhielt er ein Hausverbot, und zuletzt hatte er nur noch den Wunsch, Schafe zu hüten. Dafür stattete man ihn mit einem Berghut und einem Stock aus, er selbst band sich eine Kuhglocke um den Hals, die bei jedem Schritt bimmelte.
Gerne stand er mit seinen beiden Schafen auf dem schrägen Hang hinter dem Haus und betrachtete den Himmel und die Wolken, während die Tiere fraßen. Wie immer versuchte er Gegenstände, Tiere und Pflanzen in den Wolken zu erkennen: ein Schiff, einen Vogel, einen Baum. Auch das begann ihn zu langweilen, bis ihm einfiel, dass der Himmel ein Vulkan sei und die Wolken weiße Lava. Er studierte die Ausbrüche ein Jahr lang und machte sich jeden Tag Notizen in einem Schulheft. Im Winter sah er auf dem Himmelsmeer Eisberge schwimmen. Im Sommer bei Gewitter, Sturm und Regen den blauen, jetzt schwarz gefärbten Vulkan ausbrechen. Im Frühling die

bunten Blüten auf riesigen, unsichtbaren Bäumen und im Herbst den Himmelsnebel über der Erde. Eines Tages hatte er sich so in den Himmel vertieft, dass er die beiden Schafe aus den Augen verlor, und als er es bemerkte, war es bereits zu spät. Er holte daher die Ziehharmonika seines Vaters und begann darauf zu musizieren, indem er wahllos die Tasten drückte und den Balg auseinanderzog und wieder zusammendrückte. Sofort erschienen die beiden vermissten Schafe, doch sobald er aufhörte zu spielen, waren sie verschwunden. Also musste er weitermusizieren. Da sah er am Himmel den gelben Nebel aufziehen, und er legte das Musikinstrument neben sich ins Gras, wo es nur noch kurz wie von selbst weiterspielte. Die beiden Schafe grasten friedlich auf der abfallenden Wiese. Mit dem letzten Ton der Ziehharmonika gerieten sie aber in Panik und nahmen Reißaus.
Hansi Gruber blickte staunend auf den gelben Nebel, der das Blau der Erdatmosphäre verschluckte, bis der Hirtenjunge begriff, dass der Himmel zu einer Wüste geworden war und ein Sandsturm jedes Leben auslöschte. Er spürte noch, wie er sich in seine Bestandteile auflöste, und konnte sich nicht entscheiden, in welchem mikroskopisch kleinen Fragment er selbst weiterleben sollte. Sein letzter Gedanke war »Sahara«.
Hansi Gruber, ein begabter, sechzehnjähriger Klavierspieler, hatte bei einer Übungsstunde plötzlich das Gefühl, eine Partitur zu sein, deren Noten vom Papier verschwanden und sich in der Luft auflösten.

Die Hölle

Generalleutnant Erken von Erkenau – von seinen Freunden Erich, mit Spitznamen »Ehrlich« genannt – traf der Schlag, als er zum tausendsten Mal die Kriegskarten von Hitlers Russlandfeldzug studierte.

Er wurde in allen Ehren bestattet.
Doch war dies nur der Anfang. Nach tiefem Schlaf erwachte er im Sarg und erteilte augenblicklich den Befehl, dass ihm die Würmer der Umgebung den Weg ins Freie zu graben hätten, doch die wirbellosen Tiere fraßen das Holz des Sarges und die Erde nur auf der unteren Seite weg.
Sodann bohrten sie sich tiefer und tiefer hinunter, bis sie allmählich die Hölle erreichten.
Es war vollkommen still. Ehrlich sah niemanden. War er in einem dunklen Bunker gelandet? Fürs Erste war er zufrieden, dass er Luft bekam, doch dauerte es schier eine Ewigkeit, bis er im Dunkeln zu sehen lernte. Hunger verspürte er keinen, nur ging ihm die verfluchte Russlandkarte nicht aus dem Kopf.
Als er endlich sehen konnte, befand er sich tatsächlich in einem Bunker, dessen Wände aus Russlandkarten bestanden.
Wieder schien es eine Ewigkeit zu dauern, bis es schließlich sein größter Wunsch war, dass die Russlandkarten verschwänden.
Stattdessen fand er sich aber in einer Latrine wieder und sah die Landkarte in Form von Arschfalten, Eierbläschen und vor allem Arschlöchern, die sich über seinem Kopf entleerten. Das würde sein künftiges Zuhause sein, wusste er.
Erken von Erkenau, genannt »Ehrlich«, überlebte den gelben Nebel, weil er bei einem Manöver betrunken in die Latrine gestürzt war, aus der er sich jedoch selbst befreien konnte.
Da er über zu wenig Verstand verfügte, konnte er ihn nicht verlieren.
Die Erkenntnis, dass er keine Untergebenen mehr hatte und auch keine »Übergebenen« zu sehen waren, ließ ihn sich übergeben.

Schließlich fand er seine Heimat als Zinnsoldat im menschenleeren Heeresgeschichtlichen Museum.
Der Feldwebel Theo Amann war vier Mal auf Entzug in einer Trinkerheilanstalt. Dort nannte er sich Generalleutnant Erken von Erkenau und degradierte sich selbst zum Soldaten namens Hans Hansen, der vor jedem, der seinen Weg kreuzte, stumm anhielt.

Festtagsspeisen

Sobald sich am 23.12., am Ehrentag der Tiere, die ersten Sonnenstrahlen zeigen, setzen Erwachsene wie Kinder verschiedenfarbige Zipfelmützen auf.
Um den Hals tragen sie Servietten mit der Bezeichnung der Tiergattung, der sie angehören wollen. In letzter Zeit sind besonders Käfer gefragt gewesen: Marienkäfer, Maikäfer, Hirschkäfer, Kartoffelkäfer. Auch Raupen waren begehrt.
Die Bienen in schwarz-gelber Kleidung setzen sich zusammen und trinken Met. Junge Mädchen sind vor allem Schmetterlinge. Kängurus, die auf zwei Beinen hüpfen und ein kleines Kind in einem Beutel über dem Bauch tragen, sind zumeist junge Mütter.
Nur die »Jäger« und die »Fleischer«, die den Ehrentag für die Tiere nicht feiern wollen, bleiben zu Hause und warten, bis es dunkel wird.
Jeder, der das ganze Jahr über das Geweih des Betrogenen auf dem Kopf trägt, darf ein Gewehr besitzen. Wer sich bei Einbruch der Dunkelheit jedoch auf der Straße oder auf dem Dorfplatz zeigt, wird von ihnen »erlegt« oder »geschlachtet«.
Die Gattung der Maulwürfe, die sich »Verender« nennen, misst sich allerdings mit den Jägern und Fleischern. Die »Verender« sind in Schwarz gekleidet und tragen künst-

liche Vampirgebisse. Das gesamte Jahr über sind sie im Park vor dem Kriegerdenkmal anzutreffen, wo sie sich im Messerwerfen üben. Gleichzeitig sieht man am Waldrand die Jäger beim Scheibenschießen und die Fleischer beim Wetzen der Werkzeuge.

In der Tiernacht schließlich werden die erlegten Maulwürfe, die »Verender«, von den Jägern beziehungsweise den Fleischern und die erlegten Jäger und Fleischer von den Maulwürfen, den »Verendern«, in den jeweiligen Verstecken für das Weihnachtsfest zubereitet. Hände und Füße werden zu Suppen verkocht, Köpfe dienen später, in der Silvesternacht, als Neujahrsspeise. Am begehrtesten sind Oberarme und Oberschenkel, Unterarme und Unterschenkel. Auch Frauenbrüste zählen zu den erlesenen Speisen. Besonders begehrt ist das Fleisch von Kindern, aus denen Schnitzel und Gulasch zubereitet werden.

So feiern die Menschen die »Feiertage«.

Zu Ostern werden Fehlgeburten, Embryos und Föten serviert. Das darf jedoch nur am »Hasentag« geschehen, wenn sich die Bewohner als Hasen verkleiden und die Fleischer blutige Schürzen anlegen.

An den genannten Feiertagen ist die Teilnahme an diesem Brauch verpflichtend.

Verstößt ein Mensch dagegen, wird ihm oder ihr ein Finger, die Nase oder die Zunge »gefingert«, »genast« oder »gezungt«. Die Delikatessen werden an Altersheime und Kindergärten verteilt.

An Geburtstagen hingegen wird jeweils ein Geburtstagsgast ausgelost, der mit einer brennenden Kerze auf dem Kopf geehrt wird, bevor man ihn mit einem Halsstich erlöst und er ausgeblutet für die Festgäste gebraten wird.

Sein Blut wird zu Wurst verarbeitet und Festgästen bei Hochzeiten und Leichenschmäusen serviert.

Der Tote wird zuletzt mit den drei Heiligen Goldenen Buchstaben GGG geehrt, seine Überreste werden im

GGG-Ehrengrab auf dem Friedhof beigesetzt. (GGG steht für GeburtstaGsGeschenk).
Der Patient, der sich GGG nennt (für Gernot GlasinGer), erstickte seine Mutter mit einem Kissen und sperrte sich mit der Toten im Haus ein. Es dauerte drei Wochen, bis er verhaftet wurde. In der Zwischenzeit ernährte sich GGG vom Leichnam seiner Mutter.

Der Orchideentext von R. Schall

Der Gärtner Schall hatte schon in Jugendjahren mit dem Orchideenzüchten begonnen. Dafür hatte er sich ein großes Glashaus errichten lassen, in das er mit der Zeit immer öfter verschwand. Automatisch sperrte er die Eingangstüren hinter sich ab, um nicht gestört zu werden. Sein Mobiltelefon schaltete er aus. Jetzt war er Herr über seine Zeit. Diesen Satz wiederholte er ständig, ja, es befiel ihn dabei geradezu ein Machtrausch.
Es kam nicht überraschend, dass er nicht heiratete – übrigens auch keinen Mann, obwohl er im Verdacht stand, »warm« zu sein.
Er nannte sich anfangs selbst gerne »der eiskalte Zeitkönig« und mauserte sich – je länger er abschaltete – immer mehr zu einem Fachmann der Orchideenzucht. Wenn ihm danach war, hielt er beiläufig Kurzvorlesungen für seine Mitarbeiter, bei denen er mit Fremdwörtern nur so um sich warf. Gerne begann er mit den Sätzen: »Die Bezeichnung Orchidee kommt aus dem Griechischen von dem Wort ›orchis‹, was so viel wie ›Hoden‹ heißt. Der Begriff leitet sich von den beiden hodenförmigen Wurzelknollen der ›Knabenkräuter‹ ab, die der gesamten Pflanzenfamilie ihren Namen gegeben haben.« Gerne zitierte er auch den Satz: »In Eurasien zählen wir 40 bis 60 Gattungen von Orchideen, in Nordamerika 20 bis 30,

in Neotropis 300 bis 350, im tropischen Afrika 125 bis 150, im tropischen Asien 250 bis 300 und in Ozeanien 50 bis 70, das ergibt eine Summe von 785 bis 960 Orchideengattungen, deren Namen und Aussehen ich alle kenne, selbstverständlich auf Deutsch und Lateinisch.«
Immer begann er mit geschlossenen Augenlidern zu sprechen, worauf sich jeder Mitarbeiter nach einer Entschuldigung, die gewöhnlich »bis später!« lautete, so rasch als möglich verabschiedete. Üblicherweise ließ sich R. Schall aber nicht davon abbringen, alle nahezu tausend Namen zweisprachig und monoton zu zitieren. Mittlerweile nannte er sich nicht mehr »eiskalter Zeitkönig« sondern »Orchideus« – »Orchideengott«.
Bis zu jener Nacht, in der das Glashaus durch Brandstiftung abbrannte, machte er nur noch am Morgen und Abend einen Rundgang durch die Gärtnerei, die übrige Zeit verbrachte er mit seinen teuren Orchideen, für die er erstaunlich viele Abnehmer fand.
Die Feuerwehr traf rasch ein, »doch kam jede Hilfe zu spät«. Von R. Schall wurde nicht einmal mehr sein verbrannter Leichnam gefunden – nur noch die Reste der Wurzelstöcke legte man in den Sarg, den man begrub. Auf dem Grabstein war der Name Orchideus zu lesen.
Drei Jahre später sprossen unzählige Orchideen mit bis zu vier Metern Länge, die man an Bohnenstangen befestigte, aus dem Grab. Die Gattungen der Orchideen waren unbekannt. Bald wurde darüber ein Glashaus errichtet, und Biologen aus aller Herren Länder pilgerten in die »Halle«, wie die Bevölkerung das Glashaus nennt. Doch wurde der Orchideenwuchs so riesig, dass man inzwischen einen neuen Friedhof errichtete und den alten als »Orchideeninsel« bezeichnet.
Der ehemalige Opernsänger Heinz Ortner gab seiner Geschichte den Titel »Mein Lebenslauf für die Nachwelt«, nachdem er auf offener Bühne beim Singen einer Arie

jedes Mal den Faden verloren und mit »La-La-La« weitergemacht hatte.

Evolution und Wiedergeburt

Als Ruth L. auf dem winterlich weißen See ausrutschte, stürzte sie mit dem Kopf voran auf die Eisplatte und sah als Letztes das verschwommene Abbild eines untergegangenen Schiffs unter sich.
Sie erwachte im Frühling, hoch in der Luft als Löwenzahnsamen, getrieben vom Wind. Der See lag tief unter ihr, das Eis war geschmolzen, und das Schiffswrack ragte aus dem Wasser hervor. Als der Wind nachließ, schwebte sie nach unten, fiel aber in ein Vogelnest und war demnach zu einem Fink geworden. »Wie wunderbar!«, dachte sie. Ihre Flügel flirrten beim Fliegen. Sie trank einen Schluck klaren Wassers und blieb gleich unter der Seeoberfläche. Im nächsten Augenblick fand sie sich als Schuppenwesen wieder. Sie war jetzt zu einem fetten Karpfen geworden. Es war großartig für sie, im Dunkeln zu schweben und die innere Ruhe gefunden zu haben. Die Steine und Pflanzen erinnerten sie an das Aquarium, das sie als Kind besessen hatte. Als sie nach einem Insekt im Wasser schnappte, stellte sich heraus, dass es sich um eine Raupe, die von einem Ast gefallen war, handelte, und der Karpfen wurde zu einem Zitronenfalter. Sie taumelte durch die Luft in den Wald, setzte sich auf ein kopulierendes Liebespaar und verwandelte sich bald darauf in deren zukünftiges Kind.
Ruth, wie sie auch diesmal hieß, liebte es, mit ihren Eltern auf dem Schiff über den See zu fahren. An einem Sonntag, als sie auf ihren Wunsch hin zum ersten Mal allein die Route zurücklegen durfte, kam es zu einem Zusammenstoß mit dem Fangboot eines Berufsfischers, und das Schiff sank.

Woran sich Ruth als Nächstes erinnerte, war, dass sie als Kaulquappe unter Hunderten von anderen Kaulquappen im Wasser schwebte. Aber sie war keine Kaulquappe, und auch die anderen Geschöpfe waren keine Kaulquappen gewesen, wie sie später wusste, sondern ein Samenfädchen unter unzähligen anderen Samenfädchen im Sperma eines Mannes. Sie beeilte sich, den anderen Samenfädchen zu entkommen, und rettete sich in einen Spalt. Erst dann wuchs sie heran. Sie liebte die Stille. Nur ihr Herz klopfte. Sie bewegte sich. Irgendwann wurde sie in die Welt gerissen. Sie erschrak.
Ruth L. behauptete nach einem schweren Kletterunfall, bei dem sie Kopfverletzungen erlitt, dass sie seither in den sechs vergangenen Jahren Nacht für Nacht sterbe und Tag für Tag zu neuem Leben erwache.

Das Unentdeckte im Kopf

Jeder Mensch besitzt unentdeckte Erinnerungen, Eindrücke und Gedanken in seinem Gehirn. Er wehrt sich dagegen, sie aufdecken zu lassen. Würde er sich nicht dagegen wehren und stattdessen einen Arzt aufsuchen, würde er vielleicht als »geisteskrank« bezeichnet werden. Lieber versteckt der Mensch das Unentdeckte jedoch weiterhin im Kopf, als sich dem Argwohn eines Gehirndetektivs auszusetzen. Besonders Fachleute widersprechen einander häufig. Denn alle haben unentdeckte Areale in ihren Denkorganen, die sie zu unterschiedlichen Urteilen kommen lassen. Würden über Nacht die unentdeckten Areale in den Gehirnen aller Menschen öffentlich werden, würde sich ihr Zusammenleben von Grund auf ändern.
Am 26. April fand die Gerichtsverhandlung zwischen Zoran Zipfer, von Berufs wegen Koch, und Harald Hassler, Zahnarzt (beides sind Phantasienamen) statt. Zipfer

behauptete, der Augenzeuge Niesner habe bei dem vorangegangenen Prozess über den Autounfall eine falsche Zeugenaussage gegen ihn gemacht. Zipfer und Hassler waren nämlich bei einem Sonntagsausflug mit ihren Fahrzeugen zusammengestoßen. Dabei hatte Zipfer ein Auge und Hassler ein Bein verloren. Einziger Augenzeuge war Eduard Niesner, ein Autohändler, gewesen. In der Verhandlung hatte Niesner ausgesagt, dass Hassler, der übrigens dieselbe Automarke fuhr wie Niesner, am Unfall unschuldig gewesen sei.
Im neuen Prozess sagte jetzt ein zweiter, neuer Augenzeuge, Reiner Ranz (Phantasiename), der den Unfall beim Rauchen einer Zigarette vor der Haustür zufällig gesehen hatte, aus, dass vielmehr Hassler der Schuldige gewesen sei. Allerdings war Reiner Ranz Mechaniker im Autogeschäft von Zipfers Automarke.
Es kam zu Diffamierungen und Beschuldigungen, die sich weiter und weiter fortsetzten, da Zeitungen über den Fall zu berichten begonnen hatten.
Schließlich forderte das Gericht einen Gutachter an.
Der Gutachter wurde sofort von einem Gegengutachter widerlegt und der Gegengutachter von einem Gegengegengutachter abgelöst. Inzwischen haben 26 Gutachter für Hassler und 26 für Zipfer ausgesagt. Der Fall gilt als »unlösbar«, da aber die Justiz kein Ende dieser Art vorsieht und eine Lösung des Falls nicht möglich erscheint, wurde ein neuer Gutachter bestimmt.
Der Anwalt von Zipfer hat in der Zwischenzeit gegen die Gutachter von Hassler und der Anwalt von Hassler gegen die Gutachter von Zipfer Klagen wegen Ehrenbeleidigung eingebracht. Außerdem wurden alle Journalisten, bisher acht, wegen übler Nachrede von den beiden Anwälten verklagt.
Der Prozess wurde vor sieben Jahren zum letzten Mal vertagt, bis ein neuer Gutachter gefunden wird.

Ruth L. wurde wegen Ehrenbeleidigung ihres Nachbarn, eines Richters, angezeigt und verurteilt. Das erregte sie so sehr, dass sie den Richter, der die Verhandlung führte, und hierauf ihren Nachbarn noch im Gerichtssaal ohrfeigte, worauf sie in eine Nervenklinik eingewiesen wurde.

»Ich war es!«

Seit ihrem sechzehnten Lebensjahr arbeitete Maria Lampach in der Fischgroßhandlung in Zitzendorf. Nach 31 Jahren wechselte sie als Schlachterin in die Hühnerfabrik Hausschuh. Als sie drei Jahre darauf entlassen wurde, verschwand sie von der Bildfläche. Im Spätsommer sammelte sie Pilze und verkaufte sie an ein Wirtshaus. Sie arbeitete »schwarz«, das heißt, ohne dass sie eine Kranken- oder Pensionsversicherung hatte. Außerdem lieferte sie auf dieselbe Weise Waldbeeren an eine Obstfirma. Im Herbst half sie bei der Traubenlese. Im Winter beim Schneeräumen. Sie sammelte Brennholz im Wald und betreute einsame, kranke Dorfbewohnerinnen und Dorfbewohner. Sie passte auch auf Kinder auf. Währenddessen verschwanden aber vier Mädchen im Alter von neun Jahren und sieben ebenso alte Buben. Auf alle elf Schülerinnen und Schüler hatte Maria Lampach schon einmal aufgepasst. Deren Namen fand man auch alle auf ihrem Wandkalender, direkt unter dem Datum ihres tatsächlichen Verschwindens. Als die Polizei dahinterkam, rechtfertigte sie sich, dass sie die Namen auf dem Wandkalender eben eingetragen habe, als diese verschwunden seien. Sie überstand Kreuzverhöre, ohne ihre Aussagen zu ändern, und da man keine weiteren Beweise gegen sie vorbringen konnte, wurde sie nach einem Monat aus der Untersuchungshaft entlassen.
Es gelang ihr in den darauffolgenden Wochen sogar, den Pfarrer davon zu überzeugen, dass sie unschuldig

war. Da gerade eine Pensionistin, die bis dahin die Kirche gereinigt und mit Blumen und Kerzen geschmückt hatte, verstorben war, betraute der Geistliche sie für ein bescheidenes Entgelt mit dieser Arbeit. Doch fing mit dem Wort »Geistlicher« das eigentliche Problem erst an, denn Frau Lampach entdeckte in dem geläufigen Begriff plötzlich das Wort »Geist« für sich, und sie sah im Priester von nun an einen Geisterbeschwörer. War er nicht auch für die Toten zuständig? Für das Jenseits? Für die unbekannte Welt nach dem Leben? Und als sie in der Tageszeitung einen Bericht über den Okkultismus las, den sie nicht zur Gänze verstand, hielt sie den Geistlichen für einen, der Möbel bewegen und Tote zum Sprechen bringen konnte. Würden die verschwundenen Schülerinnen und Schüler, falls sie ermordet worden waren, gegen sie aussagen?
Zuerst überlegte sie sich, alle Eltern der verschwundenen Kinder aufzusuchen und sie um Verzeihung zu bitten. Auf dem Weg zum ersten Elternpaar verwarf sie diesen Vorsatz jedoch wieder, da ihr einfiel, dass sie sich dadurch erst recht verdächtig machen konnte. Denn ihr war aufgefallen, dass sie niemand mehr fragte, ob sie auf ein Kind »aufpassen« könne.
Als Nächstes nahm sie sich vor, beim Geistlichen zu beichten und ihn über die verschwundenen Kinder auszufragen. Schließlich war er an das Beichtgeheimnis gebunden und durfte sie nicht verraten … Was aber, wenn er das Vertrauen in sie verlor und auf ihre Arbeit in der Kirche verzichtete?
Aber sie musste mit irgendjemandem darüber sprechen.
Doch mit wem?
Sie hatte keine Freunde und keine Verwandten, bis auf die blinde Schwester Franziska, zu der sie allerdings in den letzten Jahren immer weniger Kontakt gehabt hatte.

In ihrer Verzweiflung suchte sie Franziska auf und bat sie um Verzeihung. Eine Woche lang räumte sie das vernachlässigte Haus auf, kochte und war erstaunt, dass ihre Schwester über sie »Bescheid wusste«.
»Was ist mit den Kindern geschehen?«, fragte sie Maria eindringlich. »Ich weiß es nicht«, antwortete Maria. Von da an sprachen sie über nichts anderes mehr, ohne einen Schritt weiterzukommen.
Eines Tages fragte der Geistliche Maria, was sie bedrücke. Daraufhin bat sie ihn, ihr die Beichte abzunehmen.
Als sie ihm alles gestanden hatte, antwortete der Priester, dass die Kinder längst zurück seien. Sie hätten sich beim Schulwandertag oder nach einer Kinovorführung, beim Auslagenschauen oder nach dem Schwimmen verspätet und seien allesamt wieder zu Hause. Auch erklärte er ihr, dass sie niemals in einem Polizeigefängnis eingesperrt und verhört worden sei.
Maria glaubte ihm nicht und stellte sich der Polizei. Diese sperrte sie lebenslang in das Gefängnis.
Maria Lampach stellte sich bei verschiedenen Verbrechen der Polizei und behauptete, die Täterin zu sein, bis sie in die Nervenklinik eingewiesen wurde.

Gedichte V

»Sprachbilder«

Mein Fall

Ich öffnete das Fenster, und mein Gesicht wurde zu Stein.
Der Fluss überschwemmte das Haus, die Erntehelfer schwammen auf dem Rücken davon.
Das Dienstmädchen verschluckte die Schlange und weinte.
Im Fasching trugen alle Frauen Totenkopfmasken.

Zur Nachtzeit nahmen die Dorfbewohner das Aussehen von Kröten an.
Nur Ameisenbären dürfen den Beruf des Hemdenschneiders erlernen.
Unter dem Tisch sitzend starrten die Männer auf das Geschlecht der Rotkehlchen.
Ich nannte meine Mutter Weintraube, den Vater Horrorskop.
Die letzte Stachelbeere verschlug es auf den Nordpol.
Als Straßenbahnschaffner setzte ich die Maske des Wiedehopfs auf.
Alle Plätze in der Stadt sind mit Zeitungsseiten bedeckt.
Im Herbstnebel schlagen die Minister mit Regenschirmen um sich.
Im Parlament wurde das Jahr über Silvester gefeiert.
Komm wieder, wenn der Jodbaum blüht.
Das Krokodil wartet in der Dunkelheit auf den Brief.
Wenn die Forellen gebraten werden, zwitschern die Apotheker. Werden sie gebacken, weinen die Nonnen.
Die Sprache ist eine mathematische Formel.
Du musst sagen, was sie hören wollen. Sagst du es nicht, hast du die Prüfung bestanden.
Die Wiedergeburt ist ein Irrtum der Natur.
Wird ein Paket falsch zugestellt, muss der Briefträger auf den Händen stehen.
Ich, die Fliege, die durch das Fensterglas will.
Jeden Morgen beginnt ein neues Märchen.
Der Wortbrüchige wurde erst friedlich, als er die Brüchigkeit des Alltags überwand.
Der Arzt fand *sein* Herz in *meiner* Brust.
Als er meinem Kopf das Gehirn entnahm, war ich erleichtert.
Spruch: »Das Gerücht hat 23 Füße.«
Cannabistropfen in Eiszapfenform, Schlafmittel wie

blühender Flieder, Schmerzmittel gleich Wachskerzen, Geschicke wie Entenfedern, doppelköpfige Wahrnehmungen, Gespräche für taube Ohren.
Der blinde Jäger trifft das Einweckglas.
Immer wenn es so weit war, folgte eine Zeit, in der ich krank wurde.

Im Kloster I

Vor allem fing das Haus an, sich zu verändern. Man führte mich ins Freie. Die Welt zog vorbei. Als ich zurückkehrte, stand nichts mehr an seinem Platz. Man bettete mich in ein weißes Zimmer. Draußen wurde die Landschaft verschoben. Ich blickte jetzt nicht mehr in den Steinbruch, sondern auf einen Kastanienbaum. Nur der Nachthimmel über mir zeigte mir noch die gleichen Sterne. Mehrmals kam Malia zu mir ins Bett und umarmte mich. Dabei vergaß ich, dass sie mich mit Eugen betrogen hatte. Kira schenkte mir ihr Kaleidoskop. Ein Kaleidoskop hatte ich bereits als Kind gehabt. Ich dachte, warum ist das Leben kein Kaleidoskop? Ich wusste keine Antwort darauf. Bis ich mich eines Tages an einen Traum erinnerte, in dem die Zeit purzelte, die Bilder purzelten, die Menschenfiguren und das Kasperltheater purzelten. Die Ereignisse überschlugen sich. Die Empfindungen, die Sprache, das Denken. Von da an wusste ich, dass ich nicht mehr schlafen durfte, aber der Schlaf übermannte mich, der Traum verselbständigte sich, während einen Tag lang Stille herrschte. Meine Gedanken drehten sich um meine Kindheit, das Gesumm der Bienen, den Vater, der beim Rauchen schmatzte, hustete und an der Zigarette schlürfte – bis die Schule begann, in der alles feindlich war, die Lehrerin, der Lehrer und die Gleichaltrigen, die mich verhöhnten und quälten, worauf ich mich aufgab und von der Bildfläche verschwand. Dann fiel mir ein, dass ich das allgemeine Verschwinden der Menschen vor eineinhalb Jahren überlebt hatte und noch auf der Welt war. Es kam mir manchmal wie ein Scherz vor. Ich war tatsächlich anders. Das verfluchte Wort *anders.* Zum Beispiel hatte ich von Anfang an das Wort »Kaleidoskop« geliebt und verwendete es viel zu oft: »ein Kaleidoskop der Gefühle«, »ein Kaleidoskop der Gedanken«, »ein Kaleidoskop der Erinnerungen« … Ich erzählte mit vierzehn Jahren Witze, die mein Vater am Wirtshaustisch gemacht hatte, in seinem Tonfall, mit dem er Gelächter hervorgerufen hatte, und ließ dadurch unfreiwillig erkennen, dass ich ein Wichtigtuer war, der prahlerisch mit Worten und Betonungen umging. Doch immer noch staunte ich über die inzwischen vier Kaleidoskope, die ich zu Weihnachten, Ostern und an Geburtstagen geschenkt bekommen hatte. Ich konnte mich nicht überwinden, eines davon zu zerstören, um herauszufinden, wie es funktionierte. Vielleicht befürchtete ich auch, ihnen insgeheim ihren Zauber zu nehmen, der mich so in ihren Bann zog.

Eines Tages erschien Eugen und schenkte mir das Gehirnmodell, das ich so liebte und das Malia im Kloster mitgenommen hatte.

»Ich habe jetzt von Walter und Agnes ein neues bekommen«, sagte er. Sie hätten es in der Provinzhauptstadt aufgetrieben, bemerkte er. Ich aber stellte mir vor, wie seine Hände sich an Malias Körper zu schaffen machten, wie sein Mund ihre Brustwarzen küsste, seine Zunge sich mit der ihren vereinigte und sein erigiertes Glied in ihre geheimste Stelle eindrang. Dadurch wurde mir vor Hass schlecht, und ich blieb stumm. Dennoch setzte ich fort, das Gehirn zu zerlegen und neu zusammenzusetzen und wieder zu zerlegen und neu zusammenzusetzen, bis ich mit geschlossenen Augen vermochte, jedes einzelne Teil an die entsprechende Stelle zu montieren. Aber es blieb

mir ein Rätsel, vor allem weshalb ein lebendiges Gehirn nicht begreifen konnte, was in einem anderen vor sich ging, selbst wenn man die betreffende Person mehr oder weniger gut kannte.
Langsam näherten sich die Dunkelheit, die Kälte, der Winter. Man hatte mir sogar das Gemälde »Die Jäger im Schnee« aus dem Haus vor dem Steinbruch in das neue Zimmer gebracht, und ich wartete darauf, dass es beginnen würde, wieder das Wetter vorherzusagen, doch es geschah nicht. Einerseits war ich froh darüber, andererseits wertete ich es als Verlust meiner inneren Wirklichkeit. Dann trat die Wende ein.
Ich begriff nur langsam, dass ich mich im Kloster befand. Nicht das Haus und der Steinbruch hatten sich verändert, auch war ich nicht in Eugens Besitz zurückgekehrt, wie ich zwischendurch vermutet hatte, sondern Eugen hatte alle Bewohner umgesiedelt, wie auch meine Familie ... Er selbst wohnte mit Christine Schäfer in den ehemaligen Räumlichkeiten des Abtes. Ich wusste sofort, dass ich die beiden Zimmer Malia verdankte. Der Feldwebel war mit seinem deutschen Freund in der Kaserne geblieben, doch hatte er das Kloster mit Strom versorgt wie schon vor mehr als einem Jahr unsere Siedlung Imkerdorf.
Als Malia in mein Zimmer trat, um mir das Mittagessen zu bringen, offenbarte sich mir zum ersten Mal, was ihr Gehirn dachte. Ihre Anwesenheit überraschte mich auf angenehme Weise, weil ich ja überzeugt war, dass sie mich mit Eugen betrogen hatte. Insgeheim hoffte ich aber immer noch, dass es nicht geschehen war. Ich ahnte, dass ich mit meiner neuen Fähigkeit, Gedanken lesen zu können, vorsichtig umgehen musste, da sich ihr Gehirn ansonsten »verschließen würde«. Diese Erkenntnis hatte ich instinktiv. Malia redete liebevoll auf mich ein, ich möge etwas essen. In letzter Zeit hatte ich mehr als zehn Kilo abgenommen, und ich wollte ihr unbedingt

eine Freude machen und aß eine Grießnockerlsuppe mit Apfelstrudel, den ich immer schon geliebt hatte. Ich spürte, wie glücklich sie darüber war. Dabei versuchte ich, ihr Gehirn zu überlisten, indem ich sie telepathisch an Eugens Hände, Lippen, Zunge und sein Glied erinnerte, was mir aber nicht gelang … hatte ich einen Fehler begangen? Plötzlich hörte ich sie sagen, ich solle gesund werden … Sie flehe mich an, ihr zu glauben, dass sie, seit wir zusammen seien, immer nur mich geliebt und mir treu gewesen sei. Das Wort »treu« verletzte mich. Sie begann zu weinen, und auch mir kamen die Tränen, und als sie mich umarmte, drückte ich sie fest an mich. Doch das Schweigen hatte mich noch immer im Griff, weshalb ich weiter weinte und daran merkte, dass meine intuitive Fähigkeit, ihre Gedanken zu erfassen, noch nicht das war, was ich mir tatsächlich wünschte. Doch half es mir, meinen Zustand zu verbessern.
Am nächsten Tag brachte mir Malia einen Rollstuhl, weil ich nicht mehr gehen wollte, und sie führte mich im ersten Stock durch die unendlich lang erscheinenden Gänge. Anfangs irritierte es mich, dass ich dabei so heftig an das menschliche Gehirn dachte und mir vorstellte, ein Gedanke zu sein, der in das »Zentrum«, wie ich es für mich formulierte, gelangte. Doch hatte ich keine Vorstellung davon, was dieses Zentrum sein würde.
Sekunden später öffnete Malia eine Tür, und ich erblickte wieder die großartige, weiße Bibliothek, die ich schon mit Eugen betreten hatte. Wir waren allein, niemand hielt sich dort auf. Obwohl ich mich dazu zwingen musste, lächelte ich. Zwingen deshalb, weil ich mehr Neugierde als Freude empfand. In Malias Gehirn konnte ich lesen, dass es für sie nur darum ging, mir Freude zu bereiten, und dass sie voll Hoffnung war. Also nickte ich mehrmals und zwang mich zu lächeln, worauf sie in die Hände klatschte und mich anstrahlte. Wieder umarmte

sie mich und küsste meine Wangen, worauf mir die Augen nass wurden. Sie brachte mich zurück in mein Zimmer, und bald darauf erschien Eugen. Er war voll froher Erwartung, Malia musste ihm wohl von meinem Ausflug berichtet haben. Als ich mich auf sein Gedächtnis konzentrierte, erkannte ich, dass es dort keine Erinnerungen an eine andere Frau gab, nur jene an seine eigene, verstorbene und an Christine Schäfer ... Was hatte mich dann so täuschen können? Dann plötzlich verstand ich es: Es war Eugens innere Wirklichkeit, die ich gesehen hatte, es waren seine geheimen Wünsche und Träume gewesen, die zum Vorschein gekommen waren. Besonders, als ich meine Flugreisen unternommen hatte oder mit dem Schreiben beschäftigt gewesen war, hatte ihm sein Verlangen nach Malia zugesetzt. Ich nahm es als Gedankenfragmente wahr oder Gedankenschatten, deren Zustandekommen man nicht beherrschen kann. Daher versuchte ich bei der nächsten Begegnung, Malias innere Wirklichkeit zu ergründen, in der ich keine Anzeichen, die Eugen betrafen, fand, außer dass sie in ihm einen väterlichen Freund sah. Es war ein großer Schritt für meine Genesung. Außerdem erfuhr ich, dass Malia die Welt in Vorzeichen sah. Alles, wirklich alles hatte für sie Bedeutung, jede Wolke, jeder Sprung in einer Tasse, jedes Geräusch, jeder Zahnschmerz und jedes Schriftbild: Das war, so erfuhr ich, auch der Grund, weshalb sie mich liebte, denn sie vermutete in mir seherische Fähigkeiten. Allein deshalb hätte sie mich nie betrogen, war ich jetzt überzeugt. Ich schenkte daraufhin der äußeren Wirklichkeit wieder mehr Aufmerksamkeit und begann die Gänge, die Räume anders zu verstehen. Langsam fand ich mich im Kloster zurecht, wusste, welchen Weg ich einschlagen musste, um dahin oder dorthin zu gelangen.
Eines Morgens schob ich den Rollstuhl von meinem Bett weg und besuchte – bewaffnet mit einem Mönchsstock –

zu Fuß Diana und Ted. Inzwischen war Frau Dr. Schäfer mehrmals zu mir gekommen und hatte mich abwechselnd mit Oberarzt Brantner behandelt, damit ich wieder zu Kräften käme. Bei beiden hatte mich zuallererst ihr Denken interessiert, und ich war erstaunt, dass es mir leichtfiel, mich in sie hineinzuversetzen. Christine Schäfer hatte sich anfangs zu Alois Lechner, dem Feldwebel, hingezogen gefühlt, zwischendurch auch zum Pfleger Hans Haller, bis Eugen in ihr Leben getreten war und sich ihr zugewandt hatte. Beide hatten vor allem nach menschlicher Wärme gesucht und unter Einsamkeit gelitten. Liebe war es erst später geworden … Ich erfuhr auch viel über ihren Ehrgeiz, über ihre Aufrichtigkeit und ihre Absichten. Beide logen übrigens aus Gewohnheit. Das stellte ich allmählich überhaupt bei allen fest, mit denen ich Kontakt aufnahm. Es gab nur Unterschiede in der Häufigkeit, mit der sie nicht die Wahrheit sagten. Die meisten lebten in den Tag hinein. Sie improvisierten ihr Dasein von einem Moment auf den anderen. Sie ließen sich treiben. Ihre festen Vorstellungen waren anerzogen. Am meisten aber erstaunte mich, dass sich alle für unschuldig hielten. Ich lernte niemanden kennen, der an seiner eigenen Unschuld zweifelte, wie es auch keinen gab, der sein Aussehen, sein Gesicht, seine Art zu sprechen und zu denken wirklich hasste. Auch die Patienten hielten sich für »normal«. Die »Normalität« der eigenen Person war gewissermaßen der Führerschein, um das »Abnormale« in das eigene Leben zu integrieren.

Die Doktoren der Normalität

Nach den Erfahrungen, die ich mit dem Gedankenlesen gemacht habe, müsste der Begriff »Normalität« neu definiert werden. Es gibt sie nicht einmal statistisch, selbst

die Statistiken beruhen auf den Lügen der Befragten. Was ich aus den Gehirnen von Christine und Oberarzt Brantner schloss, war die Tatsache, dass sie Verletzungen erlitten und zugefügt hatten, die sie erst für ihren Beruf prädestiniert hatten. In beiden hatte der Egoismus über alles andere triumphiert. Mit ihrer Berufswahl waren sie in die Kaste der Sieger gewechselt, die sie vor einem Leben als Verlierer bewahrte. (Wie alle Priester der Menschheitsgeschichte, die eine Beichte abnehmen und die Verzeihung Gottes verkünden dürfen, umgab sie in ihren eigenen Augen das Charisma von Verstehenden, die ganz allgemein über die »Sündhaftigkeit« Bescheid wussten und die Macht beanspruchten, ihre Patienten zu heilen, das heißt, sie zu »normalisieren«, was immer sie auch darunter verstanden.)
Sie hatten übrigens zur Religion ein »lässliches« – wie die Christen »leichte« Sünden bezeichnen – Verhältnis. Sie glaubten nur, wenn sie Hoffnung benötigten. Zumindest wagten sie dann keinen Zweifel an der Existenz Gottes. War die Situation bereinigt, vergaßen sie augenblicklich alles. Mir fiel auf, wie wohl es mir tat, das zu erkennen. Meine behandelnden Psychiater hatten nur die angeborene Fähigkeit, ihre eigene Unfähigkeit in anderen zu erkennen. Über die Patienten setzten sie sich weiterhin mit sich selbst auseinander, über noch Schwächere mit der eigenen Schwäche. Ihr Selbstbild war eine Fiktion, auch wenn sie noch so viele Lehrgänge der Selbsterforschung absolviert hatten. Was sie ihr ganzes Leben begleitete, war das Verspüren einer Wunde, die ihnen jemand zugefügt hatte, und sie hatten in den meisten Fällen bei der Selbsterforschung nach der Schuld eines anderen gesucht und damit nach dem ersten Strohhalm gegriffen, der sich ihnen geboten hatte. Nicht selten sind Gescheiterte jedoch klüger als Erfolgreiche, erkennen die Sinnlosigkeit, sich jemandem anzuvertrauen, der die gleichen Schwä-

chen hat wie man selbst, und werden schließlich durch einen Rollentausch von einem Leidenden zum Aufklärer und Heiler. Keiner von ihnen war je so weit gekommen zu erkennen, dass er nichts wusste oder weiß oder jemals wissen wird. Es gibt keine »Therapie«. Der Effekt einer Verbesserung des geistigen Zustands beruht auf der endlosen und bezahlten Aufmerksamkeit des »Wunderheilers«, der durch seine eigene Unzulänglichkeit die Unzulänglichkeit seines Patienten erraten kann.
Die Therapie ist eine andere Art des Okkultismus, der Geisterbeschwörung, des »Tischerückens«. Jeder Mensch besitzt seine eigene innere Wirklichkeit, die kein Ideologe und kein Therapeut wirklich begreifen kann, weil sie für jede und jeden letztlich immer unbegreiflich bleibt. Was die »Patienten« von den Psychiatern trennt, ist der fehlende Tarnmechanismus, die Fähigkeit, »normal« zu erscheinen. Alkoholiker, Drogensüchtige versuchen es gleichsam mit eigenen Mitteln, sich von ihrem Leiden, ihren Schwächen zu befreien. Sie tauschen ihre innere Wirklichkeit gegen eine artifizielle, die sie sich selbst vergessen lässt und ihnen in dieser Zeit Erleichterung beschert. Die Psychiatrie lässt sie aber durch Betäubung, durch künstliche Tode Phasen ihres Lebens ausblenden. Ein sogenannter Geisteskranker ist ein Schutzbefohlener der Gesellschaft, die alles nur nach dem Faktor der Nützlichkeit beurteilt. Dabei ist es die sogenannte Normalität, die für die gesamte Geschichte der Menschheit verantwortlich ist: Kriege, Diktaturen, die abscheulichsten Verbrechen sind fast ausschließlich von normalen Menschen begangen worden. Sie sind es auch, die den widerwärtigsten Ideologien auf den Leim gegangen sind und selbst Ideologien geschaffen haben. Wahnvorstellungen können nicht schlimmer sein als die daraus entstandene Realität. Jede radikale Idee, die für die Menschheit von Nutzen wäre, wird von den sogenannten »normalen«

Menschen so verwaltet, dass sie sich in Gewalt, Krieg, Unterdrückung verwandelt.
Ich habe auch in die Gehirne von »Patienten« geschaut. Sie sind – ganz allgemein – dem Unbewussten näher. Ich habe erfahren, dass das Unbewusste, das vom Bewussten wie durch eine Membran getrennt ist, das Bewusste überfluten kann, weil die Membran – die eine Metapher und kein wissenschaftlicher Begriff ist – zu durchlässig oder überhaupt nicht vorhanden ist. Nur im Schlaf ist dieser Zustand nach Ansicht der Normalisierer »normal«. Im Wachzustand ist die Überflutung nach ihrer Diagnose »krank«. Doch ihr eigenes Dasein ist von unzähligen Momenten, in denen ihr Unbewusstes das Bewusste selbst im Wachzustand überflutet, durchdrungen: Abneigung, Hass, Zorn, Verzweiflung, Verliebtheit, Begierde, Eifersucht. Ich habe all diese Gefühle auch selbst erlebt.
Meine Gedanken sind der Grundriss eines Versuchs, mein eigenes Ich zu begreifen, auch wenn das nicht möglich ist. Außerhalb des mathematischen Denkens trifft die Logik immer zugleich auf die Unlogik, weshalb Unlogik und Logik ein Amalgam bilden. Sie sind untrennbar miteinander verbunden wie Licht und Schatten. Das Einzige, was den Psychiater auszeichnet, ist das Rekonstruieren von Assoziationsketten. Dabei muss er vor allem sich selbst beobachten. Wer kein Gehör hat, kann kein Pianist werden.
Ich gab übrigens Notizen über mich selbst Christine Schäfer zu lesen. Sie vertiefte sich darin, schüttelte den Kopf und fragte mich, was in meinen Augen der Unterschied zwischen Patienten und Psychiatern sei.
Ich antwortete: »Die Patienten können die Normalität nicht spielen. Psychiater schon.« Das gelte für alle Menschen, die sich für normal hielten.

Im Kloster II

Ich sprach also mit Ted. Ein im Grunde einfacher und gutmütiger Mensch. Seine einzigen Fehltritte haben mit Bordellbesuchen zu tun, bei denen er sich von Damen züchtigen ließ. Aber seit er mit »Mücke«, Diana, zusammen ist, besorgt sie es ihm, wenn er sie darum bittet. Im Lügen war er Durchschnitt. Er glaubte abergläubisch an Gott, sprach aber nicht darüber, sondern gab sich als Atheist aus. Bei meiner Gedankenlektüre fiel mir auf, dass er lange Zeit bei einem Fotografen gearbeitet hatte, der pornographische Bilder aufnahm. Dort musste er wohl häufig masturbiert haben ... Ich blickte ihm in die Augen und verstand zum ersten Mal, dass sie »vorgelagerte Nervenenden des Gehirns« sind. Bisher hatte ich Augen nur reflexartig betrachtet – ich bin fremden Blicken wenn möglich ausgewichen. Nun hielt ich ihnen stand und vereinte sie mit den Botschaften, die ich erfasste. Ted hatte übrigens als junger Mann selbst fotografiert – vorwiegend Menschen, denen es schlechtging. Er dachte, er und sie hätten ein gemeinsames Schicksal.
Ich fragte ihn dann über unseren Ausflug, Alois Lechners und Heinrich Tanns Hubschrauber und den Kundschafter auf dem Motorrad aus. Da ich noch immer nicht sprechen konnte, schrieb ich meine Fragen in mein Notizbuch und zeigte es ihm, doch er verstand nicht, worauf ich hinauswollte. Er geriet immer mehr ins Stottern. Er gab nicht vor, dass er nichts mitbekommen habe, er log nicht, war ich jetzt überzeugt, sondern ich musste den Vorfall »wirklich« als Einziger gesehen haben. Und ich begriff auch, dass ich »geisteskrank« war.
Ich musste jetzt meine Beziehung zu Malia klären, ging es mir durch den Kopf.
Es dauerte, bis ich mit meiner Erkenntnis zurechtkam. Abwechselnd betrachtete und zerlegte ich das Gehirn-

modell, setzte es wieder zusammen und schaute in das Kaleidoskop. Auch einen alten Kreisel aus Holz hatte ich gefunden, den ich beobachtete, während er sich drehte. Ich brachte auf ihm zwölf Ziffern für die Monatsnamen an, drehte ihn und achtete darauf, auf welche Ziffer er fiel. Ich durfte das Experiment nur einmal für jede Frage durchführen, nahm ich mir vor. Zuerst wollte ich wissen, wann ich mit Malia wieder Kontakt aufnehmen würde, mit ihr also in Gedanken sprechen durfte – doch ich hatte den Kreisel zu fest gedreht, so dass er vom Tisch fiel. Was bedeutete das?, fragte ich mich ... Dann wollte ich wissen, wie lange wir im Kloster bleiben würden – er kippte diesmal bei der Ziffer 2 um, also bis zum Februar, schloss ich daraus. Wann würden wir nach Hause zurückkehren?, war meine nächste Frage (ich meinte damit das Imkerdorf). Und der Kreisel landete auf der Ziffer 3, das heißt, im März. Daraufhin nahm ich den Kreisel an mich und entsorgte ihn im Küchenherd, als gerade die Mittagsmahlzeit zubereitet wurde. Es ging ganz einfach: Ich nahm den Schürhaken, zog die Eisenringe auf der Platte zur Seite, warf einen Blick auf die glimmenden Holzscheite und ließ den Kreisel in das Loch fallen, bevor ich die Ringe wieder über die runde Öffnung in der Herdplatte zog.
»Was machst du?«, hatte mich Hedwig Moser gefragt, aber ich gab keine Antwort und ging wieder hinaus.
Ich wollte nicht, dass irgendjemand etwas über mein Zukunftsexperiment mit Hilfe eines Kreisels wusste. Und schon gar nicht, dass ich ihn verbrannte, um mich selbst daran zu hindern, durch ehrgeizige Wiederholungen der Vorgänge das gesamte Prozedere zu gefährden.
Am selben Abend besuchte mich Malia. Sie kam, als Kira bereits eingeschlafen war, zu mir, wir umarmten uns, und sie verließ mich erst bei Tagesanbruch wieder. Also hatte der Kreisel, als er vom Tisch fiel, angezeigt, dass es

jetzt geschehen werde. Zum ersten Mal seit langer Zeit war ich glücklich und schlief bis Mittag, ohne vorher Beruhigungs- oder Schlaftabletten genommen zu haben.
Gottlieb Ferra, der Kaplan, hatte täglich bei mir vorbeigeschaut, die Zimmertür geöffnet, hereingelächelt und war schließlich wieder gegangen, da ich schwieg und keine Regung zeigte. Diesmal trat er an mein Bett, segnete mich mit dem Kreuz, das er in die Luft malte, zog den Stuhl heran, setzte sich und gab mir die Hand.
»Es wird schon wieder«, sagte er, aber er selbst glaubte nicht daran, erkannte ich.
Zu meiner Überraschung log er ansonsten nicht. Doch zweifelte er mitunter an seiner eigenen Festlegung auf das Christentum. Zweifelsohne liebte er es, aber er war ihm nicht so treu, wie er es eigentlich wollte. Immer wieder kam es zu kleinen Sünden, und er fragte sich, ob überhaupt jemand alle Gebote auch nur einen Monat lang einhalten konnte. Der Glaube war für ihn etwas Unglaubliches. Er verstand, dass er einem Märchen glich, denn wie sonst, fragte er sich, konnte man diesen endlosen Raum, diese endlose Zeit oder die Schöpfung überhaupt verstehen. Immer weniger Menschen waren in der Lage zu begreifen, was die neue Wissenschaft ihnen sagte. Sie zogen sich von ihr zurück, genauso wie sie ihr gespaltenes Inneres verschwiegen. Er konnte es nachvollziehen, es lag wohl in der Natur des Menschen, das Unbewusste zu verschweigen oder zumindest zu versuchen, es zu verbergen, vermutete ich. Alle waren stets darum bemüht, glaubwürdige Gründe und Ausreden für Fehltritte zu finden. Man war auf der Suche nach Gedankenleere oder höchstens nach einer atheistischen Meditationsform, der Beseelung der Leere, wie er es für sich nannte. Doch hatte sich nichts an seiner eigenen Geisteshaltung geändert. Nur der Jenseitsglaube hatte sich verflüchtigt, das setzte ihm zu. Diese Erkenntnis strömte

auf mich ein, während Gottlieb neben mir saß und mir die Hand hielt.
In der nächsten Stufe der Gedankenlektüre erschloss sich mir, was ein Gehirn, wenn es auf meines traf, im Sinn hatte. Ich spürte, ob es mich täuschen wollte oder ob es etwas anderes beabsichtigte. Das alles ist schwierig zu verstehen. Wie konnte ich es »lesen«, fragte ich mich. Es gibt keinen bestimmten Ort im Gehirn, an dem Erinnerungen gespeichert werden, auch keine »Gedächtnisnervenzellen«. Doch es existiert ein »Gedächtnisnetzwerk«, das über das ganze Gehirn verteilt ist. Die Vorstellung macht die Suche nach einem bestimmten Ort diffus. Und: Es kam mir vor, als hätte ich unendlich viele Wachhunde im Kopf, die vor Freude mit dem Schwanz wedelten oder aus Abneigung bellten. Zuerst verwirrte mich diese Fähigkeit, und ich schob sie auf meine Krankheit, die mein Denken verzerrte, dann aber ließ ich mich darauf ein.
Als Dr. Schäfer das nächste Mal zu mir kam, nahm ich ihren Zweifel über meinen Zustand wahr. Sie hatte sich überlegt, ob sie mit mir schriftlich über Zettel verkehren oder sprechen und auf meine Reaktion warten sollte. Inzwischen hatte sie sich entschieden, es schriftlich zu versuchen. Sie griff in die Tasche ihres Arztkittels und holte einen bereits beschriebenen Zettel heraus.
»Wie geht es Ihnen?«, las ich.
Sie reichte mir ihren Stift, und ich antwortete: »Danke.« Ich wusste die nächste Frage schon im Voraus.
Sie wollte wissen, wie es meinen Schmerzen ginge, hatte dann aber aufgeschrieben: »Keine Schmerzen mehr?«
Ich überlegte kurz und entschied mich für eine Gegenfrage.
»Und Sie?«
Natürlich beherrschte ich meine Gesichtszüge wie Buster Keaton.

Sie lachte stumm und hielt fest: »Mir geht es gut, wenn es Ihnen gutgeht.«
Bevor sie zu schreiben anfing, hatte ich das Gefühl, dass sie mich mochte. Ich meine, sie mochte mich nicht im üblichen Sinn, sondern fand mich »spannend« – ein Wort, das sie öfter verwendete. Sie traute mir viel zu, aber sie traute nicht mir selbst. Sie kannte sich nie aus, ob ich nur spielte oder ob es ein innerer Prozess war, der mich zu meinem Verhalten oder einer Entgleisung trieb, soufflierte mir ihr Gehirn.
Dann wollte sie wissen, ob ich »vorübergehend« – ein Wort, das sie ebenfalls gerne verwendete – Tabletten nehmen würde.
Ich schüttelte den Kopf und verzog keine Miene.
»Wie soll ich Sie sonst behandeln?«
Ich wusste die Antwort sofort: »Mit Liebe.«
Daraufhin lachte sie, und ihr Gehirn verriet mir, dass ich ihren Mutterinstinkt getroffen hatte.
»Die bekommen Sie in begrenztem Ausmaß von mir«, las ich.
Ich schämte mich für das »in begrenztem Ausmaß«, denn es deutete darauf hin, dass sie mir nicht vertraute.
Also sagte ich nichts mehr, schloss die Augen und drehte mich zur Seite.
»Mach es mir nicht so schwer«, sprach sie daraufhin in mütterlichem Tonfall und streichelte mit einer Hand über mein Haar. Ich hätte jetzt gerne sprechend geantwortet, aber die Fähigkeit, mich mündlich ausdrücken zu können, hatte ich noch immer nicht im notwendigen Ausmaß zurückgewonnen.
Ich drehte mich wieder zu ihr hin, lächelte, und hierauf fielen mir die Augen zu.
Am Nachmittag erschienen Ted und Diana. Ted hatte ich mich schon einmal zugewandt, jetzt nahm ich mit Diana Kontakt auf. Anfangs gelang es mir nicht, sie konnte, wie

mir schien, ihr Gehirn »zusperren« … dann aber erschien das Bild ihres übergroßen Fußes vor meinem inneren Auge und meiner inneren Wirklichkeit, und ich sah, wie sich ihre Eltern über den Riesenwuchs grämten.
Diana hatte als Kind einmal vor dem Einschlafen gehört, wie ihre Mutter mit der Nachbarin über sie sprach, zu weinen anfing und sich darüber beklagte, dass ausgerechnet ihr eigenes Kind »verunstaltet« sei. Das Wort »verunstaltet« hatte Diana fortan ihr Leben lang begleitet. Sie hatte daraufhin versucht, den Fuß in ein Wunder zu verwandeln, als sie anfing, ihn zum Zeichnen zu benutzen. Es wurde ein langer Weg, bis sie Vögel in allen Einzelheiten portraitieren konnte. Aber auch damit wurde sie zum Gespött ihrer Schulkolleginnen, denn jetzt zog sie die immergleiche Frage auf sich, ob sie schon »gevögelt« habe. Sie hatte versucht, sich selbst in einen Vogel zu verwandeln, das heißt, ein Vogel zu sein, aber es gelang erwartungsgemäß nicht. Ihre Erlebnisse im Kindergarten und in der Volksschule waren noch erträglich, im Gymnasium jedoch war das Verhalten der Klassenkameradinnen und -kameraden ihr gegenüber gemein. Sie war in ihrer Gedankenwelt zum Unterschied zu mir »normal«, aber sie litt darunter, dass sie nur ein Riesenfuß sein durfte.
Immer wieder hatte sie sich, wenn sie auf der Straße war, in junge, männliche Passanten verliebt, doch war es für sie aussichtslos gewesen, eine Verabredung zu erreichen. Sie spürte, dass sie als »behindert« angesehen wurde. Erst als sie den Professor für Ornithologie kennenlernte, der über ihr Gebrechen hinwegsah, normalisierte sich ihr Alltag, allerdings blieb sie einsam, bis sie Ted kennenlernte, der den »Kleiderständer«, wie er den Riesenfuß bezeichnete, ignorierte. Sie war gutmütig und hilfsbereit, jedoch ängstlich. Auf mich wollte sie durch rücksichtsvolles Verhalten, Höflichkeit und Respekt einen guten

Eindruck machen, denn sie kannte die Gemeinheiten, zu denen Menschen fähig sind. Und ich mochte sie und bewunderte ihre Gabe. Ted hingegen erfand für sie Geschichten, die sie aufleben lassen sollten, und er verwirrte sie, indem er je nach Laune sowohl wahre als auch erfundene Begebenheiten erzählte, die er aber alle als »wahr« ausgab. Bevor er noch anfing zu sprechen, wusste ich, dass alles, was jetzt kommen würde, erfunden war. Auch hätte ich es vorgezogen, Diana zuzuhören, aber ich hatte nicht die Absicht, den Regisseur zu spielen.
Ted erklärte uns, dass er in seiner Jugend fanatisch an Alpengletschern interessiert gewesen sei. Mitten in einer Felswüste habe er mehrmals sogar blaue Gletscher gesehen, die ihn an zugefrorene Alpenseen erinnert hätten. Sonnenlicht habe sich, wenn die Wolken sich aufgelöst hätten, darin gespiegelt.
Ted richtete sich an mich und fragte mich, ob ich den Aletschgletscher in den Berner Alpen kennen würde.
Ich zuckte im Bett liegend die Schultern. Er sei, fuhr Ted fort, mit circa achtzig Quadratkilometern Fläche und mit mehr als 22 Kilometern Länge der größte Gletscher der Alpen. Über elf Kubikkilometer Wasser seien in ihm gespeichert – fast so viele wie im Vierwaldstättersee. Es sei ein unglaubliches Erlebnis, dort, wenn nicht zu viele Wolken den Himmel bedeckten, eine Nacht zu verbringen. Ein riesiger breiter und langer Kometenschweif, der ihm wie ein weißer, schlafender Fluss erschienen sei, breite sich vor einem aus – die Milchstraße der Zeit …
Er schwieg, wie ergriffen von seinen eigenen Worten. Dabei hatte er nur Zusammengelesenes mit Ausschmückungen und simplen Einfällen gemischt, um auf »Mücke« und mich Eindruck zu machen. Doch ich ließ mir nichts anmerken.
Wir schwiegen zu dritt, bis Diana von den Vögeln zu erzählen anfing. Sie holte dabei ein Aquarell aus ihrer

Handtasche: »Das ist für dich, der Eisvogel von John Ruskin. Er hat das Buch ›Die Steine von Venedig‹ geschrieben und gezeichnet. Kennst du ihn?«
Ich zuckte mit den Achseln. Sie schien sich trotzdem darüber zu freuen und kam vom Eisvogel auf venezianische Säulen und Kapitelle, von denen ich nichts wusste und für die ich mich nicht interessierte.

Eine Geschichte der symmetrischen Zeit

Meinen nächsten Schritt zur Heilung machte ich, als ich gemeinsam mit Malia begann, das Kloster weiter zu entdecken.
Wir betrachteten jeden Winkel. Ich fertigte Skizzen an und begann wieder zu schreiben. Alles hielt ich auf das genaueste fest.
Das Merkwürdigste war, dass das Kloster – abgesehen von der Wunderkammer – ein Spiegelbild des Stifts Admont war und ebenfalls von Benediktinermönchen bewohnt worden war. Admont hatte Weltberühmtheit durch die Schönheit der weißen Bibliothek und den riesigen Bücherbestand von 200 000 Werken erlangt. Nicht bekannt war hingegen, dass die Bibliothek in Admont mit der Bibliothek in unserem Spiegelkloster bis auf das kleinste Detail ident ist.
Erst bei der Erforschung des Klosters erkannte ich, dass mein erster Besuch mit Eugen nicht nur in der äußeren Wirklichkeit stattgefunden hatte, sondern auch in meiner inneren. Ich erinnerte mich an den Kopf eines Schneehasen auf einem Holzbrett, den ich jetzt tatsächlich wiederfand. Im Klosterbuch las ich, dass das Naturhistorische Museum des Stiftes Admont in seiner heutigen Form vom Benediktinerpater Gabriel Strobl 1866 gegründet worden sei, das »unsere« von Helmut Strobl, seinem mit ihm

nicht verwandten Namensbruder, im Jahr 1867. In »unserem Kloster« sei, so der Bericht, alles genau ein Jahr später als in Admont entstanden. Beide Strobls sammelten jeweils einen Bestand von 252 000 Insekten, die 57 000 verschiedene Arten umfassten. Die Fundorte erstreckten sich quer über Europa, beginnend mit »jenseits der Karpaten« bis zur »portugiesischen Grenze«. Bereits in den Jahren 1829 bis 1833 hatte in Gröbming Pater Constantin Keller eine eigenartige pomologische Sammlung von 245 Obstsorten geschaffen, die er selbst »gezogen« hatte und die heute noch in Admont ausgestellt ist. Er bossierte diese selbst aus Wachs, naturgetreu in Form und Farbe, sogar Insektenstiche, Fäulnisflecken und Runzelungen sind zu sehen. In unserer Gegend hat es ihm ein Pater August August ein Jahr später gleichgetan, wobei festzuhalten ist, dass seine Nachbildungen mit den wächsernen Objekten im Kloster Admont bis in das kleinste Detail übereinstimmten.
Die Wachsobst-Nachbildungen blieben in Admont beim großen Brand von 1865 als einzige Sammlung erhalten, da sie sich noch nicht im Kloster befanden. Durch den erwähnten Brand wurde eine forstbotanische Sammlung in neunzig Bänden vernichtet, von denen jeder einzelne Band als Rücken die Rinde eines bestimmten Baumes hatte und im Inneren Blätter, Blüten, Frucht etc. des betreffenden Gewächses aufwies. Exakt das Gleiche geschah, wiederum ein Jahr später, in unserem Spiegelkloster. In beiden Klöstern (wiederum im Abstand von genau einem Jahr) fielen dem Brand auch ein umfangreiches Herbar, ein versteinertes Exemplar des Ichthyosaurus communis sowie eine große Mineraliensammlung zum Opfer. Im Jahr 1866 beziehungsweise 1867 traten Gabriel und Helmut Strobl jeweils in die beiden Klöster ein und gestalteten »mit endlosem Fleiß und vielen Mühseligkeiten«, so der Bericht, »das Naturhistorische Kabi-

nett«. In den Klöstern arbeiteten beide Strobls die ersten zwölf Jahre in botanischer Hinsicht als Kustoden, in den 32 folgenden Jahren ausschließlich auf dem Gebiet der Insektenkunde. Bis zum Jahr 1890 beziehungsweise 1891 bestanden die beiden »Kabinette« aus einem einzigen Saal und wurden erst in der Folge auf jene Räumlichkeiten erweitert, die sie heute noch haben. 1906/1907 waren dann die inneren Ausstattungen abgeschlossen. Die beiden Ausstellungsflächen umfassten seitdem je 567 Quadratmeter. Gabriel beziehungsweise Helmut Strobl trugen ohne Begleiter fast alle vorhandenen Kollektionen aus den drei Naturreichen zusammen, entweder sammelten sie diese auf zahlreichen Exkursionen und Reisen selbst oder erwarben sie durch Tausch. Für die meisten durch Tausch erworbenen Sammlungsobjekte wurden vorwiegend Fliegen in Zahlung gegeben. Beide Klöster wiesen jeweils 2759 Pflanzen im einheimischen Herbar auf, die ohne Ausnahme deckungsgleich sind. Das Herbarium universale umfasste in den Klöstern jeweils 21 416 Objekte, die italienischen Herbare 3432, die Sammlung von Skeletten, Gehörnen und Geweihen 94, die ausgestorbenen Säugetiere 6, die Vögel 1100, die Reptilien 69, die Amphibien 48, die Fische 107, die Conchylien 9193, die Mineralien 564, die Gesteine 1207, die Versteinerungen von Tieren 469 und die Versteinerungen von Pflanzen 92 Objekte.
Die Bibliotheken wiesen noch erstaunlichere Identitäten auf:
Um mich nur den Deckengemälden zuzuwenden: Die Säle waren bis auf den Millimeter gleich groß, die Deckengemälde in den Gewölbekuppeln stammten beide nachweislich von Bartolomeo Altomonte, der damals bereits achtzig Jahre alt war und sie in den Jahren 1775/76 – beziehungsweise 1777/78 im Spiegelkloster – ausgeführt hatte. 250 Jahre später hatten die Farben nichts von ih-

rer Frische und Leuchtkraft eingebüßt. Die Deckengemälde in den Gewölbekuppeln widmen sich den Themen »Kunst und Technik«, »Naturwissenschaft«, »Theologie«, »Glaube«, »Rechtsprechung«, »Geschichtskunde«, »Philosophie« und den »Vier letzten Dingen«. Im Hauptgeschoss des mittleren Saalteils hingegen dem Tod, dem Gericht, der Hölle und dem Himmel. Die identischen Bildhauerarbeiten in den Ecken des Obergeschosses – Moses, Elias, Petrus, Paulus, Weisheit, Wahrheit, Wissenschaft, Klugheit, Markus, Matthäus, Lukas und Johannes – sind in beiden Klöstern gleich groß und aus gleichem Material. Um nicht die gesamten, geradezu unendlichen Besonderheiten aufzuzählen, begnüge ich mich mit der Gestaltung der Marmorböden in den beiden Bibliotheken. Sie setzen sich aus weißem Sölker Marmor, grauem Wildalpener und dunkelrotem Adneter Marmor zusammen. Hierfür sind insgesamt 7200 zumeist rautenförmige Steine in so raffinierter Weise zu geometrischen Mustern gefügt worden, dass der Blick des Betrachters, je nach subjektiver Einstellung, ganz unterschiedliche Bilder wahrnehmen kann: Bänder und Zick-Zack-Linien, die zu Würfeln umspringen oder zu Stufen werden können, die aus der Fläche in die Tiefe zu führen scheinen.
Übrigens umfasst die Handschriftensammlung über 1400 Handschriften ab dem 8. Jahrhundert und 530 Inkunabeln (Frühdrucke bis zum Jahr 1500). Die wohl einschneidendsten Begebenheiten für die beiden Klöster waren dic Brandkatastrophen 1865 beziehungsweise 1866. In vier Tagen und vier Nächten wurden 22 Häuser in den jeweiligen Umgebungen der Stiftskirchen sowie ein Großteil der Stiftstrakte selbst »ein Raub der Flammen«, heißt es in der Chronik. »Wie durch ein Wunder blieben die weltberühmten Bibliotheken mit ihren wertvollen Handschriften und Frühdrucken unbeschadet.« Und zuletzt las ich: »Der Anschluss Österreichs an das

Deutsche Reich im Jahre 1938 stellte auch die alten Hemma-Stiftungen unter die Herrschaft des Hakenkreuzes. Es erfolgte die Beschlagnahme der Stiftsbesitze mit allem beweglichen und unbeweglichen Vermögen als ›staats- und volksfeindlicher Besitz‹ und danach die völlige Enteignung der Abteien und der Raub der Kunstschätze und wertvollen Buchbestände. 1940 mussten alle Mönche die Klöster verlassen – erstmals in ihrem fast neunhundertjährigen Dasein. Nach dem Ende des Zweiten Weltkriegs im Jahr 1945 kehrten Äbte und Konvente aus ihrer Verbannung zurück. Eine neue Ära begann: Es erfolgten die Rückführungen des Kunst- und Bücherschatzes …« Bis auf das Kriegsende war im Spiegelkloster alles wieder genau um ein Jahr später geschehen. Die Rückkehr des Abtes und des Konvents gingen allerdings auf den Tag genau im selben Jahr 1945 über die Bühne.
Das alles war für mich so rätselhaft wie mein eigenes Leben. Doch wenn es tatsächlich stimmte, dann mussten vor einem Jahr – spiegelbildlich zu uns – Flüchtlinge ins Kloster gezogen sein. Das heißt, wir würden aus ihrem Schicksal schließen können, was uns selbst in einem Jahr erwartete.
Ich schrieb eine Zusammenfassung meiner Studien auf ein Stück Papier und schickte es über Malia an Gottlieb. Gottlieb leitete es an Eugen weiter und dieser an den Feldwebel. Niemand von ihnen wusste von der seltsamen Verwandtschaft der beiden Klöster – auch ich hatte davon vorher noch nie gehört. Am Abend überprüften Gottlieb und Eugen meine Unterlagen, und der Feldwebel und Heinrich Tann entschlossen sich, am nächsten Tag mit dem Hubschrauber in Admont den Fall zu untersuchen.

In Zeitlupe: Die Entstehung eines Rätsels

Als Alois Lechner und Heinrich Tann zurückkehrten, seien sie ratlos gewesen, erzählte mir Malia, die an den Gesprächen – wie viele andere auch – teilgenommen hatte. Sie hätten im gesamten Kloster Admont niemanden angetroffen. Es gebe jedoch Hinweise, dass mit großer Wahrscheinlichkeit innerhalb des letzten Jahres Menschen dort gelebt hätten. Der Feldwebel und der Major hatten Autos mit halbleeren Tanks, Kleidung, Küchengeräte, Teller und Schalen mit Speiseresten gefunden, die noch nicht verfault gewesen seien. Das hieße, dass die Bewohner erst kürzlich ausgezogen sein mussten. Auf dem Rückflug hätten der Feldwebel und der deutsche Offizier dann einen Abstecher in das nördliche Nachbarland gemacht und dort eine größere Anzahl von Menschen entdeckt, die wie in einer Kolonie zusammenleben würden. Diese hätten weiter nördlich, von wo sie wohl gekommen sein mussten, Spuren der Zerstörung hinterlassen.
»Wenn sie näher kommen, werdet ihr nicht ewig hierbleiben können«, schloss der Feldwebel, und der Major pflichtete ihm bei.
»Wir wollen noch nicht in die Kaserne ziehen«, widersprach Eugen.
Auf seine Frage, ob es Beweise dafür gebe, dass die beiden Klöster sich zwillingshaft synchron entwickelt hätten, konnten sie nur vage antworten. Admont sei unserem sehr ähnlich, meinte der Feldwebel ... »Fast gleich«, korrigierte der Major, aber mehr könnten sie darüber nicht sagen, schloss Alois Lechner. Dann sei länger geschwiegen worden, berichtete Malia.
Am folgenden Tag betrachtete ich mit Malia einen gerahmten Kupferstich vom brennenden Kloster. Als wir das Bild abhängten, liefen unzählige Spinnen über die Wand ... Sie flüchteten, versteckten sich unter der schier

endlosen Reihe von Portraits der Äbte und Heiligen, und es hatte den Anschein, als seien sie für immer verschwunden. Am nächsten Tag kamen wir nochmals vorbei, um ein Heiligenbild in Augenschein zu nehmen. Wieder stoben Spinnen aus ihren Unterschlüpfen, den Bildern, hervor – es war, als ob sie uns etwas mitteilen wollten. Malia bemerkte, dass ich irritiert war, und sagte: »Es ist wie ein Vogelschwarm, den du zum ersten Mal wahrnimmst. Er fällt dir zwar auf, aber du misst ihm keine Bedeutung bei.«
War das Gleiche vor einem Jahr auch im Kloster Admont geschehen?, fragte ich mich.
Am Abend hatten Yin und Yang und Ted und Diana eine Überraschung für mich.
Sie hatten Vorbereitungen getroffen, den Film »Der Andalusische Hund« von Salvatore Dalí und Luis Buñuel vorzuführen. Dafür war die Bibliothek ausersehen worden, und jetzt begann ich schon, an einem symmetrisch-synchronen Zeitkapitel zu zweifeln, denn wie konnte dieses Ereignis ein Jahr zuvor in Admont stattgefunden haben?

Das Ornament

Was blieb, war die wiedererweckte Leidenschaft für die Wunder »Symmetrie« und »Ornament«, die der Bien beim Bau des Stocks mit den sechseckigen Wachszellen vollbringt. Der Schwarm produziert Symmetrie bis hin zum Ornament und zugleich Chaos beim Honigflug oder der Befruchtung der Königin, die wiederum höchste Ordnung erkennen lassen.
Wie viele Stunden habe ich den achthundert Seiten starken Katalog mit Ornamenten betrachtet, der früher im Speiseraum herumlag … Niemand wusste mehr, wie er

zu uns in das »Haus der Künstler« gekommen war, wem er gehörte und weshalb er nicht schon längst weggeworfen worden war. Ich blätterte ihn mehrmals durch ... jedes Durchblättern dauerte wenigstens eine Woche ... Es mag sich seltsam anhören, aber ich fühlte mich durch die Ornamente beschützt. Sie gaukelten mir vor, dass sich alles am rechten Platz befände, dass mir selbst Ordnung und Symmetrie innewohnten, dass alles »wasserwaagenexakt« und winkelgetreu stimmte und dass Frieden herrschte. Ich sah in den Ornamenten Blüten des menschlichen Gehirns, wie ich Gedichte immer mit Musik und Unendlichkeit in Zusammenhang bringe. Unter dem Mikroskop offenbart die Natur ihr wahres Sein – sie zeigt uns die »Schöpfungsmaterie«.

Es gab Abbildungen, von denen ich mich nicht trennen konnte und auch nicht trennen wollte: ein Muster auf gelbem Seidenstoff, das ein chinesisches Buch zierte. Es zeigte kleine Drachen zwischen größeren Blumenblüten. Ich habe es so lange angeschaut und mir dabei Geschichten ausgedacht, bis ich einschlief und ein Traum die kaleidoskopischen Bilder in Bewegung setzte. Es waren jetzt fleischfressende Pflanzen, welche die winzigen Drachen verschlangen.

Ein persischer Wandteppich aus dem 16. Jahrhundert mit orientalischem Palmenmuster fiel mir besonders auf. Insgesamt stellten die Abbildungen neun Motive dar, nach denen gewebt worden war, darunter blaue, weiß gerahmte Sechsecke und üppige florale Muster auf rotem oder schwarzem Grund, die von betörender Schönheit waren. In der Nacht, nachdem ich mich in die Abbildungen vertieft hatte, ging ich durch den blühendsten Dschungel, den man sich vorstellen kann, wobei manche der bezaubernden Pflanzen Brandwunden auf meiner Haut hinterließen – farbige Tätowierungen ihres Ebenbildes ...

Dann wieder betrachtete ich damals die Handschriftenseite aus dem »Buch der Könige« des persischen Dichters Firdausi, ein Ausschnitt des aus 230 000 Versen in Distichen bestehenden Epos, an dem der Autor mehr als dreißig Jahre arbeitete. Ich habe keine Ahnung, worum es darin geht, aber in der Erinnerung daran vollzog ich jetzt noch, was mit Lisha geschehen war: Sie hatte zuletzt sich selbst in eine Traumfigur verwandelt und damit ihr Leben unsterblich gemacht. Sie konnte sich zukünftig in Erscheinungen verwandeln, dachte ich, in Monster, begehrenswerte Damen und Mütter, Väter und Verwandte, Unbekannte und Tiere – und damit die Köpfe von Kindern bis hin zu Sterbenden bevölkern, oft gleichzeitig und in verschiedenen Gestalten, die alle zusammen Teile eines gigantischen fliegenden Ornaments bildeten. Ohne dass wir es wüssten, würde sie uns in Form von Phantasiefiguren besuchen, die man oft schon mit dem Aufwachen vergisst und an die wir uns beim nächsten Traum nicht mehr erinnern würden, weil sie ein anderes Aussehen in einer anderen verworrenen Gedankengeschichte angenommen haben.
Ein weiteres Ornament war auf dem Einband eines arabischen Korans von mehr als einem Meter Höhe und einem halben Meter Breite abgebildet. Die streng geometrische Konstruktion auf ockerfarbenem Grund bestand aus gelben Rosetten. Ich glaubte, dass im Koran auch das Geheimnis der arabischen Schrift verborgen sei.
Ich musste an etwas anderes denken, sagte ich mir, denn die Beispiele glichen dem, was man bei Musikstücken als Ohrwürmer bezeichnete und was ich »Augensterne« nannte, weil ich sie mit dem leuchtenden Sternenhimmel verglich, der mir ebenso nicht aus dem Kopf geht.
Auf einer anderen Abbildung waren Löwen in horizontalen Reihen angeordnet. Sie wechselten mit Tauben ab und fanden sich auf den Kleidern eines Mächtigen aus

dem 13. Jahrhundert ... Überhaupt haben mich mittelalterliche Muster besonders begeistert ... Die Löwen und Tauben waren aus goldbroschierter Seide auf rotem Grund gefertigt und wurden als Symbole der Zartheit wie der Kraft verstanden. Ich las, dass der Löwe aufgrund der Furcht, die er auslöste, Kraft symbolisiere und die Taube Sanftheit. Der Löwe sei auch das Symbol des Stammes Juda gewesen, las ich, »der gemäß den Worten Jakobs das Szepter bis zur Ankunft des Messias vor Diebstahl zu bewahren hatte«. Dieses Wissen sei auch dem Ägyptologen Jean-François Champollion bei der Entzifferung der Hieroglyphen behilflich gewesen. Wie das möglich gewesen war, weiß ich nicht.
Die Bemerkung beschäftigt mich jedoch bis heute, da ich die sogenannte »äußere Wirklichkeit« immer als Hieroglyphenschrift verstanden habe, an deren Übersetzung ich ein Leben lang arbeite. Eine andere Hieroglyphenschrift ist für mich die innere Wirklichkeit, von der ich mich, im Unterschied zu der äußeren, nicht abwenden kann. Natürlich kann ich mich in mein Krankenbett zurückziehen und »abschalten«, doch die innere Wirklichkeit mutiert weiter. Sie ist ein Circulus vitiosus, das Perpetuum mobile in meinem Kopf. Seit ich mich erinnern kann, bewegt sich meine innere Wirklichkeit ohne Pause. Im Ornament sehe ich ein Fragment dieses Circulus vitiosus. Es ist vielleicht die einzige Möglichkeit, die Unendlichkeit sinnlich zu begreifen. Alles in der Berberkultur läuft, um ein Beispiel zu nennen, auf die Unendlichkeit hinaus. Auf die Ewigkeit. Motive aus Höhlen- und Felsmalereien wurden durch Teppichknüpfer wiederbelebt, die Zeit geriet in Fluss, sobald die Teppiche auf dem Boden in einem Raum lagen und Anteil am Leben und Sterben nahmen.
Ich würde beim Sterben gerne auf ein solches Teppichmuster blicken. In den Abbildungen der einzelnen Dinge,

der Darstellung des Beseelten wie Unbeseelten fühle ich mich geborgen. Es gibt auch Tattoos, die auf dem Menschen ihr Ornament weiterspinnen. Ebenso hinterlässt die Ewigkeit auf Töpfen und Vasen ihre Spuren, auf Steinen oder von Menschen geschaffenen Bildern. Man entdeckt auf ihnen winzige Teile und Teilchen, aus denen sich die Ewigkeit zusammensetzt. Scheinbar haben sie etwas mit Mathematik und Physik zu tun, mehr jedoch mit Metaphysik, mit dem Universum: Das Gegenständliche wird zum abstrakten Muster, das abstrakte Muster steht für den Sternenhimmel, für ein Blumenbeet, ein physikalisches Gesetz, für die Schöpfung, Musik, das Dasein und die Abwesenheit. Das Ornament durchdringt das Denken, macht offen für neue Vorstellungen, ist eine neue Sprache, die wir im Sehen und Reflektieren lernen. Ich ging mit den Mustern im Kopf gerne in den Wald, an ein Gewässer, auf eine Anhöhe, von der aus ich den Himmel und die Wolken betrachtete, die ich plötzlich neu sah, neu verstand. Ein Schmetterling wird mit einem Blick das Schlüsselloch zur Ewigkeit oder in die Zeitlosigkeit.
Selbst Gras oder Steine verwandeln sich – nicht zu reden von den Bäumen und Vögeln. Ein Ornament verzaubert alles, Pfoten, Zähne, Augen, Pilzkappen, Farnkraut, Käfer und Frösche. Die Ornamente fügen die äußere und die innere Wirklichkeit zusammen. Ich sah Teppiche mit versteckten Kreuzornamenten und begriff sie als Symbole meiner inneren Not. Priester waren keine Richter mehr, denn es gibt für einen Gläubigen wohl nur ein Gericht: das Jüngste. Wenn ein »Geheilter« wieder erkrankt, muss er daher »weiter betreut« werden, ganz gleich welcher Verirrung er zum Opfer gefallen ist …
Ich schweife ab. Ich will etwas schreiben, das einem Ornament gleicht und Fragment des endlosen Raums ist, der endlosen Zeit, der Unendlichkeit.

Und wieder war es das Gehirnmodell, dem ich verdankte, in die Menschenwelt zurückgefunden zu haben. Ich hatte inzwischen die Fertigkeit entwickelt, es automatisch auseinandernehmen und wieder zusammensetzen zu können. Keiner konnte es diesbezüglich mit mir aufnehmen. Ich ging auf den Gang hinaus, das Modell in den Händen, und nahm es in einem fort auseinander und setzte es wieder zusammen, auch während ich anderes tat, einen Vorgang beobachtete, ein Buch las. Die einzelnen Teile steckte ich beim Zerlegen jeweils in bestimmte Hosen- und Jackentaschen und nahm sie von dort automatisch wieder heraus. Ich kannte jetzt ihre Namen und Funktionen, so wie andere eine Schusswaffe zerlegen und wieder zusammensetzen können. Es hatte mich anfangs beruhigt und war zuletzt zur Gewohnheit geworden.

Im November begann es zu schneien. Schon am ersten Tag kam Kaplan Gottlieb Ferra zu mir, um zu berichten, dass das Experiment »Der Bien im Siebenstern« erste Früchte trage. Vor allem sei der Befall durch Varroa-Milben deutlich geringer als bei den übrigen Magazinen. Eugen habe das Experiment zuerst belächelt, doch es allmählich aus Neugier zu dokumentieren begonnen. Zuletzt, am gestrigen Tag, seien die Siebensternvölker varroafrei gewesen.

Ich konnte es nicht glauben und schüttelte erstaunt den Kopf.

»Frag Eugen!«, drang Gottlieb in mich.

Zum Abschied wollte er wissen, aus welchem Grund ich ununterbrochen das Gehirnmodell, das mir Eugen geschenkt hatte, zusammensetzte und wieder auseinandernahm. Ob es eine Art des Gebets sei?

Ich war erstaunt.

Er stand auf, ging zur Tür, drehte sich um und sagte: »Übrigens ist die Kolonie aus dem Nachbarland in unsere Richtung aufgebrochen – weißt du schon davon?«

Ich antwortete, indem ich den Kopf schüttelte.
»Alois und Heinrich sind heute zu einem Erkundungsflug aufgebrochen, um sich Klarheit zu verschaffen ...«
»Ich weiß nicht, ob das ein gutes Ende nehmen wird ...«
Gottlieb wechselte schnell das Thema und erzählte mir, dass der Philosoph Rudolf Steiner zur Bekämpfung der Varroa-Milbe ein Rezept empfohlen habe, das darin bestand, einen Löffel voll der Gliederfüßler in einem mit Buchenholz geheizten Ofen zu »veraschen«. Die Asche der Milben solle in einem Mörser aus Porzellan eine Stunde lang zerstampft werden, um feinsten Staub zu gewinnen. Hierauf solle dieser zuerst in einen Salzstreuer gefüllt und dann über die bebrüteten Waben verteilt werden. Ein kleiner Salzstreuer könne Varroa-Staub für 25 Völker aufnehmen.
»Wir versuchten es mit einem großen Salzstreuer für alle Völker und füllten noch einmal einen kleinen zusätzlich ab – um sicherzugehen.« Wörtlich setzte Gottlieb fort: »Bei der Veraschung wirkt wie in der Homöopathie geistige Energie mit.« Im Frühling wolle Eugen dann alle Stöcke in Siebensternform aufstellen. »Du kennst seinen Spruch: ›Nutzt's nix – schad's nix!‹«
Er lachte. Jetzt erst sah ich, dass er die ganze Zeit über schon eine mit pflanzlichen Ornamenten geschmückte Kasel – das Messgewand – trug. Gerade warf er selbst einen Blick darauf und erklärte, er trage es, weil heute Sonntag sei und er jetzt die heilige Messe lesen werde.

Zwischenbericht

Wieder verfiel ich in eine eigenartige Spannung, denn ich war neugierig, welches Ergebnis der Flug des Feldwebels und des Majors bringen würde. Eine Stunde später erfuhr ich es. Die Kolonie war auf direktem Weg zu uns. Der

Feldwebel, so berichtete Malia, habe einen Gefangenen an Bord gehabt, der aus Bayern stamme, einen Jugendlichen, der ihnen beim Rückflug unweit der Kolonie aufgefallen war, weil er gerade ein Reh verfolgt habe. Sie seien sofort gelandet, und Heinrich Tann hätte ihn mit gezogener Pistole aufgefordert, das Gewehr wegzuwerfen und an Bord zu kommen. Der junge Mann habe sich sogar über die »Entführung«, wie er es nannte, »gefreut« und gefragt, ob es bei uns »fesche Katzen«, also »schöne Mädchen«, gebe. Die Kolonie bestehe aus etwa hundert Menschen, so der Feldwebel zu Malia.
Zu Weihnachten waren wir vollständig eingeschneit. Eugen, erzählte man mir, konnte in Begleitung von Gottlieb nur mit großer Mühe unser Imkerdorf erreichen, um die Varroa-Behandlung der Stöcke fortzusetzen. Die übrigen Dorfbewohner fuhren inzwischen an den das Kloster umgebenden Hängen Schlitten. Es gab jetzt fast nur noch Paare, bis auf die »Patienten« und einige Einsame, die dafür umso leidenschaftlicher Wein aus dem Klosterkeller tranken. Die meisten spielten gerne Karten, wenige auch Schach, ein anderer Teil machte Spaziergänge, las Bücher, hörte Musik. Nur wenige starrten vor sich hin. Malia liebte den schneereichen Winter, den sie in Afrika nie so erlebt hatte, doch war sie voll schlimmer Vorahnungen, was die Ankunft der Kolonie betraf. Der Major und der Feldwebel flogen inzwischen jede Woche zum jeweiligen Aufenthaltsort, beobachteten aus der Luft Veränderungen, wurden »beschossen«, hielten sich aber in sicherer Höhe auf. Doch fühlten sie sich »gefährdet«, wie sie es nannten. Malia hingegen legte sich an Sonntagen afrikanischen Schmuck an, den sie überallhin mitgenommen hatte. Kira war im vergangenen Jahr stark gewachsen und konnte schneller als die meisten anderen Bewohnerinnen laufen. Und Rafiki liebte es bereits, bei mir im Zimmer zu sitzen, wenn ich schrieb.

Ich fühlte mich besser, doch hatte ich nach wie vor nicht zur mündlichen Sprache zurückgefunden. Daher übte ich mich in täglichen Aufzeichnungen, die ich beizeiten zusammenfasste. Aber ich ließ mein Manuskript niemanden lesen. Ich versteckte es sogar, indem ich es unter dem Bett am Einsatz festband. Bei jeder Gelegenheit, wenn ich etwas notieren wollte, kontrollierte ich, ob sich bei meinem Knoten etwas verändert hatte. Als ich Malia einmal darauf ansprach, antwortete sie mir, dass sie wisse, womit ich mir die Zeit vertriebe, doch jeder Mensch habe ein Recht auf Geheimnisse, und sie würde mir helfen, die meinen zu schützen. Das passte mir trotzdem nicht, doch fand ich keine bessere Lösung. Ich konnte höchstens eine weitere Klause verlangen, doch auch das schien mir kein Ausweg.

In der Adventszeit trafen fast alle, die dazu in der Lage waren, Vorbereitungen. Kleine Bäume wurden umgesägt, Kerzen gefunden, alter Christbaumschmuck in der »Schatzkammer« entdeckt, und Ted und Mücke bereiteten das Kinoprogramm vor: »Alice im Wunderland« von Walt Disney am Christtag und »Der Andalusische Hund« zu Silvester als Mitternachtsfilm. Yin und Yang übten in einem fort ihre Kunststücke, und Alma Zappa, Hedwig Moser und Malia tüftelten an einem Weihnachts- und Christtagsmenü sowie einem Silvesterbuffet aus Speisen, die sie nach Rezepten aus den Kochbüchern des Klosters zubereiteten. Je näher wir dem 24. Dezember kamen, desto müder wurde ich. Das ist, seit ich mich erinnern kann, immer so.

Das Nikolausfest wurde mit Major Tann als heiligem Nikolaus und dem Feldwebel Alois Lechner als Teufel gefeiert. Meine Klause ließen sie auf Wunsch von Malia aus. Von Kira hörte ich durch die Wand einen Aufschrei und Weinen. Sie kam zu mir, flüchtete unter meine Decke und schlief dort, bis Malia sie holte. Von diesem

Abend an stellten wir ein weiteres Bett in die Kammer der beiden, auf dem ich notfalls übernachten konnte. Sie hatten sich langsam an mein Schweigen gewöhnt, gegen das ich ankämpfte.

Der Elefantenmensch

Vom Weihnachtsfest selbst ist mir vieles in Erinnerung geblieben, am meisten aber mein verwirrter Zustand zwischen Kindheit und Alter. »Die letzten Weihnachten?«, fragte ich mich. »Die ersten Weihnachten? Was weiß ich noch darüber?«

»Alice im Wunderland« hatte ich schon oft gelesen und auch den Walt-Disney-Trickfilm mehrmals gesehen ... aber da sich alles im Kopf des Autors Lewis Carroll abspielte, zog ich das Buch vor. Als ich die Bibliothek des Klosters betrat, stellte ich fest, dass alle wie verrückt gewordene Heiligenfiguren maskiert waren. Ein großer Christbaum war mit bunten Glaskugeln und Lichtern geschmückt, und wir sangen zuerst »Stille Nacht«, jeder mit einer Kerze in der Hand. Die Masken waren, wie sich herausstellte, noch von Gustav Reiter für die geplante Aufführung von »Das Narrenschiff« angefertigt worden. Der Großteil der Teilnehmer an der Feier war schon betrunken.

Während der Filmvorführung von »Alice im Wunderland« kam es zu Zwischenrufen, Gesangseinlagen und Lachanfällen, es war bizarr und turbulent. Nur wenige folgten der Handlung. Eigentlich war es eine Faschingsfeier, wie mir vorkam. Zwei Patienten machten übermütig die Stimmen der Figuren im Film nach. Andere fingen zu zwitschern, zu bellen, zu miauen, zu blöken, zu mähen, meckern und zu muhen an ... und jedes Mal folgte Gelächter. Es war, als ob besoffene Kinder Geburtstag

feierten. Nach Ende des Films Geschrei, bis Gottlieb in der Weihnachtskasel auftrat und zur Ruhe mahnte. Er hielt eine vorgezogene Christmette. Alle waren währenddessen vollkommen still, manche schliefen. Das klingt nicht feierlich, doch war es eine Folge unserer postapokalyptischen Zeit. Niemand jammerte, weinte oder beklagte sich. Ich habe kaum jemals so ausgelassene und zugleich doch respektvolle Menschen gesehen wie nach dieser Mette. Dabei war es erst 20 Uhr. Auf den Tischen wurden Wein und Bier kredenzt und die Flaschen einfach stehen gelassen. Beim Essen selbst trat wieder Stille ein. Zuerst wurde Kürbissuppe serviert. Anschließend konnte man Konservengulasch mit Bratkartoffeln speisen. Das Dessert bestand aus Sachertorten und Marzipanpralinen, dazu wurde Süßwein getrunken. Außerdem spielten Agnes Drossel und ihr Gefährte Jürgen CDs mit Songs von Bob Dylan und den Beatles. Hin und wieder stand Gottlieb, noch immer in der Weihnachtskasel, auf, um aus der Bibel vorzulesen, etwa die Erzählung vom Bethlehemitischen Kindermord und der Geburt Jesu im Viehstall.
Zuletzt kam die Bescherung. Sie begann damit, dass dem Feldwebel und dem Major für ihre Aufklärungsflüge mit den Hubschraubern gedankt wurde. Eugen trug dabei ein großes Kreuz auf der Brust und überreichte zwei gleiche Kreuze an die beiden Militärs. Sie antworteten mit einem Gegengeschenk an Gottlieb: Rembrandts Gemälde »Das Gastmahl des Belsazar« mit der leuchtenden Schrift »Mene mene tekel u-pharsin« an der Wand. Rembrandt hatte das Bild 1635, las Heinrich Tann von einem Zettel, nach dem 5. Buch Daniel aus der Bibel gemalt. Der babylonische Regent Belsazar habe nämlich bei dem »berauschenden Fest« Gefäße verwendet, die sein Vater im Tempel von Jerusalem erbeutet habe. Daraufhin sei die zitierte Schrift an der Wand des Palastes erschienen.

Die sofort herbeigerufenen Gelehrten hätten sie nicht entziffern können, weshalb der Tyrann den Propheten Daniel habe holen lassen, der den Spruch so ausgelegt habe: »… Du wurdest gewogen und für zu leicht befunden, Gott hat dein Königtum beendet …« Noch in der gleichen Nacht, heiße es, sei Belsazar von seinen Knechten erschlagen worden.
Es gab langen Applaus.
Alois Lechner und Heinrich Tann hatten das Bild abgemessen. Es ist 1,7 × 2,1 Meter groß und auf Leinwand gemalt. Sie hätten das Gemälde aus dem Frankfurter Städel-Museum, wo es gerade hing, »gerettet«, erfuhren wir. Heinrich Tann habe es dann bei seinem späteren Flug für den »Andachtsraum« mitgebracht. Es stammte, ergänzten sie, aus dem »ehemaligen« Besitz der Londoner National Gallery. Als die beiden das Gemälde ausgepackt hatten, las Gottlieb das 5. Buch Daniel vor. Nach einer Pause, in der die Festgäste, noch immer maskiert, an dem Ölbild vorbeimarschierten – wobei einige sich bekreuzigten –, wurden die Anwesenden beschenkt. Zum Großteil waren es teure Armbanduhren. Auch diese hatten der Feldwebel und der Major auf ihren Flügen »organisiert«, wie sie sich ausdrückten. Malia wurde mit einer Breitling-Armbanduhr belohnt, ihre Tochter erhielt das kleinere Damenmodell und ich eine viereckige Longines für Herren. Eugen moderierte, doch war es für jeden ersichtlich, dass der Feldwebel wieder an Wichtigkeit gewonnen hatte.
Es wurde an diesem Abend vermieden, über die anrückende Kolonie, die uns offenbar zum Ziel erkoren hatte, zu sprechen. Der Gefangene aus Bayern war, nachdem der Feldwebel ihn verhört hatte, »verschwunden«, wie wir erfuhren, und ich verdächtigte Lechner augenblicklich, dass er ihn erschossen hätte. Niemand hatte ihn seither gefunden. Vermutlich war er in die Kaserne gebracht worden, was zugleich sein Todesurteil gewesen war.

Man ging nicht weiter darauf ein und schien es anschließend zu vergessen. Auf Fragen erntete Malia nur Schweigen oder Tadel: »Hör auf!« – wir waren beide bedrückt.
Am Christtag spielten Diana und Ted nach dem Mittagsmahl unangekündigt »Der Elefantenmensch« von David Lynch vor. Es gab Gemüsesuppe, Salzburger Nockerln oder Apfelstrudel mit Vanillesauce. Plötzlich erhob sich Ted und bat um Ruhe. Erstaunt bemerkten wir, wie in der Bibliothek das Licht ausging, der Fernsehapparat von den chinesischen Akrobaten in den Raum geschoben wurde und der Film begann. Zuerst war in weißen Buchstaben auf schwarzem Grund »Anthony Hopkins«, »John Hurt« sowie der Titel »The Elephant Man« zu lesen, zuletzt »Directed by David Lynch«.
Als Erstes erblickte ich das große Schwarzweißportrait einer schönen dunkelhaarigen Frau, mit Bildern von vorbeiziehenden Elefanten überblendet, die auf das Publikum zukamen. Jemand im Saal stieß einen Schrei aus. Die junge Frau im weißen Kleid stürzte auf der Leinwand über einen Elefantenrüssel, und die Herde schien sie zu zertreten. Die junge Frau schrie lautlos und in einem fort. Die Tiere hatten angehalten, traten und stampften jetzt auf etwas Unsichtbares zu ihren Füßen ein und schienen von Zorn erfüllt zu sein. Es war, wie gesagt, ein Schwarzweißfilm, und er hatte etwas von einem Albtraum. Ich dachte sofort, dass die Unbekannte vergewaltigt würde und die Elefanten die Täter symbolisierten.
Als Nächstes tauchte der Arzt Frederick Treves mit Zylinder und Stock auf und bewegte sich durch eine Ansammlung von Schaustellern, Neugierigen und Zelten in einem düsteren Vergnügungspark. Auch ein Fleischergeschäft mit geschlachteten und halbierten Rindern und Schweinen vor einer Hauswand war zu sehen sowie ein Glas mit einem missgebildeten Fötus, und in den Gassen trieben sich lebende deformierte menschliche Wesen,

»Freaks«, herum, die ihr ungewohntes bis unglaubliches Aussehen bei der nächsten Vorstellung zu Markt tragen mussten.
Der Film verschluckte mich von da an.
Dr. Treves gelangte zuletzt zu einer Schaubühne mit geschlossenem Vorhang. Eine Inschrift wies darauf hin, dass »Der Elefantenmensch« erscheinen sollte, was aber von einem energischen Kriminalkommissar mit Polizeibeamten verhindert wurde. Der Schausteller Bytes bemühte sich vergeblich, den Kommissar umzustimmen. Es handle sich doch nur um ein »Monster«, »ein menschliches Monster«, drang er auf den Kommissar ein, um ihn von seinem Vorhaben abzubringen, doch der Kommissar befahl den Beamten, die Schaubude zu schließen.
In der nächsten Szene operiert Dr. Treves im Anzug und ohne Gesichtsmaske mit seinem ebenso gekleideten Team einen Arbeiter, dessen Oberkörper von einem Zahnrad zerfleischt worden ist. Ein Bub klopft an die Tür des OP-Zimmers und überbringt Dr. Treves die Nachricht, dass »es« möglich sei ... Wieder begibt sich der Arzt durch die feuchten und dunklen Gassen von London zu den Schaustellern. Dort darf er jetzt gegen Schmiergeld den »grässlich deformierten Elefantenmenschen« sehen. In Großaufnahme: Eine Träne rinnt über Dr. Treves' Wange.
Man staunt über den Mann mit dem riesigen, missgestalteten Kopf und deformierten Gesicht, der noch dazu gehbehindert und von Babylon-Geschwüren auf dem ganzen Rücken befallen ist, und man wundert sich, dass er mit seinen unzähligen Gebrechen überhaupt lebt. Seine rechte Hand ist überdies um das Dreifache vergrößert – ähnlich Dianas linkem Fuß –, und er spricht nicht. Unter dem Vorwand, ihn wegen seiner Bronchitis im Royal London Hospital behandeln zu wollen und ihn zugleich untersuchen zu müssen, gelingt es Dr. Treves, den Ele-

fantenmenschen in die Klinik zu locken, wo er am nächsten Morgen in Begleitung eines Boten erscheint. Er hat einen Sack über den Kopf gestülpt, in dem ein rechteckiger Sehschlitz vor seinem linken Auge ausgeschnitten ist. Über dem Sack trägt er eine schwarze Mütze und auf dem Körper einen schwarzen Überwurf. Nur mühsam und mit Hilfe eines Stocks kann er sich fortbewegen. Tatsächlich sieht er schreckenerregend, ja gespenstisch aus, ein hundertjähriger Moloch, doch er ist erst 21 Jahre alt und ein Mensch. Die Krankenschwestern sind mit ihm sichtlich überfordert. Sie sind so entsetzt, dass sie ihn aggressiv behandeln. Sein Name im Film ist John Merrick, und er hatte als Joseph Merrick tatsächlich von 1862 bis 1890 gelebt, wie ich von Diana und Ted im Nachhinein erfuhr, die es in einem Buch über David Lynchs Filme gelesen hatten. Das erklärte auch die Gebäude und die Kleidung des »Viktorianischen Zeitalters« im Film, die an die Zeit von Charles Dickens denken ließen.

Man sieht, wie der Schausteller Bytes und sein Enkel schon ungeduldig auf die Rückkehr des Elefantenmenschen warten. Als dieser endlich eintrifft, wird er von seinem Herrn mit der Peitsche geschlagen, weil Bytes ihm Ungehorsam unterstellt. Das Enkelkind ist darüber empört und meldet den Vorfall Dr. Treves. Dieser bringt den Elefantenmenschen Merrick entgegen den Protesten des Schaustellers, der kläglich und zugleich mit unterdrückter Wut beteuert, dass er von Merrick lebe und der Arzt ihn seiner Existenzgrundlage beraube, in das Royal Hospital zurück.

Dort verbringt der historische Merrick liebevoll umsorgt die restlichen sieben Jahre seines Lebens. Hass, Neugier, Ekel und Grauen der Menschen begleiten ihn trotzdem durch die Zeit, in der er sich vor der Welt verkriecht. Aber es gibt auch Empathie für ihn, ein Gemisch aus Sensationsgier und Mitleid, vor allem bei den Adeligen,

die ihn in seinem Zimmer besuchen dürfen. Denn Merrick, so stellt sich heraus, kann, wenn auch nur unter großen Schwierigkeiten, sprechen und Psalmen und Gedichte auswendig rezitieren. Er liest, ist gut erzogen und bescheiden und äußert sich höflich und klug. Es bleibt hingegen streng verboten, dass er sein eigenes Gesicht im Spiegel sieht, was, wie zu erwarten, unter unmenschlichen Bedingungen dennoch geschieht.
Die Erkrankung, die Merricks Gebrechen zugrunde liegt, verbietet ihm, dass er liegend schläft, weil er durch das Gewicht seines Kopfes ersticken kann. Aus diesem Grund richtet er seine Polster gewöhnlich so, dass er sitzt. Nach der Rückkehr von einer Theateraufführung, bei der er anschließend von der Hauptdarstellerin dem Publikum vorgestellt und von diesem mit langem Applaus bedacht wird, legt er sich in seinem Zimmer flach auf das Bett, ohne den feierlichen Abendanzug abzulegen. Die gerahmten Schwarzweißfotografien der Schauspielerin und seiner Mutter stehen auf seinem Nachtkästchen. Wir sehen den Sternenhimmel, über den die Kamera mit Bedacht schweift. Ganz am Schluss ist das Gesicht seiner schönen Mutter in leuchtendem Sonnenlicht zu sehen, und während sich das Bild ihren Augen nähert, hört man ihre Stimme »Nichts wird vergehen« sagen.
»Alles vergeht!«, schrie der Feldwebel, noch bevor wieder das Licht im Saal brannte. »Das ist ein dürftiges Kasperltheater. Niemand kann verstehen, was in der Missgeburt vorgeht! Niemand!«
Ich stand auf und sagte in die Stille hinein: »Ich.«
Erstaunt stellte ich fest, dass ich wieder sprechen konnte. Meine Verwirrung ging im Freudengeschrei der Mitpatienten unter. Sie trommelten mit den Fäusten auf den Tischen – auch, weil sie angetrunken waren, mehr aber noch aus Übermut und weil sie sich von den bedrückenden Geschehnissen befreien wollten.

Unter dem Gelächter der »Patienten«, aber auch der übrigen Gäste stand der Feldwebel auf und ging. Aus lauter Begeisterung über meine Gesundung küsste mich Malia auf den Mund.

Edgar Allan Poe

Der Feldwebel ließ sich bis zum Silvesterabend nicht mehr blicken, aber wir hörten ihn zwei oder drei Mal über das Kloster fliegen.
Die Tage über versicherten wir uns gegenseitig, dass wir den Elefantenmenschen liebten. Oberarzt Dr. Brantners Begeisterung für den Film war nicht weniger groß als die von Diana und Ted. Er bot sich an, eine Geschichte von Edgar Allan Poe vorzulesen, »Das System des Dr. Teer und Prof. Feder«. Poe hatte sie 1845 verfasst, und sie passte sehr gut zum »Elefantenmenschen«. Sie spielt im Süden Frankreichs in einer Irrenanstalt, einem schlossähnlichen Gebäude. Ein Fremder besucht aus Neugierde die Nervenheilanstalt. Dr. Maillard, der Anstaltsleiter, der ihm bisher unbekannt war, zeigt ihm das Gebäude und den Garten und erklärt ihm, dass er seit einem Monat nicht mehr das ursprüngliche Besänftigungssystem als Therapie anwende, sondern jenes von Dr. Teer und Prof. Feder. Früher seien die Patientinnen und Patienten nicht zur »Normalität« gezwungen worden, sondern hätten ihre »Abnormalität« ausleben dürfen. Davon sei er nun abgekommen.
Er lädt den Fremden zum Abendessen ein, wo dieser auf dreißig Gäste trifft, die ihm seltsam vorkommen. Maillard erzählt von den Patienten der Anstalt, dass sie sich etwa für Tiere oder Gegenstände hielten, wie einen Hahn oder einen Kreisel. Dabei scheinen diese sich aber köstlich zu amüsieren. Das angebotene Essen ist bizarr ausgefallen

und in Riesenfülle vorhanden. Wein und Sekt werden angeboten, und die Anwesenden übertreffen sich in der Schilderung und Darstellung der sonderbarsten Käuzinnen und Käuze, die in der Anstalt gelebt haben oder noch leben. Dr. Maillard berichtet gerade von einem kürzlichen Ausbruch der Insassen, welche die Wärter fesselten und in das Gefängnis des Schlosses steckten. Mittendrin bricht plötzlich großer Lärm aus, und »barbarische« Gestalten, wie Maillard ausruft, strömen durch die Fenster in den Saal, worauf ein Handgemenge entsteht.
Der Fremde begreift allmählich, dass der Anstaltsleiter seine eigene Geschichte erzählt hat: Maillard selbst wurde offenbar im Irrenhaus geisteskrank, man fesselte ihn und sperrte ihn zu den anderen Insassen. Eines Tages waren die Patienten ausgebrochen und hatten das Personal »geteert und gefedert«, was der Titel der Geschichte zum Ausdruck bringt. Nun aber hat sich das Anstaltspersonal wieder befreien können und das Schloss zurückerobert. Umsonst sucht der Fremde auf seinen weiteren Reisen nach einem Buch, in dem das System von »Dr. Teer und Prof. Feder« wissenschaftlich erklärt wird, wie Maillard behauptet hatte.
Die meisten Zuhörer im Kloster nickten stumm, als die Lesung zu Ende war, da sie die Geschichte nicht verstanden hatten …
Die Silvesternacht begann mit dem Buffet. Der Feldwebel hatte ein Feuerwerk verboten, da er befürchtete, die »heranrückende Kolonie« dadurch auf uns aufmerksam zu machen. Die meisten wollten sich ohnehin nur betrinken und hatten bereits am Vormittag damit begonnen. Gegen 19 Uhr kamen wir im Bibliothekssaal zusammen. Mit der Zeit wurde es familiär. Es machte den Eindruck, als ob die Anwesenden von schwerer körperlicher Arbeit nach Hause gekommen seien und noch einen Schlaftrunk nehmen wollten. Alle Überbleibsel des Umtrunks am Vormit-

tag wie Erbrochenes, Urinpfützen und verlorene Gegenstände waren beseitigt oder gefunden worden, und die Walzermusik tat ein Übriges, dass die Mehrheit der Paare bis Mitternacht bereits ihr Zimmer aufgesucht hatte und die anderen vor dem Tisch eingenickt waren.

Ein andalusischer Hund

Bis auf wenige Personen lagen alle schon in ihren Betten, als von Diana und Ted »Ein andalusischer Hund« von Buñuel und Dalí vorgeführt wurde.
Woran kann ich mich noch erinnern? An den im »Matrosenanzug« radfahrenden Jüngling. An das Rasiermesser, mit dem ein Mann das Auge einer vor ihm sitzenden Frau zerschneidet, und den anschließend gezeigten Nachthimmel mit Mond und Wolken, an die Ameisen, die aus der blutenden Wunde einer geöffneten Hand kriechen, an die zwei Konzertflügel, auf denen Eselkadaver liegen und die von einem Arbeiter durch ein Wohnzimmer gezogen werden, nicht zu vergessen die nackten Brüste einer Frau, die von zwei Männerhänden liebkost werden … dazu die Musikfragmente aus Wagners »Tristan und Isolde« und einem argentinischen Tango …
Während ich das schreibe, fallen mir weitere kurze Abschnitte ein, die ebenfalls – wie einem inneren Zwang folgend – ohne Chronologie oder Sinn gezeigt werden und verschwinden. Größer als der Schreck war für mich das Staunen über die Selbständigkeit und Selbstverständlichkeit, mit der alles geschah. Es gab weder eine Handlung noch eine Erklärung, als sei das Dargestellte geträumt und die Aneinanderreihung der Szenen dem Zufall überlassen worden. Doch es war ein Film, der dem unbewussten Denken gewidmet war, den unerklärlich und plötzlich auftauchenden Kindheitserinnerungen,

den Angstvorstellungen, den sexuellen Sehnsüchten. Ebenso wie die Logik Formeln, Sprache, Gedanken erzeugt, sollte das assoziative Denken in Form von Bildern und Szenen vorgeführt werden. Entstanden ist ein rätselhaftes Kunstwerk aus Intuition und alltäglichen sowie paranoiden Vorstellungen, mit dem einzigen Ziel, das ungeschnittene Rohmaterial von Gedanken, Erinnerungen und Zwangsvorstellungen im Gehirn und seine bildlichen und akustischen Aufnahmen aus der Wirklichkeit durch scheinbar wahllos zusammengewürfelte Szenen zum Vorschein zu bringen. »Ein andalusischer Hund« hat für mich eine längere Lebensdauer als das Buch »Die Traumdeutung« von Sigmund Freud, dessen Ablaufdatum vorprogrammiert war und von dem nur die Methodik erhalten bleibt. Denn Freuds Arbeit spiegelt in erster Linie Folgen der gesellschaftlich bedingten Zwangsmoral im Unbewussten der Menschen seiner Zeit wider, während »Ein andalusischer Hund« das Unbewusste auf zeitlose Weise illustriert.

Malia hatte die Botschaft sofort verstanden, war aufgesprungen und hatte mich unter lauten Neujahrswünschen für die nur noch spärlich Anwesenden aus dem Saal gezogen und mich in meiner Klause umarmt. Bevor wir gemeinsam in das Dreibettzimmer zu Kira und Rafiki wechselten, erklärte sie mir, dass wir in den Kopf jedes Menschen gesehen hätten, der voller Ängste, Sehnsüchte, Hass und dem Wunsch nach körperlicher Vereinigung sei, voller Rätsel, die auf Böses, aber auch Gutes schließen ließen. Es gehe darum, welche Auswahl jeder Mensch aus den unendlichen Möglichkeiten für sich selbst treffe. Noch heute sei dieser nur sechzehnminütige Film eine Herausforderung, bestehende Gesetze und sein eigenes Gewissen in Frage zu stellen.

Freaks

Am Vormittag des Dreikönigstags traten dann Yin und Yang mit ihrer neuen Körperschau auf. Auch sie zeigten unsere Innenwirklichkeit, unsere Innenwelt. Zur Klaviermusik von Johann Sebastian Bach stellten sie Organe des menschlichen Körpers dar: ein Auge, ein Herz, Penis und Vagina, das Innenohr und zuletzt Finger einer Hand. Aufgrund der häufigen Änderung ihrer Körperbemalungen, die von Bachs Goldbergvariationen überbrückt wurden, dauerte die Vorstellung zwei Stunden, erst dann – es war einer der wenigen sonnigen Wintertage – begaben sich die meisten ins Freie. Ich blieb zurück und wurde Ohrenzeuge eines Gesprächs zwischen Eugen und dem Feldwebel. Die Tür zum Bibliothekssaal stand offen, ich hörte ihre Stimmen und blieb stehen.

Lechner behauptete, dass die »Kolonie« auf dem Weg sei. Ihre Vorräte seien verbraucht, und man habe beschlossen, in die Richtung zu fahren, aus der die Hubschrauber kämen. Auch vermissten sie »vermutlich« ihren Kundschafter »Franz« – es stellte sich heraus, dass sie den entführten Bayern meinten – und wollten ihn finden. Die meisten Mitglieder der Kolonie seien betrunken gewesen, berichtete der Feldwebel. Auf Eugens Frage, woher er das wisse, antwortete er, dass sie in zehn Kilometern Entfernung von dem Ort, an dem sich die Gruppe aufhielte, gelandet seien. Major Heinrich Tann hatte ein herumstehendes Auto genommen, es mühsam nach einigen vergeblichen Versuchen gestartet, um sich dann das letzte Stück zu Fuß auf den Weg zu machen. Bei Einbruch der Dunkelheit hätte er sich vorsichtig dem Dorf genähert und an drei verschiedenen Häusern gelauscht, was in ihnen gesprochen worden sei. Überall habe man zum Aufbruch gemahnt. Eugen fragte den Feldwebel, ob es »an der Zeit« sei, in die Kaserne zu übersiedeln, worauf

dieser ihm zu meiner Überraschung riet, noch abzuwarten.
Ich schlich mich in mein Zimmer zurück und überlegte, was zu tun sei. Die ganze Zeit über hatte ich ohnedies an meine Beobachtungen bei dem Gefecht zwischen dem Feldwebel und dem deutschen Major Heinrich Tann gegen die Kolonial-Menschen gedacht und war jetzt überzeugt, dass es eine Vision gewesen sein musste, die von der Realität eingeholt werden würde. Sollte ich alles geschehen lassen, wie ich es vorausgesehen hatte, oder den Versuch unternehmen, eine kriegerische Auseinandersetzung zu verhindern, und mit Eugen darüber reden? Zuletzt entschloss ich mich, es mit Malia zu besprechen.
Beim Abendessen – zum letzten Mal in der Bibliothek – war die Stimmung gut. Doch schienen alle noch müder geworden zu sein, so müde, dass man den Eindruck gewinnen konnte, dass die meisten sich gar nicht kannten. Gottlieb las die dem Dreikönigstag entsprechende Bibelstelle vor, und schließlich erschienen drei junge Frauen als Kaspar, Melchior und Balthasar und begrüßten Jesus – sie blickten uns dabei an – mit einem Lied. Zur Überraschung aller verkündeten sie, wer im neuen Jahr Kinder zur Welt bringen würde, was mit Applaus bedacht wurde. Diesmal blieben die Anwesenden auf ihren Plätzen sitzen, als der Film »Freaks« zum »Abschluss«, wie Diana erklärte, vorgeführt wurde.
Was den Film herausragend machte, waren die Darsteller der Freaks, die selbst Freaks waren (ein »Freak of Nature« ist eine »Laune der Natur«). Der Film spielte in einem Zirkus, der zugleich Schausteller von körperlich »missgestalteten« Menschen war. Dazu zählten Frauen mit Bärten, Kleinwüchsige – früher nach Swifts »Gullivers Reisen« »Liliputaner« oder in Märchen »Zwerge« genannt –, Personen ohne Unterleib, die auf Händen gehen,

Menschen ohne Arme und Beine, ein jeweils »stärkster«, »größter« und »kleinster« Mann der Welt oder das menschliche Präparat eines an Zyklopie verstorbenen Embryos, bei dem die beiden Augenhöhlen zu einer einzigen knöchernen über der Nase verschmolzen waren. Es erschienen auch »die erstaunlichsten Ungeheuer aller Zeiten«. Dazu zählte der »Löwenmensch«, dessen Körper vom Gesicht bis zu den Füßen mit zwanzig Zentimeter langen, blondbraunen Haaren bedeckt war, oder die nicht einmal 1,40 Meter große »Affenfrau«, deren Gesicht mit sogenannten Barthaaren bedeckt war, auch Männer mit »Gummihaut«, die vom Körper weggezogen werden konnte wie bei einer Plastikverpackung, »Skelettmenschen«, »die Albinogeschwister«, der »Zwillingsmensch« mit Fragmenten seines nicht ausgewachsenen Bruders unter der Körperhaut, das »Vogelmädchen« Cukoo von allerzierlichster Gestalt und mit einer pinocchiolangen Nase sowie Menschen mit extrem kleinen Köpfen, die an »Mikrozephalie« leiden, oft nach einer Infektion der Mutter mit dem Zika-Virus.
Trotz der durchschaubaren Handlung ist der Film ein Meisterwerk, wenn man ihn als eine Erzählung aus der Sagen- und Märchenwelt mit zeitübergreifender Gültigkeit versteht. Es geht um den Aufstand von Benachteiligten und Wehrlosen gegen diejenigen, die über das Schicksal von »Behinderten« bestimmen können. Die Berechtigung dafür beziehen die Unterdrücker aus der jeweils herrschenden Normalität, die es ihnen vor noch nicht allzu langer Zeit erlaubte, andersartige Menschen wie Waren auf Jahrmärkten oder Tiere in Zoos auszustellen. Der Film lässt sich ganz allgemein als Gleichnis interpretieren: Er trifft sowohl auf die in der Zeit des Nationalsozialismus als »Untermenschen« Bezeichneten zu als auch auf alle Diktaturen, die menschliche Lebewesen nicht als gleichwertig betrachten, sie ausnützen,

unterdrücken und verfolgen. Das beginnt in Familien, in Schulen und Internaten und endet oft in polizeilichen Vernehmungsräumen, in Gefängnissen, Psychiatrien und auf dem Friedhof.
Was ich hier aufgezeichnet habe, ist eine Zusammenfassung des Gesprächs mit Oberarzt Brantner, das ich nach dem Film mit ihm geführt habe, als alle anwesenden Patienten auf ihren Stühlen längst eingeschlafen waren.
Am nächsten Morgen brachte mir Oberarzt Brantner das Buch »Show Freaks & Monster« von Hans Scheugl. Ich fand darin ein Zitat aus Victor Hugos Roman »Der Mann, der lacht«: »Ich bin ein Ungeheuer, sagt ihr? Nein, ich bin das Volk. Ich bin eine Ausnahme? Nein, ich bin jedermann. Die Ausnahme seid ihr. Ihr seid das Wahnbild, ich bin die Wirklichkeit ... Ich bin die Menschheit, wie ihre Herren sie zugerichtet haben. Der Mensch ist ein entstellter Krüppel.« Je länger ich in Hans Scheugls Buch las und je mehr Fotografien ich betrachtete, umso mehr konnte ich mich mit Victor Hugos Gedanken identifizieren.

Ein seltsamer Traum

Eines Abends besuchten mich zu meiner Überraschung der Feldwebel und der deutsche Major. Sie brachten mir aus der Kaserne Zinnsoldaten mit, die, wie sie sagten, »dem verschwundenen Kommandeur Oberst Schober« gehört hätten. Kurz darauf schleppten zwei Burschen aus der SOS-Kinderdorfgemeinschaft die »dazugehörige mit Pappe und Farben nachgebildete Wiesenlandschaft« in den Raum und legten sie auf den Boden. Gleichzeitig bat mich der Major, das »Geschenk« anzunehmen. Als Gegenleistung erbitte er meine »Halluzination«, in der ich gesehen hätte, wie der »Kampf« gegen die Kolonie abgelaufen sei, mit den Zinnsoldaten nachzustellen.

Er holte auch zwei kleine Kunststoffhelikopter aus der Jackentasche und legte sie auf den wiesengrünen Boden des Landschaftsmodells. Ich war zuerst von dem »Tauschhandel«, den er anstrebte, so entsetzt, dass ich die beiden aufforderte, den Raum zu verlassen. Unmittelbar darauf erschien jedoch Eugen und warf mir vor, die Bewohner im Stich zu lassen. Wenn ich recht hätte mit meiner »Halluzination«, könnten wir uns besser auf den Angriff der »Kolonie-Menschen« vorbereiten und nichts unversucht lassen, sie zu vertreiben, sagte er sinngemäß. Weil der Feldwebel und der deutsche Major noch vor der Begegnung mit Malia zusammengekommen waren und sie gebeten hatten, mit mir zu sprechen, redete auch meine Lebensgefährtin jetzt auf mich ein, dass es an mir liege, »uns allen« zu helfen. Insgeheim fürchtete ich mich ja ebenfalls vor den »Kolonie-Menschen«, seit ich die geschilderte Auseinandersetzung gesehen hatte – daher zog ich mir rasch die Stiefel an, die Malia für mich aufgetrieben hatte, und drehte eine Runde im Klosterhof, in dem der Hubschrauber von Alois Lechner und Heinrich Tann stand. Der deutsche Major würde sterben, wusste ich, aber der Feldwebel davonkommen … War es nicht eine längst vom Schicksal getroffene Entscheidung? Wer hatte sich überhaupt dafür interessiert, was ich gesehen hatte? Als ich meinen Kopf hob und automatisch auf die Fenster des Klosters blickte, sah ich, dass ich von den meisten Bewohnern beobachtet wurde. Also stimmte es nicht, dass sich kein Mensch dafür interessierte, was ich berichtet hatte. Mit diesem Gedanken floh ich zurück in das Gebäude, überzeugte mich, dass sich niemand mehr in meiner Zelle aufhielt, und setzte mich auf das Bett, wobei ich die Zinnsoldaten und das Landschaftsmodell nicht aus den Augen ließ. Ich sperrte die Tür von innen ab, ließ den Schlüssel stecken und legte mich zurück auf das Bett, wo ich einschlief.

Es war ein grauer, dunkler Wintermorgen, an dem ich meine Augen öffnete und – noch immer auf dem Bett sitzend – das Landschaftsmodell anstarrte. Unerklärlicherweise standen die Zinnsoldaten jetzt genau in der Aufstellung, wie ich sie in meiner »Halluzination« gesehen hatte. Nur waren aus den Autos Pferde geworden. Einer der beiden Hubschrauber lag zerbrochen im Schnee aus weißer Farbe, der andere war auf der Straße abgestellt. Die Uniformen des Feldwebels und des deutschen Majors waren nicht wie bei den Zinnsoldaten blau und kaiserlich, sondern fleckig und tarnfarben. Einer der beiden Piloten hatte keinen Kopf mehr, ich fand ihn unter einer Spielzeugkanone außerhalb des »Schlachtfeldes«.
Ich wusch mich und kleidete mich an. Es war so unglaublich, dass ich mich wiederhole: Ich sah vom Waschbecken aus tatsächlich alles auf dem Schlachtfeld aus Pappe so, wie ich es damals ohne Feldstecher gesehen hatte, und wenn ich mich auf den Boden hockte, so als ob ich durch den Feldstecher schaute. Wie sehr ich mich auch bemühte, ich konnte mich nicht daran erinnern, die Zinnsoldaten aufgestellt zu haben. Der Schlüssel steckte noch im Türschloss, was bewies, dass niemand von außen die Mönchszelle betreten hatte. Als ich schon zu Malia in den Nebenraum gehen wollte, sah ich mich plötzlich selbst die Soldaten aufstellen, Mann für Mann und mit größter Sorgfalt. Es war ein minutiöses Abbild meines Traums, den ich offenbar jetzt erst nachholte, denn als ich wieder die Augen öffnete, lag ich auf dem Bett wie beim ersten Erwachen und wunderte mich darüber, dass jemand die Zinnsoldaten aufgestellt haben musste. Der gesamte Vorgang wiederholte sich dann abermals und exakt wie beim ersten Mal. Als ich neuerlich die Augen öffnete und mich erhob, fiel mir auf, dass ich immer noch die Stiefel trug. Ich zog sie reflexartig aus und durchbrach auf diese Weise den Vorgang. Rasch floh ich aus dem Zimmer und

bat Malia, Eugen zu verständigen, dass er eine Fotografie anfertigen könne, um festzuhalten, wie sich die »Kampfszene« abgespielt habe. Sie war erfreut und neugierig, lief aus dem Zimmer, umarmte mich vorher und weinte, als sie zurückkehrte. Sie war richtig stolz auf mich, Kira fing laut zu singen an, und Rafiki sprang auf meinen Schoß und ließ sich während des Frühstücks von mir füttern. Doch wieder musste ich feststellen, dass sich die Szene sofort wiederholte und ich gerade in meinem Raum die Stiefel auszog und rasch aus dem Zimmer zu Malia floh. Ich nahm sogar noch einmal, ohne ein Sättigungsgefühl zu verspüren, mit Rafiki auf dem Schoß das Frühstück ein, als wir zum Glück von Eugen gestört wurden, der mit der Kamera in der Hand eintrat, um im Nebenzimmer die »Schlacht«, wie er es nannte, zu fotografieren. Erst als er uns wieder verlassen hatte, bemerkte ich, dass der Zinnsoldat ohne Kopf und der Kopf selbst unter der Kanone nicht mehr vorhanden waren. Ich sprach Malia darauf an und sie gestand mir, dass sie die Figur und den Kopf vorhin entfernt hätte, um niemanden zu erschrecken. Ihrer Logik konnte ich nicht folgen … diese Szene wiederholte und wiederholte sich, bis ich endlich wieder die Stiefel überzog und in das Kellergeschoss des Klosters flüchtete, wo ich mich in die mir unbekannte Krypta verirrte – ein fensterloser Raum unter dem Kirchenschiff mit einem Kreuzgewölbe auf Pfeilern, der mich an eine Katakombe erinnerte. Ich war offenbar durch eines der beiden engen Treppenhäuser hinuntergelaufen und hatte die Türen unverschlossen vorgefunden. (Tage später stellten wir fest, dass in die Krypta eingebrochen worden war, aber es wurde kein Täter gefunden.)
Um mich war es jetzt finsterer als in einer Nacht ohne Mond und Sterne. In der Dunkelheit befanden sich der Sarg mit den Reliquien des Schutzpatrons und weitere steinerne Särge und – was ich zum Glück nicht sehen

konnte – eine Sammlung von Totenschädeln von den über die Jahrhunderte verstorbenen Mönchen. Auch entdeckte ich nicht den steinernen Altar. Trotz der eisigen Kälte fühlte ich mich in dem abgeschiedenen Versteck in Sicherheit. Doch von einem Moment auf den anderen erstarrte ich. In der absoluten Stille, die mich, zusammen mit der Schwärze und der Kälte, umgab, verlor ich das Bewusstsein ... Als ich erwachte, ging ich im Schnee einen sanften Berghang hinauf in den Wald. Der Schnee wurde immer höher, bis ich in ihm zur Gänze versank. Also versuchte ich mich hinauszugraben, aber sosehr ich mich bemühte, gelang es mir nicht, ins Freie zu kommen. Ich wusste nicht mehr, ob ich mit dem Kopf nach unten im Schnee steckte oder andersherum. Noch nie hatte ich auf eine so drastische Weise meine Orientierung verloren. Bereits ohnmächtig fiel ich neuerlich in Ohnmacht, denke ich mir heute, und erwachte in meinem Kopf, und es dauerte, bis ich begriff, dass ich in mich geflohen war. Ich befand mich jedoch weiter im Schnee und entdeckte einzelne Soldatenfiguren, die ich ja in meinem Zimmer zurückgelassen hatte. Außerdem waren alle Figuren weiß geworden und ähnelten Engeln, jedoch ohne Flügel, aber mit weißen Gewehren. Ich stand vor einem neuen Rätsel ... Was bedeuteten sie? Im Weiß des Schnees fand ich jetzt auch Gegenstände aus dem Zweiten Weltkrieg ... eine Handgranate ... Patronen ... Pistolen ... wieder Handgranaten, eine Uniformkappe, einen Orden, einen Totenschädel, einen Gürtel, ein Messer, ein Gewehr, ein Bajonett, Schuhe, Uniformhemden, Anoraks, Handschuhe ... Ein Hurrikan erfasste mich und wirbelte mich und die Fundgegenstände durcheinander. Wir flogen in einem sich rasend schnell im Kreis drehenden unsichtbaren Zylinder und wurden irgendwo auf einer Waldlichtung wieder in den Schnee geschleudert. Abermals wurde es »stockdunkel« – dann befand ich mich in einem Gang aus Eis. Er verlief wie in einem Fuchsbau. Ich wanderte, leicht gebückt, in die Unendlichkeit, wenn ich mich nicht schon in ihr befand … stundenlang … tagelang … jedes Zeitgefühl war mir verlorengegangen … Endlich eine Dame, ihr Haar war mit einer prachtvollen Perücke in derselben Farbe wie ihr Kleid geschmückt, auf dem weiße fliegende Musiknoten angebracht waren. Die Bluse aus goldfarbenem Brokat wies ein zartes Muster aus hellroten Karotten auf, die Puffärmel aus dunklem Grün, reich gefaltet und mit weißen Heuschrecken besetzt, zogen meinen Blick auf sich, die Insekten lebten und ihre Flügel öffneten und schlossen sich. Die rechte Hand steckte in einem ebenfalls dunkelgrünen Handschuh, er konnte nicht verbergen, dass sich darunter eine Armprothese befand, und die linke war eine Pfote … Ich erkannte sogleich, dass es kein Menschenwesen war, sondern eine Schneehäsin. Wir verständigten uns mittels Gedankenübertragung. Die Häsin hatte eine so leise Stimme, dass ich nur Bruchstücke verstand und ihre Worte nicht entwirren konnte. Aus dem Hintergrund kam gerade ein zweiter Schneehase hinzu. Jetzt erst begriff ich, dass beide um einen Kopf größer waren als ich. Der Ankömmling war männlich, trug einen Hut aus schwarzem Samt, der mit einem goldgestickten Muster aus Drachen verziert war. Unter der Kopfbedeckung hatte er seine langen Ohren versteckt. An seinen beiden Pfoten waren vier winzige Goldringe jeweils mit einem blauen Edelstein aufgesteckt, die wie Augen aussahen. Es dauerte, bis ich bemerkte, dass die Edelsteine immer in dieselbe Richtung schauten wie die Augen des Schneehasen. Auf seinen Schultern ruhte außerdem ein breiter weißer, schwarz gesprenkelter Luchspelz, darunter erkannte ich einen kostbaren Umhang aus schwarzer Seide, auf dem über der Brust ein sogenanntes christliches Labyrinth abgebildet war, das »Labirinth von

Armenteira«. Vergessen habe ich die fünf schmalen weißen Federn, welche mit einer Brosche am Hut befestigt waren.

»Wie kommst du hierher?«, fragte er mich lautlos.

»Das weiß ich nicht«, gab ich, ebenfalls stumm, zur Antwort. Und auf meine Frage, was das Zeichen auf seiner Brust bedeute, gab er mir die Beschreibung, die ich oben vorweggenommen habe.

Plötzlich lag ich in einem weißen Himmelbett auf einem weißen Leintuch und war nackt.

Die Schneehäsin trug jetzt den weißen Mantel, die weiße Kopfbedeckung und den weißen Mundschutz einer Chirurgin. Selbst ihre Gummihandschuhe waren weiß. An der Kopfbedeckung waren fünf ebensolche weiße Federn mit einer weißen Emaillebrosche befestigt wie auf dem Hut des Hasen.

Ich sah meinen geöffneten Bauch im silbernen Schirm der Operationslampe, aus dem, blutrot gekleidet, die Zinnfiguren herausstürmten und von der Schneehäsin in einen hygienischen Müllsack geworfen wurden …

Als ich erwachte, blickte ich gerade hinauf in die Kuppel einer Kirche, wo ein durch ein Erdbeben zerstörtes Dorf zu sehen war und rundherum vierzehn Fenster, die ins Freie führten. Ein Engel in einer riesigen, weißbraunen Nautilusmuschel schwebte über einer Stelle in der Wand, von der die Mosaiksteinchen ausgebrochen waren und die deshalb zugemauert war. Ganz oben an der Spitze der Kuppel entdeckte ich vor einer goldenen Sonnenscheibe den Pantokrator in Form eines Schneehasen. Der Schneehase aus Mosaikstücken hatte einen Heiligenschein in Form eines gold und hellbau gestreiften Ringes … einen Schritt weiter Jesus, der einen Leprösen heilt, welcher nur ein zusammengeknüpftes Tuch um seine Lenden gewickelt hat. Von Jesus und zwei seiner Apostel sind gerade noch der Unterkörper mit den nackten Füßen in

Sandalen vorhanden, alles andere ist von einem gemauerten Stück Wand bedeckt, das aussieht, als habe der Lepröse die drei Männer vor ihm soeben mit einem Schuss aus einer rauchenden Waffe ausgelöscht. An einer Stelle in den Kreuzbögen waren nicht nur die Mosaike abgefallen, sondern auch der darunterliegende Verputz, und auf den Ziegeln waren an die 25 Kreise sichtbar geworden, die in ein rot gemaltes Loch führten, als habe man Lava dargestellt, die in die Erde zurückrinnt.
Wieder und wieder zerstörte Dörfer, wieder und wieder lose Heiligenscheine, daneben zwei aus Mosaiksteinchen zusammengesetzte riesige Pfauen und eine Stelle unter einem steinernen Rundbogen mit Pflanzenmosaik, an der ein Mann ohne Farbe und ohne Gesicht erkennbar war, eingehüllt in ein steinernes Tuch, und um den Kopf Fragmente seines Heiligenscheins. Es gab auch zwei Gesichter, auf das Feinste gemalt: das eines jugendlichen Mannes mit Bart und Krone inmitten schwarzer Punkte, die die abgefallenen Mosaiksteinchen hinterlassen hatten – als seien es Regentropfen aus einer schwarzen Wolke … und vor ihm zwei betende, fliegende Hände. Das Gesicht einer Frau ragte hingegen inmitten der schwarzen Punkte aus dem Verputz heraus, als sei sie in einen Fliegenschwarm geraten.
Die Fresken entsprachen dem Innenbild, das ich von der religiösen Welt in mir trug. Sie war unbegreiflich. Ich hatte nur Hinweise auf diesen Planeten, nur Bruchstücke in meinem Kopf, die man leicht übersehen konnte. Doch die Fragmente existierten in Form von Gefühlen und falschen Vorstellungen weiter. Viel einfacher ist es, eine Karikatur in den Religionen zu sehen, ein Hirngespinst, eine Lüge. In Wahrheit sind auch die Spötter nicht viel weniger weit von ihr entfernt als die Gläubigen. Ich fühle mich glücklich, dass es Geheimnisse gibt. Das gesamte Universum mit allen Lebewesen ist ein Geheimnis, auch

wenn die Mosaiksteinchen wegbrechen und der nackte Verputz darunter zum Vorschein kommt, denn dadurch werden neue Geheimnisse sichtbar. Der Mensch allein ist bereits ein Geheimnis, über das wir uns den Kopf zerbrechen und das wir nicht verstehen können, weil wir uns selbst nicht verstehen und nie verstehen werden.
Erst jetzt fand ich mich in der Krypta wieder, die diesmal beleuchtet war, so dass ich die Tür finden konnte. Ich öffnete sie, ging hinauf in mein Zimmer, aber es war leer und ohne Zinnsoldaten und das Landschaftsmodell.

Die Umsiedlung

Den gesamten Jänner über war alle Aufmerksamkeit auf die Berichte von Alois Lechner und Heinrich Tann gerichtet, die uns vom Marsch der Menschenkolonie unterrichteten. Sie war wesentlich größer als unsere, aber wir waren ihr wegen der beiden Hubschrauber im Falle einer kriegerischen Auseinandersetzung wohl überlegen. Meine innere Wirklichkeit verlor an Intensität, die äußere nahm wieder an Bedeutung zu. Naturgemäß versuchte ich eine Erklärung für meine Abenteuer in der Gedankenwirklichkeit zu finden. Ich nehme an, dass die Menschen eine Sprache zur Erklärung der äußeren Wirklichkeit gefunden haben – die Mathematik und ihre Formeln – und für die innere Welt die geistige Sprache der Dichtung, das Märchen, die Musik und die Kunst. In den Märchen haben auch Tiere eine Seele, ein Denken, ein Schmerzempfinden und eine Sprache, was die Naturwissenschaft zum Großteil noch in meiner Kindheit abstritt und stets von Reflexen und Instinkt sprach, um dann in der sogenannten Verhaltensforschung sensationelle »Entdeckungen« über Gänse, Papageien, Affen und Polypen zu verkünden. Newton schien unwiderlegbar die physikalische Ordnung des Alls bewiesen zu haben. Seit Einstein sind sich auch die Physiker nicht mehr sicher, ob es etwa Paralleluniversen gibt oder welche Folgen sich aus der Quantentheorie ergeben. Psychiater haben ihre Patienten sinnlos mit Elektroschocks gequält, in Gefängnisse gesperrt, in Ketten und Zwangsjacken gesteckt, Ohrenfachärzte haben Taubstummen die Trommelfelle durchstochen, die Pharmakologie hat Medikamente entwickelt, die embryonale Fehlbildungen oder gar den Tod zur Folge hatten. Eine Erkenntnis löste die andere ab, das heißt, dass alle Wahrheiten durch andere – oft gänzlich widersprechende – überholt wurden. Daraus lässt sich eine Erkenntnis ableiten: Wahrheit siedelt immer wieder um, wie auch wir jetzt gezwungen waren, vom Kloster in die Kaserne umzuziehen.

In der letzten Januarwoche wurde beschlossen, die Umsiedlung Anfang Februar vorzunehmen, da die fremde Kolonie, begünstigt durch unerwarteten Sonnenschein, rascher vorankam. Alle, die dazu in der Lage waren, halfen mit. Ein Trakt der Kaserne war für Patienten reserviert, die Kommandoräume für den Feldwebel und den deutschen Major, Oberarzt Brantner und die Krankenschwester Alice Schweizer, die inzwischen einen Sohn geboren hatte, Eugen und seine Frau Christine Schäfer sowie seinen Sohn Walter und Agnes Drossel. Malia, Kira, Rafiki und ich wurden in der Nähe der Kommandoräume untergebracht, neben einem Besprechungszimmer für den Notfall. Natürlich war der Schnee im Kasernenhof noch nicht weggeräumt, nur dort, wo die Hubschrauber starteten und landeten, hatte man freie Stellen geschaffen. Auch in der Küche der Kaserne herrschte Chaos, es dauerte zwei Tage, bis alles gereinigt und zurechtgerückt war.

Mit einem Schlag wurden unsere Umwelt und unser Sein unpersönlich. Es würde zwar Abhilfe für menschliche Bedürfnisse und Krankheit geben wie in einem Sozialbau, mehr jedoch nicht. Gottlieb verlangte als unser Kaplan, »mitten unter allen« zu leben, und legte bei der Vorbereitung, wo immer er helfen konnte, Hand an. Eugen sah ab und zu, wie schon vom Kloster aus, nach den Bienen in Imkerdorf und begleitete den Feldwebel und den Major auf ihren Erkundungsflügen. Er wollte selbst sehen, was vor sich ging.
Erst am dritten Februar waren wir alle umgezogen. Wir wurden in Autos verfrachtet, das wichtigste Hab und Gut kam in mit unseren Namen beschriftete Kisten, die auf Lastwagen zur Kaserne gebracht wurden. Am wichtigsten waren die Medikamente, dann die Nahrungsmittel. Aus dem Klosterkeller und aus Imkerdorf wurden Kartoffeln, Kren und Äpfel herbeigeschleppt, Wein gab es zur Genüge. Mehrere Lastwagen hatten Flaschen abgeholt. Im Kasernenhof, der bald einer landwirtschaftlichen Anlage glich, tummelten sich Rinder und Hühner, sie wurden in ehemaligen Pferdeställen untergebracht. Die Kaserne besaß eine unabhängige Wasserversorgung mit einer eigenen Quelle von einem der umliegenden Berge.
Die nächsten Tage verließ ich nicht mehr unser Gemeinschaftszimmer – aus Angst, wieder die Sprache zu verlieren. Doch anstelle der erwarteten Betrübnis hielt gute Laune Einkehr. Ich hatte übrigens das Gehirnmodell im Kloster zurückgelassen, um meine Abhängigkeit von ihm zu überwinden. Das Buch von Ernst Haeckel über die »Kunstformen der Natur« hatte ich jedoch bei mir, und es half mir wieder, mein inneres Gleichgewicht zu finden. Gerade im Winter, in dem es Eiszapfen, Schneeflocken, Eisblumen und zugefrorene Teiche gab, war es besonders anregend, die winzigen Lebewesen zu betrachten und an den Sommer zu denken.

Am dritten Tag unserer Anwesenheit in der Kaserne kam es um sechs Uhr morgens zu einem Ballonstart, an dem neben Alois Lechner und Heinrich Tann der Pfleger Hans Haller und sein Gehilfe Kevin Weber teilnehmen sollten. Nachträglich erfuhren wir, dass sie schon vor einiger Zeit die notwendigen Vorrichtungen und Materialien in die Kaserne geschafft hatten, um uns zu überraschen. Ich schaute ihnen, wie die meisten, vom Fenster aus zu. Zuerst wurde der Ballon gefüllt, wobei die Luft durch eine Flamme erhitzt wurde. Dabei blähte er sich langsam auf … Ich hatte zu wenig Geduld, machte weiter Notizen und sah dann, wie von den vier Männern nur zwei – Haller und Weber, die beiden Pfleger – aufstiegen. Mittlerweile war es 8 Uhr 30 geworden. Hans und Kevin hatten den Anwesenden zugewinkt und waren unter Applaus in die Richtung geflogen, aus der die Menschen der Kolonie erwartet wurden, als plötzlich ihr Ballon in Schwierigkeiten geriet, immer weiter zusammenschrumpfte und rasch zu Boden sank. Die beiden Insassen versuchten, wie wir von unten sahen, verzweifelt abzuspringen. Wir waren vor Schreck ratlos. Man hatte schon am Morgen einen Rettungswagen bereitgestellt, mit dem Alois Lechner und Oberarzt Brantner daraufhin zur Unglücksstelle rasten … ich staunte, wie rasch sie wieder zurückkehrten. Als ich die Tragbahre sah, erkannte ich Kevin Weber – unser Pfleger Hans Haller war ums Leben gekommen. Das traf uns alle schwer. Nur noch seine Kleidung lag im Rettungswagen. Ich hatte Hans Haller schon lange gekannt und ihn gemocht … Jedenfalls wollte ich jetzt unbedingt wieder zurück in das Kloster – noch lieber in das Haus am Steinbruch. Mein Drang war zu stark, als dass mich jemand hätte umstimmen können, und so brachte man mich mit Malia, Kira und Rafiki zurück ins Kloster. Von dort konnten wir vom vierten Stock aus, in dem der Abt seine Räumlichkeiten gehabt hatte, bei kla-

rer Sicht die Kaserne erkennen und uns mit den Kommandoräumen über Lichtzeichen verständigen.
Inzwischen hatte sich um Kaplan Gottlieb eine Gruppe gebildet, die von den anderen »Die Gläubigen« genannt wurde. Es waren »Die Gläubigen«, die uns jetzt jede Woche mit Nahrungsmitteln versorgten. Sie boten uns außerdem an, dass sie uns jederzeit zurück in die Kaserne bringen würden.
Malia schüttete mir in der Zeit unserer jetzt durchaus ersehnten Einsamkeit ihr Herz aus, und ich erfuhr, was sie, bevor wir uns kennenlernten, alles hatte durchmachen müssen. Allerdings musste ich ihr zuvor schwören, dass ich mit niemandem darüber sprechen und es auch nicht aufschreiben würde. Sie erlaubte mir nur festzuhalten, dass ihre Religion, über die ich sonst nichts preisgeben darf, ihr »Halt im Unglück« gewesen sei. Sie gehörte, wie gesagt, zu ihrer Wirklichkeit. Einmal diskutierten wir über das Gedankenlesen. Wir saßen einander stumm gegenüber, und ich versuchte es mit Erfolg, sie zu verstehen, während es ihr bei mir nicht gelang. Auch mit Tieren konnte sie nicht sprechen.
Bei einem Winterspaziergang mit Kira und Rafiki nahm ich Kontakt mit einer Krähe auf. Malia war darüber entzückt und bat mich, sie aufzufordern, ihr einen Wunsch zu erfüllen. Dabei streckte sie eine Hand aus, um zu zeigen, dass der schwarze Vogel darauf Platz nehmen möge. Ich wandte mich an die Krähe, und Sekunden später saß sie dort und schaute Malia, indem sie den Kopf verdrehte, mit einem Auge neugierig an. Von da an fütterte Malia sie jeden Morgen mit gekochten Eiern, Walnüssen, Maisbruch oder Sonnenblumenkernen und Äpfeln. Allmählich zogen immer mehr Krähen zu uns, und eines Abends waren die Bäume in der Umgebung von einem riesigen Schwarm krächzender Vögel bedeckt. Von da an kamen sie jedes Mal bei Sonnenuntergang zu uns, um hier zu

schlafen. Kira und ich konnten ihnen zusehen, wie sie in kleineren Schwärmen anflogen, bis alle Äste und Zweige von ihnen besetzt waren.
Mitte Februar ereignete sich ein Schneesturm, der so heftig war, dass die Krähen in den Hof mit den Kreuzgängen flüchteten. Der Lärm und das Getöse des Sturms übertönten jedes andere Geräusch. Wir schliefen trotzdem bis zum Morgen, als mich das Geschrei der Krähen weckte. Ich stand auf und eilte zum Fenster. Vor dem Gebäude stand ein Motorradfahrer mit einem Helm auf dem Kopf und blickte sich gerade um. Über seiner Schulter hing eine Maschinenpistole. Sofort trat ich zurück, denn ich dachte an den Kundschafter, den ich während meiner »Halluzination« beim Überfall beobachtet hatte. Der Mann hier war größer, dicker und trug eine wuchtige Pelzjacke. Dann hörte ich einen Schuss, sah das Aufflattern des Schwarms und vernahm zwei weitere Schüsse. Vorsichtig schaute ich zwischen dem Vorhang und der Wand hinunter. Das Motorrad war abgestellt, zwei tote Krähen lagen neben einem der Kastanienbäume, und der Fahrer hatte eine Pistole in der Hand. Er bemühte sich gerade, das verschlossene Tor zum Kloster zu öffnen, was ihm jedoch nicht gelang, da wir den großen Schlüssel immer innen stecken ließen. Malia und Kira waren wach geworden, und Rafiki bellte aufgeregt. Malia musste ihm die Schnauze zuhalten. Als Nächstes warf der Mann einen dicken Schneeball gegen ein ebenerdiges Fenster, und als die Scheibe nicht zerbrach, schoss er darauf. Das Klirren der Scherben auf dem Eis vermischte sich mit einem einsamen Krähenruf. Der Mann suchte offensichtlich nach einem größeren Gegenstand, fand aber keinen und begann mit zu Boden gerichtetem Kopf und suchenden Auges um das Kloster herumzugehen.
Malia, die ans Fenster getreten war, griff nach meinem Arm und flüsterte: »Gib ein Lichtzeichen an die Kaserne!«,

während uns Kira bang anschaute. Ich wechselte stattdessen das Fenster und beobachtete den Mann weiter. Wieder wollte Rafiki bellen, jedoch hielt diesmal ich ihm die Schnauze zu. Trotzdem blickte der Mann mit dem Helm auf dem Kopf zu Malia herauf, »wie ein Wesen aus einem Science-Fiction-Film«, sagte sie. Alles Mögliche ging mir durch den Kopf. Sollte ich einen schweren Gegenstand von oben auf ihn werfen? Sollten wir fliehen? Uns verstecken? Malia hatte sich noch rechtzeitig zurückgezogen, so dass er sie nicht gesehen haben konnte. Zumindest nahm sie das an. Als ich wieder hinunterblickte, war der Mann verschwunden. Sein Motorrad stand immer noch vor dem Klostertor. Wenn wir uns irgendwo im Haus verkrochen, dachte ich, musste ich wohl einen der beiden transportablen Heizkörper, die den Raum hier erwärmten, mitnehmen. Einen dritten gab es noch in der Küche ... doch die anderen Räume und Gänge waren eisig kalt. Ich hielt es aus diesem Grund nicht für das Beste, uns gleich zu verstecken. Angestrengt versuchte ich, den Mann zu finden ... schließlich entdeckte ich ihn wieder auf der Seite unter meinem Fenster. Er musste tatsächlich um das Gebäude herumgegangen sein und nach einem Eingang gesucht haben. Rafiki hatte sich inzwischen beruhigt, weil Malia ihn in ihrer Muttersprache angeschnauzt hatte, und er winselte nur ab und zu leise vor sich hin. Kira hatte ihn auf den Schoß genommen, um ihn zu liebkosen und dadurch zu beruhigen. Hatte der Mann vielleicht sein Bellen gehört? Wenn ja, konnte das fatal für uns sein. Ich zwang mich, neuerlich hinunterzusehen, erkannte, dass er noch immer heftig an dem Tor rüttelte und sodann dagegentrat. Malia war inzwischen aus dem Zimmer gelaufen und noch nicht zurückgekehrt, aber sie musste die Tritte gegen die Klostertür wohl vernommen haben. Wieder wagte ich einen Blick nach unten. Zu meinem Schrecken nahm der Fremde

jetzt eine Handgranate, die er unter der Pelzjacke mit sich trug. Im nächsten Augenblick fiel ein Schuss, der ihn zu Boden warf. Er musste aus einem der ebenerdigen Räume gefallen sein, und daraufhin erkannte ich einen Gewehrlauf und sah, wie ein zweiter Schuss fiel und ein dritter, worauf der Mann plötzlich verschwand. Nur seine Kleidung und das Motorrad waren zurückgeblieben. Ich schrie laut »Malia!«, der Hund und Kira sprangen auf, und ich lief noch in der Nachtkleidung hinaus auf den kalten Gang, weiter »Malia! Malia!« rufend, bis ich endlich hörte, dass sie »Ja!« antwortete. Kopflos lief ich wieder in das Zimmer zurück, umarmte dabei Kira, die mir mit Rafiki nachgelaufen war, und wir warteten zu dritt und zähneklappernd darauf, dass Malia zurückkam. Sie war außer sich, fror ebenfalls, war noch barfuß und hielt das Gewehr in der Hand.
Es stellte sich heraus, dass die aus Imkerdorf mitgenommenen Waffen im Kloster geblieben waren, weil es in der Kaserne mehr als genug davon gab. Malia wusste, dass man sie in der Wäscherei und der Kleiderkammer abgelegt hatte, und da Madox, ihr erster Ehemann, ein Waffennarr gewesen war, hatte sie mit ihm in der Zeit nach der Katastrophe zur Abwechslung auf Müllgegenstände geschossen. Madox, sagte sie, wollte, dass sie unabhängig von ihm in das Dorf fahren und Dinge besorgen konnte, ohne dass sie wehrlos war. Die Distanz, aus der sie auf den Unbekannten geschossen hatte, hatte nur etwa zehn Schritte betragen, wie ich später feststellte. Noch dazu hatte ihre Waffe ein Zielfernrohr gehabt.
Als ich sie fragte, wie es ihr gehe, antwortete sie nur: »Er oder ich.« Damit ließ sie es auf sich beruhen, und auch ich drang nicht weiter in sie.
Kurz darauf traf der Feldwebel mit dem Hubschrauber ein. Er hatte zwei Jugendliche an Bord, die alle Reifenspuren des Motorrads beseitigten, es im Arkadengang

des Innenhofs abstellten, die Tür provisorisch wieder instand setzten und das zerbrochene Fenster mit einem Stück Karton abdichteten. Man konnte trotzdem in das Gebäude eindringen. Mit einer Leiter durch das Fenster und mit Tritten gegen die Haustür. Ich fragte Malia deshalb, ob sie in die Kaserne zurückwolle, aber sie lehnte ab. Ich fragte auch Rafiki, der sein Bellen für die Kaserne erhob, und Kira, die dort sein wollte, wo wir gerade waren. Also verabschiedeten wir uns von dem Feldwebel und seinen beiden »Gefreiten«, wie er sie nannte, und erhielten noch zwei große Säcke mit Mais für die Krähen sowie trockenes Hundefutter für Rafiki. Der Feldwebel schüttelte nur den Kopf.

Im Laufe des Tages brachte mir Malia den Feldstecher aus dem Zimmer, das wir vor der Umsiedlung in die Kaserne bewohnt hatten, und fand dort auch das Gehirnmodell. Alsbald konnten sie und Kira es immer rascher auseinandernehmen und wieder zusammensetzen, nachdem ich es ihnen erklärt hatte. Zuvor hatten wir noch eine große Menge Maiskörner für die Krähen vor das Gebäude gestreut, die uns durch ihr Krächzen und das laute Flügelgeknatter vor größerem Unheil bewahrt hatten.

Von da an stellte ich fest, dass Kira in der Lage war, mit den Krähen gedanklich Kontakt aufzunehmen, und dass sie es schon seit längerem mit Rafiki getan hatte, wie sie mir gestand. Ich bewunderte sie dafür. Sie übernahm jetzt gerne das Füttern der Krähen und berichtete Malia, was sie von ihnen erfahren hatte. Immer wieder hörte ich sie inmitten des Krähenschwarms lachen, nur einmal weinte sie, als diese von den Jägern und der Jagd sprachen. Oft sah ich ihr am Morgen mit dem Feldstecher vor den Augen zu, wenn sie sich mit ihnen beschäftigte. Die schwarzen Vögel verhielten sich ihr gegenüber zahm und setzten sich gerne auf ihren Kopf, die Schultern oder ihre ausgestreckten Arme.

Eines Abends hatte ich das Gefühl, dass wir im Kloster nicht allein waren. Am Vormittag hatte ich Trittspuren im Schnee bemerkt, die nicht von uns stammten, aber es konnten auch ältere sein. Dann entdeckte ich unter einem Baum Urinspuren im Schnee, und schließlich, als wir von unserem Winterspaziergang zurückkehrten, hörte ich in unserem Trakt einen Gegenstand umfallen. Malia wollte unbedingt ein Gewehr aus der Wäscherei holen, aber ich hielt sie zurück und legte den gestreckten Zeigefinger auf meine Lippen. Wieder war es Rafiki, der uns verriet, indem er laut zu bellen anfing und in eine Richtung stieben wollte, doch ich verbot es ihm, während Malia tatsächlich ein Gewehr brachte und Rafiki weiter bellte … doch wir fanden keine Spur eines Menschen. Allerdings war das Gebäude viel zu groß und verwinkelt, um von uns wirklich kontrolliert zu werden. Als es langsam dunkel wurde, vermeinte ich leise Schritte wahrzunehmen. Schließlich zog ich meinen schwarzen Mantel an, nahm eine Kopflampe und schlich in die Richtung, aus der ich glaubte, die Geräusche vernommen zu haben. Zuerst öffnete ich langsam die Tür zur Bibliothek. Das einsame Klavier war in der Zeit unserer Anwesenheit über Weihnachten von Anton Pichler mit Heiligenbildern bemalt worden. Ich durchsuchte jeden Raum im dritten und vierten Stockwerk und kehrte sodann ohne Erkenntnisse in unsere Räumlichkeiten zurück. Kira hatte, erinnerte ich mich, in Begleitung von Malia das Maisfutter zuletzt sehr nahe vor der Klosterwand ausgeschüttet. Vielleicht hatten sie dabei vergessen, die Eingangstür wieder zu verschließen. Ich ging daher bei Tagesanbruch zuerst auf die Straße und stellte verärgert fest, dass sie offen stand. Natürlich versperrte ich sie sofort und überlegte dabei, ob es möglicherweise ein Tier war, das die Geräusche gemacht hatte. Also setzte ich meinen Kontrollgang fort. Es war so kalt, dass ich trotz meines Mantels zu frieren

begann und wieder meinen Atem sah. Kaum hatte ich die Klosterkirche betreten, als eine Krähe erschrocken vom Altar aufflog und versuchte, zu entkommen. Weil alle Fenster geschlossen waren, nahm sie verängstigt auf der Marienstatue Platz, und ich sprach sie stumm an. Nachdem ich sie beruhigt hatte, ging ich ihr voraus ins Freie, wo sie erleichtert auf den Ast eines Baums flüchtete. Der Vorplatz war schwarz von Krähen, die die Maiskörner vom schneebedeckten Boden aufpickten. Ich konnte, obwohl ich fror, nicht aufhören, sie zu beobachten. Wie die Bienen bildeten sie einen Schwarm. Auch dachte ich an die Spinnen, die ich hinter den Bildern am Gang aufgestöbert hatte. Mir fiel ein, dass wir in den letzten Monaten außerdem Katzen gesehen hatten, die sich offenbar von Mäusen und Ratten ernährt hatten. Sie waren schon vor uns im Gebäude gewesen, vielleicht sogar, als es noch die Mönche gab. Also beruhigte ich mich vorläufig. Dann hörte ich das Fahrzeug, das uns die Nahrungsmittel für die kommende Woche brachte, und ich vernahm die Laute der Krähen und das Flattern von Flügeln, bei dem ich an »geflüsterten Applaus« dachte. Ich schaute zu, wie rasch die schwarzen Vögel aufflogen, einen Schwarm bildeten und im Nebel über mir verschwanden. Auch als ich sie nicht mehr erkennen konnte, nahm ich ihr Krächzen wahr.
Die beiden jungen Männer, die uns die Nahrungsmittel lieferten, erzählten uns vom Abschiedsfest für den verstorbenen Pfleger Hans Haller, aber ich unterbrach sie, weil es mich deprimierte, und sprach sie auf die Kolonie an. Sie war, erfuhr ich, durch den vergangenen Sturm aufgehalten worden und kam jetzt langsamer auf uns zu. Wir aßen gemeinsam zu Mittag, und im Laufe unseres Gesprächs hatte ich die Idee, die Krähen zu fragen, ob sie uns Auskünfte über die wandernde Kolonie geben konnten. Aufgeregt eilte ich die vier Stockwerke zum Vorplatz

hinunter, schüttete Mais aus und wartete. Es dauerte nicht lange, bis sich die erste und dann immer mehr zeigten. Sie benachrichtigten gleich den Schwarm, von dem ein Teil zurückkehrte. Bisher hatten sich die Vögel nicht um die Kolonie gekümmert, erfuhr ich, sie würden aber nun drei Späher ausschicken, die den Auftrag hätten, nach ihr zu suchen. In der Zwischenzeit blieben die jungen Männer, die wir selbst als »Nahrungslieferanten« bezeichneten, bei uns und halfen mir dabei, das Gebäude so gründlich wie möglich zu durchsuchen. Bevor sie aufbrachen, erzählten sie uns, dass Gustav Reiter seit einigen Tagen wieder verschwunden sei. Das machte mich hellhörig, und ich überlegte laut, nach weiteren Spuren im Schnee zu suchen. Hierauf meldete Malia, dass ein kleiner Vorrat an Konservendosen fehlte. Ich fragte Kira, ob sie etwas darüber wisse, und sie bestätigte uns weinend, dass sie Gustav im Lager für Lebensmittel versteckt habe. Gustav war jedoch nicht im angesprochenen Magazinraum. Schließlich fand ihn einer der jungen Männer im Umkleideraum für den Priester. Dort lag er eingehüllt in Messgewänder auf einem Bett, das er sich aus einer der Klausen »besorgt« hatte. Inständig bat er uns, im Kloster bleiben zu dürfen. Er hatte sich schon längere Zeit nicht gewaschen, weshalb Malia Schnee zu Wasser erwärmte und Gustav aufforderte, sich gründlich zu reinigen.

Inzwischen waren die jungen Männer wieder aufgebrochen, und wir hatten vereinbart, sie mit Lichtzeichen zu verständigen, sobald wir etwas Neues wüssten. Am nächsten Tag erfuhren wir von den Krähen, dass nur zwei der drei »Späher« zurückgekehrt seien, einer »ihrer Brüder« sei durch einen Gewehrschuss getötet worden. Die Vögel berichteten weiter, dass die Menschenkolonie zwei Krähenflugstunden (die Zeitangaben beruhen auf meinen Rückschlüssen) von uns entfernt sei. Da die bei-

den Überlebenden auf dem Rückflug die kürzeste Strecke genommen hatten, nahm ich an, dass die motorisierte Kolonie in einem bis zwei Tagen bei uns sein würde. Daraufhin gaben wir die ausgemachten Lichtzeichen, worauf einer der Hubschrauber mit Heinrich Tann und Eugen bei uns landete. Sie beschlossen sofort, keine Erkundungsflüge mehr zu unternehmen, sondern uns mit einem Batteriesprechgerät auszustatten, um jederzeit Kontakt zu ermöglichen. Da wir Gewehre und Munition besaßen, sahen sie davon ab, uns zu unserem Schutz in die Kaserne mitzunehmen – im Gegenteil, sie empfanden die Kommunikation mit den Krähen als einen »außergewöhnlichen Glücksfall«. Sie hatten uns auch mehrere Heizgeräte mitgebracht, weshalb wir den zweiten Raum wieder benutzen konnten. Und sie unterrichteten uns darüber, dass sie zunächst zwei Männer ins Kloster verlegen würden, die sich im selben Stockwerk wie wir aufhalten sollten, jedoch unauffällig agieren müssten. Die beiden ehemaligen Bewohner des SOS-Kinderdorfes trafen zwei Stunden später bei uns ein und nahmen im inzwischen beheizten ehemaligen Speiseraum Quartier. Malia räumte nach dem Abflug von Heinrich Tann und Eugen weitere Gewehre und Pistolen in ein Nebenzimmer und entdeckte dabei Gustav, der sich gerade in das Magazin schlich. Wieder war er gegen die Kälte mit Priestergewändern bekleidet.
Am späten Nachmittag flogen die Spione der Krähen aus und übermittelten die Nachricht, dass die Menschenkolonie ab dem nächsten Tag bei uns eintreffen werde. Die beiden jungen Männer im ehemaligen Speiseraum setzten sich mit der Kaserne in Verbindung, welche den Alarmzustand ausrief.
Am Morgen herrschte strahlender Sonnenschein. Die Krähen boten mir an, weiterhin über Veränderungen, was die Kolonie betraf, zu berichten, allerdings würden

sie uns bei einer Auseinandersetzung nicht beistehen können, da sie durch die Schusswaffen mit verheerenden Verlusten im Schwarm zu rechnen hätten. Das war mir ohnedies klar gewesen. Wir stellten die Winterspaziergänge ein, und auch Gustav vermied es, ins Freie zu gehen. Von den beiden Männern im Kloster bemerkten wir nichts, außer wenn wir uns zufällig am Gang begegneten. Sie wollten ebenfalls unter sich bleiben und verehrten den Feldwebel.

Gustav begann, eingehüllt in einen gold-weißen Ornat, im Büro des Abtes die Wand zu bemalen. Wir hatten kaum mit ihm über unsere Situation gesprochen. Zuerst wurden zwei Helikopter, davon ein brennender, die über einer Menschenkolonne mit Maskierten flogen, auf der Wand sichtbar. Mitunter ließ er den Pinsel fallen, kniete nieder und verbeugte sich dabei oder legte sich auf den Boden und betete. Ich glaubte schon, er sei eingeschlafen, aber er richtete sich nach wenigen Minuten wieder auf und arbeitete weiter, als sei nichts vorgefallen.

Von da an berichteten die Krähen jeden Tag, dass die Kolonie nicht in Bewegung, sondern in einer nahegelegenen, ausgestorbenen Kleinstadt untergekommen sei.

Das Wetter blieb sonnig, und es begann der Monat März. Eugen glaubte schon, dass ein Teil unserer Bewohner nach Imkerdorf zurückkehren solle, da die Bienen ihre Reinigungsflüge bereits hinter sich hätten, als der Krähenschwarm sich an einem Mittag vor dem Kloster niederließ, immer wieder aufflog und dabei laut krächzte. Ich lief die Treppen hinunter und erfuhr, dass sich am Vorabend zwei Motorradfahrer in der Gegend umgesehen hatten, aber nicht bis zur Kaserne oder zum Kloster gelangt, sondern in die Kleinstadt zurückgekehrt waren. Inzwischen sei aber ein feindlicher Ballon mit mehreren bewaffneten Männern aufgestiegen, die sich von hoch oben in der Gegend umsähen.

Kaum hatten die beiden Männer die Kommandozentrale darüber informiert, brach ein Streit aus, was zu unternehmen sei. Der Feldwebel und der deutsche Major wollten den Ballon mit dem Helikopter abschießen, Eugen beharrte jedoch darauf zu warten, bis sie auftauchten.

Ich öffnete ein Fenster des Abtzimmers auf der Rückseite des Klosters, suchte mit dem Feldstecher den Himmel und die Gegend ab, ohne etwas zu finden. Ich erfuhr später von den beiden Männern, dass der Ballon schon irgendwo gelandet sein musste. Sie meinten, die Bewaffneten würden zu Fuß auf weiterer Erkundung unterwegs sein. Das war gut möglich. Zwei Nächte vergingen, in denen ich kaum schlief. Immer wieder trat ich an das Fenster im Abtzimmer und versuchte, etwas zu hören oder zu sehen, doch auch die Krähen hatten nichts Neues zu vermelden. Das Schönwetter hielt unterdessen weiter an ... Am vierten Tag nach dem Ballonstart der drei Männer erschienen die Krähen wieder auf dem Vorplatz, und ich hörte sie aufgeregt »Es ist so weit! Es ist so weit!« krächzen. Als ich das Fenster öffnete, flogen einige von ihnen zu mir hinauf, um mir lautstark die Nachricht mitzuteilen. So schnell ich konnte, informierte ich die beiden jungen Männer darüber.

Es ist so weit

Ich habe das Geschehen, das sich einige Stunden später ereignete, bereits als meine »Halluzination« bis in alle Einzelheiten beschrieben. Heinrich Tann wurde abgeschossen und verschwand, die Fahrzeugkolonne stand in Flammen, und nur einigen aus der fremden Kolonie war es gelungen, sich in die Wälder zu retten und fürs Erste unterzutauchen. Die beiden Männer bei uns im Kloster

triumphierten, durften aber noch nicht in die Kaserne zurück.
Ich empfand keinen Triumph – nicht einmal Freude. Der Feldwebel war wegen Heinrich Tanns Tod »am Boden zerstört«, wie er sagte. Noch am selben Tag wurden wir mit Gustav vom Kloster abgeholt, doch ich wollte unter keinen Umständen zurück in die Kaserne. Die Krähen bedauerten überhaupt, dass wir wegzogen, auch Gustav und »die Gläubigen« um Gottlieb. Schließlich einigten sich die meisten doch darauf, in einigen Tagen nach Imkerdorf zurückzukehren. Malia, Kira, Rafiki und ich wurden vom schweigenden Feldwebel im Hubschrauber zum Steinbruch geflogen, wo wir vor Eugens Haus ausstiegen.
Der Frühling hatte bereits mit Krokussen, Frühlingsknotenblumen und schmelzendem Schnee begonnen. Die Eiskrusten über den Pfützen waren durchsichtig geworden oder verschwunden, Bienen flogen um die Magazine, und ich bemerkte sogleich, dass Eugen neun Siebenstern-Anlagen errichtet hatte. Malia weinte. Als Kira das sah, begann auch sie zu weinen, und Rafiki klagte laut wie ein einsamer Wolf. Ich lief, weil auch ich ergriffen war, den Hang hinauf zu unserem Haus und gleich weiter zur Schaukanzel über dem Steinbruch. Ich verspürte, als ich hinunterblickte, keinen Schwindel mehr – nur noch Freude und Erleichterung, und ich stammelte »danke«. Dann ging ich langsam zurück zu unserem Haus.
Es war der siebte März, und mir fiel ein, dass der Kreisel die Zwei für die Umsiedlung vom Kloster in die Kaserne und die Drei für die Heimkehr angezeigt hatte, und wir waren im Februar vom Kloster in die Kaserne und im März wieder nach Hause gezogen. Während der allmählichen Heimkehr der Dorfbewohner setzte ich die ganze Zeit über mit Eugen meine Bienen-Aufzeichnungen fort.

Eine Vorbemerkung

Die Aufregung über die Auseinandersetzung mit der sogenannten Kolonie hatte sich noch nicht ganz gelegt, als ich meinen Beitrag für das Projekt des ehemaligen SOS-Kinderdorfes über die Geschichte der Bienen vollendete. Begonnen hatten wir im Winter – noch im Imkerdorf. Der Winter war lang und dunkel gewesen. Erst als ich meinen Beitrag beendet hatte, wurde es langsam heller. Ich nannte die Arbeit »Meine geheime Dissertation«. Bei meinen Aufzeichnungen war mir mein Neffe Eugen behilflich, der auch den richtigen Stil dafür vorgab.

Die Geschichte der Bienen

»Meine geheime Dissertation«

Bereits vor 110 Millionen Jahren, in der frühen Kreidezeit, weisen Blütenpflanzen Merkmale auf, die auf eine Bestäubung durch Bienen schließen lassen. Die erste in Bernstein erhaltene Biene ist ungefähr 45 Millionen Jahre alt und im Maarmuseum Manderscheid aufbewahrt. Hingegen wird die Existenz des Homo sapiens aufgrund in Marokko gefundener Knochenfragmente auf 300 000 Jahre geschätzt. Die berühmte, 10 000 Jahre alte Höhlenzeichnung in den Cuevas de la Araña zeigt zum ersten Mal einen Menschen, eine Frau, die mittels eines Seiles zu einem Bienenvolk hinaufsteigt und es mit Rauch vertreibt, um ihm den Honig zu rauben. Vor der Existenz der Bienen wurden die Pflanzen vom Wind bestäubt, allerdings wohl weniger effizient als später durch die Insekten. Wegen der Existenz von Pflanzen mit nahrhaften Pollenmengen, die noch dazu für Insekten wohlschmeckend sind, bestäubten vermutlich Käfer auf Nahrungssuche die Blütenpflanzen und trugen dadurch zu deren rascher Verbreitung bei. Inzwischen sind bereits neun von zehn Pflanzen Blumen.

Vorfahren der Bienen sind die Grabwespen, wie man 1872 aus der Darwin'schen Evolutionstheorie schloss. Die erwachsenen Grabwespen ernähren sich von Blütenpollen und Nektar, während ihre Larven von den Weibchen mit Insekten oder Spinnen gefüttert werden. Bienen nehmen hingegen in allen Entwicklungsstadien nur vegetarische Nahrung zu sich. Vor zwanzig Millionen Jahren existierten in Europa schon zahlreiche Bienenarten, die von dort aus nach Asien und Amerika gelangten und daher die Eiszeit überlebten. Und sie kehrten wieder zurück, weil ihre Flugkraft geradezu unglaublich ist. Um ein halbes Kilogramm Honig zu sammeln, legen Bienen im Durchschnitt etwa 100 000 bis 150 000 Kilometer zurück, das entspricht dem 2,5- bis 3,5-fachen Erdumfang. Eine einzelne Honigbiene, deren Leben etwa sechs Wochen dauert, fliegt insgesamt etwa achthundert Kilometer. Das heißt, ein Glas Honig ist eine Gemeinschaftsarbeit von bis zu zweitausend Arbeitsbienen. In dieser Zeit besuchen sie etwa fünf Millionen Blüten. Erst vor etwa sechstausend Jahren begann die Bienenzucht in Ägypten, wobei die männlichen und weiblichen Blüten der Dattelpalmen sich selbst bestäubten.

In allen späteren Kulturen waren, wie in Ägypten, die Bienen heilig, ja, der Bienenstaat wurde sogar als Vorbild für den Menschenstaat gesehen, auf das sich die Pharaonenherrschaft berief. Man schätzte die Bienen nicht nur wegen des Honigs, sondern auch wegen ihrer Reinlichkeit, da sie beispielsweise ihre »toten Schwestern« rasch aus dem Stock entfernen. Trotzdem waren sie das Symbol für Unsterblichkeit, denn die Ägypter glaubten, dass die Biene aus dem toten heiligen Stier Apis entstehe. Vermutlich handelte es sich jedoch um Wespen, die man in verwesenden Rinderkadavern fand. Später übernahmen die Römer die Bezeichnung für den toten heiligen Stier – »Apis« – als Namen für die Biene und fügten »mellifera« hinzu. So wurde aus dem toten Stier die honigtragende Biene.

Ägypten teilte sich in Ober- und Unterägypten und wurde von Pharao Menes im 4. Jahrtausend v. Chr. geeint. Während die Binse das Symbol für Oberägypten war, das von Assuan bis südlich von Kairo reichte, wurde die Biene zum Symbol für Unterägypten, das sich von Kairo bis zur Meeresküste erstreckte. Außerdem wurde die Biene zum wichtigsten Schriftzeichen, zur »Königshieroglyphe«, die dem Namen des jeweiligen Pharaos als »Thronname« vorangestellt wurde: »der, welcher zur Binse« (Oberägypten)

und »der, welcher zur Biene« (Unterägypten) »gehört«. Allgemein wurden die Bienen als Tränen des Sonnengottes Amun-Re angesehen. Der Sonnengott war kein von einem anderen Gott geschaffener, sondern der wichtigste Gott, der durch das Wirken seiner Kraft das Leben und den Fortbestand der Menschen erst ermöglichte. Re war im Altägyptischen daher der Name der Sonne. Die Tränen Res, wird in einem Papyrus aus dem 12. Jahrhundert v. Chr. erzählt, fallen auf die Erde und verwandeln sich dort in »Bienen, die Häuser bauen und in die Blüten fliegen, woraufhin Wachs und Honig entstehen«. Der Mythologie nach fuhr Re tagsüber in Begleitung seiner Tochter Maat mit der Sonnenbarke über den Himmel. Am Abend wechselte er in die Nachtbarke und begab sich in das Totenreich, um am nächsten Morgen neu geboren zu werden.
In der persischen Mythologie war die Biene Kämpferin gegen den Gott Ahriman, den Geist der Finsternis, der jeder Schöpfung des Gottes eine negative Gegenschöpfung entgegenstellte, wie ein Schachspieler, der den anderen mattsetzen will. Er ist der Herr des Intellekts, Verkörperung des Bösen und Erreger der »9999 Krankheiten«. Er herrschte in der Unterwelt und verdunkelte dem Menschen den Einblick in die geistige Welt, indem er ihn zu Irrtümern und Lügen verführte, so dass dieser nur mehr die materielle Außenwelt sah. Auf Hebräisch ist er der »Mephistopheles«. »Mephiz« bedeutet »der Verderber« und »tophel« »der Lügner«. In der Bibel wird er zum Satan oder Luzifer. Die Tapferkeit, die der Biene zugeschrieben wird, leitet sich von »der todesmutigen Wache« am Flugloch ab. Selbst Napoleon hat bei seiner Krönung nach dem Feldzug in Ägypten die Biene als sein Herrschaftszeichen gewählt, das er überall – auf dem Königsmantel, auf Vorhängen, ja sogar auf der Wäsche seines Sohnes, des Herzogs von Reichstadt, in der Wiege als sein »Kaiserzeichen« – anbringen ließ.

Die Ägypter kannten bereits Bienenstöcke aus gebranntem Ton in Form von Krügen und Schüsseln oder aus Ruten geflochten und mit Nilschlamm überzogen. Sie bauten »Beuten«, also Bienenwohnungen, in Walzenform, die an beiden Enden durch Scheiben verschließbar waren, wobei in einer das Flugloch ausgespart wurde. Die Lagerstätten für ihre Beuten waren die flachen Dächer der Häuser. Da in Oberägypten die Pflanzen sechs Wochen früher und reichlicher blühten, fuhren die Unterägypter Ende Oktober auf Flößen den Nil aufwärts und stellten die Bienenstöcke pyramidenförmig in ihren Schaluppen auf. Die Bienen besuchten die Blüten im Umkreis von drei bis fünf Kilometern, und ihre Besitzer zogen sodann einige Kilometer weiter. Sie waren die ersten Wanderimker. Im Februar kehrten sie zurück und verkauften den Honig und das Wachs an große Handelshäuser. Schon damals wurden Honig, Wachs und Milch für die Medizin verwendet, Wachs und Honig dienten jedoch vor allem zur Mumifizierung von menschlichen und tierischen Körpern und waren daher das wichtigste Mittel für die Einbalsamierung der Toten.
Die Bienenzucht wurde später in Ägypten spärlicher ausgeübt und im 19. Jahrhundert fast ausschließlich von den christlichen Kopten.
Im Koran wird die Biene beim Schöpfungsakt als einziges Tier von Allah persönlich angesprochen und beauftragt, Honig aus Blüten zu machen. Al Badawi, ein »Erklärer des Koran«, verglich den sechseckigen Wachsbau der Bienen mit Häusern, »an denen weder Baumeister noch Geometer etwas auszusetzen« hätten, und erkannte bereits, dass die verschiedenen Farben des Honigs von den verschiedenen Pflanzen herrührten, die die Bienen aufgesucht hatten.
Mohammed empfahl Honig als Medizin und ließ ihn beim Hochzeitsmahl mit Safiya Bint Hoya, einer zum Is-

lam konvertierten Jüdin, deren Vater und Bruder er nach der Belagerung von Medina hinrichten ließ, auftragen.
Im Gelobten Land der Hebräer waren Bienen und Honig seit mehr als zweitausend Jahren bekannt. In der Bibel wird Honig 38-mal, Wachs sechsmal und die Biene fünfmal erwähnt. Außerdem wird Kanaan in den fünf Büchern Mose als Land, in dem Milch und Honig fließen, bezeichnet. Zur Zeit Davids wurde die Biene bereits nicht mehr nur als »Naturwild« gesehen, sondern bereits als Haustier. So befahl Jakob seinen Söhnen vor deren zweiter Reise nach Ägypten unter anderem, Honig als Geschenk mitzunehmen, um höhere Beamte freundlich zu stimmen.
Die Biene heißt auf Hebräisch übrigens Dabor, wovon der Name Deborah abgeleitet ist. Flavius Josephus, ein Zeitgenosse von Herodes, schrieb in »Herrschaft und Vernunft« über den Kampf von Raubbienen mit Hausbienen in deren geflochtenen Körbchen. Auch in den Evangelien ist von Bienen die Rede. So erwähnt Markus, dass Johannes der Täufer sich im Wald von Heuschrecken und wildem Honig ernährt habe, und in Lukas 24,42 heißt es sogar, dass dem auferstandenen »Heiland« von seinen Jüngern Fische und Honigseim – Scheibenhonig oder Tropfhonig – kredenzt wurden.
Im Talmud ist ferner zu lesen, dass vor allem den Rabbinern besondere Verdienste um gedeckte Bauten aus Holz, Rohr oder Stroh zukämen. Der Boden sei aus Lehm oder »Holz, das mit Nägeln am Boden befestigt« wurde. Es gibt bereits Hinweise auf das Einfangen von Schwärmen im Frühjahr, den Rat, »Honigstücke« im Winter zur Bienenfütterung in den Stock zu legen, Honig mit Wasser vermischt gegen Herzleiden oder Gicht einzunehmen, vor allem aber zur Wundbehandlung bei Mensch und Tier anzuwenden oder bei der Honigernte auf einem Brett den »Metadaph«, getrockneten Kuhkot, anzuzünden, um die

Bienen vor der Honigentnahme aus dem Stock zu vertreiben. Allerdings durfte man am Sabbath den Bienen kein Wasser reichen. Und es gab auch bereits »gefälschten Honig« aus Mehl und Wasser, den »Debasch Hasiphim«.
In Indien und Assyrien wurden inzwischen die Bienen als »Begleiter der Götter« verehrt. Die Biene war sogar das Symbol für den Gott Krishna. Krishna ist ein Avatara, das heißt die »Herabkunft« des Gottes Vishnu, und war für seine Anhänger »die Inkarnation des Höchsten«. Krishna, »der Schwarze« oder »der Dunkle«, wurde unter anderem als »Kuhhirte mit Flöte« bezeichnet. Seine Körperfarbe wird mit »einer frischen Gewitterwolke« verglichen und ist dunkelblau. Außer der Flöte, die er immer bei sich trägt, hat er auch stets eine Pfauenfeder im Haar. Der Legende nach hat er 16108 entführte Prinzessinnen aus den Fängen eines Dämons befreit und sie daraufhin alle geheiratet. Seine Aufgabe war es, die göttliche Ordnung auf Erden wiederherzustellen. Schon in seiner Kindheit trat er öfter als Retter auf. Als Erwachsener wird er Fürst und vor allem Verkünder des »Bhagavadgita«, des Heiligen Buchs des Hinduismus. Mit 120 Jahren soll er irrtümlich von einem Jäger getötet worden sein, dem er angeblich noch im Sterben verziehen habe.
Die Biene war, wie gesagt, nicht nur sein Symbol, sondern auch der Liebesbote Vishnus. Es ist heute noch Brauch, dass sich hinduistische Frauen vor der Hochzeitsnacht Honig auf Mund und Schamlippen streichen. Eine auf einer Vulva ruhende Biene gilt als Symbol der Fruchtbarkeit. Außerdem wurde angenommen, dass die Seele den Menschen in Gestalt einer Biene verlässt, sobald dieser stirbt. Die Vorstellung überdauerte auch in anderen Kulturen Jahrhunderte und Jahrtausende. Victor Hugo bemerkte beispielsweise in seinem Roman »Dreiundneunzig« aus dem Jahr 1874: »Nichts gleicht der Seele so sehr wie die Biene, sie fliegt von Blüte zu Blüte

wie die Seele von Stern zu Stern und sie bringt den Honig heim wie die Seele das Licht.« Und Hugo von Hofmannsthal schrieb im Gedicht »Lebenslied«: »Der Schwarm von wilden Bienen nimmt seine Seele mit«.

In der Bibel, Jesaja 7,18, heißt es: »Der Herr wird zischen der Fliege am Ende der Wasser in Ägypten und der Biene im Lande Assur.« »Kirchenvater« Cyrill legte aus, dass mit »zischen« »pfeifen« gemeint sei, und die Babylonier nahmen an, dass man mit Pfeiftönen Bienen aus dem Stock locken und wieder hineintreiben könne. Die Griechen glaubten wiederum, dass Gott Dionysos – Gott des Weines und des Rausches – als Erster die Bienen entdeckt habe. Er sei zufällig durch das »Geklingel der Werkzeuge auf dem Gestein beim Erzabbau auf sie aufmerksam geworden. Die Griechen nahmen ebenso an, dass die Insekten durch »Waffengeklirr« angezogen würden. Vor allem aber schienen Bienen Gefallen an Dichtern und Musikern zu finden. So wird berichtet, dass sie sich in Kreta auf die Lippen Pindars und Lykanus' gesetzt und dadurch die Berufung der beiden für die Dichtkunst geweissagt hätten. Mit Aristaios verehrten die Griechen den Ahnherrn der Bienenzüchter. Er entstammte einer Verbindung von Apollo und Kyrene und vertrat die ägyptische Annahme, dass die Bienen von toten Stieren abstammten, doch hieß es auch, dass Kronos, Anführer der Titanen, Vater von Zeus, Begründer des Goldenen Zeitalters und Herrscher der Welt, der Biene ihre glänzend goldene Farbe und die Gabe verliehen habe, den Honig, »der reichlich vom Himmel« falle, in Wachstafeln aufzufangen und als Nahrung für den Winter zu verwenden. Dass Kronos vier seiner fünf Kinder fraß, nämlich Poseidon, Demeter, Hera und Hades, da er fürchtete, sie könnten ihn entmachten, steht auf einem anderen Blatt. Nur Zeus konnte vor ihm versteckt werden, und er war es dann auch, der ihn später als Erwachsener mit einem Trank

betäubte und ihn zwang, seine von ihm verschlungenen Kinder wieder auszuspeien.
Die Biene jedenfalls wurde von den Griechen als göttliches Wesen betrachtet und als Abbild der menschlichen Seele, da sie aus weiter Ferne den Weg zu ihrem Standort zurückfindet – »wie die menschliche Seele, wenn sie lange genug auf der Erde geweilt hat, wieder zum Ursprung des Seins zurückfindet«. Für Lykurg war der Bienenstaat Vorbild für die Staatsform der Menschen. Ebenso für Plato. Die Griechen bewunderten besonders Ordnung, Fleiß, Sparsamkeit, Wohlstand, Macht und Ansehen, Sittenreinheit, Einigkeit, Einfachheit, Frömmigkeit und Moral, die sie im Bienenstaat verwirklicht sahen. Die Spartaner wiederum schätzten vor allem die Ordnung. Sie alle wussten unter anderem nichts davon, dass die Bienenkönigin, bevor sie den halben Schwarm übernimmt, jedes Mal ihre beiden Geschwister, die noch nicht ausgebrütet sind, in ihren Larven ersticht oder dass die Arbeitsbienen die männlichen Drohnen zu Sommerende aus dem Stock werfen und verhungern lassen. Die meisten Imker nahmen damals noch an, dass es im Bienenschwarm nur einen König gebe und dass die Drohnen Weibchen seien. Noch heute weist die deutsche Bezeichnung »der Weisel« darauf hin. Mag sein, dass diese Vorstellung das bewundernde Urteil mitbegründete. Im Honig selbst sahen die Griechen alles Zarte, Liebe, Reine, also etwas Tugendhaftes. Hesiod hatte hingegen früh geahnt, dass ein Bienenvolk aus der Königin, männlichen Drohnen und weiblichen Arbeitsbienen bestehen müsse. Er bezeichnet die Drohnen als Übeltäter im Bienenstaat, da sie nichts arbeiteten, jedoch viel Nahrung zu sich nähmen. Allerdings wusste er nicht, wozu sie dienten. Xenophon berichtete von vielen Bienenstöcken in Trapezunt und Attika, und Homer nannte den greisen griechischen Ratgeber in der Ilias, Nestor, wegen seines Redeflusses

»Honigshirn«. Auch der Mathematiker Pythagoras wusste den Honig zu schätzen, er führt ihn als Grund an, weshalb er das neunzigste Lebensjahr erreicht habe. Bei Festmahlen wurde der Honig damals in blitzenden, goldenen Gefäßen serviert, Früchte, wie zum Beispiel Äpfel, wurden mit Honig konserviert, Honig und Wasser ergaben zusammen mit wohlriechenden Kräutern und Wein ein edles Getränk, darüber hinaus wurde er zur Milderung des Geschmacks bei herberen Weinsorten verwendet. Nicht zuletzt wurde der Leichnam Alexanders des Großen mit Wachs und Propolis einbalsamiert und Honig als Grabbeigabe hinzugefügt.
Die Griechen übten die Wanderimkerei intensiver aus als die Ägypter. Die Achaier beförderten ihre Bienenstöcke bereits aus hohlen Baumstämmen oder Wachskörben, welche mit Brettern zugedeckt wurden, auf die blütenreiche Halbinsel Attika. Zypern im Levantischen Meer, die Kykladischen Inseln oder Euböa waren gleichfalls beliebte Ziele. Der »erste Imker« Aristaios legte bereits bewegliche Stäbchen auf Bienenstöcke, um ihnen den Bau von Waben zu erleichtern. Die Stäbchen mit den von den Bienen errichteten Brutwaben stellte er in einen leeren Bienenstock. Sogar Aristoteles schreibt in seiner »Historia animalium« über Bienen. Und natürlich wurden Honig und Wachs weiterhin in der Medizin verwendet. Erhitztes Wachs im flüssigen Zustand auf Holz gegossen, ergab überdies, zusammen mit den Griffeln, Schreibtafeln.
Die Römer übernahmen mehr oder weniger vollständig die in Griechenland vorgefundene Kultur der Imkerei. Silenos, der Erzieher des Bacchus, berichtet, dass es Bacchus selbst gewesen sei, der »den unstet und ziellos umherirrenden Bienen eine Wohnstatt in hohlen Bäumen« zugewiesen habe. Ab dem Zweiten Punischen Krieg der Römer gegen die Karthager von 218 bis 202 v. Chr. waren die Bienen bei den Römern zu Haustieren geworden.

Marcus Terentius Varro verfasste das dreibändige Werk »De re rustica« über Landwirtschaft, Ackerbau, Vieh- und Kleintierzucht. Im dritten Band über die Hoftierhaltung sieht er im Bienenschwarm den idealen Staat und attestiert den Immen »Patriotismus«, ein zwiespältiges Lob, aber auch »Kunstsinn«. »Kein Geometer«, schreibt er, »könne einen solchen Bau wie die Bienen mit ihren Waben ausführen.« Er vergleicht die Schwarmzeit mit »dem Abzug des Heeres«. Und setzt fort: Ein Schwarm ließe sich nicht einmal durch die Nähe des Mutterstockes verleiten, dorthin zurückzukehren. Außerdem rät er den Imkern richtigerweise, den Bienen nicht zu viel Honig wegzunehmen, damit sie gut überwintern könnten, und hebt hervor, dass »übelriechende Salben« sie zum Stechen anregten.

Eine ganze Reihe römischer Schriftsteller haben Bienen in den Mittelpunkt ihrer Betrachtungen gestellt. Beispielsweise Ovid und Vergil. Vergil schrieb ein vierbändiges Lehrgedicht über den Landbau, »Georgica«. Im letzten Band geht es hauptsächlich um Bienen. Seneca, der Lehrer des gefürchteten Nero, bemerkte über den Stich der Biene, die dabei den Stachel verliert und dies mit ihrem Leben bezahlt, dass im Vergleich zum Menschen keine öfter als einmal »schaden« und damit auch ihren Hass nicht »durch Hinzuziehen fremder Kräfte in Wirksamkeit erhalten« könne.

Den Honig entnahm man allgemein in den Morgenstunden, wobei vorher getrockneter Rindermist verbrannt wurde, dessen Rauch eine ähnliche Wirkung hatte wie heute der des Smokers. Bei den Arbeiten mit Bienen wurde auch den Göttern geopfert. Die Bauten für Bienen waren hohle Ulmen- und Eichenstämme, später wurden sie aus Brettern hergestellt – »eine Elle breit und zwei Ellen hoch«. Zweige wurden zu einem runden Bau geformt, mit Ton und Kalk bestrichen und verklebt. Sogar Bienenbauten aus Ziegelsteinen wurden angefertigt und Wächter in Hütten bei den Stöcken eingesetzt, die besonders in der Schwarmzeit den Raub von Völkern verhindern sollten. Wanderimker suchten Sizilien auf, auch Zypern, Kreta und Mazedonien. Die Römer forderten einen Tribut von ihren unterjochten Ländern, wie beispielsweise von Korsika, das 200 000 Pfund Wachs abliefern musste. Jährlich abgabenpflichtig waren neben Griechenland zahlreiche asiatische und afrikanische Länder.

Schon vor dem ersten Kontakt mit den Römern hatten die Germanen Met getrunken und sich mit den Bienen und ihrem Honig befasst. Den im Kampf gefallenen Helden wurde der Sage nach im Schloss Walhalla des Hauptkriegs- und Todesgottes Odin, der auch Gott der Dichtung und Magie war, Honigwein in goldenen Bechern gereicht. In der Edda ist zu lesen, dass sich die Zweige einer Esche über die gesamte Welt ausbreiteten und ihr Wipfel über den Himmel hinausragte. Von ihrem Laub tropfe der Honig herab, hieß es, der von den Bienen aufgesaugt werde. Auch von den Germanen wurde ihr Staat als Vorbild angesehen und ihre Klugheit hervorgehoben.

Mit dem Christentum stieg die Bedeutung der Biene nahezu ins Unermessliche. Der Epikureer Celsus hielt im 2. Jahrhundert n. Chr. fest, dass Mensch und Biene über gleichwertige Intelligenz verfügten, was ihm vom Kirchenvater Origenes eine Zurechtweisung einbrachte. Doch ein heiliges Tier blieb sie trotzdem. Honig galt schon vor dem Mittelalter als heilige Speise und wurde von Priestern zum Osterfest mit Milch aus einem Kelch getrunken. Ihre Schirmherrin war die »Gottesmutter« Maria, weitere Beschützer die zwölf Apostel. Vor allem das Wachs für die Kerzen verhalf den Bienen in dieser Zeit zu Ruhm. »Tausend und tausend und tausend Lichter für ihn zünden an, so Tag und Nacht in tausend und tausend Kirchen stahn«, lautet eine Überlieferung.

Der Aberglaube feierte damals nach wie vor Feste. Die Germanen hatten beispielsweise sogar angenommen, dass die Bienen böse Menschen von guten unterscheiden könnten und daher die Bösen mit Stichen belästigten. Aus diesem Grund näherten sich verlobte Frauen mit ihren Erwählten vor der Hochzeit den Bienenständen, um den Charakter ihrer zukünftigen Männer zu erkunden. Bienen sollten auch nicht getötet werden, und Bienenzüchter wurden zumeist »Bienenväter« genannt. Man zeigte für die kleinen Insekten vermehrt Ehrfurcht. So sagte man über sie nicht wie bei allen anderen Tieren, dass sie »fräßen«, sondern dass sie »essen« würden, statt »saufen« wurde »trinken« verwendet und statt »hinwerden« – »sterben«. Sie wurden als Begleiter des Menschen gesehen und deshalb vor der Hochzeit von Familienmitgliedern in Kenntnis gesetzt, wie auch nach deren Tod. »Bienen, wacht auf, Euer Herr ist tot«, wurde vor den Stöcken ausgerufen oder »Bienchen, unser Herr ist tot, verlass mich nicht in meiner Not!«. Auch gab es den Brauch, dass die Stöcke hierauf ein Stück versetzt wurden, um die neuen Zeiten anzukündigen. In Böhmen befestigte man Trauerflor an den Körben. Wurde der Leichnam aus dem Haus getragen, hat man zuvor die Deckel von den Stöcken genommen, damit die Bienen den Segen des Toten empfangen konnten.
Zu den Weihnachtsfeiertagen wurden die Bienenwohnungen im niederösterreichischen Gebiet mit Weihrauch und Weihwasser gesegnet. In Mähren versetzte man die Stöcke, im Glauben, dass die Bienen im Frühling ansonsten nicht schwärmten, hingegen nahm man bei den Masuren an, dass bei Schneefall zu Neujahr besonders viele Schwärme entstehen würden. Das erstmalige Aufstellen eines Bienenstocks wurde in Schwaben zum Ritual. Am Namenstag von Gertrud wurde der Stock mit »Dreikönigswasser« besprengt und vor das Flugloch

»Dreikönigssalz« gestreut. Um ein Durchgehen von Schwärmen zu verhindern, fütterte man in Oldenburg das Bienenvolk vor dem Sonnenaufgang mit Honig und mengte etwas Erde von einem Maulwurfshaufen bei. Es war ferner in niederösterreichischen und slowenischen Gebieten Brauch, den Fleiß der Bienen anzuregen, indem man die Stöcke bemalte, während man im fränkischen Raum auf das Gegenteil schwor und die Insekten in eher alte, vernachlässigte Körbe gab. In Pommern wiederum legte man einen Krötenstein, also einen Stein, auf dem zuvor eine Kröte Platz genommen hatte, in den Stock, während man in Niederösterreich viel darauf setzte, Honig zu verschenken, denn wer von den Gaben nichts verschenke, sagte man, dem gingen die Bienen zugrunde. Die Ansicht war weit verbreitet, dass Honig- oder sogar Bienendiebstahl Unglück über den Betreffenden bringen würde. Großer Lärm durch Schlagen auf Gießkannen, Pfannendeckel oder Sensen sollte damals Schwärme anziehen. Vermutlich aber wollte man eher den Nachbarn darauf aufmerksam machen, dass man ein Anrecht auf den Schwarm geltend machte.

Ließ sich ein Bienenschwarm auf einem Haus nieder, bedeutete das Glück, tat er es auf einem dünnen Ast, wurde es als Prophezeiung gesehen, dass »der kranke Mann im Haus stirbt«. Aberglaube beherrschte jedoch nicht nur den Alltag der breiten Masse, sondern auch Kirche und Adel. So war der österreichische Herzog Leopold davon überzeugt, dass ein Bienenschwarm, der sich auf seinem Banner niedergelassen hatte, ihm die Nähe des feindlichen Heeres angekündigt habe. Als die polnische Königskrone vakant war, soll Michael Wisniowiecki zum König gewählt worden sein, weil sich während der Wahl ein Bienenschwarm auf ihm niedergelassen habe. Viehhändler legten die Kraft der Bienen folgendermaßen aus: Sie nahmen vor allem am Karfreitag für Peitschenstiele Äste

vom Baum, auf denen sich angeblich Bienenschwärme befunden hatten.
Im Mittelalter dann wurde die Bienenzucht wieder ein lohnender Erwerbszweig. Das drückte sich in Gesetzen aus, die Diebstahl und Schwarmbesitz regelten.
Man fing an, mehr und mehr Bienenhäuser zu bauen, als Baustoff wurden Baumrinde, Reisig und Holz bevorzugt. In Slowenien arbeitete man sogar schon mit fünf- und mehrstöckigen Bauten.
Zugleich wollten Kaiser, Adel und Kirche am Honig und Wachs mitverdienen und verlangten Tribut, später auch die Grundherren, besonders in Franken und Bayern. So mussten zehn Bauern an das Kloster Corvey in Nordrhein-Westfalen 67 Pfund Wachs abliefern, der Bischof von Gosberg verlangte für eine »Kirchenvisitation« zwanzig Eimer Honig und zwanzig Eimer Met. Erlasse legten für die Imker die jährlichen Abgaben für Bienenvölker fest, den »Bienenzehent«. So musste ein Bauer für das Kloster St. Gallen Würthemberg sieben Bienenstöcke abliefern. Da die Klöster viel Wachs für Kerzen benötigten und auch dem Met nicht abgeneigt waren, begannen die Mönche selbst mit der Imkerei. Im Laufe der Jahrhunderte erweiterten insbesondere Priester und Mönche ihre Kenntnisse über Bienen und verbesserten die Geräte und Arbeitsweisen. Doch manche Irrtümer hielten sich lange: So hieß es, wie gesagt, noch immer, dass *der* Weisel die königliche Macht über das Bienenvolk ausübe und den Bienenstaat in Ordnung halte und dass die Drohnen die Brutgeschäfte besorgten.
Da Met zum Volksgetränk wurde, stellte man ihn in großen Mengen her. In Meißen wurde sogar ein Brand mit Met gelöscht, weil es an Wasser fehlte.
Zahlreiche Ortsnamen begannen Bezug auf die Imkerei zu nehmen, es gab: »Bienendorf«, »Bienenthal« oder seit dem 13. Jahrhundert im Allgäu »Immenstadt«.

Von Deutschland, einem der bienenreichsten Länder, wurden Speisen und Wachs nach Spanien, Syrien und Palästina exportiert.
Bereits Karl der Große hatte auf seinen Gütern »Zeidler«, das heißt Imker und Bienenwächter, beschäftigt. Dort hatten sie jeweils zwischen 20 und 50 Stöcke zu betreuen. »Zeideln« bedeutete, Honig aus dem Wachs zu schneiden. Zweimal im Jahr entnahm man den Stöcken Honig, im September und in den Monaten März und April. Vorzugsweise wurde mit »Waldimmen«, das heißt »Waldbienen«, gearbeitet und weniger mit »Haustierzucht«. Es gab keinen anderen Süßstoff als Honig, außerdem konnte man nur mit Honig Früchte konservieren. Das Wachs wurde nicht nur für Kerzen benötigt, sondern auch als Siegelmaterial und in der Medizin. Zusammen mit der Metsiederei ergab sich daraus ein steigender Bedarf. Aus diesem Grund bildeten die Zeidler Genossenschaften mit einer eigenen, begrenzten Gerichtsbarkeit, sie führten Prüfungen von Kandidaten durch, die ihnen beitreten wollten, oder übten sich im Herstellen von »Ablegern«, das sind durch imkerliche Eingriffe entstandene neue Bienenschwärme. Dabei wird aus bienenstarken Völkern so viel an Brut und Bienen entnommen, dass ein überlebensfähiges Volk gebildet werden kann. Die Königin (der Weisel) verbleibt hingegen im Stock. Ungefähr drei bis fünf Kilometer vom ursprünglichen Stand entfernt – da die entnommenen Bienen ansonsten zurückfliegen – werden die »Stöcke« mit den »Ablegern« aufgestellt und die »Weiselzellen«, aus denen die neue Königin schlüpft, innerhalb von neun Tagen vom Imker angelegt. In der Regel geht diese bei gutem Wetter schon innerhalb der nächsten drei Tage auf den Begattungsflug, bei dem sie von ihrem Hofstaat begleitet und beschützt wird. Königinnen von Wildbienen können bis zu 2,5 Kilometer hoch fliegen, wo bis zu 20 000 Drohnen aus verschiedenen Im-

kereibetrieben schon auf sie warten. Angelockt von Geruchshormonen, den Pheromonen, die von der Königin ausgesendet werden, folgt ihr die Drohnenwolke. Nur die kräftigsten männlichen Bienen aus den Tausenden umherschwirrenden begatten sie in der Luft. Die Flughöhe einer Wildbienenkönigin kann eine Königin von domestizierten Bienen bei weitem nicht erreichen. Es gibt Annahmen, dass eine Zucht-Bienenkönigin sich bereits in fünfzig Metern Höhe mit den Drohnen vereinigt (im Schnitt sind es »nur« 120 Meter). Als absoluter Rekord bei Wildbienen gilt eine angebliche Höhe von sechs Kilometern. Die Drohnen, welche die Königin befruchtet haben, sterben anschließend, weil sie dabei ihr »Bienenzeichen«, das heißt ihr Geschlechtsteil, verlieren und tot zu Boden stürzen.

Die Königin lebt vier Jahre und legt tausend bis zweitausend Eier am Tag. In der Winterzeit vermehrt sie sich jedoch nicht. Man kann also grob geschätzt von 300 000 bis 400 000 Eiern im Leben einer Königin ausgehen. Es war der slowenische Bienenzüchter Anton Janša (1734–1773), der als Erster diesen Vorgang als Gesamtes durchschaute. Außerdem erfand er unter anderem den Krainer Bauernstock, flache Horizontalbeuten, die er um abnehmbare Stirn- und Bodenbretter erweiterte, wodurch erst eine genaue Inspektion des Bienenvolkes möglich wurde.

Die erworbenen Kenntnisse über Bienen galten lange als Geheimnisse einzelner Imker. Sie wurden nur vom Vater an den Sohn weitergegeben.

Ab 1350 vergaben die Zeidler erstmals Diplome. Damals wurden hochstämmige Bäume gezüchtet, fortan »Wipfler« genannt. Sie eigneten sich besonders für den Zeidler, weil er mehrere Völker in ihnen unterbringen konnte. Doch auch Klotzbeuten und Strohkörbe wurden vermehrt eingesetzt. Die Zeidler hatten jetzt allgemein an die Besitzer der Wälder und Länder für die Nutzung der »Zeidlerweiden« ein »Honiggeld« oder ein gewisses Quantum ihrer Ernte und Ware abzugeben. Außerdem waren sie verpflichtet, auf die Erhaltung der Reichswaldungen zu schauen, und wurden deshalb von amtlicher Seite »Waldbeamte« genannt. Im Kriegsfall waren sie verpflichtet, den Kaiser und sein Gefolge sicher durch das Rayon zu geleiten, wofür ihnen insgesamt sechs Armbrüste zur Verfügung standen. Der zuständige Zeidelmeister selbst musste voranfahren.

Der Wert eines Bienenstocks wurde laut einer Urkunde aus dem Jahr 1538 mit fünf Gulden festgelegt, was dem Preis einer Kuh entsprach. Während die Kuh das gesamte 16. Jahrhundert über den gleichen Wert behielt, fiel der Preis für den Bienenstock 1543 auf zwei, 1549 auf einen und nach 1556 unter einen Gulden. Das Handwerkszeug der Zeidler bestand aus dem Meißel, dem Zeidelbeil, dem Schwarmsack, Zeidelseil, Steigeisen, einer Leiter und einem Sack. Die Bienen nisteten in den ausgehöhlten, aber lebenden hohen Tannen, Fichten und Kiefern, zumeist in beträchtlicher Höhe, damit die Bauten nicht von Tieren oder Dieben geplündert werden konnten. Ausgehöhlt wurden die Bäume im Februar und März sowie im September und Oktober, damit die vorgesehenen Bienenbauten noch austrocknen konnten, bevor sie belegt wurden. In der Schwarmzeit wurden sie mit einer wohlriechenden Masse aus Kräutern bestrichen, um Spurbienen, die einen neuen Platz für die alte Königin suchten, und freifliegende Schwärme anzulocken. Daraufhin wurde in die Baumhöhle ein Brett mit Flugloch eingepasst und dieses mit grünem Reisig umwunden. Wenn ein Bau nicht von einem Bienenschwarm aufgesucht worden war, warf der Zeidler das Zeidelseil auf den nächsten Ast. Es war mit einem Holzklotz verbunden (Kloben), der den Vorgang erleichterte und in der Folge als Sitz diente. Auf diese Weise zog sich der Zeidler hoch.

Handelte es sich um einen sehr hohen Baum, verwendete er das Steigeisen und erreichte durch mehrfaches Werfen seines Hanfseils auf höhere Äste und indem er sich sitzend hochzog, das Ziel. Den Bienenschwarm trug er im Schwarmsack um die linke Schulter gehängt. Bei der »Beute«, der Bienenbehausung, angekommen, band er den Schwarmsack unten auf und ließ die Bienen in das Loch einziehen. Ferner wurden Bäume gefällt und zu stehenden und liegenden Klotzbeuten verarbeitet. Die ebenfalls verwendeten Strohkörbe, »Summer« genannt, dienten der Hausbienenzucht.
Der Niedergang der Imkerei im 16. Jahrhundert, der alle europäischen Länder betraf, hatte mehrere Ursachen – an erster Stelle die Entdeckung Amerikas und neuer Seewege. Dadurch konnten bisher verwendete Produkte wie der Honig wesentlich billiger aus Übersee eingeführt werden. Nach der Kirchenreformation und damit der Kirchenspaltung wurden wesentlich weniger Kerzen gebraucht, da die protestantischen Gotteshäuser und ihre Festlichkeiten nicht prunkvoll waren. Der Dreißigjährige Krieg veränderte zudem die sozialen und wirtschaftlichen Verhältnisse völlig. Dreiviertel der Bevölkerung waren »durch Schwert, Kugel oder Seuchen« dahingerafft worden. Armut machte sich breit, und ein Drittel aller Äcker wurde nicht mehr bearbeitet. Die Menschen kämpften ums Überleben. Aus Amerika wurden im Laufe der Zeit 500 000 Zentner Honig und zugleich auch billiger Rohrzucker aus den »Überseeländern« in Europa eingeführt. Die Bedeutung des einheimischen Mets sank rapide. Zu Beginn des 19. Jahrhunderts begann die Fabrikation von Rübenzucker. Wachs wurde bereits aus Pflanzen und verschiedenen Surrogaten gewonnen. Bei der Honigernte wurden die Bienen fast überall zuvor mit Schwefeldämpfen erstickt oder einfach zerdrückt. Die Imker waren zu Bienenschlächtern geworden. Das alles

führte nahezu zum Aussterben der Imkerei. 1804 war im »Fränkischen Bienenwirth« zu lesen, dass mit der Bienenzucht nur noch wenig oder nichts mehr »zu gewinnen« sei.
»Der Reichste an Bienen in diesem Jahr kann im darauffolgenden der Ärmste sein«, hieß es. Und als Ursachen aufgezählt wurde ein allgemeiner Mangel an gründlicher Kenntnis der Bienenzucht, das grausame Abschwefeln der leichtesten und schwersten Stöcke und damit das Töten der Bienenvölker, das für die Zukunft fatal sei, und nicht zuletzt das Aufstellen giftiger Lockspeisen, das man der tierischen und menschlichen Räuber wegen vornahm, welches aber die Bienen selbst »massenhaft tötete«.

An dieser Stelle brechen wir unseren Bericht ab, denn der neuerliche Aufschwung der Imkerkunst und der Bienenwissenschaft ist inzwischen so komplex, dass wir es unterlassen, ihn hier zu schildern.
Unser Beitrag ist eine Zusammenfassung, Ergänzung und Umformulierung des Buches »Die Geschichte der Bienenzucht« von Johann Witzgall aus dem Jahr 1889. Wir haben nur die ersten 26 Seiten nacherzählt, zum Teil wörtlich zitiert, aber auch mit eigenen Gedanken versehen.

Nachwort

Die künstliche Besamung der Bienenkönigin und damit der Verzicht auf den »Hochzeitsflug« mit den Drohnen hatte vor unserer »Katastrophe« begonnen. Kunstschwärme traten an die Stelle der natürlichen Schwarmbildung. Das hatte im Laufe der Zeit zu genetisch negativen Folgen geführt. Das Ziel vieler Imker und der meisten Bauern war schon immer ein größtmöglicher Ertrag. Das begüns-

tigte einerseits den Einsatz von Unkrautvertilgungsmitteln und andererseits Eingriffe in die Bienennatur durch Kreuzungen von verschiedenen Bienenarten, denen wir auch die Varroa-Milbe verdanken. Wissenschaft hat den nicht übersehbaren »Nebeneffekt«, dass sie abseits vieler Erkenntnisse das ethische Gewissen der Menschen überholt. Sie fördert eine Entwicklung, die durch die Waffenherstellung bis zur Atombombe und die »Technik« bis zu Atomkraftwerken Menschenleben gekostet hat.
Die Wissenschaft entwarf und konstruierte schon jahrzehntelang »künstliche Bienen«, die sogenannten »RoboBees«. Langsam sollen die technischen Geräte die Fähigkeiten ihrer Vorbilder erlernen, auch wenn zahlreiche Fragen offenbleiben und nicht wenige Probleme noch auf ihre Lösung warten. Im Wesentlichen ging es den Wissenschaftlern und der Industrie um den Vorgang der Bestäubung der Blüten. Man könnte an Science-Fiction denken, aber dafür waren die Entwicklungen im Stillen schon zu weit fortgeschritten. Vielleicht trifft das Wort »Utopie« die Bestrebungen besser. Die Frage hätte wohl lauten müssen: Was sind die Gründe für das Bienensterben, und wie kann es der Mensch verhindern?

Hochzeiten

Zuerst wollten zwei Paare aus dem ehemaligen SOS-Kinderdorf heiraten. Das sprach sich schnell herum, und schließlich wurde das Datum für sieben Hochzeiten und drei Taufen festgelegt, darunter jene von Walter Lindner und Agnes Drossel. Man einigte sich in aller Fröhlichkeit auf den 1. April. Das kam den meisten von uns Narrenschiffern originell vor. Auch Malia und ich hatten uns auf dieses Datum geeinigt. Gleichzeitig wurde beschlossen, den 1. April zu einem Feiertag zu erklären. Nach den neuen Regeln waren Trauerkleidung und Hochzeitskleidung weiß. Es genügten jedoch ein weißes Hemd oder eine weiße Bluse. Fahrten zu Kaufhäusern in die Provinzhauptstadt wurden organisiert, mehrere Busse und Lastwagen bereitgestellt. Ich blieb in meinem Steinbruchhaus, Rafiki schlief auf der Couch.
Auch Diana und Ted hatten nicht an dem Ausflug teilgenommen. Sie besuchten mich am Nachmittag, weil Ted wissen wollte, »wie« ich die Auseinandersetzung mit der fremden Kolonie vorausgesehen hatte, und Diana, auf welche Weise ich mit den Krähen kommunizierte. Ich sagte es ihnen. Daraufhin schenkte mir Diana das Bild eines Krähenschwarms, das mich an meine Erlebnisse vor dem Kloster erinnern sollte. Ich hängte es neben ihre anderen und das Bruegel-Bild, und es hielt stand. An diesem Tag besuchte ich auch Gottlieb, um das Rembrandt-Bild »Das Gastmahl des Belsazar« mit der Schrift »Mene mene tekel u-pharsin« an der Wand zu sehen. Es beeindruckte mich noch mehr als beim letzten Mal, vor allem die hellweißen hebräischen Buchstaben auf dem leuchtenden Fleck an der Wand und der Schrecken in den Gesichtern der anwesenden Personen. Warum ich das Bild so lange anstarrte, kann ich nicht sagen. Gottlieb behauptete, ich sei eine Viertelstunde lang davor-

gesessen, ohne ein Wort zu sprechen. Es war wie unter Hypnose. Mein Denken hatte ausgesetzt, ich konnte mich jedenfalls nicht daran erinnern, was mir durch den Kopf gegangen war.
Malia und Kira kehrten mit so vielen Kleidungsstücken und anderen Gegenständen – Vasen, Schmuck und Geschirr – zurück, dass sie gar nicht wussten, wo sie alles unterbringen würden. Schließlich landeten einige Kartons auf dem Dachboden. Ich mochte es nicht, weil ich immer daran denken musste, dass wir vielleicht wieder umsiedeln würden. Für Rafiki gab es jetzt Hundebekleidung, darunter ein weißes Mäntelchen für die Hochzeit. Malia hatte sich ein Brautkleid besorgt und für mich einen weißen Anzug und weiße Schuhe gewählt, die mir sehr gut passten, weil die beiden zur »imaginären Anprobe« Kleidungsstücke von mir mitgenommen hatten. Natürlich war auch Kira mit einem neuen weißen Kleid und einem weißen Hütchen zurückgekehrt. Ich dachte aber daran, dass Weiß auch die neue Trauerfarbe war.
Die Tage bis zum ersten April vergingen so harmonisch und in überschwänglicher Vorfreude, wie sie nur gerade dem Tod entronnene Menschen empfinden können.

Der erste April

Der erste April war ein sonniger Tag mit weißen Wolken am Himmel. Die Apfelbäume standen schon in Blüte, es sah aus, als wollte die Natur den Brautpaaren einen riesigen weißen Blumenstrauß schenken.
Die Trauungen waren um 11 Uhr angesetzt. Alle Bewohner, auch die Patienten, standen weiß gekleidet und erwartungsfroh vor Gottliebs Haus. Der Kaplan spielte im Andachtsraum, in dem ein von Diana gemaltes Bild mit

einer weißen Taube hing, die Chaconne von Johann Sebastian Bach vom CD-Player, eine himmlische Musik, die mich auf das Glücklichste verwirrte. Mein Blick haftete auf Rembrandts »Das Gastmahl des Belsazar«, und Malia blickte sich beunruhigt, wie mir schien, fortwährend um. Es kümmerte mich nicht, was die übrigen Brautpaare machten, denn Kira, die sich mit großen, geradezu aufgerissenen Augen ebenfalls in einem fort umsah, erweckte ähnlich ihrer Mutter den Eindruck, als fürchte sie sich. Dann blitzte immer wieder Freude in ihren Gesichtern auf, ein Lächeln oder ein Strahlen der Augen. Als wir mit unserer Vermählung an der Reihe waren, sah ich zuerst nur die knabenhaften Augenbrauen des Kaplans, zwei Pickel auf seiner Stirn, seinen Haaransatz und seine schiefen Unterzähne. Malia und ich standen uns gegenüber, dann stürmte Kira auf uns zu, und wir küssten und umarmten uns. Gleich darauf wollte sie von Malia wissen, ob sich ihr Papa Madox ebenso darüber freute.

Nach der Trauung nahmen alle auf der überdachten Terrasse Platz und hörten von dort aus, wie der Feldwebel mit den beiden Jugendlichen im Hubschrauber landete. Im nächsten Augenblick liefen sie auch schon auf das Haus zu, die beiden Jugendlichen stürmten herein, der Feldwebel schritt traurig hinterher. Sie wurden mit Jubel begrüßt. Getränke wurden ausgeteilt, wir gingen allmählich ins Freie, um die Wärme der Sonne zu spüren. Sitzmöbel wurden hinausgetragen, und ehe wir uns versehen hatten, saßen wir lachend um die Tische und prosteten uns zu. Ich hätte es vorgezogen, vor unserem Haus zu sitzen, aber das war ausgeschlossen, denn Malia und Kira genossen den Trubel, und es hätte wohl niemand verstanden, wenn ich sie allein gelassen hätte.

Gerade als wir mit dem Hochzeitsmahl beginnen wollten, begann es, altes und neues Spielzeug vom Himmel zu hageln. Zuerst waren wir verstört und wussten nicht, was es bedeuten sollte. Dann flohen wir zurück unter das Terrassendach, wo wir es hilflos krachen und splittern hörten, sobald die Gegenstände darauf prallten. Auch von den übrigen Dächern tönte Gepolter zu uns herüber. Der Feldwebel stürmte hinaus, um besser zu sehen, was geschah, und wurde von einer Märklin-Lokomotive am Kopf getroffen, wodurch er das Bewusstsein verlor. Einer seiner beiden »Gefreiten« hielt sich einen Stuhl über den Kopf, der andere hatte schnell einen Regenschirm aufgespannt, und beide liefen hinaus. Während sie sich bemühten, den Feldwebel unter das Terrassendach zu ziehen, kam Gottlieb mit einem Motorradhelm auf dem Kopf herbeigerannt und vollendete mit ihnen das Werk. Der Feldwebel öffnete die Augen, er war immer noch benommen, doch zum ersten Mal nahm sein Gesicht ängstliche Züge an, und er fing an zu schluchzen. Und es hagelte weiter Kasperlpuppen, Aufziehspielzeug, Kindermusikinstrumente, Spielbretter, Würfel, Kreisel, Spielkarten und Tierfiguren, angefangen mit Pferden und Rhinozerossen über Giraffen, Löwen, Tiger, Brillenschlangen, Bären, Fische, Vögel, Strauße, Pelikane, Krähen, Hirsche, Hunde, Hühner, Gänse, Schafe, Katzen, Affen – das gesamte Tierreich aus Stoff und Kunststoff – und zugleich auch das Pflanzenreich mit kleinen Palmen, Linden, Eichen, Nussbäumen, Christbäumen, die prachtvoll geschmückt waren, Pappeln und Obstbäumen, Kunstblumen aller Art … Kinderzeichnungen flatterten zu Boden, bunte Luftballons schwebten herab, ein Konfettiregen ergoss sich über die Natur, dann hagelte es wieder Puppenküchen, Puppenmöbel, Puppenhäuser, Lego-Figuren, Lego-Bauwerke, Ritter, Könige, Kaiserinnen, kleine Prinzessinnen und Balletttänzerinnen, gleich darauf Schaukelpferde, Aquarien, Nussknacker, Hampelmänner, Märchenfiguren, einen Pfau aus Holz,

kleine Flugzeuge und Schiffe, Kinderbücher, Ratschen, Kegelfiguren, Hellebarden, Schwerter, Wasserpistolen, Gewehre, dann eine Menge Bälle.
Inzwischen war das Vordach längst eingebrochen, und wir waren alle zurück in Gottliebs Haus geflohen, wo sogar die Dachziegel zerbrachen. Von einem Augenblick auf den nächsten hörte der Spielzeughagel auf … eine Aufzieh-Ente fiel als Letztes vor das Haus, sie watschelte noch kurz, bevor sie umfiel, und Stille kehrte ein. Wir konnten uns nicht erklären, was geschehen war, standen nur an den Fenstern, bis Gottlieb, der hinausgelaufen war, uns zu sich winkte. Zögernd folgten wir seiner Aufforderung.
»Ein Geschenk des Himmels!«, rief er, als hätte er den Verstand verloren, und: »Halleluja!«
Inzwischen waren auch die beiden »Gefreiten« gekommen, mit einem Servierteller voller Gläser und mehreren Flaschen Wein. Unter »Prost!«-Rufen nahmen wir jeder und jede einen Schluck und fingen plötzlich zu lachen an. Doch gerade, als ich mein Gesicht zu einem Lächeln verziehen wollte, setzte die Schwerkraft aus, und die Spielzeuge und Ziegel flogen zurück in die Luft, hierauf die schweren Maschinen aus dem Steinbruch und der Hubschrauber des Feldwebels. Eine Henne hatte im Aufwärtsflug ein Ei gelegt, das sie begleitete, selbst die Häuser lösten sich knarrend und knarzend auf und flogen ins All, mit den gesamten Möbeln, den Betten, Schränken, Stühlen und Tischen, mit Bildern, Teppichen, Fenstern, Waschmaschinen, Kühlschränken, E-Herden, Espressomaschinen, Geschirr, Mixern, Besteck … auch die Autos, Badewannen, Klosettmuscheln, Fliesen, Duschen, Türen folgten in den Himmel, auf dem Flugzeuge, Panzer, andere Waffen und Geräte in der Ferne auftauchten und wieder verschwanden und zuletzt die gesamte Hochzeitsgesellschaft. Nur die Bienenstöcke im Siebensternmuster

waren unbegreiflicherweise noch dort, wo sie aufgestellt worden waren.
Die einbrechende Stille war die des Friedhofs. Malia und Kira und Rafiki waren verschwunden, ebenso wie das gesamte Spielzeug, das den Boden bedeckt hatte. Es war alles so rasch und unerwartet geschehen, dass ich glaubte, ich phantasierte wieder. Verzweifelt fing ich an, auf meinen Körper einzuschlagen, um aufzuwachen, doch ich war allein.
Meine Aufzeichnungen und meine Stifte lagen immer noch dort, wo sich das Haus vor dem Steinbruch befunden hatte. Ich schrie und weinte.
Einige unendlich lange Stunden später begann ich, das Kapitel »Hochzeiten« aufzuschreiben. Aber wozu, wenn es niemanden mehr gab, der es lesen würde? Am Abend hörte ich eine Stimme in meinem Kopf, die mich fragte, ob ich meine Aufzeichnungen beendet hätte. Ich antwortete stumm mit »Ja«. Dann sollte ich den letzten Punkt machen.
Ich setzte den Schlusspunkt
Doch nichts weiter geschah

Nachwort

Franz Lindners Aufzeichnungen wurden sechs Monate nach seinem Tod im »Haus der Künstler« gefunden. Sie befanden sich in einem Karton mit Schreibwerkzeugen und Notizbüchern. Er trug die Aufschrift: VERBRENNEN.

Inhalt

Gerhard Roth

Die Irrfahrt des Michael Aldrian

Roman

Michael Aldrian, der lange bei der Oper als Souffleur gearbeitet hat, reist im Winter nach Venedig, um seinen dort lebenden Bruder zu besuchen. Der aber scheint mitsamt seiner Frau spurlos verschwunden zu sein. Aldrian, der eigentlich vorhatte, einen Reiseführer über Venedig zu schreiben, macht sich in der vom Hochwasser heimgesuchten Stadt auf die Suche. Aber irgendjemand will ihn offenbar davon abhalten. Nacheinander erhält er eine Morddrohung, ein Paket mit Falschgeld und eines, in dem sich eine abgeschnittene Hand befindet. Unaufhaltsam und fast ohne sein Zutun wird er in eine Geschichte hineingezogen, in der er immer mehr vom Zuschauer zum Täter wird.

496 Seiten, gebunden

Weitere Informationen finden Sie auf
www.fischerverlage.de

AZ 10-066069/1

Gerhard Roth

Die Hölle ist leer - die Teufel sind alle hier

Roman

Der Übersetzer Emil Lanz lebt allein in einem Haus auf dem Lido von Venedig und beschließt, seinem eintönigen Leben ein Ende zu setzen. Auf der Suche nach einem guten Platz zum Sterben betrinkt er sich und schläft ein. Als er erwacht, beobachtet er einen Mord. Aber ist wirklich passiert, was er gesehen hat? Oder ist sein Selbstmordversuch doch gelungen, und er bewegt sich längst in einer anderen Dimension? Als einziger Zeuge des Mordes gerät Lanz in höchste Gefahr. Er, der eben noch sterben wollte, will nur noch überleben und sieht die Welt wie nie zuvor.

368 Seiten, gebunden

Weitere Informationen finden Sie auf
www.fischerverlage.de

AZ 10-397213/1

Gerhard Roth

Es gibt keinen böseren Engel als die Liebe

Roman

Die Kunsthistorikerin Lilli Kuck reist nach Venedig, nachdem ihr Mann Klemens dort unter ungeklärten Umständen ums Leben gekommen ist. Jetzt, nach seinem Tod, hat sie plötzlich das Gefühl, nicht mehr zu wissen, wer Klemens – ein berühmter Comiczeichner – wirklich gewesen ist. Sie will mehr über ihn erfahren und spürt zugleich, dass auch in ihr etwas ist, das sie entdecken muss. In Venedig erfasst Lilli bald der Wunsch unterzutauchen und nicht mehr nach Hause zurückzukehren. Als sie den Mord an einem Polizisten beobachtet, gerät sie selbst in Gefahr, setzt ihre Erkundungen aber fort. In einer Welt der Schönheit und des Todes wird der Abschied von der Stadt zum Neubeginn.

256 Seiten, gebunden

Weitere Informationen finden Sie auf
www.fischerverlage.de

AZ 10-397214/1